ELIZABETH GEORGE

Keiner werfe den ersten Stein

Buch

In den schottischen Highlands herrscht tiefster Winter, und Westerbrae, ein Country-House wie aus dem Bilderbuch, ist von der Welt abgeschnitten – ideale Voraussetzung für eine prominente Londoner Theatergruppe, um ungestört ein neues Stück zu proben. Doch schon am ersten Morgen wird aus den Proben tödlicher Ernst: Joy Sinclair, die junge Autorin, wurde kaltblütig erdolcht. Und die Ortspolizei weigert sich, die Untersuchungen zu übernehmen.

Ein Fall für Inspector Lynley von New Scotland Yard, stammen doch fast alle Beteiligten aus den ihm wohlvertrauten, besten Kreisen der englischen Gesellschaft. Aber er findet nur Fragen ohne Antworten, unausgesprochene Geheimnisse und Halbwahrheiten. Zum ersten Mal gerät Lynley mit den Prinzipien in Konflikt, die für ihn selbst die Welt bedeuten: den festgefügten Regeln der Oberschicht, der Tradition, Stolz und Familienbande mehr bedeuten als ein Menschenleben. Immer tiefer gerät er in ein Labyrinth aus zwischenmenschlichen Beziehungen, die weit in die Vergangenheit und hinauf in höchste Regierungskreise reichen. Doch die bittere Wahrheit hinter der blutigen Scharade entdeckt erst seine Assistentin, der Adel, Konventionen und Privilegien von Haus aus zutiefst suspekt sind.

Autorin

Die Amerikanerin Elizabeth George hatte von Jugend an ein ausgeprägtes Faible für alles Englische, besonders für die raffinierte britische Krimitradition. Bereits in ihrem ersten Roman kombinierte sie diese mit einem modernen, realistischen Sinn für Dramatik. »Gott schütze dieses Haus« wurde mit dem Agatha Christie Award, dem Anthony Award für den besten Erstlingsroman sowie dem Grand Prix de Littérature Policière ausgezeichnet.

Von Elizabeth George sind außerdem folgende Romane im Taschenbuch erschienen:

Gott schütze dieses Haus (42677), Auf Ehre und Gewissen (41350), Mein ist die Rache (43113), Denn bitter ist der Tod (42960), Denn keiner ist ohne Schuld (43577), Asche zu Asche (43771), Im Angesicht des Feindes (44108), Denn sie betrügt man nicht. (44402), Undank ist der Väter Lohn (44982)

Als gebundene Ausgabe: Nie sollst du vergessen (98)

Elizabeth George

Keiner werfe den ersten Stein

Roman

Aus dem Amerikanischen
von Mechtild Sandberg-Ciletti

GOLDMANN

Die Originalausgabe erschien unter dem Titel
»Payment in Blood«
bei Bantam Books, New York

Umwelthinweis:
Alle bedruckten Materialien dieses Taschenbuches
sind chlorfrei und umweltschonend.

Der Goldmann Verlag, München,
ist ein Unternehmen der Verlagsgruppe Random House GmbH.

Sonderausgabe Oktober 2002

Umschlaggestaltung: Design Team München
Umschlagmotiv: Heinz Wohner
Druck: Elsnerdruck, Berlin
Made in Germany · Verlagsnummer: 45493

ISBN 3-442-45493-X
www.goldmann-verlag.de

In Erinnerung an
John Biere

Wenn eine gute Frau vor lauter Liebe närrisch wird,
Durch falschen Männerschwur vom Pfad der Tugend irrt,
Kann kein Zauberspruch ihr Leid mehr lindern,
Kein Kunstgriff ihre Schuld mehr mindern.
Will sie dennoch diese Schuld verdecken,
Die große Schmach vorm Aug' der Welt verstecken,
Wünscht sie dem ungetreuen Mann Gewissensnot,
Bleibt ihr als letzter Ausweg – nur der Tod.

Oliver Goldsmith

1

Gowan Kilbride, sechzehn Jahre alt, war nie ein begeisterter Frühaufsteher gewesen. Solange er auf dem Hof seiner Eltern gelebt hatte, war er morgens stets nur unter Murren aus dem Bett gekrochen und hatte jeden in Hörweite durch lautes Stöhnen und vielfältige Klagen wissen lassen, wie wenig dieses bäuerliche Leben seinem Geschmack entsprach. Als daher Francesca Gerrard, die jüngst verwitwete Eigentümerin des größten Landguts der Gegend, beschloß, ihr schottisches Herrenhaus in ein Hotel umzuwandeln, um wenigstens einen Teil der exorbitanten Erbschaftssteuern aufzufangen, bot Gowan ihr sogleich seine Dienste an, überzeugt, genau der richtige Mann zu sein, um bei Tisch zu servieren, an der Bar den Cocktailshaker zu schütteln und die Schar junger Damen im heiratsfähigen Alter zu beaufsichtigen, die sich zweifellos in Bälde als Zimmermädchen oder für den Service bewerben würden.

Leider alles nur schöne Phantasien, wie Gowan bald entdeckte. Noch keine Woche war er auf Westerbrae angestellt, als ihm klar wurde, daß der gesamte Betrieb des neuen Hotels in den Händen einer Vierermannschaft ruhen sollte: Mrs. Gerrard persönlich, einer ältlichen Köchin mit allzu üppigem Haarwuchs auf der Oberlippe, Gowan und einem frisch aus Inverness eingetroffenen siebzehnjährigen Mädchen namens Mary Agnes Campbell.

Gowans Tätigkeit besaß gerade so viel Glanz, wie es seiner Stellung in dieser Hierarchie entsprach – praktisch keinen. Er war »Mädchen für alles«, ob es nun darum ging, den weitläufigen Park in Ordnung zu halten, die Zimmer zu fegen, die Wände zu malern, zweimal wöchentlich den altertümlichen Boiler zu reparieren oder die zukünftigen

Gästezimmer zu tapezieren. Sehr ernüchternd für einen jungen Mann, der sich stets als kommender James Bond gesehen hatte! Die Unbilden des Lebens auf Westerbrae wurden einzig gemildert durch die ungemein verlockende Anwesenheit Mary Agnes Campbells.

Nicht einmal mehr das frühe Aufstehen war nach weniger als einem Monat Zusammenarbeit mit Mary Agnes eine Last, denn je eher Gowan morgens aus seinem Bett sprang, desto früher bekam er ja Mary Agnes zu sehen, konnte mit ihr schwatzen und ihren betörenden Duft atmen, wenn sie an ihm vorüberging. Und innerhalb von lachhaften drei Monaten waren alle Träume, in denen er als wodkaschlürfender Held mit einer Vorliebe für maßgefertigte italienische Faustfeuerwaffen fungierte, vergessen; verdrängt von der Hoffnung, ein sonniges Lächeln von Mary Agnes, einen Blick auf ihre hübschen Beine zu erhaschen, in diesem oder jenem engen Korridor im Vorübergehen wie zufällig ihren wohlgerundeten Körper streifen zu können.

All diese qualvollen süßen Hoffnungen waren berechtigt, ihre Erfüllung möglich erschienen, bis gestern die ersten Gäste auf Westerbrae eingetroffen waren: eine Gruppe Schauspieler aus London, die mit ihrem Produzenten, dem Regisseur und mehreren Gefolgsleuten gekommen waren, um einer neuen Produktion in gemeinsamer Arbeit den letzten Schliff zu geben. Das Erscheinen dieser Londoner Theatergrößen in Verbindung mit dem, was Gowan an diesem Morgen in der Bibliothek gefunden hatte, hatte die Erfüllung seiner Träume vollkommenen Glücks mit Mary Agnes schlagartig in weite Ferne gerückt. Darum machte er sich, nachdem er den zerknüllten Bogen Papier mit dem Briefkopf von Westerbrae aus dem Papierkorb in der Bibliothek gezogen hatte, unverzüglich auf die Suche nach Mary Agnes. Er fand sie allein in der großen Küche, wo sie die Tabletts für den Morgentee richtete.

Die Küche war von Anfang an Gowans Lieblingsaufenthalt gewesen, vor allem deshalb, weil sie im Gegensatz zu den übrigen Räumen des Hauses nicht in ihrer Eigenart gestört, nicht verändert und durch Renovierung verdorben worden war. Es bestand keine Notwendigkeit, sie dem Geschmack und den Vorlieben zukünftiger Gäste anzupassen. Die würden kaum hier hereinkommen, um eine Soße zu kosten oder über die Qualität des Fleisches zu fachsimpeln.

Die Küche war also unverändert, immer noch genau so, wie Gowan sie aus seiner Kindheit in Erinnerung hatte. Der alte Boden aus mattroten und cremefarbenen Fliesen, wie ein großes glänzendes Schachbrett. An einer Wand unter den eisernen Leuchten, die sich dunkel von der gesprungenen Kachelfläche abhoben, hingen wie eh und je Töpfe und Pfannen aus blitzendem Messing in langer Reihe an den Haken. Auf einem vierstöckigen Regal aus Fichtenholz über einer der Anrichten stapelte sich das Geschirr für alle Tage, und darunter stand unter der Last von Geschirrtüchern und Spüllappen schwankend ein dreieckiges Trokkengestell. Auf den Fensterbrettern reihten sich tropische Pflanzen in Keramiktöpfen mit großen, palmwedelähnlichen Blättern – Pflanzen, die im eisigen Klima des schottischen Winters eigentlich hätten sterben müssen, in der Wärme der Küche jedoch prächtig gediehen.

Im Augenblick allerdings war der Raum noch eiskalt. Als Gowan hereinkam, war es fast sieben Uhr, aber der große Heizofen hatte die eisige Morgenluft noch nicht erwärmt. Ein großer Kessel dampfte auf einer der Herdplatten. Durch die Sprossenfenster sah Gowan die Rasenflächen, die sanft gewellt zum Loch Achiemore abfielen, nach den Schneefällen der vergangenen Nacht unter einer weißen Decke liegen. Normalerweise hätte ihn der Anblick vielleicht erfreut. In diesem Augenblick jedoch hinderte ihn selbstgerechte Entrüstung daran, irgend etwas anderes zu sehen als das hübsche Mädchen, das am Arbeitstisch in der Mitte der Küche stand und Deckchen auf die Tabletts breitete.

»Erklär mir das mal, Mary Agnes Campbell.« Gowans Gesicht wurde fast so rot wie sein Haar, und seine Sommersprossen verdunkelten sich merklich. Er hielt den zerknitterten Briefbogen hoch, den schwieligen Daumen genau auf dem Wappen von Westerbrae.

Mary Agnes' unschuldsvolle blaue Augen streiften das Papier nur mit einem flüchtigen Blick. Nicht im geringsten verlegen ging sie in die Geschirrkammer und nahm Teekannen, Tassen und Untertassen von den Borden. Sie verhielt sich ganz so, als hätte eine ganz andere mit ungeübter Hand geschrieben, was da auf dem Briefbogen stand: »Mrs. Jeremy Irons, Mary Agnes Irons, Mary Irons, Mary und Jeremy Irons, Mary und Jeremy Irons mit Familie.«

»Was denn?« fragte sie und warf das lange rabenschwarze Haar in den Nacken. Ihr weißes Häubchen, das keck auf ihren dunklen Locken saß, rutschte dabei schräg über das Auge. Sie sah aus wie eine reizende kleine Piratin.

Eben das war das Problem. Nie war Gowans Herz für ein weibliches Wesen so heiß entbrannt wie für Mary Agnes Campbell. Er war ein Bauernjunge, mit fünf Geschwistern auf der Hillview Farm aufgewachsen, die sein Vater von Westerbrae gepachtet hatte, und nichts in seinem jungen Leben, in dem bisher die Schafherden seines Vaters und seine Bootsfahrten auf dem Loch das Wichtigste gewesen waren, hatte ihn auf das vorbereitet, was jedesmal mit ihm geschah, wenn er nur in Mary Agnes' Nähe kam. Nur der Traum, daß sie eines Tages ihm gehören würde, hatte verhindert, daß er ihretwillen völlig den Verstand verlor.

Immer hatte er an die zukünftige Erfüllung dieses Traums geglaubt, trotz der Existenz von Jeremy Irons, dessen schönes Gesicht mit den seelenvollen Augen, aus Filmzeitschriften ausgeschnitten, die Wände von Mary Agnes' Zimmer im unteren Nordwestkorridor des großen Hauses zierte. Mädchenschwärmerei für das unerreichbare Idol war schließlich etwas ganz Normales – oder nicht? Das jedenfalls erklärte Mrs. Gerrard Gowan, wenn er ihr sein Herz ausschüttete und sie ihm zusah, wie er sich bemühte, den Wein in die feinen Gläser zu gießen, ohne die Hälfte auf das Tischtuch zu verschütten.

Das war sicher richtig, solange der Unerreichbare unerreichbar blieb. Jetzt aber, wo das Haus voller Londoner Schauspieler war, mit denen man täglich in Berührung kommen würde, sah Mary Agnes ihre große Chance, das war Gowan klar. Ganz sicher kannte einer von diesen Leuten Jeremy Irons persönlich, würde sie mit ihm bekannt machen, und alles andere würde sich von selbst ergeben. Daß sie so dachte, bewies das Papier, das Gowan in der Hand hielt; es zeigte deutlich, was Mary Agnes von der Zukunft erwartete.

»Was denn?« wiederholte er empört. »Du hast das hier in der Bibliothek liegengelassen, darum geht's.«

Mary Agnes riß ihm den Briefbogen aus der Hand und stopfte ihn in ihre Schürzentasche. »Nett, daß du's mir nachgetragen hast«, sagte sie.

Ihre Unerschütterlichkeit war zum Verrücktwerden. »Und eine Erklärung findest du wohl überflüssig?«

»Übung, Gowan.«

»Übung?« Er explodierte fast. »Wofür soll das denn Übung sein? Was hast du denn davon, wenn du ›Jeremy Irons‹ schreiben kannst? Noch dazu, wo der verheiratet ist.«

Mary Agnes wurde blaß. »Verheiratet?« Sie stellte heftig eine Untertasse auf die andere. Das Porzellan klirrte.

Gowan bedauerte seine impulsiven Worte sofort. Er hatte keine Ahnung, ob Jeremy Irons verheiratet war, aber er wurde fast wahnsinnig bei dem Gedanken, daß Mary Agnes nachts in ihrem Bett von dem Schauspieler träumte, während er selbst in seinem Zimmer nebenan sich nach einem Kuß von ihr verzehrte. Es war gemein. Es war unfair. Sollte sie ruhig dafür leiden.

Aber als er das Zittern ihrer Lippen sah, ärgerte er sich über seine Dummheit. Sie würde *ihn* hassen, nicht Jeremy Irons, wenn er nicht vorsichtig war. Und das hätte er nicht ertragen können.

»Ach was, ich weiß nicht genau, ob er verheiratet ist«, bekannte er.

Mary Agnes hob die Nase in die Luft, sammelte ihr Geschirr ein und kehrte in die Küche zurück. Gowan folgte ihr wie ein treues Hündchen. Sie stellte die Kannen auf die Tabletts, gab Tee hinein, zog die Deckchen gerade, legte silberne Löffel auf und ignorierte Gowan demonstrativ. Tief zerknirscht überlegte Gowan, wie er ihre Gunst wiedergewinnen könne. Als sie sich vorbeugte, um Milch und Zucker aus dem Schrank zu nehmen, spannte sich das weiche Wollkleid über ihren vollen Brüsten.

Gowan wurde der Mund trocken. »Hab ich dir erzählt, wie ich zur Grabinsel rübergerudert bin?«

Sehr geistvoll war dieser Versuch, wieder anzubändeln, nicht. Die Grabinsel war ein baumbestandener Hügel im Loch Achiemore, etwa einen Kilometer vom Ufer entfernt. Von einem merkwürdigen Bauwerk gekrönt, das aus der Ferne aussah wie eine extravagante Ausgeburt viktorianischen Geschmacks. Sie war die letzte Ruhestätte Phillip Gerrards, des kürzlich verstorbenen Ehemanns der gegenwärtigen Eigentümerin von Westerbrae. Dorthin zu rudern, war gewiß keine sportliche Heldentat für einen Jungen wie Gowan, der harte körperliche Arbeit gewöhnt war. Und Mary Agnes, die wahrscheinlich auch mühelos eine solche Exkursion geschafft hätte, konnte man damit bestimmt nicht beeindrucken. Darum bemühte er sich, die Sache etwas interessanter zu gestalten.

»Kennst du die Geschichte nicht, Mary?«

Mary Agnes zuckte nur die Achseln, während sie die Teetassen auf die Untertassen stellte. Doch sie warf ihm immerhin einen kurzen Blick zu, und das war für Gowan Ermunterung genug, seinen Bericht weiter auszuschmükken.

»Du hast's wohl noch gar nicht gehört? Dabei ist es im ganzen Dorf bekannt, daß Mrs. Gerrard bei Vollmond immer splitternackt an ihrem Schlafzimmerfenster steht und winkt, damit Mr. Phillip zu ihr zurückkommt.«

Das fand nun doch Mary Agnes' Aufmerksamkeit. Sie legte ihre Arbeit nieder, lehnte sich an den Tisch und verschränkte die Arme, während sie auf die Fortsetzung der Geschichte wartete.

»Ich glaub dir kein Wort«, warnte sie vorbeugend, doch ihr Ton sprach eine andere Sprache, und sie versuchte gar nicht ein spitzbübisches Lächeln zu unterdrücken.

»Ich hab's auch nicht glauben wollen. Drum bin ich das letzte Mal bei Vollmond selber rausgerudert.« Gowan wartete gespannt auf ihre Reaktion. Das Lächeln wurde breiter. Die Augen blitzten. Ermutigt fuhr er zu sprechen fort. »Du hättest sie sehen sollen, Mary, wie sie da am Fenster stand. Ganz nackt, ehrlich, und mit ausgestreckten Armen. Und ich sag's dir, der Busen hing ihr bis auf den Bauch. Einfach schlimm!« Er schauderte theatralisch. »Kein Wunder, daß der alte Mister Phillip sich nicht von der Stelle rührt.« Gowan warf einen sehnsüchtigen Blick auf die wohlgerundete Mary Agnes. »Aber wenn eine Frau einen schönen Busen hat, weißt du, dann tut ein Mann einfach alles.«

Mary Agnes ignorierte diese letzte, wenig subtile Anspielung und widmete sich wieder ihren Tabletts. Seinen aufregenden Bericht tat sie mit den ernüchternden Worten ab:

»Mach dich lieber an deine Arbeit, Gowan. Solltest du heute morgen nicht nach dem Boiler sehen? Der hat gestern nacht wieder gekeucht wie meine Urgroßmutter.«

Gowan war tief enttäuscht. Diese Geschichte von Mrs. Gerrard hätte doch Mary Agnes' Phantasie weit lebhafter anregen, sie vielleicht sogar zu der Bitte veranlassen müssen, das nächste Mal bei Vollmond mitkommen zu dürfen. Mit mutlos hängenden Schultern schlurfte er davon, um nach dem altersschwachen Boiler zu sehen.

Als hätte Mary Agnes Mitleid mit ihm, sagte sie: »Aber selbst wenn Mrs. Gerrard es wirklich wollte, würde Mister Phillip nie zu ihr zurückkommen.«

Gowan blieb stehen. »Warum nicht?«

»Und ich wünsche nicht, in der verfluchten Erde von Westerbrae begraben zu werden«, zitierte Mary Agnes. »So steht es in Mister Phillips Testament. Mrs. Gerrard hat's mir selbst erzählt. Wenn deine Geschichte wirklich wahr ist, kann sie am Fenster stehen, bis sie schwarz wird, und er wird doch nie zurückkommen. Er wandelt bestimmt nicht übers Wasser wie der Herr Jesus. Und wenn sie den schönsten Busen der Welt hätte, Gowan Kilbride.«

Mit einem unterdrückten Kichern nahm sie den Kessel vom Herd, und als sie an den Tisch zurückkam, um den Tee aufzugießen, drängte sie sich so nahe an ihm vorbei, daß sein Blut von neuem auf heftigste in Wallung geriet.

Mrs. Gerrards mitgerechnet, waren zehn Tabletts nach oben zu bringen. Mary Agnes war fest entschlossen, sie alle hinaufzutragen und in die Zimmer zu bringen, ohne zu stolpern, ohne einen Tropfen zu verschütten und ohne sich in eine peinliche Situation zu bringen, indem sie etwa einen der Herren beim Anziehen überraschte. Oder Schlimmeres.

Sie hatte ihren ersten Auftritt als Zimmermädchen oft

genug geprobt. »Guten Morgen. Ein schöner Tag heute«, würde sie sagen, rasch zum Tisch gehen, das Tablett abstellen und dabei den Blick sorgsam vom Bett abgewandt halten. »Nur für den Fall«, hatte Gowan lachend gemeint.

Sie ging durch die Geschirrkammer, durch das Speisezimmer, dessen Vorhänge noch zugezogen waren, hinaus in die große Eingangshalle von Westerbrae. Hier gab es, wie auf der Treppe gegenüber, keine Teppiche, und die hohen Wände waren mit Eichenholz getäfelt, das im Lauf der Jahre einen dunklen Glanz bekommen hatte. Von der Decke hing ein Lüster aus dem achtzehnten Jahrhundert, dessen Prismen das milde Licht der Lampe auf dem Empfangstisch, die Gowan stets am frühen Morgen einschaltete, einfing und brach. Es roch nach Öl, frischem Holz und Terpentin, Nachwehen der Renovierungsarbeiten, die Francesca Gerrard hatte durchführen lassen, um das Haus als Hotel akzeptabel zu machen.

Überlagert jedoch wurden diese feinen Dünste von einem besonderen Geruch, der noch heute morgen von dem heftigen und unerklärlichen Streit zeugte, der am vergangenen Abend plötzlich aufgeflammt war. Gowan war gerade mit einem Tablett voller Gläser und fünf Flaschen Likör in die Halle getreten, um die Gäste zu bedienen, als Francesca Gerrard schluchzend auf ihren kleinen Salon zugestürmt und in ihrer blinden Hast mit dem Jungen zusammengestoßen war. Gowan war gestürzt, und von dem sorgsam zusammengestellten Getränketablett war nichts übrig geblieben als ein Haufen Scherben und eine Likörlache, die sich von der Salontüre bis zum Empfangstisch unter der Treppe ausbreitete. Gowan hatte fast eine Stunde gebraucht, um die Bescherung zu beseitigen – wobei er jedesmal, wenn Mary Agnes an ihm vorüberkam, mitleidheischend zeterte –, und die ganze Zeit waren irgendwelche Leute schreiend und weinend durch die Halle gerannt, die Treppe hinaufgepoltert und durch die Korridore gelaufen.

Den Grund der ganzen Aufregung hatte Mary Agnes nicht eindeutig zu ergründen vermocht. Sie wußte nur, daß die Schauspielertruppe mit Mrs. Gerrard in den Salon gegangen war, um ein Theaterstück zu lesen, und daß das gesellige Beisammensein innerhalb einer Viertelstunde zum wütenden Streit ausgeartet war, bei dem eine Vitrine mit kostbaren Antiquitäten zu Bruch gegangen war, ganz zu schweigen von der Katastrophe mit dem Likör und dem Kristall.

Mary Agnes ging durch die Halle zur Treppe und stieg vorsichtig die Stufen hinauf, bemüht, ihre Schritte auf dem nackten Holz zu dämpfen. Ein Schlüsselbund, der leise klirrend an ihrer rechten Hüfte hing, gab ihr ein angenehmes Gefühl von Wichtigkeit.

»Erst klopfst du leise«, hatte Mrs. Gerrard sie angewiesen. »Wenn sich nichts rührt, machst du die Tür auf – nimm den Hauptschlüssel, wenn es sein muß – und stellst das Tablett auf den Tisch. Dann machst du die Vorhänge auf und sagst, was für ein schöner Tag es sei.«

»Und wenn der Tag gar nicht schön ist?« hatte Mary Agnes verschmitzt gefragt.

»Dann tu so, als wär er's.«

Mary Agnes erreichte das Ende der Treppe, holte einmal tief Luft und musterte die Reihe geschlossener Türen. Im ersten Zimmer wohnte Lady Helen Clyde; aber obwohl Mary Agnes am Abend beobachtet hatte, daß Lady Helen Gowan beinahe kameradschaftlich beim Aufsammeln der Scherben in der Halle geholfen hatte, fühlte sie sich nicht selbstsicher genug, um ihre morgendliche Runde mit den Teetabletts bei der Tochter eines Grafen zu beginnen. Zu groß war die Gefahr, einen Fehler zu machen. Sie ging also weiter zum zweiten Zimmer, dessen Bewohnerin es wahrscheinlich nicht so genau nehmen würde, wenn ein paar Tropfen Tee auf die Leinenserviette fielen.

Auf ihr Klopfen blieb es still. Die Tür war abgeschlossen. Stirnrunzelnd stemmte Mary Agnes das Tablett gegen die linke Hüfte und hantierte mit dem Schlüsselbund, bis sie den Hauptschlüssel für die Gästezimmer gefunden hatte. Sie sperrte die Tür auf, öffnete sie und trat ein, während sie im stillen noch einmal wiederholte, was sie zu sagen hatte.

Das Zimmer war sehr kalt, sehr dunkel und völlig ruhig, obwohl man wenigstens das leise Zischen und Knacken des Heizkörpers zu hören erwartet hätte. Aber vielleicht hatte sich die Bewohnerin ins Bett verkrochen, ohne die Heizung überhaupt einzuschalten. Oder vielleicht, dachte Mary Agnes mit einem Lächeln, war sie nicht allein in ihrem Bett, sondern kuschelte sich unter der Daunendecke an einen der Herren. Und vielleicht kuschelte sie ja auch nicht nur. Mary Agnes unterdrückte ein Kichern.

Sie ging zum Tisch unter dem Fenster, stellte das Tablett nieder und zog die Vorhänge auf, wie Mrs. Gerrard befohlen hatte. Es war erst kurz nach Tagesanbruch, die Sonne nur ein heller Schimmer über den dunstigen Bergen jenseits des Loch Achiemore. Der Loch selbst leuchtete silbern, eine seidenglatte Fläche, in der sich Berge, Himmel und die Bäume des nahen Waldes spiegelten. Es waren kaum Wolken da, nur einige ausgefranste Fetzen wie schmale Rauchfahnen. Der Tag versprach schön zu werden, anders als der gestrige.

»Ein schöner Tag«, erklärte Mary Agnes heiter. »Guten Morgen, Madam.«

Sie drehte sich um, straffte die Schultern, machte sich auf den Rückweg zur Tür und blieb stehen.

Irgend etwas stimmte nicht. Vielleicht kam der Eindruck daher, daß es so still war, als hätte das Zimmer selbst den Atem angehalten. Oder vielleicht lag es an dem Geruch, der in der Luft hing, aufdringlich und widerlich süß, ähnlich wie der Geruch, der aufstieg, wenn ihre Mutter Fleisch klopfte. Oder an dem aufgebauschten Bettzeug, das dalag, als wäre es in aller Eile hochgezogen und so gelassen worden. Oder an der völligen Reglosigkeit darunter. Als rührte sich da niemand. Als atmete da niemand...

Mary Agnes stand wie angewurzelt da.

»Miss?« flüsterte sie schwach. Dann ein zweites Mal, ein klein wenig lauter, denn es konnte ja sein, daß die Frau sehr fest schlief. »Miss?«

Alles blieb still.

Zögernd trat Mary Agnes einen Schritt näher ans Bett. Ihre Hände waren kalt, ihre Finger steif, aber sie zwang sich, den Arm auszustrecken. Sie rüttelte vorsichtig am Bett.

»Miss?« Aber wieder bekam sie keine Antwort.

Wie von selbst umfaßten ihre Finger die Daunendecke und begannen, vorsichtig daran zu ziehen. Die Decke, klamm von der Kälte, hing einen Moment fest, dann glitt sie herab. Und Mary Agnes sah etwas Entsetzliches.

Die Frau lag wie erstarrt auf ihrer rechten Seite, der Mund verzerrt, Kopf und Schultern in einer braunroten Blutlache. Ein Arm war ausgestreckt, mit offener Hand, wie in einer Gebärde des Flehens. Der andere war zwischen den Beinen eingebettet, als suche er Wärme. Das lange schwarze Haar war über das Kopfkissen gebreitet und lag zum Teil zu einer verfilzten Masse verklebt in dunklem Blut. Das Blut war schon leicht geronnen, so daß die roten, von Schwarz umrandeten Tropfen wie Blasen eines zähen Teufelstranks aussahen. Und die Frau selbst war, wie ein Insekt auf einer Schautafel, aufgespießt von einem Dolch mit Horngriff, der die linke Seite ihres Halses durchbohrt hatte und tief in die Matratze hineingetrieben war.

2

Inspector Thomas Lynley erhielt die Nachricht kurz vor zehn am selben Morgen. Er war mit dem Landrover zur Castle Sennen Farm hinausgefahren, um sich die neuen Rinder anzusehen, und befand sich auf der Rückfahrt, als sein Bruder ihm auf dem Pferd entgegenkam und ihm zuwinkte. Es war bitter kalt, weit kälter, als für Cornwall selbst um diese Jahreszeit normal war, und Lynley kniff schützend die Augen zusammen, als er das Wagenfenster herunterkurbelte.

»Superintendent Webberly hat angerufen«, berichtete Peter Lynley, während er die Zügel geschickt um seine Hand wickelte. Die Stute warf den Kopf zurück und wich zu der Mauer aus, die Straße von Feld abgrenzte. »Irgendwas von der Kriminalpolizei Strathclyde. Du sollst ihn so bald wie möglich zurückrufen.«

»Das ist alles?«

Die Stute tänzelte im Kreis, als wolle sie sich der Last auf ihrem Rücken entledigen, aber Peter lachte nur über diese Widerspenstigkeit. Einen Moment kämpften Pferd und Reiter miteinander, jeder entschlossen, den anderen zu beherrschen, doch Peter wußte mit sicherem Instinkt, wann er hart zupacken mußte und wann Härte ein Übergriff gewesen wäre. Er zog die Stute auf dem brachliegenden Feld herum, als wäre es zwischen beiden ausgemacht gewesen, einen kleinen Kreis zu drehen, und brachte sie dann vor der Mauer zum Stehen.

»Hodge hat das Gespräch angenommen.« Peter grinste. »Du kennst ihn ja. ›Scotland Yard für seine Lordschaft. Soll ich ihm Bescheid sagen, oder tun Sie es?‹ Und dabei trieft er vor Mißbilligung aus sämtlichen Poren.«

»Ja, da hat sich nichts geändert«, meinte Lynley. Der alte Butler, der seit mehr als dreißig Jahren im Dienst der Familie war, weigerte sich seit nunmehr zwölf Jahren hartnäckig, »die Marotte seiner Lordschaft«, wie er es nannte, zu akzeptieren; er schien immer noch zu erwarten, daß Lynley jeden Moment zur Vernunft kommen und im Licht dieser Vernunft endlich ein standesgemäßes Leben beginnen würde, an das er sich, wie Hodge inbrünstig hoffte, gewöhnen würde – in Cornwall, in Howenstow, so weit wie möglich entfernt von New Scotland Yard. »Was hat Hodge ihm denn gesagt?«

»Wahrscheinlich, daß du damit beschäftigt seist, die Ehrenbezeigungen unserer Pächter entgegenzunehmen. Du weißt schon, ›Seine Lordschaft ist im Augenblick auf den Feldern‹.« Peter imitierte die salbungsvolle Stimme des Butlers nicht schlecht. Die beiden Brüder lachten. »Willst du zurückreiten? Es geht schneller als mit dem Wagen.«

»Danke, nein. Dazu ist mir mein Hals zu lieb.« Lynley legte geräuschvoll den Gang ein. Erschrocken bäumte sich das Pferd auf und brach seitlich aus. Lynley beobachtete, wie sein Bruder mit dem Tier kämpfte; er wußte, daß es sinnlos war, ihm zur Vorsicht zu raten. Gerade das Risiko, die Gefahr, durch eine einzige falsche Bewegung einen Knochenbruch zu provozieren, reizten Peter, dieses Pferd zu reiten.

Peter sprühte vor Vitalität und wirkte über die Maßen jung. Lynley fühlte sich weit mehr als zehn Jahre älter als er.

»Los, Saffron«, rief Peter, zog die Stute herum und galoppierte mit einem Winken über das Feld davon. Er würde Howenstow in der Tat lange vor seinem Bruder erreichen.

Als Pferd und Reiter hinter einer Reihe Platanen am Ende des Feldes verschwunden waren, gab Lynley Gas, schimpfte ungeduldig, als der Gang aus dem alten Getriebe sprang, und zuckelte dann auf der schmalen Straße zurück zum Haus.

Er setzte sich in den kleinen Alkoven neben dem Wohnzimmer, um seinen Anruf zu machen. Dies war sein ganz persönlicher Zufluchtsort, direkt über der Veranda des alten Hauses gelegen und um die Jahrhundertwende von seinem Großvater eingerichtet, einem Mann, der gewußt hatte, was das Leben lebenswert machte. Ein niedriger Mahagonischreibtisch stand unter zwei schmalen, vielfach unterteilten Fenstern. Auf den Borden drängten sich zahlreiche Bücher, meist Leichtes, und mehrere gebundene Jahresausgaben des *Punch*. Eine Ormolu-Uhr tickte auf dem Sims über dem Kamin, vor dem ein bequemer Lesesessel stand. Immer war dieser Raum Lynley nach einem anstrengenden Tag willkommene Zuflucht gewesen.

Während er darauf wartete, daß Webberlys Sekretärin den Superintendent aufstöberte, und sich fragte, was die beiden an einem Wochenende in New Scotland Yard zu tun hatten, sah er zum Fenster hinaus in den großen Garten. Seine Mutter stand unten, eine große, schlanke Frau, in eine dicke Jacke vermummt, mit einer amerikanischen Baseballmütze auf dem rotblonden Haar. In ein Gespräch mit einem der Gärtner vertieft, merkte sie nicht, daß ihr Retriever sich einen ihrer Handschuhe geschnappt hatte und ihn zum zweiten Frühstück zu verspeisen drohte. Lynley lachte leise, als er sah, wie seine Mutter auf das Treiben des Hundes aufmerksam wurde. Mit einem schrillen Entsetzensschrei riß sie ihm den Handschuh aus dem Maul.

Als Webberly sich endlich meldete, klang seine Stimme atemlos, als sei er zum Telefon gerannt. »Wir haben hier eine kitzlige Situation«, erklärte er ohne Umschweife. »Eine Theatergruppe aus London, eine Leiche, und die zuständige Polizei benimmt sich, als handle es sich um einen Ausbruch der Beulenpest. Sie haben bei der zuständigen Kripo in Strathclyde angerufen. Strathclyde will nichts damit zu tun haben. Also gehört die Sache uns.«

»Strathclyde?« wiederholte Lynley verständnislos. »Aber das ist doch in Schottland.«

Schottland hat seine eigene Polizei. Höchst selten nur bat man das Yard um Beistand. Und wenn es der Fall war, so machten es die komplizierten schottischen Gesetze der Londoner Polizei schwer, dort wirksame Arbeit zu leisten, und unmöglich, bei nachfolgenden Gerichtsverfahren aufzutreten. Da war etwas im Busch! Lynley war augenblicklich argwöhnisch, doch er begnügte sich zunächst mit einer kurzen Frage: »Hat denn dieses Wochenende nicht jemand anderer Dienst?« Er wußte, daß ihm Webberly auf diese Bemerkung hin die restlichen Details liefern würde; es war das vierte Mal in fünf Monaten, daß er Lynley während seiner freien Zeit in den Dienst zurückgerufen hatte.

»Ich weiß, ich weiß«, antwortete Webberly brüsk. »Aber es geht nicht anders. Wir klären das alles, wenn die Sache vorbei ist.«

»Wenn welche Sache vorbei ist?«

»Ach, es ist eine verteufelte Geschichte.« Webberlys Stimme wurde schwächer, als in seinem Büro jemand in gebieterischem Ton zu sprechen begann.

Lynley kannte die dröhnende Baritonstimme. Das war Sir David Hillier, der Chief Superintendent. Da mußte ja wirklich was los sein. Während er die Ohren spitzte, um Hilliers Worte zu verstehen, kamen die beiden Männer offenbar zu einem Entschluß, denn Webberly wandte sich nun wieder an ihn, sprach allerdings plötzlich sehr gedämpft, als fürchte er unbefugte Lauscher.

»Wie ich schon sagte, eine knifflige Sache. Stuart Rintoul, Lord Stinhurst, steckt mit drin. Kennen Sie ihn?«

»Stinhurst? Der Produzent?«

»Richtig. Der Theatermidas.«

Lynley lächelte über die Bemerkung. Sie paßte gut. Lord Stinhurst hatte sich in der Londoner Theaterwelt durch die Finanzierung vieler erfolgreicher Produktionen einen Namen gemacht. Nicht nur besaß er einen Riecher dafür, was das Publikum wollte, und war bereit, ein hohes finanzielles Risiko einzugehen, sondern er zeichnete sich auch durch eine einzigartige Fähigkeit aus, neue Talente zu erkennen und preisverdächtige Bücher von den Banalitäten zu unterscheiden, die ihm jeden Tag angeboten wurden. Das neueste Wagnis, das er, wie jeder *Times*-Leser wußte, auf sich genommen hatte, waren der Kauf und die Renovierung des alten Londoner Agincourt Theatre; er hatte weit über eine Million Pfund in dieses Projekt investiert. Das neue Agincourt sollte in knapp zwei Monaten mit einer Uraufführung eröffnet werden. In Anbetracht dieser Tatsache hielt es Lynley für undenkbar, daß Stinhurst London auch nur für einen Kurzurlaub verlassen hatte. Der Siebzigjährige war ein ehrgeiziger Perfektionist, ein Mann, der sich seit Jahren keinen freien Tag mehr gegönnt hatte. Eben das war Teil der Legende, die sich um ihn rankte. Was also tat er um diese Zeit in Schottland?

Webberly sprach weiter, als ahnte er Lynleys unausgesprochene Frage. »Offenbar ist Stinhurst mit einer Gruppe Leuten da rauf gefahren, um an dem Stück zu arbeiten, das die ganze Stadt im Sturm erobern soll, wenn das Agincourt eröffnet wird. Ein Journalist ist auch dabei – irgendein Bursche von der *Times*. Theaterkritiker, glaube ich. Anscheinend hat er von der Stunde Null an über das Agincourt-Unternehmen berichtet. Aber nach dem, was ich heute morgen gehört habe, ist er im Augenblick fuchsteufelswild, weil er unbedingt an ein Telefon kommen will, ehe wir ihm einen Maulkorb umlegen.«

»Warum?« fragte Lynley, und erfuhr im nächsten Moment, daß Webberly sich den saftigsten Happen bis zuletzt aufgehoben hatte.

»Weil Joanna Ellacourt und Robert Gabriel die Stars von Lord Stinhursts neuer Produktion sein werden. Und sie sind auch in Schottland.«

Lynley stieß unwillkürlich einen leisen Pfiff aus. Joanna Ellacourt und Robert Gabriel. Zwei Stars des Theaters, im Augenblick die gesuchtesten Schauspieler in ganz England. In den Jahren ihrer Zusammenarbeit hatten sie das Publikum in jedem der von ihnen gespielten Stücke, ob von Shakespeare, Stoppard oder O'Neill, zu Begeisterungsstürmen hingerissen. Sie arbeiteten häufig auch getrennt, jeder für sich ein glänzender Schauspieler, aber absolut faszinierend, wenn sie als Paar auf der Bühne standen. Die Kritiken hatten immer den gleichen Tenor: Elektrisierend, intelligent, knisternd von erotischer Spannung, die sich jedem Publikum mitteilt. Zuletzt, erinnerte sich Lynley, hatten sie in *Othello* zusammen gespielt. Das Stück war monatelang Tag für Tag ausverkauft gewesen, bis es schließlich vor drei Wochen abgesetzt worden war.

»Und wer ist getötet worden?« fragte Lynley.

»Die Autorin des neuen Stücks. Ein neues Talent anscheinend. Sie heißt – warten Sie mal ...« im Hintergrund raschelte Papier, »Joy Sinclair.« Lynley hörte Webberlys Räuspern, stets Vorbote unangenehmer Neuigkeiten. »Die Leiche ist leider schon weggebracht worden.«

»Verdammt!« brummte Lynley. Das würde seine Arbeit erschweren.

»Ich weiß. Aber es ist jetzt nicht mehr zu ändern. Sergeant Havers erwartet Sie jedenfalls in Heathrow. Ich habe Sie beide auf der Einuhrmaschine nach Edinburgh gebucht.«

»Nicht Havers, Sir. Für diesen Fall nicht. Ich brauche St. James, wenn die Leiche schon weg ist.«

»St. James gehört nicht mehr zum Yard, Inspector. So kurzfristig kann ich das nicht durchsetzen. Wenn Sie einen Sachverständigen mitnehmen wollen, dann einen unserer Leute.«

Lynley, der ahnte, warum man gerade ihm und nicht einem der Männer, die an diesem Wochenende Dienst hatten, den Fall übertragen hatte, war nicht bereit, diese Absage als endgültig hinzunehmen. Stuart Rintoul, Earl of Stinhurst, gehörte in diesem Mordfall offensichtlich zu den Verdächtigen, aber man wünschte, ihn mit Glacéhandschuhen anzufassen, und da kam Lynley, Earl of Asherton, wie gerufen. Er konnte ihm von Aristokrat zu Aristokrat begegnen, während er mit aller gebotenen Delikatesse die Wahrheit zu ergründen suchte. Das alles war ja gut und schön, aber wenn Webberly bereit war, den ganzen Dienstplan umzustoßen, nur um die Herren Stinhurst und Asherton unter einen Hut zu bringen, mußte er auch einsehen, daß er – Lynley – nicht gewillt war, sich die Arbeit durch Sergeant Barbara Havers erschweren zu lassen, die sich nichts Schöneres vorstellen konnte, als die erste aus ihrer Gesamtschule im Kleineleuteviertel von London zu sein, die einem Grafen Handschellen verpaßte.

Nach Sergeant Havers' Auffassung entsprangen die Grundprobleme des Lebens – von der Wirtschaftskrise bis zu AIDS – sämtlich dem Klassensystem, und zwar gleich in voll entwickeltem Zustand, ähnlich wie Athene einst dem Haupt ihres Vaters Zeus entsprungen war. Die Frage der Gesellschaftsklassen war in der Tat das heikelste Thema zwischen ihnen und war ausnahmslos Anfang und Ende jeglicher Verbalschlacht gewesen, die sie in den Monaten, seit Havers mit ihm zusammenarbeitete, geschlagen hatten.

»Dieser Fall ist nichts für Havers, so sehr ich ihre Fähigkeiten zu schätzen weiß«, sagte Lynley eindringlich. »Ihre ganze Objektivität wird zum Teufel gehen, sobald sie hört, daß Lord Stinhurst möglicherweise in die Sache verwickelt ist.«

»Unsinn, das hat sie überwunden. Und wenn nicht, dann wird es Zeit, daß sie es jetzt tut. Sonst kommt sie bei Ihnen nie weiter.«

Lynley überlegte, wie er Webberlys Entscheidung, ihm Havers aufzubrummen, zu einem Kompromiß ausnützen könnte, der seinen eigenen Vorstellungen entgegenkam. Die Möglichkeit bot sich im Rückgriff auf eine frühere Bemerkung.

»Wenn das Ihre Entscheidung ist, Sir«, sagte er ruhig, »muß ich mich wohl fügen. Aber Sie wissen, daß durch die Entfernung der Leiche zusätzliche Komplikationen geschaffen worden sind. Und Sie wissen wie ich, daß St. James in der Spurensicherung weit mehr Erfahrung hat als jeder im Haus. Er war schon damals unser bester Mann und ...«

»Und ist es auch jetzt noch. Ich weiß, das servieren Sie mir immer wieder, Inspector. Aber wir stehen hier vor einem Zeitproblem. St. James kann unmöglich ...«

Aus dem Hintergrund erscholl laut und scharf die Stimme Hilliers und verklang sofort, als – so vermutete Lynley – Webberly die Hand auf die Muschel legte. Es dauerte einen Moment, ehe der Superintendant sagte: »Also gut, St. James ist genehmigt. Aber jetzt machen Sie sich auf die Socken, fliegen Sie da rauf, und kümmern Sie sich um die Bescherung.« Er hustete, räusperte sich und sagte abschließend: »Mir ist das Ganze genausowenig angenehm wie Ihnen, Tommy.«

Ohne weitere Fragen zuzulassen, legte er auf. Erst jetzt kam Lynley dazu, sich über zwei merkwürdige Details des Gesprächs Gedanken zu machen. Webberly hatte ihm praktisch nichts über das Verbrechen berichtet, und zum ersten Mal in den zwölf Jahren ihrer Zusammenarbeit hatte er ihn beim Vornamen genannt. Seltsamer Anlaß, Unbehagen zu verspüren, gewiß. Und doch schoß ihm plötzlich die Frage durch den Kopf, wo bei diesem Mordfall in Schottland wirklich der Hund begraben lag.

Auf dem Weg aus dem Wohnzimmer zu seinen eigenen Räumen im Ostflügel von Howenstow stieß ihm plötzlich der Name auf. *Joy Sinclair.* Er kannte ihn von irgendwoher. Er hatte ihn kürzlich gesehen. Er blieb im Flur vor einer alten Truhe stehen und starrte nachdenklich auf die Porzellanschale, die auf ihr stand. Sinclair. Sinclair. Das schien so vertraut, gleich mußte es ihm einfallen. Das zartblaue Muster auf dem Weiß der Schale verwischte sich vor seinem Blick, die Figuren überschnitten sich, kreuzten sich, kehrten sich um …

Das war es. Nicht Joy Sinclair hatte er gelesen, sondern *Sinclair's Joy* – Sinclairs Freude. Es war eine Überschrift im Sonntagsmagazin der Zeitung gewesen. Ein nicht sonderlich originelles Wortspiel, dem der etwas rätselhafte Satz folgte: »Durch *Finsternis* zum ersten großen Triumph und auf dem Sprung zum Ruhm!«

Er erinnerte sich, gedacht zu haben, daß sich das anhörte, als handle es sich um eine blinde Hochleistungssportlerin mit Olympiaambitionen. Er hatte immerhin genug von dem Bericht gelesen, um zu entdecken, daß sie keine Sportlerin war, sondern eine Autorin, deren erstes Stück von Kritik und Publikum mit Respekt aufgenommen worden war und deren zweites anläßlich der Neueröffnung des Agincourt Theatre uraufgeführt werden sollte; aber weiter war er nicht gekommen. Ein Anruf aus New Scotland Yard hatte ihn in den Hyde Park gerufen, wo man im Gebüsch in der Nähe der Serpentine Bridge die nackte Leiche eines fünfjährigen Mädchens gefunden hatte.

Kein Wunder, daß er sich nicht sofort an Joy Sinclairs Namen erinnert hatte.

Er hatte den Fall gerade erst abgeschlossen. Erschöpft von endlosen Tagen und Nächten, wünschte er sich nur noch Ruhe, um zu dem Mord und der Unmenschlichkeit, auf die er gestoßen war, Abstand zu bekommen.

Aber es sollte nicht sein. Jedenfalls nicht hier und jetzt. Seufzend richtete er sich auf und ging in sein Zimmer, um zu packen.

Constable Kevin Lonan haßte es, seinen Tee aus der Thermosflasche trinken zu müssen. Stets bildete sich auf dem Getränk ein ekelhafter Film, der ihn an den Schaum nach einem Bad erinnerte. Darum konnte er, als ihn die Umstände zwangen, sich die langersehnte Tasse Tee aus der verbeulten Thermosflasche einzuschenken, auch nur einen Schluck hinunterwürgen. Den Rest goß er auf den Betonstreifen hinaus, der als Flugfeld diente. Er verzog sein Gesicht und wischte sich mit der Hand, die in einem dicken Handschuh steckte, den Mund ab. Dann schlug er ein paarmal kräftig mit den Armen, um sich warm zu machen. Im Gegensatz zu gestern war die Sonne herausgekommen und lag glitzernd, trügerische Frühlingsverheißung, auf den Schneewällen. Die Temperatur jedoch war immer noch weit unter Null. Und die dichte Wolkenwand, die von Norden herantrieb, versprach einen weiteren Schneesturm. Wenn die Truppe von New Scotland Yard hier noch landen will, muß sie sich beeilen, dachte Lonan grimmig.

Wie zur Antwort hörte er gleich darauf von Osten das eintönige Knattern eines Hubschraubers, und einen Augenblick später kam eine Maschine der Royal Scottish Police in Sicht. Sie kreiste einmal über der Ardmucknish-Bucht, um das Terrain zu sondieren, ging dann tiefer und senkte sich langsam auf den Betonstreifen hinunter, den ein keuchender Schneepflug eine halbe Stunde vorher freigeschaufelt hatte. Die Rotorblätter drehten sich noch einen

Moment unter ohrenbetäubendem Getöse, daß der Schnee von den Wächten am Rand des Flugfelds in Wirbeln in die Höhe stob.

Eine dickliche, kleine Gestalt, von Kopf bis Fuß mumienhaft eingepackt, schob mit einem Ruck die Passagiertür des Hubschraubers auf. Sergeant Barbara Havers, sagte sich Lonan. Sie stieß die Bordtreppe hinunter, wie man eine Strickleiter von einem Baumhaus wirft, schleuderte drei Gepäckstücke abwärts, wo sie knallend auf den Beton schlugen, und stieg dann selbst die Treppe hinunter. Ein Mann folgte ihr. Er war sehr groß, sehr blond, trug trotz der Kälte keine Kopfbedeckung, jedoch einen vorzüglich sitzenden Kaschmirmantel, einen dicken Schal und Handschuhe. Das, dachte Lonan, mußte Inspector Lynley sein. Lonan beobachtete, wie er mit seiner Mitarbeiterin einige Worte wechselte. Sie wies zu dem Lieferwagen, und Lonan erwartete, daß sie jetzt zu ihm kommen würden. Statt dessen jedoch drehten sich beide zur Bordtreppe um, wo nun eine dritte Person mühsam Schritt für Schritt die Stufen herunterkam. Der Mann trug am linken Bein eine schwere Stahlschiene. Wie der Blonde hatte auch er nichts auf dem Kopf, und sein schwarzes Haar – lockig, viel zu lang, ungebärdig – flatterte im Wind um sein blasses Gesicht. Er hatte scharfe, sehr kantige Gesichtszüge und den Blick eines Menschen, dem kaum etwas entgeht.

Constable Lonan erstarrte beinahe vor Ehrfurcht beim Anblick des Mannes. London hielt es offensichtlich für nötig, schwere Geschütze aufzufahren: Man hatte ihnen den renommierten St. James geschickt. Der Constable, der bis jetzt wartend am Wagen gelehnt hatte, lief aufgeregt zum Hubschrauber, wo jetzt die Bordtreppe hochgezogen wurde, während die drei Ankömmlinge ihre Sachen nahmen.

»Haben Sie mal dran gedacht, daß mein Koffer vielleicht

etwas Zerbrechliches enthalten könnte, Havers?« erkundigte sich Lynley.

»Flaschen, meinen Sie?« versetzte sie schnippisch. »Wenn Sie Ihren eigenen Whisky mitgebracht haben, kann ich nur sagen, schön dumm. Das hieße Eulen nach Athen tragen.«

»Das klingt, als hätten Sie seit Monaten darauf gewartet, diesen Spruch anbringen zu können.« Lynley nickte kurz zu dem Hubschrauberpiloten hinauf, dann wandte er sich Lonan zu.

Nachdem alle miteinander bekannt gemacht waren, sagte Lonan mit Begeisterung: »Ich hab in Glasgow mal einen Vortrag von Ihnen gehört«, und gab St. James die Hand. Selbst durch den Handschuh konnte er fühlen, wie dünn diese Hand war. Dennoch war der Griff überraschend kräftig. »Es ging um die Cradley-Morde.«

»Ah ja«, murmelte Barbara, »wie man einen Mann am Schamhaar ins Gefängnis schleift.«

»Ein starkes Bild«, bemerkte Lynley.

Es war offensichtlich, daß St. James den verbalen Schlagabtausch seiner beiden Begleiter gewohnt war. Er lächelte nur und sagte: »Wir konnten von Glück reden, daß wir wenigstens das hatten. Sonst war ja wirklich nichts da außer einem schlechten Zahnabdruck an der Leiche.«

Lonan hätte liebend gern die labyrinthischen Verwirrungen dieses alten Falles mit dem Mann diskutiert, der ihn vor vier Jahren vor zwölf staunenden Geschworenen aufgelöst hatte. Doch gerade als er eine messerscharfe Bemerkung dazu machen wollte, fiel ihm ein, daß Inspector Macaskin sie sicher voll Ungeduld auf der Dienststelle erwartete.

»Der Wagen steht hier«, sagte er deshalb nur kurz und wies mit dem Kopf auf das Polizeifahrzeug, wobei er in wortloser Entschuldigung das Gesicht verzog. Er hatte keine Ahnung gehabt, daß sie St. James mitbringen würden. Sonst hätte er darauf bestanden, sie in einem angemessenen Fahrzeug abzuholen, vielleicht in Inspector Macasskins neuem Volvo, der wenigstens einen richtigen Rücksitz hatte und eine Heizung, die funktionierte. Der alte Klapperkasten, zu dem er die drei jetzt führte, hatte nur vorn zwei Sitze – beide gründlich durchgesessen, so daß die Federn zu spüren waren – und hinten einen Klappsitz, der zwischen zwei Gerätekästen der Spurensicherung, drei Rollen Seil, mehreren gefalteten Zeltbahnen, einer Leiter, einem Werkzeugkasten und einem Haufen nach Öl stinkender alter Lumpen eingepfercht war. Es war wirklich peinlich. Aber die drei aus London schienen nicht erschüttert, sondern stiegen ganz gelassen ein: St. James vorn, die beiden anderen hinten, Lynley auf Barbaras Drängen hin auf dem Klappsitz.

»Wär doch schade, wenn Ihr hübsches Mäntelchen einen Fleck kriegt«, sagte sie, ehe sie sich auf die Zeltbahnen plumpsen ließ und sich aus ihrem Schal wickelte.

Lonan nützte die Gelegenheit, um sich Sergeant Havers genauer anzusehen. Unscheinbare Kröte, dachte er, während er ihr plattes Gesicht betrachtete, die dichten Augenbrauen und die runden Wangen. Ihrer Attraktivität wegen hatte man sie bestimmt nicht in diese illustre Gesellschaft aufgenommen. Sie mußte also ein kriminologisches Wunderkind sein. Er nahm sich vor, ihr genau auf die Finger zu sehen. Vielleicht konnte er was lernen.

»Danke, Havers«, sagte Lynley friedfertig. »Ja, ein Ölfleck würde mich in der Tat zu totaler Untauglichkeit reduzieren.«

Havers prustete. »Okay, darauf rauchen wir eine.«

Lynley zog entgegenkommend ein goldenes Zigarettenetui heraus, gab es ihr und reichte sein silbernes Feuerzeug nach. Lonan stöhnte innerlich. Raucher, dachte er und machte sich resigniert auf Augenbrennen und Hustenreiz gefaßt. Havers jedoch zündete sich ihre Zigarette gar nicht erst an. St. James hatte bei ihren letzten Worten wortlos sein Fenster geöffnet, und der bitterkalte Luftzug, der hereindrang, wehte ihr direkt ins Gesicht.

»Schon gut. Ich hab kapiert«, brummte sie. Schamlos steckte sie sechs Zigaretten aus dem Etui ein, ehe sie es Lynley zurückgab. »War St. James immer schon so subtil?«

»Von Geburt an«, antwortete Lynley.

Lonan fuhr mit einem Ruck an, und schon waren sie auf dem Weg zur Dienststelle der Kriminalpolizei in Oban.

Für Inspector Ian Macaskin von der Kriminalpolizei Strathclyde gab es im Leben nur eine Triebkraft: stolz sein zu können. Und sein Stolz bezog sich auf mehrere Bereiche, die nichts miteinander zu tun hatten. Zunächst einmal war da der Stolz auf die Familie: Er ließ seine Umwelt gern wissen, daß er die Statistik geschlagen hatte. Mit zwanzig hatte er seine siebzehnjährige Jugendliebe geheiratet und war auch heute noch, siebenundzwanzig Jahre später, mit ihr verheiratet. Er hatte zwei Söhne großgezogen und beide studieren lassen. Der eine arbeitete jetzt als Tierarzt, der andere war Meeresbiologe. Dann kam der Stolz auf den eigenen Körper. Einen Meter dreiundsiebzig groß, wog er heute nicht mehr als vor sechsundzwanzig Jahren bei Dienstantritt. Er war schlank und topfit dank dem allabendlichen Rudertraining, das er im Sommer auf dem Sound of Kerrera und im Winter in seinem Wohnzimmer auf der Rudermaschine hinter sich brachte. Sein Haar war seit zehn Jahren fast völlig ergraut, doch es war immer noch voll und dicht. Seine Arbeit war die dritte Quelle seines Stolzes. In seiner ganzen Laufbahn hatte er nicht ein einziges Mal einen Fall unerledigt zu den Akten legen müssen, und er verwendete beträchtliche Energie darauf, daß seine Leute von sich das gleiche sagen konnten. Er führte ein strenges Regiment und verlangte von seinen Beamten gründliche

Arbeit, die niemals auch nur das kleinste Detail außer acht ließ. Um sicherzustellen, daß alles in seinem Sinne geschah, war er fast rund um die Uhr auf der Dienststelle anzutreffen. Immer lutschte er Pfefferminzbonbons oder kaute Kaugummi oder Kartoffelchips, um das einzige zu bekämpfen, worauf er nicht stolz war: seine schlechte Angewohnheit, Fingernägel zu beißen.

Inspector Macaskin empfing die Gruppe aus London nicht in seinem Büro, sondern im Sitzungszimmer, einem engen, kleinen Raum mit unbequemen Stühlen, kümmerlicher Beleuchtung und schlechter Lüftung.

Macaskin war überhaupt nicht erfreut über die Entwicklung der Dinge in diesem Fall. Er sah immer gern alles wohlgeordnet und sauber eingeteilt. Jeder hatte gefälligst seine ihm zukommende Rolle zu spielen. Opfer sterben, Polizeibeamte fragen, Verdächtige antworten, Spurensicherer sichten. Aber in diesem Fall war gleich von Beginn an alles auf den Kopf gestellt worden. Zwar hatte das Opfer sich an das Drehbuch gehalten und war kooperativerweise tot gewesen, doch statt der Polizei hatten die Verdächtigen die Fragen gestellt, und statt der Verdächtigen hatte die Polizei antworten müssen. Und was das Beweismaterial anging, so war das wieder eine ganz andere Sache.

»Erklären Sie mir das noch einmal.« Lynleys Stimme war ruhig, enthielt jedoch einen tödlichen Unterton, der Macaskin verriet, daß Lynley von den sonderbaren Umständen, die zu seinem Einsatz in diesem Fall geführt hatten, nichts wußte. Das war gut. Es machte Macaskin den Mann von New Scotland Yard augenblicklich sympathisch.

Sie hatten alle ihre Mäntel und Schals abgelegt und saßen um den Konferenztisch aus Fichtenholz. Nur Lynley nicht. Der stand, die Hände in den Taschen, in den Augen ein gefährliches Glimmen.

Macaskin war nur zu gern bereit, seinen Bericht zu wiederholen. »Keine halbe Stunde war ich auf Westerbrae, da erhielt ich die Nachricht, meine Leute hier anzurufen. Der Chief Constable teilte mir mit, daß New Scotland Yard den Fall übernehmen würde. Das ist alles. Mehr war nicht aus ihm herauszukriegen. Abgesehen von der Anweisung, ein paar Leute auf Westerbrae zurückzulassen, hierher zu kommen und auf Sie zu warten. Wenn Sie mich fragen, hat da irgendein hohes Tier auf Ihrer Seite entschieden, daß der Fall Sache des Yard ist. Dann hat er unserem Chief Constable entsprechende Weisung gegeben, und, um den Schein zu wahren, haben wir um Hilfe ersucht. Die Hilfe sind Sie.«

Lynley und St. James tauschten einen Blick. Dann sagte St. James: »Aber warum haben Sie die Tote weggebracht?«

»Das war Teil der Anweisung«, antwortete Macaskin. »Verdammt merkwürdig, wenn Sie mich fragen. Die Zimmer versiegeln, die Leiche mitnehmen und zur Autopsie an den Pathologen übergeben, nachdem unser Amtsarzt den Totenschein ausgestellt hatte.«

»Geteiltes Leid ist halbes Leid?« fragte Barbara ironisch.

»Sieht so aus, nicht?« meinte Lynley. »Strathclyde nimmt sich die Leiche vor und London die Verdächtigen. Und wenn einer Glück hat und was entdeckt und die Kommunikation nicht richtig klappt, wird alles unter den Teppich gekehrt.«

»Aber unter wessen Teppich?«

»Ja, das ist die Kernfrage, nicht?« Lynley starrte auf den Konferenztisch, wo unzählige Kaffeeringe sich in einem Ringelmuster über das braune Holz zogen. »Was ist eigentlich passiert?« fragte er Macaskin.

»Das Mädchen, Mary Agnes Campbell, fand die Tote heute morgen um zehn vor sieben. Wir wurden um zehn nach sieben angerufen. Um neun waren wir dort.«

»Fast zwei Stunden?«

Lonan antwortete: »Westerbrae ist ungefähr acht Kilometer vom nächsten Dorf entfernt, Inspector. Die Straßen waren nach dem Schneesturm gestern nacht noch nicht alle frei.«

»Wieso haben sich diese Leute aus London ausgerechnet so ein gottverlassenes Nest für ihren Wochenendurlaub ausgesucht?«

»Francesca Gerrard – eine Witwe, die Eigentümerin von Westerbrae – ist Lord Stinhursts Schwester«, antwortete Macaskin. »Sie hat anscheinend vor, aus dem Gästehaus ein elegantes Landhotel zu machen. Es steht direkt am Loch Achiemore. Wahrscheinlich meint sie, das wäre genau das Richtige für einen romantischen Urlaub in der Natur. Oder für die Flitterwochen. Sie wissen schon.« Macaskin schnitt eine Grimasse. »Einen Teil des Hauses hat sie schon renovieren lassen, und soweit ich heute morgen hörte, kam Stinhurst mit seinen Leuten zu einer Art Probelauf herauf, damit sie eventuelle Mängel noch ausbügeln kann, ehe sie den Betrieb offiziell eröffnet.«

»Was wissen Sie über die Tote, Joy Sinclair?«

Macaskin verschränkte stirnrunzelnd die Arme und wünschte, er hätte der Truppe in Westerbrae mehr Informationen herauskitzeln können, ehe er Befehl erhalten hatte, das Feld zu räumen. »Nicht viel. Sie war die Autorin des Stücks, an dem sie dieses Wochenende arbeiten wollten. Eine literarisch begabte Dame nach dem, was Vinney sagte.«

»Vinney? Wer ist das?«

»Jeremy Vinney, Theaterkritiker bei der *Times*. Er scheint mit der Sinclair gut befreundet gewesen zu sein. Und über ihren Tod betroffener als alle anderen, soweit ich feststellen konnte. Schon seltsam.«

»Wieso?«

»Weil ihre Schwester auch auf Westerbrae ist. Aber während Vinney sofortige Verhaftung verlangte, hüllte sich Irene Sinclair in völliges Schweigen. Sie fragte nicht einmal, wie ihre Schwester umgekommen sei. Meiner Ansicht nach war's ihr völlig egal.«

»Ja, das ist wirklich seltsam«, meinte Lynley.

St. James mischte sich wieder ins Gespräch. »Sagten Sie, daß mehrere Zimmer eine Rolle spielen?«

Macaskin nickte. Er ging zu einem zweiten Tisch und griff nach mehreren Ordnern und einer Papierrolle. Die Rolle breitete er auf dem Konferenztisch aus. Es war ein Lageplan des Hauses, der in Anbetracht der knappen Zeit, die ihm am Morgen in Westerbrae zur Verfügung gestanden hatte, ungewöhnlich genau und detailliert war. Macaskin betrachtete mit einem Lächeln der Befriedigung sein Werk, dann beschwerte er das Papier an beiden Enden mit den Heftern und zeigte mit dem Finger auf die rechte Seite.

»Das Zimmer der Toten befindet sich auf der Ostseite des Hauses.« Er schlug einen der Ordner auf und warf einen Blick hinein, ehe er fortfuhr. »Im Nebenzimmer auf der einen Seite wohnt Joanna Ellacourt mit ihrem Mann – David Sydeham; auf der anderen Seite wohnt eine junge Frau – ah, da haben wir's schon. Lady Helen Clyde. Dieses Zimmer wurde ebenfalls versiegelt.« Als er aufsah, bemerkte er gerade noch die Überraschung auf den Gesichtern der drei Besucher aus London. »Kennen Sie die Leute?«

»Nur Lady Helen Clyde. Sie arbeitet mit mir zusammen«, antwortete St. James. Er sah Lynley an. »Wußtest du, daß Helen nach Schottland wollte, Tommy? Ich dachte, sie hatte vor, mit dir nach Cornwall zu fahren.«

»Sie hat letzten Montag abgesagt, darum bin ich allein gefahren.« Lynley betrachtete den Lageplan und tippte nachdenklich mit dem Finger darauf. »Warum wurde Lady Clydes Zimmer versiegelt?«

»Es schließt an das Zimmer der Toten an«, antwortete Macaskin.

»Das nenne ich Glück«, sagte St. James lächelnd. »So was bringt nur Helen fertig, sich direkt neben einem Zimmer einzumieten, in dem ein Mord passiert. Da müssen wir gleich mit ihr sprechen.«

Macaskin runzelte die Stirn, als er das hörte. Er beugte sich zwischen den beiden Männern weit über den Tisch, um auf diese Weise ihre Aufmerksamkeit zu erhalten. »Inspector«, sagte er. »Wegen Lady Clyde.« Der Ton seiner Stimme veranlaßte die beiden Männer, ihr Gespräch zu unterbrechen. Verwundert sahen sie ihn an, und er fügte hinzu: »Was ihr Zimmer betrifft...«

»Was ist damit?«

»Der Mörder scheint von dort gekommen zu sein.«

Lynley versuchte zu begreifen, was Helen mit einer Gruppe Schauspieler in Schottland tat, als Inspector Macaskin diese neue Information auftischte.

»Wie kommen Sie denn darauf?« fragte er, in Gedanken noch bei seinem letzten Zusammentreffen mit Helen vor weniger als einer Woche in der Bibliothek seines Hauses in London. Sie hatte ein hinreißendes jadegrünes Kleid getragen, hatte seinen neuesten spanischen Sherry probiert – auf die ihr eigene unbekümmerte und witzige Art geplaudert und gelacht – und war dann sehr pünktlich gegangen, weil sie zum Abendessen verabredet gewesen war. Mit wem? fragte er sich jetzt. Sie hatte es ihm nicht gesagt, und er hatte nicht gefragt.

Macaskin, bemerkte er, beobachtete ihn mit der Miene eines Mannes, der eine Menge Neuigkeiten auf Lager hat und nur auf den richtigen Moment wartet, sie anzubringen.

»Weil die Flurtüre zu Miss Sinclairs Zimmer abgeschlossen war«, sagte Macaskin jetzt. »Als Mary Agnes heute morgen bei ihr klopfte und sich nichts rührte, mußte sie mit dem Hauptschlüssel öffnen.«

»Wo wird der aufbewahrt?«

»Im Büro.« Macaskin deutete auf den Plan. »Im Erdgeschoß im Nordwestflügel.« Er blickte wieder auf. »Sie sperrte die Tür auf und fand die Tote.«

»Wer hat Zugang zu den Hauptschlüsseln? Gibt es mehrere?«

»Nein, von jedem nur einen. Sie sind nur Francesca Gerrard und dem Mädchen, Mary Agnes, zugänglich. Sie liegen in der untersten Schublade von Mrs. Gerrards Schreibtisch, zu der wiederum nur sie und die kleine Campbell einen Schlüssel haben.«

»Sonst niemand?« fragte Lynley.

Macaskin blickte nachdenklich auf den Plan. Sein Blick wanderte langsam den unteren Nordwestkorridor des Hauses entlang. Er war Teil eines Gevierts, möglicherweise eines späteren Anbaus, und zweigte unweit der Treppe von der großen Eingangshalle ab. Er wies auf das erste Zimmer in diesem Flur.

»Da wohnt Gowan Kilbride«, meinte er gedankenvoll. »So eine Art Laufbursche. Er könnte an die Schlüssel rangekommen sein, wenn er gewußt hätte, daß sie da liegen.«

»Und wußte er es?«

»Kann sein. Soviel ich weiß, hat Gowan in den oberen Räumen des Hauses im allgemeinen nichts zu tun. Er würde also die Hauptschlüssel nicht brauchen. Aber es kann natürlich sein, daß Mary Agnes ihm erzählt hat, wo sie liegen.«

»Halten Sie das für möglich?«

Macaskin zuckte die Achseln. »Möglich ist alles. Die beiden sind ja noch halbe Kinder. In dem Alter versucht man sich gegenseitig mit den komischsten Dingen zu imponieren.«

»Hat Mary Agnes Ihnen gesagt, ob die Hauptschlüssel heute morgen an ihrem gewohnten Platz lagen? Oder ist es möglich, daß jemand sie herausgenommen und wieder zurückgelegt hatte?«

»Anscheinend nicht. Der Schreibtisch war abgesperrt wie immer. Aber dem Mädchen wäre es wahrscheinlich sowieso nicht aufgefallen, wenn jemand die Schlüssel entwendet und wieder hineingelegt hätte. Sie sperrte die Schublade auf, griff hinein und holte den Schlüsselbund heraus. Ob er genau an der Stelle lag, wo sie ihn zuletzt hingelegt hatte, weiß sie nicht. Sie hat ihn, wie sie sagte, das letzte Mal einfach hineingeworfen, die Schublade zugeschoben und abgesperrt.«

Lynley war erstaunt über die Menge von Informationen, die Macaskin in der kurzen Zeit in dem Haus zusammengetragen hatte. Er musterte den Mann mit wachsendem Respekt. »Diese Leute kennen sich doch alle, nicht wahr? Wieso hatte Joy Sinclair da ihre Tür abgeschlossen?«

»Da hat's gestern abend böses Blut gegeben«, warf Lonan ein, der etwas abseits in einer Ecke saß.

»Böses Blut? Wieso denn?«

»Ja. Das ist leider das einzige, was wir darüber von Gowan Kilbride erfahren konnten«, sagte Macaskin entschuldigend, »ehe Mrs. Gerrard ihn mit dem Befehl hinausschickte, auf New Scotland Yard zu warten. Er konnte uns nur berichten, daß es am Abend zu einer Auseinandersetzung gekommen war, an der offenbar alle Anwesenden beteiligt gewesen waren. Dabei scheint einiges in die Brüche gegangen zu sein. Einer meiner Männer fand im Müll Glas- und Porzellanscherben. Muß ziemlich heftig hergegangen sein.«

»Und Lady Clyde war auch in den Streit verwickelt?« St. James wartete nicht auf eine Antwort. »Wie gut ist sie mit diesen Leuten bekannt, Tommy?«

Lynley schüttelte langsam den Kopf. »Ich wußte nicht, daß sie sie überhaupt kennt.«

»Sie hat dir nicht gesagt –«

»Sie sagte nur, sie könne nach Cornwall nicht mitkommen, weil sie andere Pläne habe, St. James. Was für Pläne das waren, sagte sie mir nicht.« Als Lynley aufsah, fiel ihm eine plötzliche Veränderung in Macaskins Gesichtsausdruck auf. Sie zeigte sich nur in einer kaum wahrnehmbaren Bewegung der Augen und des Mundes.

»Was ist?«

Macaskin schien einen Moment zu überlegen, ehe er nach einem Ordner griff, ihn aufschlug und ein Blatt Papier herauszog. Es war kein Bericht, sondern eine Nachricht, eine vertrauliche Notiz. »Fingerabdrücke«, erläuterte er. »Auf dem Schlüssel der Verbindungstür zwischen den Zimmern Helen Clydes und Joy Sinclairs.« Er schien zu wissen, daß er sich auf schmalem Grat zwischen Ungehorsam gegen den eigenen Vorgesetzten und Hilfsbereitschaft gegenüber einem Kollegen bewegte, denn er fügte hinzu: »Ich wäre Ihnen dankbar, wenn Sie in Ihrem Bericht nicht erwähnen würden, daß Sie das von mir haben, aber als wir sahen, daß die Verbindungstür zwischen den beiden Zimmern wichtig ist, nahmen wir den Schlüssel zur Untersuchung mit hierher – heimlich, muß ich dazu sagen – und verglichen die Abdrücke darauf mit einigen anderen, die wir von den Wassergläsern in den übrigen Zimmern abgenommen hatten.«

»Dann stammen die Abdrücke auf dem Schlüssel nicht von Lady Clyde?« fragte Lynley.

Macaskin schüttelte den Kopf. Als er wieder sprach, war seine Stimme betont neutral. »Nein. Sie stammen vom Regisseur des Stücks. Einem Walliser namens Rhys Davies-Jones.«

Lynley begriff nicht sogleich, sondern sagte nach einem

Moment des Schweigens: »Dann müssen Lady Clyde und Davies-Jones in der vergangenen Nacht die Zimmer getauscht haben.«

Er bemerkte, wie Havers zusammenzuckte, aber sie sah ihn nicht an. Sie hielt den Blick starr auf St. James gerichtet, während sie einen ihrer kurzen Finger auf der Tischkante hin und her bewegte. »Inspector –« begann sie vorsichtig, doch Macaskin unterbrach sie.

»Nein. Mary Agnes Campbell sagte uns, daß in Davies-Jones' Zimmer in der letzten Nacht überhaupt niemand geschlafen hat.«

»Ja, aber wo hat denn dann Helen –« Lynley brach ab, als plötzlich ein entsetzliches Gefühl ihn überkam, einer Krankheit gleich, die mit einem Schlag seinen ganzen Körper überwältigte. »Oh«, sagte er, und dann, »Entschuldigung. Ich weiß gar nicht, wo ich meine Gedanken hatte.« Er richtete seinen Blick auf den Plan des Hauses.

Er hörte, wie Havers einen unterdrückten Fluch ausstieß. Sie griff in ihre Tasche und zog die sechs Zigaretten heraus, die sie ihm auf der Fahrt stiebitzt hatte. Eine war abgebrochen. Sie warf sie in den Papierkorb und nahm eine andere. »Rauchen Sie eine, Sir«, sagte sie seufzend.

Eine Zigarette, stellte Lynley fest, konnte die Situation kaum erträglicher machen. Helen ist dir zu nichts verpflichtet, sagte er sich scharf. Euch verbindet nichts als Freundschaft, eine lange gemeinsame Geschichte, Jahre gemeinsamer Fröhlichkeit. Und sonst nichts. Sie war eine amüsante Begleiterin, seine Vertraute, seine Freundin. Aber nie war sie seine Geliebte gewesen. Dazu waren sie beide zu vorsichtig gewesen, zu sehr auf der Hut voreinander.

»Haben Sie mit der Autopsie schon begonnen?« fragte er Macaskin.

Es war offensichtlich die Frage, auf die Macaskin schon

seit ihrer Ankunft gewartet hatte. Mit schwungvoller Geste zog er aus einem seiner Ordner mehrere Kopien eines Berichts, verteilte sie und wies dabei zugleich auf die wichtigste Information hin: Joy Sinclair war mit einem fünfundvierzig Zentimeter langen schottischen Dolch getötet worden, der ihren Hals durchbohrt und die Halsschlagader durchtrennt hatte. Sie war verblutet.

»Aber wir sind mit der Untersuchung noch nicht fertig«, fügte er bedauernd hinzu.

Lynley drehte sich nach St. James um. »Wäre sie fähig gewesen zu schreien?«

»Bei einer solchen Verletzung nicht. Es wäre höchstens ein Röcheln herausgekommen. Im anderen Zimmer hätte man das gewiß nicht hören können.« Sein Blick wanderte über das Papier. »Haben Sie schon eine Untersuchung auf Betäubungsmittel gemacht?« fragte er Macaskin.

»Seite drei. Negativ. Keine Barbiturate, keine Amphetamine, keine toxischen Drogen.«

»Sie haben die Todeszeit zwischen drei und sechs fixiert?«

»Das ist nur ein vorläufiger Befund. Wir haben Magen- und Darminhalt noch nicht analysiert. Aber wir haben Gewebefasern an der Wunde sichergestellt. Leder und Kaninchenhaare.«

»Der Mörder trug Handschuhe?«

»Offenbar. Aber sie sind noch nicht gefunden worden, und wir hatten keine Zeit, eine große Suchaktion zu starten. Wir können lediglich sagen, daß die Lederfasern und die Kaninchenhaare nicht von der Waffe stammen. An der Waffe ließ sich im übrigen außer dem Blut der Toten überhaupt nichts feststellen. Der Griff wurde abgewischt.«

Barbara blätterte den Bericht durch und warf ihn auf den Tisch. »Ein fünfundvierzig Zentimeter langer Dolch«, sagte sie nachdenklich. »Wo findet man denn so was?«

»In Schottland, meinen Sie?« Macaskin schien erstaunt über ihre Unwissenheit. »In praktisch jedem Haus, würde ich sagen. Es gab eine Zeit, wo kein Schotte ohne einen Dolch am Gürtel aus dem Haus ging. In diesem Landhaus hier«, er tippte auf den Plan, »hängt an der Wand im Speisezimmer eine ganze Sammlung dieser Dinger. Handgeschnitzte Hefte und scharf wie Rapiere. Echte Museumsstücke. Die Mordwaffe scheint von dort genommen worden zu sein.«

»Wo ist auf dem Plan hier das Zimmer von Mary Agnes?«

»Im Nordwestkorridor, zwischen Gowans Zimmer und Mrs. Gerrards Büro.«

St. James machte sich am Rand seines Berichts Notizen, während der Inspector sprach. »Hat Joy Sinclair versucht, aufzustehen und aus dem Zimmer herauszukommen?« fragte er. »Die Verletzung hat ja nicht sofort zum Tod geführt. Gab es Anzeichen dafür, daß sie Hilfe holen wollte?«

Macaskin schüttelte den Kopf. »Das war gar nicht möglich.«

»Wieso nicht?«

Macaskin schlug seinen letzten Ordner auf und entnahm ihm einen Stapel Fotografien. »Der Dolch hatte die Matratze durchbohrt. Sie war aufgespießt«, fügte er brutal hinzu. »Sie konnte nicht weg.« Er legte die Aufnahmen auf den Tisch, große Bilder, in Farbe und auf Glanzpapier. Lynley zog sie zu sich herüber.

Er war es gewöhnt, dem Tod ins Auge zu sehen. Er hatte ihn in den Jahren seiner Arbeit bei New Scotland Yard in jeder erdenklichen Form kennengelernt. Aber niemals war er ihm in dieser Form gezielter Brutalität begegnet.

Der Mörder hatte seinem Opfer den Dolch bis zum Heft in den Hals gestoßen, wie getrieben von einer atavistischen Wut, die nach mehr verlangt hatte als der bloßen Vernichtung Joy Sinclairs. Ihre Augen waren offen, aber ihre Farbe hatte sich verändert und verdunkelt durch die Starre des Todes. Während Lynley die Frau ansah, fragte er sich, wie lange sie noch gelebt haben mochte, nachdem der Dolchstoß sie getroffen hatte; ob sie sich überhaupt bewußt gewesen war, was ihr in dem Moment geschah, den der Mörder brauchte, um den Dolch in ihr Fleisch zu stoßen. Hatte der Schock sie sogleich in gnädige Bewußtlosigkeit getaucht? Oder hatte sie hilflos und unter Schmerzen auf ihrem Bett gelegen und auf Bewußtlosigkeit und Tod gewartet?

Es war ein grausames Verbrechen, dessen Ungeheuerlichkeit sich in der blutgetränkten Matratze manifestierte, in dem hilfesuchend ausgestreckten Arm der Frau, in dem aufgerissenen Mund und dem lautlosen Schrei. Kein Verbrechen, dachte Lynley, ist so abscheulich wie Mord. Er kontaminiert und verseucht, und kein Leben, das er berührt, sei es noch so beiläufig, kann je wieder dasselbe sein.

Er reichte die Fotografien an St. James weiter und sah Macaskin an. »Und jetzt«, sagte er, »wollen wir uns mit der interessanten Frage beschäftigen, was zwischen sechs Uhr fünfzig, als Mary Agnes Campbell die Tote fand, und sieben Uhr zehn, als es endlich jemand schaffte, die Polizei anzurufen, auf Westerbrae geschah.«

3

Die Straße nach Westerbrae war in schlechtem Zustand. Im Sommer schon mußte es schwierig sein, mit dem Wagen die Haarnadelkurven, die Schlaglöcher, das jähe Auf und Ab zwischen Hochmooren und winzigen Tälern zu bewältigen. Obwohl Constable Lonan die Straße kannte und am Steuer des Landrover der Dienststelle Strathclyde saß, der für solche Verhältnisse richtig ausgerüstet war, kamen sie erst am späten Nachmittag auf Westerbrae an. Es begann schon dunkel zu werden, als sie aus dem Wald herausfuhren und auf einer Eisplatte durch die letzte Kurve schlingerten. Lonan und Macaskin fluchten laut, und der Constable kroch die letzten vierzig Meter vor lauter Schreck im Schneckentempo. Seine Erleichterung war offenkundig, als er vor dem Haus anhielt.

Dunkel, ohne ein einziges Licht, und in tödlicher Stille ragte das Haus vor ihnen auf, gespenstisch in einer gespenstisch wirkenden Landschaft. Ganz aus grauem Granit erbaut, ein ehemaliges vorviktorianisches Jagdhaus, breitete es sich mit später angebauten Seitenflügeln aus, gekrönt von einer Unzahl hoher Kamine, streng und bedrohlich trotz des Schnees, der weiß wie frische Sahne auf seinen Dächern lag. Es hatte seltsame, gestufte Giebel, aus kleineren Granitblöcken gemeißelt, die terrassenförmig übereinander getürmt waren, und hinter einem dieser Giebel, zwischen zwei aneinanderstoßenden Flügeln des Hauses, erhob sich wie eine merkwürdige architektonische Fußnote ein mit Schiefer gedeckter Turm, dessen Fenster nackt waren und ohne Licht. Ein weißer Wendelgang aus dorischen Säulen überschattete das breite Portal, berankt von jetzt laublosem wilden Wein. Das ganze Gebäude vereinte in sich die Vorlieben dreier architektonischer Epochen und mindestens ebenso vieler Kulturen. Lynley, der es sich eingehend ansah, fand nicht, daß es das Potential für Macaskins Theorie des romantischen Liebesnests für Jungverheiratete besaß.

Die Auffahrt war von zahllosen Reifenspuren durchzogen, Zeugnis für die vielen Fahrzeuge, die im Lauf des Tages gekommen und wieder abgefahren waren. Um diese Zeit jedoch wirkte Westerbrae wie ausgestorben. Selbst die Schneefelder um das Haus herum waren unberührt.

Einen Moment lang blieben sie im Wagen sitzen, ohne sich zu rühren. Dann warf Macaskin einen Blick nach rückärts zu den Londonern und öffnete die Wagentür. Es war eisig. Nur mit Widerstreben stiegen sie aus.

Vom See her blies ein schneidender, böiger Wind und erinnerte sie unfreundlich daran, wie hoch im Norden der Loch Achiemore und Westerbrae gelegen waren. Es war ein arktischer Wind, der auf den Wangen brannte und in den Lungen schmerzte und den Duft der Fichten sowie den schwachen Dunst von Torffeuern, die in der Umgebung brannten, mit sich trug. Die Köpfe eingezogen, eilten sie über die Auffahrt zum Haus. Macaskin klopfte kräftig.

Einer der beiden Männer, die er am Morgen hier zurückgelassen hatte, öffnete ihnen, ein sommersprossiger Constable mit unglaublich großen Händen und einem massigen Körper, der die Knöpfe seiner Uniformjacke zu sprengen drohte. In einer Hand hielt er eine Platte mit den läppischen kleinen Brötchen, wie sie üblicherweise als Dekoration zum Tee gereicht werden. Schmatzend wie ein übergroßes ausgehungertes Kind winkte er sie in die Vorhalle und schlug krachend die Tür hinter ihnen zu.

»Die Köchin ist vor einer halben Stunde gekommen«, erklärte er krampfhaft schluckend Macaskin, der ihn mit schmallippiger Mißbilligung musterte. »Ich wollte das den

Leuten gerade reinbringen. Die haben den ganzen Tag nichts gegessen.«

Macaskins Miene ließ ihn verlegen schweigen. Mit rotem Kopf trat er unbehaglich von einem Fuß auf den anderen.

»Wo sind sie?« Lynley sah sich in der großen Halle um, betrachtete die dunkle Täfelung, den bombastischen Kronleuchter, der nicht brannte. Der Boden war ohne Teppich, offensichtlich neu poliert, doch schon wieder beschmutzt von einem großen Fleck, der sich bis zur Treppe hinzog. Alle Türen, die von der Halle abgingen, waren geschlossen; Licht spendete nur eine Lampe auf dem Empfangstisch unter der breiten Treppe. Dort hatte der Constable, den leeren Teetassen und einem Stapel Zeitschriften nach zu urteilen, offenbar für den Tag Posten bezogen.

»In der Bibliothek«, antwortete Macaskin. Sein Blick huschte argwöhnisch zu seinem Beamten, als fürchte er, das Entgegenkommen, die Verdächtigen mit Essen zu versorgen, könne zu anderen Entgegenkommen geführt haben, für die er würde büßen müssen. »Da sitzen sie seit heute morgen. Stimmt's, Euan?«

Der junge Constable wagte ein Grinsen. »Stimmt. Außer kurzen Abstechern zur Toilette, die unten im Nordwestkorridor ist. Zwei Minuten höchstens, Tür nicht abgeschlossen, William oder ich als Bewacher.« Während Macaskin die anderen durch die Halle führte, sprach er weiter. »Die eine kocht vor Wut, Inspector. Wahrscheinlich ist sie's nicht gewöhnt, den ganzen Tag im Nachthemd rumzulaufen.«

Dies war, wie Lynley bald entdeckte, eine durchaus zutreffende Beschreibung von Helen Clydes Stimmung. Als Inspector Macaskin die Tür zur Bibliothek aufsperrte und öffnete, war sie die erste, offensichtlich am Rand ihrer Selbstbeherrschung, die aufsprang. Wie ein Pfeil schoß sie über den Teppich, der aussah wie ein Aubusson, aber unmöglich einer sein konnte.

»Jetzt hören Sie mal zu. Ich bin nicht bereit...« begann sie hitzig und erstarrte, als sie die anderen zur Tür hereinkommen sah.

Wenn Lynley sich überhaupt Gedanken darüber gemacht hatte, was er bei diesem ersten Anblick Helens empfinden würde, so hatte er mit Zärtlichkeit am wenigsten gerechnet. Aber gerade die überfiel ihn unerwartet heftig. Sie sah rührend aus in Pantöffelchen und Nachthemd, über dem sie einen Herrenmantel trug, der ihr viel zu groß war. Die Ärmel waren aufgeschlagen, doch an der Länge des Kleidungsstücks und an der ausladenden Schulterpartie war nichts zu ändern gewesen; es hing ihr wie ein großer Sack um den schlanken Körper und reichte ihr fast bis zu den Füßen. Das kastanienbraune Haar war zerzaust, das Gesicht ungeschminkt, und in dem halbdunklen Raum sah sie aus wie einer von Fagins Knaben, höchstens zwölf Jahre alt und sehr hilfsbedürftig.

Lynley schoß der Gedanke durch den Kopf, daß er hier das erste Mal überhaupt eine um Worte verlegene Helen erlebte, und er sagte trocken zu ihr: »Wie immer die richtige Garderobe zum richtigen Anlaß, Helen.«

»Tommy!« Sie griff sich mit einer Geste, die mehr der Verwirrung als Verlegenheit entsprang, ins Haar, und fügte hilflos hinzu:

»Du bist nicht in Cornwall.«

»Nein, ich bin nicht in Cornwall.«

Der kurze Dialog erweckte die anderen in der Bibliothek plötzlich zum Leben. Während sie bisher schweigend in kleinen Gruppen im Zimmer gesessen oder gestanden hatten, die einen am offenen Kamin, die anderen an der Bar und vor den verglasten Bücherschränken, gerieten sie jetzt alle in Bewegung und begannen fast wie aus einem Mund zu schimpfen. Stimmen schallten aus allen Richtungen. Niemand wartete auf eine Antwort, jeder gab nur seinem

Bedürfnis nach, endlich aller Empörung und Wut Luft zu machen. Es ging zu wie in einem Tollhaus.

»Mein Anwalt wird sich –«

»Diese verdammten Polizisten haben uns hier –«

»... noch nie so eine Unverschämtheit erlebt!«

»Und das nennt man ein zivilisiertes –«

»... mich wundert's nicht, daß es mit England immer weiter bergab geht.«

Ungerührt ließ Lynley seinen Blick von einem zum anderen wandern. Die schweren roten Vorhänge im Zimmer waren zugezogen, und es brannten nur zwei Lampen, doch das Licht reichte ihm, um jeden deutlich wahrzunehmen, ohne sich um die einzelnen Zornausbrüche zu kümmern.

Die Hauptpersonen des Dramas waren leicht zu erkennen; sie standen jener Person am nächsten, die offenkundig der Mittelpunkt der Gesellschaft war und den ganzen Raum zu beherrschen schien: Englands berühmteste Schauspielerin, Joanna Ellacourt. Sie stand an der Bar, eine kühle Blondine, sehr schön in einem weißen Angorapullover mit passender langer Flanellhose, und schien für die Polizei nichts als eisige Verachtung übrig zu haben. Neben ihr, anscheinend bereit, ihr jeden Wunsch von den Lippen abzulesen, stand ein bulliger älterer Mann mit schwerlidrigen Augen und dichtem, teilweise ergrautem Haar – zweifellos ihr Mann, David Sydeham. Keine zwei Schritte entfernt, auf Joannas anderer Seite, wandte sich ihr Schauspielerkollege Robert Gabriel abrupt wieder seinem Glas auf dem Bartresen zu. Entweder interessierten ihn die Neuankömmlinge nicht, oder er hatte es nötig, sich für die bevorstehende Begegnung zu stärken. Und vor Gabriel stand, hastig sich aus dem Sofa erhebend, auf dem er bisher gesessen hatte, Stuart Rintoul, Lord Stinhurst, und musterte Lynley so scharf, als hätte er die Absicht, ihm eine Rolle in seiner nächsten Produktion zu geben.

Über die Identität der anderen Personen, die sich im Raum befanden, konnte Lynley nur Vermutungen anstellen. Zwei ältere Frauen am Kamin, höchstwahrscheinlich die Ehefrau und die Schwester Lord Stinhursts; ein korpulenter, unmutig wirkender Mann Mitte Dreißig, der Pfeife rauchte und ein Tweedjackett trug, wahrscheinlich der Journalist Jeremy Vinney; neben ihm auf dem zweisitzigen Sofa eine unglaublich unvorteilhaft gekleidete, reizlose Frau mittleren Alters, lang und dünn wie Lord Stinhurst, vermutlich seine Tochter, auch wenn sie sonst keine Ähnlichkeit mit ihm hatte. Die beiden Teenager, die zum Hotelpersonal gehörten, dicht beisammen in der hintersten Ecke des Raums; und in einem niedrigen Sessel eine schwarzhaarige Frau, deren Gesichtsausdruck Lynley als gehetzt empfand. Schmale Wangen unter großen dunklen Augen, in denen mühsam gezügelte Leidenschaft zu brennen schien. Irene Sinclair, vermutete er, die Schwester der Toten.

Doch den Mann, den Lynley suchte, hatte er noch nicht gefunden. Wieder ließ er seinen Blick über die Gruppe schweifen, bis er den Regisseur des Stücks entdeckte. Er erkannte ihn an der olivgetönten Haut, dem schwarzen Haar, den grüblerisch blickenden Augen des Wallisers. Rhys Davies-Jones stand bei dem Sessel, aus dem Helen soeben aufgesprungen war. Er hatte, als sie hochgefahren war, eine Bewegung gemacht, als wollte er sie vor der Konfrontation mit der Polizei zurückhalten. Aber als sich zeigte, daß der Polizeibeamte offensichtlich ein Bekannter von Helen war, hatte er jede Einmischung unterlassen.

Lynley sah Davies-Jones an und spürte, wie sich eine tiefe Aversion in ihm festsetzte. Helens Liebhaber, dachte er und sagte es sich, wie um sich von der bitteren Unabänderlichkeit der Tatsache zu überzeugen, noch einmal vor: Das ist Helens Liebhaber.

Dabei war er mindestens zehn Jahre älter als Helen,

wahrscheinlich sogar mehr. Das wellige Haar begann an den Schläfen schon grau zu werden, das schmale Gesicht verwittert, aber er wirkte so drahtig und robust, wie seine keltischen Vorfahren dem Ruf nach gewesen waren. Und wie diese war er weder schön noch großgewachsen. Seine Züge waren scharf, wie steinern. Aber Lynley konnte nicht leugnen, daß der Blick des Mannes sowohl Intelligenz als auch innere Kraft verriet, beides Eigenschaften, für die gerade Helen einen Blick hatte und die sie besonders schätzte.

»Sergeant Havers!« Proteste und Beschimpfungen hörten abrupt auf beim scharfen Klang seiner Stimme. »Begleiten Sie Lady Helen in ihr Zimmer, damit sie sich umziehen kann. Wo sind die Schlüssel?«

Ein junges Mädchen näherte sich, blaß, mit großen Augen. Mary Agnes Campbell, die die Tote gefunden hatte. Sie trug ein silbernes Tablett mit den Zimmerschlüsseln des Hotels, und ihre Hände zitterten so stark, daß Schlüssel und Tablett in der plötzlichen Stille unangenehm laut klirrten. Lynley warf nur einen kurzen Blick auf das junge Mädchen, dann trat er zu den anderen.

»Ich habe alle Zimmer abgeschlossen und die Schlüssel eingesammelt, unmittelbar nachdem sie – nachdem Miss Sinclair gefunden worden war.« Lord Stinhurst setzte sich wieder auf das Sofa am Kamin zu einer der beiden älteren Frauen. Sie nahm seine Hand. »Ich weiß nicht, was unter solchen Umständen das Richtige ist«, schloß Stinhurst erklärend, »aber ich hielt es für das Beste.«

Als Lynley darauf kein Zeichen der Anerkennung zeigte, mischte sich Macaskin ein. »Als wir heute morgen kamen, waren alle schon im Salon. Lord Stinhurst hatte die ganze Gesellschaft dort eingesperrt.«

»Wie entgegenkommend von Lord Stinhurst«, bemerkte Barbara Havers im Ton vollendeter Höflichkeit, aber mit eiskalter Stimme.

»Such deinen Schlüssel heraus, Helen«, sagte Lynley. Sie hatte ihn seit seinen ersten Worten nicht aus den Augen gelassen. Auch jetzt spürte er ihren Blick auf sich, warm wie eine Berührung. »Alle anderen werden noch eine Weile hier aushalten müssen.«

In dem Sturm neuer Proteste wollte Helen ihm etwas antworten, aber Joanna Ellacourt stahl ihr routiniert die Schau. Quer durch den Raum ging sie auf Lynley zu. Die Beleuchtung schmeichelte ihr, und sie bewegte sich wie eine Frau, die den Augenblick zu nutzen verstand. Das lange, lose herabfallende Haar lag wie sonnenglänzende Seide auf ihren Schultern.

»Inspector«, sagte sie mit einer anmutigen Geste zur Tür, »ich wollte Sie bitten ... wenn es nicht zuviel verlangt ist. Ich wäre Ihnen ungeheuer dankbar, wenn ich nur ein paar Minuten für mich allein sein könnte. Irgendwo. Außerhalb dieses Raums. In meinem Zimmer vielleicht, aber wenn das nicht möglich ist, meinetwegen sonstwo. Ganz gleich. Hauptsache, es ist ein Stuhl da, auf dem ich mich niedersetzen und ein wenig sammeln kann. Nur fünf Minuten. Wenn Sie so lieb wären und mir das ermöglichen würden. Ich wäre Ihnen unendlich dankbar. Nach diesem schlimmen, schlimmen Tag.«

Es war eine beeindruckende Vorstellung. Blanche Dubois in Schottland. Aber Lynley hatte nicht die Absicht, ihren Verehrer aus Dallas zu spielen.

»Tut mir leid«, antwortete er. »Sie werden, fürchte ich, bei anderen Verständnis suchen müssen.« Dann wiederholte er: »Such deinen Schlüssel heraus, Helen.«

Er wandte sich ab. »Ich bin oben im Sinclair-Zimmer«, sagte er zu Havers. »Sagen Sie mir Bescheid, wenn sie umgezogen ist. Constable Lonan, sorgen Sie dafür, daß die anderen vorläufig hier bleiben.«

Lynley ignorierte die Empörung um ihn herum und ging

aus dem Zimmer. St. James und Macaskin folgten. Allein mit dieser Gruppe feiner Pinkel, die so gar nicht den Typen entsprachen, mit denen man normalerweise bei der Ermittlungsarbeit in Berührung kam, nutzte Barbara Havers nur zu gern die Gelegenheit, sich ihr eigenes Urteil darüber zu bilden, wer von den Herrschaften verdächtig war und wer nicht. Es blieb ihr Zeit dazu, da Helen Clyde noch einmal zu Rhys Davies-Jones trat, um im allgemeinen Getöse zorniger Proteste und Beschwörungen, die Lynleys Abgang folgten, einige leise Worte mit ihm zu wechseln.

Eine schöne Bagage, dachte Barbara. Schick, elegant, pompös. Mit Ausnahme von Lady Helen hätten sie unter der Überschrift »Auch im Mordfall immer richtig angezogen« Reklame laufen können. Und sie wußten natürlich auch genau, was sich gehörte, wenn die Bullen aufkreuzten: moralische Entrüstung, Rufe nach dem Anwalt, schneidende Bemerkungen. Bis jetzt wurden sie alle ihren Erwartungen voll gerecht. Es konnte nicht mehr lange dauern, bis einer von ihnen auf seinen guten Freund, den Abgeordneten Soundso aufmerksam machen würde oder auf seine vertraulichen Beziehungen zu Mrs. Thatcher oder auf irgendeine berühmte Persönlichkeit aus seiner eigenen Familie. Sie waren doch alle gleich, diese feinen Herrschaften.

Alle, bis auf die Frau mit dem spitzen Gesicht, die sich in der Ecke des zweisitzigen Sofas zusammengekauert hatte, so weit weg wie möglich von dem Mann, der neben ihr saß. Elizabeth Rintoul, dachte Barbara. Lady Elizabeth Rintoul, genau gesagt. Lord Stinhursts einzige Tochter.

Sie benahm sich, als hätte der Mann neben ihr eine gefährliche ansteckende Krankheit. In die Ecke des Sofas gedrückt, hielt sie beide Arme fest an ihren Körper gepreßt. Die großen Füße, in flachen, schwarzen Schuhen, sogenannten »vernünftigen« Schuhen, ragten wie zwei

Schmierklumpen unter dem schwarzen Flanellrock hervor. Sie trug nichts zu den Gesprächen bei, die um sie herum geführt wurden. Ihre Haltung hatte etwas sehr Verletzliches.

»Elizabeth, Kind«, murmelte die Frau ihr gegenüber mit jenem drohend-schmeichelnden Lächeln, mit dem Mütter ihre aufsässigen Kinder ansehen, wenn sie sich im Beisein anderer schlecht benehmen. Ganz klar, dachte Barbara, das war die Mutter, Lady Stinhurst persönlich, im beigefarbenen Twinset mit Bernsteinkette, die Füße adrett gekreuzt, die Hände im Schoß gefaltet. »Ich glaube, Mr. Vinney braucht etwas zu trinken.«

Elizabeth Rintoul sah ihre Mutter mit stumpfem Blick an. »Kann schon sein«, sagte sie, und es klang wie eine mürrische Zurückweisung.

Lady Stinhurst warf ihrem Mann einen flehenden Blick zu, als brauche sie seine Unterstützung, aber sie ließ nicht locker. Sie hatte eine sanfte, unsichere Stimme; eine Stimme, wie man sie von einer alten Jungfer erwartet, die es nicht gewohnt ist, mit Kindern zu sprechen. Nervös griff sie sich mit einer Hand ans Haar, erstklassig gefärbt und flott frisiert, als ließe sich damit die Realität des unaufhaltsam fortschreitenden Alters abwehren. »Du weißt doch, Darling, wir sitzen nun schon so lange hier, und ich glaube, Mr. Vinney hat seit halb drei nichts mehr gehabt.«

Es war mehr als eine Andeutung. Es war ein Wink mit dem Zaunpfahl. Die Bar war auf der anderen Seite des Raums, und Elizabeth sollte sich um den ehrenwerten Mr. Vinney bemühen wie eine Debütantin um ihren ersten Verehrer. Die Anweisungen waren klar. Aber Elizabeth machte keine Anstalten, sie zu befolgen. Im Gegenteil, ein Ausdruck der Verachtung flog über ihr Gesicht, ehe sie den Blick zu einer Zeitschrift auf ihrem Schoß senkte. Sie murmelte eine völlig undamenhafte Erwiderung, die nur aus einem Wort bestand. Unmöglich, daß ihre Mutter es mißverstand.

Barbara beobachtete die beiden Frauen mit einer gewissen Faszination. Lady Elizabeth schien eindeutig über dreißig zu sein – wahrscheinlich näher an den Vierzig, kaum das Alter, wo man in bezug auf Männer noch Mamas ermutigender Anstöße bedurfte. Aber Mama war da offensichtlich anderer Meinung. Trotz Elizabeths unverhüllter Feindseligkeit machte Lady Stinhurst eine Bewegung, als wolle sie Elizabeth kurzerhand in Mr. Vinneys Arme stoßen.

Jeremy Vinney allerdings schien völlig uninteressiert. Der Journalist gab sich alle Mühe, das Gespräch zu ignorieren. Er stocherte in seiner Pfeife herum und spitzte ganz ungeniert die Ohren, um mitzubekommen, was Joanna Ellacourt drüben, auf der anderen Seite des Zimmers, sagte. Sie war wütend und machte kein Geheimnis daraus.

»Wunderbar, wie sie uns alle reingelegt hat, nicht? Sie muß sich köstlich amüsiert haben!« Die Schauspielerin warf einen sengenden Blick auf Irene Sinclair, die immer noch schweigend in dem tiefen Sessel weit ab von den anderen saß, als hätte sie das Gefühl, durch den Tod ihrer Schwester zum lästigen Eindringling geworden zu sein. »Und was glaubst *du* denn, wer von den kleinen Änderungen in dem Stück profitiert? Ich vielleicht? Nie im Leben! Aber ich lasse mir das nicht bieten, David. Verdammt noch mal, ich nicht!«

David Sydeham versuchte sie zu besänftigen. »Es ist ja überhaupt noch nichts entschieden, Jo. Weit davon entfernt, gerade jetzt. Durch die Änderungen kann dein Vertrag leicht ungültig geworden sein.«

»Kann, ja. Aber du hast ja den Vertrag nicht hier, nicht wahr? Wir können ihn uns also nicht ansehen. Du hast keine Ahnung, ob er wirklich ungültig ist. Aber von mir verlangst du zu glauben – dir zu glauben, nach allem, was passiert ist, daß eine bloße Änderung der Charaktere einen Vertrag ungültig macht? Verzeih mir, wenn ich das nicht schlucke. Du gestattest, daß ich lache! Schrill und ungläubig, mein Lieber. Und gib mir noch einen Gin.«

Sydeham sah mit einer Kopfbewegung wortlos zu Robert Gabriel hinüber, der eine Flasche Beefeaters zu ihm hinschob. Sie war fast leer. Sydeham schenkte seiner Frau ein und schob die Flasche wieder Gabriel zu. Der packte sie und sagte lachend:

»Ich faß dich nicht, und doch sah ich dich immer. – Komm, laß dich packen!«

Gabriel grinste Joanna an und schenkte sich ebenfalls einen Gin ein. »Süße Erinnerungen an die Provinz, Jo, mein Herz. War das nicht unser erstes Mal? Hm, vielleicht nicht.« Es klang, als spräche er von einer Bettgeschichte und nicht einer Produktion von *Macbeth*.

Ihre Schulfreundinnen waren vor fünfzehn Jahren scharenweise ins Theater gerannt, um den gutaussehenden Robert Gabriel zu bewundern, doch Barbara hatte nie etwas an ihm gefunden. Ähnlich ging es offenbar Joanna Ellacourt. Sie erwiderte seine Worte mit einem eisigen Lächeln, und ihre Augen schleuderten Blitze ganz anderer Art, als sie sagte: »Darling, wie sollte ich das je vergessen? Mitten im zweiten Akt läßt du zehn Zeilen unter den Tisch fallen und läßt dich dann bis zum Ende von mir huckepack tragen? Seit siebzehn Jahren warte ich nun darauf, daß diese unermeßlichen Gewässer sich endlich mit Purpur färben.«

Gabriel lachte kurz auf. »Biest«, sagte er. »Auf dich kann man sich immer verlassen.«

»Du bist betrunken.«

Das stimmte mindestens zur Hälfte. Wie in Reaktion auf diese letzte Bemerkung stand Francesca Gerrard von dem Sofa auf, das sie mit ihrem Bruder, Lord Stinhurst, teilte. In dem Bedürfnis offenbar, die Situation in die Hand zu nehmen, vielleicht die Hoteleigentümerin hervorzukehren, wenn auch auf recht klägliche Weise, wandte sie sich an Barbara.

»Wenn wir vielleicht etwas Kaffee haben könnten ...« Ihre Hand griff zu den bunten Perlenschnüren, die ihr wie ein Kettenhemd auf der Brust lagen. Die Berührung mit ihnen schien ihr Mut zu geben. Sie begann noch einmal, mit mehr Autorität. »Wir hätten gern etwas Kaffee. Würden Sie dafür sorgen, daß wir ihn bekommen?« Als Barbara nicht antwortete, wandte sie sich ihrem Bruder zu. »Stuart –«

»Ich wäre Ihnen dankbar«, sagte er zu Barbara, »wenn Sie dafür sorgen könnten, daß wir Kaffee bekommen. Einige der Herrschaften hier haben ihn nötig.«

Barbara war entzückt. Wie selten bot sich Gelegenheit, einen Earl in die Schranken zu weisen.

»Tut mir leid«, erwiderte sie kurz. Dann sagte sie zu Helen: »Bitte kommen Sie jetzt. Ich vermute, der Inspector wird zuerst mit Ihnen sprechen wollen.«

Helen Clyde fühlte sich flau, als sie zur Tür ging. Sie redete sich ein, es müsse daran liegen, daß sie den ganzen Tag nichts gegessen hatte; an diesem ganzen endlosen, schrecklichen Tag, dem Unbehagen, Stunde um Stunde im Nachthemd in einem Zimmer sitzen zu müssen, in dem es bald eiskalt, bald erstickend heiß gewesen war. An der Tür raffte sie mit aller Würde, die ihr zu Gebote stand, den Mantel um sich und trat in die Halle hinaus. Barbara Havers folgte ihr wortlos.

»Alles in Ordnung, Helen?«

Sie drehte sich um und sah dankbar, daß St. James auf sie gewartet hatte. Er stand im Schatten gleich neben der Tür. Lynley und Macaskin waren schon nach oben verschwunden.

Sie fuhr sich mit der Hand über ihr Haar. »Kannst du dir

vorstellen, wie es ist, einen ganzen Tag mit einem Haufen Leute zu verbringen, die einen direkten Draht zu Thespis haben?« fragte sie. »Seit heute morgen halb acht stürzen wir von einem Gefühlsausbruch in den anderen. Von der Hysterie in tiefste Trauer und weiter in den Verfolgungswahn. Ehrlich, schon gegen Mittag hätte ich ein Königreich für eine von Hedda Gablers Pistolen gegeben.« Fröstelnd zog sie den Mantel bis zum Hals hinauf. »Aber sonst geht's mir gut. Glaube ich jedenfalls.« Ihr Blick flog zur Treppe und kehrte zu St. James zurück. »Was ist eigentlich mit Tommy los?«

Barbara Havers, die hinter ihr stand, machte eine scharfe Bewegung, aber Helen konnte die Geste nicht klar erkennen. St. James, das fiel ihr auf, ließ sich Zeit mit der Antwort, hielt es für nötig, zuerst ein nicht vorhandenes Stäubchen von seinem Hosenbein zu wischen. Als er dann sprach, antwortete er ihr mit einer Gegenfrage.

»Und was, um alles in der Welt, tust du hier, Helen?«

Sie warf einen Blick auf die geschlossene Tür zur Bibliothek. »Rhys hat mich eingeladen. Er hat die Regie in Lord Stinhursts neuer Produktion, mit der das Agincourt eröffnet werden soll. Sie wollten dieses Wochenende das neue Stück durchgehen, gewissermaßen in erster Lesung.«

»Rhys?« wiederholte St. James.

»Rhys Davies-Jones. Erinnerst du dich nicht an ihn? Meine Schwester war mit ihm befreundet. Vor Jahren. Ehe er –« Helen zögerte, drehte an einem Knopf ihres Mantels, während sie überlegte, wieviel sie sagen sollte. »Er hat in den letzten zwei Jahren in der Provinz gearbeitet«, erklärte sie schließlich. »Das hier soll seine erste Londoner Produktion werden. Seit *Der Sturm*. Vor vier Jahren. Wir waren dort. Das mußt du doch noch wissen.«

Sie sah ihm an, daß er sich erinnerte.

»Ach, du meine Güte«, sagte er mit einem Anflug von

Hochachtung in der Stimme. »Das war Davies-Jones? Das hatte ich völlig vergessen.«

Helen wunderte sich. Sie jedenfalls würde diesen Abend niemals vergessen; diesen schrecklichen Abend im Theater, als Rhys Davies-Jones, der Regisseur, mitten in der Vorstellung selbst auf die Bühne gestürmt war und jeder gesehen hatte, daß er volltrunken war. In einem wilden Kampf mit Dämonen, die einzig er sehen konnte, hatte er Schauspielerinnen und Schauspieler von der Bühne gejagt und in einem unglaublichen Auftritt seiner Karriere in aller Öffentlichkeit ein Ende gesetzt. Sie hatte die Szene noch heute vor Augen – die Bühne, den Tumult, die Zerstörung, die er angerichtet hatte. Während der Rede im vierten Akt war er in trunkener Raserei mitten in das hohe Pathos hineingestürmt und hatte in einem einzigen Augenblick seine Vergangenheit und seine Zukunft ausgelöscht.

»Er war danach vier Monate im Krankenhaus. Er ist jetzt – er ist wieder ganz gesund. Ich traf ihn durch Zufall letzten Monat in der Brompton Road. Wir haben zusammen gegessen und – seitdem haben wir uns ziemlich häufig gesehen.«

»Er scheint ja wirklich wieder ganz auf dem Damm zu sein, wenn er jetzt mit Stinhurst, Ellacourt und Gabriel zusammenarbeitet. Hohe Gesellschaft für einen –«

»Einen Mann seines Rufs, meinst du?« Helen senkte den Blick. »Ja, vielleicht hast du recht. Aber Joy Sinclair war seine Cousine. Die beiden standen einander sehr nahe, und ich glaube, sie sah hier eine Gelegenheit, ihm am Londoner Theater eine zweite Chance zu geben. Es war zum großen Teil ihr Werk, daß Lord Stinhurst ihn verpflichtete.«

»Sie hatte Einfluß auf Stinhurst?«

»Ich hatte den Eindruck, daß Joy bei jedem Einfluß hatte.«

»Wie meinst du das?«

Helen zögerte. Es lag ihr nicht, Negatives über andere zu

sagen, auch wenn es wie hier den Ermittlungen in einer Mordsache dienlich sein konnte. Es ging ihr gegen den Strich, selbst St. James gegenüber, von dem sie wußte, daß sie ihm rückhaltlos vertrauen konnte. Aber sie spürte, daß er auf eine Antwort wartete, und sie gab sie ihm widerstrebend, nicht ohne vorher einen forschenden Blick auf Barbara Havers geworfen zu haben, als wolle sie sich vergewissern, daß sie auf deren Diskretion zählen könne.

»Sie hatte anscheinend im vergangenen Jahr eine Affäre mit Robert Gabriel. Deswegen gab es gestern nachmittag eine Riesenszene zwischen den beiden. Gabriel verlangte von Joy, sie solle seiner geschiedenen Frau sagen, er hätte nur ein einziges Mal mit ihr geschlafen. Joy lehnte das ab. Es – na ja, die Auseinandersetzung drohte gewalttätig zu werden, als Rhys in Joys Zimmer rannte und eingriff.«

St. James sah sie perplex an. »Ich verstehe nicht ganz. Kannte denn Joy Sinclair Robert Gabriels Frau? Wußte sie überhaupt, daß er verheiratet war?«

»O ja«, antwortete Helen. »Robert Gabriel war neunzehn Jahre lang mit Irene Sinclair verheiratet, Joys Schwester.«

Inspector Macaskin sperrte die Tür auf und führte Lynley und St. James in Joy Sinclairs Zimmer. Er griff zum Schalter, und zwei bronzene Deckenlampen in Form eingerollter Schlangen tauchten den Raum in helles Licht. Es war ein sehr schönes Zimmer, groß und luftig, mit einer kostbaren Tapete in zarten Gelb- und Grüntönen. Die Einrichtung bestand aus einem breiten Himmelbett, einer antiken Kommode, einem Schrank und mehreren Sesseln. Ein weicher Axminster Teppich, leicht verblichen von langen Dienstjahren, bedeckte die Eichendielen, die unter ihren Füßen leise knarrten.

Zugleich aber war nicht zu verkennen, daß dieser Raum Schauplatz eines brutalen Verbrechens gewesen war. Die kalte Luft war immer noch geschwängert von Blut und Zerstörung. Und sofort wurde das Auge angezogen von dem zerwühlten Bett mit den blutgetränkten Laken und der aufgeschlitzten Matratze, die daran erinnerte, wie die Frau ums Leben gekommen war.

Die drei Männer streiften Gummihandschuhe über. Lynley nahm mit einem einzigen Blick das ganze Zimmer in sich auf, Macaskin steckte die Hauptschlüssel Francesca Gerrards ein, und St. James musterte mit scharfem Blick den entsetzlichen Katafalk.

Während die anderen schweigend dabeistanden, zog St. James einen kleinen Meterstab aus seiner Tasche, beugte sich über das Bett und senkte den Stab vorsichtig in das Loch, das der Dolch gerissen hatte. Die Matratze war ungewöhnlich, ganz mit Wolle gestopft, zweifellos sehr bequem, da das Material dem Druck der Schulter, der Hüften und des Rückens angenehm nachgab. Genauso hatte es auch dem Druck der Mordwaffe nachgegeben und seine Form gehalten, so daß sich die Richtung des Einstichs exakt feststellen ließ.

»Ein Stoß«, bemerkte St. James. »Mit der rechten Hand, von der linken Bettseite aus geführt.«

»Kann es eine Frau gewesen sein?« fragte Macaskin kurz.

»Wenn der Dolch scharf genug war«, antwortete St. James, »war keine besondere Kraft nötig, um einen solchen Stoß zu führen. Ja, es könnte eine Frau gewesen sein.« Er machte ein nachdenkliches Gesicht. »Wie kommt es, daß man sich bei einem solchen Verbrechen eine Frau nicht recht als Täterin vorstellen kann?«

Macaskins Blick ruhte auf dem großen, immer noch feuchten Fleck auf der Matratze. »Scharf, ja. Verdammt scharf«, fügte er düster hinzu. »Müßte der Mörder nicht Blut abbekommen haben?«

»Nicht unbedingt. Ich würde vermuten, daß er Blut an

der rechten Hand und am Arm hatte, aber wenn er schnell war und sich mit dem Bettzeug geschützt hat, kann er durchaus mit ein paar Spritzern davongekommen sein. Und die hätten sich, wenn er nicht den Kopf verloren hat, mit Leichtigkeit an einem der Laken abwischen lassen.«

»Und seine Kleider?«

St. James untersuchte die zwei Kopfkissen, legte sie auf einen Sessel und zog das Laken vorsichtig, Zentimeter um Zentimeter, von der Matratze ab. »Es ist gut möglich, daß der Mörder unbekleidet war«, bemerkte er. »Das wäre für ihn das einfachste gewesen. Danach hätte er – oder – sie«, fügte er mit einem Blick zu Macaskin hinzu, »in sein Zimmer zurückgehen können und das Blut mit Wasser und Seife abwaschen können. Wenn er überhaupt etwas abbekommen hatte.«

»Aber das wäre doch riskant gewesen«, wandte Macaskin ein. »Ganz zu schweigen davon, daß es eiskalt gewesen wäre.«

St. James antwortete nicht gleich. Er war dabei, das Loch im Laken mit dem in der Matratze zu vergleichen. »Das ganze Verbrechen war riskant«, sagte er dann. »Joy Sinclair hätte leicht wach werden und um Hilfe schreien können.«

»Vorausgesetzt, sie war überhaupt schon eingeschlafen«, warf Lynley ein. Er stand beim Toilettentisch in der Nähe des Fensters, auf dem alle möglichen Gegenstände durcheinander lagen: Make-up, Haarbürsten, ein Fön, Zellstofftücher, sehr viel Schmuck, darunter drei Ringe, fünf silberne Armreifen und zwei bunte Perlenketten. Ein goldener Kreole lag auf dem Boden.

»St. James«, sagte Lynley, den Blick auf den Tisch gerichtet, »wenn du mit Deborah in ein Hotel gehst, sperrt ihr dann ab?«

»Aber schleunigst«, antwortete St. James lächelnd. »Das kommt wahrscheinlich davon, wenn man mit dem Schwiegervater unter einem Dach lebt. Wir brauchen nur ein paar Tage ohne ihn zu sein, und schon sinken wir in tiefste Lasterhaftigkeit ab. Warum?«

»Was macht ihr dann mit dem Schlüssel?«

St. James sah von Lynley zur Tür. »Wir lassen ihn im allgemeinen stecken.«

»Richtig.« Vom Toilettentisch nahm Lynley den Zimmerschlüssel. Er hielt ihn an dem Ring mit dem Etikett, auf dem die Zimmernummer stand. »So machen es jedenfalls die meisten Leute. Und was meinst du, warum Joy Sinclair die Tür abgesperrt und den Schlüssel auf den Frisiertisch gelegt hat?«

»Es gab gestern abend doch einen Streit, nicht wahr? Und sie war in ihn verwickelt. Es kann gut sein, daß sie durcheinander oder sehr erregt war, als sie wieder ins Zimmer kam. Vielleicht hat sie abgeschlossen und den Schlüssel dann in ihrem Zorn einfach auf den Tisch geworfen.«

»Möglich. Oder vielleicht hat gar nicht sie selbst die Tür abgeschlossen. Vielleicht kam sie nicht allein hier herein, sondern mit einer anderen Person, die absperrte, während sie im Bett wartete.« Lynley bemerkte, daß Macaskin an seiner Unterlippe zupfte. »Sie sind anderer Meinung?« fragte er.

Macaskin kaute einen Moment versunken an seinem Daumennagel, ehe er ärgerlich die Hand vom Mund wegzog. »Nein, ich glaube nicht, daß jemand bei ihr war«, antwortete er.

Lynley legte den Schlüssel wieder auf den Toilettentisch, ging zum Schrank und öffnete beide Türen. Drinnen sah es unordentlich aus. Die Kleidungsstücke auf den Bügeln hingen schief, als seien sie nur in aller Eile darübergestreift worden; die Schuhe waren einfach hineingeworfen; auf dem Boden lag in einem Haufen eine Bluejeans; im aufgeklappten Koffer stapelten sich Strümpfe und Unterwäsche.

Lynley sah die Sachen durch und wandte sich dann wieder Macaskin zu. »Warum nicht?« fragte er ihn, während St. James zur Kommode ging und die Schubladen zu öffnen begann.

»Sie konnten es auf den Fotografien wahrscheinlich nicht erkennen«, antwortete Macaskin, »aber sie hatte die Jacke eines Herrenpyjamas an.«

»Aber dann ist es doch noch wahrscheinlicher, daß jemand mit ihr im Zimmer war.«

»Sie meinen, sie trug die Pyjamajacke des Mannes, der mit ihr hier war? Glaube ich nicht.«

»Und warum nicht?« Lynley schloß die Schranktüren und lehnte sich dagegen.

»Besucht ein Mann seine Angebetete in seinem ältesten Pyjama?« fragte Macaskin im selbstsicheren Ton eines Vortragenden, der über sein Thema ausgiebig nachgedacht hatte. »Die Jacke, die sie anhatte, war völlig verwaschen und an den Ellbogen durchgewetzt. Mindestens sechs oder sieben Jahre alt, würde ich schätzen. Vielleicht sogar älter. Na, würde ein Mann so was zu einer Liebesnacht anziehen oder der Dame als Erinnerungsstück zurücklassen?«

»So, wie Sie die Jacke beschreiben«, meinte Lynley nachdenklich, »hört es sich eher an, als sei sie eine Art Talisman gewesen.«

»Genau.« Lynleys Zustimmung schien Macaskin zu ermutigen, näher auf sein Thema einzugehen. Er wanderte vom Bett zum Toilettentisch und von dort zum Schrank und gestikulierte mit beiden Händen, um seine Worte zu unterstreichen. »Und wenn wir annehmen, daß die Pyjamajacke immer schon ihr gehörte und gar nicht von einem Mann stammte – würde sie ihren Liebhaber in so einem Ding erwarten? Ich kann's mir jedenfalls nicht vorstellen.«

»Ich auch nicht.« St. James, der noch an der Kommode stand, drehte sich kurz um. »Und wenn wir bedenken, daß es keinerlei Anzeichen für einen Kampf gibt, müssen wir zu dem Schluß kommen, daß sie schlief, als der Dolchstich sie traf – auch wenn sie vielleicht noch wach war, als der Mörder kam – wenn es beispielsweise eine Person war, die sie hereingelassen hatte, um noch einen kleinen Schwatz zu halten.«

»Und selbst wenn sie nicht schlief«, meinte Lynley, »war sie auf jeden Fall völlig überrascht. Das heißt, der Mörder müßte jemand sein, dem sie vertraute. Aber hätte sie in dem Fall nicht eigenhändig die Tür abgeschlossen?«

»Nicht unbedingt«, widersprach Macaskin. »Der Mörder kann abgeschlossen, sie getötet haben und –«

»– und in Helens Zimmer zurückgekehrt sein«, vollendete Lynley kalt. Mit einer heftigen Kopfbewegung wandte er sich St. James zu. »Bei Gott–«

»Noch nicht«, sagte St. James.

Sie setzten sich an einen kleinen, mit Zeitschriften beladenen Tisch am Fenster, Lynley blätterte unkonzentriert in einigen Illustrierten, St. James hob den Deckel der Teekanne auf dem vergessenen Morgentablett und betrachtete den dünnen grauen Film, der sich auf der Flüssigkeit gebildet hatte, und Macaskin klopfte mit einem Kugelschreiber im Staccato an seine Schuhsohle.

»Zwei Zeitperioden«, sagte St. James. »Zwanzig Minuten oder mehr zwischen der Auffindung der Toten und dem Anruf bei der Polizei. Dann nahezu zwei Stunden zwischen dem Anruf bei der Polizei und ihrem Eintreffen hier.« Er sah Macaskin an. »Und die Leute der Spurensicherung kamen offensichtlich nicht dazu, das Zimmer gründlich zu untersuchen, weil sie vorzeitig auf ihre Dienststelle zurückgerufen wurden?«

»Das ist richtig.«

»Dann lassen Sie sie doch jetzt wieder herkommen und

ihre Untersuchung abschließen. Ich fürchte allerdings, daß uns das nicht viel bringen wird. Inzwischen kann hier alles mögliche an falschen Indizien hereingeschmuggelt worden sein.«

»Oder es ist Material entfernt worden«, meinte Macaskin trübe. »Wir haben ja nur Lord Stinhursts Wort dafür, daß er alle Türen abschloß und auf uns wartete, ohne sonst irgend etwas zu tun.«

Bei der Bemerkung fiel Lynley etwas ein. Er stand plötzlich auf und ging ohne ein Wort von der Kommode zum Schrank und dann zum Toilettentisch. Die beiden anderen Männer sahen, wie er Türen öffnete, Schubladen aufzog, hinter Möbelstücke schaute.

»Das Manuskript«, sagte er. »Sie sind doch hergekommen, um an einem Manuskript für ein Theaterstück zu arbeiten. Joy Sinclair war die Autorin. Aber wo ist das Buch? Wieso sind hier keinerlei Unterlagen? Keine Notizen?«

Macaskin sprang auf. »Ich werd mich gleich mal drum kümmern«, sagte er und eilte hinaus.

Als sich die Tür hinter ihm schloß, öffnete sich die andere Tür. »Wir sind hier fertig«, meldete Barbara Havers von Helen Clydes Zimmer aus.

Lynley sah St. James an. Der streifte seine Handschuhe ab. »Darauf freu ich mich gar nicht«, bekannte er.

Helen hatte nie darüber nachgedacht, in welchem Maß ihre Selbstsicherheit von ihrem täglichen Bad abhing. Gerade weil ihr dieser kleine Luxus an diesem Tag versagt geblieben war, lechzte sie jetzt förmlich danach, doch Barbara Havers erteilte ihr eine Absage. »Tut mir leid. Ich muß bei Ihnen bleiben, und ich kann mir vorstellen, daß Sie nicht scharf darauf sind, sich von mir den Rücken schrubben zu lassen.« Die Folge war, daß Helen sich in ihrer Haut, wie nach einer langen Eisenbahnfahrt, nicht wohl fühlte.

Aber Schminken war gestattet, auch wenn es ihr entschieden unangenehm war, sich unter dem wachsamen Auge einer Kriminalbeamtin zurechtzumachen. Sie kam sich vor wie eine Vorführdame. Dieses Gefühl verstärkte sich beim Anziehen, so daß sie einfach das Erstbeste nahm, was ihr in die Hände fiel, ohne Rücksicht darauf, was es war oder wie es an ihr aussah. Sie spürte nur das kühle Gleiten von Seide, die rauhe Berührung von Wolle. Was das für Kleidungsstücke waren, ob sie zusammenpaßten oder die Farben sich bissen, hätte sie nicht sagen können.

Die ganze Zeit hörte sie aus dem Nebenzimmer St. James, Lynley und Inspector Macaskin. Sie sprachen nicht besonders laut, doch sie konnte sie mühelos verstehen. Und sie fragte sich daher, was um alles in der Welt sie ihnen sagen sollte, wenn sie wissen wollten, warum sie in der Nacht nicht einen Laut aus Joy Sinclairs Zimmer gehört hatte. Sie schlug sich immer noch mit dieser Frage herum, als Barbara Havers die Verbindungstür öffnete, um St. James und Lynley ins Zimmer zu lassen.

Sie drehte sich nach ihnen um. »Ich sehe wahrscheinlich grauenhaft aus, Tommy«, sagte sie mit einem heiteren Lächeln. »Du mußt mir bei sämtlichen Göttern der Schneiderkunst schwören, daß du keinem Menschen erzählen wirst, daß ich nachmittags um vier noch im Nachthemd und in Pantoffeln herumgelaufen bin.«

Ohne ihr zu antworten, blieb Lynley neben einem Sessel stehen. Lynley schien das Möbel ziemlich eingehend zu untersuchen. Dann bückte er sich und hob eine schwarze Krawatte vom Boden auf, die er ostentativ über die Rückenlehne legte. Mit einem letzten Blick durch das Zimmer nickte er Barbara zu, und diese klappte ihren Block auf.

All die leichten heiteren Bemerkungen, die Helen eben noch auf der Zunge gehabt hatte, um die amtliche Zurückhaltung zu durchbrechen, mit der Lynley ihr seit dem ersten Zusammentreffen in der Bibliothek begegnet war, zerrannen unter seiner Kälte. Er hatte die Oberhand. Und Helen wurde blitzartig klar, wie er das zu nutzen gedachte.

»Setz dich, Helen.« Und als sie zu einem Sessel ging: »An den Tisch, bitte.«

Wie in Joy Sinclairs Zimmer stand der Tisch unter einem Erkerfenster, dessen Vorhänge nicht zugezogen waren. Draußen war es schnell dunkel geworden, und in den Scheiben spiegelten sich geisterhafte Erscheinungen und Streifen goldenen Lichts von der Nachttischlampe an der gegenüberliegenden Wand. Draußen bildete sich Reif auf der Scheibe, und Helen wußte, wenn sie die Hand auf das Glas legte, würde es schmerzend kalt sein wie Eis.

Sie ging zu einem der Stühle, antike Stücke aus dem achtzehnten Jahrhundert, mit einem Dekorationsstoff bezogen, der eine Szene aus der Mythologie zeigte. Helen wußte, daß sie den jungen Mann und die Nymphe, die in ländlicher Idylle flehentlich die Arme nacheinander ausstreckten, hätte erkennen müssen – Lynley erkannte sie sicher. Aber ob es Paris war, der nach dem Urteilsspruch die versprochene Belohnung suchte, oder Echo, die nach Narziß schmachtete, hätte sie nicht sagen können. Es war ihr in diesem Moment auch ziemlich gleichgültig.

Lynley setzte sich zu Helen an den Tisch. Sein Blick blieb an den verräterischen Gegenständen haften, die darauf standen: eine Flasche Cognac, ein überquellender Aschenbecher, eine Delfter Schale mit Orangen, von denen eine teilweise geschält, aber dann liegengelassen war. Ein schwacher Duft strömte noch von ihr aus. Barbara Havers zog sich den Hocker vom Toilettentisch heran, während St. James langsam durch das Zimmer ging.

Helen hatte St. James hundertmal zuvor bei der Arbeit gesehen. Sie wußte, wie genau und gründlich er war. Doch als sie jetzt die vertraute Gründlichkeit gegen sich selbst gerichtet sah, als sie beobachtete, wie er in einer ersten, oberflächlichen Untersuchung Kommode und Toilettentisch, Schrank und Fußboden musterte, verlor sie die Fassung. Es war wie eine Verletzung, ein Übergriff, und als er die Decke ihres ungemachten Betts zurückschlug und sich das Laken darunter ansah, konnte sie sich nicht länger zurückhalten.

»Mein Gott, Simon, ist das unbedingt nötig?«

Keiner antwortete ihr. Aber das Schweigen war Antwort genug. Bei dem Gedanken, daß sie fast neun Stunden lang eingesperrt gewesen war wie eine gemeine Verbrecherin und jetzt hier brav am Tisch sitzen sollte, während Lynley und St. James sie verhörten, als wären sie nicht alle drei seit Jahren eng befreundet, packte sie ein ungeheurer Zorn. Sie kämpfte dagegen an, aber nur mit beschränktem Erfolg. Sie sah wieder zu Lynley und zwang sich, die Geräusche von St. James' Bewegungen hinter ihr im Zimmer zu ignorieren.

»Erzähl uns von der Auseinandersetzung gestern abend.«

Nach Lynleys bisherigem Verhalten hatte Helen erwartet, seine erste Frage würde dem Zimmer gelten. Dieser unerwartete Einstieg überraschte und entwaffnete sie einen Moment, genau wie es von ihm zweifellos beabsichtigt war.

»Wenn ich das könnte! Ich weiß nur eines mit Sicherheit: daß es um das Stück ging, an dem Joy Sinclair arbeitete. Lord Stinhurst und sie gerieten sich kräftig in die Haare darüber. Und Joanna Ellacourt war wütend.«

»Warum?«

»Soweit ich verstanden habe, stimmte das Manuskript, das Joy mit hierher brachte, in wesentlichen Punkten nicht mit dem ursprünglichen Konzept überein, das in London für alle Beteiligten die Vertragsgrundlage gewesen war. Sie sagte zwar schon beim Abendessen, sie hätte einige Veränderungen vorgenommen, aber offensichtlich gingen die Änderungen viel weiter als erwartet. Es war zwar immer noch ein Kriminalstück, aber alles andere hatte sie anscheinend umgestoßen. Das führte dann zu der Auseinandersetzung.«

»Und wann war das?«

»Wir waren ins Wohnzimmer gegangen, um das Stück zu lesen. Der Streit begann schon nach fünf Minuten. Es war so merkwürdig, Tommy. Sie hatten kaum angefangen, als Francesca – Lord Stinhursts Schwester – wie von der Tarantel gestochen aus ihrem Sessel aufsprang und Lord Stinhurst anschrie. Ich glaube, sie rief: ›Nein! Stuart, sag ihr, sie soll aufhören!‹ Und dann wollte sie aus dem Zimmer laufen. Aber sie war anscheinend so erregt, daß sie völlig die Orientierung verloren hatte. Jedenfalls rannte sie, als sie sich umdrehte, direkt in eine Glasvitrine. Es ist ein Wunder, daß sie sich an den Scherben nicht verletzt hat.«

»Und was taten die anderen?«

Helen beschrieb das Verhalten jeder einzelnen Person, soweit sie es in Erinnerung hatte: Robert Gabriel starrte Lord Stinhurst an und wartete offenbar darauf, daß er entweder Joy zum Schweigen bringen oder seiner Schwester zu Hilfe kommen würde; Irene Sinclair saß bleich in ihrem Sessel und sagte kein Wort, während der Streit immer heftiger wurde; Joanna Ellacourt schleuderte ihr Manuskript auf den Boden und rauschte hocherhobenen Hauptes aus dem Zimmer; ihr Mann, David Sydeham, folgte ihr auf dem Fuß; Joy Sinclair saß an dem kleinen Lesepult und sah lächelnd Lord Stinhurst an, der plötzlich aufsprang, sie am Arm packte, nach nebenan in das Frühstückszimmer zerrte und die Tür zuschlug.

»Und dann«, schloß Helen, »rannte Elizabeth Rintoul zu

ihrer Tante Francesca. Ich hatte den Eindruck, daß sie weinte, was für sie eigentlich sehr untypisch ist.«

»Wieso?«

»Ich weiß auch nicht. Elizabeth kommt mir immer so vor, als hätte sie das Weinen schon vor langer Zeit aufgegeben«, antwortete Helen. »Ich glaube, sie hat eine ganze Menge aufgegeben. Darunter auch Joy Sinclair. Die beiden waren einmal enge Freundinnen, wie Rhys mir erzählte.«

»Du hast nicht erwähnt, was er nach der Lesung tat«, bemerkte Lynley. Doch er ließ ihr keine Zeit zu einer Antwort, sondern fügte ohne Pause hinzu: »Dann war der Streit eigentlich nur zwischen Stinhurst und Joy Sinclair? Die anderen hatten keinen Anteil daran?«

»Nein. Nur Stinhurst und Joy. Ich konnte ihre Stimmen aus dem Frühstückszimmer hören.«

»Haben sie geschrien?«

»Joy, ja, ein bißchen. Von Stinhurst habe ich eigentlich fast gar nichts gehört. Er hat es wahrscheinlich nicht nötig, die Stimme zu erheben, um sich Gehör zu verschaffen. Den Eindruck macht er mir jedenfalls. Das einzige, was ich deutlich hören konnte, waren ein paar laute Worte von Joy. Es ging um einen gewissen Alec. Sie sagte, Alec hätte es gewußt, und darum hätte Lord Stinhurst ihn umgebracht.«

Helen hörte, wie Barbara Havers neben ihr den Atem einsog, und sah den Blick, den sie Lynley zuwarf.

»Aber das war bestimmt nicht wörtlich gemeint, Tommy«, fügte sie hastig hinzu. »Etwa so, wie wenn man sagt, ›das wird deine Mutter umbringen‹. Du weißt, was ich meine. Lord Stinhurst hat jedenfalls nicht einmal etwas darauf erwidert. Er verließ einfach das Zimmer und sagte nur, er sei mit ihr fertig. So etwas in dem Sinn.«

»Und dann?«

»Joy und Stinhurst gingen nach oben. Getrennt. Sie sahen beide fürchterlich aus. Als hätte keiner durch den

Streit etwas gewonnen und als wünschten sie, es wäre nie dazu gekommen. Jeremy Vinney wollte etwas zu Joy sagen, als sie in die Halle kam, aber sie antwortete ihm überhaupt nicht. Vielleicht weinte sie auch. Ich konnte es nicht erkennen.«

»Und was hast du nach dem Streit getan, Helen?«

Lynley blickte in den Aschenbecher, starrte auf die Zigarettenstummel darin und die Asche, die grau auf der Tischplatte lag.

»Ich hörte jemanden im Salon und ging hinein, um zu sehen, wer es war.«

»Warum?«

Helen überlegte, ob sie lügen, ihm eine amüsante Beschreibung von sich selbst auftischen sollte, wie sie, wie eine junge Miss Marple, von unbezähmbarer Neugier getrieben durch das Haus geschlichen war. Doch sie entschied sich für die Wahrheit.

»Ich habe Rhys gesucht, Tommy.«

»Aha. Der war wohl verschwunden?«

Sie ärgerte sich über seinen Ton. »Alle waren verschwunden.«

Sie sah, daß St. James mit seiner Spurensicherung fertig war. Er setzte sich in den Sessel neben der Tür, lehnte sich zurück und hörte schweigend dem Gespräch zu. Helen wußte, daß er sich keine Notizen machen würde. Aber er würde jedes Wort im Kopf behalten.

»Und war Davies-Jones im Wohnzimmer?«

»Nein. Aber Lady Stinhurst – Marguerite Rintoul. Und Jeremy Vinney. Kann sein, daß er eine Story für seine Zeitung witterte. Ich hatte den Eindruck, er versuchte krampfhaft, aus ihr herauszubekommen, was eigentlich geschehen war. Allerdings ohne Erfolg. Ich habe sie angesprochen, weil – also, ehrlich gesagt, sie wirkte wie unter Schock. Sie hat dann auch ein paar Worte mit mir gesprochen. Es war seltsam, sie sagte fast das gleiche wie Francesca vorher im Salon zu ihrem Mann. ›Sagen Sie ihr, sie soll aufhören.‹ Oder so ähnlich.«

»Wen meinte sie? Joy Sinclair?«

»Oder vielleicht Elizabeth, ihre Tochter. Ich hatte gerade von Elizabeth gesprochen. Ich glaube, ich sagte: ›Soll ich Elizabeth holen?‹«

Helen fühlte sich wie eine Verdächtige bei einem hochnotpeinlichen Verhör. Während sie Rede und Antwort stand, nahm sie verschiedene Geräusche wahr: das Kratzen von Barbara Havers' Bleistift; das Brummen Macaskins, der irgendwelche Anweisungen gab; und von unten, aus der Bibliothek, wo die Tür geöffnet und wieder geschlossen wurde, zornige Stimmen. Zwei Männer. Sie erkannte die Stimmen nicht.

»Wann bist du gestern abend in dein Zimmer gegangen, Helen?«

»Es muß so halb eins gewesen sein. Ich habe nicht darauf geachtet.«

»Was hast du getan, als du hier warst?«

»Ich habe mich ausgezogen, gewaschen und noch eine Zeitlang gelesen.«

»Und dann?«

Helen antwortete nicht gleich. Sie beobachtete Lynleys Gesicht, konnte es ungehindert tun, da er es vermied, sie anzusehen. Seine Züge waren von fast klassischer strenger Schönheit, aber während er jetzt seine Fragen stellte, sah sie, wie sich vor die vertrauten Gesichtszüge eine Maske harter Undurchdringlichkeit schob, die sie nie zuvor an ihm gesehen hatte. Zum ersten Mal in den langen Jahren ihrer Freundschaft fühlte sie sich völlig von Lynley abgeschnitten, und um diese Trennung zu überbrücken, streckte sie einen Arm aus, nicht um ihn zu berühren, sondern in dem Versuch, die innere Verbindung wiederherzustellen, die er offenbar nicht zulassen wollte. Als er nicht reagierte, die Geste mit keiner Bewegung auch nur zur Kenntnis nahm, konnte sie nur noch versuchen, den Stier bei den Hörnern zu packen.

»Du wirkst so schrecklich verärgert, Tommy. Bitte, sag mir, was los ist.«

Lynley machte mit der rechten Hand eine heftige Bewegung. »Seit wann rauchst du?«

Helen merkte, daß Barbara Havers abrupt zu schreiben aufhörte. Sie sah, wie St. James sich in seinem Sessel aufsetzte. Und sie erkannte, daß ihre Frage, aus welchem Grund auch immer, es Lynley ermöglicht hatte, den formellen Rahmen des amtlichen Verhörs, der von Vorschriften und festen Regeln bestimmt war, niederzureißen.

»Du weißt, daß ich nicht rauche.« Sie zog ihre Hand zurück.

»Was hast du gestern nacht gehört?« fragte Lynley. »Joy Sinclair wurde zwischen drei und sechs Uhr ermordet.«

»Nichts. Es war sehr stürmisch. Die Fenster haben richtig geklappert. Das hat wahrscheinlich alle Geräusche aus ihrem Zimmer übertönt. Wenn es überhaupt Geräusche gab.«

»Und außerdem warst du ja nicht allein, nicht wahr? Du warst sicher – abgelenkt.«

»Ja, das stimmt. Ich war nicht allein.« Sie sah, wie sein Mund schmal wurde. Sonst zeigte er keine Regung.

»Um welche Zeit ist Davies-Jones zu dir ins Zimmer gekommen?«

»Um eins.«

»Und wann ist er wieder gegangen?«

»Kurz nach fünf.«

»Du hast auf die Uhr gesehen?«

»Er hat mich geweckt. Er war angezogen. Ich fragte, wie spät es sei, und er sagte es mir.«

»Und zwischen eins und fünf, Helen?«

Sie starrte ihn ungläubig an. »Was genau möchtest du wissen?«

»Ich möchte wissen, was in diesem Zimmer zwischen eins und fünf vorging. Um dein eigenes Wort zu gebrauchen: genau.«

In ihrer Erschütterung über die verletzende Frage selbst – ein brutaler Eingriff in ihr Leben – und über die darin enthaltene selbstverständliche Annahme, daß sie ehrlich antworten würde, sah Helen, wie Barbara Havers den Mund öffnete. Sie schloß ihn jedoch sehr rasch, als Lynleys eisiger Blick sie traf.

»Warum fragst du mich das?« fragte Helen.

»Möchtest du einen Anwalt, der dir erklärt, welche Fragen ich im Rahmen meiner Ermittlungsarbeit stellen darf und welche nicht? Wir können einen anrufen, wenn du das für erforderlich hältst.«

Das ist nicht mein Freund, dachte Helen ungläubig. Das ist nicht der Mann, den ich seit mehr als zehn Jahren kenne. Dieser Mann war ihr fremd. Widersprüchliche Gefühle tobten in ihr: Zorn, Schmerz, tiefe Enttäuschung. Nur mit größter Anstrengung konnte sie den Anschein von Gleichmut wahren.

»Rhys hat mir Cognac gebracht.« Sie wies auf die Flasche, die auf dem Tisch stand. »Wir haben uns unterhalten.«

»Hast du etwas getrunken?«

»Nein. Ich hatte vorher schon was getrunken. Ich wollte nichts mehr.«

»Und er?«

»Nein. Er – kann nicht trinken.«

Lynley sah Havers an. »Sagen Sie Macaskins Leuten, sie sollen sich die Flasche ansehen.«

Helen wußte, was hinter der Anweisung stand. »Sie ist versiegelt.«

»Nein, das ist sie leider nicht.« Lynley nahm Havers' Bleistift und hob die Folie über dem Korken der Cognacflasche an. Sie ließ sich leicht herunternehmen; als sei sie schon einmal entfernt und dann wieder übergestreift worden.

Helen war elend. »Was willst du damit sagen? Daß Rhys für das Wochenende extra etwas mitgenommen hatte, um mich zu betäuben? Damit er dann in aller Ruhe Joy Sinclair ermorden konnte – seine eigene Cousine? Und ich ihm dann ein Alibi geben würde? Ist es das, was dir im Kopf herumgeht?«

»Du hast gesagt, ihr hättet euch unterhalten, Helen. Soll ich das so verstehen, daß ihr euch, nachdem du den Cognac oder was sonst in der Flasche ist, zurückgewiesen hattest, den Rest der Nacht mit geistsprühender Konversation vertrieben habt?«

Seine Weigerung, ihre Frage zu beantworten, sein unbeirrbares Festhalten an den Formalien eines polizeilichen Verhörs, solange es ihm zweckdienlich war, sein leichthin gefaßter Entschluß, einem Mann die Schuld in die Schuhe zu schieben und die Tatsachen dann entsprechend zurechtzubiegen, machte sie wütend. Als sie ihm antwortete, sprach sie langsam und überlegt, im vollen Bewußtsein dessen, was sie tat und wie es sich auf ihre Freundschaft auswirken würde.

»Nein, natürlich nicht, Tommy. Wir haben uns geliebt. Danach haben wir geschlafen. Und dann, viel später, haben wir uns noch einmal geliebt.«

Lynley zeigte keinerlei Reaktion auf ihre Worte. Der Gestank von kaltem Rauch wurde plötzlich unerträglich. Am liebsten hätte sie den Aschenbecher zum Fenster hinausgeworfen. Oder ihm ins Gesicht.

»Das ist alles?« fragte er. »Er ist in der Nacht nicht weggegangen? Er ist nicht aufgestanden?«

Er war zu schnell für sie. Sie schaffte es nicht, ihr Gesicht zu verschließen.

»Aha«, sagte er sofort. »Er ist also aufgestanden. Um welche Zeit, Helen?«

Sie senkte ihren Blick. »Ich weiß es nicht.«

»Hast du geschlafen?«

»Ja.«

»Und was weckte dich?«

»Ein Geräusch. Ich glaube, es war ein Streichholz. Er stand am Tisch und rauchte.«

»Angekleidet?«

»Nein.«

»Und er rauchte nur?«

Sie zögerte kurz. »Ja. Er rauchte. Ja.«

»Aber dir ist noch etwas aufgefallen, nicht wahr?«

»Nein. Es ist nur ...« Er zog die Worte aus ihr heraus. Er zwang sie, Dinge zu sagen, die unausgesprochen hätten bleiben müssen.

»Nur was? Dir ist etwas aufgefallen an ihm? Irgend etwas stimmte nicht?«

»Nein. Nein!« Lynleys Blick – scharf und durchdringend – zwang sie nieder. »Ich ging zu ihm, und seine Haut war feucht.«

»Feucht? Hatte er gebadet?«

»Nein. Salzig. Er war – seine Schultern – er schwitzte. Und dabei war es hier so kalt.«

Lynley sah automatisch zur Verbindungstür.

»Begreifst du denn nicht, Tommy? Es war der Cognac. Er wollte trinken. Er war – er konnte es kaum noch aushalten. Es ist wie eine Krankheit. Mit Joy hatte es überhaupt nichts zu tun.«

Es war, als hätte sie nicht gesprochen. Lynley verfolgte offensichtlich seine eigenen Gedankengänge. »Wie viele Zigaretten hat er geraucht, Helen?«

»Fünf oder sechs. Was du hier siehst.«

Er spann schon an einem Netz. Helen sah es. Wenn Rhys Davies-Jones Zeit gehabt hatte, die sechs Zigaretten zu rauchen, die zusammengedrückt in dem Aschenbecher lagen, und sie erst aufgewacht war, als er die letzte geraucht hatte, was konnte er dann noch alles getan haben? Daß sie genau wußte, wie Rhys die Stunden zugebracht hatte, während sie geschlafen hatte, daß er verzweifelt gegen die Gier nach dem Cognac gekämpft hatte, das interessierte Lynley nicht. Er sah nur, daß Rhys die Zeit gehabt hatte, die Tür aufzusperren, seine Cousine zu töten und, schweißnaß vor Furcht oder Erregung, in Helens Zimmer zurückzukehren. All das las Helen aus der Stille, die ihren letzten Worten folgte.

»Er wollte etwas trinken«, sagte sie. »Aber er darf nicht trinken. Darum rauchte er. Das ist alles.«

»Aha. Ich verstehe. Er ist Alkoholiker?«

Die Kehle war ihr wie zugeschnürt. Es ist nur ein Wort, hätte Rhys mit seinem sanften Lächeln gesagt. Ein Wort allein besitzt keine Macht, Helen.

»Ja.«

»Er ist also aufgestanden, und du bist überhaupt nicht aufgewacht. Er rauchte fünf oder sechs Zigaretten, und du bist nicht aufgewacht.«

»Sag's doch – er sperrte die Tür auf, um Joy Sinclair zu ermorden, und ich bin nicht aufgewacht. Das willst du doch sagen, oder?«

»Seine Fingerabdrücke sind auf dem Schlüssel, Helen.«

»Natürlich. Das bezweifle ich nicht. Er sperrte die Tür ab, ehe wir ins Bett gingen. Oder willst du jetzt sagen, daß das zu seinem Plan gehörte? Dafür zu sorgen, daß ich sah, wie er die Tür absperrte, damit es später eine logische Erklärung für seine Fingerabdrücke gab? Hast du dir's so zurechtgelegt?«

»Du tust das doch.«

Sie holte zitternd Atem. »Das ist eine Gemeinheit.«

»Du hast ruhig weitergeschlafen, als er aufstand; du hast ruhig weitergeschlafen, während er eine Zigarette nach der anderen rauchte. Willst du mir jetzt etwa erklären, daß du in Wirklichkeit einen sehr leichten Schlaf hast und es auf jeden Fall gemerkt hättest, wenn Davies-Jones das Zimmer verlassen hätte?«

»Ich hätte es gemerkt!«

Lynley warf einen Blick über seine Schulter. »St. James?« fragte er ruhig.

Bei diesen Worten verlor Helen den letzten Rest ihrer mühsam bewahrten Beherrschung. Sie sprang auf. Ihr Stuhl kippte um. Mit aller Kraft schlug sie Lynley ins Gesicht.

»Du gemeiner, ekelhafter Kerl!« schrie sie und rannte zur Tür.

»Du bleibst hier!« befahl Lynley.

Sie drehte sich um. »Verhaften Sie mich doch, Inspector!« Damit stürmte sie hinaus und knallte die Tür hinter sich zu.

St. James folgte ihr sofort.

4

Barbara Havers klappte ihren Block zu, langsam und bedächtig, um Zeit zu gewinnen. Lynley, der ihr gegenüber saß, griff in die Innentasche seine Jacketts. Obwohl seine Wange noch rot war von Helens Schlag, waren seine Hände völlig ruhig. Er zog Zigarettenetui und Feuerzeug heraus, steckte sich eine Zigarette an und reichte beides Barbara hinüber. Sie zündete sich ebenfalls eine an, doch schon nach dem ersten Zug verzog sie angewidert das Gesicht und drückte die Zigarette aus.

Barbara nahm sich selten Zeit, ihre Gefühle zu analysieren, aber jetzt tat sie es, verwirrt über die Erkenntnis, daß sie bei dem, was sich soeben ereignet hatte, am liebsten eingegriffen hätte. Lynleys Fragen hatten insgesamt durchaus dem Standardverfahren entsprochen, aber die Art und Weise, wie er sie gestellt hatte, und die häßlichen Untertöne in seiner Stimme hatten Barbara so weit gebracht, daß sie am liebsten für Helen Clyde in die Bresche gesprungen wäre. Sie konnte nicht verstehen, warum. Deshalb dachte sie in der plötzlichen Stille, die Helens dramatischem Abgang folgte, darüber nach und entdeckte den Beweggrund: Wertschätzung dieser jungen Frau, die ihr in den Monaten, seit sie mit Lynley zusammenarbeitete, auf vielfältige Art mit Herzlichkeit begegnet war.

»Ich glaube, Inspector –« Barbara strich mit dem Daumen über eine Falte im Deckel ihres Blocks, »Sie sind eben ganz schön aus der Rolle gefallen.«

»Jetzt ist gewiß nicht der Moment, mich an Dienstvorschriften zu erinnern«, entgegnete Lynley. Sein Ton war neutral, doch Barbara hörte die mühsam unterdrückte Spannung durch.

»Das hat überhaupt nichts mit Dienstvorschriften zu tun, sondern mit Anstand und Taktgefühl. Sie haben Helen behandelt wie das letzte Flittchen, Inspector, und wenn Sie mir jetzt sagen, daß sie sich entsprechend verhalten hat, dann sollten Sie vielleicht mal einen kurzen Blick auf ein, zwei dunkle Punkte in Ihrer eigenen bewegten Vergangenheit werfen und sich fragen, wie die sich bei so einer Inquisition, wie Sie sie Helen eben zugemutet haben, darstellen würden.«

Lynley zog an seiner Zigarette, schien den Geschmack jedoch unangenehm zu finden und drückte sie in dem vollen Aschenbecher aus. Ein wenig Asche wirbelte auf und setzte sich auf seine Manschette. Beide starrten sie stumm auf die schwarzen Flecken auf dem feinen weißen Stoff.

»Helen hatte das Pech, zur falschen Zeit am falschen Ort zu sein«, versetzte Lynley. »Da können wir nicht dran vorbei, Havers. Ich kann Helen keine Sonderbehandlung zugestehen, nur weil ich mit ihr befreundet bin.«

»Ach was?« fragte Barbara. »Na, da bin ich ja mal gespannt, wie diese äußerst korrekte Einstellung zum Tragen kommen wird, wenn das blaue Blut sich zum vertraulichen Plausch zusammensetzt.«

»Was reden Sie da?«

»Ich rede von den Lords Asherton und Stinhurst. Ich kann's kaum erwarten, dabeisein zu dürfen, wenn Sie den edlen Lord genauso in die Zange nehmen wie eben Helen Clyde. Von Aristokrat zu Aristokrat, ein ehemaliger Eton-Schüler zum anderen, ganz unter uns Herrensöhnchen. So läuft das doch normalerweise, oder nicht? Aber wie Sie schon sagten, dies alles wird auf das Verhör selbstverständlich keinen Einfluß haben und nichts daran ändern, daß Lord Stinhurst das Pech hatte, sich zur falschen Zeit am falschen Ort zu befinden.«

Sie kannte ihn gut genug, um zu sehen, daß er zornig war.

»Und was genau erwarten Sie von mir, Sergeant? Daß ich die Fakten ignoriere?« Kühl zählte Lynley sie an den Fingern ab. »Die Korridortür zu Joy Sinclairs Zimmer ist verschlossen. Die Hauptschlüssel sind nach allem, was wir wissen, nicht zugänglich. Davies-Jones' Fingerabdrücke befinden sich auf dem Schlüssel zu der einzigen anderen Tür, durch die man ins Zimmer von Joy Sinclair gelangen kann. Es gibt keinen Zeugen dafür, was er in der Zeit zwischen, sagen wir, zwei und fünf Uhr, getan hat, da Helen schlief. Und dabei haben wir uns noch nicht einmal mit der Frage befaßt, wo Davies-Jones sich bis ein Uhr morgens aufhielt, bevor er bei Helen auftauchte, oder warum ausgerechnet Helen dieses Zimmer hier bekam. Doch sehr gelegen, meinen Sie nicht, wenn man bedenkt, daß gerade dann, wenn dieser Mann hier aufkreuzt, um eine Liebesnacht mit Helen zu verbringen, ganz zufällig nebenan seine Cousine ermordet wird?«

»Tja, genau das ist der wunde Punkt, nicht wahr?« meinte Barbara. »Die Liebesnacht!«

Lynley nahm Zigarettenetui und Feuerzeug an sich, steckte sie ein und stand auf. Er antwortete Barbara nicht. Aber das war auch gar nicht nötig. Sie wußte sehr wohl, daß die eiserne Contenance, die Teil seiner Erziehung war, eine Neigung hatte, ihn in Momenten persönlicher Krise zu verlassen. In dem Augenblick, in dem sie Helen in der Bibliothek erblickt und Lynleys Gesicht gesehen hatte, als Helen in dem Riesenmantel, der ihr bis auf die Füße hing, durch die Bibliothek gekommen war, hatte Barbara gewußt, daß die Situation dazu angetan war, sich für Lynley zu einer beträchtlichen persönlichen Krise auszuwachsen.

Inspector Macaskin klopfte und trat ein. Sein Gesicht war rot vor Zorn, die Augen blitzten.

»Nicht ein einziges Manuskript im ganzen Haus, Inspector«, sagte er. »Unser guter Lord Stinhurst hat sie allesamt gestern abend verbrannt.«

»So ein Zufall«, murmelte Barbara, den Blick zur Zimmerdecke erhoben.

Im unteren Nordkorridor, der die Länge eines Gevierts rund um einen Hof bildete, wo der Schnee fast bis zu den Fenstern hinaufreichte, führte eine Tür hinaus in den Park. Auf einer Seite neben dieser Tür hatte Francesca Gerrard eine Art Rumpelkammer eingerichtet, wo alte Gummistiefel mit langsam rostenden Gartengeräten, Regenmänteln, Hüten und Mützen, Jacken und Schals durcheinanderlagen. Helen kniete auf dem Boden mitten in diesem Wirrwarr und schleuderte einen Gummistiefel nach dem anderen zur Seite, während sie in hektischer Eile den einen Stiefel suchte, der zu dem paßte, den sie bereits am Fuß hatte. Sie hörte St. James' charakteristischen Schritt auf der Treppe herunterkommen und machte noch schneller, wühlte beinahe verzweifelt in dem Durcheinander, um ja aus dem Haus zu kommen, ehe er sie fand.

Aber der scharfe Instinkt, der St. James befähigte, häufig ihre Gedanken schon zu erraten, noch ehe sie selbst sich ihrer bewußt war, führte ihn jetzt direkt zu ihr. Sie hörte seinen von der Anstrengung stoßweise gehenden Atem und brauchte nicht aufzublicken, um zu wissen, daß sein Gesicht gereizt und ungeduldig war über die Schwäche seines Körpers. Sie spürte die vorsichtige Berührung seiner Hand auf ihrer Schulter und schreckte zurück.

»Ich muß raus hier«, sagte sie.

»Das geht nicht. Es ist viel zu kalt. Außerdem hätte ich größte Schwierigkeiten, dir in der Dunkelheit zu folgen, und ich möchte mit dir reden, Helen.«

»Ich glaube nicht, daß wir einander etwas zu sagen haben. Ich kann nur hoffen, du hast die Peep-Show genossen. Oder wolltest du der Nutte ein kleines Trinkgeld geben?«

Sie hob den Kopf bei ihren Worten und sah, wie sich sein

Blick verdunkelt hatte. Aber es freute sie nicht, ihn verletzt zu haben; im Gegenteil, sie bereute augenblicklich ihre Worte. Sie gab die Suche nach dem Gummistiefel auf und stand auf, einen Stiefel am Fuß, einen anderen, der nicht der Richtige war, nutzlos in der Hand. St. James nahm ihre freie Hand.

»Ich kam mir vor wie ein Flittchen«, flüsterte sie. Ihre Augen waren heiß und trocken. Sie hätte nicht weinen können, selbst wenn sie gewollt hätte. »Das werde ich ihm niemals verzeihen.«

»Das würde ich auch gar nicht von dir verlangen. Ich bin nicht gekommen, um Tommy zu entschuldigen, nur um dir zu sagen, daß ihm heute einige Wahrheiten ziemlich hart um die Ohren geschlagen worden sind. Leider war er nicht bereit, sich mit ihnen auseinanderzusetzen. Aber das muß er dir selbst erklären. Wenn er kann.«

Helen zupfte unglücklich am Rand des schwarzen, verschmierten Stiefels, den sie in der Hand hielt.

»Hättest du seine Fragen beantwortet?« fragte sie abrupt.

St. James lächelte, und das sonst unattraktive, kantige Gesicht wurde warm und zutraulich. »Du weißt doch, daß ich dich immer um deine Fähigkeit beneidet habe, alles zu verschlafen, Helen, sei es Feuer, Donner oder Erdbeben. Wie oft habe ich stundenlang hellwach neben dir gelegen und dich dafür verflucht, daß nichts dir deinen Schlaf der Unschuld rauben konnte! Ich weiß noch, daß ich dachte, ich könnte das ganze königliche Kavallerieregiment durch dein Schlafzimmer galoppieren lassen, und du würdest es überhaupt nicht merken. Aber nein, ich hätte ihm keine Antwort gegeben. Es gibt gewisse Dinge, die trotz allem, was geschehen ist, nur uns beide angehen.«

Nun kamen ihr doch die Tränen. Sie stiegen heiß hinter ihren Lidern auf, aber sie drängte sie zurück und wandte sich von ihm ab, während sie sich bemühte, nicht die Fassung zu verlieren. St. James wartete nicht auf eine Erwiderung von ihr. Er zog sie behutsam zu einer schmalen Bank, die auf dünnen Beinen an einer der Wände stand. Mehrere Mäntel hingen an Haken darüber, und er nahm zwei von ihnen herunter, legte einen ihr um die Schultern, den anderen sich selbst, um die Kälte in der Kammer abzuwehren.

»Abgesehen von den Änderungen, die Joy im Manuskript gemacht hatte – ist dir sonst noch etwas aufgefallen, was zu der Szene gestern abend geführt haben könnte?« fragte er.

Helen überdachte die Stunden, die sie vor dem Tumult im Salon mit der Gruppe aus London zugebracht hatte. »Mit Sicherheit kann ich es nicht sagen. Aber ich hatte den Eindruck, daß alle ziemlich gereizt waren.«

»Und wer im besonderen?«

»Auf jeden Fall Joanna Ellacourt. Nach allem, was ich gestern beim Cocktail mitbekam, hatte sie Angst, Joy könnte das Stück so umgeschrieben haben, daß es vor allem dazu diente, ihrer Schwester zu einer neuen Karriere zu verhelfen.«

»Ja, ich kann mir vorstellen, daß ihr das zu schaffen machte.«

Helen nickte. »Mit der Uraufführung von Joys Stück sollte ja nicht nur die Eröffnung des neuen Agincourt Theatre gefeiert werden, sondern auch Joannas zwanzigstes Bühnenjubiläum, Simon. Da erwartete sie natürlich, daß der Glanz auf sie fallen würde und nicht auf Irene Sinclair. Aber sie fürchtete offenbar, es würde genau umgekehrt werden.«

Helen berichtete von der kurzen Szene, die sie am vergangenen Abend im Wohnzimmer miterlebt hatte, als man sich vor dem Abendessen dort eingefunden hatte. Lord Stinhurst hatte mit Rhys Davies-Jones beim Klavier gestanden und einen Stapel Kostümentwürfe durchgesehen, als Joanna Ellacourt in einem tief ausgeschnittenen funkelnden Abendkleid zu ihnen getreten war. Sie hatte die Entwürfe genommen, und ihr Gesicht hatte augenblicklich verraten, was dabei in ihr vorging.

»Joanna war mit Irene Sinclairs Kostümen nicht einverstanden«, vermutete St. James.

»Sie behauptete, jedes einzelne Kostüm sei nur dazu gedacht, Irene herauszustreichen – als Vamp, sagte sie, wenn ich mich recht erinnere. Sie knüllte die Zeichnungen zusammen, erklärte Stinhurst, seine Designer müßten sich etwas Neues einfallen lassen, wenn ihm daran läge, daß *sie* in seinem Stück mitspiele, und warf die Entwürfe ins Feuer. Sie war wirklich außer sich vor Wut, und ich glaube, als sie später das Stück zu lesen begann, sah sie an den Änderungen, die Joy vorgenommen hatte, ihre schlimmsten Befürchtungen bestätigt. Das war meiner Ansicht nach der Grund, warum sie das Buch einfach hinschmiß und ging. Und Joy – also, ich hatte das Gefühl, daß sie den Tumult und die Aufregung, die sie ausgelöst hatte, genoß.«

»Was war sie für ein Mensch, Helen?«

Die Frage war nicht leicht zu beantworten. Sie war eine aparte, auffallende Frau gewesen. Nicht schön, erklärte Helen. Sie hatte ausgesehen wie eine Zigeunerin, mit olivbrauner Haut und schwarzen Augen, feingemeißelten, beinahe scharfen Zügen, die sowohl Intelligenz als auch Stärke verrieten. Sie hatte eine starke sinnliche Ausstrahlung. Selbst eine rasche ungeduldige Bewegung, etwa um einen Ohrring abzunehmen, hatte wie eine Geste der Verheißung wirken können.

»Verheißung für wen?« fragte St. James.

»Das ist schwer zu sagen. Aber ich würde meinen, daß Jeremy Vinney der Mann war, der sich hier am meisten für sie interessierte. Er sprang sofort auf und ging zu ihr, als sie gestern abend ins Zimmer kam – sie war die letzte –, und er saß auch beim Essen neben ihr.«

»War etwas zwischen den beiden?«

»Ihrem Verhalten nach nicht mehr als Freundschaft. Er bemerkte, er hätte in der vergangenen Woche immer wieder versucht, sie telefonisch zu erreichen, und mindestens ein Dutzend Nachrichten auf dem Anrufbeantworter hinterlassen. Und sie lachte nur und sagte, es täte ihr schrecklich leid, daß sie ihn ignoriert habe, aber sie hätte ihren Anrufbeantworter nicht einmal abgehört, weil sie mit einem Buch, das sie ihrem Verleger fest versprochen habe, sechs Monate im Rückstand sei und immer Angst gehabt hätte, er könne dran sein und fragen, wann das Werk denn nun eigentlich käme.«

»Ein Buch?« wiederholte St. James. »Sie schrieb an einem Buch *und* einem Theaterstück?«

Helen lachte etwas bekümmert. »Eine unglaubliche Person, nicht? Und ich komme mir schon unheimlich fleißig vor, wenn ich es schaffe, innerhalb von fünf Monaten einen einzigen Brief zu beantworten.«

»Ich könnte mir vorstellen, daß sie eine Frau war, auf die viele eifersüchtig oder neidisch waren.«

»Vielleicht. Ich hatte eher den Eindruck, daß sie ein ziemlich ausgeprägtes Talent besaß, andere vor den Kopf zu stoßen, ohne sich selbst dessen bewußt zu sein.«

Sie erzählte ihm von Joys Bemerkungen über ein Reingale-Gemälde, das im Salon über dem Kamin hing. Es zeigte eine weißgekleidete Frau der Regency-Ära mit ihren beiden Kindern und einem verspielten kleinen Terrier mit einem Ball.

»Sie sagte, sie hätte das Bild nie vergessen. Wenn sie als Kind auf Westerbrae gewesen sei, habe sie sich immer vorgestellt, sie selbst sei diese weißgekleidete Frau, sicher und geborgen und bewundert, mit zwei schönen Kindern, die sie von Herzen liebten. Mehr, meinte sie, könne man doch eigentlich nicht verlangen, und es sei schon seltsam, wie das Leben so spielt. Ihre Schwester saß direkt unter dem Gemälde, während Joy sprach, und ich weiß noch, daß Irene plötzlich sehr rot wurde. Sie sah aus, als hätte sie von einem Moment auf den anderen Nesselfieber bekommen.«

»Wieso das?«

»Na ja, Irene hatte das alles doch einmal gehabt. Sicherheit, Geborgenheit, einen Mann und zwei Kinder. Und dann hat Joy das alles zerstört.«

St. James machte ein skeptisches Gesicht. »Woher willst du so genau wissen, daß Irene Sinclairs Reaktion auf die Worte ihrer Schwester zurückzuführen war.«

»Ich weiß es natürlich nicht mit Sicherheit. Aber beim Abendessen, als Joy und Jeremy Vinney sich miteinander unterhielten und Joy alle möglichen witzigen Bemerkungen über ihr neues Buch machte und die ganze Gesellschaft mit der Geschichte von irgendeinem Mann unterhielt, den sie in den Fens hatte interviewen wollen, machte Iren...« Helen zögerte. Es war schwierig, den beklemmenden Eindruck in Worte zu fassen, den Irene Sinclairs Verhalten auf sie gemacht hatte. »Irene saß völlig still, ohne sich zu rühren, und starrte in die Flamme ihrer Kerze auf dem Tisch, und dabei – es war gräßlich, Simon. Sie bohrte sich die Zinken ihrer Gabel ganz tief in den Daumen. Aber ich glaube, sie spürte überhaupt nichts.«

St. James blickte nachdenklich auf seine Schuhe hinunter. Sie waren schmutzig vom Matsch der Auffahrt, und er bückte sich, um sie abzuwischen.

»Dann muß aber Joanna Ellacourt Irenes neue Rolle in der veränderten Version des Stücks falsch wahrgenommen haben. Weshalb hätte Joy Sinclair für ihre Schwester schreiben sollen, wenn diese sie bei jeder Gelegenheit vor den Kopf stieß?«

»Ich sag dir doch, meiner Ansicht nach geschah das völlig unbewußt. Und was das Stück angeht – vielleicht hatte Joy ein schlechtes Gewissen. Sie hatte immerhin die Ehe ihrer Schwester zerstört. Die konnte sie ihr nicht wiederherstellen. Aber ihre Karriere konnte sie fördern.«

»Ausgerechnet in einem Stück mit Robert Gabriel? Nach einer unerfreulichen Scheidung, an der Joy selbst mitschuldig war? Ich finde das eher sadistisch.«

»Aber nein, es war ja sonst niemand in London bereit, Irene eine Chance zu geben, Simon. Offenbar hat sie schon seit Jahren nicht mehr gespielt. Dieses Stück ist vielleicht ihre einzige Chance für ein Comeback.«

»Erzähl mir etwas über das Stück.«

Helen meinte, Joys Beschreibung der neuen Version ihres Stücks – das war vor der Lesung gewesen – sei absichtlich provokativ gewesen. Als Francesca Gerrard sie danach gefragt hatte, hatte sie mit einem Lächeln in die Runde gesagt: »Es spielt in einem Haus, das diesem hier sehr ähnlich ist. Mitten im tiefsten Winter, bei vereisten Straßen in verschneiter Einsamkeit. Weit und breit keine Menschenseele und keine Möglichkeit zu entkommen. Es handelt von einer Familie. Und von einem Mann, der ums Leben kommt, und den Menschen, die ihn töten mußten. Und warum sie ihn töten mußten. Um das Warum geht es ganz besonders.« Helen hatte erwartet, daß gleich die Wölfe zu heulen anfangen würden.

»Das klingt, als habe sie das als Botschaft für irgend jemanden gedacht.«

»Ja, nicht wahr? Und als wir später alle im Wohnzimmer saßen und sie die Änderungen durchzugehen begann, sagte sie noch einmal fast das gleiche.«

Die Handlung drehe sich um eine Familie und eine mißlungene Silvesterfeier. Der älteste Bruder hatte, wie Joy erzählte, ein schreckliches Geheimnis, das bald das Leben aller zerstören oder drastisch verändern sollte.

»Und dann fingen sie zu lesen an«, berichtete Helen weiter. »Jetzt tut es mir leid, daß ich nicht genauer darauf geachtet habe, *was* gelesen wurde. Aber es war so stickig in dem Zimmer – das heißt nein, eigentlich war die Atmosphäre mehr gespannt wie kurz vor einer Explosion –, daß ich kaum aufgepaßt habe. Nur an eines kann ich mich noch genau erinnern: Kurz bevor Francesca Gerrard ausflippte, hatte der ältere Bruder in dem Stück – Lord Stinhurst las die Rolle, da sie noch nicht besetzt ist – gerade einen Anruf erhalten. Er beschloß, unverzüglich das Haus zu verlassen, und sagte, es fiele ihm nicht ein, nach siebenundzwanzig Jahren ein zweiter Vasall zu werden. Ich glaube, das war der genaue Wortlaut. Daraufhin sprang Francesca auf, und der ganze Abend endete im Chaos.«

»Vasall?« wiederholte St. James verwundert.

Sie nickte. »Merkwürdig, nicht? Das Stück hatte mit Feudalismus nichts zu tun. Ich dachte, es wäre vielleicht irgendwas ganz Avantgardistisches, das nur ich nicht kapiere, weil ich ein bißchen hinterm Mond bin.«

»Die anderen verstanden es?«

»Stinhurst, seine Frau, Francesca Gerrard und Elizabeth eindeutig. Die anderen fanden es, glaube ich, abgesehen von ihrer Verärgerung über diese kurzfristigen Änderungen, genauso sonderbar wie ich.« Helens Finger kreiste um den Rand des Stiefels, den sie noch immer in der Hand hielt. »Kurz gesagt, ich hatte den Eindruck, daß das Stück jedenfalls in den Augen fast aller Beteiligten seinen noblen Zweck völlig verfehlt hatte. Es hatte im übrigen gleich mehrere noble Zwecke. Einmal sollte durch diese Uraufführung Stinhursts Leistung geehrt werden, die Wiedereröffnung des Agincourt; weiter sollte es der Feier von Joanna

Ellacourts Bühnenjubiläum dienen; und schließlich sollte es für Irene Sinclair und Rhys Davies-Jones ein neuer Start sein. Vielleicht hatte Joy sogar Jeremy Vinney eine Rolle zugedacht. Irgend jemand sagte, er hätte sich als Schauspieler versucht, ehe er Kritiker wurde. Sonst hätte er ja eigentlich auch keinen Grund gehabt, bei der Lesung dabei zu sein, wenn man mal davon absieht, daß er von Anfang an regelmäßig über Stinhursts Bemühungen um das Agincourt berichtet hat. Du siehst also«, schloß sie beinahe drängend, »es wäre doch völlig irrsinnig, wenn eine von diesen Personen Joy getötet hätte. Sie können gar kein Interesse an ihrem Tod gehabt haben.«

St. James sah sie mit einem liebevollen Lächeln an. »Besonders Rhys nicht«, sagte er sehr behutsam.

Helen sah die Güte und die Anteilnahme in seinen Augen. Sie wußte, daß St. James vor allen anderen sie verstehen würde. Und darum sprach sie.

»Gestern nacht mit Rhys. Es war – das erste Mal seit Jahren, daß ich mich so geliebt fühlte, Simon. So wie ich bin, mit allen meinen Fehlern und meinen Tugenden, mit meiner Vergangenheit und meiner Zukunft. Das habe ich bei einem Mann nicht mehr erlebt, seit...« sie zögerte, sprach es aber dann doch aus, »seit dir. Ich hatte nicht erwartet, daß ich es je wieder erleben würde. Zur Strafe. Für das, was damals zwischen uns geschah.«

St. James schüttelte den Kopf, ohne etwas zu erwidern. Erst nach einer kleinen Pause sagte er: »Konzentrier dich, Helen, bist du sicher, daß du gestern nacht nichts gehört hast?«

Sie antwortete mit einer Gegenfrage: »Als du das erste Mal mit Deborah geschlafen hast, was hast du da außer ihr wahrgenommen?«

»Ja, natürlich, du hast recht. Das Haus hätte bis auf die Grundmauern niederbrennen können, ich hätte es überhaupt nicht bemerkt.« Er stand auf, hängte seinen Mantel wieder an den Haken und bot ihr die Hand. Als sie die ihre reichte, runzelte er erschrocken die Stirn. »Du lieber Gott, was hast du denn da gemacht?«

»Was denn?«

»An deiner Hand, Helen.«

Sie senkte den Blick und sah, daß ihre Finger mit Blut verschmiert waren bis unter die Fingernägel. Sie fuhr zurück.

»Wo – ich versteh nicht –«

Auch an ihrem Rock war Blut. Sie suchte die Quelle. Ihr Blick fiel auf den Stiefel, den sie in der Hand gehalten hatte. Sie hob ihn auf und betrachtete den klebrigen Schmier am oberen Rand, Schwarz auf Schwarz im trüben Licht der Kammer. Wortlos reichte sie ihn St. James.

Er drehte den Stiefel über der Bank um und schlug ihn mehrmals kräftig auf das Holz. Ein großer Handschuh rutschte heraus, früher einmal Leder und Pelz, jetzt nur noch eine blutverklebte Masse. Noch nicht trocken.

Das Wohnzimmer auf Westerbrae, links der breiten Freitreppe gelegen, schien Lynley, da es gerade halb so groß war wie die Bibliothek, eine etwas seltsame Wahl für die Zusammenkunft einer größeren Gesellschaft. Alles war noch so, wie es zur Lesung von Joy Sinclairs Stück angeordnet gewesen war, Stühle und Tische in einem Halbkreis in der Mitte des Raumes für die Schauspieler, an den Wänden Sessel für jene, die nur Zuhörer gewesen waren. Auch die Dünste des unseligen Abends hingen noch im Raum; es roch nach dem kalten Rauch von Zigaretten, nach abgebrannten Streichhölzern, Kaffee und Alkohol.

Als Lord Stinhurst unter dem wachsamen Blick von Barbara Havers eintrat, wies Lynley ihn zu einem wenig einladenden hochlehnigen Stuhl am offenen Kamin, in dem ein kleines Feuer brannte. Draußen trafen mit großem Getöse gerade die Beamten von der Spurensicherung der Dienststelle Strathclyde ein.

Stinhurst nahm ohne Widerspruch den ihm zugewiesenen Platz ein und schlug ein Bein über das andere. Die angebotene Zigarette lehnte er ab. Er war tadellos gekleidet, perfekt für ein Wochenende auf dem Land, und sein ganzes Verhalten zeigte die Selbstsicherheit des Mannes, der es gewöhnt ist, im Rampenlicht zu stehen, die Augen Hunderter auf sich zu wissen. Doch er wirkte völlig erschöpft, ob vor Müdigkeit oder von dem Bemühen, die Frauen seiner Familie in dieser schweren Krise zu stützen, hätte Lynley nicht sagen können. Er benutzte die Gelegenheit, um den Mann eingehend zu mustern, während Barbara Havers geräuschvoll in ihrem Block blätterte.

Cary Grant, dachte Lynley zum Schluß seiner Musterung, und der Vergleich gefiel ihm. Obwohl Stinhurst über siebzig war, hatte sein Gesicht kaum etwas von der jugendlichen Kraft verloren, die die gutgeschnittenen Züge mit dem energisch ausgeprägten Kinn immer ausgezeichnet hatte. Sein Haar war zwar ergraut, aber so kräftig und voll wie eh und je. Schlank und beweglich, hatte Stinhurst nichts von einem Greis, schien vielmehr lebender Beweis für die Behauptung, daß rastloser Fleiß der Schlüssel zur Jugend sei.

Doch die freundliche Gelassenheit, das spürte Lynley, war nur Schutzschild. Was diesen Mann vor allem kennzeichnete, war sein Wille zu absoluter Kontrolle, und er schien diese Kontrolle erfolgreich auszuüben: über seinen Körper, seine Gefühle und seinen Geist. Dieser Geist war, soweit Lynley feststellen konnte, ausgesprochen wach und lebendig, durchaus fähig, kühl darüber zu befinden, wie man am besten mit einem Berg lästigen Beweismaterials fertig wurde. In diesem Augenblick zeigte Stinhurst nur ein einziges Anzeichen von Nervosität angesichts des bevorstehenden Gesprächs: Er preßte immer wieder Daumen und Zeigefinger kurz und heftig zusammen. Lynley fand das interessant und war gespannt, ob Stinhurst sich unter wachsendem Druck durch weitere Gesten verraten würde.

»Sie sehen Ihrem Vater sehr ähnlich«, sagte Stinhurst. »Aber das bekommen Sie wahrscheinlich häufig zu hören.«

Lynley sah, wie Havers mit einem Ruck den Kopf hob.

»In meiner Arbeit im allgemeinen nicht«, erwiderte er. »Ich würde gern von Ihnen hören, warum Sie Joy Sinclairs Manuskripte verbrannt haben.«

Stinhurst zeigte durch nichts, ob Lynleys Weigerung, ein Band der Gemeinsamkeit zwischen ihnen anzuerkennen, ihn berührte. Er sagte nur: »Bitte ohne Ihre Mitarbeiterin.«

Barbara betrachtete den alten Mann mit verächtlich zusammengekniffenen Augen. Sie wartete auf Lynleys Erwiderung und lächelte mit Genugtuung, als er mit Entschiedenheit sagte: »Das ist nicht möglich.« Befriedigt lehnte sie sich wieder in ihrem Sessel zurück.

Stinhurst machte keine Bewegung. Er hatte Barbara Havers nicht einmal eines Blickes gewürdigt, ehe er um ihre Entfernung gebeten hatte. Jetzt entgegnete er ruhig: »Ich muß darauf bestehen, Thomas.«

Als Lynley seinen Vornamen aus dem Mund dieses Fremden hörte, fielen ihm nicht nur Barbara Havers' zornig vorgetragene Zweifel ein, daß er Stinhurst ebenso hart anfassen werden wie zuvor Helen; auch die Befürchtungen, die sogleich wach geworden waren, als man ihm den Fall übertragen hatte, meldeten sich wieder. Es war wie eine Warnung.

»Dieses Recht haben Sie leider nicht.«

»Recht?« Stinhurst lächelte wie ein Pokerspieler, der weiß, daß sein Blatt alle anderen schlagen wird. »Mein lieber Thomas, daß ich hier verpflichtet sein soll, mich mit

Ihnen zu unterhalten, ist doch nichts als Einbildung. So funktionieren unsere Gesetze nicht. Das wissen Sie so gut wie ich. Entweder Ihre Mitarbeiterin verläßt das Zimmer, oder wir warten auf meinen Anwalt. Aus London.«

Es klang wie eine milde Mahnung an ein störrisches Kind. Aber die Worte entsprachen der Realität, und Lynley sah sofort die Alternativen, die sich ihm boten: ein spitzfindiges Gefecht mit dem Anwalt des Mannes oder ein Einlenken, das vielleicht durch Auskünfte belohnt werden würde, die seine Ermittlungen vorantrieben. Er hatte im Grunde keine Wahl.

»Bitte gehen Sie, Sergeant«, sagte er zu Havers, ohne Stinhurst aus den Augen zu lassen.

»Inspector –« Ihre Stimme war nur mühsam beherrscht.

»Kümmern Sie sich um Gowan Kilbride und Mary Agnes Campbell«, fügte Lynley hinzu. »Das spart uns Zeit.«

Barbara atmete einmal tief durch. »Kann ich Sie draußen einen Moment sprechen?«

Das immerhin war Lynley bereit, ihr zuzugestehen. Er folgte ihr in die große Halle und schloß die Tür. Barbara blickte hastig nach rechts und links, dann begann sie zornig zu flüstern.

»Was, zum Teufel, soll das heißen, Inspector? Sie können ihn doch nicht allein verhören. Mir halten sie seit fünfzehn Monaten bei jeder verdammten Gelegenheit die Dienstvorschrift vor, und was tun Sie?«

Lynley ließ sich von ihrem Zorn nicht beeindrucken. »Für mich hat Webberly die ganze Dienstvorschrift über Bord geworfen, Sergeant, als er uns diesen Fall ohne förmliches Hilfsersuchen von der Dienststelle Strathclyde übertrug. Ich werde jetzt nicht meine Zeit damit vertun, mir über die Dienstvorschrift den Kopf zu zerbrechen.«

»Aber Sie brauchen einen Zeugen. Sie brauchen das Protokoll. Wozu wollen Sie ihn überhaupt verhören, wenn Sie hinterher nichts Schriftliches in der Hand haben, das Sie mit –« Sie riß plötzlich die Augen auf. »Es sei denn, Sie wissen jetzt schon, daß Sie seiner werten Lordschaft jedes beschissene Wort glauben werden.«

Lynley arbeitete lange genug mit Barbara Havers zusammen, um zu wissen, wann ein verbales Scharmützel zur Schlacht auszuarten drohte. Er fuhr sofort in die Parade.

»Irgendwann in nächster Zukunft müssen Sie sich endlich einmal darüber klarwerden, Barbara, ob ein Zufallsfaktor wie die Geburt eines Menschen Grund genug ist, ihm zu mißtrauen.«

»Was soll das nun wieder heißen? Soll ich Stinhurst vielleicht *trauen*? Er hat Beweismaterial vernichtet, steckt bis zum Hals in einer Mordsache und zeigt sich in keiner Weise kooperativ. Und da soll ich ihm *trauen*?«

»Ich sprach nicht von Stinhurst. Ich sprach von mir.«

Sie sperrte den Mund auf und war sprachlos. Er wandte sich zur Tür. Die Hand auf dem Knauf, drehte er sich noch einmal um.

»Sprechen Sie mit Gowan und Mary Agnes. Machen Sie ein Protokoll. Nehmen Sie Constable Lonan mit. Haben Sie mich verstanden?«

Barbara warf ihm einen vernichtenden Blick zu. »Absolut – Sir.« Sie knallte ihren Block zu und ging davon.

Als Lynley ins Wohnzimmer zurückkehrte, sah er, daß Stinhurst sich dank der veränderten Umstände sichtlich entspannt hatte. Er saß nicht mehr, als hätte er ein Lineal verschluckt, auf seinem Stuhl; er wirkte plötzlich weit weniger eisern, weit verletzlicher. Der Blick seiner grauen Augen, die auf Lynley gerichtet waren, ließ keine Rückschlüsse zu.

»Danke, Thomas.«

Diese chamäleonhafte Veränderung, dieser mühelose Übergang von Hochmut zu Dankbarkeit, erinnerte Lynley daran, daß Stinhurst in der Welt des Theaters zu Hause war.

»Kommen wir noch einmal auf die Manuskripte zurück«, sagte er.

»Dieser Mord hat mit Joy Sinclairs Theaterstück nichts zu tun.« Stinhursts Aufmerksamkeit richtete sich nicht auf Lynley, sondern auf die zertrümmerte Glasscheibe der Vitrine neben der Tür. Er stand von seinem Stuhl auf und ging zu ihr hin, um den abgebrochenen Kopf einer Schäferin aus Meißner Porzellan aus dem Scherbenhaufen in der Vitrine zu nehmen. Er nahm den kleinen Kopf mit auf seinen Platz zurück.

»Ich glaube, Francie weiß noch gar nicht, daß sie dieses Stück gestern abend zerbrochen hat«, bemerkte er. »Das wird ihr weh tun. Unser ältester Bruder hat es ihr geschenkt. Sie standen einander sehr nahe.«

Lynley war nicht bereit, sich Familienerinnerungen anzuhören. »Wenn Mary Agnes die Tote heute morgen um sechs Uhr fünfzig entdeckte, wieso wurde dann erst um zehn nach sieben die Polizei angerufen? Warum brauchten Sie zwanzig Minuten, um den Anruf zu machen?«

»Ich habe bis jetzt nicht einmal gewußt, daß soviel Zeit vergangen war«, antwortete Stinhurst.

Diese Antwort war klug, völlig nichtssagend, weder weiterer Kommentar noch Beschuldigung ließen sich daran anschließen.

»Dann sollten Sie mir vielleicht jetzt erst einmal genau erzählen, was heute morgen geschah«, sagte er mit ausgesuchter Höflichkeit. »Vielleicht können wir dann klären, warum bis zu dem Anruf zwanzig Minuten vergingen.«

»Mary Agnes fand Joy. Sie holte sofort meine Schwester Francesca. Und Francesca holte mich.« Stinhurst schien zu ahnen, was Lynley fragen wollte, denn er fuhr fast ohne Pause zu sprechen fort. »Meine Schwester war in heller

Panik. Sie war völlig aufgelöst. Sie dachte wahrscheinlich überhaupt nicht daran, selbst die Polizei zu rufen. In unangenehmen Situationen hat sie sich ihr Leben lang auf ihren Mann verlassen. Und da er tot ist, verließ sie sich nun auf mich. Das ist doch eigentlich ganz normal, Thomas.«

»Und das ist alles?«

Stinhursts Blick ruhte auf dem Porzellanköpfchen in seiner Hand. »Ich sagte Mary Agnes, sie solle alle in den Salon zusammenrufen.«

»Und keiner erhob Einwände?«

Stinhurst sah auf. »Bedenken Sie den Schock. Wenn man ganz harmlos ins Wochenende fährt, erwartet man schließlich nicht, daß einer aus der Gruppe in der Nacht durch einen Dolchstich in den Hals getötet wird.« Lynley zog eine Augenbraue hoch. »Ich habe Joy heute morgen gesehen, als ich die Tür zu ihrem Zimmer absperrte«, erklärte Stinhurst.

»Sie waren sehr geistesgegenwärtig für jemanden, der zum erstenmal mit einem Mord konfrontiert war.«

»Einer muß klaren Kopf behalten, wenn unter uns ein Mörder ist.«

»Sind Sie so überzeugt davon?« fragte Lynley. »Sie haben nicht die Möglichkeit in Betracht gezogen, daß der Mörder von außerhalb gekommen sein könnte?«

»Das nächste Dorf ist an die acht Kilometer entfernt. Die Polizei brauchte heute morgen fast zwei Stunden, um herzukommen. Halten Sie es wirklich für möglich, daß der Mörder mitten in der Nacht auf Skiern anrückte, um Joy zu töten?«

»Von wo haben Sie die Polizei angerufen?«

»Vom Büro aus.«

»Wie lang waren Sie da drinnen?«

»Fünf Minuten. Vielleicht auch weniger.«

»War das der einzige Anruf, den Sie machten?«

Die Frage überraschte Stinhurst sichtlich. Sein Gesicht verschloß sich augenblicklich. »Nein. Ich habe auch mit meiner Sekretärin in London telefoniert. Ich habe sie in ihrer Wohnung angerufen.«

»Warum?«

»Ich wollte ihr Bescheid geben und sie bitten, meine Termine am Sonntag abend und am Montag abzusagen.«

»Wie weitblickend von Ihnen! Aber finden Sie nicht auch, daß es ein wenig seltsam ist, daß Sie an Ihre persönlichen Termine denken, nachdem Sie gerade entdeckt haben, daß eine Freundin oder Bekannte von Ihnen ermordet worden ist?«

»Ich kann's nicht ändern, wenn es merkwürdig wirkt. Es war so.«

»Und was waren das für Termine, die Sie absagen mußten?«

»Ich habe keine Ahnung. Der Terminkalender liegt bei meiner Sekretärin. Ich richte mich immer nur nach dem Tagesplan, den sie mir jeden Morgen gibt.« Ungeduldig, beinahe eine Spur aggressiv fügte er hinzu: »Ich bin häufig unterwegs. Da ist das das einfachste Verfahren.«

Lynley hatte den Eindruck, daß die letzten beiden Bemerkungen einer Verzögerungstaktik dienten. Sie waren völlig unnötig gewesen, und Lynley hätte interessiert, warum Stinhurst sie überhaupt gemacht hatte.

»Welche Rolle spielte Jeremy Vinney in ihren Wochenendplanungen?«

Auch auf diese Frage schien Stinhurst nicht vorbereitet zu sein. Diesmal jedoch schien seinem kurzen Zögern mehr nachdenkliche Überlegung als Ausweichen zugrunde zu liegen.

»Joy wollte gern, daß er mitkommt«, antwortete er nach einer kleinen Pause. »Sie hatte ihm von der Lesung erzählt. Er hatte über die Renovierung des Agincourt in einer Reihe von Reportagen in der *Times* berichtet. Vermutlich betrachtete er dieses Wochenende als eine natürliche Fortsetzung seiner Artikelserie. Er rief mich an und fragte, ob er mitkommen könne. Mir schien nichts dabei zu sein, und ich fand, ein bißchen gute Presse vor der Eröffnung könne nicht schaden. Im übrigen schienen er und Joy sich gut zu kennen. Sie wollte unbedingt, daß er mitkommt.«

»Aber weshalb lag ihr soviel daran? Er ist doch Kritiker, nicht wahr? Warum wollte sie ihm schon so früh im Produktionsprozeß in ihr Stück Einblick geben? Oder war er ihr Liebhaber?«

»Möglich. Männer fanden Joy immer ungeheuer attraktiv. Vinney wäre nicht der erste gewesen.«

»Warum haben Sie die Manuskripte verbrannt?«

Lynley stellte die Frage in einem Ton, der kein Ausweichen duldete. Und Stinhursts Miene verriet, daß er bereit war, sich damit abzufinden.

»Das hatte mit Joys Tod nichts zu tun, Thomas. Das Stück wäre sowieso nicht aufgeführt worden. Nachdem ich meine Unterstützung zurückgezogen hatte – und das tat ich gestern abend –, wäre es von selbst gestorben.«

»Gestorben. Eine interessante Wortwahl. Aber warum haben Sie dann die Manuskripte verbrannt?«

Stinhurst antwortete nicht. Sein Blick war ins Feuer gerichtet. Er kämpfte offensichtlich mit einem Entschluß. Der Kampf spiegelte sich auf seinen Gesichtszügen. Aber sie sagten nichts darüber aus, was bei diesem Kampf auf dem Spiel stand.

»Die Manuskripte«, wiederholte Lynley unerbittlich.

Stinhurst schien sich einen Ruck zu geben.

»Ich habe sie wegen des Themas verbrannt, das Joy sich gewählt hatte«, antwortete er. »Das Stück handelte von meiner Frau Marguerite. Und ihrer Liebesbeziehung zu meinem älteren Bruder. Und von dem Kind der beiden. Elizabeth.«

5

Gowan Kilbride litt ganz neue Qualen. Sie begannen in dem Moment, als Constable Lonan die Tür der Bibliothek öffnete und herausrief, daß die Londoner Polizei Mary Agnes zu sprechen wünsche. Sie steigerten sich, als Mary Agnes mit unverhohlenem Eifer auf die Beine sprang. Und sie erreichten ihren Höhepunkt angesichts der Tatsache, daß sie ihm seit fünfzehn Minuten aus den Augen und seinem bemühten, wenn auch kaum ausreichenden Schutz entzogen war. Schlimmer noch, sie stand jetzt unter dem sicheren, absolut ausreichenden männlichen Schutz von New Scotland Yard.

Und was war der Kern des Problems?

Als die Dreiergruppe aus London – insbesondere aber der große blonde Inspector – nach dem kurzen Gespräch mit Lady Helen Clyde aus der Bibliothek gegangen war, hatte sich Mary Agnes mit leuchtenden Augen Gowan zugewandt. »Ist er nicht himmlisch«, hatte sie gehaucht.

Die Bemerkung ließ Böses ahnen, doch Gowan, verrückt vor Liebe, hatte sie nicht auf sich beruhen lassen können.

»Himmlisch?« hatte er gereizt gefragt.

»Der Polizist.« Worauf Mary Agnes ihm in allen Tönen des Registers das Lob Inspector Lynleys gesungen hatte. Haare wie Anthony Andrews, eine Nase wie Charles Dance, Augen wie Ben Cross und ein Lächeln wie Sting. Daß der Mann nicht ein einziges Mal gelächelt hatte, spielte keine Rolle. Mary Agnes konnte sich die Einzelheiten auch so ausmalen, wenn es nicht anders ging.

Es war schon schlimm genug gewesen, in aussichtsloser Konkurrenz mit Jeremy Irons zu stehen. Jetzt aber sah Gowan sich im Kampf mit der gesammelten Streitmacht britischer Bühnenschauspieler, die für Mary Agnes in diesem einen Mann verkörpert waren. Er konnte nur noch verzweifelt mit den Zähnen knirschen.

Er saß in einem mit Kretonne bezogenen Sessel, dessen Stoff sich nach so vielen Stunden wie eine steife zweite Haut anfühlte. Neben ihm stand auf einem reich verschnörkelten, vergoldeten Sockel Mrs. Gerrards kostbarer Globus. Gowan starrte ihn mürrisch an. Am liebsten hätte er ihn umgestoßen. Oder noch besser, zum Fenster hinausgeworfen. Wenn er doch nur endlich hier raus könnte!

Er versuchte sich abzulenken, indem er den Blick durch die Bibliothek schweifen ließ, die von Besuchern immer so bewundert wurde. Aber er entdeckte nichts, was er bewundernswert fand. Die weißen Stuckachtecke an der Decke brauchten dringend einen Anstrich, und ebenso die Buketts in ihrer Mitte. Kohlefeuer und Zigarettenrauch hatten Decke und Wände gelblich verfärbt, und das, was aussah wie tiefe Schatten in den Winkeln und Ritzen der erhabenen Verzierungen, war in Wirklichkeit Ruß; mindestens zwei Wochen harter Reinigungsarbeiten in den kommenden Monaten. Und die Bücherschränke versprachen gleiches Elend. Hunderte von Bänden – vielleicht sogar Tausende – standen da, alle in Leder gebunden und hinter Glas, und von allen strömte der gleiche Geruch nach Staub und Vergessenheit aus. Nichts als Arbeit, Wischen, Trocknen, Ausbessern ... Wo blieb nur Mary Agnes? Er mußte sie finden. Er mußte raus hier.

In seiner Nähe jammerte eine Frau mit tränenerstickter Stimme. »Mein Gott, bitte! Ich halte das nicht mehr aus.«

Innerhalb der letzten Wochen hatte Gowan eine milde Abneigung gegen Schauspieler im allgemeinen entwickelt. In den vergangenen neun Stunden jedoch hatte sie sich zu gründlichem Abscheu, insbesondere gegen diese eine Gruppe, gesteigert.

»David, ich bin am Ende. Kannst du denn gar nichts tun, damit wir endlich hier heraus können?« Joanna Ellacourt lief wie eine Tigerin hin und her und rauchte nervös. Den ganzen Tag, dachte Gowan, paffte sie schon. Die Bibliothek stank fast nur ihretwegen wie ein einziger Aschehaufen. Und es war interessant, daß sie diesen neuen Höhepunkt nervöser Erregung erst erklommen hatte, als Lady Helen Clyde wieder ins Zimmer gekommen war und Gefahr bestand, daß die allgemeine Aufmerksamkeit sich ihr zuwenden und der große Star persönlich ins Hintertreffen geraten würde.

David Sydehams Blick folgte jeder Bewegung seiner Frau. »Was soll ich denn tun, Jo? Soll ich die Tür einschlagen und dem Constable eins über den Schädel geben? Wir sind ihnen ausgeliefert, *ma belle.*«

»Setz dich, Jo. Komm, Darling.« Robert Gabriel, der auf dem Sofa am Kamin saß, bot ihr die Hand und klopfte mit der anderen auf den freien Platz neben sich. Die Kohlen waren zu rotglimmenden Aschehäufchen heruntergebrannt. »Du strapazierst doch nur deine Nerven. Und genau das möchten die Bullen. Das macht ihnen nämlich die Arbeit leichter.«

»Und Sie sind natürlich eisern entschlossen, nicht in diese Falle zu tappen«, bemerkte Jeremy Vinney mit falscher Freundlichkeit.

Gabriel drehte sich hitzig nach ihm um. »Was, zum Teufel, soll das heißen?«

Vinney ignorierte ihn. Er riß ein Streichholz an und hielt die Flamme an seine Pfeife.

»Ich habe Sie was gefragt.«

»Und ich habe keine Lust zu antworten.«

»Jetzt hören Sie mal, Sie elender –«

»Wir wissen alle, daß Gabriel gestern mit Joy Streit hatte«, bemerkte Rhys Davies-Jones ruhig. Er saß, am weitesten von der Bar entfernt, in einem Sessel beim Fenster. Schwarze Nacht starrte durch das Glas. »Ich denke, keiner von uns braucht versteckte Anspielungen darauf zu machen in der Hoffnung, daß die Polizei darauf anspringen wird.«

»Darauf anspringen?« Robert Gabriels Stimme war scharf. »Nett, daß Sie mir den Mord in die Schuhe schieben wollen, Rhys, aber leider wird das nicht klappen.«

»Nein? Hast du ein Alibi?« fragte David Sydeham. »Mir scheint, daß du zu den sehr wenigen Leuten gehörst, für die die Lage recht bedrohlich ist. Es sei denn, du kannst eine Bettgenossin vorweisen, mit der du die Nacht verbracht hast.« Er lächelte sarkastisch. »Wie steht's mit der kleinen Mary Agnes, hm? Vielleicht schwärmt sie ja jetzt gerade den Bullen von deiner phantastischen Technik vor. Ich seh förmlich, wie sie die Ohren spitzen. ›Was man als Frau erlebt, wenn man mit Robert Gabriel schläft.‹ Hübsch. Waren das vielleicht die Enthüllungen, auf die Joy gestern mit ihrem Stück zusteuerte?«

Gabriel sprang auf, stieß an eine Stehlampe, daß sie ins Schwanken geriet und ihr Lichtschein wie wild durch den Raum geisterte. »Ich sollte dir –«

»Hört auf!« schrie Joanna Ellacourt und drückte sich die Hände auf die Ohren. »Ich halte das nicht aus. Hört endlich auf!«

Aber es war zu spät. Die sarkastischen Worte Sydehams hatten Gowan wie Faustschläge getroffen. Mit vier großen Schritten rannte er durch das Zimmer zu Gabriel und packte ihn.

»Los, sagen Sie's mir!« schrie er. »Haben Sie Mary Agnes angerührt?«

Aber die Antwort interessierte ihn gar nicht. Beim Anblick von Gabriels Gesicht brauchte er keine Antwort. Der Mann und der Junge waren gleich groß, gleich kräftig, aber der Zorn verlieh dem Jungen zusätzliche Kräfte. Mit einem einzigen Schlag streckte er Gabriel zu Boden und stürzte sich auf ihn, eine Hand am Hals des Mannes, während er ihm mit der anderen immer wieder ins Gesicht schlug.

»Was haben Sie mit Mary Agnes gemacht?« brüllte Gowan.

»Lieber Gott!«

»Haltet ihn doch fest!«

Die mühsam bewahrte Ruhe war zerstört. Tumult brach aus. Gewalt. Heisere Schreie schrillten durch den Raum. Glas fiel klirrend zu Boden. Füße stießen Möbelstücke zur Seite. Gowan umschlang Gabriels Hals und schleifte den keuchenden, schluchzenden Mann zum Kamin.

»Sagen Sie mir's!« Gowan drückte Gabriels gutaussehendes, jetzt vor Schmerz verzerrtes Gesicht über die Abschirmung des Kamins zu den glimmenden Kohlen hinunter. »Sagen Sie mir's, Sie Dreckskerl!«

»Rhys!« Irene Sinclair lehnte sich starr vor Angst in ihrem Sessel zurück. »Tu doch was! Halte ihn fest.«

Davies-Jones und Sydeham sprangen über umgestürzte Stühle und eilten an Lady Stinhurst und Francesca Gerrard vorbei, die sich starr vor Entsetzen zusammendrängten. Sie erreichten Gowan und Gabriel, mühten sich umsonst, sie zu trennen. Gowan hatte den Schauspieler im Schwitzkasten.

»Glaub ihm nicht, Gowan«, flüsterte Davies-Jones dem Jungen eindringlich ins Ohr. Er faßte ihn bei der Schulter und schüttelte ihn, um ihn zur Vernunft zu bringen. »Laß dich nicht hinreißen, mein Junge. Laß ihn los. Es reicht!«

Die Worte – das Verständnis, das sie ausdrückten – drangen trotz seines wilden Zorns zu Gowan durch. Er gab Robert Gabriel frei, riß sich von Davies-Jones los und ließ sich nach Luft schnappend zu Boden fallen.

Ihm war klar, daß er etwas Ungeheuerliches getan hatte, daß er darüber seine Stellung – und Mary Agnes – verlieren würde. Aber seine Erbitterung, die Qual, zu lieben und nicht geliebt zu werden, waren so stark, daß er die Drohung dennoch aussprechen mußte, ohne zu bedenken, welche Wirkung sie vielleicht auf andere im Raum haben würde; nur um zu verletzen, wie er selbst verletzt worden war.

»Aber ich weiß alles! Und ich sag's der Polizei. Dann werden Sie schon sehen.«

»Gowan!« rief Francesca Gerrard entsetzt.

»Sag es lieber gleich, mein Junge«, sagte Davies-Jones. »Sei nicht dumm und sag solche Sachen, wo hier ein Mörder im Zimmer ist.«

Elizabeth Rintoul, die sich während des ganzen Tumults nicht gerührt hatte, hob jetzt den Kopf, als erwache sie aus tiefem Schlaf. »Nein. Hier nicht. Vater ist doch im Wohnzimmer, nicht wahr?«

»Sie sehen natürlich nur die Marguerite von heute, eine Frau von neunundsechzig Jahren, alt und verbraucht. Aber mit vierunddreißig war sie schön. Von einer sprühenden Lebendigkeit. Und so voller Lebenslust.«

Stinhurst war rastlos aufgestanden und zu einem anderen Sessel gegangen, der in einer dunklen Ecke des Zimmers stand. Er setzte sich nieder und beugte sich vor, die Arme auf die Knie gestützt, den Blick zum Teppich gesenkt. Seine Stimme war tonlos, die Stimme eines Mannes, der erzählt, was erzählt werden muß, und seine Gefühle nicht verausgaben will.

»Sie und mein Bruder Geoffrey verliebten sich kurz nach dem Krieg ineinander.«

Lynley sagte nichts. Aber es fiel ihm schwer zu verstehen, wie ein Mann, selbst aus einem Abstand von sechsunddreißig Jahren, so ohne jeden Affekt von einem derartigen Akt des Verrats und der Treulosigkeit sprechen konnte. Dieser Mangel an Emotion konnte nur bedeuten, daß der Mann innerlich tot war, von nichts mehr zu bewegen war, daß er seine Karriere nur deshalb mit solcher Zielstrebigkeit verfolgt hatte, um sich niemals mit dem Schmerz und der Enttäuschung seines persönlichen Lebens auseinandersetzen zu müssen.

»Geoff war ein hochdekorierter Offizier. Er kam als Held aus dem Krieg zurück. Es war wahrscheinlich ganz normal, daß Marguerite sich zu ihm hingezogen fühlte. Das ging allen so. Er hatte etwas an sich – etwas Gewisses.« Stinhurst schwieg nachdenklich.

»Waren Sie auch im Krieg?« fragte Lynley.

»Ja. Aber bei mir war es anders als bei Geoffrey. Ich besaß nicht seine Begeisterung, seine Hingabe. Mein Bruder war wie ein Feuer. Sprühend, glanzvoll. Und wie das Feuer konnte er andere locken und in seinen Bann ziehen. Marguerite gehörte dazu. Elizabeth wurde auf einer Reise gezeugt, die Marguerite allein zum Sitz unserer Familie in Somerset unternahm. Es war im Sommer, und ich war zwei Monate unterwegs, unentwegt auf Reisen von Ort zu Ort mit einer Theatergruppe, die ich leitete. Marguerite hatte mich begleiten wollen, aber ich fand, das wäre nur eine Belastung für mich gewesen, weil ich mich ja um sie hätte kümmern müssen. Ich meinte –« er scheute sich nicht, die Verachtung zu zeigen, die er gegen sich selbst empfand, »sie würde mir nur im Weg sein. Meine Frau war nicht dumm, Thomas. Sie ist es im übrigen auch heute nicht. Sie merkte genau, daß ich sie nicht dabeihaben wollte, und sprach das Thema nicht mehr an. Ich hätte begreifen müssen, was das bedeutete, aber ich war viel zu beschäftigt, um zu erkennen, daß Marguerite ihre eigenen Wege ging. Ich wußte damals nicht, daß sie zu Geoffrey fuhr. Ich erfuhr nur am Ende des Sommers, daß sie schwanger war. Sie weigerte sich, mir zu sagen, von wem das Kind war.«

Daß Lady Stinhurst ihrem Mann diese Auskunft verweigert hatte, konnte Lynley verstehen. Daß Stinhurst dennoch die Ehe aufrechterhalten hatte, war ihm unverständlich.

»Warum ließen Sie sich nicht scheiden? Das wäre sicher unerfreulich gewesen, aber es hätte Ihnen doch einen gewissen Frieden gebracht.«

»Alecs wegen«, antwortete Stinhurst. »Unseres Sohnes wegen. Sie sagten es eben selbst, eine solche Scheidung wäre höchst unerfreulich gewesen. Schlimmer. Damals hätte sie einen Skandal verursacht, der in sämtlichen Zeitungen breitgetreten worden wäre. Ich konnte Alec einer solchen Tortur nicht aussetzen. Ich wollte es nicht. Er bedeutete mir zuviel. Mehr vielleicht als meine Ehe.«

»Aber gestern abend beschuldigte Joy Sie, Alec umgebracht zu haben.«

Stinhurst lächelte müde, Ausdruck von Schmerz und Resignation. »Alec – mein Sohn, war bei der Royal Air Force. Seine Maschine stürzte 1978 bei einem Testflug über den Orkney Inseln ab. In die –« Stinhurst zwinkerte und setzte sich anders, »in die Nordsee.«

»Joy wußte das?«

»Natürlich. Sie liebte Alec. Die beiden wollten heiraten. Sie war außer sich über seinen Tod.«

»Sie waren gegen die Heirat?«

»Ich war nicht gerade begeistert darüber. Aber ich habe nichts unternommen, um sie zu verhindern. Ich schlug ihnen lediglich vor, sie sollten warten, bis Alec seinen Dienst getan hatte. Jeder in unserer Familie hat beim Militär gedient. Wenn so etwas dreihundert Jahre lang Tradition war, möchte man nicht, daß der eigene Sohn der erste ist, der sie durchbricht.« Zum ersten Mal verriet Stinhursts Stimme Gefühle. »Aber Alec wollte nicht zum Militär, Thomas. Er wollte Geschichte studieren, Joy heiraten, schreiben und vielleicht an der Universität unterrichten. Und ich – blinder Patriot, dem die Familientradition wichtiger war als der eigene Sohn –, ich ließ ihm keine Ruhe, bis ich ihn dazu gebracht hatte, seine Pflicht zu tun. Er entschied sich für die Luftwaffe. Ich vermute, er glaubte, er würde dann im Fall einer kriegerischen Auseinandersetzung den Schauplätzen am fernsten sein.« Stinhurst sah hastig auf und sagte, als müsse er seinen Sohn verteidigen: »Er hatte keine Angst vor der Gefahr. Aber der Krieg war ihm etwas Schauderhaftes. Keine unnatürliche Reaktion bei einem Historiker.«

»Wußte Alec von der Beziehung zwischen Ihrer Frau und Ihrem Bruder?«

Stinhurst hatte den Kopf schon wieder gesenkt. Das Gespräch schien ihn anzustrengen, seiner letzten Kräfte zu berauben. »Ich glaubte, nein. Ich hoffte, nein. Aber ich weiß jetzt, nach dem, was Joy gestern abend sagte, daß er davon wußte.«

Und er hatte Jahre vergeudet an eine Farce, mit der er Alec hatte schützen wollen und die völlig sinnlos gewesen war.

»Ich war immer so verdammt kultiviert. Darum lebten wir diese Lüge, daß Elizabeth meine Tochter sei, immer weiter. Bis zum Silvesterabend 1962.«

»Was geschah da?«

»Ich entdeckte die Wahrheit. Es war nur eine zufällige Bemerkung, ein Lapsus, der mir verriet, daß mein Bruder Geoffrey jenen Sommer nicht, wie immer vorgegeben worden war, in London verbracht hatte, sondern in Somerset. Da wußte ich Bescheid. Aber ich vermute, geahnt habe ich es immer.«

Stinhurst stand abrupt auf. Er ging zum Kamin, warf ein paar Stücke Kohle ins Feuer und sah zu, wie die Flammen aufloderten. Lynley wartete. Vielleicht brauchte der Mann diese Pause, um seine Gefühle wieder unter Kontrolle zu bringen.

»Es kam – es gab einen entsetzlichen Auftritt. Es ging weit über einen Streit hinaus. Es war eine Prügelei. Hier auf Westerbrae. Phillip Gerrard, der Mann meiner Schwester, machte ihm schließlich ein Ende. Geoffrey ging es schlecht danach. Er fuhr kurz nach Mitternacht ab.«

»War er denn überhaupt imstande dazu?«

»Er glaubte es wohl. Ich bekenne, daß ich nicht versucht habe, ihn aufzuhalten. Marguerite versuchte es, aber er wollte nichts von ihr wissen. Er stürmte wie ein Rasender aus dem Haus, und keine fünf Minuten später hatte er an der Kehre unterhalb der Hillview Farm einen tödlichen Unfall. Er kam auf der vereisten Straße ins Schleudern und wurde aus der Kurve getragen. Der Wagen überschlug sich. Geoffrey brach sich das Genick. Er – verbrannte im Auto.«

Sie schwiegen beide. Ein Stück Kohle fiel aus dem Kamin und versengte den Rand des Teppichs. Ein beißender Geruch von verbrannter Wolle stieg auf. Stinhurst fegte die Glut in den Kamin und beendete seinen Bericht.

»Joy Sinclair war damals hier auf Westerbrae. Sie war über die Feiertage herausgekommen als Schulfreundin von Elizabeth. Sie hörte wohl Teile des Streits mit und reimte sich den Rest zusammen. Sie hatte immer eine wahre Leidenschaft dafür, für gerechten Ausgleich zu sorgen. Hätte sie ein besseres Mittel finden können, um sich an mir dafür zu rächen, daß ich, ohne es zu wollen, Alecs Tod verschuldet hatte?«

»Aber das war vor zehn Jahren. Warum wartete sie so lange mit ihrer Rache?«

»Wer war Joy Sinclair vor zehn Jahren? Wie hätte sie damals Rache nehmen können – eine Fünfundzwanzigjährige am Anfang ihrer Karriere? Wer hätte auf sie gehört? Sie war ein Niemand. Aber heute –, eine preisgekrönte Autorin mit einem Ruf für Genauigkeit –, heute hatte sie eine Zuhörerschaft. Und wie schlau sie es angefangen hat!

In London legte sie uns das eine Stück vor, hierher brachte sie ein ganz anderes mit. Und keiner von uns ahnte etwas, bis wir gestern abend zu lesen begannen. Sogar für die Anwesenheit eines Journalisten hatte sie gesorgt, der sich die Fakten nur herauszupicken brauchte. Es kam allerdings nicht ganz so weit, wie Joy sich das erhofft hatte. Francescas Reaktion bereitete der Lesung ein Ende, ehe die schwärzesten Einzelheiten unserer dunklen Familiengeschichte ans Licht kamen. Und jetzt ist auch das Stück vernichtet.«

Lynley war erstaunt über die Worte des Mannes, das unverhüllte Schuldbekenntnis, das sie enthielten. Stinhurst mußte doch wissen, wie sehr sie ihn belasteten.

»Ihnen muß doch klar sein, wie schlecht es wirkt, daß Sie die Manuskripte verbrannt haben«, sagte Lynley.

Stinhurst blickte kurz ins Feuer. Ein Schatten glitt über seine Stirn und färbte seine Wange dunkel. »Das läßt sich nicht ändern, Thomas. Ich mußte Marguerite und Elizabeth schützen. Das wenigstens schulde ich ihnen. Besonders Elizabeth. Sie sind meine Familie.« Sein Blick traf den Lynleys, stumpf und matt. »Ich sollte denken, daß gerade Sie verstehen können, wieviel einem Mann die Familie bedeutet.«

Und das Teuflische war, daß er es tatsächlich verstand. Vollkommen.

Zum ersten Mal fiel Lynley die Tapete mit dem Heckenrosenmuster an den Wänden des Wohnzimmers auf. Die gleiche Tapete schmückte das Damenzimmer seiner Mutter in Howenstow, die gleiche Tapete bedeckte zweifellos die Wände von Damenzimmern, Frühstückszimmern und Wohnzimmern in zahllosen anderen adeligen Häusern in ganz England. Es war ein Muster aus spätviktorianischer Zeit mit mattgelben Rosen, deren rankende Blätter unter der Einwirkung von Alter und Rauch zu einem Graugrün verblaßt waren.

Ohne sich vorher überhaupt im Zimmer umzusehen, hätte Lynley die Augen schließen und es beschreiben können, so ähnlich war es dem seiner Mutter in ihrem Haus in Cornwall: ein offener Kamin aus Eisen, Marmor und Eiche, auf jedem Ende des Simses eine Porzellanfigur, in einer Ecke eine Standuhr aus Walnußholz, ein kleiner Schrank mit bevorzugten Büchern. Und immer die Fotografien, auf einem Satinholztisch unter dem Fenster.

Selbst hier konnte er die Ähnlichkeiten erkennen. Wie klassenspezifisch ihre malerischen Familiengeschichten in Wirklichkeit waren!

Ja, er verstand. Nur zu gut. Die Belange der Familie, die Verpflichtungen an den großen Namen, hatten einen großen Teil von Lynleys Leben bestimmt. Die Blutsbande schnürten ihn ein; würgten seine Wünsche ab; fesselten ihn an die Tradition und zwangen ihn, an einem Lebensstil von klaustrophobischer Enge festzuhalten. Es gab kein Entrinnen. Selbst wenn man Titel und Besitz aufgab, blieben die Wurzeln. Das Blut.

Die Beleuchtung des Speisezimmers auf Westerbrae schmeichelte. Im weichen Licht der Messingleuchter an den getäfelten Wänden und der Kandelaber, die in gleichen Abständen auf dem langen, glänzend polierten Mahagonitisch angeordnet waren, sah jeder mindestens zehn Jahre jünger aus. Barbara Havers, die an einem Ende des langen Tisches stand, hatte Inspector Macaskins Plan des Hauses vor sich ausgebreitet. Die Augen zusammengekniffen gegen den Rauch der Zigarette, die zwischen ihren Lippen hing, verglich sie den Plan mit ihren Aufzeichnungen. Nicht weit entfernt war einer der Männer von der Spurensicherung dabei, die schottischen Dolche, die in dekorativer kreisförmiger Anordnung über dem Buffet an der Wand hingen, auf Fingerabdrücke zu überprüfen, und pfiff dabei mit einer Hingabe, die Betty Buckley alle Ehre gemacht hätte, das Lied *Memories*. Die Dolche waren Teil einer größeren Sammlung von Hellebarden und Musketen und Lochaber Äxten, die alle gleich tödlich wirkten.

Den Blick auf den Plan gerichtet, versuchte Barbara, Gowan Kilbrides Aussage mit ihrer eigenen bevorzugten Auslegung der Fakten in Einklang zu bringen. Einfach war es nicht. Sie war erleichtert, als der Klang von Schritten draußen in der Halle ihr Vorwand bot, ihre Aufmerksamkeit anderem zuzuwenden. Sie hob den Kopf und fegte so ungeduldig und heftig die Asche von ihrem Pullover, daß ein dunkelgrauer Fleck auf der Wolle zurückblieb.

Lynley kam herein. Mit einer kurzen Kopfbewegung wies er zu einer Tür auf der gegenüberliegenden Seite. Barbara nahm ihren Block und folgte ihm durch die Anrichte und die Geschirrkammer in die Küche. Es roch nach Rosmarinfleisch und nach Tomaten, die in irgendeiner Soße auf dem Herd köchelten. An einem großen Arbeitstisch in der Mitte stand eine ältere Frau über ein Holzbrett gebeugt und schnitt mit einem höchst gefährlich aussehenden Messer Kartoffeln in kleine Würfel. Sie war von Kopf bis Fuß in Weiß gekleidet, mehr einer Laborantin als einer Köchin ähnelnd.

»Die Leute brauchen was zu essen«, erklärte sie bärbeißig, als sie Barbara und Lynley bemerkte, und schwang dabei beinahe drohend ihr Messer.

Barbara hörte Lynley eine angemessene Erwiderung murmeln, ehe er weiterging und sie durch eine Tür am anderen Ende der Küche zu einer kurzen Treppe von nur drei Stufen führte, an deren Ende sich die Spülküche befand, klein und eng und schlecht erleuchtet, doch mit dem Vorteil, daß man hier ungestört war und es warm hatte. Die Hitze entströmte einem großen alten Boiler, der keuchend und pfeifend in einer Ecke des Raumes stand und rostbraunes Wasser auf den gesprungenen Fliesenboden tropfen ließ. Die Atmosphäre hatte Ähnlichkeit mit der in einem Dampfbad, feucht und warm mit einem Dunst von Moder und nassem Holz. Direkt hinter dem Boiler führte die Hintertreppe zum oberen Geschoß des Hauses hinauf.

»Was hatten Gowan und Mary Agnes zu erzählen?« fragte Lynley, nachdem er die Tür geschlossen hatte.

Barbara ging zum Spülbecken, hielt ihre Zigarette unter den tropfenden Wasserhahn und warf den Stummel in den Müll. Sie strich sich das kurze braune Haar hinter die Ohren und zupfte sich ein Tabakfädchen von der Zunge, ehe sie sich ihrem Block zuwandte. Sie hatte ein ungutes Gefühl, und es quälte sie, daß sie nicht recht bestimmen konnte, was der Grund dafür war: ihr Ärger darüber, daß Lynley sie zuvor aus dem Wohnzimmer verbannt hatte, oder ihre Vorahnung, wie er auf ihren Bericht reagieren würde. Sie hätte es nicht sagen können. Aber was immer auch die Quelle ihres Mißvergnügens war, sie saß ihr wie ein Stachel im Fleisch, und wenn er nicht herauskam, würde die Stelle zu eitern anfangen.

»Gowan«, sagte sie kurz und lehnte sich an das verzogene Holz des Arbeitstisches, der an der Wand stand. Er war noch naß von der letzten Wäsche, und sie spürte die Feuchtigkeit durch ihre Kleider. Sie trat einen Schritt weg. »Er hatte vorhin einen ziemlich üblen Zustammenstoß mit Robert Gabriel in der Bibliothek, unmittelbar ehe ich mit ihm sprach. Kann sein, daß ihm das die Zunge gelockert hat.«

»Was für einen Zusammenstoß?«

»Eine richtige Prügelei, bei der unser schöner Mr. Gabriel, mit Verlaub gesagt, kräftig eins in die Fresse bekam. Gowan erzählte mir ausführlich davon und auch von dem Streit zwischen Gabriel und Joy Sinclair, den er gestern nachmittag mitbekam. Die beiden hatten offenbar ein Verhältnis miteinander, und Gabriel versuchte mit allen Mitteln Joy zu überreden, seiner Exgattin – Irene Sinclair, Joys Schwester – zu sagen, er hätte nur ein einziges Mal mit ihr geschlafen.«

»Und warum?«

»Er scheint seine Irene unbedingt zurückhaben zu wollen und glaubte wohl, Joy könnte zu einer Versöhnung beitragen, wenn sie Irene erklärte, daß es sich bei ihrem Abenteuer mit Gabriel nur um eine einmalige Vorstellung gehandelt hat. Aber Joy weigerte sich, das zu tun. Sie sagte, lügen sei nicht ihre Art.«

»Lügen?«

»Ja. Die Beziehung ging anscheinend viel länger. Gowan sagt, als Joy Gabriels Verlangen zurückwies, hätte der gesagt –« Barbara warf einen Blick auf ihre Notizen »› – Du widerliche Heuchlerin. Ein Jahr lang triffst du dich heimlich mit mir in jeder Absteige von London, und jetzt hast du die Stirn zu behaupten, lügen wäre nicht deine Art!‹ Sie stritten hin und her, bis Gabriel schließlich auf sie losging. Er hatte sie zu Boden geschleudert, als es Rhys Davies-Jones gelang, die Tür zu öffnen und die beiden zu trennen. Gowan brachte gerade Gepäck hinauf, als das alles sich abspielte. Er hat alles ziemlich genau sehen können, weil Davies-Jones die Tür offen ließ, als er in Joys Zimmer stürmte.«

»Und wie kam es zu dem Zusammenstoß zwischen Gowan und Gabriel in der Bibliothek?«

»Durch eine Bemerkung – ich glaube, Sydeham machte sie. Er deutete an, Mary Agnes Campbell sei wohl Gabriels Alibi für die vergangene Nacht.«

»Könnte daran etwas Wahres sein?«

Barbara überlegte einen Moment. »Das ist schwer zu sagen. Mary Agnes scheint fürs Theater zu schwärmen. Sie ist hübsch, hat eine gute Figur ...« Barbara schüttelte den Kopf. »Inspector, der Mann muß mindestens fünfundzwanzig Jahre älter sein als sie. Ich kann mir zwar vorstellen, daß sie ihn reizt, aber umgekehrt – nie im Leben. Das heißt –« Sie überdachte die Möglichkeiten.

»Havers?«

»Ja? Also, vielleicht glaubte sie, Robert Gabriel wäre das Sprungbrett in die große Welt. Sie kennen doch diese Geschichten. Das schwärmerische kleine Mädchen trifft den großen Theaterstar, sieht, was für ein Leben er ihr bieten kann, und wirft sich ihm an die Heldenbrust, weil sie hofft, er wird sie mitnehmen, wenn er wieder abreist.«

»Haben Sie das Mädchen danach gefragt?«

»Konnte ich nicht. Ich hörte von der Prügelei zwischen Gowan und Gabriel erst, als ich schon mit Mary Agnes gesprochen hatte. Und ich bin noch nicht dazu gekommen, sie mir noch einmal vorzuknöpfen.« Der Grund dafür waren die Auskünfte, die Gowan ihr gegeben hatte; ihre Ahnung, was Lynley mit diesen Auskünften anfangen würde.

Als hätte er ihre Gedanken gelesen, sagte er: »Was konnte Gowan Ihnen über die vergangene Nacht sagen?«

»Er hat eine Menge mitbekommen, nachdem die Lesung geplatzt war, weil er in der Halle war, um sauberzumachen. Francesca Gerrard war mit ihm zusammengestoßen, als sie aus dem Wohnzimmer rannte, und dabei war Gowan ein Tablett mit Gläsern und Likörflaschen hinuntergefallen. Er brauchte mehr als eine Stunde, um alles wieder sauberzumachen. Obwohl Helen ihm half.«

Lynley ignorierte den Nachsatz. »Und?« sagte er nur.

Barbara wußte, was Lynley wollte, aber sie hielt ihn noch ein wenig hin, indem sie zunächst über die Nebenfiguren des Dramas berichtete, an deren Kommen und Gehen sich Gowan erstaunlich genau erinnert hatte. Lady Stinhurst, ganz in Schwarz, war ziellos zwischen Salon, Speisezimmer, Wohnzimmer und Halle hin- und hergewandert, bis nach Mitternacht ihr Mann von oben heruntergekommen war, um sie zu holen; Jeremy Vinney hatte unermüdlich Lady Stinhurst mit Fragen verfolgt, auf die sie nicht reagierte; Joanna Ellacourt war nach einem lautstarken Streit mit ihrem Mann voller Wut durch einen der oberen Korridore gerannt; Irene Sinclair und Robert Gabriel hatten sich in die Bibliothek zurückgezogen. Gegen halb eins schließlich war so etwas wie Ruhe in dem großen Haus eingekehrt.

Aufmerksam wie immer sagte Lynley: »Aber das ist ja wohl nicht alles, was Gowan sah, vermute ich.«

Barbara grub die Zähne in die Unterlippe. »Nein, das ist nicht alles. Später, als er schon zu Bett gegangen war, hörte er draußen vor seiner Tür Schritte. Sein Zimmer ist direkt an der Ecke, dort, wo der Nordwestflügel an die Halle anstößt. Die Zeit konnte er mir nicht genau sagen, nur daß es um einiges nach halb eins war. Fast eins, meint er. Er war neugierig wegen der ganzen Aufregung an diesem Abend. Darum stand er auf, machte leise seine Tür einen Spalt auf.«

»Und?«

»Er hörte wieder Schritte. Dann wurde eine Tür geöffnet und geschlossen.« Barbara war nicht sonderlich erpicht darauf, den Rest von Gowans Bericht wiederzugeben, und sie wußte, daß ihr Gesicht ihr Widerstreben verriet. Dennoch sprach sie weiter. Gowan hatte sein Zimmer verlassen, war bis zum Ende des Korridors gegangen und hatte einen Blick in die Halle geworfen. Alles war dunkel – er selbst hatte kurz vorher alle Lichter ausgemacht –, nur die Außenbeleuchtung hatte matt hereingeschimmert.

Barbara sah an Lynleys Mienenspiel, daß er wußte, was kommen würde. »Er sah Davies-Jones«, sagte er.

»Ja. Aber er kam aus der Bibliothek und nicht aus dem Speisezimmer, wo die Dolche hängen, Inspector. Er hatte eine Flasche in der Hand: vermutlich Cognac, den er mit zu Helen hinaufnahm.«

Sie wartete darauf, daß Lynley ihr die unvermeidliche Folgerung präsentieren würde, die sie selbst schon gezogen hatte. Ein Abstecher ins Speisezimmer, um einen Dolch zu holen, war ebenso leicht zu bewerkstelligen wie ein Gang in die zehn Meter entfernte Bibliothek, um eine Flasche Cognac zu holen. Und es blieb die Tatsache, daß Joy Sinclairs Zimmertür zum Korridor abgeschlossen war.

Doch Lynley sagte nur: »Und weiter?«

»Nichts. Davies-Jones ging nach oben.«

Lynley nickte grimmig. »Das tun wir jetzt auch.«

Er stieg Barbara voraus die Hintertreppe hinauf, schmal, kahles Holz, nur von zwei nackten Glühbirnen erleuchtet, völlig schmucklos.

»Was ist mit Mary Agnes?« fragte Lynley, während sie zum Westflügel hinaufstiegen.

»Sie behauptet, die ganze Nacht nichts gehört zu haben. Nur den Wind, sagte sie. Aber den kann sie natürlich auch in Gabriels Zimmer gehört haben. Eins allerdings war merkwürdig, was sie mir erzählte.«

Sie wartete, bis Lynley auf der Treppe vor ihr stehenblieb und sich nach ihr umdrehte.

»Unmittelbar nachdem sie heute morgen die Tote gefunden hatte, holte Mary Agnes Francesca Gerrard. Und gemeinsam holten sie dann Lord Stinhurst. Er ging in Joys Zimmer, kam gleich darauf wieder heraus und befahl Mary Agnes, in ihr eigenes Zimmer zurückzukehren und dort zu warten, bis Mrs. Gerrard sie holte.«

»Ich verstehe nicht ganz, Havers.«

»Francesca Gerrard kam erst zwanzig Minuten später, um Mary Agnes zu holen. Und erst dann befahl Lord Stinhurst ihr, die anderen im Haus zu wecken und sie zu bitten, gleich in den Salon zu kommen. In der Zwischenzeit telefonierte er von Mrs. Gerrards Büro aus – es ist gleich neben Mary Agnes' Zimmer –, und sie konnte ihn sprechen hören.

Und außerdem, Inspektor, hat er auch zwei Anrufe erhalten.«

Als Lynley auf diese Information nicht reagierte, spürte Barbara wieder den Stachel der Unzufriedenheit. »Sir, Sie haben doch Lord Stinhurst nicht vergessen? Sie wissen, wer er ist: der Mann, der in diesem Augenblick eigentlich auf dem Weg zum Revier sein sollte, weil er Beweismaterial vernichtet, die Polizei in ihrer Arbeit behindert und einen Mord verübt hat.«

»Das ist ein bißchen voreilig«, entgegnete Lynley.

Seine Ruhe reizte Barbara. »Finden Sie?« fragte sie schroff. »Wann sind Sie denn zu dieser scharfen Erkenntnis gelangt?«

»Ich habe bisher nichts gehört, was mich davon überzeugen würde, daß Lord Stinhurst Joy Sinclair getötet hat.« Lynleys Stimme war sehr ungeduldig. »Aber selbst wenn ich glaubte, daß er der Mörder ist, werde ich ihn ganz gewiß nicht aufgrund der Tatsache festnehmen, daß er einen Stapel Manuskripte verbrannt hat.«

»Was muß er denn noch tun, damit Sie ihn festnehmen?« rief Barbara erregt. »Sie haben sich bereits entschieden, stimmt's? Aufgrund eines einzigen Gesprächs mit einem Mann, der die ersten zehn Jahre seiner Karriere auf der Bühne gestanden hat und wahrscheinlich heute hier seine glänzendste Vorstellung überhaupt geliefert hat, als er Sie um den Finger wickelte. Das ist wirklich ein Hammer, Inspector. Auf solche Arbeit können Sie stolz sein.«

»Havers«, sagte Lynley leise. »Vergessen Sie sich nicht.«

Barbara hörte die Warnung. Sie wußte, sie hätte klein beigeben sollen, aber doch nicht in so einem Moment, wo sie völlig im Recht war!

»Was hat er Ihnen denn aufgetischt, daß Sie plötzlich von seiner Unschuld so überzeugt sind, Inspector? Daß er und Ihr Herr Papa gemeinsam in Eton waren? Daß er Sie gern häufiger in seinem Club in London sehen würde? Oder daß die Vernichtung des Beweismaterials mit dem Mord überhaupt nichts zu tun hatte und Sie sich auf sein Wort verlassen können, da er ja ein echter Ehrenmann von edelstem Geblüt sei, genau wie Sie.«

»Wenn die Dinge so einfach lägen!« erwiderte Lynley nur. »Aber darüber möchte ich – «

» – mit einer wie mir nicht sprechen. Ach, gehen Sie doch zum Teufel!«

»Wenn Sie endlich lernen könnten, sich nicht immer gleich persönlich angegriffen zu fühlen, würden Sie vielleicht eine Frau werden, die Vertrauen verdient«, fuhr Linley sie an. Doch er wandte sich hastig von ihr ab und ging nicht weiter.

Sie sah, daß ihm seine Grobheit leid tat. Aber sie selbst hatte ihn ja dazu getrieben, sie hatte sich gewünscht, daß sein Zorn überlaufen würde genau wie der ihre vorher, als er sie aus dem Wohnzimmer gewiesen hatte. Jetzt erkannte sie klar, daß sie sich mit solchem manipulativen Verhalten seine Achtung gewiß nicht erwerben würde. Sie ärgerte sich über ihre Instinktlosigkeit und ihre Dummheit.

»Tut mir leid«, sagte sie kleinlaut. »Ich bin zu weit gegangen, Inspector. Wieder mal aus der Rolle gefallen.«

Lynley reagierte nicht sogleich. Sie standen auf der Treppe, von innerer Anspannung gefangen und jeder in seinen eigenen Schmerz verstrickt. Es schien Lynley Anstrengung zu kosten, sich daraus zu befreien.

»Wenn wir jemanden festnehmen, dann auf der Grundlage konkreter Beweise, Barbara.«

Sie nickte. »Das weiß ich, Sir. Aber ich glaube ...« Er würde es nicht hören wollen. Er würde es ihr übelnehmen. Dennoch wagte sie es. »Ich glaube, Sie übersehen das Naheliegende, um Davies-Jones aufs Korn nehmen zu können. Nicht aufgrund von Beweisen, sondern aus einem ganz anderen Grund, der – den Sie sich vielleicht nicht eingestehen wollen.«

»Das stimmt nicht«, entgegnete Lynley und setzte sich wieder in Bewegung.

Als sie oben waren und durch den Flur gingen, zeigte ihm Barbara die einzelnen Zimmer. Erst Gabriels, das der Hintertreppe am nächsten war, dann Vinneys, Elizabeth Rintouls und Irene Sinclairs. Ihrem Zimmer gegenüber war das von Rhys Davies-Jones; an jener Stelle, wo der Westkorridor eine Biegung nach rechts machte, breiter wurde und zum Hauptgebäude führte. Hier waren alle Türen abgeschlossen, und auf ihrem Weg durch den breiten Gang, an dessen Wänden, von zierlichen Wandleuchten erhellt, die Porträts mehrerer Generationen ernstblickender Gerrards hingen, kam ihnen St. James entgegen und reichte Lynley einen Plastikbeutel.

»Helen und ich haben das in einem der Stiefel unten gefunden«, sagte er. »David Sydeham sagt, es sei seiner.«

6

Es war schwer zu glauben, daß eine Frau von Joanna Ellacourts Ruhm und Ansehen seit nunmehr fast zwanzig Jahren mit einem Mann wie David Sydeham verheiratet war. Die Kitschversion ihrer gemeinsamen Geschichte war Lynley bekannt, der rührselige Quatsch, den die Boulevardblätter ihren Lesern zum schnellen Konsum in der Untergrundbahn zu servieren pflegen. Eigentlich nichts Ungewöhnliches: ein neunundzwanzigjähriger Theateragent aus den Midlands – der Sohn eines Landpfarrers –, der kaum mehr vorzuweisen hat als gutes Aussehen und unerschütterliches Selbstvertrauen, entdeckt auf der Bühne eines Hinterhoftheaters in Nottingham eine Neunzehnjährige mit großem Talent, überredet sie, sich mit ihm zusammenzutun, befreit sie aus dem harten Arbeitermilieu, in dem sie großgeworden ist, läßt ihr Schauspielunterricht geben und fördert sie auf Schritt und Tritt ihrer langsamen Karriere, bis sie, wie er von Anfang an gewußt hat, eines Tages geschafft hat, Englands berühmteste und meistbeschäftigte Schauspielerin zu sein.

David Sydeham war auch nach zwanzig Jahren noch ein vor allem in seiner Sinnlichkeit attraktiver Mann, aber er wirkte verlebt, unschön gezeichnet von den Freuden, die er wohl im Übermaß genossen hatte. Seine Haut zeigte die ersten Spuren eines ausschweifenden Lebens. Gesicht und Hände waren schwammig und aufgedunsen. Wie die anderen Männer auf Westerbrae hatte Sydeham am Morgen keine Zeit gehabt, sich zu rasieren, so daß er ungepflegt wirkte, als hätte er die Nacht durchgemacht. Dunkle Bartstoppeln lagen wie Schatten auf seinem Gesicht und ließen die tiefen Ringe unter den schwerlidrigen Augen um so stärker hervortreten. Seine Kleidung aber wahrte den Stil; er verstand es unverkennbar, das Beste aus sich zu machen. Hemd und Anzug waren ihm auf den bulligen Körper geschneidert und gewiß so teuer gewesen wie die Armbanduhr und der Siegelring, deren Gold im Feuerschein aufblitzte, als er im Wohnzimmer Platz nahm. Nicht auf einem steiflehnigen Stuhl, wie Lynley bemerkte, sondern in einem bequemen Sessel im Halbdunkel in einer Ecke des Raumes.

»Mir ist die Funktion, die Sie an diesem Wochenende hier hatten, nicht ganz klar«, sagte Lynley, während Barbara Havers die Tür schloß und sich an den Tisch setzte.

»Sie meinen vielleicht meine Funktion insgesamt?« Sydehams Gesicht zeigte freundliche Gleichgültigkeit.

Seine Bemerkung war interessant. »Wenn Sie so wollen.«

»Ich bin der Manager meiner Frau. Ich kümmere mich um ihre Verträge und ihre Termine und schirme sie ab, wenn sie unter Arbeitsdruck steht. Ich lese ihre Stücke, lerne den Text mit ihr und verwalte ihr Geld.« Sydeham schien eine Veränderung in Lynleys Gesicht wahrzunehmen. »Ja«, wiederholte er, »ich verwalte ihr Geld. Sie verdient es, ich lege es an. Alles. Und es ist eine ganze Menge. Ich werde ausgehalten, Inspector.« Er lächelte ohne eine Spur von Heiterkeit. Er schien empfindlich in bezug auf die Unausgewogenheit der Beziehung zwischen ihm und seiner Frau.

»Wie gut waren Sie mit Joy Sinclair bekannt?« fragte Lynley.

»Sie meinen, ob ich sie getötet habe? Ich bin der Frau gestern abend um halb acht zum ersten Mal begegnet. Und wenn Joanna auch über die Veränderungen, die Joy Sinclair an ihrem Stück vorgenommen hatte, weiß Gott nicht begeistert war, so war das für mich doch kein Anlaß, sie zu töten. Ich pflege mit den Leuten zu verhandeln. Ich bringe sie nicht gleich um, wenn mir ihr Stück nicht gefällt.«

»Was hatte Ihre Frau an dem Stück auszusetzen?«

»Nun, Joanna hatte von Anfang an den Verdacht, daß es Joy vor allem darum ging, ihrer Schwester zu einer neuen Bühnenkarriere zu verhelfen. Auf Joannas Kosten. Joannas Name würde das Publikum und die Kritiker anziehen, aber dank ihrer Rolle würde Irene Sinclair das allgemeine Augenmerk auf sich ziehen. Das jedenfalls waren Joannas Befürchtungen. Und als sie das veränderte Manuskript sah, glaubte sie augenblicklich, ihre schlimmsten Befürchtungen bewahrheitet zu sehen.« Sydeham hob in einer hilflosen Bewegung beide Schultern und Arme. »Ich – wir hatten nach der Lesung deshalb eine ziemlich drastische Auseinandersetzung.«

»Welcher Art?«

»Wie das eben unter Ehepaaren so üblich ist. Einer machte dem anderen Vorwürfe. Joanna war entschlossen, nicht in dem Stück zu spielen.«

»Nun, das Problem hat sich für sie ja nun gelöst, nicht wahr?« meinte Lynley.

Sydehams Nasenflügel blähten sich. »Meine Frau hat Joy Sinclair nicht getötet, Inspector. So wenig wie ich. Unser wahres Problem hätte das nicht gelöst.«

Er wandte den Kopf abrupt ab und starrte auf den Tisch unter dem Fenster und die in Silber gerahmten Fotografien, die darauf standen.

Lynley verstand den mehr oder weniger versteckten Wink in der letzten Bemerkung und nahm die Aufforderung an. »Und was ist Ihr wahres Problem?«

Sydeham wandte sich ihm wieder zu. »Robert Gabriel«, antwortete er bedrückt. »Dieser gottverdammte Robert Gabriel.«

Lynley wußte aus langer Erfahrung, daß Schweigen bei einem Verhör oft fruchtbarer war als unausgesetztes Fragen. Die Spannung, die sich beinahe unweigerlich aufbaute, zwang den Gesprächspartner meistens zum befreienden Sprechen. Darum sagte er jetzt nichts, sondern ließ Sydeham ruhig schmoren. Und Sydeham reagierte beinahe unverzüglich.

»Gabriel ist seit Jahren hinter Joanna her. Er bildet sich ein, der geborene Casanova zu sein. Nur konnte er bei Jo trotz all seiner Bemühungen nie landen. Sie kann den Mann nicht ausstehen. Das war schon immer so.«

Lynley war erstaunt über diese Information. Gerade Joanna Ellacourt und Robert Gabriel galten doch als das erotisch aufregendste Bühnenpaar. Sydeham sah die Reaktion und lächelte.

»Meine Frau ist eine glänzende Schauspielerin, Inspector. Aber Tatsache ist, daß Gabriel im *Othello* in der letzten Saison einmal zu oft versucht hat, ihr unter den Rock zu greifen. Sie war endgültig fertig mit ihm. Leider sagte sie mir zu spät, daß sie fest entschlossen war, nie wieder mit ihm zu spielen. Ich hatte bereits den Vertrag mit Stinhurst für diese neue Produktion ausgehandelt, als sie es mir eröffnete. Nachdem ich darauf bestanden hatte, daß auch Gabriel verpflichtet wurde.«

»Warum?«

»Geschäft, Inspector. Gabriel und Ellacourt – das zieht. Und ich meinte, Joanna würde ihn sich schon vom Hals halten können, wenn sie wieder mit ihm spielen mußte. Beim *Othello* hatte sie sich ja auch ganz tapfer geschlagen. Als er bei einem Bühnenkuß aufdringlich werden wollte, hat sie ihn kräftig in die Zunge gebissen und sich hinterher darüber kaputtgelacht. Ich hätte nie geglaubt, daß sie bei der Aussicht auf eine neue Zusammenarbeit mit Gabriel so außer sich geraten würde. Und als ich merkte, daß sie mit dem Mann absolut nichts mehr zu tun haben wollte, war ich so dumm, sie zu belügen. Ich sagte, Stinhurst hätte auf Gabriels Mitwirkung bestanden. Aber leider ließ Gabriel gestern abend die Katze aus dem Sack, und Joanna erfuhr, daß ich derjenige gewesen war, der seine Verpflichtung gewünscht hatte. Das war *ein* Grund für Joannas Wutausbruch.«

»Und jetzt, wo sicher ist, daß das Stück nicht aufgeführt werden wird?«

Sydeham sprach mit schlecht verhohlener Ungeduld. »Joys Tod ändert nichts daran, daß Joanna bei Stinhurst unter Vertrag steht. Genau wie Gabriel. Und Irene Sinclair. Jo muß mit den beiden zusammenarbeiten, ob sie will oder nicht. Ich vermute, Stinhurst wird mit dem ganzen Ensemble so bald wie möglich nach London zurückkehren und schnellstens mit einer neuen Produktion beginnen. Wenn ich also Joanna helfen wollte – oder wenigstens den Ärger zwischen ihr und mir beilegen wollte –, müßte ich schon Stinhurst oder Gabriel ein schnelles Ende bereiten. Joys Tod war auch der Tod ihres Stücks. Aber Joanna hat nicht den geringsten Nutzen daraus, das können Sie mir glauben.«

»Vielleicht Sie selbst aber?«

Sydeham betrachtete Lynley mit abschätzendem Blick. »Ich wüßte nicht, wie etwas, das Joanna nicht nützt, mir nützen sollte, Inspector.«

Daran war gewiß viel Wahres. »Wann haben Sie ihre Handschuhe das letzte Mal gesehen?« fragte Lynley unvermittelt.

Sydeham hätte, so schien es, gern das frühere Gespräch weitergeführt, dennoch antwortete er bereitwillig. »Gestern nachmittag, als wir ankamen, soweit ich mich erinnere. Francesca bat mich, uns einzutragen, und da habe ich die Handschuhe ausgezogen. Ich muß gestehen, ich habe keine Ahnung, was ich danach mit ihnen getan habe. Ich kann mich nicht erinnern, sie wieder angezogen zu haben, aber vielleicht habe ich sie in die Manteltaschen gesteckt.«

»Aber Sie haben ihren Verlust nicht bemerkt?«

»Nein, ich brauchte sie ja nicht. Joanna und ich gingen nach unserer Ankunft nicht mehr raus. Bis vor wenigen Minuten, als Ihr Mitarbeiter den einen in die Bibliothek brachte, hatte ich keine Ahnung, daß sie weg waren. Der andere kann gut in meiner Manteltasche sein oder sogar am Empfang, wenn ich sie dort liegengelassen habe. Ich weiß es einfach nicht mehr.«

»Sergeant?« Lynley machte eine Kopfbewegung. Barbara stand auf, ging aus dem Zimmer und kehrte gleich darauf mit dem zweiten Handschuh zurück.

»Er lag auf dem Boden zwischen der Wand und dem Empfangstisch«, sagte sie und legte ihn auf den Tisch.

Alle drei betrachteten einen Moment lang schweigend den Handschuh aus weichem, schon etwas abgetragenem Leder, der auf der Innenseite mit den Initialen DS gezeichnet war. Feiner Seifengeruch verriet, daß er kürzlich gereinigt worden war, aber weder an den Nähten noch am Futter waren Reste des Reinigungsmittels zu erkennen.

»Wer war am Empfang, als Sie ankamen?« fragte Lynley.

Sydehams Gesicht hatte den nachdenklichen Ausdruck dessen, der zurückblickt auf Ereignisse, die zum Zeitpunkt ihres Geschehens unwichtig schienen, und der nun in der Rückschau versucht Personen und Handlungen in die richtige Ordnung zu bringen. »Francesca Gerrard«, sagte er langsam. »Jeremy Vinney erschien kurz an der Wohnzimmertür und sagte hallo.« Er machte eine Pause. »Der Junge – Gowan – war auch da. Vielleicht nicht gleich, aber er muß früher oder später dazugekommen sein, denn er holte unser Gepäck und zeigte uns unsere Zimmer. Und – ich bin mir nicht ganz sicher, aber ich glaube, ich habe auch Elizabeth Rintoul gesehen, Stinhursts Tochter. Sie lief in eines der Zimmer in dem Korridor, der direkt von der Halle abgeht. Es war auf jeden Fall jemand dort.«

Lynley und Havers tauschten einen kurzen Blick, dann tippte Lynley auf den Plan des Hauses, den Barbara ins Wohnzimmer mitgebracht hatte und der ausgebreitet auf dem Tisch lag, neben Sydehams Handschuh.

»Welches Zimmer war es?«

Sydeham stand aus seinem Sessel auf und kam an den Tisch. Er betrachtete den Plan sehr genau, ehe er antwortete. »Es ist schwer zu sagen. Ich habe sie nur flüchtig gesehen. Ich hatte den Eindruck, sie wollte uns aus dem Weg gehen. Ich nahm mehr oder weniger automatisch an, es wäre Elizabeth, weil sie in solchen Dingen sich oft merkwürdig verhält. Aber ich denke, es war dieses letzte Zimmer.« Er wies auf das Büro.

Lynley erwog die mögliche Folgerung, die sich aus seinen Worten ergab. Die Hauptschlüssel lagen im Büro, abgeschlossen im Schreibtisch, hatte Macaskin gesagt. Doch er hatte auch gesagt, daß Gowan Kilbride möglicherweise Zugang zu ihnen gehabt hatte. Wenn das zutraf, konnte man annehmen, daß nicht sehr scharf darauf geachtet wurde, ob dieser abgeschlossen war oder nicht. Und am Tag der Ankunft so vieler Gäste war der Schreibtisch vermutlich offen gewesen, die Schlüssel jedem zugänglich, der mit der Vorbereitung der Zimmer zu tun gehabt hatte. Und vielleicht auch jedem, der sich im Haus auskannte und wußte, wo das Büro war: Elizabeth Rintoul, ihre Mutter, ihr Vater, auch Joy Sinclair.

»Wann haben Sie Joy Sinclair das letzte Mal gesehen?« fragte Lynley.

Sydeham war unruhig. Er schien zu seinem Sessel zurückkehren zu wollen. Lynley wollte ihn lieber stehend vor sich haben.

»Kurz nach der Lesung. Es war vielleicht halb zwölf oder etwas später. Ich habe nicht auf die Zeit geachtet.«

»Und wo?«

»Im oberen Korridor. Sie war auf dem Weg zu ihrem Zimmer.« Sydeham zeigte einen Moment Unbehagen, aber er fuhr zu sprechen fort. »Wie ich vorhin schon sagte, ich hatte mit Joanna eine Auseinandersetzung wegen des Stücks. Sie war mitten in der Lesung einfach gegangen, und ich fand sie auf der Galerie. Wir haben uns ziemlich häßliche Dinge an den Kopf geworfen. Ich streite nicht gern mit meiner Frau. Ich war hinterher deprimiert. Darum ging ich in die Bibliothek, um mir eine Flasche Whisky zu holen. Und da sah ich Joy.«

»Haben Sie mit ihr gesprochen?«

»Sie sah nicht so aus, als hätte sie Lust auf ein Gespräch. Und ich war auch nicht in Stimmung. Ich holte mir nur den Whisky, trank ein paar Gläser – vielleicht vier oder fünf. Und dann bin ich einfach umgefallen.«

»Wo war Ihre Frau in dieser Zeit?«

Sydehams Blick glitt zum Kamin, während er mit beiden Händen automatisch in die Taschen seines grauen Tweedjacketts griff, vielleicht auf der erfolglosen Suche nach einer Zigarette, um seine Nerven zu beruhigen. Unverkennbar war dies die Frage, der er zu entrinnen gehofft hatte.

»Ich weiß nicht. Sie ging aus der Galerie hinaus. Aber wohin sie gegangen ist, weiß ich nicht.«

»Sie wissen es nicht«, wiederholte Lynley bedächtig.

»Ganz recht. Schauen Sie, ich hab schon vor vielen Jahren die Erfahrung gemacht, daß es das Beste ist, Joanna in Frieden zu lassen, wenn sie wütend ist, und gestern abend kochte sie, das können Sie mir glauben. Darum ging ich, trank meinen Whisky – trank mir einen Rausch an, wenn Sie so wollen – und schlief ein. Ich weiß nicht, wo sie war. Ich weiß nur, daß sie heute morgen, als ich aufwachte – als das Mädchen klopfte und sagte, wir sollten uns anziehen und in den Salon hinunterkommen –, daß sie da neben mir im Bett lag.« Sydeham bemerkte, daß Barbara Havers alles mitschrieb. »Joanna war ärgerlich«, bestätigte er noch einmal. »Aber auf mich. Auf niemand anderen. Zwischen uns war in letzter Zeit nicht – nicht alles so, wie es sein sollte. Sie wollte mich nicht in ihrer Nähe haben.«

»Aber sie kam gestern nacht in Ihr gemeinsames Zimmer zurück?«

»Natürlich.«

»Um welche Zeit? Nach einer Stunde? Nach zwei? Oder drei?«

»Das weiß ich nicht.«

»Aber ihr Kommen wird Sie doch geweckt haben.«

Sydehams Ton wurde ungeduldig. »Haben Sie schon mal einen Rausch ausgeschlafen, Inspector? Verzeihen Sie den Vergleich, aber ich habe geschlafen wie ein Toter.«

Lynley ließ nicht locker. »Sie haben nichts gehört? Nicht den Sturm? Keine Stimmen? Überhaupt nichts?«

»Das habe ich doch gerade gesagt.«

»Und auch kein Geräusch aus Joy Sinclairs Zimmer? Es ist doch direkt neben dem Ihren. Ich kann mir nicht vorstellen, daß sie nicht wenigstens versucht hat zu schreien, als sie getötet wurde. Und ich kann mir auch nicht vorstellen, daß Sie das Kommen und Gehen Ihrer Frau nicht wahrnahmen. Was kann denn noch alles geschehen sein, ohne daß Sie etwas davon merkten?«

Sydeham warf Lynley einen scharfen Blick zu. »Wenn Sie versuchen sollten, diese Sache meiner Frau in die Schuhe zu schieben, warum denn nicht gleich mir? Ich war einen Teil der Nacht allein, oder nicht? Aber das ist ja gerade das Problem, nicht wahr? Alle anderen außer Stinhurst waren auch allein.«

Lynley ignorierte die Erregung, die in Sydehams Worten mitschwang. »Erzählen Sie mir noch etwas über die Bibliothek.«

»Wie meinen Sie das?«

»War jemand dort, als Sie den Whisky holten?«

»Nur Gabriel.«

»Was tat der?«

»Er trank. Gin dem Geruch nach. Und hoffte zweifellos, daß ein weibliches Wesen vorbeikommen würde. Irgendeins.«

Lynley griff Sydehams gehässige Worte auf. »Sie scheinen Robert Gabriel nicht sonderlich zu mögen. Nur wegen seiner Unverschämtheiten Ihrer Frau gegenüber, oder gibt es noch andere Gründe?«

»Keiner hier mag Gabriel besonders, Inspector. Er ist überall denkbar unbeliebt. Er wird nur geduldet, weil er so ein verdammt guter Schauspieler ist. Mir ist es offen gesagt ein Rätsel, warum statt Joy Sinclair nicht er ermordet wurde. Feinde hatte er jedenfalls genug.«

Eine interessante Feststellung, dachte Lynley. Aber noch interessanter war die Tatsache, daß Sydeham seine Frage nicht beantwortet hatte.

Macaskin und die Köchin hatten sich offenbar entschlossen, einen aufkeimenden Konflikt ins Wohnzimmer zu tragen. Zu gleicher Zeit, aber jeder mit seinem eigenen Anliegen, erschienen sie in der Tür. Macaskin bestand darauf, als erster gehört zu werden, und verwies die Köchin in den Hintergrund, wo sie so verzweifelt die Hände rang, als stünde ein Soufflé auf dem Spiel.

Macaskin musterte David Sydeham mit raschem Blick von Kopf bis Fuß, als dieser hinausging, und wandte sich dann Lynley zu. »Wir haben alles Notwendige getan«, sagte er. »Sämtliche Fingerabdrücke sind gesichert. Die beiden Zimmer sind versiegelt. Die Leute von der Spurensicherung sind fertig. Der Handschuh wird im Labor untersucht.« Er wies mit einer kurzen Kopfbewegung zur Bibliothek und sagte kurz: »Soll ich sie rauslassen? Die Köchin sagt, sie hat gleich das Essen fertig, und die Leute würden sich gern frischmachen.«

Lynley sah es Macaskin an, daß er es nicht gewöhnt war, Befehle von einem anderen entgegenzunehmen. Die roten Ohren und die brummige Stimme verrieten, wie schwer es ihm fiel, einem anderen das Regiment zu überlassen.

Wie auf ein Stichwort schoß bei Macaskins Worten die Köchin aus dem Hintergrund hervor. »Sie können die Leute doch nicht verhungern lassen.« Sie schien zu befürchten, die Polizei könnte die ganze Gesellschaft auf Wasser und Brot setzen, solange der Mörder nicht gefunden war. »Ich hab alles fertig. Die Leute haben ja den ganzen Tag nichts als ein Brötchen gegessen, Inspector. Im Gegensatz zur Polizei«, fügte sie vielsagend hinzu. »Die haben sich's den ganzen Tag gutgehen lassen, wie ich an meiner Küche sehen kann.«

Lynley klappte seine Taschenuhr auf und sah überrascht, daß es bereits halb neun war. Er selbst hatte nicht den geringsten Appetit, aber da die Spurensicherung ihre Arbeit abgeschlossen hatte, bestand kein Grund mehr, den Gästen das Abendessen und die, wenn auch eingeschränkte, Freiheit innerhalb des Hauses vorzuenthalten. Er nickte zustimmend.

»Dann fahren wir jetzt«, sagte Macaskin. »Constable Lonan lasse ich Ihnen da. Ich selbst komme morgen früh wieder. Einer von meinen Männern steht bereit, um Stinhurst auf die Dienststelle zu bringen.«

»Lassen Sie ihn hier.«

Macaskin öffnete den Mund, pfiff dann auf das Protokoll und sagte: »Und die Manuskripte, Inspector?«

»Ich kümmere mich darum«, erwiderte Lynley bestimmt. »Beweismaterial zu verbrennen ist etwas anderes als Mord. Mit Stinhurst werden wir uns befassen, wenn es an der Zeit ist.« Er sah, wie Barbara Havers abwehrend die Hände hob, als wünsche sie, sich von dieser Meinung zu distanzieren.

Macaskin seinerseits schien nahe daran zu widersprechen, überlegte es sich dann aber anders. Er wünschte förmlich gute Nacht und sagte kurz: »Wir haben Ihre Sachen in den Nordwestflügel bringen lassen. Sie haben ein Zimmer mit St. James. Neben Helen Clydes neuem Zimmer.«

Weder die dienstlichen Meinungsverschiedenheiten noch die Bettenverteilung der Polizei interessierten die Köchin, die immer noch an der Tür stand, um endlich die kulinarische Frage gelöst zu sehen. »In zwanzig Minuten, Inspector«, sagte sie kurz und machte auf dem Absatz kehrt. »Seien Sie pünktlich!«

Endlich aus stundenlanger Gefangenschaft in der Bibliothek befreit, befanden sich die meisten der Gruppe noch in der großen Halle, als Lynley herauskam und Joanna Ellacourt bat, ihm ins Wohnzimmer zu folgen. Diese Aufforderung, die so bald nach dem Verhör ihres Mannes erfolgte, ließ die anderen aufhorchen, und sie warteten gespannt, wie die Schauspielerin reagieren würde. Es hatte wie eine freundliche Bitte geklungen, aber keiner der Anwesenden war so dumm zu glauben, daß sie einfach höflich abgeschlagen werden konnte.

Joanna Ellacourt schien jedoch genau diese Möglichkeit in Erwägung zu ziehen, offensichtlich zwischen schroffer Absage und feindseliger Zusage schwankend. Dann jedoch entschied sie sich für letzteres. Ihrer Verstimmung über die Rücksichtslosigkeit der Polizei gab sie Ausdruck, indem sie weder Lynley noch Barbara Havers eines Wortes würdigte, als sie an ihnen vorüber ins Wohnzimmer ging und sich den Platz aussuchte, der ihr gefiel, den hochlehnigen Stuhl am Kamin, den Sydeham gemieden und auf dem Stinhurst nur widerstrebend Platz genommen hatte. Daß sie gerade diesen Platz wählte, war interessant; entweder zeigte sich darin ihre Entschlossenheit, dieses Verhör stolz und aufrecht über sich ergehen zu lassen, oder aber es steckte die Hoffnung dahinter, das lebhafte Spiel des Feuerscheins auf ihrer Haut und ihrem Haar würde den Beobachter ablenken. Joanna Ellacourt verstand sich schließlich darauf, ein Publikum zu manipulieren.

Es fiel Lynley schwer zu glauben, daß sie fast vierzig Jahre alt war. Sie sah mindestens zehn Jahre jünger aus und erinnerte ihn, wie sie da im schmeichelnden Licht des Feuers saß, das ihre Haut mit mattgoldenem Schimmer übergoß, an François Bouchers *Ruhende Diana*. Die matte Glut der Haut, die zarte Färbung der Wangen, der sanfte Schwung des Ohrs, als sie ihr Haar zurückwarf, das alles hatte sie mit Bouchers Göttin gemeinsam, und wären ihre Augen braun gewesen und nicht tiefblau, hätte man sie für das Modell des Malers halten können.

Kein Wunder, daß Gabriel hinter ihr her ist, dachte Lynley. Er bot ihr eine Zigarette an, die sie annahm. Ihre Hand, lange, kühle Finger, an denen mehrere Brillanten blitzten, schloß sich leicht um die seine, um die Flamme des Feuerzeugs ruhig zu halten. Es war eine einstudierte Geste, bewußt verführerisch.

»Warum hatten Sie gestern abend mit Ihrem Mann Streit?« fragte er.

Joanna zog eine Augenbraue hoch und nahm sich die Zeit, Barbara Havers in ihrem zerknitterten Rock und dem rußbefleckten Pullover zu mustern. »Weil ich es leid bin, mir ständig Robert Gabriels Dreistigkeiten gefallen lassen zu müssen«, antwortete sie freimütig und schwieg wie in Erwartung einer Erwiderung – eines Nickens des Verständnisses vielleicht oder eines mißbilligenden Zungenschnalzens. Als nichts dergleichen erfolgte, keinerlei Ermutigung, fuhr sie aus eigenem Antrieb zu sprechen fort, wenn auch mit leicht belegter Stimme. »Mein letzter Auftritt im *Othello* artete jedesmal praktisch zur Vergewaltigungsszene aus, Inspector. An der Stelle, wo er mich erstikken sollte, fing er an, mir zuzusetzen wie ein Zwölfjähriger, der gerade entdeckt hat, was er mit seinem kleinen Schwänzchen alles Lustiges anstellen kann. Ich hatte restlos genug von ihm. Ich glaubte, David hätte das begriffen. Aber ich täuschte mich. Er schloß einen neuen Vertrag für mich ab, der mich zwang, wieder mit Gabriel zu arbeiten.«

»Sie stritten wegen des neuen Stücks.«

»Wir stritten wegen allem. Das neue Stück war nur ein Teil davon.«

»Sie waren mit Irene Sinclairs Rolle nicht einverstanden.«

Joanna schnippte die Asche ihrer Zigarette in den Kamin.

»Für meine Begriffe hätte mein Mann diese Sache gar nicht dümmer anfangen können. Er hatte mich in eine unsägliche Situation gebracht. Für die nächsten zwölf Monate hätte ich Abend für Abend Gabriels Unverschämtheiten abwehren und gleichzeitig darauf achten müssen, daß seine Exgattin nicht über meine Leiche ihre neue Karriere startete. Ich will ganz ehrlich sein, Inspector. Es tut mir überhaupt nicht leid, daß aus Joys neuem Stück nichts wird. Sie können das als ein offenes Schuldgeständnis auslegen, wenn Sie wollen, aber es fällt mir nicht ein, hier tiefe Trauer über den Tod einer Frau zu mimen, die ich kaum kannte. Und wenn Sie das als ein Motiv sehen, sie zu ermorden, kann ich es leider nicht ändern.«

»Ihr Mann sagte uns, daß Sie gestern nacht eine ganze Weile nicht in Ihrem Zimmer waren.«

»Sie meinen, ich hätte die Gelegenheit gehabt, Joy zu töten? Ja, so sieht es wahrscheinlich aus.«

»Was taten Sie nach der Auseinandersetzung in der Galerie?«

»Zuerst bin ich in unser Zimmer gegangen.«

»Wann war das?«

»Kurz nach elf, denke ich. Aber dort bin ich nicht geblieben. Ich wußte, daß David kommen würde, tief geknickt über den Krach und bemüht, alles auf die übliche Weise wiedergutzumachen. Aber das wollte ich nicht. Ich wollte ihn überhaupt nicht sehen. Ich bin ins Musikzimmer neben der Galerie gegangen. Da stehen ein uraltes Grammophon und eine ganze Menge noch ältere Platten. Ich habe mir einige angehört. Francesca Gerrard scheint ein Ethel-Merman-Fan zu sein.«

»Glauben Sie, daß jemand Sie gehört hat?«

»Um es bestätigen zu können, meinen Sie?« Sie schüttelte den Kopf, allem Anschein nach völlig unbekümmert darüber, daß ihrem Alibi so jede Glaubwürdigkeit fehlte. »Das Musikzimmer liegt völlig abseits im Nordostflügel. Ich kann mir nicht vorstellen, daß jemand etwas gehört hat. Es sei denn, Elizabeth war wieder mal unterwegs, um an den Türen zu horchen. Sie scheint eine Leidenschaft dafür zu haben.«

Lynley ging auf diesen Seitenhieb nicht ein. »Wer war am Empfang, als Sie gestern ankamen?«

Joanna spielte mit einer Strähne ihres feurig schimmernden Haars. »Abgesehen von Francesca erinnere ich mich an niemand besonderen.« Sie runzelte nachdenklich die Stirn. »Außer Jeremy Vinney. Der kam zur Salontür und sagte irgendwas. Daran kann ich mich erinnern.«

»Merkwürdig, daß Sie sich gerade an ihn erinnern.«

»Gar nicht. Vor Jahren hatte er eine kleine Rolle in einem Stück, mit dem wir in Norwich auftraten. Das erste, was mir gestern, als ich ihn wiedersah, durch den Kopf schoß, war, daß er heute noch genauso viel Ausstrahlung hat wie damals. Nämlich überhaupt keine. Er sah immer schon aus wie jemand, der gerade seinen Text vergessen hat und nicht weiß, wie er sich aus der peinlichen Situation retten soll. Armer Kerl. Die Bühne war bestimmt nicht das Richtige für ihn. Er ist ja auch viel zu plump und vierschrötig, um eine größere Rolle zu spielen.«

»Wann sind Sie gestern abend in Ihr Zimmer zurückgekehrt?«

»Das kann ich Ihnen wirklich nicht sagen. Ich habe nicht auf die Zeit geachtet. Ich habe mir einfach die Platten angehört, bis ich mich einigermaßen beruhigt hatte.« Sie blickte ins Feuer. Dann schüttelte sie den Kopf. »Nein, das stimmt nicht ganz. Ich wollte sichergehen, daß David eingeschlafen war, ehe ich kam. Aus Mitleid wahrscheinlich. Obwohl mir jetzt, wenn ich daran denke, schleierhaft ist, warum ich nach allem, was war, auch noch darauf bedacht war, ihm eine Demütigung zu ersparen.«

»Demütigung?« fragte Lynley.

Joanna lächelte flüchtig, ohne erkennbaren Grund. Es wirkte wie eine Ablenkung, ein Mittel, das Augenmerk des Publikums auf ihre Schönheit zu lenken anstatt auf ihre Darbietung. »David ist in dieser ganzen Vertragsgeschichte mit Robert Gabriel im Unrecht, Inspector. Und wäre ich früher ins Zimmer gekommen, so hätte er versucht, die Unstimmigkeit zwischen uns beizulegen. Aber –« Wieder wandte sie sich ab, fuhr sich mit der Zunge über die Lippen, als müsse sie Zeit gewinnen. »Es tut mir leid. Ich kann es Ihnen doch nicht sagen. Selbst auf die Gefahr hin, daß Sie mich für völlig unglaubwürdig halten. Es gibt einfach gewisse Dinge – ich weiß, daß David selbst es Ihnen nicht erzählt hätte. Ich konnte nicht ins Zimmer zurück, ehe er schlief. Ich konnte einfach nicht. Bitte, glauben Sie mir.«

Lynley verstand, daß sie ihn bat, das Verhör zu beenden. Doch er sagte nichts, wartete vielmehr schweigend darauf, daß sie fortfahren würde. Und sie tat es schließlich. Ohne jemanden anzusehen, sprach sie weiter.

»David hätte versucht alles wiedergutzumachen. Seit fast zwei Monaten schon. Ich weiß, er hätte es trotzdem versucht. Er hätte das Gefühl gehabt, es mir zu schulden. Und wenn es nicht geklappt hätte, wäre zwischen uns nur alles noch schlimmer geworden. Darum bin ich nicht ins Zimmer gegangen. Ich wollte ihn erst einschlafen lassen. Und er schlief auch, als ich kam. Ich war froh darüber.«

Was Joanna Ellacourt da andeutete, machte noch schwerer verständlich, daß die Ehe zwischen ihr und Sydeham so lange gehalten hatte. Als wäre Joanna Ellacourt sich dieser Tatsache bewußt, begann sie nochmals zu sprechen. Ihre Stimme wurde scharf, sie war ohne Gefühl und ohne Bedauern.

»David ist meine Geschichte, Inspector. Ich schäme mich nicht zu bekennen, daß er mich zu dem gemacht hat, was ich heute bin. Zwanzig Jahre lang war er mein unerschütterlichster Helfer, mein strengster Kritiker und mein bester Freund. So etwas wirft man nicht einfach weg, nur weil das Leben ab und zu ein bißchen schwierig wird.«

Es war eine Treueerklärung, wie Lynley sie eindrücklicher kaum je gehört hatte. Dennoch fiel es ihm schwer, nicht an David Sydehams Urteil über seine Frau zu denken.

Francesca Gerrards Schlafzimmer war weitab vom Hauptteil des Hauses in einer Ecke des oberen Nordostflügels, wo der Gang schmäler wurde und eine alte Harfe, auf der niemand mehr spielte, unter einem losen Überwurf einen gespenstischen Schatten an die Wand warf. Hier hingen keine Porträts, keine Gobelins, nichts sprach hier von Bequemlichkeit oder gar Luxus. Nur eintönig weiße Wände starrten einen an, und auf dem Holzboden lag ein stark abgetretener Läufer.

Elizabeth Rintoul warf einen hastigen Blick zurück, eilte beinahe lautlos den Flur hinunter und blieb vor der Tür zum Zimmer ihrer Tante lauschend stehen. Aus dem oberen Stockwerk des Westflügels konnte sie gedämpfte Stimmen hören. Doch aus dem Zimmer war kein Laut zu vernehmen. Sie tippte mit den Fingernägeln an das Holz, eine nervöse Bewegung, die dem Picken kleiner Vögel glich. Niemand forderte sie auf einzutreten. Sie klopfte noch einmal.

»Tante Francie?« Mehr als ein Flüstern riskierte sie nicht. Aber es blieb alles still.

Sie wußte, daß ihre Tante im Zimmer war. Sie hatte sie vor noch nicht fünf Minuten, nachdem die Polizei endlich alle Zimmer aufgesperrt hatte, durch diesen Flur gehen sehen. Sie drehte den Türknauf mit schweißfeuchter Hand.

Drinnen roch es nach muffigen Ambrakugeln, nach atemnehmend süßem Gesichtspuder, scharfem Kampfer und billigem Eau de Cologne. Das Zimmer war schmucklos wie der Gang, der zu ihm hinführte; ein schmales Bett, ein Schrank und eine Kommode, ein hoher Ankleidespiegel, der seltsam grüne Lichter warf, das Glas verzerrt, so daß Stirnen hochgewölbt erschienen und Hälse lang und dünn.

Nicht immer war dieser Raum das Schlafzimmer ihrer Tante gewesen. Erst nach dem Tod ihres Mannes war Francesca Gerrard in diesen Teil des Hauses umgezogen, als gehörten Schmucklosigkeit und Unbequemlichkeit zur Trauer um ihn. Sie saß aufrecht auf der äußersten Bettkante, ihre ganze Aufmerksamkeit auf eine Porträtaufnahme ihres Mannes gerichtet, die, einziges Dekorationsstück dieses Zimmers, an der Wand hing. Die Aufnahme zeigte einen sehr ernsten Mann, nicht jenen Onkel Phillip, an den sich Elizabeth aus ihrer Kindheit erinnerte, vielmehr den schwermütigen Mann, zu dem er nach jenem Silvester geworden war. Onkel Geoffrey.

Elizabeth schloß die Tür leise hinter sich, dennoch fuhr ihre Tante bei dem feinen Geräusch mit einem erstickten Aufschrei hoch und drehte sich um, beide Hände wie Klauen in erschrockener Abwehr erhoben.

Elizabeth erstarrte. Diese Bewegung hatte genügt, eine Erinnerung zu wecken, die sie seit Jahren unterdrückt hatte, ein Erlebnis, das vergessen zu sein schien. Die Erinnerung an ein sechsjähriges Mädchen, das in Somerset fröhlich zu den Stalljungen hinaushopste; die Küchenmädchen erblickte, die vor der Steinmauer des Gebäudes hockten und durch eine Ritze spähten, aus der Mörtel herausgefallen war. »Komm Kleine, willst du mal zwei Schwulis sehen«, flüsterten sie. Und sie, die nicht wußte, was das zu bedeuten hatte, aber immer begierig war – immer so rührend begierig –, mit allen gut Freund zu sein, hatte das Auge an das Guckloch gelegt und zwei Stalljungen gesehen, splitterfasernackt beide, der eine auf allen vieren, der andere stoßend und schnaubend hinter ihm, beide Körper schweißnaß, glänzend. Erschrocken war sie zurückgefahren, begleitet vom unterdrückten Gelächter der Mädchen. Gelächter über sie. Über ihre Unschuld und Naivität. Und am liebsten hätte sie sie geschlagen, ihnen weh getan, ihnen die Augen ausgekratzt. Mit Klauen wie die ihrer Tante.

»Elizabeth!« Francesca ließ die Arme sinken. Ihr Körper sank zusammen. »Du hast mich erschreckt, Kind.«

Elizabeth verscheuchte die Erinnerung. Sie sah, daß ihre Tante dabei gewesen war, sich zum Abendessen anzukleiden, als das Bild ihres Mannes sie in die Apathie gezogen hatte, aus der Elizabeth sie aufgestört hatte. Jetzt betrachtete sie kritisch ihr Spiegelbild, während sie eine Bürste durch das dünn gewordene graue Haar zog. Sie lächelte Elizabeth zu, doch ihre zitternden Lippen verrieten, daß sie nicht so ruhig war, wie sie zu sein vorgab.

»Weißt du, als junges Mädchen habe ich mir angewöhnt,

in den Spiegel zu schauen, ohne mein Gesicht zu sehen. Es heißt immer, das geht nicht, aber ich habe es geschafft. Ich kann mein Haar richten, mich schminken, die Ohrringe anstecken, alles. Und dabei brauche ich nie zu sehen, wie häßlich ich bin.«

Elizabeth versuchte gar nicht erst eine beschwichtigende Widerrede. Sie wäre Lüge gewesen. Francesca Gerrard war wirklich eine häßliche Frau und war es immer gewesen, geschlagen mit einem langen Pferdegesicht, vorstehenden Zähnen und einem fliehenden Kinn; groß und mager, mit langen Gliedern und eckigen Bewegungen. Sie schien alle Häßlichkeit der Familie Rintoul mitbekommen zu haben. Elizabeth hatte oft gedacht, daß dies der Grund sein müsse, warum ihre Tante so viel Modeschmuck trug; daß sie hoffte, damit die Aufmerksamkeit von ihrem Gesicht und ihrem Körper abzulenken.

»Du darfst es ihr nicht übelnehmen, Elizabeth«, sagte Francesca besänftigend. »Sie meint es gut. Sie meint es wirklich gut. Du darfst es dir nicht so zu Herzen nehmen.«

Elizabeth schüttelte den Kopf. Wie gut ihre Tante sie kannte. Wie gut sie sie immer verstanden hatte. »Hol doch Mr. Vinney etwas zu trinken, Kind ... sein Glas ist fast leer«, äffte sie voll Bitterkeit ihre Mutter nach. »Ich wäre am liebsten in den Boden versunken. Trotz der Polizei. Trotz Joy. Sie kann's nicht lassen. Sie wird es nie lassen. Es wird ewig so weitergehen.«

»Sie möchte doch nur, daß du glücklich wirst, Elizabeth. Und sie sieht das Glück für dich in der Ehe.«

»In so einer wie ihre eigene vielleicht?« entgegnete Elizabeth ätzend.

Francesca runzelte die Stirn. Sie legte die Bürste auf die Kommode und den Kamm säuberlich daneben. »Habe ich dir die Fotos gezeigt, die Gowan mir gegeben hat?« fragte sie und zog an der obersten Schublade. Sie knarrte und blieb stecken. »Er ist so ein netter Junge. Er hatte in einer Zeitschrift solche Vorher-Nachher-Bilder gesehen und meinte, das sollten wir auch machen. Wir sollten jedes einzelne Zimmer vor und nach der Renovierung fotografieren. Und wenn alles fertig ist, die ganze Serie vielleicht im Salon ausstellen. Sie wären sicher auch für einen Historiker interessant. Oder –« Sie kämpfte mit der Schublade, aber ohne Erfolg.

Elizabeth sagte nichts. So war es immer schon gewesen in dieser Familie: unbeantwortete Fragen, Geheimnisse, Ablenkung, Ausweichen. Alle waren sie Verschworene, die eisern zusammenhielten, um die Vergangenheit totzuschweigen. Ihr Vater, ihre Mutter, Onkel Geoffrey, Großvater. Und jetzt auch Tante Francie. Auch ihre Loyalität gehörte der Familie.

Sinnlos, länger zu bleiben. Nur eines mußte zwischen ihnen noch gesagt werden. Elizabeth wappnete sich dafür.

»Tante Francie. Bitte.«

Francesca sah auf. Sie rüttelte immer noch erfolglos an der Schublade.

»Ich wollte es dir sagen«, begann Elizabeth. »Ich finde, du mußt es wissen. Ich – ich habe das gestern nicht richtig erledigen können.«

Francesca ließ den Griff der Schublade los. »Inwiefern?«

»Ich – sie war nicht allein. Sie war nicht einmal in ihrem Zimmer. Ich hatte gar keine Möglichkeit, mit ihr zu sprechen und ihr auszurichten, was du gesagt hattest.«

»Das macht doch nichts, Elizabeth. Du hast dein Bestes getan. Und ich bin sowieso –«

»Nein! Bitte!«

Die Stimme ihrer Tante war – wie immer – voller Teilnahme und Verständnis. Francesca wußte, wie es war, wenn man sich als unfähiges Geschöpf ohne Begabung und ohne Hoffnung fühlte. Elizabeth spürte, wie ihr angesichts dieser bedingungslosen Zuwendung die Tränen kamen. Aber sie wollte nicht weinen – weder aus Kummer noch aus Schmerz –, sie wollte nicht. Darum drehte sie sich um und floh aus dem Zimmer.

»Verdammtes Ding!« Gowan Kilbride war mit seiner Geduld am Ende. Die Sache in der Bibliothek war schon schlimm genug gewesen, aber hinterher war es noch schlimmer geworden, als er sich vorgestellt hatte, daß Mary Agnes womöglich diesem geschniegelten Gabriel all das erlaubt hatte, was sie ihm, Gowan, seit Wochen hartnäckig verwehrte. Und dann mußte ihn zu allem Überfluß Mrs. Gerrard auch noch in die Spülküche runterjagen, um diesen verdammten Boiler auf Touren zu bringen, der schon seit mindestens fünfzig Jahren nicht mehr richtig funktionierte. Wie sollte ein Mensch das alles ertragen!

Mit einem wütenden Fluch schmiß er den Schraubenschlüssel zu Boden, so daß prompt eine der alten Fliesen zersprang, ehe das Werkzeug unter die glühenden Spiralen des infernalischen Boilers rutschte.

»Mist! Mist! Mist!« schrie Gowan wütend.

Er kniete sich auf den Boden, machte seinen Arm lang und verbrannte sich am glühend heißen Boden des Boilers.

»Au, verdammt noch mal!« schrie er auf, warf sich auf die Seite und starrte das alte Gerät so wütend an, als hätte dieses es absichtlich auf ihn abgesehen. Er gab ihm einen Tritt. Und noch einen. Er dachte an Robert Gabriel und Mary Agnes und verpaßte dem Boiler einen dritten Tritt, unter dessen Wucht eines der rostigen Rohre sich losriß. Dampfendes Wasser sprühte in zischendem Bogen heraus.

»Scheiße!« schrie Gowan. »Gottverdammtes altes Mistding.«

Er packte einen Lappen, der im Spülbecken lag, und wickelte ihn um das Rohr, um es anfassen zu können, ohne sich noch einmal zu verbrennen. Bäuchlings auf dem Boden liegend, kämpfte er mit dem Rohr, während ihm ein feiner Strahl heißes Wasser über Gesicht und Haar lief, drückte es mit einer Hand wieder in die Öffnung, in die es gehörte, und suchte gleichzeitig mit der anderen nach dem Schraubenschlüssel, den er weggeworfen hatte. Als er ihn ganz hinten an der Wand ertastete, rutschte er ein paar Zentimeter näher, um ihn richtig greifen zu können. Seine Finger waren fast dort, als es in der Spülküche plötzlich rabenschwarze Nacht wurde. Ausgerechnet in diesem Moment mußte auch noch die einzige Birne im Raum durchbrennen. Schwaches Licht spendete nur noch der Boiler selbst, einen nutzlosen blutroten Schimmer, der ihm direkt ins Auge stach.

»Du widerliches altes Scheißding!« schrie er. »Du blöder alter Rosthaufen. Du –«

Ganz plötzlich spürte er, daß er nicht allein war.

»He, wer ist da? Kommen Sie her, helfen Sie mir.«

Niemand antwortete.

»Hier! Auf dem Boden!«

Nichts.

Er drehte den Kopf, spähte durch die Dunkelheit und sah nichts. Gerade wollte er wieder rufen – lauter diesmal, denn ihm begann es unheimlich zu werden –, als etwas ihm entgegensauste. Es hörte sich an wie der Angriff von mindestens fünf Leuten.

»He –!«

Ein Schlag traf ihn. Eine Hand packte ihn beim Hals und drosch seinen Kopf auf den Boden. Schmerz pochte in seinen Schläfen. Er ließ das Boilerrohr los, und das Wasser schoß ihm direkt ins Gesicht, in die Augen, verbrannte glühend heiß seine Haut. Er kämpfte wie ein Wahnsinniger, um sich zu befreien, doch die Hand stieß ihn erbarmungslos gegen das zischende Rohr, und das Wasser drang durch seine Kleider, kroch wie Feuer über seine Brust, seinen Magen, seine Beine. Die Kleidung aus Wolle klebte wie eine heiße, undurchlässige Hülle an seinem Körper.

Er versuchte in seiner Qual und seinem Entsetzen zu schreien. Doch ein Knie traf ihn hart im Kreuz, und die Hand wühlte sich in sein Haar, zog seinen Kopf herum und drückte sein Gesicht in die Pfütze kochendheißen Wassers, die sich auf dem Boden gebildet hatte.

Er spürte, wie sein Nasenbein splitterte, wie die Haut sich von seinem Gesicht löste, und gerade, als er begriff, daß er in dieser läppischen kleinen Wasserpfütze ertränkt werden sollte, hörte er das unverkennbare Klirren von Metall auf Stein.

Eine Sekunde später durchbohrte ein Messer seinen Rücken.

Das Licht ging wieder an. Eilige Schritte verklangen auf der Treppe.

7

»Die wichtigste Frage ist ja wohl, ob du Stinhurst seine Geschichte glaubst«, sagte St. James zu Lynley.

Sie waren in ihrem gemeinsamen Zimmer an der Ecke, wo der Nordostflügel des Hauses mit dem Hauptteil verbunden war.

Es war kein sonderlich großes Zimmer, mit Möbeln aus Buchenholz und Fichte eingerichtet, an den Wänden eine unaufdringliche, hellgestreifte Tapete. Vom Fenster aus konnte Lynley über einen Einschnitt hinweg zum Westflügel hinübersehen, wo Irene Sinclair sich mit einem Kleid über dem Arm im Zimmer hin und her bewegte, als könne sie sich nicht entscheiden, ob sie es anziehen solle oder nicht. Ihr Gesicht wirkte lang und schmal, ein bleiches, von schwarzem Haar umrahmtes Oval. Lynley ließ den Vorhang fallen und drehte sich um.

St. James war dabei, sich zum Abendessen umzuziehen, ein schwieriges Unterfangen, um so strapaziöser, da St. James' Schwiegervater nicht hier war, um ihm zu helfen. Für Lynley war das Schlimmste daran, daß er selbst an einem Abend trunkener Unachtsamkeit St. James' Gebrechen verschuldet hatte. Er hätte ihm so gern geholfen, aber er wußte, daß der Freund das Angebot höflich zurückweisen würde. Die Beinschiene war unverhüllt zu sehen, die Krücken lagen daneben, St. James löste die Schnürsenkel, und die ganze Zeit blieb sein Gesicht völlig unbewegt, als könne er sich nicht mehr erinnern, daß er vor zehn Jahren noch wendig und beweglich gewesen war wie eine Katze.

»Stinhursts Geschichte klang wahr, St. James. Man denkt sich bestimmt nicht ausgerechnet so eine Geschichte aus, um einer Mordanklage zu entgehen, was meinst du? Welchen Vorteil kann er sich davon erhoffen, seine eigene Frau schlechtzumachen? Im übrigen sieht es nach dieser Geschichte für ihn höchstens noch schlimmer aus. Er hat sich selbst ein handfestes Motiv für den Mord gegeben.«

»Das sich nicht verifizieren läßt«, entgegnete St. James milde. »Es sei denn, du befragst Lady Stinhurst selbst. Und ich habe das starke Gefühl, Stinhurst verläßt sich darauf, daß du zu sehr Ehrenmann bist, um das zu tun.«

»Oh, ich werde es tun. Wenn es notwendig werden sollte.«

St. James ließ einen seiner Schuhe zu Boden fallen und befestigte dann die Beinschiene an einem anderen. »Aber lassen wir die Frage, was für eine Reaktion er sich von dir erhofft, mal beiseite, Tommy. Nehmen wir an, seine Geschichte ist wahr. Es wäre geschickt von ihm, findest du nicht, sein Motiv für den Mord so offen auf den Tisch zu legen. Dadurch verhindert er, daß du es erst aufspüren mußt und doppelt argwöhnisch wärst, wenn du es entdeckt hättest. Mal ganz extrem ausgedrückt, du brauchst ihn des Mordes überhaupt nicht zu verdächtigen, weil er dir gegenüber ja von Anfang an völlig offen war. Nun, ist das geschickt oder nicht? Viel zu geschickt, wenn du mich fragst. Und indem er Jeremy Vinney mitkommen ließ, einen Mann, von dem man erwarten mußte, daß er nach Joys Tod jeder peinlichen Geschichte nachgehen würde, derer er habhaft werden konnte, schuf Stinhurst auch gleich die dringende Notwendigkeit, das Beweismaterial zu vernichten.«

»Du behauptest, Stinhurst hätte schon im voraus gewußt, daß Joys verändertes Stück die Geschichte der Beziehung seiner Frau mit seinem Bruder behandeln würde. Aber das läßt sich doch nicht halten! Das Zimmer neben Joy Sinclair bekam Helen. Die Flurtür zu Joy Sinclairs Zimmer war abgeschlossen. Auf dem Schlüssel der Verbindungstür waren nur die Fingerabdrücke von Davies-Jones.«

St. James widersprach nicht. Er sagte nur: »Wenn man es

so nimmt, Tommy, könnte man sagen, daß es sich auch in Anbetracht der Tatsache nicht halten läßt, daß Sydeham einen Teil der Nacht allein war. Genau wie seine Frau übrigens. Auch diese beiden hatten die Gelegenheit, Joy Sinclair zu töten.«

»Die Gelegenheit vielleicht. Jeder hier scheint Gelegenheit gehabt zu haben. Das Problem ist das Motiv. Ganz zu schweigen von der Tatsache, daß Joy Sinclairs Tür abgeschlossen war. Der Täter muß entweder die Hauptschlüssel gehabt haben, oder er ist durch Helens Zimmer gegangen. Das ist der Punkt, auf den wir immer wieder zurückkommen.«

»Stinhurst könnte die Schlüssel gehabt haben, meinst du nicht? Er hat dir doch selbst gesagt, daß er früher schon hier war.«

»Wie seine Frau, seine Tochter und Joy. Sie alle können gewußt haben, wo die Schlüssel sind, St. James. Selbst David Sydeham kann es gewußt haben, wenn er später am Nachmittag durch den Korridor ging, um nachzusehen, in welchem Zimmer Elizabeth Rintoul verschwand, als sie ihn und Joanna Ellacourt ankommen sah. Aber das ist ein bißchen weit hergeholt, nicht? Weshalb hätte er sich für Elizabeth Rintouls Versteck interessieren sollen? Um seiner Frau ein weiteres Engagement mit Gabriel zusammen zu ersparen? Das hätte nichts gebracht. Sie ist vertraglich an eine Zusammenarbeit mit Gabriel gebunden. Hätte Sydeham Joy Sinclair getötet, so hätte er damit gar nichts erreicht.«

»Ich habe das Gefühl, wir kommen immer wieder auf diesen Punkt zurück. Joy Sinclairs Tod scheint nur einer Person genützt zu haben: Lord Stinhurst. Jetzt, wo sie tot ist, wird das Stück, das für ihn so peinlich zu werden drohte, niemals zur Aufführung kommen. Es sieht schlecht aus, Tommy. Ich frage mich, wie du so ein Motiv ignorieren kannst.«

»Aber –«

Es klopfte. Lynley ging zur Tür und sah sich Constable Lonan gegenüber, der eine in Plastik eingehüllte Damenhandtasche trug. Er hielt sie mit zwei Händen steifarmig von sich weg, einem Butler ähnlich, der eine Platte mit fragwürdigen Hors d'œuvres anbietet.

»Sinclairs«, sagte er. »Der Inspector meinte, Sie würden sich den Inhalt ansehen wollen, ehe die Tasche ins Labor geht.«

Lynley nahm ihm die Tasche ab, legte sie aufs Bett und zog die Gummihandschuhe über, die St. James ihm wortlos aus dem offenen Koffer zu seinen Füßen reichte.

»Wo haben Sie sie gefunden?«

»Im Salon«, antwortete Lonan. »Auf dem Fensterbrett hinter dem Vorhang.«

Lynley warf ihm einen scharfen Blick zu. »Versteckt?«

»Glaub ich nicht. Sie scheint sie einfach hingeworfen zu haben. So wie sie alles in ihrem Zimmer rumgeworfen hat.«

Lynley zog den Reißverschluß der Plastikhülle auf und schob die Handtasche heraus. Die anderen beiden Männer sahen neugierig zu, während er die Tasche öffnete und ausleerte. Langsam sortierte er die Gegenstände aus der Tasche, teilte sie in zwei Häufchen. Auf den einen legte er jene Dinge, die man normalerweise in fast jeder Damenhandtasche findet: einen Schlüsselbund an einem großen Messingring, zwei billige Kugelschreiber, ein angebrochenes Päckchen Kaugummi, ein Heftchen Streichhölzer und eine dunkle Brille in einem neuen Lederetui.

Die übrigen Gegenstände wanderten auf das zweite Häufchen. Zuerst blätterte Lynley das Scheckbuch durch, auf der Suche nach irgendwelchen ungewöhnlichen Eintragungen, aber er entdeckte nichts. Der Stand ihrer Finanzen hatte Joy Sinclair offenbar nur nebenbei interessiert, da sie in dem Buch seit mindestens sechs Wochen keine Abrechnung mehr gemacht hatte. In ihrer Brieftasche waren fast hundert Pfund in Scheinen, doch das interessierte Lynley nicht weiter. Weit neugieriger machten ihn die beiden letzten Gegenstände auf dem Häufchen – ein Terminkalender und ein Taschenrecorder.

Der Kalender war neu, kaum benutzt. Das Wochenende in Westerbrae war angekreuzt, ebenso ein Mittagessen mit Jeremy Vinney zwei Wochen zuvor. Andere Anmerkungen bezogen sich auf eine Theaterpremiere, einen Termin beim Zahnarzt, irgendein Jubiläum und drei Verabredungen, die mit »Upper Grosvenor Street« gekennzeichnet waren. Alle drei waren durchgestrichen, als wären sie nicht eingehalten worden. Lynley blätterte zum nächsten Monat, fand nichts, blätterte wieder um. Hier war quer über eine ganze Woche »P. Green« geschrieben, und in der Woche danach stand »Kapitel 1–3«. Dann folgte nur noch ein Eintrag am fünfundzwanzigsten, »S. Geburtstag«.

»Constable«, sagte Lynley nachdenklich, »ich würde die Sachen gern hierbehalten. Die Tasche selbst können Sie mitnehmen. Würden Sie das mit Inspector Macaskin abstimmen, ehe er fährt?«

Der Constable nickte und ging. Lynley wartete, bis er die Tür hinter sich geschlossen hatte, dann nahm er den Taschenrecorder und schaltete ihn mit einem Blick zu St. James ein.

Sie hatte eine angenehme Stimme, dunkel und melodisch, eine Stimme, die lockte, die jenes unbewußt sinnliche Timbre besaß, die manche Frauen als einen Segen betrachteten, andere als eine Last. Die Aufnahme bestand aus einzelnen kurzen Teilen in unterschiedlichem Tempo, von unterschiedlicher Stimmung, vor unterschiedlichem Hintergrund – Verkehrslärm, das Rattern der U-Bahn, Musik – als hätte sie den Taschenrecorder schnell aus der Handtasche genommen, um einen plötzlichen Gedanken festzuhalten, sobald er ihr gekommen war.

»Edna mindestens noch zwei Tage hinhalten. Es gibt nichts zu berichten. Vielleicht glaubt sie mir, wenn ich sage, ich hätte Grippe gehabt... Der Pinguin! Sie hat Pinguine immer geliebt. Das ist genau das Richtige... Mama unbedingt an Sally erinnern, sonst vergißt sie's wieder ... John Darrow glaubte das Beste von Hannah, bis die Umstände ihn zwangen, das Schlimmste zu glauben... Karten besorgen und eine anständige Unterkunft. Diesmal einen dickeren Mantel mitnehmen... Jeremy. Jeremy. Warum sich seinetwegen in solche Unruhe stürzen? Das ist doch kaum eine Sache fürs Leben ... Es war dunkel, und obwohl der winterliche Sturm... wunderbar, Joy. Fang doch einfach mit einer dunklen, stürmischen Nacht an, und vergiß die ganze Kreativität... Erinnere dich an den besonderen Geruch: verrottendes Gemüse und Holz, das vom letzten Sturm den Fluß hinuntergetrieben wurde... Das Quaken der Frösche, das Keuchen der Pumpen und das endlose flache Land... Ich könnte Rhys fragen, wie ich ihn anpakken soll. Er kann mit Menschen umgehen. Er hilft mir sicher... Rhys möchte –«

An dieser Stelle schaltete Lynley das Gerät aus. Als er den Kopf hob, sah er, daß St. James ihn beobachtete. Um Zeit zu gewinnen, ehe das Unvermeidliche zur Sprache kam, sammelte Lynley die Gegenstände ein und steckte sie alle in den Plastikbeutel, den St. James aus dem Koffer geholt hatte. Er knotete ihn zu und trug ihn zur Kommode.

»Warum hast du Davies-Jones nicht verhört?« fragte St. James.

Lynley kehrte zum Fußende des Bettes zurück, wo sein Koffer auf dem Bock lag. Er klappte ihn auf, nahm seinen Abendanzug heraus, während er überlegte, wie er die Frage des Freundes beantworten sollte.

Es wäre einfach gewesen zu sagen, daß die Umstände ihm nicht erlaubt hatten, Davies-Jones zu verhören, daß die Dinge sich bisher nach einer eigenen Logik entwickelt hatten und er intuitiv dieser Logik gefolgt war, um zu sehen, wohin sie führte. Das wäre wahr gewesen, und es wäre eine Erklärung gewesen. Aber darüber hinaus war sich Lynley einer weiteren unangenehmen Wahrheit bewußt: Er hatte den tiefen Wunsch, einer Konfrontation aus dem Weg zu gehen, und kam nicht damit zurecht, weil ihm ein solcher Wunsch bei sich selbst so fremd war.

Im Nebenzimmer konnte er Helen hören, ihren leichten Schritt, ihre flinken, entschlossenen Bewegungen. Tausendmal hatte er sie in vergangenen Jahren so gehört, ohne sich dessen bewußt zu sein. Die Geräusche kamen ihm jetzt überlaut vor, als wollten sie sich für immer seinem Bewußtsein einprägen.

»Ich will ihr nicht weh tun«, sagte er schließlich.

St. James war dabei, seine Beinschiene an einem schwarzen Schuh zu befestigen. Bei Lynleys Worten hielt er inne, in der einen Hand den Schuh, in der anderen die Schiene. Das meist so ruhige Gesicht zeigte Überraschung. »Du hast schon eine seltsame Art, das zu zeigen, Tommy.«

»Du redest genau wie Havers. Aber was soll ich denn tun? Helen ist fest entschlossen, einfach die Augen zu verschließen. Soll ich ihr jetzt die Fakten vor Augen halten, oder soll ich den Mund halten und zusehen, wie sie noch tiefer in die Beziehung zu diesem Mann hineingerät und dann völlig niedergeschmettert ist, wenn sie erkennen muß, wie er sie benützt hat?«

»*Wenn* er sie benützt hat«, warf St. James ein.

Lynley zog ein sauberes Hemd über und knöpfte es mit schlecht versteckter Erregung zu. »Wenn? Was glaubst denn du, warum er sie gestern nacht in ihrem Zimmer besucht hat, St. James?«

Er erhielt keine Antwort auf seine Frage, aber er spürte den Blick des Freundes auf seinem Gesicht, während er seine Krawatte zu knoten versuchte und sich dabei verhedderte. »Ach, verdammt!« brummte er unwillig.

Helen öffnete die Tür, als es klopfte. Sie erwartete, Sergeant Havers, Lynley oder St. James zu sehen, bereit, sie zum Essen hinunterzugeleiten, als wäre sie entweder die Hauptverdächtige oder die Kronzeugin, die dringend des Polizeischutzes bedurfte. Aber es war Rhys. Er sagte nichts, sein Gesicht drückte Zweifel aus, Unsicherheit über den Empfang, den er zu erwarten hatte. Aber als Helen lächelte, trat er ins Zimmer und schloß die Tür hinter sich.

Sie sahen einander an wie zwei Liebende, die wissen, daß sie etwas Verbotenes tun und doch nach der heimlichen Zusammenkunft hungern. Das Gefühl, sich heimlich sehen, sich ihrer Zusammengehörigkeit versichern zu müssen, erhöhte das Verlangen und festigte das zwischen ihnen neu geknüpfte Band. Als er die Arme ausbreitete, zögerte Helen keinen Augenblick.

Voll zärtlichen Verlangens küßte er ihre Stirn, ihre Augen, ihre Wangen und endlich ihren Mund. Ihre Lippen öffneten sich, und ihre Arme schlossen sich fester um ihn, hielten ihn näher, als könne seine Nähe sie die schlimmsten Dinge des Tages vergessen machen. Der Druck seines Körpers weckte süße Begierde in ihr, sie begann zu zittern. Sie drückte ihr Gesicht an seine Schulter, während seine Hände ihren Körper streichelten.

»Helen, Liebste«, flüsterte Rhys. Mehr konnte er nicht sagen, denn bei seinen Worten hob sie den Kopf und suchte wieder seinen Mund. Nach einer kleinen Weile murmelte er in bestem schottischen Tonfall: »Ich bin ganz verrückt nach dir«, und fügte mit einem leisen Lachen hinzu: »Aber das hast du sicher inzwischen gemerkt.«

Helen hob den Kopf und strich ihm über die graumelierten Schläfen. Sie lächelte, fühlte sich irgendwie getröstet, obwohl sie nicht wußte, warum das so sein sollte.

»Wo hat ein finsterer Walliser wie du Schottisch gelernt?«

Sein Mund zuckte ein wenig, seine Arme erstarrten nur einen kurzen Moment, und Helen wußte, noch ehe er antwortete, daß sie in aller Unschuld die falsche Frage gestellt hatte.

»Im Krankenhaus«, sagte er.

»Ach Gott, Rhys. Das tut mir leid. Ich habe nicht daran gedacht –«

Rhys schüttelte den Kopf, zog sie näher an sich und drückte seine Wange an ihr Haar. »Ich habe dir nichts davon erzählt, nicht wahr? Ich glaube, ich wollte nicht, daß du es erfährst.«

»Dann laß es doch –«

»Nein. Das Krankenhaus war gleich außerhalb von Portree. Auf Skye. Im tiefsten Winter. Graues Meer, grauer Himmel, graues Land. Ich sah die Schiffe zum Festland fahren und wünschte mir, ich könnte mit. Ich glaubte, Skye würde mich erst richtig zum Trinker machen. Es war eine unglaublich harte Zeit. Um überhaupt zu überleben, konnte ich nur entweder heimlich zum Whisky greifen oder versuchen Schottisch zu lernen. Ich entschied mich für Schottisch. Daß ich es lernte, garantierte mir mein Zimmergenosse; der weigerte sich nämlich, irgend etwas anderes zu sprechen.« Er berührte sachte ihr Haar. Die Berührung wirkte zaghaft und unsicher.

»Helen, bitte. Ich will kein Mitleid.«

Das war seine Art, dachte sie. Die Wahrheit zu verlangen und sich ihr preiszugeben. Mitleid hätte ihn kleingemacht und zum Opfer einer Krankheit gestempelt, die nicht zu heilen war.

»Wie kommst du auf Mitleid? Hast du die vergangene Nacht so verstanden?«

Er seufzte. »Ich bin zweiundvierzig Jahre alt. Weißt du das, Helen? Bin ich fünfzehn Jahre älter als du? Oder noch mehr?«

»Zwölf Jahre.«

»Ich war einmal verheiratet. Ich habe mit einundzwanzig geheiratet. Toria war neunzehn. Frisch vom Provinztheater alle beide, und wir glaubten, wir könnten die Londoner Theaterszene revolutionieren.«

»Das wußte ich nicht.«

»Sie hat mich verlassen. Ich war den Winter auf Tournee, in Norfolk und Suffolk – zwei Monate hier, einen dort, von einem billigen Hotelzimmer ins andere. Und ich dachte noch, es wäre gut, weil es Geld brachte, um Essen zu kaufen und die Kinder zu kleiden. Aber als ich nach London zurückkam, war sie fort, heim nach Australien, in die Sicherheit ihrer Familie.« Seine Augen hatten einen Ausdruck der Verlorenheit.

»Wie lang warst du verheiratet?«

»Nur fünf Jahre. Aber es war wohl lange genug für Toria, um mich von meinen schlimmsten Seiten kennenzulernen.«

»Sag nicht –«

»Doch. Ich habe meine Kinder in den vergangenen fünfzehn Jahren nur ein einziges Mal gesehen. Sie sind jetzt Teenager, ein Junge und ein Mädchen, die mich nicht einmal kennen. Und das Schlimmste daran ist, daß es meine eigene Schuld ist. Toria ist nicht gegangen, weil ich im Theater ein Versager war, wenn auch meine Erfolgschancen, weiß Gott, ziemlich mager waren. Sie ist gegangen, weil ich ein Trinker war. Ich bin es immer noch. Ein Trinker, Helen. Das darfst du nie vergessen. Ich darf nicht zulassen, daß du es vergißt.«

Sie wiederholte ihm, was er selbst eines Abends gesagt hatte, als sie durch den Hyde Park gegangen waren. »Aber das ist ja nur ein Wort. Es besitzt nur die Macht, die wir ihm zu geben bereit sind.«

Er schüttelte den Kopf. Sie spürte den schweren Schlag seines Herzens.

»Haben sie dich schon verhört?« fragte sie.

»Nein.« Seine Finger lagen kühl in ihrem Nacken, und er sprach über ihren Kopf hinweg, jedes Wort, wie es schien, mit Bedacht gewählt. »Sie glauben, ich hätte sie getötet, nicht wahr, Helen?«

Unwillkürlich nahm sie ihn fester in die Arme.

»Ich habe mir überlegt«, fuhr er fort, »wie sie auf den Gedanken gekommen sein können, daß ich es war. Ich kam in dein Zimmer, brachte den Cognac mit, um dich betrunken zu machen, schlief mit dir, damit mein Besuch bei dir auch einen plausiblen Grund hatte, und erstach dann meine Cousine. Warum, das wird sich noch zeigen. Es wird ihnen sicher bald etwas einfallen.«

»Die Cognacflasche war offen«, sagte Helen leise.

»Glauben sie, ich hätte etwas hineingetan? Mein Gott. Und du? Glaubst du das auch? Glaubst du, ich bin mit dem Vorsatz zu dir gekommen, dir ein Schlafmittel zu geben und dann meine Cousine zu ermorden?«

»Natürlich nicht.« Helen blickte auf und sah Erleichterung in dem von Müdigkeit und Traurigkeit gezeichneten Gesicht.

»Als ich aufstand, habe ich die Flasche aufgemacht«, sagte er. »Ich hatte ein wahnsinniges Verlangen, etwas zu trinken. Es war kaum auszuhalten. Aber dann bist du aufgewacht. Du kamst zu mir. Ich merkte, daß ich dich lieber haben wollte als den Cognac.«

»Du brauchst mir nichts zu sagen.«

»Ich war nahe dran, schwach zu werden. Seit Monaten ist

es mir nicht mehr so gegangen. Wenn du nicht dagewesen wärst...«

»Es spielt doch keine Rolle. Ich war da. Und ich bin jetzt da.«

Aus dem Zimmer nebenan waren Stimmen zu hören; Lynley, laut und hitzig, gefolgt von St. James' ruhigem Gemurmel. Sie lauschten.

»Helen, ich glaube, du wirst durch die Geschichte in einen furchtbaren Loyalitätskonflikt geraten«, sagte Rhys. »Das weißt du, nicht wahr? Und selbst wenn man dir unwiderlegbare Wahrheiten vor Augen führen wird, wirst du ganz allein entscheiden müssen, warum ich gestern nacht in dein Zimmer gekommen bin, warum ich bei dir sein wollte, warum ich mit dir geschlafen habe. Und vor allem wirst du dich entscheiden müssen, was du glauben willst, was ich in der Zeit getan habe, als du schliefst.«

»Ich brauche mich nicht zu entscheiden«, erklärte Helen. »Für mich hat die Geschichte keine zwei Seiten.«

Rhys' Augen verdunkelten sich. »Doch, sie hat zwei Seiten. Seine und meine. Und das weißt du auch.«

Als St. James und Lynley den Salon betraten, sahen sie sofort, daß der Abend unerfreulich werden würde. Die allgemeine Stimmung, die Empörung darüber, daß man sich zum Abendessen mit New Scotland Yard an einen Tisch setzen sollte, war deutlich spürbar.

Joanna Ellacourt, die sich in bühnenreifer Pose halb sitzend, halb liegend auf einer Chaiselongue beim offenen Kamin drapiert hatte, warf den beiden Männern nur einen eisigen Blick zu, ehe sie sich abwandte und zu ihrem Glas griff, um zu trinken. Die Gespräche der anderen, die sich auf Sofas und Sesseln rund um sie herum gruppiert hatten, verstummten, als Lynley und St. James eintraten.

Lynley sah mit raschem Blick, daß einige noch fehlten,

unter ihnen, wie er vermerkte, Helen und Davies-Jones. An einem Getränkewagen am anderen Ende des Raumes saß wie ein Wachposten Constable Lonan, die ganze Gesellschaft im Blick, als erwarte er, daß gleich einer oder mehrere sich zu neuer Gewalt hinreißen lassen würden. Lynley und St. James gingen zu ihm.

«Wo sind die anderen?« fragte Lynley.

»Noch nicht unten«, antwortete Lonan. »Die Dame dort ist auch eben erst gekommen.«

Die bezeichnete Dame war Lord Stinhursts Tochter, Elizabeth Rintoul. Sie näherte sich dem Getränkewagen, als befände sie sich auf dem Weg zu ihrer eigenen Hinrichtung. Im Gegensatz zu Joanna Ellacourt, die sich zum Abendessen in fließenden Satin gehüllt hatte, als handle es sich um einen Anlaß von höchstem gesellschaftlichen Rang, trug Elizabeth einen hellbraunen Tweedrock und darüber einen voluminösen grünen Pullover, beides abgetragen und schlecht sitzend.

Sie war fünfunddreißig Jahre alt, aber, dachte Lynley, sie sah weit älter aus, eine Frau, die ohne Grazie dem einsamen Leben der alten Jungfer entgegenschritt. Ihr Haar war, vielleicht in dem erfolglosen Bemühen, ein Tizianrot zu erzielen, in einem künstlichen Braunton gefärbt, der einen harten Kupferglanz hatte. Es hing ihr, von einer starken Dauerwelle gekräuselt, tief ins Gesicht, als hätte sie das Bedürfnis, die Welt heimlich durch einen Schleier zu beobachten. Farbe und Frisur legten nahe, daß sie sie nach einem Zeitschriftenfoto gewählt hatte, ohne ihre eigene Gesichtsform und die Farbe ihres Teints zu berücksichtigen. Sie war sehr hager, das Gesicht spitz und mager. An der Oberlippe hatten sich schon die ersten Kräuselfältchen des nahenden Alters eingekerbt.

Ihr blutleeres Gesicht verriet ihr Unbehagen, als sie durch das Zimmer kam. Mit einer Hand hielt sie ihren Rock gefaßt und quetschte den Stoff zwischen den Fingern. Sie stellte sich nicht vor, hielt nicht einmal eine Begrüßung für nötig. Mehr als zwölf Stunden hatte sie darauf gewartet, ihre Frage stellen zu können, und wollte jetzt nicht einen einzigen Moment länger warten. Sie sah Lynley nicht an, als sie sprach. Ihr Blick unter den grünblau getönten Lidern berührte nur flüchtig sein Gesicht, um den Kontakt herzustellen, und richtete sich dann beharrlich auf die Wand hinter ihm. Es war beinahe, als spräche sie zu dem Gemälde, das dort hing.

»Haben Sie die Kette?« fragte sie.

»Pardon?«

Sie fuhr sich mit gespreizten Händen über den Rock. »Die Perlenkette meiner Tante. Ich habe sie Joy gestern abend gegeben. Liegt sie in ihrem Zimmer?«

Von der Gruppe um den Kamin war Gemurmel zu hören, und Francesca Gerrard stand auf. Sie trat zu Elizabeth und versuchte sie zu den anderen mitzuziehen. Sie vermied es, die Polizeibeamten anzusehen.

»Es ist schon gut, Elizabeth«, sagte sie leise. »Wirklich. Es ist in Ordnung.«

Elizabeth riß sich los. »Es ist nicht in Ordnung, Tante Francie. Ich wollte sie Joy von Anfang an nicht geben. Ich wußte, es würde nichts nützen. Und jetzt, wo sie tot ist, will ich sie wiederhaben.« Immer noch sah sie keinen an. Ihre Augen waren blutunterlaufen, was durch den Lidschatten noch hervorgehoben wurde.

Lynley sah St. James an. »Waren Perlen in dem Zimmer?«

St. James schüttelte den Kopf.

»Aber ich habe ihr die Kette gebracht. Sie war noch nicht in ihrem Zimmer. Sie war drüben bei – Ich habe ihn gebeten –« Erregt brach Elizabeth ab. Sie sah sich suchend um, und schließlich blieb ihr Blick an Jeremy Vinney hängen. »Sie haben sie ihr gar nicht gegeben, stimmt's? Sie haben es mir versprochen, aber Sie haben es nicht getan. Was haben Sie mit der Kette gemacht?«

Vinney, der gerade sein Glas zum Mund führen wollte, hielt mitten in der Bewegung inne. Die stark behaarten, dicken Finger schlossen sich fester um das Glas. Die Beschuldigung traf ihn offensichtlich unvorbereitet. »Wieso? Natürlich habe ich sie ihr gegeben. Machen Sie sich nicht lächerlich?«

»Sie lügen!« rief Elizabeth schrill. »Sie behaupteten, sie wolle niemanden sehen. Und Sie haben sie eingesteckt. Ich weiß doch, daß sie bei Ihnen im Zimmer war. Ich habe Sie beide gehört. Und ich weiß auch, was Sie von ihr wollten. Aber als sie davon nichts wissen wollte, sind Sie ihr in ihr Zimmer nachgelaufen. Sie waren wütend. Sie haben sie umgebracht. Und dann haben Sie gleich auch noch die Perlen genommen.«

Vinney war aufgesprungen, schnell und behende für einen Mann seines Gewichts. Er versuchte an David Sydeham vorbeizukommen, aber der hielt ihn am Arm fest.

»Sie vertrocknete alte Jungfer!« schrie Vinney wutentbrannt. »Sie haben sie vor lauter Eifersucht wahrscheinlich selber umgebracht. Immer lauschen, immer an fremden Türen schnüffeln und durch Schlüssellöcher gucken. Zu mehr reicht's doch bei Ihnen nicht!«

»Mein Gott, Vinney –«

»Und was haben Sie mit ihr getrieben?« Fleckige Röte färbte Elizabeths zorniges Gesicht. Ihr Mund verzog sich zu einem höhnischen Lächeln. »Sie glaubten wohl, wenn Sie mit ihr schliefen, kämen endlich auch Ihre kreativen Säfte in Wallung?«

»Elizabeth!« flehte Francesca Gerrard.

»Ich weiß genau, warum Sie hierher gekommen sind. Ich weiß, worauf Sie's abgesehen hatten.«

»Sie ist ja verrückt«, murmelte Joanna Ellacourt angewidert.

»Unterstehen Sie sich, so etwas zu sagen!« zischte Lady Stinhurst aufgebracht. »Unterstehen Sie sich! Sie sitzen da wie eine alternde Kleopatra, die Männer braucht, um –«

»Marguerite!« dröhnte die Stimme ihres Mannes. Er brachte mit einem Schlag alle zum Schweigen.

In die Spannung hinein klangen Schritte aus der Halle, und gleich darauf traten die noch fehlenden Gäste des Hauses ein: Sergeant Havers, Helen Clyde, Rhys Davies-Jones. Robert Gabriel kam kaum eine Minute später.

Sein Blick schweifte von der Gruppe beim Kamin zu den anderen beim Getränkewagen, zu Elizabeth und Vinney, die sich mit feindseligen Mienen gegenüberstanden, und er lächelte strahlend. »Dicke Luft hier, hm? Na, wer wird die Situation denn retten?«

»Elizabeth bestimmt nicht«, versetzte Joanna Ellacourt kurz und wandte sich wieder ihrem Drink zu.

Aus dem Augenwinkel sah Lynley, wie Davies-Jones Helen zum Getränkewagen führte und ihr einen trockenen Sherry einschenkte. Er kennt sogar schon ihre Vorlieben, dachte Lynley niedergeschmettert und sagte sich, daß er von diesen Leuten restlos genug hatte.

»Was ist mit den Perlen«, sagte er.

Francesca Gerrard griff nach der Kette billiger rostroter Perlen, die sie um den Hals trug. Sie wirkten knallig auf dem Grün ihrer Bluse. Sie senkte den Kopf und hielt nervös die Hand an den Mund, als wolle sie ihre vorstehenden Zähne verbergen, und begann mit wohlerzogener Zurückhaltung zu sprechen.

»Ich – Es ist meine Schuld, Inspector. Ich muß gestehen, daß ich Elizabeth gestern abend gebeten habe, Joy die Perlen anzubieten. Sie sind natürlich nicht übermäßig kostbar, aber ich dachte, wenn sie Geld braucht –«

»Ich verstehe. Eine Bestechung.«

Francescas Blick flog zu ihrem Bruder. »Stuart, möchtest du nicht...?« Ihre Stimme war unsicher. Lord Stinhurst antwortete nicht. »Ja. Ich hoffte, sie würde bereit sein, das Stück zurückzuziehen.«

»Sag ihm, wieviel die Perlen wert sind«, mischte sich Elizabeth hitzig ein. »Sag es ihm.«

Francesca verzog leicht angeekelt den Mund, zweifellos nicht gewöhnt, solche Dinge in der Öffentlichkeit zu besprechen. »Sie waren ein Hochzeitsgeschenk von meinem Mann. Sie waren – ausgesuchte Stücke –«

»Sie waren mehr als achttausend Pfund wert«, warf Elizabeth ungeduldig ein.

»Ich hatte immer vor, sie einmal meiner Tochter zu hinterlassen. Aber da ich keine Kinder habe –«

»Sollte die liebe kleine Elizabeth sie bekommen«, vollendete Vinney triumphierend. »Na, wer sonst hat sie wohl aus Joys Zimmer genommen? Sie hinterhältige Person! Wie raffiniert, mich zu bezichtigen.«

Elizabeth machte eine Bewegung, als wolle sie sich auf ihn stürzen. Ihr Vater stand auf und hielt sie zurück. Gleich würde der ganze Auftritt noch einmal von vorn durchgespielt werden. Aber da erschien Mary Agnes Campbell an der Tür und blieb mit großen Augen zaghaft stehen. Francesca ging zu ihr.

»Ist das Abendessen aufgetragen, Mary Agnes?« fragte sie.

Mary Agnes blickte sich suchend um. »Gowan?« entgegnete sie. »Ist er nicht hier bei Ihnen? Auch nicht bei der Polizei? Die Köchin sucht ihn...« Sie brach ab. »Haben Sie ihn nicht gesehen?«

Lynley blickte von St. James zu Barbara Havers. Einen Moment dachten sie alle drei das Undenkbare. Und alle drei setzten sie sich gleichzeitig in Bewegung. »Sorgen Sie dafür, daß niemand den Raum verläßt«, sagte Lynley zu Constable Lonan.

Sie gingen in unterschiedliche Richtungen, Barbara die Treppe hinauf, St. James den unteren Nordostkorridor entlang, Lynley ins Speisezimmer und weiter durch die Geschirrkammer und die Anrichte. Er stürmte in die Küche. Die Köchin, einen dampfenden Topf in der Hand, fuhr erschrocken zusammen. Etwas heiße Bouillon schwappte aus dem Topf. Oben hörte Lynley Havers den Westkorridor entlanglaufen. Türen flogen auf. Sie rief laut den Namen des Jungen.

Sieben Schritte, und Lynley war an der Tür zur Spülküche. Der Knauf drehte sich unter seiner Hand, aber die Tür ließ sich nicht öffnen. Irgend etwas blockierte sie.

»Havers!« rief er laut, und als keine Antwort kam, mit wachsender Beunruhigung: »Havers! Verdammt noch mal!«

Dann hörte er sie die Hintertreppe hinunterpoltern, hörte ihren entsetzten Aufschrei, das Geräusch plätschernden Wassers, wie wenn ein Kind durch einen Teich watet. Kostbare Sekunden vergingen. Und dann ihre Stimme, angstvoll, mit einem Schimmer Hoffnung und doch schon der Vergeblichkeit aller Hoffnung gewiß.

»Gowan! Um Gottes willen!«

»Havers, Herrgott noch mal –«

Er hörte ein Geräusch, als würde etwas über den Boden geschleift. Die Tür ließ sich einen schmalen Spalt öffnen, und Lynley schlüpfte in die von Hitze und Dampf erfüllte Kammer.

Gowan hatte mit rotverschmiertem und verklebtem Rükken bäuchlings auf der obersten der drei Stufen zur Spülküche gelegen. Offensichtlich hatte er versucht, dem kochenden Wasser aus dem Boiler, das sich auf dem Fliesenboden mit dem leicht abgekühlten Wasser mischte, zu entkommen. Das Wasser auf dem Boden war knöcheltief, und Barbara watete noch einmal hindurch, um den Nothahn zu suchen. Als sie ihn gefunden und zugedreht hatte, trat eine unheimliche Stille ein, die von der Stimme der Köchin auf der anderen Seite der Tür durchbrochen wurde.

»Ist es Gowan? Ist es der Junge?« Sie begann eine laut wimmernde Klage, deren Töne zitternd von den Küchenwänden zurückgeworfen wurden.

Doch als sie innehielt, wurde ein anderes Geräusch hörbar. Gowan atmete. Er lebte.

Lynley drehte den Jungen um. Sein Gesicht und sein Hals waren eine einzige rote Masse verbrühten Fleisches. Hemd und Hose klebten ihm am Körper.

»Gowan!« rief Lynley. Und dann: »Havers, rufen Sie einen Notwagen. Holen Sie St. James!« Sie rührte sich nicht. »Verdammt noch mal, Havers! Tun Sie, was ich sage.«

Doch ihr Blick haftete unverwandt auf dem Gesicht des Jungen. Lynley beugte sich wieder hinunter, sah die beginnende Starre der Augen, wußte, was sie zu bedeuten hatte.

»Gowan! Nein!«

Einen Moment lang schien Gowan verzweifelt zu versuchen, auf den Ruf zu reagieren, ihm aus der Dunkelheit zurückzufolgen. Er holte röchelnd Atem. »Habe nicht – gesehn ...«

Havers beugte sich tiefer. »Wen, Gowan? Wen?«

Der Blick des Jungen suchte sie. Aber es kam keine Antwort mehr. Ein Schauder durchzuckte seinen Körper, dann rührte er sich nicht mehr.

Lynley bemerkte, daß er in dem verzweifelten Bemühen, dem gemarterten Körper Leben einzuhauchen, Gowans Hemd gepackt hatte. Jetzt ließ er es los, ließ den toten Jungen auf die Stufe zurücksinken. Eine ungeheure Empörung erfüllte ihn, die wie ein Heulen, ein Wahnsinnsschrei durch seinen ganzen Körper tobte. Er dachte an das vergeudete Leben – die Generationen von Leben, die hier zerstört worden waren – mit diesem einen Jungen, der nichts getan hatte. Was war es, wofür er mit seinem Leben hatte bezahlen müssen? Eine beiläufige, unbedachte Bemerkung? Mitwisser?

Seine Augen brannten, sein Herz hämmerte, und einen Moment lang wollte er nicht hören, daß Barbara Havers zu ihm sprach. Ihre Stimme war brüchig.

»Er hat's rausgezogen! Mein Gott, Inspector, er muß es selbst rausgezogen haben.«

Lynley sah, daß sie wieder zum Boiler in der Ecke des Raumes gegangen war. Sie kniete, ohne auf das Wasser zu achten, auf dem Boden, in der Hand einen alten Lappen. Sie schlug ihn sich um die Hand und hob etwas aus der Wasserpfütze heraus. Lynley sah, daß es ein Küchenmesser war, das Messer, das er wenige Stunden zuvor in den Händen der Köchin von Westerbrae gesehen hatte.

8

In der Spülküche war nicht genug Platz, darum marschierte Inspector Macaskin in der Küche auf und ab, während er mit verbissener Konzentration an den Nägeln seiner rechten Hand kaute. Sein Blick flog von den Fenstern, die ihm trübe sein eigenes Bild zeigten, zur geschlossenen Tür, durch die man ins Speisezimmer gelangte. Von dort konnte er die laut klagende Stimme einer Frau hören und die Stimme eines Mannes, die heiser war vor Zorn, Gowan Kilbrides Eltern von der Hillview Farm, die in der Raserei ihres ersten furchtbaren Schmerzes erbarmungslos über Lynley herfielen. Im Stockwerk über ihnen warteten hinter geschlossenen und bewachten Türen die Verdächtigen darauf, von der Polizei verhört zu werden. Wieder! dachte Macaskin, tief gequält von Selbstvorwürfen, überzeugt, daß Gowan Kilbride noch am Leben wäre, wenn er – Macaskin – nicht vorgeschlagen hätte, die Leute zum Abendessen aus der Gefangenschaft in der Bibliothek zu entlassen.

Er drehte sich um, als die Tür der Spülküche geöffnet wurde und St. James in Begleitung des Amtsarztes herauskam. Er eilte ihnen entgegen. Über ihre Schultern hinweg konnte er zwei Leute von der Spurensicherung sehen, die noch an der Arbeit waren, bemüht, alle Indizien zu sammeln, die nicht von Wasser und Dampf vernichtet worden waren.

»Die Lungenschlagader rechts würde ich sagen«, murmelte der Arzt Macaskin zu. Er streifte seine Handschuhe ab und stopfte sie in seine Jackentasche.

Macaskin sah St. James fragend an.

»Es kann dieselbe Person gewesen sein. Das Messer wurde mit der rechten Hand geführt. Nur ein Stoß.«

»Mann oder Frau?«

St. James sah ihn nachdenklich an. »Ich würde sagen, wir haben es mit einem Mann zu tun. Aber ich möchte die Möglichkeit, daß es eine Frau war, nicht völlig ausschließen.«

»Aber das brauchte doch große Kraft.«

»Oder einen Adrenalinstoß. Es kann auch eine Frau gewesen sein, wenn sie von starken Emotionen getrieben war. Blinder Wut oder Panik zum Beispiel.«

Macaskin riß ein Stück Nagelhaut von seinem Finger und schmeckte Blut. »Aber wer? Wer denn nur?«

Als Lynley die Tür zu Robert Gabriels Zimmer aufsperrte, fand er den Mann in einer Haltung vor, die an einen Gefangenen in seiner Zelle erinnerte. Er hatte sich den unbequemsten Stuhl im Raum gewählt. Er saß vornübergebeugt, die Arme auf den Oberschenkeln, die Hände schlaff zwischen den gespreizten Knien herabhängend.

Lynley hatte Gabriel des öfteren auf der Bühne gesehen, war vor allem von seinem Hamlet beeindruckt gewesen, doch der Mann, der hier vor ihm saß, hatte wenig gemein mit dem Schauspieler, der seinem Publikum die Seelenqualen des Dänenprinzen so bewegend nahegebracht hatte. Obwohl er nur knapp über vierzig war, wirkte er schon jetzt wie ausgebrannt. Die Tränensäcke unter seinen Augen waren aufgequollen, um die Mitte des Leibes hatte sich ein Fettwulst gebildet. Sein Haar war gut geschnitten und tadellos gekämmt, doch es lag trotz des Gels, mit dem er der Frisur wohl etwas jugendlichen Schmiß geben wollte, dünn auf seinem Schädel, und die Farbe wirkte künstlich, als hätte er irgendwie nachgeholfen. Er war jugendlich angezogen, schien helle Farben und leichte Stoffe vorzuziehen, die eher ins sommerliche Miami Beach als ins winterliche Schottland paßten. Dieser Mann, von dem jeder Selbstsicherheit und Gelassenheit erwartet hätte, zeigte deutliche Spuren von Zerrissenheit und Labilität.

Lynley wartete, bis Barbara sich gesetzt hatte. Er selbst blieb stehen, wählte einen Platz an der alten Kommode, der ihm freien Blick auf Gabriels Gesicht gestattete.

»Wie war das mit Gowan«, sagte er, und Barbara klappte ihren Block auf.

»Ich fand immer, meine Mutter hätte einen Ton wie die Polizei«, sagte Gabriel verdrossen. »Ich stelle fest, daß ich recht hatte.« Er rieb sich den Nacken, als hätte er Schmerzen, dann richtete er sich auf und griff nach dem Reisewecker auf seinem Nachttisch. »Den hat mir mein Sohn geschenkt. Sehen Sie sich das dumme Ding an. Es geht nicht mal mehr richtig, aber ich hab's bis jetzt nicht übers Herz gebracht, es wegzuwerfen. Ich würde das Vaterliebe nennen. Meine Mutter würde von Schuldgefühlen sprechen.«

»Sie hatten heute am späten Nachmittag eine Prügelei in der Bibliothek.«

Gabriel prustete spöttisch. »Das stimmt. Gowan glaubte offenbar, ich hätte seine angebetete Mary Agnes vernascht. Und das paßte ihm nicht.«

»Und? Hatte er recht?«

»Großer Gott. Jetzt reden Sie wie meine geschiedene Frau.«

»Möglich. Damit ist aber meine Frage nicht beantwortet.«

»Ich habe mit dem Mädchen gesprochen«, sagte Gabriel scharf. »Mehr nicht.«

»Wann war das?«

»Keine Ahnung. Irgendwann gestern. Kurz nachdem ich hier angekommen war. Ich war beim Auspacken, als sie klopfte, um mir frische Handtücher zu bringen, die ich nicht brauchte. Sie blieb ein bißchen und fragte mich aus.

Sie zählte eine ganze Liste von Schauspielern auf, die offenbar Kopf an Kopf im Rennen um ihre weiße Hand liegen, und wollte wissen, ob ich sie kenne.«

Gabriel wartete aggressiv auf die nächste Frage, und als keine kam, sagte er: »Gut, meinetwegen, kann ja sein, daß ich sie mal kurz angefaßt habe. Wahrscheinlich hab ich sie auch geküßt. Ich weiß nicht.«

»Es kann sein, daß Sie sie angefaßt haben? Sie wissen nicht, ob Sie sie geküßt haben?«

»Ich hab nicht darauf geachtet, Inspector. Ich wußte nicht, daß wir hier der Londoner Polizei einen genauen Rechenschaftsbericht über unser Tun und Lassen würden liefern müssen.«

»Sie reden, als wären körperliche Berührung und Küsse Reflexhandlungen«, bemerkte Lynley mit kühler Höflichkeit. »Was ist denn nötig, damit Sie sich Ihres Tuns erinnern? Eine komplette Verführung? Versuchte Vergewaltigung?«

»Schon gut! Herrgott noch mal, als wäre die Kleine nicht willig gewesen. Und den Jungen hab ich deshalb bestimmt nicht getötet.«

»Weshalb?«

Gabriel hatte wenigstens soviel Gewissen, Verlegenheit zu zeigen. »Lieber Gott, eine kleine Knutscherei, nicht mehr. Ich hab nicht mit der Kleinen geschlafen.«

»Da jedenfalls nicht.«

»Überhaupt nicht. Fragen Sie sie. Sie wird Ihnen das gleiche sagen.« Er preßte die Finger an die Schläfen, als wolle er einen Schmerz abdrücken. Sein Gesicht, das noch Spuren des Kampfes mit Gowan zeigte, war zerfurcht von Erschöpfung. »Schauen Sie, ich hatte keine Ahnung, daß Gowan auf die Kleine scharf war. Ich hatte ihn zu dem Zeitpunkt überhaupt noch nicht gesehen. Ich wußte nichts von seiner Existenz. Ich dachte, sie sei frei und ungebunden. Und, das können Sie mir glauben, sie hat nicht protestiert. Im Gegenteil, sie war selber ganz schön scharf.«

Ein gewisser Stolz klang in diesen letzten Worten; Stolz, wie ihn Männer zu zeigen pflegen, die unbedingt über ihre Eroberungen reden müssen. Ganz gleich, wie pubertär anderen die beschriebene Verführung erscheinen mag, beim Sprecher befriedigt sie stets irgendein undefiniertes Bedürfnis. Lynley hätte gern gewußt, welcher Art dieses Bedürfnis in Gabriels Fall war.

»Erzählen Sie, wie das gestern abend war«, sagte er.

»Da gibt's nichts zu erzählen. Ich war in der Bibliothek und hab was getrunken. Ich sprach mit Irene. Danach ging ich zu Bett.«

»Allein?«

»Ja, auch wenn es Ihnen schwerfallen mag, das zu glauben. Nicht mit Mary Agnes. Und auch nicht mit einer anderen Frau.«

»Das heißt, daß Sie kein Alibi haben.«

»Wozu sollte ich ein Alibi brauchen, Inspector? Welches Interesse hätte ich daran haben sollen, Joy zu töten? Gut, ich hatte was mit ihr. Ich gebe zu, daß deswegen meine Ehe in die Brüche gegangen ist. Aber wenn ich sie hätte töten wollen, hätte ich das letztes Jahr getan, als Irene die Wahrheit entdeckte und sich von mir scheiden ließ. Warum hätte ich bis jetzt warten sollen?«

»Joy war nicht bereit, Sie in dem Plan zu unterstützen, den Sie sich ausgedacht hatten, um Ihre Frau zurückzugewinnen, nicht wahr? Vielleicht wußten Sie, daß Ihre Frau zu Ihnen zurückkehren würde, wenn Joy ihr gesagt hätte, sie habe nur ein einziges Mal mit Ihnen geschlafen. Nicht immer wieder, ein ganzes Jahr lang, sondern nur einmal. Aber Joy weigerte sich zu lügen, um Ihnen zu helfen.«

»Und deshalb hätte ich sie töten sollen? Wann denn? Wie denn? Jeder im ganzen Haus weiß, daß ihre Tür abgeschlossen war. Was soll ich also getan haben? Hab ich mich in ihrem Schrank versteckt und gewartet, bis sie schlief? Oder bin ich vielleicht auf Zehenspitzen durch Helen Clydes Zimmer getrippelt, in der Hoffnung, daß sie's nicht merken würde?«

Lynley hatte nicht die Absicht, sich von dem Mann in ein Wortgefecht verwickeln zu lassen. »Als Sie heute abend die Bibliothek verließen, was haben Sie da getan?«

»Ich bin hierher, in mein Zimmer, gegangen.«

»Sofort?«

»Natürlich. Ich wollte mich waschen. Ich fühlte mich völlig verdreckt.«

»Welche Treppe haben Sie benutzt?«

Gabriel kniff die Augen zusammen. »Wie meinen Sie das? Was gibt's denn hier sonst noch für eine Treppe? Die Treppe von der Halle natürlich.«

»Nicht die gleich neben Ihrem Zimmer? Die Hintertreppe? Die Treppe zur Spülküche?«

»Ich habe bis jetzt nicht mal gewußt, daß es die gibt. Ich habe nicht die Gewohnheit, in fremden Häusern herumzutappen und zusätzliche Zugangsmöglichkeiten zu meinem Zimmer ausfindig zu machen, Inspector.«

Seine Antwort war klug, unmöglich zu überprüfen, wenn er in den letzten vierundzwanzig Stunden nicht in der Spülküche oder Küche gesehen worden war. Und doch hatte Mary Agnes ganz gewiß diese Treppe genommen, als sie in dieses Stockwerk heraufgekommen war. Und der Mann war nicht schwerhörig, die Mauern waren nicht so dick, daß man Schritte nicht gehört hätte.

Lynley hatte den Eindruck, daß Robert Gabriel soeben seinen ersten Fehler gemacht hatte. Es gab ihm zu denken. Er fragte sich, was für Lügen ihm der Mann noch aufgetischt hatte.

Inspector Macaskin steckte den Kopf zur Tür herein.

Seine Miene war unbewegt, aber in seiner Stimme schwang Triumph, als er sagte: »Wir haben die Perlen gefunden.«

»Die Gerrard hatte sie die ganze Zeit«, berichtete Macaskin. »Sie übergab sie widerstandslos meinem Beamten, als er in ihr Zimmer kam, um es zu durchsuchen. Ich habe sie ins Wohnzimmer geschickt.«

Irgendwann nach ihrem früheren Zusammentreffen an diesem Abend hatte Francesca Gerrard beschlossen, sich mit einem bombastischen Sortiment an Modeschmuck herauszuputzen. Sieben Perlenketten in verschiedenen Farben von Elfenbein bis Onyx hatten sich zu der rostroten gesellt, und an beiden Armen hingen zahllose Armreifen, die bei jeder ihrer Bewegungen klirrten, als wäre sie in Ketten. Große runde Plastikohrringe mit knalligen purpurroten und schwarzen Streifen saßen an ihren Ohrläppchen. Aber nicht Exzentrik oder Eitelkeit schienen sie veranlaßt zu haben, sich so geschmacklos zu behängen. Vielmehr schien der Schmuck ein – wenn auch noch so fragwürdiges – Symbol ihrer Trauer zu sein, wie in anderen Kulturen die Asche, die sich die Frauen nach einem Todesfall aufs Haar streuen.

Ihre Trauer und ihr Schmerz waren offenkundig. Einen Arm fest in den Leib gedrückt, eine Faust über der Nasenwurzel zwischen die Augenbrauen gepreßt, saß sie an dem Tisch in der Mitte des Zimmers und wiegte sich lautlos weinend hin und her wie ein Kind. Das waren keine Krokodilstränen. Lynley hatte Trauer oft genug erlebt, um zu wissen, daß die Gefühle dieser Frau nicht geheuchelt waren.

»Holen Sie ihr etwas«, sagte er zu Barbara. »Whisky. Sherry. Irgend etwas. Aus der Bibliothek.«

Barbara eilte davon und kam gleich darauf mit einer Flasche und mehreren Gläsern wieder. Sie goß etwas

Whisky in eines der Gläser und drückte Francesca Gerrard mit einer Behutsamkeit, die bei ihr ungewöhnlich war, das Glas in die Hand.

»Trinken Sie einen Schluck«, sagte sie. »Bitte. Das beruhigt ein bißchen.«

»Ich kann nicht. Ich kann nicht.« Dennoch ließ Francesca zu, daß Barbara das Glas an ihre Lippen führte, trank widerstrebend einen Schluck, hustete, nahm noch einen Schluck. Dann sagte sie gebrochen: »Er war – ich stellte mir immer vor, er sei mein Sohn. Ich habe keine Kinder. Gowan – es ist meine Schuld, daß er tot ist. Ich habe ihn gebeten, für mich zu arbeiten. Er wollte eigentlich gar nicht. Er wollte nach London. Er wollte ein Mann wie James Bond werden. Er hatte große Träume. Und jetzt ist er tot. Und es ist meine Schuld.«

Als hätten sie Angst, die Trauernde zu stören, suchten sich die anderen im Zimmer leise jeder einen Platz. Barbara setzte sich zu Lynley an den Tisch, St. James und Macaskin zogen sich in den Hintergrund zurück, wo Francesca sie nicht sehen konnte.

»Fast immer ist Tod mit Schuldgefühlen verbunden«, sagte Lynley leise. »Ich trage genausoviel Verantwortung an dem, was Gowan zugestoßen ist. Ich werde es gewiß nicht vergessen.«

Francesca sah überrascht auf. Sie schien ein solches Eingeständnis von einem Polizeibeamten nicht erwartet zu haben.

»Ein Stück von mir ist für immer verloren. Es ist, als – nein, ich kann es nicht erklären.« Ihre Stimme zitterte.

Jeder Tod eines Menschen nimmt mir etwas, weil ich Teil der Menschheit bin. Lynley, der seit Jahren immer wieder mit dem Tod in all seinen Erscheinungsformen konfrontiert wurde, verstand weit besser, als Francesca Gerrard ahnte, was sie meinte. Doch er sagte nur: »Sie werden sehen, daß in so einem Fall Schmerz zur Ruhe kommt, wenn Gerechtigkeit geschieht. Sicher nicht sofort, aber allmählich.«

»Und dazu brauchen Sie mich. Ja. Ich verstehe.« Sie richtete sich auf, schneuzte sich in ein feuchtes Papiertaschentuch und trank noch einen Schluck Whisky. In ihren Augen sammelten sich neue Tränen.

»Wie ist die Kette in Ihr Zimmer gekommen?« fragte Lynley.

Barbara Havers zog ihren Bleistift heraus.

Francesca zögerte. Zweimal öffnete sie den Mund, ehe sie sprechen konnte. »Ich habe sie mir gestern nacht zurückgeholt. Ich hätte es Ihnen schon früher gesagt, vorhin im Salon. Ich hatte es vor. Aber als Elizabeth und Mr. Vinney anfingen – ich wußte nicht, was ich tun sollte. Es ging alles so schnell. Und dann Gowan ...« Sie geriet ins Stocken bei dem Namen.

»Ja. Ich verstehe. Sind Sie in Joy Sinclairs Zimmer gegangen, um sich die Kette zu holen, oder hat sie sie Ihnen gebracht?«

»Ich war in ihrem Zimmer. Die Kette lag auf der Kommode neben der Tür. Wissen Sie, auf einmal wollte ich sie ihr nicht mehr geben.«

»Und Sie haben sie so problemlos zurückbekommen? Gab es keine Diskussion?«

Francesca schüttelte den Kopf. »Nein, sie hat ja geschlafen.«

»Sie haben sie gesehen? Sie waren in ihrem Zimmer? War denn die Tür nicht abgeschlossen?«

»Doch. Ich ging erst ohne meine Schlüssel, weil ich dachte, sie hätte sicher nicht abgeschlossen. Ich meine, alle kannten sich ja. Es gab keinen Grund abzusperren. Aber ihre Tür war doch abgeschlossen. Da bin ich ins Büro gegangen und habe meine Hauptschlüssel geholt.«

»Der Schlüssel steckte nicht von innen?«

Francesca runzelte die Stirn. »Nein – sonst hätte ich ja nicht aufsperren können.«

»Erzählen Sie genau, was Sie getan haben, Mrs. Gerrard.«

Bereitwillig ging Francesca mit ihnen den Weg von ihrem eigenen Zimmer zu dem Joys, wo sie den Türknauf drehte und feststellte, daß abgeschlossen war; weiter von Joys Zimmer in ihr Büro, wo sie aus der untersten Schublade ihres Schreibtischs den Bund mit den Hauptschlüsseln genommen hatte; vom Büro wieder zu Joys Zimmer, wo sie leise die Tür aufsperrte, im Licht des Korridors die Perlenkette liegen sah, sie an sich nahm und die Tür wieder absperrte; von Joys Zimmer zurück ins Büro, wo sie die Schlüssel wieder einsperrte, und dann in ihr eigenes Zimmer, wo sie die Kette in den Schmuckkasten zurücklegte.

»Wie spät war es da?« fragte Lynley.

»Drei Uhr fünfzehn.«

»Genau?«

Sie nickte. »Ich weiß nicht, ob es Ihnen schon einmal passiert ist, daß Sie aus einem Impuls heraus etwas taten, was Sie dann bedauerten, Inspector. Aber ich bedauerte es, mich von den Perlen getrennt zu haben. Gleich nachdem Elizabeth sie Joy gebracht hatte. Ich lag im Bett und überlegte, was ich tun sollte. Ich wollte keine Konfrontation mit Joy. Ich wollte aber auch meinen Bruder damit nicht belasten. Darum bin ich schließlich – nun ja, ich habe sie wohl gestohlen, nicht wahr? Und ich weiß, daß es Viertel nach drei war, weil ich die ganze Zeit wachgelegen und immer wieder auf die Uhr gesehen hatte. Und um Viertel nach drei beschloß ich schließlich, mir meine Kette einfach wiederzuholen.«

»Sie sagten, daß Joy schlief. Haben Sie sie gesehen? Haben Sie ihren Atem gehört?«

»Es war so dunkel im Zimmer. Ich – ich habe wahrscheinlich einfach angenommen, sie schliefe. Sie rührte sich nicht, sie sagte auch nichts. Sie –« Ihre Augen weiteten sich. »Meinen Sie, sie könnte schon tot gewesen sein?«

»Haben Sie sie denn überhaupt gesehen?«

»Im Bett, meinen Sie? Nein, ich konnte das Bett gar nicht sehen. Die Tür war dazwischen, ich hatte sie nur einen kleinen Spalt aufgemacht. Ich dachte einfach –«

»Und der Schreibtisch in Ihrem Büro, war der abgeschlossen?«

»O ja«, antwortete sie. »Er ist immer abgeschlossen.«

»Wer hat Schlüssel dazu?«

»Einen ich und einen Mary Agnes.«

»Wäre es möglich, daß jemand Sie beobachtet hat, als Sie von Ihrem Zimmer aus zu Joy Sinclair gingen? Oder ins Büro?«

»Ich habe niemanden bemerkt. Aber ich denke –« Sie schüttelte den Kopf. »Ich kann es wirklich nicht sagen.«

»Aber Sie sind auf Ihrem Weg an einer Reihe von Zimmern vorbeigekommen, nicht wahr?«

»Natürlich. Jeder im Hauptkorridor hätte mich sehen können. Aber ich denke doch, daß es mir aufgefallen wäre, wenn um diese Zeit noch jemand auf gewesen wäre. Oder daß ich das Öffnen der Tür gehört hätte.«

Lynley trat zu Macaskin, der schon aufgestanden war, um sich den Lageplan anzusehen, der von ihrem früheren Gespräch mit David Sydeham noch auf dem Tisch ausgebreitet lag. Abgesehen von den Räumen, die Helen Clyde und Joy Sinclair bewohnt hatten, lagen vier Zimmer direkt am Hauptkorridor: das Joanna Ellacourts und David Sydehams, das Lord Stinhursts und seiner Frau, das unbenutzte Zimmer Rhys Davies-Jones' und Irene Sinclairs Zimmer, das sich an der Ecke zwischen dem Hauptkorridor und dem Westflügel des Hauses befand.

»Ich denke, die Frau hat recht«, murmelte Macaskin gedämpft, während sie den Plan studierten. »Sie hätte bestimmt was gehört oder gesehen. Sie hätte sicher bemerkt, daß sie beobachtet wird.«

»Mrs. Gerrard«, sagte Lynley über seine Schulter hinweg, »sind Sie absolut sicher, daß Joy Sinclairs Zimmertür gestern nacht abgeschlossen war?«

»Aber ja«, antwortete sie. »Ich wollte ihr eigentlich heute morgen mit dem Tee ein Briefchen schicken, um ihr zu erklären, daß ich die Kette wieder an mich genommen hatte. Vielleicht hätte ich das wirklich tun sollen. Aber ...«

»Und Sie haben die Schlüssel wieder in ihren Schreibtisch gelegt?«

»Ja. Warum fragen Sie immer wieder nach der Tür?«

»Und Sie haben den Schreibtisch wieder abgesperrt?«

»Ja, doch. Ich weiß es genau. Ich sperre ihn immer ab.«

Lynley drehte sich um, blieb aber am Tisch stehen. »Können Sie mir sagen«, fragte er, den Blick auf Francesca gerichtet, »wieso Helen Clyde das Zimmer neben Joy Sinclair bekam? War das Zufall?«

Francesca griff nach ihren Perlenketten, eine automatische Geste der Nachdenklichkeit. »Helen Clyde?« wiederholte sie. »War es nicht Stuart, der vorschlug – Nein. Das stimmt nicht. Mary Agnes hat den Anruf aus London entgegengenommen. Jetzt erinnere ich mich wieder. Mary hat nämlich Schwierigkeiten mit der Orthographie, wissen Sie. Sie hatte den Namen nach dem Gehör aufgeschrieben, weil er ihr unbekannt war. Ich mußte ihn mir erst von ihr vorsagen lassen, ehe ich ihn verstand.«

»Welchen Namen?«

»Joy Sinclair. Sie hatte Joyce Incare geschrieben, und das sagte mir natürlich zunächst gar nichts.«

»Joy hat Sie angerufen?«

»Ja. Ich rief sie zurück. Das war – es muß am vergangenen Montag abend gewesen sein. Sie fragte, ob ich Helen Clyde ein Zimmer neben dem ihren geben könnte.«

»Joy Sinclair wünschte, daß Helen das Zimmer neben dem ihren bekam?« fragte Lynley ungläubig. »Sie nannte Helen beim Namen?«

Francesca zögerte. Sie senkte den Blick einen Moment zum Plan hinunter, dann sah sie Lynley wieder an. »Nein. Den Namen nannte sie nicht. Sie sagte nur, ihr Vetter wolle einen Gast mitbringen, und ob ich diesem Gast das Zimmer neben ihrem geben könnte. Ich habe wahrscheinlich automatisch angenommen...« Sie verstummte, als Lynley mit einer entschlossenen Bewegung vom Tisch wegtrat.

Er sah erst Macaskin an, dann Barbara Havers und St. James. Weiterer Aufschub war sinnlos. »Ich möchte jetzt mit Davies-Jones sprechen«, sagte er.

Rhys Davies-Jones wirkte nicht eingeschüchtert von der polizeilichen Autorität, obwohl Constable Lonan ihn von seinem Zimmer bis ins Wohnzimmer wie ein stummer Schatten begleitete. Er sah St. James, Macaskin, Lynley und Barbara Havers direkt in die Augen, als wolle er ihnen zeigen, daß er nichts zu verbergen habe.

Lynley wies mit einer Kopfbewegung auf einen Stuhl am Tisch.

»Berichten Sie mir von gestern abend«, sagte er.

Davies-Jones zeigte keine Reaktion auf die Frage. Er schob lediglich die Whiskyflasche aus seinem Blickfeld. Er spielte mit einer Packung Players, die er aus der Jackentasche gezogen hatte, aber er zündete sich keine Zigarette an.

»Was möchten Sie wissen?«

»Wie Ihre Fingerabdrücke auf den Schlüssel zur Verbindungstür zu Joy Sinclairs Zimmer kamen, was es mit dem

Cognac auf sich hatte, den Sie mit zu Helen hinaufgenommen haben, was Sie bis ein Uhr morgens, als sie zu ihr hinaufkamen, getrieben haben.«

Auch diesmal reagierte Davies-Jones nicht, weder auf die Worte selbst noch auf den feindseligen Unterton, der in ihnen schwang. Er antwortete völlig freimütig. »Ich habe ihr den Cognac gebracht, weil ich sie sehen wollte, Inspector. Es war ein bißchen albern, ich weiß, ein recht pubertärer Versuch, ein paar Minuten in ihr Zimmer zu kommen.«

»Scheint aber gut geklappt zu haben.«

Davies-Jones schwieg. Lynley merkte, daß er entschlossen war, so wenig wie möglich zu sagen. Und augenblicklich fand er sich gleichermaßen entschlossen, alles bis aufs letzte Detail aus dem Mann herauszuholen.

»Und Ihre Fingerabdrücke auf dem Schlüssel?«

»Ich sperrte ab. Beide Türen übrigens. Wir wollten ungestört sein.«

»Sie betraten das Zimmer mit einer Flasche Cognac und sperrten beide Türen ab? Da dürften Ihre Absichten wohl ziemlich klar gewesen sein.«

Davies-Jones preßte kurz die Lippen aufeinander. »So hat es sich nicht abgespielt.«

»Dann erzählen Sie mir doch bitte, wie es sich abgespielt hat.«

»Wir unterhielten uns eine Weile über die Lesung. Mit Joys Stück sollte mir die Möglichkeit gegeben werden, in London nach meiner – meinen Schwierigkeiten neu anzufangen. Ich war darum ziemlich unglücklich über den Verlauf der Dinge. Mir war ziemlich klar, daß der Grund, warum meine Cousine uns alle hierher geschleppt hatte, mit dem Stück herzlich wenig zu tun hatte. Ich war ärgerlich, daß sie mich getäuscht und ausgenützt hatte. Es ging ihr ja offenkundig nur um irgendeinen Racheakt gegen Stinhurst. Darüber haben Helen und ich gesprochen. Über diese Pleite. Was ich weiter tun würde. Als ich gehen wollte, bat Helen mich zu bleiben. Da habe ich die Türen abgesperrt.« Davies-Jones sah Lynley direkt in die Augen. Ein schwaches Lächeln spielte um seinen Mund. »Sie haben nicht erwartet, daß es sich so abspielte, nicht wahr, Inspector?«

Lynley antwortete nicht. Vielmehr zog er die Whiskyflasche zu sich heran, schraubte den Deckel herunter und schenkte sich ein. Der Alkohol rann angenehm warm seine Kehle hinunter. Absichtlich stellte er das geleerte Glas auf den Tisch zwischen sich und Davies-Jones. Davies-Jones sah weg, aber Lynley bemerkte die plötzlich verkrampften Bewegungen, die Spannung in seinem Nacken, die seine Sucht verrieten. Mit unsicheren Händen zündete sich Davies-Jones eine Zigarette an.

»Wie ich hörte, sind Sie gleich nach der Lesung verschwunden und kamen erst gegen ein Uhr morgens wieder zum Vorschein. Was haben Sie in dieser Zeit getan? Wie lange war es – neunzig Minuten, fast zwei Stunden?«

»Ich habe einen langen Spaziergang gemacht«, antwortete Davies-Jones.

Hätte er behauptet, ein Bad im Loch Achiemore genommen zu haben, wäre Lynley nicht überraschter gewesen. »Mitten im Schneesturm, bei eisiger Kälte haben Sie einen Spaziergang gemacht?«

Davies-Jones erwiderte nur: »Spazierengehen ist für mich der beste Ersatz für die Flasche, Inspector. Und ich muß gestehen, die Flasche wäre mir gestern abend lieber gewesen. Aber ein Spaziergang erschien mir klüger.«

»Wohin sind Sie gegangen?«

»Die Straße hinauf zur Hillview Farm.«

»Sind Sie jemandem begegnet? Haben Sie mit jemandem gesprochen?«

»Nein«, antwortete er. »Es kann also niemand meine

Aussage bestätigen. Das ist mir völlig klar. Dennoch – ich war spazieren.«

»Dann werden Sie verstehen, daß Sie in meinen Augen in dieser Zeit auch alles mögliche andere getan haben könnten.«

Davies-Jones nahm den Köder. »Zum Beispiel?«

»Sich die Dinge beschaffen, die Sie brauchten, um Joy Sinclair zu töten.«

Davies-Jones' Lächeln war verächtlich. »Ja, das hätte ich tun können. Ich hätte nur die Hintertreppe hinunter, durch die Spülküche und die Küche ins Speisezimmer zu gehen brauchen, und ich hätte den Dolch gehabt, ohne daß jemand etwas gemerkt hätte. Sydehams Handschuh ist ein Problem, aber Sie werden mir sicher sagen können, wie ich mir den beschafft habe, ohne daß Sydeham etwas merkte.«

»Sie scheinen sich im Haus gut auszukennen«, stellte Lynley trocken fest.

»Das ist richtig. Ich habe es mir am frühen Nachmittag ziemlich genau angesehen. Ich interessiere mich für Architektur.«

Lynley nahm sein Whiskyglas und schwenkte es sachte hin und her. »Wie lange waren Sie im Krankenhaus?« fragte er.

»Geht diese Frage nicht etwas zu weit, Inspector?«

»Sie ist für diesen Fall von Belang und liegt daher im Rahmen der Ermittlungen. Wie lange waren Sie wegen Ihres Alkoholproblems im Krankenhaus?«

»Vier Monate«, antwortete Davies-Jones mit steinerner Miene.

»Eine Privatklinik?«

»Ja.«

»Kostspieliges Unterfangen.«

»Was soll das heißen? Daß ich Joy tötete, weil ich Geld brauchte, um die Rechnungen zu bezahlen?«

»Hatte sie denn Geld?«

»Natürlich hatte sie Geld. Eine Menge Geld. Und Sie können sich darauf verlassen, daß sie mir nichts davon vermacht hat.«

»Dann kennen Sie also das Testament?«

Davies-Jones begann jetzt, auf den Druck zu reagieren, auf die Nähe des Alkohols und die Erkenntnis, daß er sehr geschickt in eine Falle gelockt worden war. Zornig drückte er seine Zigarette im Aschenbecher aus.

»Ja, verdammt noch mal! Und ich weiß, daß sie ihr ganzes Geld Irene und ihren Kindern hinterlassen hat. Schade, nicht wahr, Inspector? Sie hätten lieber etwas anderes gehört.«

Davies-Jones war aus der Fassung, und Lynley versuchte, die Situation sofort auszunutzen. »Letzten Montag rief Joy Sinclair hier an und bat Francesca Gerrard, Helen Clyde ein Zimmer neben dem ihren zu geben. Wissen Sie darüber etwas?«

»Daß Helen –« Davies-Jones griff nach den Zigaretten und schob sie wieder weg. »Nein. Dafür habe ich keine Erklärung.«

»Können Sie mir dann vielleicht erklären, woher sie wußte, daß Helen Sie dieses Wochenende begleiten würde?«

»Ich muß es ihr erzählt haben. Ja, wahrscheinlich habe ich es ihr erzählt.«

»Und ihr vielleicht eine nähere Bekanntschaft mit Helen nahegelegt? Und zu diesem Zweck Verbindungszimmer empfohlen?«

»Nach Schulmädchenart?« fragte Davies-Jones. »Eine ziemlich durchsichtige Intrige, um einen Mord einzufädeln, meinen Sie nicht, Inspector?«

»Bitte, ich warte nur auf Ihre Erklärung.«

»Ich habe keine. Aber ich vermute, daß Joy Helen als eine

Art Puffer neben sich haben wollte, weil Helen nichts mit der Produktion zu tun, keinerlei eigene Interessen zu vertreten hatte. Von ihr brauchte sie nicht zu fürchten, daß sie alle naselang bei ihr klopfen würde, um ein Gespräch über eine Textänderung oder Szenenumstellung anzufangen. So sind Schauspieler, wissen Sie. Sie lassen den Autor im allgemeinen keinen Moment in Ruhe.«

»Sie erzählten ihr von Helen. Sie legten den Keim zu der Idee.«

»Ich tat nichts dergleichen. Sie wollten eine Erklärung von mir. Etwas Besseres habe ich leider nicht zu bieten.«

»Ja. Natürlich. Nur steht diese Erklärung in krassem Gegensatz zu der Tatsache, daß ausgerechnet Joanna Ellacourt das Zimmer auf Joys anderer Seite hatte. Kein Puffer. Wie erklären Sie das?«

»Ich kann es nicht erklären. Ich weiß nicht, was in Joys Kopf vorging. Vielleicht dachte sie sich überhaupt nichts dabei. Vielleicht hat es gar keine Bedeutung, und Sie suchen nur krampfhaft nach einer.«

Lynley nickte, unberührt von der Unterstellung.

»Was haben Sie getan, als heute abend allen gestattet wurde, die Bibliothek zu verlassen?«

»Ich bin in mein Zimmer gegangen.«

»Was haben Sie dort getan?«

»Geduscht und mich umgezogen.«

»Und dann?«

Davies-Jones' Blick flog zum Whisky. Es war so still, daß man das Rascheln des Papiers hörte, als Macaskin eine Rolle Pfefferminz aus seiner Tasche zog.

»Ich bin zu Helen gegangen.«

»Schon wieder?« fragte Lynley ausdruckslos.

Davies-Jones hob mit einem Ruck den Kopf. »Was soll das heißen?«

»Nun, das dürfte wohl auf der Hand liegen. Sie hat Ihnen

mehrere gute Alibis geliefert, nicht wahr? Erst gestern nacht und jetzt heute abend.«

Davies-Jones starrte ihn ungläubig an, dann begann er zu lachen. »Großer Gott, das ist wirklich unglaublich. Halten Sie Helen für dumm? Glauben Sie, sie ist so naiv, daß sie sich von einem Mann auf solche Weise benutzen lassen würde? Und das nicht nur einmal, sondern gleich zweimal innerhalb von vierundzwanzig Stunden? Was glauben Sie denn, was für eine Frau sie ist?«

»Ich weiß genau, was für eine Frau Helen ist«, entgegnete Lynley. »Unfähig, sich einem Mann zu verschließen, der behauptet, an einer Schwäche zu leiden, die sie allein heilen kann. Und das haben Sie ausgenützt. Wenn ich Helen jetzt herunterbitte, werde ich ohne Zweifel feststellen, daß der heutige Abend in ihrem Zimmer nur eine Variation zum Tandaradei der gestrigen Nacht war.«

»Und diese Vorstellung können Sie nicht ertragen, nicht wahr? Sie sind so eifersüchtig, daß Sie von dem Moment an, als Sie erfuhren, daß ich die Nacht mit ihr verbracht hatte, nicht mehr klar sehen konnten. Blicken Sie den Tatsachen ins Auge, Inspector. Verbiegen Sie sie nicht, nur um mir etwas anhängen zu können, weil Sie zu große Angst davor haben, sich auf andere Art mit mir zu messen.«

Lynley machte eine heftige Bewegung, doch Macaskin und Barbara Havers sprangen sofort auf. Das brachte ihn zur Besinnung. »Bringen Sie ihn raus«, sagte er rauh.

Barbara wartete, bis Macaskin Davies-Jones aus dem Zimmer geführt hatte. Sie sah ihnen nach, bis die Tür ins Schloß fiel und sie sicher sein konnte, daß sie ungestört bleiben würden. Dann warf sie St. James einen flehenden Blick zu. Er kam zu ihnen an den Tisch. Lynley hatte seine Lesebrille aufgesetzt und sah Barbaras Aufzeichnungen durch.

»Sir.«

Lynley hob den Kopf, und Barbara war entsetzt. Er sah erschreckend aus, völlig erschöpft, eingefallen beinahe.

»Sehen wir uns an, was wir haben«, schlug sie vor.

Lynley blickte über den Rand seiner Brillengläser von Barbara zu St. James. »Wir haben eine abgeschlossene Tür«, antwortete er ruhig. »Wir wissen von Francesca Gerrard, daß sie sie mit dem einzigen Schlüssel abgesperrt hat, der außer dem eigentlichen Zimmerschlüssel vorhanden war. Wir wissen, daß dieser Zimmerschlüssel auf dem Toilettentisch im Zimmer lag. Wir haben im Nebenzimmer einen Mann, der eindeutig Zugang zu Joy Sinclairs Zimmer hatte. Jetzt suchen wir das Motiv.«

Nein, dachte Barbara. Sie gab sich Mühe, ruhig und sachlich zu sprechen. »Es war reiner Zufall, daß Helen und Joy Sinclair in Nachbarzimmern mit einer Verbindungstür wohnten. Er kann das vorher nicht gewußt haben.«

»Nein? Ein Mann, der von sich selbst sagt, daß er sich für Architektur interessiert? In diesen großen alten Häusern gibt es immer Zimmer mit Verbindungstüren. Es dürfte für ihn nicht schwer gewesen sein zu erraten, daß es das auch in diesem Haus gab. Oder daß man Joy, nachdem sie ausdrücklich um ein Zimmer neben Helens gebeten hatte, eines dieser Verbindungszimmer geben würde. Ich denke nicht, daß sonst noch jemand Francesca Gerrard mit solchen Sonderwünschen angerufen hat.«

Barbara weigerte sich, klein beizugeben. »So, wie die Dinge im Augenblick liegen, könnte Francesca Gerrard selbst Joy getötet haben, Sir. Sie war im Zimmer. Sie hat es zugegeben. Oder sie könnte den Schlüssel ihrem Bruder gegeben haben, um ihn die Sache erledigen zu lassen.«

»Für Sie endet es immer bei Stinhurst, nicht wahr?«

»Nein, darum geht es nicht.«

»Und wenn Sie Stinhurst als Täter sehen wollen, was ist dann mit Gowan? Warum hat Stinhurst ihn getötet?«

»Ich behaupte ja gar nicht, daß es Stinhurst war, Sir«, entgegnete Barbara, eisern bemüht, ihre Geduld und ihre Beherrschung zu bewahren und nicht dem Verlangen nachzugeben, Stinhursts Motiv so lange herauszuschreien, bis Lynley es endlich akzeptieren mußte. »Ebensogut könnte es Irene Sinclair getan haben. Oder Sydeham oder die Ellacourt, die waren ja auch beide allein. Oder Jeremy Vinney. Joy Sinclair war früher am Abend in seinem Zimmer. Das wissen wir von Elizabeth. Vielleicht wollte er was von ihr, bekam eine Abfuhr, lief wütend in ihr Zimmer und brachte sie im Affekt um.«

»Und wie hat er die Tür abgeschlossen, als er ging?«

»Ich weiß es nicht. Vielleicht ist er aus dem Fenster gesprungen.«

»Bei Schneesturm, Havers? Sie holen's ja noch weiter her als ich.« Lynley ließ ihren Block auf den Tisch fallen, nahm die Brille ab und rieb sich die Augen.

»Es ist richtig, daß Davies-Jones Zugang hatte, Inspector. Das sehe ich. Ich sehe auch, daß er die Gelegenheit hatte. Aber durch Joy Sinclairs Stück hätte er einen neuen Start bekommen. Und er konnte unmöglich mit Sicherheit wissen, ob das Stück ein für allemal gestorben war, nur weil Stinhurst seine finanzielle Unterstützung zurückgezogen hatte. Es hätte sich doch sehr gut ein anderer finden lassen können, um es zu finanzieren. Mir scheint, er ist der einzige im Haus, der ein solides Motiv hatte, die Frau am Leben zu erhalten.«

Jetzt schaltete sich St. James ein. »Nein. Wenn es um ein Comeback geht, gibt es noch eine zweite Person. Irene, Joy Sinclairs Schwester.«

»Ich habe mich schon gefragt, wann Sie zu mir kommen würden.«

Irene Sinclair trat von der Tür zurück. Sie ging zu ihrem

Bett und setzte sich. Es war spät, und sie hatte sich schon für die Nacht zurechtgemacht. Ihre Kleidung war schlicht. Leichte Schuhe mit flachem Absatz, ein Morgenrock aus marineblauem Flanell, unter dem der hochgeschlossene Kragen eines weißen Nachthemds heraussah. Es hatte etwas merkwürdig Unversöhnliches. Sie war praktisch, gewiß, doch in ihrer strengen Orientierung an einer Norm tadelloser Wohlanständigkeit kalt und steril wie eine Rüstung, die dazu diente, das Leben selbst abzuwehren. Lynley fragte sich, ob die Frau jemals in ausgewaschenen Bluejeans und einem schlabberigen T-Shirt im Haus herumlief. Er bezweifelte es.

Die Ähnlichkeit mit ihrer Schwester war bemerkenswert. Obwohl er Joy nur auf den schrecklichen Polizeibildern gesehen hatte, erkannte er bei Irene mühelos jene Züge, die den beiden Schwestern gemeinsam gewesen waren und an deren Übereinstimmung die fünf, sechs Jahre Altersunterschied nichts änderten: stark ausgeprägte Wangenknochen, eine breite Stirn, das leicht kantige Kinn. Sie mußte seiner Schätzung nach Anfang vierzig sein, eine statueske Frau mit einem Körper, um den andere Frauen sie ohne Zweifel beneideten und den Männer bewunderten. Sie hatte das Gesicht einer Medea und schwarzes Haar, das links über der Stirn von einer weißen Strähne durchzogen war. Jede auch nur im geringsten unsichere Frau, dachte Lynley, hätte diese Strähne längst gefärbt. Er war nicht einmal sicher, ob Irene dieser Gedanke überhaupt gekommen war. Er musterte sie schweigend. Warum, um alles in der Welt, hatte Robert Gabriel je das Verlangen gehabt, diese Frau zu betrügen?

»Sicher hat Ihnen schon jemand erzählt, daß meine Schwester und mein Mann im letzten Jahr ein Verhältnis hatten, Inspector«, begann sie mit gedämpfter Stimme. »Es ist ein offenes Geheimnis. Darum kann ich jetzt nicht um sie trauern, wie ich das eigentlich sollte und wie ich das sicher eines Tages tun werde. Aber wenn man sein Leben ausgerechnet von zwei Menschen zerstört sieht, die man liebt, ist es schwer, zu verzeihen und zu vergessen. Joy brauchte Robert nicht. Aber ich brauchte ihn. Trotzdem nahm sie ihn mir. Und das tut immer noch weh, wenn ich daran denke. Selbst jetzt, in diesem Moment.«

»War die Beziehung beendet?« fragte Lynley.

»Ja.« Es war eine Lüge, und wie um das zu vertuschen, sprach sie hastig weiter. »Ich wußte sogar, wann es zwischen ihnen anfing. Auf einem dieser Abendessen, wo alle zuviel tranken und Dinge sagten, die sie sonst nie sagen würden. An dem Abend verkündete Joy, sie hätte noch nie einen Mann gehabt, der sie – drastisch ausgedrückt – in einem Durchgang hätte befriedigen können. Das war natürlich genau die Art von Bemerkung, die Robert – mein Mann – sofort aufgriff. Er sah sie als persönliche Herausforderung, der unverzüglich begegnet werden mußte. Was mir manchmal am meisten weh tut, ist die Tatsache, daß Joy Robert überhaupt nicht liebte. Nach Alec Rintoul hat sie niemanden mehr geliebt.«

»War sie mit ihm verlobt?«

»Offiziell nicht. Nach seinem Tod veränderte sie sich völlig.«

»Inwiefern?«

»Wie soll ich es erklären?« antwortete sie. »Es war, als wäre sie plötzlich von einem Feuer gepackt, als hätte sie beschlossen, auf Teufel komm raus zu leben. Aber nicht, um sich zu amüsieren. Vielmehr, um sich selbst zu zerstören. Und so viele andere wie möglich mitzureißen. Es war eine richtige Krankheit. Sie hatte ein Abenteuer nach dem anderen, Inspector. Sie wechselte die Männer, wie man so schön sagt, wie die Hemden. Und dabei brachte sie ihnen im Grunde nichts als Haß und Verachtung entgegen. Sie forderte die Männer heraus und wußte doch schon im voraus, daß keiner von ihnen auch nur hoffen konnte, sie Alec vergessen zu machen.«

Lynley trat zum Bett und legte den Plastikbeutel mit den Gegenständen aus Joys Handtasche darauf nieder. Irene musterte die Sachen teilnahmslos.

»Sind das ihre?« fragte sie.

Er reichte ihr zuerst den Terminkalender. Sie nahm ihn nur widerstrebend, als hätte sie Angst, darin etwas zu entdecken, was sie lieber nicht wissen wollte. Doch sie erklärte ihm die Eintragungen, soweit sie konnte; Termine bei einem Verlag in der Upper Grosvenor Street, der Geburtstag von Irenes Tochter Sally, Joys Termin für die Fertigstellung der ersten drei Kapitel ihres neuen Buchs.

Lynley wies auf den Namen, der quer über eine ganze Woche geschrieben war. P. Green. »Ein neuer Mann in ihrem Leben?«

»Peter, Paul, Philip? Ich weiß es nicht, Inspector. Vielleicht wollte sie mit jemandem verreisen, aber ich kann es Ihnen wirklich nicht sagen. Wir haben uns nur sehr selten gesprochen, und wenn, sprachen wir meistens nur über geschäftliche Dinge. Sie hätte mir von einem neuen Mann sicher nichts erzählt. Aber wundern würde es mich nicht. Es wäre typisch gewesen. Wirklich.« Unglücklich berührte sie einige der anderen Dinge, die Brieftasche, das Streichholzheftchen, die Schlüssel. Sie sagte nichts mehr.

Lynley schaltete den Taschenrecorder ein. Irene zuckte zusammen, als sie die Stimme ihrer Schwester hörte. Er ließ das Band laufen: heitere Kommentare. Zukunftspläne. Die Stimme, dachte er, während er noch einmal Joy Sinclair zuhörte, klang nicht wie die einer Frau, die nichts als Zerstörung im Sinn gehabt hatte. Irgendwann hob Irene die Hand zu den Augen und senkte den Kopf.

»Sagt Ihnen irgend etwas davon etwas?« fragte Lynley.

Irene schüttelte heftig den Kopf, die zweite Lüge.

Lynley wartete. Sie schien zu versuchen sich vor ihm zurückzuziehen, sich sowohl körperlich als auch emotional tiefer in sich selbst zu verkriechen.

»So werden Sie sie nicht los, Irene«, sagte er leise. »Ich weiß, daß Sie das möchten. Aber so geht es nicht. Sie wird Sie nicht loslassen.« Er sah, wie die Hand am Kopf sich verkrampfte, die Fingernägel sich ins Fleisch gruben. »Sie brauchen ihr das, was sie Ihnen angetan hat, nicht zu verzeihen. Aber tun Sie nicht etwas, wofür Sie dann sich selbst nicht verzeihen können.«

»Ich *kann* Ihnen nicht helfen.« Irenes Stimme klang verzweifelt. »Es tut mir nicht leid, daß sie tot ist. Wie soll ich Ihnen da helfen? Ich kann ja nicht einmal mir selbst helfen.«

»Sie können sich und mir helfen, wenn Sie etwas zu diesem Band sagen.«

Und erbarmungslos spielte Lynley die Aufnahme von neuem ab, nahm es sich übel, daß er es tat, obwohl er wußte, daß es getan werden mußte. Als es zum zweiten Mal abgelaufen war, rührte sie sich immer noch nicht. Er spulte zurück und spielte es noch einmal ab. Und dann noch einmal.

Joys Stimme war wie eine vierte Person im Raum. Sie schmeichelte. Sie lachte. Sie quälte. Sie flehte. Und sie brach schließlich den Widerstand ihrer Schwester mit den Worten: »Mama unbedingt an Sally erinnern, sonst vergißt sie's wieder.«

Irene packte den Recorder, schaltete ihn mit zitternden Händen aus und warf ihn wieder aufs Bett, als fühle sie sich durch die Berührung beschmutzt.

»Meine Mutter dachte nur an den Geburtstag meiner Tochter, wenn Joy sie daran erinnerte«, rief sie erregt. Ihr Gesicht verriet ihren Schmerz, aber ihre Augen blieben trocken. »Und trotzdem habe ich sie gehaßt. Ich habe meine Schwester gehaßt und wünschte ihren Tod. Aber doch nicht so! Mein Gott, nicht so. O Gott, Sie wissen ja nicht, wie es ist, wenn man sich den Tod eines Menschen wünscht und dieser Mensch dann wirklich umkommt! Es ist, als hätte eine boshafte Gottheit auf unsere Wünsche gelauscht.«

Die Macht der Worte. Er wußte, wie es war. Er brauchte sich nur an den Tod des Liebhabers seiner eigenen Mutter zu erinnern.

»Teile von dem, was sie auf das Band sprach, scheinen Gedanken zu einer neuen Arbeit gewesen zu sein. Kennen Sie die Gegend, die sie beschreibt? Das verrottende Gemüse, das Quaken der Frösche und das Keuchen der Pumpen, das flache Land?«

»Nein.«

»Sagt Ihnen der Schneesturm etwas?«

»Nein!«

»Und der Mann, den sie erwähnt. John Darrow?«

Irene wandte sich mit einer heftigen Bewegung ab. Ihr dunkles Haar flog.

Lynley hakte sofort ein. »Der Name sagt Ihnen etwas.«

»Von gestern abend. Beim Essen sprach Joy von ihm. Sie erzählte davon, wie sie einen langweiligen Mann namens John Darrow freigehalten hätte.«

»Ein neuer Verehrer?«

»Nein. Nein, das glaube ich nicht. Irgend jemand am Tisch – ich glaube, es war Lady Stinhurst – hatte nach ihrem neuen Buch gefragt. Und da kam die Rede auf John Darrow. Joy lachte, wie sie das häufig tat, ein bißchen wegwerfend, wenn sie ihre Schwierigkeiten beim Schreiben ins Lächerliche zog, und bemerkte etwas darüber, daß sie versuche, an gewisse Informationen heranzukommen, die ihr noch fehlten. Und in diesem Zusammenhang erwähnte sie

John Darrow. Darum denke ich, daß er irgendwie mit dem Buch zu tun hat.«

»Buch? Sie meinen, sie schrieb an einem neuen Stück?«

»Nein, nein, da haben Sie mich mißverstanden, Inspector. Abgesehen von einem Stück vor sechs Jahren und diesem neuen für Lord Stinhurst hat Joy nie Theaterstücke geschrieben. Sie schrieb Bücher. Früher hat sie als Journalistin gearbeitet, bis sie anfing, Dokumentationen zu schreiben. Immer über Verbrechen. Meistens Mordfälle. Wußten Sie das nicht?«

Meistens Mordfälle. Verbrechen. Natürlich. Lynley starrte den kleinen Recorder an und konnte kaum glauben, daß ihm jener Teil des Dreiecks Motiv – Mittel – Gelegenheit, der ihm noch gefehlt hatte, so leicht in die Hände fallen sollte. Aber nun hatte er, was er gesucht, was er zu finden gehofft hatte. Ein Motiv für den Mord. Noch unbestimmt, gewiß, aber die Details, ihm Substanz und Definition zu geben, würden sich finden. Und auch die Verbindung lieferte das Band mit Joys letzten Worten: »... Rhys fragen, wie ich ihn am besten anpacken soll. Er kann mit Menschen umgehen.«

Lynley schob die Gegenstände aus Joy Sinclairs Handtasche wieder in den Plastikbeutel. Er fühlte sich ermutigt und doch gleichzeitig voll Zorn über das, was in der vergangenen Nacht hier geschehen war, und tief bedrückt bei dem Gedanken an den Preis, den er persönlich würde zahlen müssen, wenn er der Gerechtigkeit zum Sieg verhelfen wollte.

An der Tür – Barbara Havers war schon draußen im Korridor – hielten Irene Sinclairs letzte Worte ihn noch einmal auf. Sie stand am Bett vor einer Wand mit unaufdringlicher Tapete, umgeben von hübschen Möbeln, in einem gemütlichen Zimmer, in dem nichts gewagt oder herausfordernd war. Sie wirkte wie gefangen darin.

»Die Streichhölzer, Inspector«, sagte sie. »Joy hat nicht geraucht.«

Marguerite Rintoul schaltete das Licht im Zimmer aus, nicht weil sie schlafen wollte; sie wußte, sie würde nicht schlafen können. Ein letzter Rest weiblicher Eitelkeit veranlaßte sie dazu. Die Dunkelheit verbarg die tausend Fältchen ihrer zerknitterten Haut. Im Dunkeln fühlte sie sich geborgen, geschützt vor dem Anblick der alten Frau mit den schlaffen Brüsten, dem schütter werdenden Haar, den von Altersflecken gesprenkelten Händen, die nichts mehr liebkosten.

Sie legte den Roman, in dem sie gelesen hatte, auf den Nachttisch. Selbst in der Dunkelheit konnte sie den kitschig aufdringlichen Umschlag, den banalen Titel erkennen. *Leidenschaft eines Sommers.* Nichts als Zeitverschwendung, sagte sie sich.

Sie sah zu ihrem Mann hinüber, der in einem Lehnstuhl am Fenster saß, versunken, wie es schien, in die Betrachtung der nächtlichen Landschaft, der Sterne, die hinter treibenden Wolken aufblitzten, das Spiel von Licht und Schatten auf dem unberührten Schnee. Er war voll angekleidet, geradeso wie sie selbst, die auf dem Bett saß, den Kopf angelehnt, eine Wolldecke über den ausgestreckten Beinen. Sie war keine drei Meter von ihm entfernt, und doch lag eine Kluft von fünfundzwanzig Jahren voll Geheimhaltung und Verleugnung zwischen ihnen. Es war Zeit, diese Trennung endlich zu überwinden.

Aber schon der Gedanke daran lähmte sie. Jedesmal, wenn sie meinte, dieser Atemzug jetzt trage endlich das erste erlösende Wort in sich, bäumte sich alles in ihr auf – ihre Erziehung, ihre Vergangenheit – und erstickte den Impuls. Konfrontationen dieser Art hatte sie nie gelernt.

Sie wußte, wenn sie jetzt mit ihrem Mann sprach, würde

sie alles riskieren; es war ein Vorstoß ins Unbekannte, der die Gefahr in sich barg, an der unüberwindlichen Mauer seines jahrzehntelangen Schweigens abzuprallen. Schon früher hatte sie zaghafte Schritte in diese Richtung gewagt, und sie wußte, wie wenig möglicherweise ihre Bemühungen fruchten, und sie wußte, wie tief ihr Scheitern sie bedrücken würde. Aber es war an der Zeit.

Sie schwang die Beine vom Bett. Plötzlicher Schwindel überkam sie, als sie aufstand, aber er verging rasch. Langsam ging sie durchs Zimmer und war sich dabei der Kälte im Raum und ihrer eigenen Beklemmung bewußt. In ihrem Mund war ein säuerlicher Geschmack.

»Stuart.« Stinhurst rührte sich nicht. Marguerite sprach mit Bedacht. »Du mußt mit Elizabeth sprechen. Du mußt ihr alles sagen. Du mußt.«

»Joy zufolge weiß sie es bereits. Genau wie Alec es wußte.«

Die letzten Worte fielen wie dumpfe Schläge und trafen sie, wie immer, mitten ins Herz. So deutlich konnte sie ihn noch vor sich sehen – lebendig und empfindsam und so schmerzlich jung noch, als ihn das schreckliche Ende getroffen hatte. Es ist doch nicht unsere Bestimmung, unsere Kinder zu überleben, dachte sie. Nicht Alec. Nicht jetzt. Sie hatte ihren Sohn geliebt, aber indem Stuart die Erinnerung an ihn heraufbeschwor – die immer noch offene Wunde berührte –, gelang es ihm jedesmal, einem unerfreulichen Gespräch ein Ende zu setzen. Es war ihm zur Taktik geworden, und es klappte stets. Aber heute abend nicht.

»Ja, sie weiß von Geoffrey. Aber sie weiß nicht alles. Sie hörte die Auseinandersetzung an jenem Abend, Stuart. Elizabeth hat mitbekommen, was damals los war.« Marguerite hielt inne in der Hoffnung auf irgendein Zeichen, durch das er ihr zu erkennen geben würde, daß sie ruhig fortfahren könne. Doch Stuart zeigte keine Reaktion. Sie sprach dennoch weiter. »Du hast heute morgen mit Francesca gesprochen, nicht wahr? Hat sie dir von dem Gespräch erzählt, das sie gestern abend nach der Lesung mit Elizabeth führte?«

»Nein.«

»Dann werde ich es tun, Stuart. Elizabeth hat dich damals, an dem Abend, weggehen sehen. Alec und Joy haben dich ebenfalls gesehen. Sie standen oben an einem Fenster und beobachteten alles.« Marguerites Stimme schwankte. Aber sie zwang sich weiterzusprechen. »Du weißt doch, wie Kinder sind. Sie sehen etwas, sie hören etwas, und den Rest erledigt die Phantasie. Stuart, Francesca sagte mir, daß Elizabeth glaubt, du hättest Geoffrey getötet. Offenbar glaubt sie das schon seit dem Abend – seit dem Abend, an dem es geschah.«

Stinhurst erwiderte nichts, und nichts veränderte sich an ihm; nicht sein Atem, nicht seine aufrechte Haltung, nicht das unbewegte Gesicht, das immer noch der Nacht draußen zugewandt war. Sie legte ihm zaghaft die Hand auf die Schulter. Er zuckte zusammen. Sie zog sie zurück.

»Bitte, Stuart.« Sie haßte sich für das Zittern in ihrer Stimme, aber sie konnte jetzt nicht mehr zurück. »Du mußt ihr die Wahrheit sagen. Seit fünfundzwanzig Jahren hält sie dich für einen Mörder. Du mußt ihr die Wahrheit sagen.«

Stuart sah sie nicht an. Seine Stimme war leise. »Nein.«

Sie konnte es nicht glauben.

»Aber du hast deinen Bruder nicht getötet. Du hast getan, was in deiner Macht stand –«

»Warum sollte ich die einzigen guten Erinnerungen zerstören, die Elizabeth besitzt? Sie hat so wenig. Laß ihr doch wenigstens das.«

»Auf Kosten ihrer Liebe zu dir? Nein! Das lasse ich nicht zu.«

»Doch.« Seine Stimme war unerbittlich, voll der Autorität, die keinen Widerspruch duldete und gegen die Marguerite sich niemals aufgelehnt hatte. Hätte sie sich aufgelehnt, so hätte sie damit aus der Rolle heraustreten müssen, die sie ihr Leben lang gespielt hatte. Tochter, Ehefrau, Mutter. Und sonst nichts.

»Geh zu Bett«, sagte ihr Mann. »Du bist müde. Du brauchst Schlaf.«

Und Marguerite tat wie immer das, was ihr gesagt wurde.

Es war zwei Uhr morgens, als Inspector Macaskin endlich abfuhr, nachdem er versprochen hatte, die Ergebnisse der Autopsie und der Laboruntersuchungen telefonisch durchzugeben, sobald sie vorlagen. Barbara Havers begleitete ihn hinaus und kehrte dann zu Lynley und St. James ins Wohnzimmer zurück. Die beiden Männer saßen am Tisch, vor sich ausgebreitet die Gegenstände aus Joy Sinclairs Handtasche. Und wieder lief das Tonband ab, wieder hörten sie Joy Sinclairs dunkle, ausdrucksstarke Stimme, die kurzen Anmerkungen, die Barbara längst auswendig kannte. Sie hatte das Gefühl, daß die Aufnahme inzwischen die Qualität eines wiederkehrenden Alptraums angenommen hatte, von dem Lynley wie besessen war. Nicht intuitive Gedankensprünge knüpften hier die Verbindungen, durch die das vage Bild von Verbrechen – Motiv – Täter erkennbare Form gewann. Vielmehr schienen ihr seine Folgerungen konstruiert zu sein, Ergebnis allein seiner Entschlossenheit, dort Schuld zu finden, wo man sie nur sehen konnte, wenn man den Fakten Gewalt antat. Zum erstenmal an diesem langen, zermürbenden Tag begann Barbara sich unbehaglich zu fühlen. In den langen Monaten ihrer Zusammenarbeit hatte sie allmählich erkannt, daß Lynley trotz all seines gesellschaftlichen Schliffs, seiner Kultiviertheit, seiner unverkennbaren Zugehörigkeit zur feinen englischen *upper class*, die sie so herzlich verachtete, der beste Inspector war, mit dem sie bisher zusammengearbeitet hatte. Doch seine Beweisführung in diesem Fall, das wußte sie intuitiv, war falsch, auf Sand gebaut. Sie setzte sich wieder an den Tisch und griff zerstreut nach dem Streichholzheftchen aus Joy Sinclairs Handtasche.

Es trug einen seltsamen Aufdruck, drei Worte nur, *Wine's the Plough*, und der Apostroph war als umgestürztes Bierglas dargestellt, aus dem Bier floß. Ganz nett, dachte Barbara, ein amüsantes Souvenir, das man einsteckt und vergißt. Doch sie wußte, es war nur eine Frage der Zeit, bis Lynley auch das Streichholzheftchen irgendwie in seine Beweisführung gegen Davies-Jones einarbeiten würde. Denn Irene Sinclair hatte ja gesagt, ihre Schwester habe nicht geraucht. Während Davies-Jones sogar ein starker Raucher war.

»Wir brauchen konkrete Beweise, Tommy«, sagte St. James. »Du weißt so gut wie ich, daß das alles reinste Mutmaßung ist. Selbst Davies-Jones' Abdrücke auf dem Schlüssel lassen sich durch Helens Aussage erklären.«

»Das ist mir klar«, antwortete Lynley. »Aber wir bekommen ja noch den gerichtsmedizinischen Befund aus Strathclyde.«

»Frühestens in einigen Tagen.«

Lynley sprach weiter, als hätte St. James nichts gesagt. »Für mich gibt es keinen Zweifel, daß sich da etwas Konkretes zeigen wird. Ein Haar, eine Faser. Wir wissen doch, daß es praktisch unmöglich ist, das perfekte Verbrechen zu begehen.«

»Trotzdem – wenn Davies-Jones früher am Abend in Joy Sinclairs Zimmer war – und Gowans Aussage zufolge war er das –, was hast du dann durch die Anwesenheit eines seiner Haare oder einer Faser von seinem Jackett in ihrem Zimmer gewonnen? Im übrigen ist der Tatort durch die Entfernung der Leiche sowieso für die Indiziensicherung wertlos. Wenn du mich fragst, kommen wir immer wieder auf das Motiv zurück. Das Beweismaterial reicht einfach nicht.«

»Darum fahre ich ja morgen nach Hampstead. Ich habe das Gefühl, daß da alles wartet, was uns noch fehlt – in Joy Sinclairs Wohnung.«

Barbara glaubte, ihren Ohren nicht zu trauen, als sie ihn das sagen hörte. Undenkbar, daß sie so bald schon wieder abreisen sollten. »Und Gowans Aussage, Sir? Haben Sie vergessen, was er uns zu sagen versuchte? Er sagte, er hätte irgend jemanden nicht gesehen. Und der einzige, von dem er mir vorher gesagt hatte, er hätte ihn gestern nacht gesehen, war Rhys Davies-Jones. Glauben Sie nicht, daß er mit seinen letzten Worten seine Aussage revidieren wollte?«

»Er hat den Satz nicht zu Ende gesprochen, Havers«, entgegnete Lynley. »Er sagte nur drei Worte, ›habe nicht gesehen‹. Wen hat er nicht gesehen? Oder was hat er nicht gesehen? Davies-Jones? Den Cognac, den er angeblich trug? Er glaubte, etwas in seinen Händen zu sehen, weil er aus der Bibliothek kam. Er glaubte, eine Flasche zu sehen. Oder ein Buch. Aber was, wenn er sich das alles nur einbildete? Was, wenn ihm später klar wurde, daß er etwas ganz anderes gesehen hatte, eine Mordwaffe zum Beispiel?«

»Oder was, wenn er Davies-Jones überhaupt nicht gesehen hat und uns das sagen wollte? Was, wenn er nur jemanden sah, der sich den Anschein gegeben hatte, Davies-Jones zu sein – indem er vielleicht seinen Mantel angezogen hatte? Es kann jeder beliebige gewesen sein.«

Lynley stand abrupt auf. »Wieso wollen Sie unbedingt nachweisen, daß der Mann unschuldig ist?«

Sein scharfer Ton verriet Barbara, in welche Richtung seine Gedanken gingen. »Warum wollen *Sie* unbedingt nachweisen, daß er schuldig ist?«

Lynley sammelte Joys Habseligkeiten wieder ein. »Ich

suche das Motiv, Havers. Das ist meine Aufgabe. Und ich glaube, das Motiv liegt in Hampstead. Seien Sie um halb neun fertig.«

Er steuerte auf die Tür zu. Mit einem Blick flehte Barbara St. James um Hilfe an, da sie sich nicht weiter vorwagen konnte.

»Hältst du es für richtig, schon morgen nach London zurückzukehren?« fragte St. James langsam. »Bei der Leichenschau –«

Lynley hatte die Tür schon geöffnet, als er sich noch einmal umdrehte. Die Schatten aus der Halle verdunkelten sein Gesicht. »Hier in Schottland können Havers und ich nicht als sachverständige Zeugen vernommen werden. Macaskin wird das erledigen. Und was die anderen angeht, so lassen wir uns ihre Adressen geben. Sie werden gewiß nicht außer Landes gehen, wenn ihre ganze Existenz vom Londoner Theater abhängt.«

Damit war er verschwunden. Barbara war entsetzt. »Das kann ihn den Kopf kosten. Können Sie ihn nicht aufhalten?«

»Ich kann nur versuchen, vernünftig mit ihm zu sprechen, Barbara. Aber Tommy ist kein Narr. Er hat einen scharfen Instinkt. Wenn er das Gefühl hat, auf einer Spur zu sein, können wir nur abwarten, was er entdeckt.«

St. James' Versicherungen konnten Barbara nicht beruhigen. »Kann Webberly ihn dafür rausschmeißen?«

»Das wird wohl davon abhängen, wie die Ergebnisse sind.«

Die vorsichtige Antwort sagte ihr alles. »Sie glauben auch, daß er sich täuscht, nicht wahr? Sie glauben auch, daß es Lord Stinhurst war. Herrgott noch mal, was ist nur mit ihm los, Simon?«

St. James nahm die Whiskyflasche. »Helen«, sagte er kurz.

Mit dem Schlüssel in der Hand zögerte Lynley vor Helens Zimmertür. Es war halb drei. Sie schlief gewiß schon. Sein Eindringen würde störend und unwillkommen sein. Aber er mußte sie sprechen. Und er machte sich über den Grund seines Besuchs nichts vor. Mit seiner Arbeit als Polizeibeamter hatte es nichts zu tun. Er klopfte einmal, sperrte auf und trat ein.

Helen war auf, kam durchs Zimmer zur Tür, blieb jedoch abrupt stehen, als sie ihn sah. Er schloß die Tür. Zunächst sagte er kein Wort, nahm nur die Details wahr und versuchte zu begreifen, was sie zu bedeuten hatten.

Ihr Bett war unberührt, die gelbweiße Tagesdecke bis über das Kopfkissen hochgezogen. Ihre Schuhe, schmale schwarze Pumps, standen daneben auf dem Boden. Sie waren das einzige, was sie abgelegt hatte, außer ihrem Schmuck: Goldene Ohrringe, ein dünnes Kettchen und ein filigranes Armband lagen auf dem Nachttisch. Sonst war nichts zu bemerken in diesem Zimmer, das ähnlich den anderen mit einem Schrank, zwei Sesseln und einem Toilettentisch möbliert war, in dessen Spiegel sie beide zu sehen waren, vorsichtig abwartend wie zwei Feinde, die unerwartet aufeinandergestoßen sind und weder die Kraft noch den Willen besitzen, sich erneut zu schlagen.

Lynley ging an ihr vorbei zum Fenster. Der Westflügel des Hauses lag langgestreckt in der Finsternis, hier und dort markiert von einem schmalen Lichtschimmer, wo Vorhänge nicht ganz zugezogen waren, wo andere, wie Helen, auf den Morgen warteten. Er schloß die Vorhänge.

»Was tust du?« Ihre Stimme war vorsichtig.

»Es ist viel zu kalt hier, Helen.« Er berührte den Heizkörper, der nur lauwarm war, und ging zur Tür hinaus, um mit dem jungen Constable zu sprechen, der am Ende der Treppe postiert war. »Würden Sie mal nachsehen, ob es irgendwo einen elektrischen Heizofen gibt?« fragte er ihn.

Als der Mann nickte, schloß er die Tür wieder und drehte sich Helen zu. Der Abstand zwischen ihnen schien ungeheuer groß. Feindseligkeit lag dumpf in der Luft.

»Warum hast du mich hier eingesperrt, Tommy? Glaubst du, ich könnte jemandem etwas antun?«

»Natürlich nicht. Alle sind eingeschlossen. Morgen ist es vorbei.«

Auf dem Boden neben einem der Sessel lag ein Buch. Lynley hob es auf. Es war ein Kriminalroman, wie er sah, mit Helens typischen, eigenwilligen Anmerkungen am Seitenrand: Pfeile und Ausrufezeichen, Unterstreichungen und kurze Kommentare. Sie war immer wild entschlossen, jedem Autor nachzuweisen, daß er sie nicht an der Nase herumführen, daß sie jedes auch noch so verzwickte Rätsel vor ihm lösen konnte. Lynley bekam seit bald zehn Jahren getreulich all ihre eselsohrigen Krimis geschenkt. »Lies das, Tommy, mein Schatz. Du kommst nie dahinter.«

Die Erinnerung besaß eine solche Kraft, daß der Schmerz ihn schüttelte. Er fühlte sich untröstbar und zutiefst allein. Und das, was er ihr zu sagen gekommen war, würde die Situation zwischen ihnen nur verschlimmern. Aber er wußte, daß er mit ihr sprechen mußte, koste es, was es wolle.

»Helen, ich kann nicht mitansehen, was du dir antust. Du versuchst deine Geschichte mit St. James neu aufzurollen und zu einem anderen Ende zu bringen. Ich kann das nicht zulassen.«

»Ich weiß nicht, wovon du redest. Das alles hat mit Simon nichts zu tun.« Helen blieb stehen, wo sie war, auf der anderen Seite des Zimmers, weit entfernt von ihm.

Lynley glaubte, an ihrem Hals, dort, wo der Kragen ihrer Bluse sich rundete, einen kleinen Fleck zu sehen. Aber als sie den Kopf bewegte, verschwand der Fleck, eine Täuschung, Produkt seiner unglücklichen Phantasie.

»Doch«, widersprach er. »Oder ist dir nicht aufgefallen,

wie ähnlich er St. James ist? Bis zu seinem Leiden hin, nur ist es bei ihm eben Alkoholismus, und du wirst ihn diesmal nicht im Stich lassen, nicht wahr? Du wirst nicht dankbar gehen, wenn er dich wegschicken will.«

Helen wandte sich von ihm ab. Sie öffnete den Mund und schloß ihn wieder. Er sah, daß sie bereit war, ihm diese Momente der Züchtigung zuzugestehen, ohne sich zu wehren. Seine Strafe würde darin bestehen, niemals zu wissen, niemals wirklich zu begreifen, was sie zu Davies-Jones hingezogen hatte, sich mit Vermutungen begnügen zu müssen, die sie niemals bestätigen würde. Dennoch wünschte er sich, sie berühren zu können, nur einen Augenblick lang ihre Wärme spüren zu dürfen.

»Ich kenne dich, Helen. Und ich weiß, was Schuld ist. Wer könnte es besser wissen als ich? Ich trage die Schuld daran, daß St. James heute kein gesunder Mensch mehr ist. Aber du glaubtest immer, dein Vergehen sei das schlimmere, nicht wahr? Weil du damals tief im Innern erleichtert warst, als er eure Verlobung löste. Weil du nicht mehr einem Leben an der Seite eines Mannes ins Auge sehen mußtest, der all jene Dinge, die damals so ungeheuer wichtig erschienen, nicht mehr würde tun können. Skilaufen, schwimmen, tanzen, wandern, sich amüsieren.«

»Hör auf!« Ihre Stimme war nur ein Flüstern. Als sie ihn ansah, war ihr Gesicht weiß. Es war eine Warnung. Er ignorierte sie. Er mußte einfach weitersprechen.

»Zehn Jahre lang hast du dich dafür geprügelt, St. James verlassen zu haben. Und jetzt siehst du eine Chance, alles wiedergutzumachen: daß du ihn allein zur Rekonvaleszenz in die Schweiz fahren ließest, daß du flohst, als er dich brauchte; daß du vor einer Ehe zurückschrecktest, die ein hohes Maß an Verantwortung und Pflichtgefühl von dir verlangt hätte. Davies-Jones soll dir die Erlösung bringen, nicht wahr? Du willst ihn retten, so wie du glaubst, du hättest St. James retten können. Und dann kannst du dir selbst endlich verzeihen. So ist es doch, nicht wahr?«

»Es reicht«, sagte sie starr.

»Das finde ich nicht.« Lynley suchte nach Worten, die ihren Panzer durchdringen würden. »Wenn man ein bißchen tiefer schürft, hat er nämlich gar nichts mit St. James gemeinsam. Bitte, hör mich an, Helen. Du kennst Davies-Jones noch nicht lange. Er ist nicht wie St. James ein Mann, den du seit deinem achtzehnten Geburtstag kennst, beinahe so gut wie dich selbst. Er ist dir noch immer relativ fremd, du kannst ihn gar nicht wirklich kennen.«

»Ein Mörder, meinst du?«

»Ja. Wenn du willst.«

Sie zuckte vor der Leichtigkeit seiner Antwort zurück, doch innere Leidenschaft gab ihr Kraft. Gesicht und Hals spannten sich.

»Und ich bin zu blind vor Liebe oder Reue oder Schuldgefühl oder sonst was, um zu erkennen, was dir klar ist?« Mit einer heftigen Bewegung, die alles einschloß, das Haus, ihr früheres Zimmer und das, was darin geschehen war, wies sie zur Tür. »Kannst du mir vielleicht sagen, wann er diesen Mord inszeniert haben soll? Er ist gleich nach der Lesung aus dem Haus gegangen und kam erst um eins zurück.«

»Seiner eigenen Behauptung zufolge.«

»Du sagst, er habe mich belogen, Tommy. Aber ich weiß, daß er das nicht getan hat. Ich weiß, daß er lange Wanderungen macht, wenn er das Verlangen hat zu trinken. Das hat er mir schon in London erzählt. Ich bin sogar mit ihm zum Loch hinuntergegangen, nachdem er den Streit zwischen Joy Sinclair und Gabriel gestern nachmittag abgebrochen hatte.«

»Und du siehst nicht, wie schlau das war? Daß das alles nur inszeniert wurde, damit du ihm glauben würdest, wenn er später behauptete, auch nach der Lesung spazieren gewesen zu sein? Er brauchte deine Anteilnahme, Helen, damit du ihm gestatten würdest, in deinem Zimmer zu bleiben. Hätte er sich etwas Besseres ausdenken können, um sie zu bekommen, als zu sagen, er wäre draußen herumgelaufen, um seine Sucht zu bekämpfen.«

»Du verlangst von mir allen Ernstes zu glauben, daß Rhys seine Cousine tötete, während ich nebenan schlief, und dann in mein Zimmer zurückkam und sich in mein Bett legte? Das ist absurd.«

»Wieso?«

»Weil ich ihn kenne.«

»Du hast mit ihm geschlafen, Helen. Ich denke, du stimmst mit mir darin überein, daß weit mehr dazu gehört, einen Mann zu kennen, als ein paar heiße Stunden mit ihm im Bett zu verbringen, mögen sie auch noch so angenehm sein.«

Ihre dunklen Augen verrieten, wie sehr er sie verletzt hatte. Als sie wieder sprach, war ihr Ton voller Ironie. »Du weißt deine Worte zu wählen. Gratuliere. Sie tun weh.«

»Ich will dir nicht weh tun, und ich möchte verhindern, daß dir weh getan wird! Kannst du das denn nicht verstehen? Siehst du nicht, daß ich dir Kummer ersparen will? Was geschehen ist, tut mir leid. Wie ich mich dir gegenüber verhalten habe, tut mir leid. Aber das ändert nichts an den Tatsachen. Davies-Jones benützte dich, um sich zu ihrem Zimmer Zugang zu verschaffen. Und er benützte dich ein zweites Mal, nachdem er heute morgen Gowan getötet hatte. Und er wird dich weiter benützen. Aber das werde ich nicht zulassen. Ich werde es verhindern, ob du mir dabei hilfst oder nicht.«

Sie griff sich an den Hals. »Ich dir helfen? Lieber Gott, lieber sterbe ich.«

Ihre Worte und die Bitterkeit ihres Tons trafen Lynley

wie ein Schlag. Er hätte vielleicht geantwortet, doch er wurde einer Antwort durch den Constable enthoben, dem es gelungen war, einen kleinen Heizlüfter aufzutreiben, der ihr bis zum Morgen wenigstens ein bißchen Wärme spenden würde.

9

Barbara Havers blieb in der breiten Auffahrt stehen. In der Nacht hatte es wieder geschneit, zwar nur leicht, doch genug, um einen Spaziergang durch den Park feucht, kalt und unangenehm zu machen. Dennoch war sie nach einer fast schlaflosen Nacht kurz nach Tagesanbruch aufgestanden und losgegangen, durch den frischen Schnee gestapft, um den Konflikt zu klären, der sie quälte.

Die Logik sagte Barbara, daß sie in erster Linie New Scotland Yard verpflichtet war. Wenn sie sich jetzt an die Vorschriften und die Dienstordnung hielt, würde das die Wahrscheinlichkeit erhöhen, daß sie das nächste Mal, wenn die Stelle eines Inspectors frei wurde, befördert werden würde. Sie hatte erst vor kurzem die Prüfung gemacht – sie war sicher, sie diesmal bestanden zu haben –, und bei den letzten vier Fortbildungskursen hatte sie mit den besten Noten abgeschlossen. Die Zeit war also reif für eine Beförderung, wenn sie sich nur in dieser Sache hier klug verhielt.

Thomas Lynley war es, der alles so schwierig machte. Barbara hatte praktisch jede Arbeitsstunde der letzten fünfzehn Monate mit ihm zusammen verbracht und war sich deshalb der Qualitäten, die ihn zu einem hervorragenden Polizisten machten, wohl bewußt. Er besaß eine schnelle Auffassungsgabe und ein scharfes Gespür, er war menschlich und humorvoll, ein Mann, der bei seinen Kollegen beliebt war und das Vertrauen Superintendent Webberlys genoß. Barbara wußte, daß sie sich glücklich schätzen konnte, mit ihm zusammenarbeiten zu dürfen. Er duldete ihre Launen, hörte sich mit beinahe stoischer Ruhe ihre Zornausbrüche an, selbst wenn sie gegen ihn persönlich gerichtet waren, und ermutigte sie dennoch, kritisch und selbständig zu denken, ihre eigene Meinung zu äußern und nicht damit hinter dem Berg zu halten, wenn sie die Dinge anders sah als er. Nie hatte sie einen verständnisvolleren Vorgesetzten gehabt, und sie stand nicht nur beruflich, sondern auch persönlich tief in seiner Schuld.

Jetzt mußte sie entscheiden, was ihr wichtiger war, Lynley oder ihre berufliche Karriere. Bei ihrer morgendlichen Wanderung durch den Wald nämlich war sie ganz zufällig auf etwas gestoßen, daß ihrer Meinung nach unzweifelhaft zur Geschichte des Falles gehörte, den sie hier zu klären versuchten. Und nun mußte sie entscheiden, was sie mit dieser Entdeckung anfangen wollte. Mehr noch – ganz gleich, wie sie sich entschied, sie mußte sich über die Tragweite ihrer Entscheidung völlig im klaren sein.

Die Luft biß vor Kälte. Barbara spürte es in Nase und Hals, in den Ohren und Augen. Dennoch atmete sie mehrmals tief durch, die Augen gegen das grelle Licht des sonnenfunkelnden Schnees zusammengekniffen, ehe sie weiterging, an einer Stufe der breiten Steintreppe ihre Schuhe abklopfte und in die große Empfangshalle von Westerbrae trat.

Es war fast acht. Das Haus war aufgewacht. Von oben hörte sie Schritte, Schlüsselknirschen, das Klappern von Türen. Der Geruch von gebratenem Schinken und dampfendem Kaffee verlieh dem Morgen einen Anschein heimeliger Alltäglichkeit – als wären die Ereignisse der vergangenen zweiunddreißig Stunden nur Teil eines langen Alptraums gewesen –, und aus dem Salon kam gedämpftes Stimmengemurmel. Als Barbara hineinging, fand sie dort Helen und St. James an einem Tisch in der Morgensonne beim Kaffee. Sie waren allein. Während Barbara noch an der Tür stand, sah sie, wie St. James kurz den Kopf schüttelte und einen Moment lang seine Hand auf Helens Schulter legte. Es war eine sehr behutsame Geste des Verständnisses und der Freundschaft, und Barbara schoß bei diesem Anblick der Gedanke durch den Kopf, wie leicht es doch war, eine Entscheidung zu treffen. Es gab überhaupt keine Wahl zwischen Lynley und ihrer Karriere. Ohne ihn gab es für sie keine Karriere. Sie ging durch das Zimmer an den Tisch.

Helen und St. James sahen aus, als hätten sie eine unruhige Nacht hinter sich. Die Linien in St. James' Gesicht waren schärfer als gewöhnlich, und Helens feine Haut sah beinahe durchsichtig aus.

»Würden Sie mal mit mir rauskommen?« fragte sie die beiden. »Ich habe im Wald was entdeckt und glaube, Sie sollten es sich ansehen.«

St. James' Miene verriet, daß er sich außerstande sah, bei dem Schnee vor die Tür zu gehen, doch Barbara versuchte eilig seine Zweifel zu zerstreuen.

»Es gibt einen gepflasterten Weg. Und im Wald hab ich den Schnee glatt getrampelt. Es sind nur ungefähr sechzig Meter.«

»Was haben Sie denn dort gefunden?« fragte Helen.

»Ein Grab«, antwortete Barbara.

Südlich des Wegs, der um das Gutshaus herumführte, war Wald angepflanzt worden. Bäume wären in dieser kargen Moorgegend Schottlands nicht von selbst gewachsen: Eichen, Buchen und Walnußbäume mit Fichten und Föhren gemischt. Ein schmaler Pfad, dessen Lauf durch gelbe Kreise an den Baumstämmen gekennzeichnet war, führte zwischen ihnen hindurch.

Der schwere, feuchte Schnee hüllte den Wald in eine tiefe Stille. Kein Windhauch regte sich, und wenn hin und wieder das Brummen eines Motors in der Ferne zu hören war, so verklang es rasch, und nichts blieb danach als das rastlose Plätschern des Wassers, das zu ihrer Linken vom etwa zwanzig Meter hangabwärts gelegenen Loch heraufdrang. Es war nicht leicht, vorwärts zu kommen, trotz des primitiven Pfads, den Barbara getreten hatte. Der Schnee war tief, der Boden weich und uneben, schwer zu bewältigen für einen Mann, der auf glattem trockenen Boden Mühe genug hatte.

Sie brauchten eine Viertelstunde für eine Strecke, die Barbara alleine in vier Minuten zurückgelegt hatte, und obwohl Helen St. James stützte, war sein Gesicht von der Anstrengung gekennzeichnet, als Barbara sie endlich vom Hauptweg auf eine Abzweigung führte, die unter den Bäumen hindurch sachte zu einer kleinen Anhöhe anstieg. Im Sommer hätte dichtes Laub wahrscheinlich sowohl den kleinen Hügel als auch den Fußpfad verborgen. Jetzt aber waren Büsche und Bäume kahl und gaben den Zugang zu dem Hügel frei. Es war ein Fleck von vielleicht fünfzig Quadratmetern, von einem rostigen Eisengitter eingefaßt.

»Das sieht ja aus wie ein kleiner Friedhof«, sagte Helen. »Ist hier in der Nähe eine Kirche?«

Barbara wies nach Süden. »Ein Stück weiter am Hauptweg sind eine Kapelle und eine Familiengruft. Und gleich darunter, am Loch, ist ein alter Bootssteg. Sie sind anscheinend mit Booten zu ihren Beerdigungen gefahren.«

»Wie die Wikinger«, bemerkte St. James zerstreut. »Und was ist das hier, Barbara?« Er stieß das eiserne Törchen auf und blickte auf die Fußspuren im Schnee.

»Das war ich«, erklärte Barbara. »Ich war schon bei der Kapelle gewesen und hatte mich dort umgesehen. Als ich dann auf dem Rückweg das hier entdeckte, wurde ich neugierig. Sehen Sie es sich selbst an. Sagen Sie mir, was Sie davon halten.«

Während Barbara am Tor wartete, gingen St. James und Helen durch den knirschenden Schnee langsam zu dem Grabstein hinauf, der wie ein einsamer grauer Wachposten unter einer ausladenden, kahlen Ulme stand. Es war kein sehr alter Stein, gewiß nicht so alt wie jene in den zahllosen langsam verfallenden Friedhöfen des Landes. Doch er war ebenso verlassen. Flechten hatten sich in den wenigen eingemeißelten Worten festgesetzt, und St. James vermutete, daß das Grab selbst im Sommer wahrscheinlich von Pferdekümmel und anderem Unkraut überwuchert war. Die Worte auf dem Stein waren noch gut zu lesen, nur wenig angegriffen von der Witterung.

Geoffrey Rintoul, Viscount Corleagh

1914–1963

Stumm betrachteten sie das einsame Grab. Schnee löste sich von einem der Äste darüber und stob auf dem Stein auseinander.

»Ist das Lord Stinhursts älterer Bruder?« fragte Helen.

»Sieht so aus«, antwortete Barbara. »Sonderbar, finden Sie nicht?«

»Warum?« St. James' Blick schweifte über das kleine Stück Land, auf der Suche nach anderen Gräbern. Umsonst.

»Weil der Sitz der Familie in Somerset ist«, antwortete Barbara.

»Das ist richtig.« St. James wußte, daß Barbara Havers ihn nicht aus den Augen ließ, daß sie von seinem Gesicht abzulesen versuchte, was Lynley ihm über sein Gespräch mit Stinhurst berichtet hatte.

»Wieso ist Geoffrey dann hier begraben?« fragte sie. »Warum liegt er nicht in Somerset?«

»Ich glaube, er ist hier gestorben«, antwortete St. James.

»Sie wissen doch besser als ich, daß der alte Adel seine Angehörigen in der Familiengruft bestattet, Simon. Warum wurde Geoffrey Rintoul nicht nach Somerset gebracht? Oder«, fuhr sie fort, ehe er etwas sagen konnte, »falls Sie jetzt sagen wollen, daß das vielleicht nicht möglich war, warum wurde er nicht im Familiengrab der Gerrards bestattet, das nur ein paar hundert Meter weiter ist?«

St. James setzte seine Worte vorsichtig. »Vielleicht war das hier ein Lieblingsplatz von ihm, Barbara. Es ist ein sehr friedlicher Ort und im Sommer sicher sehr schön. Ich kann mir nicht vorstellen, daß es mehr zu bedeuten hat.«

»Auch nicht, wenn man bedenkt, daß Geoffrey Rintoul Stinhursts älterer Bruder war, der rechtmäßige Erbe des Titels?«

St. James zog skeptisch die Brauen hoch. »Sie wollen doch nicht unterstellen, daß Lord Stinhurst seinen Bruder ermordete, um selbst den Titel tragen zu können? Dann wäre es nämlich weit klüger gewesen – ich meine, wenn er einen Mord hätte vertuschen wollen –, seinen Bruder nach Hause zu bringen und mit allem gebührenden Pomp in Somerset zu Grabe zu tragen.«

Helen, die dem Gespräch bis jetzt schweigend zugehört hatte, sagte unvermittelt: »Aber irgend etwas stimmt hier wirklich nicht, Simon. Phillip Gerrard – Francesca Gerrards verstorbener Mann – ist auch nicht in der Familiengruft beerdigt. Er liegt auf einer kleinen Insel im Loch, nicht weit vom Ufer entfernt. Ich habe sie kurz nach meiner Ankunft vom Fenster aus gesehen, und als ich zu Mary Agnes eine Bemerkung über das skurrile Grabmal machte, das auf der Insel steht, erzählte sie mir, daß Francescas Mann unbedingt auf der Insel begraben werden wollte. Unbedingt, Simon. Er hatte es extra in seinem Testament festgelegt.«

»Na bitte«, warf Barbara ein. »Da ist eindeutig was nicht koscher. Und Sie können mir nicht weismachen, daß dies hier eine Familiengruft der Rintouls ist. Hier liegt kein weiterer Rintoul begraben. Außerdem sind die Rintouls nicht mal Schotten. Warum sollten sie einen aus ihrer Familie hier begraben, wenn nicht –«

»... eine Notwendigkeit dazu bestand«, murmelte Helen.

»Irgendein zwingender Grund«, sagte Barbara und sah St. James scharf in die Augen. »Inspector Lynley hat Ihnen von seinem Gespräch mit Lord Stinhurst erzählt, nicht wahr? Er hat Ihnen alles berichtet, was Stinhurst sagte. Was geht da vor?«

Einen Moment lang erwog St. James, Barbara Havers mit einer Lüge abzuspeisen. Er erwog auch, ihr brutal die Wahrheit zu sagen: daß das, was Lynley ihm im Vertrauen mitgeteilt hatte, sie überhaupt nichts anging. Aber er ahnte, daß sie ihn nicht hier herausgeschleppt hatte, weil sie unbedingt Stuart Rintouls Schuld an den Ereignissen der vergangenen beiden Tage nachweisen wollte. Da hätte sie gleich Lynley selbst zu diesem einsamen Grab führen können. Die Tatsache, daß sie das nicht getan hatte, legte zwei Möglichkeiten nahe. Entweder war sie dabei, auf eigene Faust Beweise zu sammeln, um vor ihren Vorgesetzten in New Scotland Yard gut dazustehen und Lynley eins auszuwischen, oder sie suchte seine – St. James' – Hilfe, um Lynley vor einem schwerwiegenden Fehler zu bewahren.

Sie wandte ihm den Rücken zu und ging. »Lassen Sie. Ich hätte das nicht fragen sollen. Sie sind sein Freund, Simon. Ganz natürlich, daß er mit Ihnen gesprochen hat.« Sie zog sich die Wollmütze mit einer so heftigen Bewegung in die Stirn, daß sie ihr fast über die Augen rutschte, und blickte trübe zum kleinen See hinunter.

St. James fand, sie verdiene die Wahrheit. Sie verdiente Vertrauen und die Gelegenheit, sich dieses Vertrauens würdig zu erweisen. Er erzählte ihr Lord Stinhursts Geschichte, so wie er sie von Lynley gehört hatte.

Barbara Havers hörte schweigend zu, zupfte nur ab und zu zerstreut an dem Gestrüpp, das sich am Gitter hochgerankt hatte. Als St. James zum Ende gekommen war, stellte sie nur eine Frage.

»Glauben Sie das?«

»Ich kann mir nicht vorstellen, warum ein Mann in Lord Stinhursts Position seine Frau verleumden sollte. Auch nicht«, fügte er hinzu, als er sah, daß Barbara sprechen wollte, »um die eigene Haut zu retten.«

»Zu nobel, meinen Sie?« Ihr Ton war schneidend.

»Keineswegs. Zu stolz.«

»Aber wenn es wirklich, wie Sie sagen, eine Sache des Stolzes ist, wenn es ihm darum ging, den Schein zu wahren, hätte er dann nicht den Schein in jeder Hinsicht gewahrt?«

»Wie meinen Sie das?«

»Wenn Lord Stinhurst vorgeben wollte«, warf Helen ein, »daß alles völlig in Ordnung sei, hätte er dann nicht die Leiche seines Bruders nach Somerset überführen lassen? Das wäre doch – jedenfalls auf lange Sicht – weit weniger schmerzlich gewesen, als die nächsten sechsunddreißig Jahre die Ehe mit einer Frau aufrechtzuerhalten, die ihn mit seinem eigenen Bruder betrogen hatte.«

Der Einwand war von einer praktischen Logik, die für Helen typisch war. St. James mußte es sich eingestehen, auch wenn er es nicht laut sagte. Barbara Havers las ihm seine Gedanken vom Gesicht ab.

»Bitte, helfen Sie mir, dieser Sache auf den Grund zu kommen«, sagte sie eindringlich. »Simon, ich bin felsenfest überzeugt, bei den Rintouls liegt irgendwo eine dicke Leiche im Keller, und meiner Meinung nach hat man Inspector Lynley den Spaten in die Hand gedrückt, um sie zu vergraben. Vielleicht war's der Yard. Ich weiß es nicht.«

St. James zögerte bei dem Gedanken an die Schwierigkeiten, in die er sich selbst bringen würde – auf der Kippe zwischen Lynleys Vertrauen und Barbara Havers' festem Glauben an Stinhursts Schuld –, wenn er einwilligte, ihr zu helfen. »Es wird nicht leicht werden. Wenn Tommy dahinterkommt, daß Sie Ihre eigenen Wege gegangen sind, Barbara, wird der Teufel los sein. Gehorsamsverweigerung nennt man so was.«

»Dann sind Sie bei der Kripo erledigt«, fügte Helen hinzu, »und landen wieder im Streifenwagen.«

»Glauben Sie, das weiß ich nicht?« Barbaras Gesicht war blaß, aber entschlossen. »Und wer ist erledigt, wenn hier tatsächlich die große Vertuschung stattfindet? Und wenn das durch irgendeinen Reporter – jemanden wie Jeremy Vinney zum Beispiel – ans Licht kommt? Wenn ich diejenige bin, die Stinhurst unter die Lupe nimmt, ist der Inspector wenigstens gedeckt. Jeder Außenstehende muß annehmen, er hätte mir den Auftrag gegeben.«

»Tommy bedeutet Ihnen etwas, nicht wahr?«

Barbara wandte sich hastig ab bei Helens plötzlicher Frage. »Die meiste Zeit geht mir der gezierte Lackaffe fürchterlich auf die Nerven«, antwortete sie. »Aber wenn er schon fliegen muß, dann bestimmt nicht wegen eines Kerls wie Stinhurst.«

St. James mußte lächeln über ihren Grimm. »Ich helfe Ihnen«, sagte er. »Ganz gleich, was dabei herauskommt.«

Obwohl sich auf dem breiten Walnußbuffet die dampfenden Warmhalteschüsseln drängten, aus denen verlockende Frühstücksdüfte aufstiegen, war nur eine Person im Speisezimmer, als Lynley eintrat. Elizabeth Rintoul saß mit dem Rücken zur Tür und drehte sich, anscheinend völlig gleichgültig gegen den Klang seiner Schritte, nicht einmal um, als er hereinkam. Sie saß völlig starr und schob geistesabwesend ein Stück gebratenen Schinken auf ihrem Teller hin und her, grüßte nicht einmal, als Lynley mit einer Tasse Kaffee und einer Scheibe Toast an den Tisch trat.

Sie war bereits für die Rückreise nach London gekleidet, so unvorteilhaft und nachlässig wie am Abend zuvor. Der schwarze Rock und der graue Pullover waren übergroß, und am Knöchel ihrer schwarzen Strümpfe war der Beginn einer kleinen Laufmasche, die gewiß im Laufe des Tages immer höher klettern würde. Über ihrer Stuhllehne hing ein mitternachtsblaues, bodenlanges Cape, ein altmodisches Kleidungsstück, das sich für dramatische Posen auf der Bühne geeignet hätte. Zu Elizabeth, so wie sie sich bis jetzt dargestellt hatte, paßte es überhaupt nicht.

Daß sie nicht erpicht war auf Lynley Gesellschaft, zeigte sich augenblicklich, als er sich setzte. Mit steinerner Miene schob sie ihren Stuhl zurück und machte Anstalten aufzustehen.

»Ich habe gehört, daß Ihr Bruder Alec mit Joy Sinclair verlobt war«, bemerkte Lynley, als hätte er den Aufbruchsversuch nicht wahrgenommen.

Sie hob den Blick nicht vom Teller. Aber sie setzte sich wieder und schickte sich an, den Schinken in kleine Stücke zu zerschneiden, ohne eines davon zu essen. Ihre Hände waren ungewöhnlich groß, selbst für eine Frau ihrer Statur, die Handgelenke grobknochig, von langen Kratzern durchzogen, die mehrere Tage alt zu sein schienen.

»Meine Katzen.« Elizabeths Stimme war mürrisch. Lynley gab keine Antwort auf die abwehrende Bemerkung, und sie fügte hinzu: »Sie haben meine Hände gesehen. Die Kratzer stammen von meinen Katzen. Sie mögen es nicht, wenn man sie bei der Paarung stört. Aber ich finde, gewisse Dinge müssen sich nicht gerade auf meinem Bett abspielen.«

Es war eine doppeldeutige Bemerkung, unbeabsichtigt verräterisch. Lynley hätte interessiert, was ein Analytiker damit angefangen hätte.

»Hätte es sie gefreut, wenn Joy Ihren Bruder geheiratet hätte?«

»Das spielt doch wohl jetzt keine Rolle mehr? Alec ist seit langem tot.«

»Wie hat sie ihn kennengelernt?«

»Joy und ich waren zusammen im Internat. Sie kam manchmal in den Ferien mit zu uns nach Hause. Und dann war Alec auch da.«

»Und sie mochten sich?«

Bei dieser Frage hob Elizabeth den Kopf. Ihr Gesicht war völlig ohne Ausdruck. Es sah aus wie eine ungeschickt gemalte Maske. »Alle Männer mochten Joy, Inspector. Sie war ein umschwärmtes Mädchen, und Alec war nur einer von den Verehrern, die vor ihrer Tür Schlange standen.«

»Aber ihn scheint sie doch viel ernster genommen zu haben als die anderen.«

»Natürlich. Das ist doch verständlich. Alec beteuerte ihr seine Liebe so oft, daß er ihr wie der perfekte Trottel erscheinen mußte, und gleichzeitig tat es natürlich ihrer Eitelkeit unheimlich gut. Und wie viele von den anderen hätten ihr die Aussicht bieten können, eines Tages Countess zu werden?« Elizabeth begann, die Schinkenstücke auf ihrem Teller zu einem Muster zu arrangieren.

»Hat Joy Sinclairs Beziehung zu Ihrem Bruder Ihre Freundschaft mit ihr belastet?«

Ihr kurzes Auflachen war wie ein zorniger Windstoß. »Unsere Freundschaft stand und fiel mit Alec, Inspector. Nach seinem Tod hatte ich meinen Zweck für Joy erfüllt. Ich sah sie nur noch einmal bei der Messe für Alec. Dann verschwand sie aus meinem Leben.«

»Bis zu diesem Wochenende.«

»Richtig. Bis zu diesem Wochenende. Derart war unsere Freundschaft.«

»Reisen Sie häufig mit Ihren Eltern zu solchen Vorbereitungstreffen für eine neue Produktion?«

»Keineswegs. Aber ich habe meine Tante sehr gern. Ich wollte sie wieder einmal sehen. Darum bin ich mitgefahren.« Ein unangenehmes Lächeln umspielte flüchtig Elizabeths Mund. »Natürlich fielen auch die Pläne meiner Mutter ins Gewicht. Sie hätte mich so gern glücklich vereint mit Jeremy Vinney gesehen. Und ich wollte sie nicht enttäuschen, da sie doch so inbrünstig darauf hoffte, daß dieses Wochenende endlich das Blümchen Unschuld gepflückt werden würde, falls Sie dieses Bild nicht zu übertrieben finden.«

Lynley ignorierte die Anspielung. »Vinney kennt Ihre Familie wohl schon lang?« meinte er.

»Lang? Meinen Vater kennt er seit einer Ewigkeit. Vor Jahren spielte er noch selbst Theater, in der Provinz, und bildete sich ein, der neue Olivier zu sein, aber mein Vater raubte ihm seine Illusionen. Daraufhin wechselte Vinney zum Journalismus, und da ist er geblieben und befriedigt seine gekränkte Eitelkeit mit Verrissen. Aber das neue Stück – das lag meinem Vater sehr am Herzen. Schon wegen der Neueröffnung des Agincourt. Ich vermute, meine Eltern wollten mich hier haben, um für eine gute Besprechung zu sorgen. Sie verstehen, was ich meine, nur für den Fall, daß Vinney auf eine – wie soll ich sagen – nicht unbedingt verlockende Bestechung eingehen würde.« Sie strich sich mit einer Hand ungeschickt über den Körper. »Ich gegen eine gute Besprechung in der *Times*. Damit wäre meinen Eltern geholfen gewesen. Für meine Mutter hätte sich endlich der Wunsch erfüllt, mich an den Mann gebracht zu haben. Und mein Vater hätte London im Sturm erobert.«

Trotz Lynleys Versuch, das Gespräch in andere Bahnen zu lenken, war sie zu ihrem ursprünglichen Thema zurückgekehrt. Bereitwillig griff er es jetzt auf.

»Sind Sie deshalb in der Nacht, als Joy getötet wurde, in Vinneys Zimmer gegangen?«

Elizabeth hob mit einem Ruck den Kopf. »Natürlich nicht! Dieser eklige kleine Mensch mit seinen Wurstfingern! Ich hätte ihn Joy mit Kußhand überlassen. Ich finde es erbärmlich, wie er sich bei den Theaterleuten anbiedert, nur weil er selbst nicht beim Theater landen konnte. Erbärmlich!« Der plötzliche Ausbruch von Leidenschaft schien sie selbst zu erschrecken. Wie um ihn aus der Welt zu schaffen, senkte sie wieder den Blick und sagte: »Vielleicht findet meine Mutter ihn deshalb so geeignet als Kandidaten für mich. Zwei erbärmliche Figuren Hand in Hand ins Paradies der Liebe. Gott, was für eine romantische Vorstellung.«

»Aber Sie gingen zu ihm –«

»Ich war auf der Suche nach Joy. Wegen meiner Tante und den verdammten Perlen. Allerdings, wenn ich's mir jetzt ansehe, hatten meine Mutter und meine Tante die ganze Szene wahrscheinlich im voraus geplant. Joy würde schmatzend vor Wonne über den neuerworbenen Schatz in ihr Zimmer laufen und mich mit Vinney allein lassen. Wahrscheinlich war meine Mutter schon vorher mit Rosenblättern und Weihwasser in seinem Zimmer. Wirklich jammerschade. Soviel Mühe, und alles nur für Joy.«

»Sie scheinen sicher zu sein, daß es das war, was zwischen den beiden in Vinneys Zimmer vorging. Aber ich bin da nicht ganz so überzeugt. Haben Sie Joy denn gesehen? Sind sie gewiß, daß sie bei ihm war? Können Sie mit Sicherheit sagen, daß es nicht jemand anders war?«

»Ich –« Elizabeth brach ab. »Natürlich war es Joy. Ich hab die beiden doch gehört.«

»Aber Sie haben Joy nicht gesehen?«

»Ich habe ihre Stimme gehört.«

»Hat sie geflüstert? Gemurmelt? Es war spät. Sie hätte doch sicher leise gesprochen, nicht wahr?«

»Es war Joy! Wer sonst soll es gewesen sein? Und was sonst hätte da nach Mitternacht zwischen den beiden passieren sollen, Inspector? Glauben Sie vielleicht, die haben sich

Gedichte vorgelesen? Ha, wenn Joy zu einem Mann ins Zimmer ging, hatte sie immer nur eines im Kopf. Das weiß ich.«

»War es auch mit Alec so, wenn sie bei Ihnen zu Hause zu Besuch war?«

Elizabeth schloß den Mund, preßte die Lippen aufeinander und beugte sich wieder über ihren Teller.

»Was haben Sie an dem Abend nach der Lesung getan?« fragte Lynley.

Sie arrangierte die Schinkenstückchen zu einem ordentlichen kleinen Dreieck. »Ich bin zu meiner Tante gegangen«, antwortete sie. »Sie war sehr erregt und durcheinander. Ich wollte ihr helfen.«

»Sie haben sie gern.«

»Das scheint Sie zu überraschen, Inspector. Als wäre es ein Wunder, daß ich jemanden gern haben kann. Richtig?« Als er auf ihre Herausforderung nichts sagte, legte sie Messer und Gabel weg, schob ihren Stuhl ganz vom Tisch zurück und sah ihm gerade ins Gesicht. »Ich habe meine Tante in ihr Zimmer gebracht. Ich habe ihr eine Kompresse gemacht und mit ihr gesprochen.«

»Worüber?«

Elizabeth lächelte. Es war ein Lächeln, in dem sich Erheiterung und das Wissen zu mischen schienen, dem Gegner eins ausgewischt zu haben. »Über *Der Wind in den Weiden*, wenn Sie es unbedingt wissen wollen«, sagte sie. »Sie kennen doch die Geschichte, nicht wahr? Die Kröte, der Drache, die Ratte und der Maulwurf.« Sie stand auf, nahm ihr Cape und schwang es sich um die Schultern. »Entschuldigen Sie mich, Inspector. Ich habe heute früh noch einiges zu erledigen.«

Damit ging sie. Aus der Halle hörte Lynley ihr meckerndes Gelächter.

Irene Sinclair hatte selbst gerade erst die Neuigkeit gehört, als Robert Gabriel sie in dem Raum fand, den Francesca Gerrard euphemistisch als das Spielzimmer bezeichnete. Der Raum lag fast völlig isoliert am Ende des Nordostflügels, die Tür beinahe ganz versteckt hinter einem Haufen ausrangierter Mäntel und Jacken. Irene war fast froh um den Geruch nach Moder und feuchtem Holz, die staubige Luft, die verriet, daß seit Ewigkeiten niemand mehr in diesem Raum gewesen war.

In der Mitte des Zimmers stand ein alter Billardtisch, dessen grüne Filzbespannung sich wellte, in einem Ständer an der Wand waren die Queus aufgereiht. Irene ließ auf dem Weg zum Fenster geistesabwesend ihre Finger über sie hinweggleiten. Ungehindert drang die Kälte durch die Ritzen des nackten Fensters, das keine Vorhänge hatte. Irene, die keinen Mantel anhatte, hielt ihren Körper mit beiden Armen eng umschlossen und rieb sich, die Hände fest auf den Wollstoff ihres Kleides gedrückt, fröstelnd die Oberarme. Sie spürte die Reibung fast wie einen Schmerz auf der Haut.

Vom Fenster aus gab es wenig zu sehen, nur eine Gruppe winterlich kahler Erlen, hinter denen das Schieferdach eines Bootshauses wie ein dreieckiger Auswuchs in die Höhe stand. Es war eine optische Täuschung, hervorgerufen durch den Winkel des Fensters und die Höhe des Hügels, auf dem das Bootshaus stand. Während Irene sich das klarmachte, ging ihr der Gedanke durch den Kopf, daß Täuschungen in ihrem Leben einen allzu breiten Raum einzunehmen schienen.

»Lieber Himmel, Renie, was tust du denn hier? Ich habe dich überall gesucht.«

Robert Gabriel kam mit großen Schritten auf sie zu. Er war völlig geräuschlos eingetreten und hatte es geschafft, die verzogene Tür ohne ein Knarren zu schließen. Er trug seinen Mantel über dem Arm und sagte erklärend: »Ich wollte gerade raus und dich suchen.« Er legte ihr den Mantel um die Schultern.

Es war eine bedeutungsvolle Geste, und doch fühlte Irene noch immer eine deutliche Aversion gegen seine Berührung. Er war so nahe, daß sie den Duft seines Eau de Cologne und in seinem Atem die Mischung aus Kaffee und Zahnpasta wahrnehmen konnte. Sie hatte das Gefühl, ihr würde übel werden.

Gabriel schien davon nichts zu merken. »Wir können abreisen, wenn wir wollen. Haben sie jemanden verhaftet? Weißt du was?«

Sie brachte es nicht fertig, ihn anzusehen. »Nein. Es ist niemand verhaftet worden. Noch nicht.«

»Natürlich müssen wir uns für die Leichenschau zur Verfügung halten. Herrgott noch mal, ist das ein Theater, dieses Hinundherfahren. Aber immer noch besser, als in diesem eisigen Gemäuer bleiben zu müssen. Heißes Wasser gibt es jetzt überhaupt nicht mehr. Und innerhalb der nächsten drei Tage wird der altertümliche Boiler wahrscheinlich auch nicht repariert werden können. Das geht mir als Alternativurlaub ehrlich gesagt ein bißchen zu weit.«

»Ich habe dich gehört«, flüsterte sie und spürte, daß er sie ansah.

»Gehört?«

»Ich habe dich gehört, Robert. Neulich abend, mit ihr.«

»Irene, was –«

»Keine Angst, ich habe der Polizei nichts gesagt. So was würde ich doch nicht tun, hm? Aber das ist der Grund, warum du mich gesucht hast, nicht wahr? Um dich zu vergewissern, daß mein Stolz mich gezwungen hat, den Mund zu halten.«

»Nein! Ich weiß ja nicht einmal, wovon du redest. Ich bin hergekommen, weil ich mit dir zusammen nach London zurückfahren möchte. Ich will nicht, daß du allein fährst. Man weiß nie –«

»Und das Verrückteste daran ist«, unterbrach Irene ihn bitter, »daß ich tatsächlich zu dir wollte. Ich dachte allen Ernstes an einen Neuanfang, Robert. Ich hatte sogar –« Ihre Stimme brach, und sie trat von ihm weg, als könne sie so die Fassung wiedergewinnen. »Ich hatte dir sogar ein Foto von James mitgebracht. Wußtest du, daß er dieses Jahr bei der Schulaufführung den Mercutio gespielt hat? Ich habe zwei Fotos machen lassen, eines von James und eines von dir, in einem Doppelrahmen. Erinnerst du dich an das alte Foto von dir, das dich als Mercutio zeigt? Ihr seht euch zwar nicht besonders ähnlich, aber ich dachte, du würdest dich trotzdem über die Aufnahmen freuen. Vor allem James' wegen. Nein, ich mache mir wieder mal was vor. Und dabei habe ich mir gestern abend geschworen, daß ich damit aufhören würde. Ich wollte dir die Fotos bringen, weil ich dich haßte und liebte und weil ich neulich abend, als wir zusammen in der Bibliothek waren, einen Moment lang glaubte – ich glaubte, es gäbe noch eine Chance –«

»Renie, ich bitte dich –«

»Nein! Ich habe dich gehört. Wie damals in Hampstead. Genau das gleiche. Und da heißt es immer, daß nichts im Leben sich wiederholt! Ich brauchte nichts weiter zu tun, als die Tür zu öffnen, um ein zweites Mal zu sehen, wie du mit meiner Schwester – genau wie im letzten Jahr! Der Unterschied war nur, daß ich diesmal allein war. Wenigstens wäre unseren Kindern ein zweiter Blick auf ihren Vater erspart geblieben, wie er es schwitzend und keuchend mit ihrer schönen Tante Joy trieb.«

»Es ist nicht –«

»– wie ich glaubte?« Irene spürte, daß ihr Gesicht zuckte, da sie gegen die aufsteigenden Tränen ankämpfte. Es ärgerte sie, daß er noch immer in der Lage war, sie zum

Weinen zu bringen. »Ich will es nicht hören, Robert. Ich habe genug von deinen schlauen Lügen. Verschon mich mit deinem ›es ist wirklich nur ein einziges Mal passiert‹. Ich habe genug – von allem.«

Er packte sie beim Arm. »Glaubst du, ich hätte deine Schwester getötet?« Sein Gesicht sah krank aus, vielleicht aus Schlafmangel, vielleicht aus Schuldgefühlen.

Sie lachte heiser und schüttelte seine Hand ab. »Sie getötet? Nein, das ist überhaupt nicht dein Stil. Tot hättest du ja absolut nichts von Joy gehabt, nicht wahr? Mit einer Toten kann man nicht mehr bumsen.«

»Es ist nicht so gewesen.«

»Was habe ich dann gehört?«

»Ich weiß nicht, was du gehört hast. Und ich weiß auch nicht, wen du gehört hast. Jeder beliebige kann bei ihr gewesen sein.«

»In deinem Zimmer?« fragte sie scharf.

Er riß erschrocken die Augen auf. »In meinem – Renie, lieber Gott, es ist nicht so, wie du glaubst.«

Sie schleuderte seinen Mantel von ihren Schultern. Staub wirbelte vom Boden auf. »Es ist schlimmer, als zu wissen, daß du immer ein gemeiner Lügner warst, Robert. Denn jetzt erkenne ich, daß auch ich zur Lügnerin geworden bin. Früher dachte ich, wenn Joy sterben würde, wäre ich allen Schmerz los. Aber jetzt – jetzt glaube ich, ich werde den Schmerz erst los, wenn du auch tot bist.«

»Wie kannst du so etwas sagen? Wünscht du das wirklich?«

Sie lächelte bitter. »Von ganzem Herzen. O ja. Von ganzem Herzen.«

Er trat von ihr weg. Sein Gesicht war aschfahl. »Wie du willst, Liebes«, flüsterte er.

Lynley fand Jeremy Vinney draußen in der Auffahrt, wo er seinen Koffer im Wagen verstaute. Er war dick vermummt gegen die Kälte, und sein Atem stieg dampfend in die Luft. Die hochgewölbte Stirn schimmerte rosig, wo Sonnenlicht sie traf, und er sah überraschenderweise aus, als schwitze er. Er war außerdem, wie Lynley bemerkte, der erste, der zur Abfahrt bereit war. Entschieden sonderbares Verhalten bei einem Zeitungsjournalisten.

Lynley ging quer über die Auffahrt zu ihm hin. Seine Schuhe knirschten auf Eis und Kies.

Vinney blickte auf. Er wies mit einer Kopfbewegung zum Haus. »Verlockt nicht sehr zum Bleiben«, meinte er, schlug den Deckel des Kofferraums zu und sperrte ab. Der Schlüssel fiel ihm aus der Hand, und er räusperte sich geräuschvoll, als er sich bückte, um ihn aufzuheben. Als er sich wieder aufrichtete, sah Lynley ein Gesicht, auf dem noch die feinen Schatten des Schmerzes lagen; ein Gesicht, wie man es oft sieht, wenn der erste Schock überwunden ist und die Ungeheuerlichkeit des Verlusts langsam in den unerbittlichen Verlauf der Zeit eingebettet wird.

»Ich dachte eigentlich«, bemerkte Lynley, »daß gerade ein Journalist als letzter abreisen würde.«

Vinney lachte kurz auf. Das Lachen schien unfreundlich, strafend, gegen ihn selbst gerichtet zu sein. »Sie meinen, heiß auf die Spur eines Knüllers direkt am Tatort? Um endlich mal eine Schlagzeile zu produzieren? Vielleicht sogar auf eigene Faust und im Alleingang das Verbrechen klären und dafür zum Ritter geschlagen werden? Dachten Sie so, Inspector?«

Lynley antwortete mit einer Frage. »Was war eigentlich der Grund Ihrer Anwesenheit hier an diesem Wochenende, Vinney? Für die Anwesenheit aller anderen gibt es diese oder jene Erklärung, aber bei Ihnen bleibt mir die Sache rätselhaft. Können Sie mich aufklären?«

»Hat die reizende Elizabeth Sie denn nicht gestern abend gründlich genug aufgeklärt? Ich war ganz wild darauf, Joy ins Bett zu kriegen. Oder, noch besser, ich wollte sie ausquetschen, um Material für eine saftige Story zu bekommen. Sie können wählen, Inpector.«

»Mir wäre der wahre Grund am liebsten.«

Vinney schluckte. Er schien verunsichert, als hätte er von der Polizei anderes erwartet als Gleichmut. Aggressivität vielleicht oder bedrohlichen Fingerzeig.

»Sie war meine Freundin, Inspector. Wahrscheinlich meine beste Freundin. Manchmal denke ich, meine einzige Freundin. Und jetzt ist sie tot.« Seine Augen wirkten wie erloschen, als er den Blick hob. »Aber die meisten Leute verstehen solche Freundschaft zwischen einer Frau und einem Mann nicht. Sie müssen etwas anderes dahinter sehen. Sie müssen etwas Billiges, Gemeines daraus machen.«

Der Schmerz des Mannes ließ Lynley nicht unberührt. Aber er merkte auch, daß Vinney seiner Frage ausgewichen war. »Hat Joy Sinclair gewünscht, daß Sie mit hierher kommen? Ich weiß, daß Sie selbst mit Stinhurst telefoniert haben, aber bereitete sie die Sache vor? War es ihr Einfall?«

Als Vinney nickte, fragte er: »Warum?«

»Sie sagte, sie hätte Angst davor, wie Stinhurst und die Schauspieler die Änderung aufnehmen würden, die sie an ihrem Stück vorgenommen hatte. Sie hätte gern einen Freund dabei, sagte sie, zur moralischen Unterstützung, falls nicht alles so laufen sollte, wie sie es sich erhoffte. Ich verfolgte ja die Renovierung des Agincourt schon seit Monaten. Da war es verständlich, daß ich darum bat, bei den Vorbereitungen zur neuen Produktion, mit der das Theater eröffnet werden sollte, dabeisein zu dürfen. Also kam ich mit. Um sie zu unterstützen, wie sie mich gebeten hatte. Aber am Ende war ich ihr überhaupt keine Unterstützung. Sie hätte ebensogut allein sein können.«

»Ich sah Ihren Namen in ihrem Terminkalender.«

»Das wundert mich nicht. Wir haben uns regelmäßig zum Mittagessen getroffen. Seit Jahren.«

»Hat sie Ihnen bei einem dieser Zusammentreffen etwas über dieses Wochenende erzählt? Was sie erwartete?«

»Sie sagte nur, man wolle das Stück lesen und ich würde dabei vielleicht auf eine interessante Story stoßen.«

»In dem Stück?«

Vinney antwortete nicht gleich. Sein Blick schien ins Nichts gerichtet zu sein. Doch als er dann antwortete, war Nachdenklichkeit in seiner Stimme, als sei ihm ein bisher nie erwogener Gedanke gekommen.

»Joy sagte, ich solle mir überlegen, ob ich nicht eine Art Vorbericht über das Stück schreiben wolle. Etwas über die Schauspieler, die Handlung, den Aufbau. Wenn ich mitkäme, würde ich einen Eindruck davon gewinnen, wie das Stück auf die Bühne gebracht werden würde. Aber ich – diese Informationen hätte sie mir ebensogut in London geben können, nicht wahr? Wir sehen – sahen uns ja oft genug. Kann es sein – kann es sein, daß sie Angst hatte, es könne genau das geschehen, was dann geschah? Kann es sein, daß sie hoffte, ich würde dafür sorgen, daß die Wahrheit ans Licht kommt? O Gott.«

Lynley gab keinen Kommentar, weder zu der offenkundigen Überzeugung des Mannes, daß die Polizei unfähig sei, die Wahrheit ans Licht zu bringen, noch zu der Selbstüberschätzung, daß er, der Journalist, es an Stelle der Polizei tun könne. Er vermerkte jedoch sehr wohl, daß Vinneys Bemerkung Lord Stinhursts Vermutung über den Grund der Anwesenheit des Journalisten überraschend nahekam.

»Wollen Sie sagen, daß sie um ihre Sicherheit fürchtete?«

»Nein, das sagte sie nicht«, bekannte Vinney aufrichtig. »Und sie wirkte auch nicht so.«

»Warum war sie vorgestern abend in Ihrem Zimmer?«

»Sie sagte, sie wäre zu aufgedreht, um schlafen zu können. Sie hatte eine Auseinandersetzung mit Stinhurst gehabt und war dann auf ihr Zimmer gegangen. Aber sie war unruhig. Darum kam sie zu mir. Um zu reden.«

»Wie spät war es da?«

»Kurz nach Mitternacht. Vielleicht Viertel nach.«

»Worüber haben Sie gesprochen?«

»Zuerst über das Stück. Daß sie die Aufführung durchsetzen werde, ob mit oder ohne Stinhurst. Und dann über Alec Rintoul. Und Robert Gabriel. Und Irene. Die ganze Geschichte mit Irene tat ihr entsetzlich leid. Sie fühlte sich sehr schlecht deswegen. Sie – sie wollte unbedingt, daß ihre Schwester und Gabriel sich wieder versöhnten. Sie glaubte, wenn die beiden sich nur oft genug sähen, würde alles ganz von selbst seinen Lauf nehmen. Sie sagte, sie wünschte sich, daß Irene ihr verzeihe, aber sie wisse, daß es nicht dazu kommen würde. Mehr noch, glaube ich, ging es ihr aber darum, sich selbst verzeihen zu können. Und das konnte sie nicht, solange ihre Schwester und Gabriel getrennt waren.«

Der Bericht klang aufrichtig und glaubwürdig. Dennoch hatte Lynley das Gefühl, daß mehr hinter Joy Sinclairs nächtlichem Besuch bei Vinney gesteckt hatte.

»Das klingt ja fast, als sei sie eine Heilige gewesen.«

Vinney schüttelte den Kopf. »Das war sie gewiß nicht. Aber sie war eine gute Freundin.«

»Um welche Zeit kam Elizabeth Rintoul mit der Perlenkette in Ihr Zimmer?«

Vinney fegte den Schnee vom Verdeck des Morris, ehe er antwortete. »Nicht lange nach Joy. Ich – Joy wollte sie nicht sehen. Sie dachte, es würde nur wieder Krach geben, wegen des Stücks. Darum ließ ich Elizabeth nicht herein. Ich öffnete die Tür nur einen Spalt; sie konnte nicht ins Zimmer sehen. Und da ich sie nicht aufforderte hereinzukommen, dachte sie natürlich, ich hätte Joy bei mir im Bett. Das ist ziemlich typisch für sie. Elizabeth kann sich nicht vorstellen, daß es zwischen Mann und Frau ganz normale Freundschaft geben kann.«

»Wann ist Joy wieder gegangen?«

»Kurz vor eins.«

»Hat jemand sie gesehen?«

»Das glaube ich nicht. Es war niemand auf dem Flur. Es sei denn, Elizabeth schaute heimlich aus ihrem Zimmer. Oder vielleicht auch Gabriel. Mein Zimmer war zwischen den Zimmern dieser beiden.«

»Haben Sie Joy Sinclair zu ihrem Zimmer begleitet?«

»Nein. Warum?«

»Dann kann es sein, daß sie nicht direkt dorthin gegangen ist. Wenn Sie, wie Sie sagten, glaubte, nicht schlafen zu können.«

»Wohin sonst hätte sie denn gehen sollen?« Im selben Moment begriff er. »Zu einem Stelldichein, meinen Sie? Nein, keiner dieser Leute interessierte sie.«

»Wenn Joy Sinclair, wie Sie sagen, nur eine Freundin war, wie können Sie dann so sicher sein, daß sie mit einem anderen Mann nicht vielleicht mehr als Freundschaft verband? Oder vielleicht auch mit einer der anwesenden Frauen.«

Bei der zweiten Bemerkung verdunkelte sich Vinneys Gesicht. Er zwinkerte einmal kurz und sah weg. »Zwischen uns gab es keine Lügen, Inspector. Sie wußte alles, und ich wußte alles. Sie hätte es mir sicher gesagt, wenn ...« Er hielt inne und seufzte. Mit einer Hand strich er sich müde über die Stirn. »Kann ich jetzt fahren? Es gibt doch nichts mehr zu sagen. Joy war meine Freundin. Und jetzt ist sie tot.« Vinney sprach, als bestünde zwischen den beiden Tatsachen ein Zusammenhang.

Und Lynley konnte nicht umhin, sich zu fragen, ob es den vielleicht wirklich gab. Der Mann selbst und seine Beziehung zu Joy Sinclair hatten seine Neugier geweckt. Er wollte das Gespräch noch nicht beenden, wählte ein anderes Thema.

»Was können Sie mir über einen Mann namens John Darrow sagen?«

Vinney senkte die Hand. »Darrow?« wiederholte er verständnislos. »Nichts. Müßte ich ihn kennen?«

»Joy kannte ihn. Ganz ohne Zweifel. Irene Sinclair sagte, sie habe ihn beim Abendessen erwähnt, möglicherweise im Zusammenhang mit ihrem neuen Buch. Können Sie mir darüber etwas sagen?«

Lynley beobachtete Vinneys Gesicht, wartete auf ein Zeichen des Verständnisses von dem Mann, mit dem Joy Sinclair angeblich alles geteilt hatte.

»Nein, nichts.« Er schien verlegen über dieses Eingeständnis, das in offenem Widerspruch zu seiner vorherigen Behauptung stand. »Über ihre Arbeit hat sie nicht gesprochen.«

»Hm.« Lynley nickte nachdenklich. Vinney trat nervös von einem Fuß auf den anderen und spielte mit den Autoschlüsseln. »Joy hatte einen Taschenrecorder in ihrer Handtasche. Wußten Sie das?«

»Ja. Sie hatte ihn immer bei sich. Um jeden Gedanken gleich festhalten zu können.«

»Sie sprach darauf auch von Ihnen. Fragte sich, warum sie sich Ihretwegen so in Unruhe stürze. Was glauben Sie, warum sie das getan haben könnte?«

»In Unruhe über *mich*?« wiederholte er ungläubig.

»›Jeremy. Jeremy. Lieber Gott, warum sich seinetwegen so in Unruhe stürzen. Es ist ja wohl kaum eine Sache fürs Leben.‹ So lauteten ihre Worte. Können Sie mir eine Erklärung dazu geben?«

Vinneys Gesicht war ruhig, doch das Flackern seiner Augen verriet ihn. »Nein. Tut mir leid. Ich habe keine Ahnung, was sie meinte. Solcher Art war unsere Freundschaft nicht. Wenigstens nicht von meiner Seite. Überhaupt nicht.«

Fünf Verneinungen. Lynley hatte den Eindruck, daß Vinney mit seinen letzten Bemerkungen das Gespräch bewußt in eine falsche Richtung gelenkt hatte. Er war kein guter Lügner. Aber er hatte ein Geschick dafür, den Moment zu nutzen. Er hatte es soeben bewiesen. Warum hatte er das getan?

»Ich will Sie nicht länger aufhalten, Mr. Vinney«, schloß Lynley. »Ich kann verstehen, daß Sie schnellstens nach London zurück möchten.«

Vinney sah ihn an, als wolle er noch etwas sagen, dann jedoch stieg er wortlos in den Wagen und drehte den Zündschlüssel. Der Motor hustete und spuckte ein paarmal, dann sprang er an, und aus dem Auspuff des Wagens stieß schwarzer Qualm in die klare Luft. Vinney kurbelte das Fenster herunter, während die Scheibenwischer den Schnee von der Windschutzscheibe fegten.

»Sie war meine Freundin, Inspector. Nichts anderes.« Er wendete den Wagen, die Reifen drehten auf einer Eisplatte durch, ehe sie im Kies griffen. Er schoß die Auffahrt hinunter zur Straße.

Lynley sah Vinney nach, verwundert über diesen Zwang des Mannes, diese letzte Bemerkung noch einmal zu wiederholen, als enthalte sie eine unterschwellige Bedeutung, die sich unter dem scharfen Blick eines Kriminalbeamten augenblicklich zeigen mußte. Aus irgendeinem Grund – vielleicht wegen der relativen Nähe von Inverness – mußte er plötzlich an Eton denken und eine leidenschaftliche Diskussion über die fixen Ideen und die Zwänge Macbeths, diese Nadelstiche des Gewissens, die ihn nach vollbrachter Tat zu seinen gequälten Bemerkungen über den Schlaf getrieben hatten. »Welches Bedürfnis dieses Mannes bleibt trotz der erfolgreichen Durchführung einer Handlung, von der er glaubte, sie würde ihm Freude bringen, ungestillt?« Der ewig auf und ab gehende Englischlehrer stellte die Frage immer wieder, um von den Jungen ihre Vermutungen und Folgerungen zu hören. »Bedürfnisse treiben zu Zwängen. Welche Bedürfnisse?« Eine sehr gute Frage, dachte Lynley.

Er zog sein Zigarettenetui heraus und ging über die Auffahrt zum Haus zurück, als Barbara Havers und St. James um die Ecke kamen. Ihre Hosenbeine zeigten Schneespuren und waren feucht, als seien sie im Schnee herumgetollt. Direkt hinter ihnen erschien Helen.

Einen peinlichen Moment lang starrten die vier einander wortlos an. Dann sagte Lynley: »Havers, rufen Sie doch bitte im Yard an. Sagen Sie Webberly, daß wir heute nach London zurückkommen.«

Barbara nickte und verschwand im Haus. Mit einem raschen Blick von Helen zu Lynley folgte St. James ihr.

»Kommst du mit uns zurück, Helen?« fragte Lynley, als sie allein waren. Er steckte sein Zigarettenetui wieder ein, ohne es geöffnet zu haben. »Es wäre bequemer. Wir werden bei Oban von einem Hubschrauber abgeholt.«

»Ich kann nicht, Tommy. Das weißt du.«

Ihre Worte waren nicht unfreundlich. Aber endgültig.

Mehr schien es zwischen ihnen nicht mehr zu sagen zu geben. Dennoch kämpfte Lynley darum, die Mauer irgendwie zu durchbrechen. Unvorstellbar, daß sie so auseinandergehen sollten. Und eben das sagte er ihr, ehe Vernunft oder Stolz oder Form ihn daran hindern konnten.

»Ich kann es nicht ertragen, daß du so von mir fortgehst, Helen.«

Sie stand in der Sonne. Schräg fiel das Licht auf ihr Haar und verlieh ihm die Farbe edlen alten Cognacs. Einen Moment lang schimmerte ein unbedeutbares Gefühl in ihren schönen dunklen Augen. Dann erlosch es.

»Ich muß gehen«, sagte sie leise, ging an ihm vorbei und trat ins Haus.

Es ist wie ein Tod, dachte Lynley. Aber ohne ein richtiges Begräbnis, ohne Trauerzeit, eine Klage ohne Ende.

Superintendent Malcolm Webberly legte den Hörer auf.

»Das war Havers«, sagte er. Mit einer charakteristischen Bewegung fuhr er sich mit der rechten Hand durch das schüttere, sandblonde Haar und zupfte recht grob daran, als wolle er die beginnende Kahlheit vorantreiben.

Chief Superintendent Sir David Hillier, der am Fenster stand und ruhig auf die zackige Häusersilhouette hinausblickte, rührte sich nicht. Er war, wie immer, tadellos gekleidet, und seine Haltung verriet den Mann, der mit dem Erfolg umzugehen weiß und sich darauf versteht, in den trügerischen Gewässern politischer Machtspiele zu navigieren. »Und?« fragte er.

»Sie sind auf dem Rückweg.«

»Das ist alles?«

»Nein. Havers sagte, sie verfolgen eine Spur nach Hampstead. Offenbar hat die Sinclair dort an einem Buch gearbeitet. Sie wohnte dort.«

Hillier drehte langsam den Kopf. Die Sonne stand hinter ihm, und sein Gesicht war im Schatten. »An einem Buch? Neben dem Theaterstück?«

»Offenbar. Havers erwähnte es nur kurz. Aber ich hatte den Eindruck, daß Lynley da etwas aufgefallen ist, dem er auf den Grund gehen möchte.«

Hillier lächelte kühl. »Gott sei gedankt für Inspector Lynleys kreative Phantasie.«

»Er ist mein bester Mann, David«, sagte Webberly bitter.

»Und er wird natürlich die Anweisungen befolgen. Wie du.« Hillier wandte sich wieder der Betrachtung der Stadt zu.

10

Es war halb drei, als Lynley und Barbara Havers endlich das kleine Eckhaus erreichten, in dem Joy Sinclair gewohnt hatte, ein weißer Backsteinbau im vornehmen Londoner Stadtteil Hampstead. Das Erkerfenster mit den dünnen weißen Vorhängen ging auf einen kleinen Vorgarten hinaus, in dem Rosen- und Jasminbüsche wuchsen. Aus zwei Blumenkästen rankte sich Efeu über die Fassade des Hauses, besonders üppig bei der Haustür, deren schmales Vordach unter dem Behang bronzefarben gemaserter Blätter fast nicht zu sehen war. Die Front des Hauses blickte zum Flask Walk hinaus, doch der Eingang zum Garten befand sich in der Back Lane, einer schmalen, mit Kopfstein gepflasterten Straße, die zur belebten Heath Street hinaufführte; vom Verkehr jedoch war hier unten kaum etwas zu hören.

Lynley öffnete die schmiedeeiserne Pforte und ging, gefolgt von Barbara Havers, auf dem mit Steinplatten belegten Weg zum Haus. Es war ein windstiller Tag, aber sehr kalt. Fahles Sonnenlicht glänzte auf der Messinglampe links der Tür und der polierten Briefkastenklappe in ihrer Mitte.

»Nicht übel«, bemerkte Barbara mit grollender Bewunderung. »Von der antiken Lampe bis zum dicken BMW alles da.« Sie wies mit dem Daumen auf das Haus. »Ganz billig dürfte der Spaß nicht gewesen sein.«

»Nach dem, was Davies-Jones über ihr Testament sagte, habe ich den Eindruck, sie konnte es sich leisten«, meinte Lynley. Er sperrte die Tür auf und ließ Barbara den Vortritt.

Das Vestibül war klein, mit Marmorboden und ganz ohne

Mobiliar. Auf dem Boden unter dem Briefkasten lag die Post mehrerer Tage: fünf Reklamesendungen, eine Stromrechnung, elf an Joy Sinclair gerichtete Briefe von Bewunderern oder Kritikern, die an den Verlag gekommen und an sie weitergesandt worden waren, eine Telefonrechnung, mehrere kleine Umschläge, die wohl Einladungen enthielten, einige Briefe, die offensichtlich Geschäftliches enthielten. Lynley reichte die ganze Sammlung an Barbara weiter.

»Sehen Sie sie durch, Sergeant.«

Sie nahm sie, dann gingen sie durch eine Milchglastür in einen Flur, auf dessen linker Seite zwei Türen waren, während rechts eine Treppe zum oberen Stockwerk hinaufführte. Am Ende des Korridors war ein weiterer Raum, jetzt schon von den Schatten des Winternachmittags verdunkelt, vermutlich die Küche.

Lynley und Barbara sahen sich zuerst das Wohnzimmer an. Der Raum lag in mildem Sonnenlicht, das in drei breiten Bahnen schräg durch das Erkerfenster auf den rehbraunen, Geruch und Aussehen nach neu verlegten Teppich fiel. Sonst war kaum etwas da, was über die Persönlichkeit der Hausbewohnerin Aufschluß gegeben hätte. Die niedrigen Sessel und kaum kniehohen Tische verrieten allenfalls eine Neigung zum Modernen; genau wie die Kunstwerke, die Joy Sinclair zum Schmuck des Raumes ausgesucht hatte. Drei Ölgemälde im Stil Jackson Pollocks lehnten, noch auf den richtigen Platz wartend, an der Wand, und auf einem der Tische stand eine kantige Marmorskulptur unbestimmbaren Sujets.

Eine zweiflügelige Tür in der Ostwand bot Zutritt zum Speisezimmer, das ebenso spärlich und mit der gleichen Vorliebe für moderne Sachlichkeit eingerichtet war.

Lynley trat zu den beiden Fenstertüren hinter dem Eßtisch und betrachtete stirnrunzelnd die einfachen Schlösser. Selbst der ungeschickteste Einbrecher würde hier mit Leichtigkeit hereinkommen. Viel zu stehlen gab es bei Joy Sinclair allerdings nicht, es sei denn die Gemälde im Wohnzimmer waren tatsächlich Pollocks.

Barbara zog einen der Stühle heraus und setzte sich an den Tisch. Sie legte den Poststapel vor sich hin und machte sich daran, die Briefe zu öffnen.

»Populäre Frau«, bemerkte sie und zog die Mundwinkel dabei ein klein wenig nach unten. »Da ist bestimmt ein ganzes Dutzend Einladungen dabei.«

»Hm.« Lynley warf einen Blick in den von einer Backsteinmauer umgebenen Garten hinter dem Haus, ein kleines Quadrat schneebedeckten Rasens mit einer Esche und einer runden Blumenrabatte unter dem Baum. Dann ging er weiter in die Küche.

Sie hatte die gleiche unpersönliche Ausstrahlung wie die beiden anderen Räume. Eine lange Reihe weißer Schränke, die üblichen Geräte, alle mit schwarzer Front, ein roher Fichtenholztisch mit zwei Stühlen an einer Wand, Farbtupfer an strategischen Stellen im ganzen Raum; ein rotes Kissen hier, ein blauer Teekessel dort, eine gelbe Schürze am Haken hinter der Tür. Lynley blieb an die Arbeitsplatte gelehnt stehen und sah sich um. Er hatte die Erfahrung gemacht, daß Häuser und Wohnungen auf ihre eigene Art viel über ihre Bewohner erzählten; dieses Haus jedoch schien ihm von einer bewußten Künstlichkeit, wie von einem Innenarchitekten eingerichtet, dem von einer an ihrer persönlichen Umgebung völlig desinteressierten Person freie Hand gelassen worden war. Das Ergebnis war ein Vorzeigehaus ohne jede persönliche Note.

»Eine Riesentelefonrechnung«, rief Barbara aus dem Speisezimmer. »Anscheinend hat sie die meiste Zeit mit ihren guten Freunden rund um die schöne Welt gequasselt. Sie hat sich ihre Gespräche einzeln auflisten lassen.«

»Zum Beispiel?«

»Sieben Gespräche mit New York, vier mit Somerset, sechs mit Wales und – warten Sie – zehn mit Suffolk. Bis auf zwei alle sehr kurz.«

»Alle um die gleiche Tageszeit geführt? Direkt hintereinander?«

»Nein, im Lauf von fünf Tagen. Letzten Monat. Dazwischen die Anrufe nach Wales.«

»Prüfen Sie alle Nummern.« Lynley ging durch den Flur zur Treppe, während Barbara den nächsten Umschlag aufriß.

»Hier ist was, Sir.« Sie las es ihm vor. »Joy, Sie haben sich weder auf meine Briefe noch auf meine Anrufe gerührt. Wenn ich bis Freitag nichts von Ihnen höre, muß die Sache an unsere Rechtsabteilung übergeben werden. Edna.«

Lynley blieb am Fuß der Treppe stehen. »Ihr Verlag?«

»Ja, die Lektorin. Hört sich ziemlich übel an, nicht?«

Lynley dachte an das, was er schon wußte: Die Bemerkung auf dem Band über Edna, die vertröstet werden mußte, die in Joys Terminkalender durchgestrichenen Termine in der Upper Grosvenor Street.

»Rufen Sie im Verlag an, Sergeant. Versuchen Sie, möglichst genau herauszubekommen, worum es ging. Und rufen Sie dann auch bei den anderen auswärtigen Nummern auf der ausgedruckten Liste an. Ich gehe inzwischen nach oben.«

Während im Erdgeschoß des Hauses nichts von Joy Sinclairs Persönlichkeit spürbar gewesen war, drängte sie sich dem Besucher oben mit Gewalt auf. Hier war der lebendige Mittelpunkt des Hauses, ein kunterbuntes Durcheinander persönlicher Dinge, die sich mit der Zeit angesammelt hatten und die Joy Sinclair teuer gewesen waren. Hier zeigte sich Joy Sinclair überall, in den Fotografien an den Wänden des schmalen Flurs, in dem übervollen Wandschrank, der wahllos vollgestopft war mit Dingen, die von der Wäsche bis zu steif gewordenen Malerpinseln reichten, in der Unterwäsche, die im Bad hing, selbst in der Luft, die schwach nach Körperpuder und Parfüm duftete.

Lynley ging ins Schlafzimmer, ein heller Raum mit alten Rattanmöbeln, voll bunter Kissen und überall herumliegender Kleidungsstücke. Auf dem Tisch neben ihrem ungemachten Bett stand eine gerahmte Fotografie, die er sich kurz ansah. Ein sehr schmaler, sensibel wirkender junger Mann stand am Springbrunnen im Hof des Trinity College in Cambridge. Das Gesicht, die Haltung von Kopf und Schultern hatten etwas Vertrautes. Alec Rintoul, vermutete Lynley und stellte das Bild wieder an seinen Platz. Er ging aus dem Zimmer nach vorn. Hier befand sich Joy Sinclairs Arbeitszimmer, so chaotisch wie die anderen Räume des oberen Stockwerks; schon beim ersten Anblick fragte sich Lynley, wie man in einer solchen Atmosphäre, die jeglicher Ordnung entbehrte, auch nur daran denken konnte, ein Buch zu schreiben.

Er stieg über einen Stapel Manuskripte in der Nähe der Tür und ging weiter zur Wand, wo über einem Computer zwei Landkarten aufgehängt waren. Die erste war sehr groß, eine Art Generalstabskarte von der Sorte, wie sie in Buchhandlungen an Touristen verkauft werden, die einen bestimmten Teil des Landes gründlich erkunden wollen. Sie zeigte Suffolk und Teile der angrenzenden Gebiete von Cambridgeshire und Norfolk. Joy Sinclair hatte sie offensichtlich für ihre Arbeit gebraucht; der Name eines Dorfes war durch einen roten Kreis gekennzeichnet, und etwa fünf Zentimeter entfernt war eine Stelle nicht weit vom Mildenhall Fen mit einem großen X markiert. Lynley setzte seine Brille auf, um besser sehen zu können. *Porthill Green* las er unter dem roten Kreis.

Es dauerte nur einen Moment, dann hatte er die Verbindung hergestellt: *P. Green*, der Name in Joy Sinclairs Terminkalender. Keine Person, sondern ein Ort.

Es waren noch andere Orte auf der Karte eingekreist: Cambridge, Norwich, Ipswich, Bury St. Edmunds. Die Routen, die von diesen Orten nach Porthill Green führten, waren gekennzeichnet, ebenso die Verbindung von Porthill Green zu der mit X markierten Stelle bei Mildenhall Fen. Während Lynley vor der Karte stand und über ihre Bedeutung nachdachte, hörte er von unten die gedämpfte Stimme Barbara Havers', die einen Anruf nach dem anderen machte und ab und zu unwillig vor sich hin schimpfte, wenn ihr eine Auskunft mißfiel oder die gewählte Nummer besetzt war.

Dann sah er sich die zweite Karte an. Joy Sinclair schien sie selbst gezeichnet zu haben, eine mit Bleistsift skizzierte Darstellung eines Dorfes, das sich auf den ersten Blick durch nichts von Tausenden anderer englischer Dörfer unterschied. Die wichtigsten Bauten waren angegeben: »Kirche, Krämer, Wirtschaft, Tankstelle«. Die Zeichnung sagte ihm nichts. Selbst wenn es sich um eine Skizze von Porthill Green handeln sollte, ging aus ihr nicht mehr hervor, als daß Joy Sinclair sich für den Ort interessiert hatte. Über den Grund dieses Interesses sagte sie nichts aus.

Lynley trat zum Schreibtisch, auf dem das gleiche heillose Durcheinander herrschte wie im ganzen Zimmer. Es war jene Art von Unordnung, die ihrem Urheber so vertraut ist, daß er alles, was er braucht, mit einem Griff findet, während jeder andere nur hilflos den Kopf schütteln kann. Bücher, Straßenkarten, Notizhefte, Blöcke und lose Papiere lagen in Stapeln herum, und dazwischen tummelten sich eine gebrauchte Teetasse, Bleistifte und Kugelschreiber, eine Heftmaschine und Salbe gegen Muskelverspannungen. Er betrachtete dies alles einige Minuten lang.

Irgendein System, dachte er, mußte diesem Chaos doch

zugrunde liegen, und er brauchte nicht allzu lange, um es zu entdecken. Obwohl die Stapel von Materialien und Unterlagen insgesamt gesehen völlig willkürlich verteilt zu sein schienen, war jeder einzelne nach einer klaren Logik zusammengestellt. Einer der Bücherstapel umfaßte ausschließlich Sachmaterial: drei psychologische Fachbücher über Depression und Suizid, zwei Titel über das britische Polizeisystem. Ein anderer Stapel Unterlagen bestand aus Zeitungsausschnitten, bei denen es durchweg um Berichte über Todesfälle beliebiger Art ging. Ein dritter Stapel enthielt Reiseführer und Werbeprospekte über verschiedene Gebiete Englands, und der vierte Stapel, von beachtlichem Umfang, bestand aus vermutlich unbeantworteten Briefen.

Den sah er sich näher an, ließ die Verehrerpost beiseite, folgte einzig seinem Instinkt in der Hoffnung, etwas von Bedeutung zu entdecken. Der dreizehnte Brief gab Aufschluß.

Es war ein kurzes Schreiben von Joy Sinclairs Verlag, keine zehn Sätze lang. Wann man, fragte die Lektorin an, mit dem ersten Entwurf für *Der Strick noch zu gut?* rechnen könne. Der vereinbarte Termin sei bereits um sechs Monate überschritten, und da im Vertrag festgelegt sei…

Mit einem Schlag sah Lynley die Verbindung zwischen all den Materialien, die sich auf Joy Sinclairs Schreibtisch häuften, den Sachbüchern über Suizid und das britische Polizeiwesen, den Artikeln über Todesfälle. Der Titel ihres geplanten neuen Buches sagte ihm alles, und er spürte die Erregung, die sich stets einstellte, wenn er sich auf der richtigen Fährte wußte.

Er wandte sich wieder dem Computer zu. Er hatte, wie er sah, zwei Laufwerke. Das eine mußte die Programmdiskette sein, und auf der zweiten mußte Joy Sinclairs Arbeit gespeichert sein.

»Havers«, rief er laut, »haben Sie eine Ahnung von Computern?«

»Augenblick«, rief sie zurück. »Ich hab gerade ...« Sie senkte die Stimme, um ins Telefon zu sprechen.

Ungeduldig schaltete Lynley das Gerät ein. Anweisungen erschienen auf dem Bildschirm. Es war weit einfacher, als er es sich vorgestellte hatte. Keine Minute später hatte er Joy Sinclairs Text vor sich.

Das gesamte Manuskript – seit über sechs Monaten zur Ablieferung beim Verlag fällig und zweifellos Ursache der Unstimmigkeiten mit der Lektorin – bestand unglücklicherweise nur aus einem einzigen Satz: »Am Abend des 26. März 1973 beschloß Hannah, sich das Leben zu nehmen.« Das war alles.

Verbissen suchte Lynley nach mehr, befolgte jede Anweisung, die der Computer anbot, aber ohne Erfolg. Es war nicht mehr da. Entweder war Joy Sinclairs Arbeit gelöscht worden, oder sie war nie weiter gediehen. Kein Wunder, daß man beim Verlag wütend ist und mit juristischen Schritten droht, dachte Lynley.

Er schaltete den Computer aus und wandte seine Aufmerksamkeit wieder dem Schreitisch zu. Noch einmal ging er das Material durch, in der Hoffnung, weitere Informationen zu finden. Als das nichts fruchtete, nahm er sich den Aktenschrank vor und begann systematisch die Schubladen zu durchsuchen. Er war bei der zweiten angelangt, als Barbara Havers ins Zimmer kam.

»Was gefunden?« fragte sie.

»Ein Buch mit dem Titel *Der Strick noch zu gut?*, eine Frau namens Hannah, die beschloß, sich das Leben zu nehmen, und ein Dorf namens Porthill Green, das P. Green aus dem Terminkalender, vermute ich. Und Sie?«

»Die Nummer in New York ist von einer literarischen Agentur.«

»Und was ist mit den anderen Gesprächen?«

»In Somerset hat sie bei Stinhurst angerufen.«

»Und der Brief von dieser Edna? Haben Sie mit dem Verlag gesprochen?«

Barbara nickte. »Joy Sinclair übergab ihnen Anfang letzten Jahres ein Exposé. Sie wollte mal was anderes machen, keine Studie eines Verbrechens wie sonst immer, sondern gewissermaßen die Analyse eines Selbstmords, was dazu führte und welche Nachwirkungen er hatte. Der Verlag kaufte die Rechte – sie hatten mit ihr bisher niemals Terminschwierigkeiten, sie hat ihre Sachen immer pünktlich abgeliefert. Aber diesmal war's anders. Sie bekamen nicht eine einzige Manuskriptseite zu sehen, obwohl sie sie seit Monaten gedrängt hatten.«

»Und die anderen Anrufe?«

»Der Anruf in Suffolk war interessant«, antwortete Barbara. »Da meldete sich ein Junge – ein Teenager der Stimme nach. Aber er hatte keine Ahnung, wer Joy Sinclair ist und warum sie je bei ihm oder seinem Vater angerufen haben sollte.«

»Was ist daran so interessant?«

»Der Name des Jungen, Inspector. Er heißt Teddy Darrow. Und sein Vater ist John Darrow. Er telefonierte von einem Pub aus mit mir, das *Wine's the Plough* heißt. Und dieses Pub befindet sich mitten in Porthill Green.«

Lynley strahlte. »Wirklich, Havers, manchmal habe ich das Gefühl, wir sind das ideale Gespann. Jetzt haben wir einen heißen Draht. Spüren Sie es nicht?«

Barbara antwortete nicht. Sie war damit beschäftigt, die Unterlagen auf dem Schreibtisch durchzusehen.

»Wir haben also diesen John Darrow gefunden, von dem Joy Sinclair beim Abendessen auf Westerbrae sprach und den sie auf dem Band erwähnte«, meinte Lynley nachdenklich. »Wir wissen, was die Eintragung P. Green in ihrem

Terminkalender zu bedeuten hatte. Wir wissen, wie das Streichholzheftchen in ihre Handtasche kam – sie muß in dem Pub gewesen sein. Und jetzt suchen wir eine Verbindung zwischen Joy Sinclairs Buch und John Darrow, zwischen John Darrow und Westerbrae.« Er warf Barbara einen scharfen Blick zu. »Aber sie hat doch auch mehrmals mit Wales telefoniert, nicht wahr?«

Er beobachtete sie, wie sie die Zeitungsausschnitte auf dem Schreibtisch durchging, als müßte sie jeden genau in Augenschein nehmen. Aber zu lesen schien sie die Artikel nicht.

»Sie hat mit einer Frau namens Anghared Mynach in Llanbister telefoniert.«

»Und warum?«

Wieder hatte er den Eindruck, daß Barbara Havers zögerte. »Sie suchte jemanden, Sir.«

Lynley kniff die Augen zusammen. Er stieß die Schublade zu, deren Inhalt er durchgesehen hatte.

»Wen?«

Barbara runzelte die Stirn. »Rhys Davies-Jones. Anghared Mynach ist seine Schwester. Er war bei ihr zu Besuch.«

Barbara konnte Lynley aus dem Gesicht ablesen, was in ihm vorging. Sie wußte genau, welche Fakten er jetzt miteinander verknüpfte: den Namen John Darrow, der am Abend vor Joy Sinclairs Ermordung gefallen war; die Erwähnung von Rhys Davies-Jones auf Joy Sinclairs Tonband; die zehn Anrufe in Porthill Green und dazu die sechs Gespräche mit Wales; mit Rhys Davies-Jones.

Um eine Diskussion zu vermeiden, ging sie zu dem Stoß Manuskripte bei der Tür und blätterte die Papiere neugierig durch. Joy Sinclair schien ein beinahe krankhaftes Interesse an Mord und Tod gehabt zu haben; zu den Manuskripten gehörten der Entwurf einer Studie über den

Yorkshire Ripper, ein unvollendeter Artikel über Dr. Crippen, mindestens sechzig Seiten Aufzeichnungen über den Tod Lord Mountbattens, ein Leseexemplar eines Buches mit dem Titel *Der Mörder sticht nur einmal zu*, drei gründlich bearbeitete Versionen eines anderen Buches, das *Tod in der Dunkelheit* hieß. Aber es fehlte etwas.

Während Lynley sich wieder dem Aktenschrank zuwandte, kehrte Barbara noch einmal zum Schreibtisch zurück und zog die oberste Schublade auf. Joy Sinclair hatte ihre Disketten darin aufbewahrt, in der rechten oberen Ecke alle sauber beschriftet. Barbara ging sie durch und las jedes einzelne Etikett, ohne zu finden, was sie suchte. Die zweite und dritte Schublade waren nicht ergiebiger. Sie enthielten Briefpapier, Farbbänder für den Drucker, Heftklammern, uraltes Kohlepapier, Klebeband, mehrere Scheren. Aber nicht das, was sie suchte. Ihre Spannung wuchs.

Als Lynley zum Bücherregal trat, ging Barbara zum Aktenschrank.

»Da bin ich schon durch, Sergeant«, sagte Lynley.

Sie suchte nach einem Vorwand. »Nur eine Idee, Sir. Es dauert nicht lange.«

Tatsächlich dauerte es fast eine Stunde. Lynley war, nachdem er den Schutzumschlag von Joy Sinclairs letztem Buch abgenommen und eingesteckt hatte, in den Flur hinausgegangen, um den Wandschrank gleich bei der Treppe zu durchsuchen. Barbara konnte ihn kramen und räumen hören, während sie selbst die Akten durchsah. Es war vier Uhr vorbei, als sie die letzte Schublade schloß, überzeugt, daß ihre Hypothese richtig war. Nun mußte sie sich nur entscheiden, ob sie Lynley darauf hinweisen oder den Mund halten sollte, bis sie mehr Fakten hatte; Fakten, die er nicht einfach vom Tisch fegen konnte.

Wie kam es, daß es ihm nicht selbst aufgefallen war? Wie hatte er gerade das übersehen können? Obwohl die Abwesenheit jeglichen Materials einem förmlich ins Auge sprang, sah er nur, was er sehen wollte, was er sehen mußte – eine Spur, die direkt zu Rhys Davies-Jones führte.

Fixiert auf sein Verlangen, Davies-Jones als den Schuldigen zu überführen, hatte der das Entscheidende übersehen. Joy Sinclair hatte an einem Theaterstück für Lord Stinhurst geschrieben, sie war mitten im Arbeitsprozeß gewesen. Und nirgends in ihrem Arbeitszimmer gab es auch nur einen einzigen Hinweis auf das Stück. Keine Gliederung, keinen Entwurf, kein Personenverzeichnis, nichts.

Irgend jemand hatte bereits vor ihnen das Haus durchsucht.

»Ich setze Sie in Acton ab, Sergeant«, sagte Lynley, als sie wieder draußen waren, auf dem Weg zu seinem Wagen, einem silbernen Bentley, um den sich eine Schar bewundernder Schuljungen angesammelt hatte. »Ich würde gern morgen in aller Frühe nach Porthill Green fahren. Wie wär's um halb acht?«

»In Ordnung, Sir. Aber Sie brauchen nicht erst nach Acton rauszufahren. Ich nehme die U-Bahn. Die Haltestelle ist ja gleich oben an der Heath Street.«

Lynley blieb stehen und sah sie an. »Das ist doch lächerlich, Barbara. Da brauchen Sie ewig. Mit dem Wagen geht es viel schneller. Los, steigen Sie ein.«

Barbara verstand es so, wie es gemeint war, als Befehl, und überlegte, wie sie ablehnen konnte, ohne ihn zu verärgern. Sie konnte sich nicht erst von ihm nach Hause bringen lassen und dann wieder in die Stadt hineinfahren, das hätte viel zuviel Zeit gekostet. Er wußte es nicht, aber ihr Arbeitstag war noch nicht beendet.

Ohne sich zu überlegen, wie unwahrscheinlich es klingen mußte, griff sie zur ersten Ausrede, die ihr einfiel. »Ich hab ein Rendezvous, Sir«, sagte sie, und da ihr im selben Moment bewußt wurde, wie absurd sich das anhörte, fügte sie hastig hinzu: »Ich meine, ein richtiges Rendezvous ist es natürlich nicht. Ich habe jemanden kennengelernt, und wir – na ja, wir haben uns zum Essen verabredet und wollen uns hinterher vielleicht den neuen Film im Odeon ansehen.« Lieber Gott, dachte sie, hoffentlich gibt es im Odeon überhaupt einen neuen Film.

»Oh«, sagte er. »Ach so. Kenne ich den Glücklichen?«

Ach verdammt, dachte sie und sagte: »Nein, nein, ich hab ihn erst letzte Woche ganz zufällig kennengelernt. Ausgerechnet im Supermarkt. Wir sind irgendwo zwischen den Obstkonserven und dem Tee mit unseren Einkaufswagen zusammengestoßen.«

Lynley lachte. »Genau der richtige Anfang für eine nette Beziehung. Soll ich Sie an der Untergrundbahn absetzen?«

»Nein. Ich laufe jetzt gern ein Stück. Bis morgen, Sir.«

Er nickte, und sie sah ihm nach, wie er mit langen Schritten zu seinem Wagen ging, wo er im Nu von den kleinen Jungen umringt war, die bis jetzt bewundernd um den Bentley herumgestanden hatten.

»Ist das Ihr Auto, Sir?«

»Wieviel fährt der denn Spitze?«

»Was kostet er?«

Barbara hörte Lynley lachen, sah, wie er sich mit verschränkten Armen an den Wagen lehnte und mit den Kindern schwatzte. Wie typisch für ihn, dachte sie. Er hat in den letzten dreiunddreißig Stunden höchstens drei Stunden Schlaf gehabt, er weiß, daß seine Beziehung zu Helen in die Brüche zu gehen droht, und trotzdem nimmt er sich Zeit für diese Kinder. Während sie ihn beobachtete – aus der Ferne die Lachfältchen um seine Augen zu sehen meinte, das etwas schiefe Lächeln –, fragte sie sich, was sie denn tatsächlich tun konnte, um die Karriere und die Integrität dieses Mannes zu schützen.

Es schneite, als Barbara abends um acht das Haus der St. James' in der Cheyne Row in Chelsea erreichte. Die Schneeflocken leuchteten wie Bernstein im gelben Schein der Straßenlampen. Es war nur leichtes Schneegestöber, dennoch ausreichend, um den Verkehr am Embankment, das nur einen Häuserblock entfernt war, fast zum Erliegen zu bringen. Vom gewohnten Motorengebrumm vorüberrasender Autos war nichts zu hören, dafür um so lauter ungeduldiges Hupen.

Joseph Cotter, der im Leben von Simon Allcourt-St. James die ungewöhnliche Doppelrolle des Butlers und Schwiegervaters spielte, öffnete auf Barbaras Klopfen. Er war ihrer Schätzung nach nur knapp über fünfzig, klein und stämmig, seiner feingliedrigen, schlanken Tochter äußerlich so unähnlich, daß Barbara die Verwandtschaft zwischen ihm und Deborah St. James nie vermutet hätte. Er trug ein silbernes Tablett mit Kaffeegeschirr darauf und hatte Mühe, sich des kleinen Langhaardackels und der gut genährten grauen Katze zu erwehren, die ihm um die Beine strichen, um seine Aufmerksamkeit zu gewinnen.

»Ab mit dir, Peach! Pfui, Alaska!« rief er, ehe er sich Barbara zuwandte und sie begrüßte. »Kommen Sie herein, Miss – Sergeant. Mr. St. James ist im Arbeitszimmer.« Er musterte Barbara kritisch. »Haben Sie denn schon gegessen, Miss? Die beiden drinnen sind gerade fertig geworden. Wenn's Ihnen recht ist, bringe ich Ihnen gleich noch was, hm?«

»Danke, Mr. Cotter. Das wäre wirklich nett. Ich habe seit heute morgen nichts mehr gegessen.«

Cotter schüttelte den Kopf. »Diese Polizei«, sagte er mißbilligend. »Wenn Sie nur einen Moment warten, Miss, mache ich Ihnen was zurecht.«

Er klopfte einmal an die Tür neben der Treppe und öffnete sie, ohne auf eine Aufforderung zu warten. Barbara folgte ihm in St. James' Arbeitszimmer, einen hohen Raum, vollgefüllt mit Bücherregalen, vielen Fotografien und bequemen alten Möbeln.

Im offenen Kamin brannte ein Feuer, und der Duft des brennenden Holzes mischte sich angenehm mit dem Geruch von Leder und Cognac. St. James saß in einem Sessel beim Feuer, das kranke Bein hochgelegt, und Helen Clyde hatte es sich ihm gegenüber auf dem Sofa bequem gemacht. Sie saßen ruhig beieinander, etwa wie ein altes Ehepaar oder gute Freunde, die einander so nahe sind, daß sie das Gespräch nicht brauchen, um eine Verbindung herzustellen.

»Miss Havers ist gekommen, Mr. St. James«, sagte Cotter und trug sein Tablett ins Zimmer, um es auf einem niedrigen Tisch vor dem Kamin abzusetzen. Die Flammen spielten rötlich auf dem Porzellan und gaben dem Tablett einen goldenen Glanz. »Und sie hat seit heute morgen nichts mehr gegessen. Ich kümmere mich gleich mal um sie, wenn Sie sich mit dem Kaffee selbst bedienen.«

»Ich denke, das schaffen wir, Cotter. Und wenn noch Schokoladenkuchen da ist, würden Sie dann Lady Helen noch ein Stück abschneiden? Sie hätte schrecklich gern noch eines, aber Sie wissen ja, wie sie ist. Viel zu wohlerzogen, um eine zweite Portion zu verlangen.«

»Ach was, er schwindelt mal wieder«, warf Helen ein. »Er will nur nicht zugeben, daß er selbst noch ein Stück haben möchte.«

Cotter sah von einem zum anderen. »Zwei Stück Schokoladenkuchen«, sagte er nur. »Und einen Imbiß für Miss Havers.«

Als er gegangen war, sah St. James Barbara an. »Sie sehen müde aus.«

»Wir sehen alle müde aus«, meinte Helen. »Kaffee, Barbara?«

»Mindestens zehn Tassen«, antwortete Barbara. Sie schlüpfte aus ihrem Mantel, zog die Wollmütze vom Kopf, warf beides aufs Sofa und ging ans Feuer, um sich die kalten Hände zu wärmen. »Es schneit.«

Helen schauderte. »Nach dem vergangenen Wochenende möchte ich von Schnee am liebsten überhaupt nichts mehr hören.« Sie reichte St. James eine Tasse Kaffee und schenkte noch zwei ein. »Ich kann nur hoffen, daß Ihr Tag produktiver war als meiner, Barbara. Nachdem ich fünf Stunden lang in Geoffrey Rintouls Geschichte herumgegraben hatte, kam ich mir vor wie einer von diesen Leuten, die im Auftrag des Vatikans das Leben der Märtyrer erforschen, die heiliggesprochen werden sollen.« Sie sah St. James lächelnd an. »Kannst du es ertragen, das alles noch einmal zu hören?«

»Ich kann es kaum erwarten«, erwiderte er. »Da bekomme ich Gelegenheit, meine eigene anrüchige Vergangenheit unter die Lupe zu nehmen und in mich zu gehen.«

»Wie sich das gehört.« Helen kehrte zum Sofa zurück, setzte sich, schlüpfte aus ihren Schuhen und zog die Beine hoch. Mit Genuß trank sie von ihrem Kaffee.

Immer anmutig, immer elegant, dachte Barbara. Selbst jetzt, wo sie todmüde sein mußte. Selbstsicher. Ohne eine Spur von Gezwungenheit. In ihrer Gegenwart fühlte Barbara sich unweigerlich wie ein reizloser Trampel. Sie fragte sich jetzt, wie so oft, wie Deborah St. James es mit solcher Gelassenheit hinnehmen konnte, daß ihr Mann und Helen Clyde drei Tage die Woche in seinem Labor oben im Haus zusammen arbeiteten.

Helen nahm ihre Handtasche und zog ein kleines schwarzes Notizbuch heraus. »Nach eingehender Konsultation diverser Nachschlagewerke über Englands Adel und einem langen Telefongespräch mit meinem Vater, der über jeden, der einen Titel getragen hat, so ziemlich alles weiß, was es zu wissen gibt, bin ich jetzt über den guten Geoffrey Rintoul bestens informiert. Also, paßt auf.« Sie schlug das Notizbuch auf. »Am 23. November 1914 geboren, Vater Francis Rintoul, vierzehnter Earl of Stinhurst, Mutter Astrid Selvers, reiche amerikanische Erbin à la Vanderbilt, die 1925 starb und Francis mit drei kleinen Kindern zurückließ. Wenn man Geoffreys Karriere ansieht, scheint der Vater die Erziehung sehr erfolgreich selbst in die Hand genommen zu haben.«

»Er hat nicht wieder geheiratet?«

»Nein. Und er scheint auch keine noch so diskreten Affären gehabt zu haben. Aber diese Art der Enthaltsamkeit liegt offenbar in der Familie, wie Sie gleich sehen werden.«

»Wieso?« fragte Barbara. »Geoffrey war doch gar nicht so abstinent. Er hatte immerhin ein Verhältnis mit seiner Schwägerin.«

»Vielleicht eine Ausnahme«, meinte St. James.

Helen fuhr fort. »Geoffrey war erst in Harrow auf der Schule und studierte dann in Cambridge im Hauptfach Wirtschaftswissenschaft, tat sich aber damals schon als Diskussionsredner hervor. 1936 machte er in Cambridge einen glänzenden Abschluß, aber erst im Oktober 1942 machte er wirklich von sich reden. Er muß tatsächlich ein ungewöhnlicher Mann gewesen sein. Er kämpfte mit Montgomery bei El Alamein in Nordafrika.«

»Und sein Rang?«

»Captain. Er gehörte zu einer Panzerdivision. Bei einem der schlimmsten Angriffe wurde sein Panzer getroffen und geriet in Brand. Geoffrey holte zwei seiner Kameraden, die verwundet wurden, aus dem brennenden Panzer und schleppte sie über eine Meile weit, um sie in Sicherheit zu bringen. Und das, obwohl er selbst verwundet war. Dafür wurde er später mit dem Victoria-Kreuz ausgezeichnet.«

»Ein echter Held also«, bemerkte Barbara.

»Ja, und das ist noch nicht alles«, sagte Helen. »Trotz seiner Verwundung, die es ihm erlaubt hätte, nach England zurückzukehren, ging er auf eigenen Wunsch wieder an die Front und kämpfte bis Kriegsende im Balkan. Churchill wollte dort angesichts der drohenden russischen Übermacht wenigstens ein gewisses Maß an britischem Einfluß aufrechterhalten, und Geoffrey war offenbar ein treuer Anhänger Churchills. Als er nach Hause kam, übernahm er sofort einen Posten im Verteidigungsministerium.«

»Es wundert mich, daß so ein Mann nicht in die Politik gegangen ist.«

»Oh, man hat ihm mehrmals vorgeschlagen, sich zur Wahl ins Parlament aufstellen zu lassen, aber er wollte nicht.«

»Und er hat nie geheiratet?«

»Nein.«

Als St. James Anstalten machte, aus seinem Sessel aufzustehen, hob Helen abwehrend die Hand. Sie stand selbst auf und schenkte ihm eine zweite Tasse Kaffee ein.

»War er homosexuell?« fragte Barbara.

»Wenn er das war, dann war er die Diskretion in Person. Das gilt im übrigen für jede Beziehung, die er vielleicht gehabt hat. Es gibt überhaupt keinen Klatsch über ihn.«

»Auch nicht über seine Beziehung zu Lord Stinhursts Frau?«

»Nichts.«

»Alles zu schön, um wahr zu sein«, bemerkte St. James. »Was haben Sie für uns, Barbara?«

Sie wollte gerade ihren Block herausziehen, als Cotter mit dem versprochenen Imbiß für Barbara und dem Kuchen für Helen und St. James eintrat. Sie dankte ihm und lächelte, als sie sah, daß er ihr zur Abrundung ihres Mahls ebenfalls ein Stück Schokoladenkuchen mitgebracht hatte.

Cotter zwinkerte ihr verschmitzt zu, vergewisserte sich, daß noch genug Kaffee da war, und ging wieder.

»Essen Sie erst einmal«, sagte Helen. »Solange ich diesen köstlichen Schokoladenkuchen vor mir stehen habe, kann ich mich sowieso nicht auf etwas anderes konzentrieren. Wir können weitermachen, wenn Sie fertig sind.«

Mit einem Nicken des Dankes für das taktvolle Verständnis, das so typisch war für Helen, machte sich Barbara mit herzhaftem Appetit über ihr Essen her. Erst als sie schließlich den Kuchen und eine zweite Tasse Kaffee vor sich stehen hatte, nahm sie ihren Block heraus.

»Ich hab ein paar Stunden in der Staatsbibliothek rumgeschnüffelt, aber nach allem, was ich gefunden habe, scheint am Tod von Geoffrey Rintoul nichts Verdächtiges gewesen zu sein. Meine Quellen sind vor allem Zeitungsberichte über die Leichenschau. In der Nacht, als er umkam, genau gesagt, in den frühen Morgenstunden des Neujahrstags 1963, war in Schottland ein schwerer Schneesturm.«

»Wenn man bedenkt, wie das Wetter dort oben letztes Wochenende war, ist das leicht zu glauben«, bemerkte Helen.

»Der Beamte, der den Unfall aufnahm – ein Inspector Glencalvie –, sagte aus, die Stelle der Straße, wo es zu dem Unfall kam, sei völlig vereist gewesen. Rintoul verlor in einer Haarnadelkurve die Kontrolle über seinen Wagen, das Fahrzeug stürzte die Böschung hinunter und überschlug sich mehrmals.«

»Er wurde nicht herausgeschleudert?«

»Anscheinend nicht, nein. Er brach sich das Genick und verbrannte im Wagen.«

Helen sah St. James an. »Könnte das nicht vielleicht bedeuten –«

»– daß da eine andere Leiche untergeschoben wurde, meinst du?« fiel er ihr ins Wort. »So etwas gibt es heutzutage nicht mehr, Helen. Man hatte ganz sicher seine Patientenkarte vom Zahnarzt und Röntgenaufnahmen, um ihn zu identifizieren. Gab es Zeugen bei dem Unfall, Barbara?«

»Den Unfall selbst hat niemand beobachtet, nein. Der erste, der an der Unfallstelle war, war der Bauer von Hillview Farm. Er hörte den Krach und lief sofort hin.«

»Und wer ist das?«

»Hugh Kilbride, Gowans Vater.«

Alle drei schwiegen einen Moment und dachten über diese Information nach, während das Feuer im Kamin knisterte und knackte.

»Seitdem«, sagte Barbara schließlich, »überlege ich dauernd, was Gowan tatsächlich meinte, als er am Schluß diese drei Worte zu uns sagte: ›hab nicht gesehen‹. Zuerst glaubte ich natürlich, es hätte mit Joy Sinclairs Tod zu tun. Aber vielleicht stimmt das gar nicht. Vielleicht bezog es sich auf etwas, das sein Vater ihm erzählt hatte.«

»Ja, das ist sicher eine Möglichkeit.«

»Aber das ist noch nicht alles.« Sie berichtete ihnen von ihrer Durchsuchung von Joy Sinclairs Arbeitszimmer und dem Fehlen jeglichen Materials zu dem Theaterstück für Lord Stinhurst, an dem sie gearbeitet hatte.

Das ließ St. James aufhorchen. »Gab es irgendwo im Haus Anzeichen gewaltsamen Eindringens?«

»Mir ist nichts aufgefallen.«

»Könnte noch jemand anders einen Schlüssel zum Haus gehabt haben?« fragte Helen und fügte gleich hinzu: »Aber nein, alle die an dem Stück ein Interesse hatten, waren ja auf Westerbrae. Es kann gar keiner von ihnen... Es sei denn, der Betreffende ist in einem Höllentempo nach London zurückgekehrt und schaffte es, alles aus dem Haus zu holen, ehe Sie dort ankamen. Aber das ist schon ziemlich unwahrscheinlich, nicht wahr? Vermutlich gar nicht möglich. Wer könnte denn im übrigen einen Schlüssel zum Haus haben?«

»Irene Sinclair, nehme ich an. Robert Gabriel. Vielleicht sogar...« Barbara stockte.

»Rhys?« fragte Helen.

Barbara fühlte sich unbehaglich. Die Art, wie Helen den Namen des Mannes sagte, verriet ihr eine Menge. »Möglich. Aus ihrer Telefonrechnung ging hervor, daß sie mehrmals mit ihm telefoniert hat. Und dazwischen hat sie immer wieder in einem Ort namens Porthill Green angerufen.«

Ihre Loyalität zu Lynley hinderte sie, mehr zu sagen. Sie bewegte sich mit ihren heimlichen Ermittlungen sowieso schon auf sehr dünnem Eis; keinesfalls wollte sie Helen Informationen liefern, die diese dann, sei es unabsichtlich oder nicht, vielleicht weitergeben würde.

Aber Helen brauchte gar keine weiteren Informationen. »Und Tommy glaubt, daß Porthill Green das Motiv ist, das Rhys zum Mord getrieben hat. Natürlich. Er sucht ja ein Motiv. Das hat er mir selbst gesagt.«

»Aber das alles hilft uns nicht zu einem besseren Verständnis von Joy Sinclairs Stück.« St. James sah Barbara an. »Vasall«, sagte er. »Sagt Ihnen das irgend etwas?«

Sie runzelte die Stirn. »Da kommen mir nur Gedanken an Feudalherrschaft und Rittertum. Glauben Sie, daß etwas anderes dahintersteckt?«

»Irgendwie ist dieses eine Wort für die ganze Geschichte von Bedeutung«, antwortete Helen. »Es ist das einzige, was mir von der Lesung im Gedächtnis geblieben ist.«

»Warum?«

»Weil nur die Familie Rintoul seine Bedeutung verstand. Das war offensichtlich. Sie reagierten alle, als Joy die Passage vorlas, wo einer der Protagonisten des Stücks sagt, es falle ihm nicht ein, ein zweiter Vasall zu werden. Mir kam es vor wie eine Art Codewort, dessen tieferen Sinn nur die Familie erfaßte.«

Barbara seufzte. »Und wie soll's jetzt weitergehen?«

Weder St. James noch Helen konnten ihr darauf Antwort geben. Wieder versanken sie alle drei in nachdenkliches Schweigen, in das nach einigen Minuten verschiedene Geräusche von draußen hereindrangen; zuerst das Klappern der Haustür, die geöffnet und geschlossen wurde, dann die Stimme einer jungen Frau. »Hallo Dad, ich bin wieder da. Total durchgefroren und ausgehungert. Ich würde sogar kalte Spaghetti essen, wenn's sein muß«, rief sie lachend.

Aus dem oberen Stockwerk kam Cotters strenge Stimme: »Dein Mann hat hier Küche und Keller leer gemacht, Kind. Da siehst du mal, was passiert, wenn du ihn soviel allein läßt, den armen Mann.«

»Simon ist schon zu Hause?« Eilende Schritte waren aus dem Flur zu hören, dann flog die Tür zum Arbeitszimmer auf, und Deborah St. James rief: »Darling, du hast mir gar nicht –« Sie brach ab, als sie die beiden Frauen sah. Ihr Blick flog zu ihrem Mann, während sie die cremefarbene Wollmütze vom Kopf zog, so daß das kupferrote Haar ihr lose auf die Schultern fiel. »Ich habe bei einer Hochzeit fotografiert«, erklärte sie und stellte den Metallkoffer, der ihre Fotoausrüstung enthielt, neben der Tür ab. »Ich hatte schon Angst, ich würde überhaupt nicht mehr wegkommen. Und ihr seid so bald schon aus Schottland zurück? Wie kommt denn das?«

St. James streckte ihr lächelnd beide Arme entgegen, und sie ging zu ihm. »Ich weiß genau, warum ich dich geheiratet habe, Deborah«, sagte er lachend und küßte sie. »Weil du so eine großartige Fotografin bist.«

»Und ich dachte immer, du wärst verrückt auf mein Parfüm«, versetzte sie.

»Keine Spur.« St. James stand aus seinem Sessel auf und

ging zu seinem Schreibtisch. Er kramte einen Moment in einer großen Schublade, nahm ein Telefonbuch heraus und schlug es auf.

»Was tust du denn da?« fragte Helen.

»Deborah hat uns soeben die Antwort auf Barbaras Frage gegeben«, antwortete St. James. »Wie soll es jetzt weitergehen? Mit Fotografien.« Er griff zum Telefon. »Und wenn es die gibt, ist Jeremy Vinney der Mann, der sie uns besorgen kann.«

11

Das Dorf Porthill Green wirkte wie ein unnatürlicher Auswuchs, der aus der dunklen, torfreichen Erde der Fens von East Anglia in die Höhe gewachsen war. Fast im Zentrum des Dreiecks gelegen, das von den Orten Brandon, Mildenhall und Ely gebildet wurde, war das Dorf im Grunde nicht viel mehr als eine Kreuzung dreier schmaler Landstraßen, die sich durch Zuckerrübenfelder schlängelten und mittels Brücken, die kaum breit genug für ein Auto waren, über lehmbraune Kanäle führten. Die Landschaft rund herum war von den Farben Grau, Braun und Grün beherrscht – grau der trübe Winterhimmel, braun die lehmschweren, von Schneeresten gesprenkelten Felder, grün die üppig wuchernden Raine zu beiden Seiten der Landsträßchen.

Attraktionen hatte das Dorf keine zu bieten. Neun Häuser aus Flintstein und vier Fachwerkhäuser, an denen teilweise angeschlagene und verrußte Schilder hingen, säumten die Hauptstraße. Am Dorfrand war eine Tankstelle mit verrosteten Zapfsäulen, und am Ende der Hauptstraße lag, von einem von Wind und Wetter glattgeschliffenen keltischen Kreuz markiert und jetzt von Schnee fast zugedeckt, der grüne Dorfanger, der dem Ort wohl den Namen gegeben hatte.

Hier parkte Lynley seinen Wagen; der Anger lag direkt gegenüber dem *Wine's the Plough*, einem Haus, das sich durch nichts von den übrigen vernachlässigten Gebäuden unterschied. Während Barbara Havers ihren dicken braunen Mantel zuknöpfte und Block und Umhängetasche vom Rücksitz nahm, sah Lynley sich das Gasthaus genauer an.

Früher, das war noch jetzt zu erkennen, hatte es einfach *The Plough* geheißen; rechts und links von dem Namen waren die Wörter »Wines« und »Liquors« angebracht gewesen. Letzteres jedoch war irgendwann heruntergefallen, und zurückgeblieben war nichts als ein dunkler Fleck auf der Hausmauer, auf dem die Abdrücke der Buchstaben noch schwach zu erkennen waren. Anstatt das Wort »Liquors« neu anzubringen oder die Fassade des Hauses zu streichen, hatte man dem Wort »Wines« einfach einen Apostroph in Form eines in die Mauer gedübelten Blechkrugs verpaßt und so dem Gasthaus einen neuen Namen gegeben.

»Es ist das Dorf, Sergeant«, sagte Lynley nach einer flüchtigen Musterung durch die Windschutzscheibe. Abgesehen von einem hellbraunen Hund, der an einer Hecke schnupperte, war kein lebendes Wesen auf der Straße zu sehen. Der ganze Ort wirkte wie ausgestorben.

»Wie meinen Sie das, Sir?«

»Es ist das Dorf, das die Skizze in Joy Sinclairs Arbeitszimmer zeigte. Die Tankstelle, das Lebensmittelgeschäft, die Kirche, das Pfarrhaus dahinter. Sie war auf jeden Fall lang genug hier, um sich mit allem vertraut zu machen. Ich bin sicher, man wird sich an sie erinnern. Fragen Sie ein bißchen herum, während ich mit John Darrow spreche.«

Mit einem resignierten Seufzer griff Barbara zur Türklinke. »Immer bleibt die Lauferei an mir hängen!« murrte sie.

»Da bekommen Sie nach Ihrem Abenteuer von gestern abend wenigstens wieder einen klaren Kopf.«

Sie sah ihn verständnislos an. »Nach dem Abenteuer von gestern abend?«

»Na, Abendessen und Kino mit dem Knaben aus dem Supermarkt.«

»Ach so!« Barbara schüttelte hastig den Kopf. »Das war, weiß Gott, nichts Denkwürdiges, Sir.« Sie öffnete die Tür und ließ einen Schwall kalter Luft, in der sich schwach der

Geruch von salzigem Seewasser und totem Fisch mischte, in den Wagen. Dann stieg sie aus, ging zum ersten Haus an der Landstraße und verschwand hinter seiner verwitterten schwarzen Tür.

Es war noch früh am Nachmittag – die Fahrt von London hierher hatte keine zwei Stunden gedauert –, darum wunderte es Lynley nicht, die Tür zum *Wine's the Plough* verschlossen zu finden. Er trat ein paar Schritte vom Haus zurück und sah zu den Fenstern im oberen Stockwerk hinauf, wo er die Wohnung des Wirts vermutete. Reglos hängende Gardinen versperrten den Blick. Nirgends war ein Mensch zu sehen, nichts rührte sich, weder ein Auto noch ein Motorrad stand herum. Es war, als gehörte das Gasthaus niemandem mehr. Doch als Lynley an die Fenster der Gaststube selbst herantrat, sah er durch eine Ritze im Laden im Hintergrund einen Lichtschimmer.

Er ging wieder zur Tür und klopfte kräftig. Augenblicke später hörte er Schritte. Sie näherten sich der Tür.

»Wir haben geschlossen«, rief ein Mann mit rauher Stimme.

»Mr. Darrow?«

»Ja.«

»Würden Sie mir bitte aufmachen?«

»Was wollen Sie?«

»New Scotland Yard, Kriminalpolizei.«

Immerhin wurde jetzt drinnen der Riegel zurückgeschoben und die Tür geöffnet, wenn auch nur einen schmalen Spalt. »Hier ist alles in Ordnung.« Die braunen, leicht gelbstichigen Augen wanderten zu Lynleys Dienstausweis.

»Kann ich einen Moment hereinkommen?«

Darrow sah nicht auf, während er überlegte und dann fragte: »Hat Teddy was angestellt?«

»Ihr Sohn? Nein, mit ihm hat es nichts zu tun.«

Es schien den Mann zu beruhigen. Er zog die Tür ein

Stück weiter auf, trat zurück und ließ Lynley eintreten. Die Gaststube war bescheiden, so nüchtern und schmucklos wie die Häuser des Dorfes. Die einzige Dekoration bildeten einige Leuchtreklameschilder über und hinter dem Resopaltresen, die jedoch um diese Zeit noch nicht eingeschaltet waren. Das Mobiliar bestand aus fünf oder sechs kleinen runden Tischen mit Hockern und einer gepolsterten Sitzbank unter den Fenstern. Ein beißender Geruch nach Zigarettenqualm und kaltem Rauch aus dem offenen Kamin hing in der Luft. Die Fenster in diesem Raum schienen seit Tagen nicht mehr geöffnet worden zu sein.

Darrow stellte sich hinter den Tresen, vielleicht in der Absicht, Lynley trotz der ungewöhnlichen Stunde und trotz seines Polizeiausweises wie einen zahlenden Gast abzufertigen. Lynley tat ihm den Gefallen, sich ihm gegenüber an die Theke zu lehnen, obwohl er sein Gespräch mit dem Mann lieber an einem der Tische geführt hätte.

Darrow mußte etwa Mitte Vierzig sein, dem Aussehen nach ein rauher Bursche, mit dem nicht gut Kirschen essen war.

Er hatte die Figur eines Boxers, vierschrötig, mit langen, kräftigen Gliedmaßen und einer breiten, gewölbten Brust. Seine Ohren waren unverhältnismäßig klein und lagen eng am Kopf an. Seine Kleidung verriet den Mann, der nicht lange fackelte, sollte es zu Tätlichkeiten kommen. Die Ärmel des Wollhemdes waren über dichtbehaarten, muskulösen Armen hochgekrempelt, die weite, lose sitzende Hose ließ ihm viel Bewegungsfreiheit. Prügeleien, dachte Lynley, gab es im *Wine's the Plough* sicherlich nur, wenn Darrow selbst sie vom Zaun brach.

In seiner Tasche hatte er den Schutzumschlag von *Tod in der Dunkelheit*, den er aus Joy Sinclairs Arbeitszimmer mitgenommen hatte. Er nahm ihn heraus und knickte ihn so, daß das Foto der Autorin obenauf kam.

»Kennen Sie diese Frau?« fragte er.

Darows Augen blitzten unmißverständlich auf. »Ja, die kenn ich. Und?«

»Sie wurde vor drei Tagen ermordet.«

»Vor drei Tagen war ich hier«, versetzte Darrow mürrisch. »Samstags ist bei uns immer am meisten los. Kann Ihnen jeder hier im Dorf sagen.«

Diese Reaktion hatte Lynley nicht im entferntesten erwartet. Überraschung vielleicht, Verwirrung oder Zurückhaltung, ja. Aber eine reflexhafte Zurückweisung von Schuld? Das war, gelinde gesagt, ungewöhnlich.

»Sie war hier bei Ihnen«, stellte Lynley fest. »Sie hat im vergangenen Monat mindestens zehnmal hier angerufen.«

»Und?« sagte Darrow wieder.

»Ich möchte von Ihnen Näheres darüber wissen.«

Darrow schien etwas verwirrt darüber, daß Lynley seine aggressive ablehnende Haltung völlig überging.

»Mit der wollt ich nichts zu tun haben«, erklärte er. »Sie wollte so ein blödes Buch schreiben.«

»Über Hannah?« fragte Lynley.

Alle Muskeln in Darrows Gesicht spannten sich. »Ja. Über Hannah.« Er trat zu einer kopfüber hängenden Whiskyflasche und drückte ein Glas an den Zapfhahn. Lynley den Rücken zugekehrt, leerte er mit mehreren Schlucken das Glas. »Wollen Sie auch einen?« fragte er, während er sich ein zweites Mal nahm.

»Nein, danke.«

Darrow nickte und trank. »Sie kreuzte plötzlich wie der Blitz aus heiterem Himmel hier auf«, sagte er. »Hatte einen ganzen Packen Zeitungsausschnitte über alle möglichen Bücher dabei, die sie geschrieben hatte, und hat mir mordswas von den vielen Preisen erzählt, die sie schon gekriegt hatte. Sie bildete sich ein, ich würd ihr Hannah auf dem Silbertablett überreichen und noch froh und dankbar sein, daß sie über sie schreiben wollte. Aber da hatte sie sich getäuscht. Für so was geb ich mich nicht her, und Teddy, meinen Sohn, schon gleich gar nicht. Schlimm genug, daß seine Mutter sich umgebracht hat und die Leute hier sich jahrelang die Mäuler darüber zerrissen haben. Ich wollte nicht, daß das alles jetzt wieder losgeht. Der Junge hat schon genug mitgemacht.«

»Hannah war Ihre Frau?«

»Ja.«

»Wie war Joy Sinclair denn überhaupt auf sie gekommen?«

»Ach, sie behauptete, sie hätte monatelang alte Selbstmordfälle studiert, weil sie irgendwas Interessantes aufstöbern wollte, und da wär sie auf Hannahs Geschichte gestoßen. Sie wär ihr ins Auge gesprungen, sagte sie.« Sein Ton war erbost. »Stellen Sie sich das mal vor, Mann – ins Auge gesprungen! Für die war Hannah kein Mensch, sondern so was wie ein saftiger Brocken. Ich hab ihr gesagt, sie soll sich schleichen, aber schnell.«

»Aber nach den zehn Anrufen zu urteilen, scheint sie ziemlich hartnäckig gewesen zu sein.«

Darrow lachte verächtlich. »Das hat ihr nichts geholfen. Von mir hat sie nichts erfahren, und Teddy konnte ihr nichts erzählen. Er war noch viel zu klein, als die Sache passierte.«

»Das heißt also, ohne Ihre Hilfe hätte sie das Buch gar nicht schreiben können?«

»Genau. Von mir hätte sie nichts erfahren, und es hätte nie ein Buch gegeben.«

»War sie allein, wenn sie Sie besuchte?«

»Ja.«

»Nie in Begleitung? Hat nicht vielleicht im Auto mal jemand auf sie gewartet?«

Darrow kniff mißtrauisch die Augen zusammen.

»Was soll das heißen?«

Lynley fand, seine Frage sei durchaus klar gewesen. Er fragte sich, ob Darrow aus irgendeinem Grund Zeit gewinnen wollte. »Kam sie auch einmal in Begleitung?«

»Nein. Sie war immer allein.«

»Ihre Frau hat 1973 Selbstmord begangen, nicht wahr? Hat Joy Sinclair Ihnen irgendwann einmal eine Erklärung dafür gegeben, was sie an einem Selbstmord, der solang zurücklag, interessant fand?«

Darrows Gesicht verfinsterte sich. Er verzog angewidert den Mund. »Der Stuhl gefiel ihr, Inspector. Sie war so freundlich, mir das zu sagen. Ihr gefiel der gottverdammte Stuhl.«

»Der Stuhl?«

»Ja, der Stuhl. Hannah verlor den Schuh, als sie den Stuhl umstieß. Und das gefiel diesem Frauenzimmer. ›Eindrücklich‹ nannte sie es.« Er wandte sich wieder der Whiskyflasche zu. »Sie müssen entschuldigen, wenn's mir ziemlich egal ist, daß das Weib umgebracht worden ist.«

St. James und Deborah waren im obersten Stockwerk, St. James in seinem Labor, Deborah in dem anschließenden Entwicklungsraum. Die Verbindungstür war offen, und St. James, der gerade einen Bericht für die Verteidigung in einem bevorstehenden Prozeß zusammenstellte, sah von seinen Papieren auf und gönnte sich das Vergnügen, einen Moment lang seine Frau zu beobachten. Sie stand stirnrunzelnd über einer Sammlung von Fotografien, und das Licht lag schimmernd auf ihrem vollen lockigen Haar, das sie mit zwei Kämmen zurückgesteckt hatte.

»Hoffnungslos«, murmelte sie, während sie auf der Rückseite einer Aufnahme einen Vermerk machte und eine andere in den Papierkorb warf, der neben ihr auf dem Boden stand. »Das verflixte Licht – lieber Gott, was hab ich denn da wieder zusammengeschustert –, und das hier! Noch schlechter!«

St. James lachte. Deborah blickte auf. »Entschuldige«, sagte sie. »Ich lenke dich von deiner Arbeit ab.«

»Du lenkst mich immer von der Arbeit ab, Liebling. Viel zu sehr. Besonders, wenn ich eine Weile weg war.«

Sie errötete leicht. »Schön, daß nach einem Jahr noch ein bißchen Romantik da ist. Ich – es klingt albern, ich weiß, aber du hast mir gefehlt, Simon. Nur eine Nacht, und ich habe mich richtig allein gefühlt.« Sie lachte leise, als Simon von seinem hohen Hocker rutschte und zu ihr kam. »Nein, Simon, so hab ich das nicht gemeint. – Wir wollten doch arbeiten«, protestierte sie, als er sie in die Arme nahm.

»Das können wir nachher auch noch. Es gibt wichtigere Dinge.« Er küßte sie. »Hm, ja«, murmelte er dann zärtlich. »Viel, viel wichtigere Dinge.«

Als sie von draußen Cotters Stimme hörten, fuhren sie schuldbewußt auseinander.

»Sie sind beide oben«, erklärte er irgend jemandem wesentlich lauter, als nötig gewesen wäre, und trampelte die Treppe herauf, wohl, um sicherzustellen, daß sie ihn hörten. »Sie sind beide an der Arbeit. Kommen Sie nur. Wir sind gleich oben.«

Diese letzten Worte sprach er noch einmal lauter. Deborah lachte. »Ich weiß nicht, ob ich über meinen Vater lachen oder weinen soll«, bemerkte sie leise. »Woher weiß er nur immer, was wir hier oben treiben?«

»Er merkt, wie ich dich ansehe, und das reicht ihm. Dein Vater weiß genau, was für Gedanken mir durch den Kopf gehen, das kannst du mir glauben.«

St. James kehrte pflichtschuldig in sein Labor zurück und schrieb schon wieder an seinem Bericht, als Cotter, gefolgt von Jeremy Vinney, an der Tür erschien.

»So, da wären wir«, sagte er mit breiter Freundlichkeit

und sah sich um, als wolle er sich vergewissern, daß er seine Tochter und ihren Mann nicht in flagranti ertappt hatte.

Vinney zeigte keine Verwunderung über die demonstrative Art, in der sein Erscheinen von Cotter gemeldet worden war. Mit einem braunen Umschlag in der Hand trat er in den Arbeitsraum. Sein rundes Gesicht wirkte müde und abgespannt.

»Ich glaube, ich habe, was Sie brauchen«, sagte er zu St. James, nachdem Cotter gegangen war. »Vielleicht sogar etwas mehr. Der Mann, der '63 über den Unfall Geoffrey Rintouls und die nachfolgende gerichtliche Untersuchung berichtete, ist jetzt einer unserer Ressortleiter. Wir haben heute morgen die Akten durchgesehen und drei Fotos und seine damaligen Aufzeichnungen gefunden. Sie sind zwar kaum noch zu entziffern, weil sie mit Bleistift geschrieben sind, aber vielleicht läßt sich doch etwas mit ihnen anfangen.« Er warf St. James einen forschenden Blick zu. »Hat Stinhurst Joy getötet? Wollen Sie darauf hinaus?«

Die Frage war nur eine logische Folgerung aus allem, was bisher vorgegangen war, und es war durchaus verständlich, daß der Journalist sie stellte. St. James jedoch war sich bewußt, daß sie für Vinney von persönlicher Bedeutung war. Der Mann spielte in dem Drama von Westerbrae dreierlei Rollen – als Zeitungsmann, Freund der Verstorbenen und Verdächtiger. Es konnte für ihn nur von Vorteil sein, wenn aller Verdacht sich auf einen anderen richtete und er damit aus dieser letzten unangenehmen Rolle entlassen wurde. Und wer konnte besser dafür Sorge tragen, daß die Polizei ihren Argwohn gegen ihn fallenließ, als St. James, der Lynleys Freund war? Darum antwortete St. James mit Vorsicht.

»Uns ist nur eine Kleinigkeit an Geoffrey Rintouls Tod aufgefallen, die uns neugierig macht.«

»Ah ja. Ich verstehe.«

Vinney war nicht anzumerken, ob er von der ausweichenden Antwort enttäuscht war. Erst jetzt zog er seinen dicken Mantel aus, und nachdem St. James ihn mit Deborah bekanntgemacht hatte, legte er den braunen Umschlag auf den Labortisch und entnahm ihm drei von Knicken durchzogene Fotografien und einen dünnen Stapel lose Blätter. »Die Aufzeichnungen über die gerichtliche Untersuchung sind sehr umfassend. Unser Berichterstatter hoffte, daß sich aufgrund von Geoffrey Rintouls außergewöhnlicher Biographie ein längerer Artikel aus der Sache machen lassen würde. Er achtete deshalb sehr auf die Details. Ich denke, Sie können sich auf seine Angaben verlassen.«

Die Aufzeichnungen waren auf gelbes Kanzleipapier geschrieben, was es nicht einfacher machte, die verblaßte Bleistiftschrift zu entziffern.

»Hier steht etwas von einem Streit«, bemerkte St. James beim Überfliegen des Textes.

Vinney zog sich einen Laborhocker zum Tisch. »Die Aussagen der Familienmitglieder waren ziemlich eindeutig. Der alte Lord Stinhurst – Francis Rintoul, der Vater des gegenwärtigen Lord Stinhurst – sagte, es hätte einen heftigen Streit gegeben, ehe Geoffrey in der Silvesternacht abfuhr.«

»Und worüber?« Während St. James noch nach Einzelheiten suchte, lieferte Vinney sie ihm schon.

»Es ging offenbar um alte Familiengeschichten.«

Das kam dem, was Lynley über sein Gespräch mit Lord Stinhurst berichtet hatte, sehr nahe. Aber St. James konnte nicht glauben, daß der alte Lord Stinhurst vor einem öffentlichen Gericht über das Dreiecksverhältnis zwischen seiner Schwiegertochter und seinen beiden Söhnen gesprochen hatte. »Machte er dazu genauere Angaben?«

»Ja.« Vinney wies auf eine Passage etwa in der Mitte der Seite. »Geoffrey wollte anscheinend aus irgendeinem

Grund unbedingt nach London zurück und war entschlossen, trotz des Schneesturms noch in der Nacht zu fahren. Sein Vater sagte aus, er hätte versucht ihn zurückzuhalten. Wegen des Wetters. Und weil er Geoffrey in den vergangenen sechs Monaten kaum gesehen hatte und sich ein längeres Zusammensein wünschte. Ihre Beziehungen waren offenbar in letzter Zeit recht gespannt gewesen, und der alte Herr sah in dieser Familienzusammenkunft am Silvesterabend eine Möglichkeit, die Unstimmigkeiten, die zwischen ihnen bestanden, beizulegen.«

»Was waren das für Unstimmigkeiten?«

»Soweit ich aus den Notizen hier sehen konnte, hatte der Alte Geoffrey ziemlich zugesetzt, weil er noch immer nicht verheiratet war. Er war wohl der Meinung, es sei Geoffreys Pflicht, für einen Erben und Stammhalter zu sorgen. Das jedenfalls scheint der Kern ihrer Differenzen gewesen zu sein.« Vinney studierte einen Moment die Notizen, ehe er zu sprechen fortfuhr, vorsichtig abwägend, als sei ihm klar, daß es wichtig war, sich unparteiisch zu geben. »Ich habe den Eindruck, der Alte war es gewohnt, seinen Kopf durchzusetzen. Und als Geoffrey darauf bestand, unverzüglich nach London zurückzufahren, wurde er wütend, und die Auseinandersetzung wuchs sich zu einem handfesten Krach aus.«

»Gibt es einen Hinweis darauf, warum Geoffrey so unbedingt nach London zurück wollte? Hatte er dort vielleicht eine Freundin, die seinem Vater nicht paßte? Oder vielleicht eine Beziehung zu einem Mann, die er verheimlichen wollte?«

Vinney antwortete nicht gleich. Es wirkte fast so, als klopfe er St. James' Worte auf eine hintergründige Bedeutung ab. Dann räusperte er sich. »Nein, darauf gibt es keinerlei Hinweise. Es ist nie jemand mit der Behauptung an die Öffentlichkeit getreten, eine heimliche Beziehung zu ihm gehabt zu haben, obwohl die Boulevardpresse für so eine Geschichte bestimmt einen Haufen Geld gezahlt hätte. Gerade damals, in den sechziger Jahren, als praktisch ein Sexskandal den anderen jagte, waren solche Enthüllungen doch an der Tagesordnung. Denken Sie nur an Christine Keelers Geschichten über John Profumo. Ich glaube, wenn wirklich jemand ein heimliches Techtelmechtel mit Geoffrey Rintoul gehabt hätte, wäre er oder sie einfach Christine Keelers Beispiel gefolgt.«

»Hm«, meinte St. James nachdenklich, »da ist was dran. Vielleicht sogar mehr, als wir ahnen. John Profumo war Verteidigungsminister. Geoffrey Rintoul war im Verteidigungsministerium tätig. Rintoul kam im Januar um, zur gleichen Zeit, als der Profumo-Keeler-Skandal international in der Presse Schlagzeilen machte. Gibt es zwischen diesen Leuten und Geoffrey Rintoul vielleicht eine Verbindung, die *wir* nicht sehen?«

Vinney schien geschmeichelt. »Ich würde es gern glauben. Aber wenn Rintoul Beziehungen zu einem Callgirl unterhielt, warum hätte sie den Mund halten sollen, wo die Presse ihr doch für ihre Enthüllungen über ihre Beziehung zu einem Regierungsmitglied ein kleines Vermögen bezahlt hätte?«

»Vielleicht war es kein Callgirl. Vielleicht war Rintoul mit einer Person liiert, die das Geld nicht brauchte und nicht davon profitiert hätte, wenn die Geschichte publik geworden wäre.«

»Mit einer verheirateten Frau, meinen Sie?«

Wieder waren sie bei Lord Stinhursts Geschichte über seinen Bruder und seine Frau angelangt. St. James ging zum nächsten Punkt über. »Und die Aussagen der anderen?«

»Sie bestätigten allesamt die Geschichte des Alten von dem Streit und Geoffrey Rintouls nachfolgender wütender Abfahrt und dem Unfall. Eins allerdings war merkwürdig:

Die Leiche war stark verbrannt, deshalb mußte man aus London Röntgenbilder und die Patientenkarte von Rintouls Zahnarzt kommen lassen, um die Identifizierung vornehmen zu können. Rintouls Arzt, Sir Andrew Higgins, brachte die Unterlagen persönlich. Er nahm die Untersuchung gemeinsam mit dem Amtsarzt der Polizeidienststelle Strathclyde vor.«

»Das ist sicher ungewöhnlich, aber doch nichts Verdächtiges.«

»Darum geht es nicht.« Vinney schüttelte den Kopf. »Sir Andrew war ein alter Schulfreund von Geoffreys Vater. Die beiden waren zusammen in Harrow und Cambridge gewesen. Sie gehörten demselben Londoner Club an. Er starb 1970.«

St. James zog aus diesen Erläuterungen selbst seine Folgerungen. Sir Andrew hatte vielleicht verheimlicht, was verheimlicht werden mußte. Er hatte vielleicht nur das offengelegt, was unbedingt offengelegt werden mußte. Doch bei Betrachtung all dieser lückenhaften Informationen fand St. James einen Zeitraum – Januar 1963 – am bedeutendsten. Er hätte allerdings nicht sagen können, warum. Er griff nach den Fotografien.

Die erste zeigte eine Gruppe schwarzgekleideter Menschen, die im Begriff waren, in mehrere wartende Limousinen einzusteigen. Die meisten von ihnen erkannte St. James. Francesca Gerrard am Arm eines Mannes mittleren Alters, vermutlich ihres Ehemanns Phillip; Stuart und Marguerite Rintoul, die sich zu zwei verwirrt wirkenden Kindern hinunterneigten und mit ihnen sprachen, zweifellos Elizabeth und ihr älterer Bruder Alec; mehrere Personen im Gespräch auf der Treppe eines Gebäudes im Hintergrund, die Gesichter unscharf. Die zweite Aufnahme zeigte den Unfallort, weiße Schneelandschaft, in der das ausgebrannte Stück Land wie eine schwarze Wunde wirkte. Neben der ausgebrannten Schneise im Schnee stand ein Bauer mit einem Collie an seiner Seite, Hugh Kilbride, Gowans Vater, der als erster am Unfallort gewesen war. Das letzte Bild zeigte eine Gruppe Menschen, die eben aus einem Gebäude kam, jenem vermutlich, in dem die gerichtliche Untersuchung stattgefunden hatte. Die meisten dieser Personen kannte St. James von dem Besuch auf Westerbrae, doch es waren einige Gesichter dabei, die ihm unbekannt waren.

»Wer sind diese Leute? Wissen Sie das?«

»Das da, direkt hinter dem alten Lord Stinhurst, ist Sir Andrew Higgins«, sagte Vinney. »Neben ihm steht der Anwalt der Familie. Die anderen kennen Sie, nehme ich an.«

»Bis auf diesen Mann«, sagte St. James. »Wer ist das?«

Der Mann stand rechts hinter dem alten Lord Stinhurst, das Gesicht Stuart Rintoul zugewandt, mit dem er sich offensichtlich unterhielt.

»Keine Ahnung«, antwortete Vinney. »Der Kollege, von dem ich die Aufzeichnungen habe, weiß es vielleicht, aber ich habe nicht daran gedacht, ihn zu fragen. Soll ich die Bilder wieder mitnehmen und nachfragen?«

St. James überlegte. »Mal sehen«, sagte er langsam. Dann drehte er sich zur Dunkelkammer um. »Deborah, würdest du dir bitte mal die Aufnahmen hier ansehen?«

Sie kam zu ihnen an den Tisch und betrachtete über St. James' Schulter hinweg die Fotografien. St. James ließ ihr einen Moment Zeit, ehe er fragte: »Kannst du von der letzten Aufnahme Teilvergrößerungen machen? Die Gesichter der einzelnen Personen.«

Sie nickte. »Sie werden natürlich ein bißchen körnig werden, sicher nicht beste Qualität, aber erkennbar auf jeden Fall. Soll ich's gleich mal versuchen?«

»Bitte, ja.« St. James sah Vinney an. »Mal sehen, was Lord Stinhurst uns zu diesen Bildern sagen kann.«

Der Fall Hannah Darrow war von der Polizei Mildenhall aufgenommen und bearbeitet worden. Der Beamte, der damals die Ermittlungen geleitet hatte, Raymond Plater, war inzwischen zum obersten Polizeibeamten, dem Chief Constable, des Ortes avanciert. Im Verlauf der Jahre in sein Amt hineingewachsen, so daß er sich heute so wohl darin fühlte wie in einem bequemen alten Anzug, beunruhigte es ihn nicht im mindesten, als unversehens New Scotland Yard höchstpersönlich bei ihm anklopfte, um sich über einen Fall zu informieren, der seit fünfzehn Jahren abgeschlossen war.

»O ja, ich erinnere mich genau«, sagte er, während er Lynley und Barbara Havers in sein wohlausgestattetes Büro vorausging. Ohne Umschweife griff er zum Telefon, sobald sie sich gesetzt hatten. »Plater hier. Bringen Sie mir doch die Akte über Hannah Darrow. D–a–r–r–o–w. Aus dem Jahr '73. – Abgeschlossener Fall, ja. – In Ordnung.« Er drehte sich in seinem Sessel zu einem Tisch, der hinter ihm stand, und fragte über die Schulter: »Kaffee?«

Als Lynley und Barbara Havers dankend annahmen, schenkte Plater ein und reichte ihnen die Tassen zusammen mit Milch und Zucker über den Schreibtisch. Ehe er zu sprechen begann, trank er selbst, sichtlich mit Genuß.

»Sie sind nicht die ersten, die sich für Hannah Darrow interessieren«, bemerkte er, nachdem er die Kaffeetasse abgestellt und sich in seinem Sessel zurückgelehnt hatte.

»Die Schriftstellerin Joy Sinclair war wohl auch schon bei Ihnen?« vermutete Lynley. Als Plater nickte, fügte er hinzu: »Sie wurde letztes Wochenende in Schottland ermordet.«

Plater richtete sich interessiert auf. »Gibt es da einen Zusammenhang?«

»Das ist im Moment noch völlig offen. War Joy Sinclair allein bei Ihnen?«

»Ja. Und sie war sehr hartnäckig. Sie erschien unangemeldet hier, und da sie in privater Angelegenheit kam, mußte sie sich eine Weile gedulden.« Plater lächelte. »Etwas über zwei Stunden, wie ich mich erinnere. Aber sie saß die Zeit ohne Murren ab und wartete. Das war – irgendwann Anfang letzten Monats.«

»Was wollte sie.«

»Sie wollte Informationen über den Fall Darrow; Einblick in unsere Unterlagen. Normalerweise hätte ich die Akte niemanden einsehen lassen, aber sie hatte zwei Empfehlungsschreiben, eines von einem Chief Constable aus Wales, mit dem sie an einem ihrer Bücher zusammengearbeitet hatte, und ein zweites von einem Superintendent der Kriminalpolizei irgendwo im Süden, aus Devon vielleicht. Außerdem konnte sie eine ganze Latte von Referenzen vorweisen, in denen ihr ausnahmslos bestätigt wurde, wie gut ihre Bücher recherchiert sind. Damit wollte sie mich wohl davon überzeugen, daß sie nicht gekommen war, um mir meine Zeit zu stehlen.«

Es klopfte einmal kurz und zaghaft, dann trat ein junger Beamter ein, reichte dem Chef eine dicke Akte und zog sich eiligst wieder zurück. Plater schlug den Hefter auf und entnahm ihm einen Stapel Fotografien.

Typische Polizeiaufnahmen, wie Lynley sah. Im harten Schwarzweiß zeigten sie den Tod in erbarmungslosen Details: einen kahlen, fast völlig unmöblierten Raum mit einer Balkendecke, einem Boden aus breiten Holzdielen voller Löcher und Narben und schrägen Wänden aus rohen Holzbalken, in die mehrere kleine Fenster eingelassen waren. Ein Stuhl mit einer Sitzfläche aus Korbgeflecht lag zur Seite gekippt unter der Toten. Einer ihrer Schuhe war ihr vom Fuß gefallen und in einer Querleiste des Stuhls hängengeblieben. Sie hatte sich nicht mit einem Strick erhängt, sondern mit einem Stück Stoff, einem dunklen Schal, wie es schien, der um einen Haken in einen der Deckenbalken geschlungen war. Ihr Kopf war nach vorn geneigt, und das lange blonde Haar verbarg wie ein Vorhang den größten Teil des vom Tod entstellten Gesichts.

Während Lynley die Fotografien eine nach der anderen durchsah, setzte sich ein Gefühl vagen Zweifels in ihm fest. Er reichte die Aufnahmen Barbara Havers weiter und beobachtete sie aufmerksam, während sie sie betrachtete; doch sie gab sie Plater wortlos zurück.

»Wo wurden die Aufnahmen gemacht?« fragte er Plater.

»Man fand die Frau in einer alten Mühle draußen auf dem Mildenhall Fen, ungefähr anderthalb Kilometer vom Dorf entfernt.«

»Steht die Mühle noch?«

Plater schüttelte den Kopf. »Nein, sie ist vor drei oder vier Jahren abgerissen worden. Aber auch wenn sie heute noch zu besichtigen wäre, hätte Ihnen das wohl kaum etwas gebracht. Diese Miss Sinclair«, fügte er nach einer kleinen Pause nachdenklich hinzu, »wollte sie auch besichtigen.«

»Ach was?« meinte Lynley interessiert und dachte an das, was John Darrow ihm erzählt hatte: Joy Sinclair hatte zehn Monate gebraucht, um den Todesfall aufzustöbern, über den sie hatte schreiben wollen. »Sind Sie ganz sicher, daß das ein Selbstmord war?« fragte er Plater.

Statt einer Antwort begann Plater in der Akte zu blättern. Nach einigem Suchen zog er ein einzelnes stark zerknittertes Blatt Papier heraus, das wohl damals jemand im Zorn oder Schmerz zusammengeknüllt hatte. Lynley überflog die wenigen Worte; eine große, kindliche Schrift, runde Buchstaben, die wie gemalt wirkten, statt Punkten und I-Tüpfelchen kleine Kreise.

Ich muß gehen, es ist Zeit... Dieser Baum hier ist vertrocknet, aber trotzdem wiegt er sich mit den andern zusammen im Winde. So werde ich, wenn ich auch sterbe, dennoch so oder so am Leben teilnehmen. Leb wohl...

»Das ist doch wohl ziemlich deutlich«, meinte Plater.

»Wo wurde der Zettel gefunden?«

»Er lag in ihrem Haus auf dem Küchentisch. Und der Kugelschreiber gleich daneben.«

»Wer hat ihn gefunden?«

»Ihr Mann. Sie sollte ihm am Abend in der Wirtschaft helfen. Als sie nicht kam, ging er nach oben in ihre gemeinsame Wohnung. Er sah den Zettel, bekam es mit der Angst zu tun und rannte sofort los, um sie zu suchen. Als er sie nicht finden konnte, lief er zurück, schloß das Pub und trommelte eine Gruppe Männer zu einer Suchaktion zusammen. Kurz nach Mitternacht«, schloß Plater nach einem Blick in die Akte, »fand man sie in der Mühle.«

»Wer fand sie?«

«Ihr Mann. Zusammen mit zwei Männern aus dem Dorf«, fügte er hastig hinzu, als er sah, daß Lynley etwas sagen wollte, »die nicht gerade zu seinen besten Freunden zählten.« Plater lächelte. »Ich sehe schon, Sie denken das gleiche, was wir alle zunächst dachten, Inspector. Daß Darrow seine Frau zur Mühle hinauslockte, sie dort tötete und dann selbst den Brief schrieb. Aber diese Möglichkeit haben wir gründlich überprüft. Der Brief ist echt. Unsere Experten haben es bestätigt. Auf dem Papier sind zwar nicht nur Hannahs Abdrücke, sondern auch die ihres Mannes, aber das läßt sich leicht erklären. Er hat den Brief vom Küchentisch genommen, wo sie ihn für ihn zurückgelassen hatte. Außerdem trug Hannah Darrow an dem Abend reichlich Ballast, um dafür zu sorgen, daß ihr Plan auch wirklich gelang. Sie hatte zwei schwere Wollmäntel an und darunter zwei dicke Pullover. Sie können mir nicht weismachen, daß ihr Mann sie dazu überreden konnte, in dieser Verkleidung ihren Abendspaziergang zu machen.«

Das Agincourt Theatre stand eingezwängt zwischen zwei weit imposanteren Bauten in einer schmalen Nebenstraße der Shaftesbury Avenue. Zu seiner Linken befand sich das Royal Standard Hotel samt grimmig dreinblickendem Portier in piekfeiner Livree; zu seiner Rechten das Museum für Theatergeschichte mit einer aufwendigen Ausstellung prunkvoller elisabethanischer Kostüme und Waffen in den Fenstern. Zwischen diese beiden stattlichen Gebäude eingepfercht, wirkte das Agincourt heruntergekommen und verwahrlost; aber der äußere Schein trog.

Als Helen Clyde kurz vor Mittag das Theater betrat, blieb sie verblüfft stehen. Sie kannte das Theater von früher: viktorianisch düster und überladen, nicht ohne einen gewissen altmodischen Reiz. Doch was Lord Stinhurst daraus gemacht hatte, war wahrhaft atemberaubend. Sie hatte natürlich in der Zeitung von der Renovierung gelesen, aber eine solche Metamorphose hatte sie nicht erwartet. Stinhurst hatte Architekten und Designern bei der Neueinrichtung praktisch freie Hand gelassen, und diese hatten das gesamte Innere zunächst einmal von allen überflüssigen Schnörkeln befreit und ein hohes, lichtes Foyer geschaffen. Über diese Verwandlung staunend, vergaß Helen einen Moment lang ihre Beklemmung vor dem bevorstehenden Gespräch.

Bis in die Nacht hinein hatte sie mit Barbara Havers und St. James alle Einzelheiten besprochen. Gemeinsam hatten sie hin und her überlegt, wie dieser Besuch im Agincourt zu bewerkstelligen sei. Barbara konnte es nicht wagen, ohne Lynleys Wissen und Zustimmung in ihrer Eigenschaft als Polizeibeamtin dieses Gespräch zu führen, auch wenn das am wirksamsten gewesen wäre; nur Helen oder St. James konnten versuchen, Lord Stinhursts Sekretärin dazu zu bewegen, ihnen Näheres über die Telefongespräche zu berichten, die sie, der Behauptung Stinhursts zufolge, am

Morgen nach der Ermordung Joy Sinclairs in seinem Auftrag geführt hatte.

Die nächtliche Konferenz endete schließlich mit der Übereinkunft, daß Helen von den beiden das größere Talent besaß, das Vertrauen anderer zu gewinnen, und daher das Gespräch mit der Sekretärin übernehmen solle. Das alles hatte in der Nacht durchaus vernünftig geklungen – sogar schmeichelhaft, wenn man es so sehen wollte –, jetzt aber, keine zehn Schritte von den Verwaltungsbüros entfernt, wo die ahnungslose Sekretärin wartete, plagten Helen doch starke Bedenken.

»Hallo, Helen? Bist du etwa gekommen, um dich an der neuesten Kampfaktion zu beteiligen?«

Rhys Davies-Jones war an der Tür zum Zuschauerraum erschienen und ging mit einer Kaffeetasse in der Hand zur Bar, wo eine Kaffeemaschine blubberte. Lächelnd gesellte sich Helen zu ihm.

»Möchtest du auch eine Tasse?« fragte Davies-Jones und schenkte sich selbst ein, als sie ablehnte.

»Von was für einer Kampfaktion sprichst du?« fragte sie ihn.

»Kampfaktion ist vielleicht nicht das richtige Wort«, meinte er. »Es ist eher ein allgemeines Gerangel unter unseren zartbesaiteten Stars um die beste Rolle in Stinhursts neuer Produktion. Der Haken dabei ist nur, daß noch gar nicht entschieden ist, welches Stück überhaupt aufgeführt werden soll. Du kannst dir vielleicht vorstellen, wie da in den letzten zwei Stunden rivalisiert und manövriert worden ist.«

»Er macht eine neue Produktion?« fragte Helen ungläubig. »Nach allem, was passiert ist?«

»Er hat gar keine Wahl, Helen. Wir alle sind bei ihm unter Vertrag. Das Theater soll in knapp acht Wochen eröffnet werden. Wenn er nicht mit einer Neuproduktion herauskommt, macht er Riesenverluste. Glücklich ist er bestimmt nicht darüber, und ich fürchte, es wird ihn noch viel härter treffen, wenn erst die Presse wegen der Geschichte mit Joy über ihn herfällt. Ich verstehe sowieso nicht, wieso die Medien sich diese Story nicht längst geschnappt haben.« Er berührte leicht Helens Hand. »Darum bist du hier, nicht wahr?«

Sie hatte gar nicht daran gedacht, daß sie ihm vielleicht begegnen würde, hatte sich nicht überlegt, was sie ihm in einem solchen Fall sagen würde. Unvorbereitet, wie sie war, gab sie ihm die erstbeste Antwort, die ihr in den Sinn kam, und dachte in diesem Moment gar nicht darüber nach, warum sie ihn belog.

»Nein, gar nicht. Ich war zufällig hier in der Gegend und dachte, du würdest vielleicht hier sein. Darum bin ich auf einen Sprung vorbeigekommen.«

Sein Blick, der auf sie gerichtet war, blieb ruhig, und dennoch vermittelte er ihr deutlich, wie albern ihre Ausrede klang. Er war kein Mann, der es zur Stärkung seines Selbstbewußtseins nötig hatte, daß die Frauen ihm nachliefen. Und sie war nicht die Frau, die so etwas je tun würde. Das wußte er sehr wohl.

»Ah ja. Das ist nett.« Er senkte den Blick und nahm die Tasse von einer Hand in die andere. Als er wieder sprach, war sein Ton verändert, bewußt leicht und obenhin. »Dann komm mit in den Zuschauerraum. Viel zu sehen gibt's da allerdings nicht, da wir praktisch überhaupt nichts geklärt haben. Aber dafür hat es kräftig gefunkt. Joanna hat ihrem Mann den ganzen Morgen mit endlosen Beschwerden in den Ohren gelegen, die er für sie an den Mann bringen soll, und Gabriel hat versucht, die Wogen zu glätten, hat es aber nur geschafft, alle vor den Kopf zu stoßen, insbesondere Irene. Es würde mich nicht wundern, wenn sich die Besprechung zu einer handfesten Schlägerei auswächst, aber sie hat auch einen gewissen Unterhaltungswert. Na, kommst du mit?«

Helen war klar, daß sie nach der Ausrede, die sie für ihre Anwesenheit im Theater gebraucht hatte, nicht ablehnen konnte, darum folgte sie ihm in den dunklen Zuschauerraum und suchte sich einen Platz in der letzten Reihe. Rhys lächelte ihr höflich zu und ging nach vorn zur hell erleuchteten Bühne, wo die Schauspieler, Lord Stinhurst und einige andere Personen um einen runden Tisch saßen und erregt diskutierten.

»Rhys«, rief sie. Als er sich umdrehte, fragte sie: »Können wir uns heute abend sehen?«

Die Frage war halb Reue, halb ehrlicher Wunsch, doch sie hätte nicht sagen können, welche der beiden Kräfte die stärkere war. Sie wußte nur, daß sie nicht mit dieser Lüge von ihm scheiden konnte.

»Tut mir leid, aber ich kann nicht, Helen. Ich habe eine Besprechung mit Stuart – Lord Stinhurst – über die neue Produktion.«

»Ach ja, natürlich. Daran habe ich gar nicht gedacht. Aber vielleicht –«

»Morgen abend? Zum Essen, wenn es dir paßt? Wenn du möchtest.«

»Ich – ja. Ja, gerne. Wirklich.«

Er stand im Schatten, so daß sie sein Gesicht nicht sehen konnte. Sie konnte nur seine Worte hören und die fragende Zärtlichkeit in seinem Ton. Das Timbre seiner Stimme verriet ihr, wie schwer es ihm fiel, überhaupt zu sprechen. »Helen, als ich heute morgen aufwachte, wußte ich mit absoluter Gewißheit, daß ich dich liebe. So sehr. Ich verstehe es nicht, aber ich weiß keinen Moment in meinem Leben, der so beängstigend für mich war.«

»Rhys –«

»Nein. Bitte. Sag es mir morgen.« Mit einer entschiedenen Bewegung wandte er sich ab und ging nach vorn, die wenigen Stufen hinauf, um sich zu den anderen zu gesellen.

Helen zwang sich, ihren Blick auf die Bühne zu richten, aber ihre Gedanken gingen andere Wege. Hartnäckig kreisten sie um die Frage, wem eigentlich ihre Loyalität galt. Wenn diese Begegnung mit Rhys eine Prüfung ihres Vertrauens zu ihm gewesen sein sollte, dann hatte sie, das erkannte sie, ohne darüber nachdenken zu müssen, kläglich versagt. Und sie fragte sich, ob dieses Versagen das Schlimmste bedeutete, ob sie tief im Inneren vielleicht doch unsicher war, was Rhys in jener Nacht auf Westerbrae, während sie geschlafen hatte, wirklich getan hatte. Der Gedanke war erschreckend. Sie verachtete sich selbst dafür.

Nach einer Weile stand sie auf, ging wieder ins Foyer hinaus und näherte sich den Büros. Sie beschloß, auf alle Bemäntelungen zu verzichten. Sie würde Stinhursts Sekretärin einfach mit der Wahrheit gegenübertreten.

»Der Stuhl ist es, Havers«, sagte Lynley wieder, vielleicht zum vierten oder fünften Mal.

Der Nachmittag war bissig kalt geworden. Ein eisiger Wind blies vom Meer herein und fegte über die Fens. Lynley bog in Richtung Porthill Green ab, als Barbara gerade ihre dritte Besichtigung der Polizeifotos abgeschlossen hatte und sie wieder in die Akte über den Fall Darrow legte, die Chief Constable Plater ihnen ausgeliehen hatte.

Innerlich schüttelte sie den Kopf. Soweit sie sehen konnte, war seine Beweisführung kaum zu halten. »Mir ist schleierhaft, wie Sie aufgrund eines Fotos von einem Stuhl zu so einer klaren Folgerung kommen können«, sagte sie.

»Dann sehen Sie sich das Foto noch einmal an. Wie soll sie, wenn sie sich selbst erhängt hat, den Stuhl so umgestoßen haben, daß er auf die *Seite* fiel? Das ist unmöglich. Sie hätte ihn von hinten anstoßen können, sie hätte ihn sogar seitlich drehen und die Rückenlehne anstoßen können – der Stuhl wäre immer nach rückwärts gekippt und nicht auf die Seite. Einzig wenn sie ihren Fuß in den Raum zwischen Rückenlehne und Sitzfläche geschoben und den Stuhl richtiggehend geschleudert hätte, wäre es ihr vielleicht gelungen, den Stuhl in die Lage zu bringen, die er auf dem Foto hat.«

»Und warum soll es nicht so gewesen sein? Der eine Schuh ist ja tatsächlich im Stuhl hängengeblieben«, entgegnete Barbara.

»Das ist richtig. Aber es ist der rechte Schuh, Havers. Und wenn Sie sich das Bild noch einmal ansehen, werden Sie feststellen, daß der Stuhl nach links gekippt war.«

Barbara merkte genau, daß er wild entschlossen war, sie von seiner Auffassung zu überzeugen, und weitere Einwände kaum etwas fruchteten. Dennoch fühlte sie sich zum Widerspruch getrieben.

»Sie behaupten also, daß Joy Sinclair bei ihren Recherchen für ein Buch über einen Selbstmord auf einen Mordfall stieß. Wie soll das zugegangen sein? Wie soll sie unter den zahllosen Selbstmorden, die in diesem Land jedes Jahr verübt werden, ausgerechnet auf einen gestoßen sein, der in Wirklichkeit ein Mord war? Überlegen Sie doch mal, wie groß ist die Wahrscheinlichkeit, daß so was passiert?«

»Bedenken Sie, *warum* die Geschichte von Hannah Darrows Tod sie ursprünglich lockte, Havers. Die Umstände, die Kulisse waren von einer Eigentümlichkeit, die diesen Fall von allen anderen abhob. Der Ort: die Fens. Weites, flaches Land, das dem Meer abgerungen worden ist, von Kanälen durchzogen, immer wieder von Fluten überschwemmt – eine Atmosphäre also, die jeden Schriftsteller von Dickens bis Dorothy L. Sayers inspiriert hat. Wie beschrieb Joy Sinclair es auf ihrem Tonband? ›Das Quaken der Frösche und das Keuchen der Pumpen, das unendlich weite Flachland.‹ Dann der Tatort selbst: eine alte, verlassene Mühle. Die bizarre Kleidung, die Hannah Darrow trug: zwei schwere Wollmäntel über zwei dicken Pullovern. Und dann die Ungereimtheit, die Joy Sinclair zweifellos sofort auffiel, als sie die Polizeiaufnahmen sah: der umgefallene Stuhl.«

»Wenn das wirklich eine Ungereimtheit ist, wie erklären Sie es sich dann, daß Plater selbst sie bei seinen Ermittlungen übersah? Ich hab nicht gerade das Gefühl, daß er ein vertrottelter Dorfpolizist ist.«

»Bis Plater an den Tatort kam, hatten die Männer aus dem Pub bereits stundenlang nach Hannah gesucht, und alle waren überzeugt, daß sie nach einer Selbstmörderin suchten. Als sie sie fanden und die Polizei anriefen, meldeten sie einen Selbstmord. Plater war vorprogrammiert, er war auf Selbstmord eingestellt, als er zur Mühle kam. Er war schon nicht mehr objektiv, als er die Tote zu Gesicht bekam. Und er erhielt einen relativ überzeugenden Beweis dafür, daß Hannah Darrow tatsächlich vorgehabt hatte, sich das Leben zu nehmen, als sie aus der Wohnung weggegangen war. Den Brief nämlich.«

»Aber Plater sagte uns doch auch, daß der Brief eindeutig echt ist.«

»Natürlich ist er echt«, meinte Lynley. »Ich bin überzeugt, daß das ihre Handschrift war.«

»Wie erklären Sie sich dann ...«

»Lieber Gott, Havers, sehen Sie sich den Brief doch mal an! Enthält er auch nur ein einziges falsch geschriebenes Wort? Oder einen einzigen Interpunktionsfehler?«

Barbara nahm den Brief heraus, überflog ihn und wandte sich wieder Lynley zu. »Wollen Sie sagen, daß Hannah Darrow den Text irgendwo abgeschrieben hat? Aber warum? Machte sie Handschriftenübungen? Oder tat sie es aus Langeweile? Ich kann mir ja vorstellen, daß das Leben in Porthill Green nicht gerade aufregend ist, aber daß sie sich die Zeit damit vertrieben haben soll, ihre Handschrift zu verbessern, scheint mir ehrlich gesagt etwas weit hergeholt. Und selbst wenn sie es getan haben sollte – wollen Sie behaupten, daß Darrow den Zettel irgendwo fand und zu späterer nützlicher Verwendung aufbewahrte? Daß er selbst ihn dann auf den Küchentisch legte? Daß er – was? Seine Frau getötet hat? Wie denn? Wann denn? Und wie soll er sie dazu gebracht haben, sich so verrückt anzuziehen? Aber selbst wenn es so gewesen sein sollte, Inspector, welche Verbindung sollte zwischen ihm und Westerbrae sowie Joy Sinclairs Ermordung bestehen?«

»Nun, wir wissen immerhin von den Telefongesprächen«, versetzte Lynley. »Wales und Suffolk, immer wieder. Joy Sinclair erzählte ihrem Vetter Rhys Davies-Jones in aller Unschuld von ihren fruchtlosen Bemühungen, etwas aus John Darrow herauszubekommen, und wahrscheinlich auch von ihrem aufkeimenden Verdacht über die wahren Hintergründe von Hannah Darrows Tod. Und Davies-Jones, der nur auf den rechten Moment wartete, sorgte dafür, daß Joy Sinclair ein Zimmer neben Helen bekam, und tötete sie, als die Gelegenheit ihm günstig erschien.«

Barbara traute ihren Ohren nicht. Wie geschickt er die Fakten verdrehte und interpretierte, um sie seiner Theorie von Davies-Jones' Schuld anzupassen.

»Aber warum denn?« fuhr sie ihn gereizt an.

»Weil zwischen Darrow und Davies-Jones eine Verbindung besteht. Ich weiß noch nicht, welcher Art sie ist. Vielleicht eine alte Beziehung. Vielleicht eine unbeglichene Schuld. Vielleicht geheimes gemeinsames Wissen. Ganz gleich, was es ist, wir werden der Sache auf die Spur kommen.«

12

Es war kurz vor der nachmittäglichen Schließung, als Lynley und Babara Havers ins *Wine's the Plough* traten. John Darrow machte kein Hehl daraus, daß sie ihm nicht willkommen waren.

»Wir schließen«, blaffte er.

Lynley ignorierte die in den kurzen Worten des Mannes enthaltene Weigerung, mit ihnen zu sprechen. Er ging zum Tresen, schlug die Akte auf und nahm Hannah Darrows Abschiedsbrief heraus. Barbara, die sich neben ihn stellte, klappte ihren Block auf. Darrow beobachtete alles mit feindselig verkniffenem Mund.

»Sagen Sie mir etwas darüber«, meinte Lynley und schob den Zettel über die Theke.

Darrow warf einen mürrischen Blick darauf, äußerte sich jedoch nicht, sondern machte sich daran, die Biergläser einzusammeln, die auf dem Tresen standen, und sie mit grimmiger Miene in eine Schüssel mit trübem Wasser zu tauchen.

»Was für eine Schulbildung hatte Ihre Frau, Mr. Darrow? Hatte sie einen Abschluß? War sie auf der Universität? Oder hatte sie sich selbst weitergebildet? Hatte sie vielleicht viel gelesen?«

Darrows mißtrauischer Blick verriet, daß er nach einer Falle hinter Lynleys Worten suchte. Da er offenbar keine entdecken konnte, sagte er kurz: »Hannah hatte für Bücher nichts übrig. Und mit fünfzehn hatte sie von der Schule genug.«

»Aha. Aber sie war wohl eine Naturliebhaberin? Interessierte sich für die Pflanzen hier und die Landschaft?«

Darrow verzog verächtlich den Mund. »Worauf wollen Sie hinaus? Reden Sie und verschwinden Sie dann endlich.«

»Sie schreibt hier von Bäumen. Von einem Baum, der gestorben ist, aber sich immer noch im Wind wiegt. Ziemlich poetisch, finden Sie nicht? Selbst für einen Abschiedsbrief. Was ist das in Wirklichkeit für ein Brief, Darrow? Wann hat Ihre Frau ihn geschrieben? Wo haben Sie ihn gefunden?«

Darrow gab keine Antwort, fuhr fort, schweigend seine Gläser zu spülen.

»An dem Abend, als sie starb, schlossen Sie Ihr Pub. Warum?«

»Weil ich sie gesucht hab. Ich war oben in der Wohnung und fand das da« – Darrow wies mit einer kurzen Kopfbewegung auf den Brief – »in der Küche. Da bin ich losgezogen, um sie zu suchen.«

»Wo?«

»Im Dorf.«

»Sie haben bei den Nachbarn angeklopft? In die Ställe und Scheunen geschaut? Die Häuser durchsucht?«

»Quatsch. Sie hätte sich doch nie bei irgend jemand im Haus umgebracht.«

»Und Sie wußten mit Sicherheit, daß sie sich das Leben nehmen wollte?«

»Das steht doch drin!«

»Richtig. Wo haben Sie sie also gesucht?«

»Da und dort. Ich weiß nicht mehr. Es ist fünfzehn Jahre her. Ich hab damals nicht drauf geachtet. Und jetzt ist es vorbei. Begraben und vergessen. Hab ich mich klar genug ausgedrückt, Mann? Begraben!«

»Es *war* begraben«, gab Lynley zurück. »Sehr gründlich offenbar. Aber dann kam Joy Sinclair hierher und fing an, alles wieder auszugraben. Es sieht mir sehr danach aus, als hätte das jemanden heftig beunruhigt. Warum hat sie so oft bei Ihnen angerufen, Darrow? Was wollte sie!«

Darrow zog mit zornigem Schwung beide Arme aus dem

Spülwasser und klatschte mit den Händen auf den Tresen. »Das hab ich Ihnen doch schon gesagt. Das Luder wollte mit mir über Hannah reden, aber ich hab nicht mitgemacht. Ich wollte nicht, daß sie die Vergangenheit wieder aufwühlt und unser Leben noch mal durcheinanderbringt. Wir sind drüber weg. Und so bleibt's auch, verdammt noch mal. So, und jetzt hauen Sie endlich ab oder verhaften Sie jemanden.«

Lynley sah Darrow ruhig an, ohne etwas zu sagen, und die Bedeutung von Darrows letzten Worten bekam mit dem Schweigen immer mehr Gewicht. Darrows Gesicht begann sich zu röten. Die Adern in seinen Armen schienen anzuschwellen.

»Ich soll jemanden verhaften«, bemerkte Lynley schließlich. »Merkwürdig, daß gerade Sie das vorschlagen, Mr. Darrow. Warum sollte ich für einen Selbstmord jemanden verhaften? Aber wir wissen ja beide, daß es kein Selbstmord war. Und ich glaube, Joy Sinclair beging den Fehler, Ihnen zu sagen, daß auch sie nicht an einen Selbstmord glaubte.«

»Verschwinden Sie!« brüllte Darrow.

Lynley packte in aller Ruhe die Unterlagen ein. »Wir kommen wieder«, sagte er freundlich.

Um vier Uhr nachmittags hatte sich die im Agincourt Theatre versammelte Truppe nach siebenstündiger Debatte wenigstens auf einen Autor geeinigt. Zur Eröffnung des Theaters sollte ein Stück von Tennessee Williams gespielt werden. Welches Stück, war noch immer nicht entschieden.

St. James, der hinten im Zuschauerraum saß, beobachtete die Gruppe auf der Bühne. Man war immerhin so weit gediehen, daß nur noch drei Stücke zur Wahl standen, und soweit St. James sehen konnte, gab es im Augenblick eine gewisse Neigung, sich Joanna Ellacourts Argumenten anzuschließen, die absolut gegen eine Neuinszenierung von

Endstation Sehnsucht war. Ihre Aversion gegen das Stück entsprang, wie es St. James schien, vor allem einer überschlägigen Berechnung der Zeit, die Irene Sinclair insgesamt im Rampenlicht stehen würde, falls sie die Stella spielen sollte. Wer die Rolle der Blanche Dubois übernehmen würde, daran schien es keinen Zweifel zu geben.

Lord Stinhurst hatte in der Viertelstunde, seit St. James die Diskussion beobachtete, bemerkenswerte Geduld gezeigt. Ungewöhnlich liberal, hatte er allen Schauspielern, den Kostümberatern, dem Regisseur und den Assistenten gestattet, ihre Meinung zu äußern. Jetzt stand er, beide Hände ins Kreuz gedrückt, etwas mühsam auf.

»Ich werde Ihnen meine Entscheidung morgen mitteilen«, sagte er. »Wir haben jetzt lange genug diskutiert. Ich schlage vor, wir treffen uns morgen vormittag wieder. Um halb zehn. Zu einer ersten Lesung.«

»Und Sie wollen uns nicht mal einen kleinen Tip geben, Stuart?« fragte Joanna Ellacourt. Sie streckte sich mit träger Bewegung und bog sich auf ihrem Stuhl nach rückwärts, so daß das lange blonde Haar wie ein goldener Schleier ins Licht fiel. Robert Gabriel, der neben ihr saß, flocht genüßlich seine Finger hinein.

»Das kann ich gar nicht«, antwortete Stinhurst. »Ich habe mich selbst noch nicht endgültig entschieden.«

Joanna sah lächelnd zu ihm auf und zog die Schulter nach vorn, um Gabriels Hand abzuschütteln. »Sagen Sie mir, was ich tun muß, damit Sie in meinem Sinn entscheiden.«

Gabriel lachte kurz und rauh. »Nehmen Sie sie beim Wort, Stuart. Wir wissen doch alle, wie glänzend unsere liebe Jo die Kunst der Überredung beherrscht.«

Einen Moment lang sagte keiner etwas auf die gereizte Bemerkung. Alle schienen wie erstarrt; nur David Sydeham hob langsam den Kopf von dem Skript, in dem er gelesen hatte, und blickte dem anderen Mann direkt ins Gesicht.

Seine Miene war voll eisiger Feindseligkeit, aber Gabriel schien das nicht im geringsten zu erschüttern.

Rhys Davies-Jones warf das Skript, das er in der Hand hielt, auf den Tisch. »Mann, Sie sind wirklich ein Idiot«, sagte er verdrossen zu Gabriel.

»Und ich glaubte immer, Rhys und ich könnten niemals einer Meinung sein«, bemerkte Joanna.

Irene Sinclair stand auf. Ihr Stuhl rutschte laut über den Bühnenboden. »Also dann«, sagte sie ruhig und nicht unfreundlich. »Ich gehe jetzt. Bis morgen.« Damit drehte sie sich um und stieg die Stufen zum Seitengang des Theaters hinunter. St. James sah, als sie an ihm vorüberkam, welche Anstrengung es sie kostete, die Fassung zu bewahren, und er fragte sich, wie und warum sie die jahrelange Ehe mit Robert Gabriel ertragen hatte.

Während die anderen Schauspieler, die Assistenten und die Kostüm- und Bühnenbildner allmählich in den Kulissen verschwanden, stand. St. James auf und ging durch den Zuschauerraum nach vorn. Der Saal war nicht übermäßig groß, faßte vielleicht fünfhundert Personen und wirkte jetzt wie eingenebelt von Zigarettenqualm, der sich im Licht der Scheinwerfer brach. Langsam stieg St. James die kurze Treppe hinauf.

»Haben Sie einen Moment Zeit, Lord Stinhurst?«

Stinhurst war im Gespräch mit einem spindeldürren jungen Mann, der sich mit angestrengt gerunzelter Stirn Notizen machte. »Sorgen Sie dafür, daß wir für die Lesung morgen genug Exemplare haben«, sagte er abschließend und richtete erst dann den Blick auf St. James.

»Sie haben also geschwindelt, als Sie sagten, Sie hätten sich noch nicht entschieden«, bemerkte St. James.

Stinhurst antwortete nicht gleich, sondern rief zur Beleuchterbrücke hinauf: »Wir brauchen die vielen Lichter jetzt nicht mehr, Donald.«

Prompt versank die Bühne in Dunkelheit. Nur der Tisch selbst war jetzt noch erleuchtet. Stinhurst setzte sich wieder, zog Pfeife und Tabak heraus und legte beides auf den Tisch.

»Manchmal ist es einfacher zu lügen«, bekannte er. »Als Theaterproduzent gewöhnt man sich das leider mit der Zeit ganz von selbst an. Wenn Sie je so ein Tauziehen zwischen kreativen Egozentrikern erlebt hätten, würden Sie verstehen, was ich meine.«

»Diese Gruppe hier scheint besonders explosiv zu sein.«

»Das ist kein Wunder. Die Leute haben in den letzten drei Tagen einiges aushalten müssen.« Stinhurst begann seine Pfeife zu stopfen. Er hielt die Schultern gestrafft und saß kerzengerade: auffallender Kontrast zu der Müdigkeit, die aus seiner Stimme und seinen Gesichtszügen sprach. »Aber ich vermute, Sie sind nicht hergekommen, um sich mit mir übers Theater zu unterhalten, Mr. St. James.«

St. James reichte ihm den Stapel Vergrößerungen, die Deborah am Abend zuvor noch gemacht hatte. Jede zeigte nur ein Gesicht, höchstens noch einen angeschnittenen Oberkörper, sonst nichts. Nichts verriet, daß die Vergrößerungen aus einer Gruppenaufnahme herausgeholt waren. Darauf hatte Deborah extra geachtet.

»Würden Sie mir sagen, wer diese Leute sind.«

Stinhurst ging den ganzen Stapel durch, drehte eine Aufnahme nach der anderen langsam um. Seine Pfeife hatte er vergessen. St. James sah deutlich das Widerstreben in seinen Bewegungen und war gespannt, ob Stinhurst seiner Bitte überhaupt nachkommen würde. Er wußte ohne Zweifel genau, daß er nicht verpflichtet war, irgendwelche Auskünfte zu geben. Er wußte aber sicher auch, wie Lynley, sollte er davon erfahren, eine Weigerung interpretieren würde. St. James konnte nur hoffen, daß Stinhurst glaubte, er sei im Auftrag Lynleys hier.

Nachdem Stinhurst alle Aufnahmen durchgesehen hatte, legte er sie in einer Reihe nebeneinander und zeigte mit dem Finger auf die einzelnen Bilder, während er sprach.

»Mein Vater. Der Mann meiner Schwester, Phillip Gerrard. Meine Schwester Francesca. Meine Frau. Der Anwalt meines Vaters – er ist vor einigen Jahren gestorben, und ich kann mich im Moment nicht an den Namen erinnern. Unser Hausarzt. Ich selbst.«

Gerade den Mann, dessen Identität sie interessierte, hatte Stinhurst ausgelassen. St. James wies auf das Foto, das neben dem Francesca Gerrards lag. »Und dieser Mann, der da im Profil gezeigt ist?«

Stinhurst zog die Brauen zusammen. »Keine Ahnung. Ich kann mich nicht erinnern, ihn je gesehen zu haben.«

»Merkwürdig«, meinte St. James.

»Wieso?«

»Weil er sich auf dem Originalfoto, aus dem diese Vergrößerungen stammen, eindeutig mit Ihnen unterhält. Und auf dem Foto sieht es so aus, als wären sie recht gut mit ihm bekannt.«

»Ach. Nun ja, vielleicht kannte ich ihn tatsächlich. Aber die gerichtliche Untersuchung über den Tod meines Bruders fand vor fünfundzwanzig Jahren statt. Ich glaube nicht, daß man von mir verlangen kann, daß ich mich nach so langer Zeit noch an jede einzelne Person erinnere, die damals dabei war.«

»Sicher nicht«, antwortete St. James. Interessant, dachte er, daß Stinhurst von der gerichtlichen Untersuchung gesprochen hatte, obwohl er – St. James – mit keinem Wort erwähnt hatte, daß die Fotografien mit ihr zu tun hatten.

Stinhurst stand auf. »Wenn das alles war, Mr. St. James... Ich habe hier noch einiges zu tun.«

Er warf keinen Blick mehr auf die Bilder, während er

sprach, und auch nicht, als er Pfeife und Tabaksbeutel zusammenpackte und sich dann zum Gehen wandte. Es war eine gänzlich unnormale Reaktion. Es war, als müsse er jeden Blick auf die Bilder unbedingt vermeiden, weil er fürchtete, sein Gesicht könne mehr verraten, als er zu sagen bereit gewesen war. Eines war sicher, dachte St. James: Lord Stinhurst wußte genau, wer der Mann auf dem Foto war.

Es gibt Arten der Beleuchtung, die den unaufhaltsamen, erbarmungslosen Prozeß des Alterns nicht verschleiern oder verwischen, sondern gnadenlos entblößen; die jeden noch so kleinen Makel aufzeigen und die Wahrheit enthüllen. Direktes Sonnenlicht, das kalte Neonlicht mancher Geschäftsräume, die Scheinwerfer beim Film, wenn kein Weichfilter verwendet wird – sie sind unerbittlich. Und eben solches Licht erhellte den Schminktisch in Joanna Ellacourts Garderobe. Zumindest an diesem Tag.

Es war ziemlich kühl im Raum, so wie sie es gern hatte, weil dann die Blumen frisch blieben, die ihr vor jeder Vorstellung von Verehrern überbracht wurden. Jetzt allerdings waren keine Blumen da, deren Duft die Gerüche übertönt hätte, die jeder Bühnengarderobe, die sie je gekannt hatte, eigen waren; ein Gemisch aus Abschminkcreme, Kampfer und Gesichtswasser. Joanna nahm diesen Geruch nur unbewußt wahr, während sie mit scharfem Blick ihr Spiegelbild betrachtete und sich zwang, jedes Vorzeichen des Alters zu registrieren: die ersten schwachen Spuren, die sich von der Nase zum Kinn zogen; die feinen Fältchen rund um die Augen; die ersten angedeuteten Ringe am Hals.

Sie lächelte mit ein wenig bitterer Ironie bei dem Gedanken, daß sie dem ganzen psychologischen Sumpf, der einmal ihr Leben ausgemacht hatte und der auch ihre Zukunft hätte bestimmen können, entronnen war: dem heruntergekommenen kleinen Reihenhaus ihrer Eltern in einer Sozialsiedlung Nottinghams; dem Anblick ihres Vaters, wie er Tag für Tag unrasiert und mit finsterer Miene am Fenster gesessen hatte, ein arbeitsloser Maschinist, der alle Hoffnung begraben hatte; dem ewigen Gejammere ihrer Mutter über die Kälte, die ständig durch die Ritzen der schlecht isolierten Fenster drang, und über den alten Schwarzweißfernseher, an dem alle Armaturen abgebrochen waren, so daß der Ton immer mit der gleichen ohrenbetäubenden Lautstärke durch das Haus dröhnte; dem Leben, das ihre Schwestern gewählt hatten und das nichts weiter war als eine Wiederholung der Geschichte ihrer Eltern, eine trostlose Existenz mit einem Stall voll Kinder, ohne Freude und ohne Hoffnung. Ja, all dem war sie entronnen. Aber dem Prozeß langsamen Verfalls, der auf jeden Menschen wartet, konnte sie nicht entrinnen.

Eine Zeitlang hatte sie sich eingebildet, sie würde vom Alter verschont bleiben. Ja, sie hatte fest daran geglaubt. Weil David sie in diesem Glauben unterstützt hatte.

David war für sie nicht nur der Retter aus Armut und Kleineleuteelend gewesen. Er war die einzige zuverlässige Konstante in einer unberechenbaren Welt gewesen, in der der Ruhm von einem Tag auf den anderen wie eine Seifenblase platzen, in der der Aufstieg eines neuen Talents den Sturz einer anerkannten Schauspielerin bedeuten konnte, die ihr Leben der Bühne geweiht hatte. David kannte sie gut, wußte, wie groß ihre Angst davor war, und hatte mit unerschütterlicher Loyalität und Liebe – trotz ihrer Wutanfälle, ihrer Ansprüche, ihrer Flirts – ihre Ängste beruhigt und gelindert. Bis zu dem Tag, an dem sie den Vertrag mit Stinhurst für Joy Sinclairs neues Stück unterschrieben und sich zwischen ihr und David mit einem Schlag alles unwiderruflich geändert hatte.

Während Joanna ihr Spiegelbild anstarrte, ohne es eigentlich zu sehen, stieg wieder Zorn in ihr auf: Es war nicht mehr der heiße Brand, der sie am Wochenende in Westerbrae zu Wut und Rachsucht getrieben hatte. Das Feuer war zur glimmenden Glut heruntergebrannt, die sich jedoch bei der kleinsten Provokation von neuem entflammen konnte.

David hatte sie verraten. Sie zwang sich, diesen Gedanken wieder und wieder zu denken, um sich nicht von Erinnerungen an Jahrzehnte des Vertrauens und der Intimität dazu verleiten zu lassen, ihm zu vergeben. Nein, vergeben würde sie ihm niemals.

Er hatte gewußt, daß sie nach dem *Othello* nie wieder mit Robert Gabriel zusammen auf der Bühne hatte stehen wollen. Er hatte gewußt, wie widerwärtig ihr Gabriels Nachstellungen waren, seine Aufdringlichkeiten, seine zweideutigen Bemerkungen, seine dauernden Anspielungen auf seine Potenz.

»Ja, aber ob es dir nun paßt oder nicht, Gabriel und du, ihr habt gemeinsam auf der Bühne eine Ausstrahlung, die alle vom Hocker reißt«, hatte David gesagt.

Nicht im mindesten eifersüchtig, nicht im mindesten besorgt. Sie hatte sich immer gefragt, wie das kam. Bis jetzt.

Er hatte sie belogen; hatte behauptet, Stinhurst hätte auf Gabriel bestanden; hatte behauptet, Gabriel könne auf keinen Fall aus dem Ensemble ausgeschlossen werden. Aber jetzt wußte sie alles, auch wenn sie die Wahrheit kaum ertragen konnte. Hätte David darauf bestanden, daß Gabriel keinen Vertrag bekam, so wären damit die Zuschauerzahlen und entsprechend die Einnahmen gesunken, und das wiederum hätte ihre Gage geschmälert – und Davids Anteil. Aber David konnte ohne Geld nicht leben. Er brauchte seine Lobb-Schuhe, seinen Rolls, die Villa am Regent's Park, das Haus auf dem Land, die Anzüge aus der Savile Row. Wenn es die Möglichkeit gab, diesen Lebensstil aufrechtzuerhalten, was machte es da schon aus, daß seine Frau sich ein weiteres Jahr gegen Robert Gabriels ordinäre

Aufdringlichkeiten würde wehren müssen? Sie war das schließlich seit mehr als zehn Jahren gewöhnt.

Als ihre Garderobentür sich öffnete, drehte sich Joanna nicht um. Im Spiegel konnte sie den Raum überblicken. Und selbst wenn das nicht der Fall gewesen wäre, sie wußte, wer kam. Sie war schließlich seit zwanzig Jahren mit David verheiratet, sie kannte seinen Schritt, sie kannte jede seiner Bewegungen, das Rascheln seiner Kleider auf seiner Haut, wenn er sich ankleidete, das langsame Entspannen seiner Muskeln, wenn er sich zum Schlaf niederlegte.

Doch daran wollte sie jetzt nicht denken. Sie griff nach Bürste und Haarnadeln, schob ihren Schminkkoffer zur Seite und begann ihr Haar zu bürsten, zählte die Bürstenstriche wie Schritte, die sie immer weiter von David Sydeham entfernten.

Er sagte nichts, als er ins Zimmer trat. Er ging zur Chaiselongue, wie er das immer tat. Doch dieses Mal setzte er sich nicht. Und er sprach erst, als sie die Bürste auf den Tisch legte und sich mit ausdruckslosem Gesicht nach ihm umdrehte.

»Mir wäre leichter, wenn ich nur wüßte, warum du es getan hast«, sagte er.

Es war kurz vor sechs, als Helen an diesem Abend wieder zu St. James kam. Sie war entmutigt und enttäuscht. Nicht einmal die Platte mit den frischen Scones und den appetitlichen Brötchen, die in St. James' Arbeitszimmer wartete, konnte sie aufheitern.

»Du siehst aus, als könntest du einen Sherry gebrauchen«, bemerkte St. James, nachdem sie Mantel und Handschuhe abgelegt hatte.

Helen kramte in ihrer Handtasche nach ihrem Notizbuch. »Wie recht du hast«, stimmte sie bedrückt zu.

»Kein Glück?« fragte Deborah, die auf dem Sitzkissen

rechts vom offenen Kamin saß und verstohlen Peach, den Dackel, fütterte, der freundlich wedelnd und mit erwartungsvollem Blick bei ihr stand. Alaska, die graue Katze, hatte sich auf einem Stapel Papiere mitten auf St. James' Schreibtisch zusammengerollt und öffnete nur einmal kurz die Augen, als Helen hereinkam.

»Nein, das ist es eigentlich nicht«, antwortete sie und nahm dankbar das Glas entgegen, das St. James ihr brachte. »Ich habe die Informationen, die wir haben wollten. Aber –«

»Aber Rhys nützen sie nichts«, vermutete St. James.

Sie lächelte ihn kurz an, aber es war ein trübes Lächeln, das wußte sie. Seine Worte trafen sie, und an dem Gefühl tiefer Niedergeschlagenheit, das sie plötzlich mit Gewalt überfiel, merkte sie, wie sehr sie sich darauf verlassen hatte, daß das Gespräch mit Lord Stinhursts Sekretärin allen Verdacht gegen Rhys entkräften würde. »Nein, sie helfen Rhys nicht. Sie helfen leider überhaupt nicht.«

»Erzähl!« sagte St. James.

Es gab kaum etwas zu erzählen. Sobald Stinhursts Sekretärin erfaßt hatte, daß ihre Auskünfte möglicherweise zu seiner Entlastung beitragen konnten, hatte sie bereitwillig über die Telefongespräche berichtet, die sie in Stinhursts Auftrag geführt hatte. Sie hatte ganz offen mit Helen gesprochen und war sogar soweit gegangen, den Block hervorzuholen, auf dem sie sich die Nachrichten notiert hatte, die Lord Stinhurst ihr diktiert hatte. »Ich bin wegen eines Unfalls in Schottland aufgehalten und werde mich melden, sobald ich wieder zurück bin.«

Nur in einem Fall lautete die Nachricht, die er sie zu übermitteln gebeten hatte, anders, aber wenn sie auch entschieden seltsam klang, so hatte sie doch nichts Verdächtiges. »Wiederkehr zwingt mich, Ihnen diesen Monat ein zweites Mal abzusagen. Tut mir schrecklich leid. Rufen Sie mich in Westerbrae an, wenn es dadurch ein Problem gibt.«

»Wiederkehr?« wiederholt St. James fragend. »Eine merkwürdige Formulierung. Bist du ganz sicher, daß du das richtig gehört hast, Helen?«

»Absolut. Stinhursts Sekretärin hatte es ja aufgeschrieben.«

St. James ließ sich in seinem Sessel nieder, und Deborah rückte auf dem großen alten Kissen ein wenig zur Seite, damit er sein Bein hochlegen konnte. »An wen ging diese letzte Nachricht, Helen?«

Sie warf einen Blick auf ihre Notizen. »Sir Kenneth Willingate.«

»Ein Freund? Ein Kollege?«

»Da bin ich mir nicht ganz sicher.« Helen zögerte. Nach einem Augenblick des Nachdenkens fuhr sie fort: »Aber dieser letzte Anruf fiel aus dem Rahmen. Verstehst du, bei allen anderen Gesprächen, die die Sekretärin führte, ging es darum, Termine abzusagen, die sie für Stinhurst in den nächsten Tagen vereinbart hatte. Aber ich frage mich, ob dieser letzte Anruf überhaupt etwas mit einem festen Termin zu tun hatte. Der Name stand jedenfalls nicht einmal im Terminkalender. Es kann natürlich sein, daß es sich um eine Vereinbarung handelte, die Stinhurst persönlich getroffen hatte, ohne seiner Sekretärin Bescheid zu geben; es kann aber auch sein –«

»– daß der Anruf sich überhaupt nicht auf eine Verabredung bezog«, vollendete Deborah den Satz für sie.

»Um das herauszubekommen, gibt es nur ein Mittel«, stellte St. James fest. »Wir müssen Stinhurst auf den Pelz rücken. Oder selbst versuchen diesem Willingate auf die Spur zu kommen. Ich fürchte nur, wir können jetzt nicht weitergehen, ohne Tommy einzuweihen. Ich finde, wir geben ihm, was wir haben, und lassen ihn den Faden weiterspinnen.«

»Aber er wird diesen Faden nicht weiterspinnen! Das

weißt du doch!« protestierte Helen. »Er will Rhys den Mord anhängen. Das ist das einzige, was Tommy im Augenblick interessiert. Hat dir denn die Demonstration am Wochenende nicht genügt? Sie war doch, weiß Gott, deutlich genug. Und mal ganz abgesehen davon – wenn wir ihn jetzt einweihen, wird er entdecken, daß Barbara in dieser Sache auf eigene Faust gehandelt hat – mit unserer Unterstützung, Simon. Das können wir ihr nicht antun.«

St. James seufzte. »Helen, du kannst nicht beides haben. Du kannst sie nicht beide schützen. Du mußt dich entscheiden. Willst du es riskieren, Barbara zu opfern? Oder opferst du Rhys?«

»Ich opfere keinen von beiden.«

Er schüttelte den Kopf. »Ich weiß, wie dir zumute ist, aber so geht das leider nicht.«

Als Cotter Barbara Havers ins Arbeitszimmer führte, spürte sie die Spannung sofort. Der Raum knisterte förmlich.

»Was ist denn los?« fragte sie.

Sie wußte, daß sie eine ehrliche Antwort erhalten würde.

»Simon ist der Meinung, daß wir an dem Punkt angelangt sind, wo wir Tommy reinen Wein einschenken müssen.« Zur Erläuterung berichtete Helen von der seltsamen Nachricht, die Stinhurst dem unbekannten Sir Kenneth Willingate hatte übermitteln lassen.

»Wir haben kein Recht, uns in das Leben dieser Leute zu drängen und sie ins Verhör zu nehmen, Barbara«, bemerkte St. James. »Und Sie wissen, daß sie nicht verpflichtet sind, mit uns zu sprechen. Wir sind an einem toten Punkt angelangt, es sei denn, wir übergeben die Sache jetzt Tommy.«

Barbara ließ sich das durch den Kopf gehen. Sie wußte, daß Lynley sich nicht von seiner Spur in East Anglia abbringen lassen würde. Dazu war sie viel zu verlockend. Eine abstruse telefonische Nachricht an einen unbekannten Londoner namens Willingate würde er als Zeitverschwendung abtun und nicht weiterverfolgen. Zumal, dachte sie resigniert, da Lord Stinhurst der Mann war, der die Nachricht hatte übermitteln lassen. Die anderen hatten recht. Sie waren an einem toten Punkt angelangt. Aber wenn sie sie nicht überreden konnte, ohne Lynley weiterzumachen, würde Stinhurst völlig ungeschoren davonkommen.

»Wir wissen natürlich, daß Tommy, wenn er erfährt, daß Sie ohne seine Genehmigung Nachforschungen in einer ganz anderen Richtung unternommen haben –«

»Das kümmert mich nicht«, unterbrach Barbara brüsk und war selbst überrascht festzustellen, daß dies die reine Wahrheit war.

»Aber Sie werden vielleicht vom Dienst suspendiert. Oder wieder zur Streife versetzt. Vielleicht sogar hinausgeworfen.«

»Das ist jetzt nicht wichtig. Diese Geschichte hier ist viel wichtiger. Ich habe heute den ganzen Tag in East Anglia Gespenster gejagt, und zwar ohne ein Körnchen Hoffnung, daß auch nur das Geringste dabei herauskommen wird. Hier aber haben wir was Konkretes, und nur weil ich vielleicht hinterher wieder bei der Streife lande, lasse ich das bestimmt nicht auf sich beruhen. Wenn wir ihm also reinen Wein einschenken müssen, dann tun wir's. Dann sagen wir ihm alles.« Sie hob den Kopf und sah die anderen an. »Wollen wir es gleich tun?«

Die anderen zögerten trotz ihrer klaren Entscheidung. »Wollen Sie nicht noch darüber nachdenken?« fragte Helen.

»Ich brauch nicht darüber nachzudenken«, gab Barbara zurück. Ihre Stimme klang grimmig. »Ich hab gesehen, wie Gowan gestorben ist. Er hatte sich mit eigener Hand das

Messer aus dem Rücken gezogen und war durch die Spülküche gekrochen, um Hilfe zu holen. Sein ganzer Körper war verbrüht. Seine Nase war gebrochen. Seine Lippen aufgeplatzt. Ich möchte den Kerl zu fassen kriegen, der das einem sechzehnjährigen Jungen angetan hat. Und wenn es mich meine Stellung kostet. Also, wer kommt mit mir?«

Ehe ihr jemand antworten konnte, drangen laute Stimmen aus dem Vestibül herein, die Tür wurde aufgestoßen, und Jeremy Vinney drängte sich an Cotter vorbei ins Zimmer. Sein Gesicht war stark gerötet, und er war sichtlich außer Atem. Seine Hosenbeine waren bis zu den Knien hinauf durchweicht und seine Hände blau vor Kälte.

»Ich konnte kein Taxi bekommen«, erklärte er keuchend. »Da bin ich zu Fuß gegangen und fast den ganzen Weg vom Sloane Square gerannt, weil ich Angst hatte, Sie zu verpassen.« Er zog seinen Mantel aus und warf ihn auf die Couch. »Ich weiß jetzt, wer der Mann auf dem Foto ist, und wollte es Ihnen gleich mitteilen. Er heißt Willingate.«

»Kenneth?«

»Richtig.« Vinney machte eine Pause, um Luft zu holen. »Aber das ist nicht alles. Das Interessanteste ist nicht, wer der Mann ist, sondern was er ist.« Er sah mit einem triumphierenden Lächeln in die Runde. »Was er 1963 war, weiß ich nicht. Aber heute ist er der Leiter von MI5.«

13

Jeder im Raum erfaßte die ganze Tragweite von Vinneys Worten. MI5 – Military Intelligence, Section 5. Die Spionageabwehr der britischen Regierung. Jetzt war verständlich, wieso Vinney so überzeugt gewesen war, daß er trotz seines unangemeldeten Hereinplatzens willkommen sein würde. Er hatte gewußt, daß er im Besitz von Informationen war, die für diesen Fall von entscheidender Bedeutung waren. War er vielleicht vorher noch einer der Verdächtigen gewesen, so war er jetzt aufgrund dieser neuen Wendung eindeutig aus dem Rennen. Jedenfalls schien er davon völlig überzeugt zu sein.

»Ich hab noch mehr«, fuhr er fort. »Unser Gespräch heute morgen über den Profumo-Keeler-Skandal hat mich noch eine ganze Weile beschäftigt, und schließlich bin ich in unser Archiv gegangen, um zu sehen, ob in einem der alten Artikel vielleicht auf eine Verbindung zwischen dieser Geschichte und Geoffrey Rintouls Tod angespielt wird. Ich glaubte, Rintoul hätte vielleicht tatsächlich Beziehungen zu einem Callgirl gehabt und wollte ihretwegen an dem Silvesterabend, als er umkam, so dringend nach London zurück.«

»Aber Profumo und Keeler – das sind doch wirklich olle Kamellen«, warf Deborah ein. »So einen Uraltskandal braucht doch heute keiner mehr zu fürchten.«

Helen pflichtete ihr bei, wenn auch widerstrebend. »Deborah hat recht, Simon. Zwei Morde und die Vernichtung der Skripten, nur weil Geoffrey Rintoul vor fünfundzwanzig Jahren mit einem Callgirl liiert war? Als Motiv ist das wirklich ein bißchen schwach, finde ich.«

»Das kommt ganz darauf an, welche Bedeutung der Stellung des Mannes beigemessen wurde«, widersprach St. James. »Nimm den Fall Profumo als Beispiel. Er war Verteidigungsminister und unterhielt Beziehungen zu einem Callgirl namens Christine Keeler, die ganz zufällig zur gleichen Zeit mit einem gewissen Jewgeni Iwanow Umgang pflegte.«

»Der der sowjetischen Botschaft angehörte, aber, wie berichtet wurde, sowjetischer Agent war«, fügte Vinney hinzu. »In einem Gespräch mit der Polizei, bei dem es um eine ganz andere Sache ging, rückte Christine Keeler von selbst damit heraus, daß man ihr aufgetragen hatte, von Profumo das Datum herauszufinden, an dem gewisse Atomgeheimnisse von den Amerikanern an die Deutschen weitergegeben werden sollten.«

»Eine reizende Person«, bemerkte Helen.

»Die Presse bekam Wind davon – wie sie möglicherweise beabsichtigt hatte –, und für Profumo wurde es brenzlig.«

»Für die ganze Regierung wurde es brenzlig«, bemerkte Barbara.

»Richtig.« Vinney nickte zustimmend. »Die Sozialisten verlangten eine Debatte im Unterhaus über Profumos Beziehungen zu Christine Keeler, und die Liberalen forderten sogar den Rücktritt des Premierministers.«

»Warum denn das?« fragte Deborah.

»Sie behaupteten, als oberster Leiter der Sicherheitsdienste sei der Premierminister entweder über Profumos Beziehung zu dem Callgirl unterrichtet gewesen und hätte sie verheimlicht, oder aber er habe sich der Inkompetenz und der Fahrlässigkeit schuldig gemacht. Aber«, fuhr Vinney fort, »in Wahrheit war es vielleicht so, daß der Premierminister fürchtete, er könne einen weiteren Skandal, der womöglich mit dem Rücktritt eines seiner Minister enden würde, nicht überleben, und daß er deshalb in der Hoffnung, es würde nichts für Profumo Abträgliches ans Licht kommen, alles auf eine Karte setzte. Wenn die Profumo-Affäre so bald nach dem Fall Vassall herausgekommen wäre, hätte der Premierminister wahrscheinlich zurücktreten müssen.«

»Sagten Sie Vassall?« fragte Helen gespannt.

Vinney sah sie an, offensichtlich überrascht über ihre Reaktion. »Ja, William Vassall. Er wurde im Oktober '62 verurteilt. Er war Beamter bei der Admiralität und spionierte für die Sowjets.«

»Simon!« Helen sprang auf und lief zu St. James. »Darauf bezieht sich das Stück Text aus Joy Sinclairs Theaterstück, auf das die Rintouls so heftig reagierten. ›Kein zweiter Vassall.‹ Der Mann in dem Stück ging auf und davon, um nach London zurückzukehren, und sagte dabei, er wolle kein zweiter Vassall werden. Sie wußten, was das zu bedeuten hatte. Alle – Francesca, Elizabeth, Lord und Lady Stinhurst. Sie wußten es alle. Da ging es nicht um eine Beziehung zu einem Callgirl. Es ging um etwas ganz anderes!«

St. James war schon aufgestanden. »An dieser Stelle wird Tommy ganz sicher einhaken, Helen.«

»Wo?« fragte Deborah.

»Bei dieser Geschichte mit Geoffrey Rintoul. Ein zweiter Vassall. Es scheint, daß Geoffrey Rintoul ein von den Sowjets bezahlter Agent war. Und seine ganze Familie wußte es offenbar ebenso wie ein Teil der Regierung.«

Lynley hatte die Tür zwischen Speise- und Wohnzimmer offengelassen, hauptsächlich, um die Musik hören zu können, während er aß. In den letzten zwei Tagen hatte er kaum Appetit gehabt, und auch an diesem Abend reizte ihn das Essen nicht. Er schob den Teller mit dem fast unberührten Lammbraten zur Seite, rückte seinen Stuhl so weit zurück, daß er bequem die Beine ausstrecken konnte, und lauschte in Gedanken versunken den Klängen der Beethoven-Symphonie.

In den vergangenen vierundzwanzig Stunden hatte er es eisern vermieden, an Helen zu denken; daran, was es für sie bedeuten würde, wenn er die Beweise beisammen hatte, um Rhys Davies-Jones zu überführen. Jetzt jedoch ließ sie sich nicht länger aus seinen Gedanken verbannen.

Er konnte verstehen, daß sie sich weigerte, an Davies-Jones' Schuld zu glauben. Immerhin verband eine Art Liebesbeziehung sie mit dem Mann. Wie aber würde sie reagieren, wenn sie schließlich doch der – durch zahllose Fakten belegten – Gewißheit ins Auge sehen mußte, daß er sie kaltblütig benutzt hatte, um möglichst risikolos einen Mord verüben zu können?

Während Lynley darüber nachdachte, wurde ihm gleichzeitig etwas anderes bewußt: wie sehr Helen ihm fehlte. Er konnte nicht länger die Augen davor verschließen, daß er sie vielleicht unwiderruflich verlieren würde, wenn er seine Ermittlungen über Davies-Jones fortsetzte und zu ihrem logischen Ende führte.

»Mylord?« Sein Diener, tadellos gekleidet wie stets, stand etwas unsicher an der Tür und strich sich mit der Hand verlegen über das gepflegte Haar.

Beau Brummel von Eaton Terrace, dachte Lynley und sagte auffordernd: »Ja, Denton?« als es den Anschein hatte, daß der junge Mann nicht weitersprechen würde.

»Lady Helen Clyde ist eben gekommen, Sir. Mit Mr. St. James und Sergeant Havers.« Dentons Miene drückte absoluten Gleichmut aus, wahrscheinlich hielt er das für angemessen. Sein Ton jedoch verriet beträchtliche Verwunderung, und Lynley fragte sich, wieviel Denton wohl schon über sein derzeit gestörtes Verhältnis zu Helen wußte. Er war schließlich seit drei Jahren mit Helens Mädchen Caroline befreundet.

»Na, dann führen sie sie herein«, sagte Lynley. »Oder wollen Sie sie draußen stehen lassen?«

»Ins Wohnzimmer, Sir?« erkundigte sich Denton beflissen. Viel zu beflissen für Lynleys Geschmack.

In der Küche werden sie mich wohl kaum sprechen wollen, dachte er gereizt und erhob sich.

Die drei standen eng beieinander, als er ins Wohnzimmer trat, und unterhielten sich gedämpft, aber sichtlich erregt. Als Lynley eintrat, verstummten sie und begannen, als fiele ihnen das erst jetzt ein, abzulegen. Lynley hatte den Eindruck, daß sie Zeit zu gewinnen suchten. Er schaltete den Plattenspieler aus, steckte die Platte wieder in ihre Hülle und wartete schweigend. Sie wirkten alle drei ungewöhnlich bedrückt.

»Tommy, wir sind auf Informationen gestoßen, die du haben mußt«, begann St. James.

»Was für Informationen?«

»Über Lord Stinhurst.«

Lynleys Blick flog sofort zu Barbara Havers. Sie begegnete ihm, ohne mit der Wimper zu zucken. »Haben Sie da mitgemacht, Havers?«

»Ja, Sir.«

»Auf mein Betreiben, Tommy«, sagte St. James, ehe Lynley etwas erwidern konnte. »Barbara entdeckte zufällig Geoffrey Rintouls Grab auf dem Gelände von Westerbrae und zeigte es mir. Ich fand die Entdeckung ungewöhnlich und beschloß, der Sache genauer nachzugehen.«

Lynley bewahrte nur mit Mühe seine Ruhe. »Warum?«

»Wegen Phillip Gerrards Testament«, warf Helen impulsiv ein. »Francescas Mann. Er verfügte, daß er unter keinen Umständen auf Westerbrae begraben werden wolle. Und wegen der Telefonate, die Lord Stinhurst am Morgen nach dem Mord machte. Es waren *nicht nur* Telefonate, mit denen er Termine absagen wollte, Tommy. Wegen –«

Lynley sah St. James an, den Mann, von dem er Verrat niemals erwartet hätte. »Du hast ihnen von meinem Gespräch mit Stinhurst erzählt!«

St. James senkte den Blick. »Ja. Es tut mir leid. Wirklich. Aber ich hatte keine Wahl.«

»Du hattest keine Wahl?« Wiederholte Lynley ungläubig.

Helen trat mit ausgestreckter Hand einen Schritt auf ihn zu. »Bitte, Tommy, ich weiß, wie dir zumute sein muß. Als hätten wir uns alle gegen dich verschworen. Aber so ist es nicht. Wirklich nicht. Bitte hör doch erst mal zu.«

Mitgefühl von Helen war so ziemlich das letzte, was Lynley in diesem Moment ertragen konnte. Grausam, ohne Überlegung schlug er zu. »Ich denke, wir sind uns alle völlig im klaren darüber, wo deine Interessen liegen, Helen. Mit Objektivität kann man bei dir wohl in dieser Sache nicht rechnen.«

Helens Hand fiel herab. Ihr Gesicht zeigte ihren Schmerz. St. James' Stimme war kalt und zornig, als er sprach: »Und bei dir ebensowenig, Tommy, wenn wir hier einmal der Wahrheit die Ehre geben wollen.« Er ließ einen Moment verstreichen, dann fuhr er in anderem Ton zu sprechen fort, jedoch so unerbittlich wie zuvor. »Lord Stinhurst hat dich belogen. Die Geschichte von seinem Bruder und seiner Frau stimmt nicht. Sie ist von A bis Z erfunden. Ich halte es für möglich, daß man in New Scotland Yard mit so einer Lüge von ihm rechnete und bereit war, sie zu decken. Man übertrug ganz bewußt dir diesen Fall, weil man annahm, daß du jegliche Geschichte, die Stinhurst dir auftischen würde, am ehesten glauben würdest. Sein Bruder und seine Frau hatten nie etwas miteinander, Tommy. Also, willst du jetzt die Fakten hören, oder sollen wir gehen?«

Lynley war vor den Kopf gestoßen. »Was, in Gottes Namen, redest du da?«

St. James ging zu einem Sessel. »Um dir das zu erklären,

sind wir hergekommen. Aber ich glaube, wir könnten jetzt alle erst mal einen Cognac gebrauchen.«

Während St. James berichtete, was sie über Geoffrey Rintoul in Erfahrung gebracht hatten, beobachtete Barbara Havers Lynley aufmerksam. Sie ahnte, daß er sich gegen die Fakten wehren würde. Gemeinsame Tradition, Erziehung und sein Gesellschaftsbild würden ihn verleiten, sich auf Rintouls Seite zu stellen und Fakten und Mutmaßungen zurückzuweisen. Und Barbara, die Polizeibeamtin, war sich völlig im klaren darüber, wie leicht einige ihrer Fakten umzustoßen waren. Tatsache war, daß sie darüber, ob Geoffrey Rintoul tatsächlich ein sowjetischer Agent gewesen war, nur Gewißheit bekommen würden, wenn sein Bruder Stuart es ihnen bestätigte.

Ideal wäre es gewesen, wenn sie zu einem MI5-Computer Zugang gehabt hätten. Selbst ein Dossier über Geoffrey Rintoul mit dem Vermerk »streng geheim« hätte bestätigen können, daß der Mann von der Spionageabwehr unter die Lupe genommen worden war. Aber sie hatten keinen Verbindungsmann im MI5, der ihnen Gewißheit hätte geben können. Selbst der Special Branch von New Scotland Yard konnte ihnen nicht helfen, wenn der Yard selbst Lord Stinhursts Märchen über die Ereignisse, die zum Tod seines Bruders führten, sanktioniert hatte. Somit hing alles von Lynley ab; davon, ob er bereit sein würde, das wirre Netz seiner Vorurteile gegen Rhys Davies-Jones zu zerreißen und die Wahrheit ins Auge zu fassen. Und die Wahrheit war, daß Lord Stinhurst, und nicht Davies-Jones, Grund gehabt hatte, Joy Sinclairs Tod zu wünschen. Nachdem er von seiner Schwester den Schlüssel zu Joy Sinclairs Zimmer bekommen hatte, hatte er die Frau getötet, die mit ihrem Theaterstück das finsterste Geheimnis seiner Familie aufzudecken gedroht hatte.

»Stinhurst muß also, als er den Namen Vassall in Joy Sinclairs Stück hörte, sofort gewußt haben, worum es ging«, schloß St. James. »Und jetzt überleg mal, Tommy – vieles in Geoffrey Rintouls Biographie spricht dafür, daß er ein Agent der Sowjets gewesen sein könnte. Er war in den dreißiger Jahren in Cambridge auf der Universität. Wir wissen, daß die Sowjets in dieser Zeit dort wie die Wilden geworben und rekrutiert haben. Im Krieg ließ er sich nach seiner Verwundung auf den Balkan versetzen und hätte so Kontakt mit den Russen aufnehmen können. Es würde mich überhaupt nicht wundern, wenn sich herausstellen sollte, daß seine Befehlszentrale auf dem Balkan war. Zweifellos erhielt er dort damals seine wichtigsten Instruktionen: sich unbedingt eine Position im Verteidigungsministerium zu sichern. Weiß der Himmel, was alles er den Sowjets im Lauf der Jahre an wichtigen Geheiminformationen geliefert hat.«

Keiner sagte etwas auf St. James' Ausführungen. Alle warteten auf Lynleys Reaktion. Der Ausdruck seines Gesichts verriet nicht, was in ihm vorging.

»Sag mir noch einmal, wie Stinhursts Nachricht an Willingate lautete«, sagte er schließlich.

St. James beugte sich vor. »Er ließ ausrichten, Wiederkehr zwinge ihn, Willingate in diesem Monat ein zweites Mal abzusagen. Und Willingate solle sich in Westerbrae melden, falls sich dadurch Probleme ergäben.«

»Nachdem wir entdeckt hatten, wer Willingate ist, begriffen wir, was die Nachricht zu bedeuten hatte«, fuhr Barbara fort, von dem Bedürfnis getrieben, Lynley zu überzeugen. »Er wollte Willingate damit offenbar wissen lassen, daß die Tatsache, daß Geoffrey Rintoul ein Spion gewesen war, zum zweiten Mal ans Licht gekommen war. Das erste Mal war es wohl an jenem Silvesterabend 1962 gewesen. Und Willingate sollte deshalb in Westerbrae anrufen, um bei einem Problem zu helfen. Das Problem war natürlich Joy Sinclairs Ermordung und das von ihr geschriebene Stück, in dem alle Einzelheiten über Geoffreys Vergangenheit enthüllt wurden.«

Lynley nickte.

»Natürlich konnte Lord Stinhurst Willingate nicht selbst anrufen«, fuhr Barbara fort. »Bei einer Überprüfung der Telefongespräche von Westerbrae hätten wir den Anruf ja entdeckt. Darum rief er seine Sekretärin an, und sie erledigte den Rest. Und Willingate, der die Nachricht offenbar sofort verstand, hat ihn tatsächlich angerufen, Sir. Zweimal, glaube ich. Erinnern Sie sich? Mary Agnes sagte mir, sie hätte gehört, daß an diesem Morgen zwei Anrufe kamen. Sie müssen von Willingate gewesen sein. Das erste Mal erkundigte er sich wahrscheinlich, was passiert war. Und beim zweiten Mal teilte er Stinhurst mit, was er mit New Scotland Yard hatte vereinbaren können.«

»Vergiß nicht«, bemerkte St. James, »daß uns Inspector Macaskin erzählte, die Kriminalpolizei Strathclyde hätte in diesem Fall den Yard überhaupt nicht um Unterstützung gebeten. Ihm und seinen Leuten wurde kurz und bündig mitgeteilt, daß der Yard den Fall übernehmen würde. Ich halte es für wahrscheinlich, daß Willingate das alles arrangierte. Er nahm vermutlich mit einer der höheren Chargen im Yard Verbindung auf, sorgte dafür, daß die Sache dort ins Rollen kam, und ließ Stinhurst dann wissen, was er zu erwarten hatte und welcher Beamte die Ermittlungen leiten würde. Stinhurst war zweifellos auf dein Erscheinen wohlvorbereitet, Tommy. Und er hatte den ganzen Tag Zeit gehabt, sich eine Geschichte zurechtzulegen, die du ihm abnehmen würdest. Es mußte selbstverständlich eine sehr persönliche und intime Geschichte sein, die du, als Gentleman, nicht weitergeben würdest. Er hätte sich wahrhaftig kaum etwas Besseres einfallen lassen können, als dieses

Märchen vom außerehelichen Kind seiner Frau. Beinahe genial. Er konnte ja nicht ahnen, daß du mich ins Vertrauen ziehen würdest und ich – leider gar kein Gentleman – dein Vertrauen mißbrauchen würde. Es tut mir leid, daß ich es getan habe. Hätte es eine andere Möglichkeit gegeben, so hätte ich Stillschweigen bewahrt. Ich hoffe, du glaubst mir das.«

Lynley sagte nichts. Wortlos schenkte er sich einen weiteren Cognac ein und reichte die Karaffe an St. James weiter. Seine Hände zitterten nicht, sein Gesicht war verschlossen.

Barbara, die ihn zwingen wollte, endlich Stellung zu beziehen, begann wieder zu sprechen. »Auf der Fahrt hierher haben wir uns gefragt, Sir, warum die Regierung es heute noch für nötig hält, sich in den Fall einzuschalten. Die Antwort ist vermutlich, daß man 1963 Rintouls Aktivitäten vertuscht hat – wahrscheinlich unter Zuhilfenahme des Official Secrets Act –, um dem Premierminister aus der Klemme zu helfen. Es wäre doch sehr peinlich für ihn gewesen, wenn man so bald nach den Skandalen um Vassall und Profumo schon wieder einen Spion auf einem wichtigen Regierungsposten entdeckt hätte. Da Geoffrey Rintoul tot war, konnte er im Verteidigungsministerium keinen weiteren Schaden anrichten. Nur dem Premierminister selbst hätte er noch schaden können, wenn seine Aktivitäten publik geworden wären. Also verhinderte man das. Und jetzt möchte man unbedingt verhindern, daß das ehemalige Vertuschungsmanöver aufgedeckt wird. Oder vielleicht schuldet man der Familie Rintoul auch etwas –« Barbara brach ab. So häufig sie mit Lynley im Kampf lag, sooft erbitterte Meinungsverschiedenheiten zwischen ihnen standen, sie brachte es nicht über sich, die letzte Konsequenz auszusprechen.

Lynley selbst sprach sie aus. »Und mir haben sie den Schwarzen Peter zugeschoben«, sagte er dumpf. »Und Webberly wußte es. Von Anfang an.«

Die Bitterkeit hinter seinen Worten verriet Barbara, was er dachte – daß diese Situation bewies, daß er für seine Vorgesetzten nicht mehr war als eine Schachfigur, auf die man leicht verzichten konnte; daß niemandem viel verlorenging, wenn er entlassen werden mußte, falls dieses Vertuschungsmanöver, das man ihm ohne sein Wissen untergejubelt hatte, ans Licht kommen sollte. Barbara wußte, wie sehr diese Vorstellung seinen Stolz kränkte.

In den vergangenen Monaten hatte sie ihn allmählich verstehen gelernt. Aber nie zuvor hatte sie wahrgenommen, daß seine Herkunft ihm oft eine Bürde war, die er mit Würde trug, selbst in den Momenten, wo ihn am stärksten danach verlangte, sie abzuwerfen.

»Woher hat Joy Sinclair von all dem gewußt?« fragte Lynley schließlich mit starrer Miene.

»Das hat Lord Stinhurst Ihnen doch selbst gesagt. Sie war an dem Abend, an dem Geoffrey umkam, auf Westerbrae.«

»Und mir ist nicht einmal aufgefallen, daß in Joy Sinclairs Arbeitszimmer nicht die kleinste Notiz über ihr Stück zu finden war.« Lynleys Stimme war voller Selbstvorwurf. »Da habe ich wirklich großartige Arbeit geleistet«, sagte er mit bitterer Ironie.

»Die Herren vom MI5 hinterlassen keine Visitenkarten, wenn sie ein Haus durchsucht haben, Tommy«, sagte St. James. »Es gab keinerlei Spuren einer Durchsuchung. Du konntest nicht wissen, daß sie dagewesen waren. Und außerdem warst du ja nicht hingegangen, um dich über das Theaterstück zu informieren.«

»Trotzdem – ich hätte nicht so blind sein dürfen.« Mit einem trüben Lächeln sah er Barbara an. »Gute Arbeit, Sergeant. Weiß der Himmel, was aus mir werden würde, wenn ich Sie nicht hätte.«

Lynleys Lob machte Barbara kaum Freude. Nie war sie so unglücklich darüber gewesen, recht behalten zu haben.

»Was sollen wir –?« Sie zögerte. Sie wollte ihm nicht noch weiter vorgreifen.

Lynley stand auf. »Morgen nehmen wir uns Stinhurst vor«, sagte er. »Jetzt möchte ich erst einmal in Ruhe darüber nachdenken, was zu tun ist.«

Barbara wußte, was er meinte: Er wollte sich überlegen, was er angesichts der Erkenntnis, daß er von seinen Vorgesetzten mißbraucht worden war, unternehmen wollte. Sie hätte ihm gern etwas gesagt, um den Schlag zu dämpfen. Sie hätte gern gesagt, daß der Plan, ihn aufs Glatteis zu führen, ja mißlungen war; daß sie sich den Drahtziehern überlegen gezeigt hatten. Aber sie wußte, daß er zu aufrichtig war, um nicht die ganze Wahrheit zu sehen. *Sie* hatte sich überlegen gezeigt. *Sie* hatte ihn vor seiner eigenen Blindheit gerettet.

Es gab nichts mehr zu sagen. Und dennoch standen Worte im Raum, die ausgesprochen werden mußten. Lynley trug die Karaffe zum Barschrank, stellte die Gläser auf ein Tablett und schaltete das Licht im Zimmer aus. Erst dann folgte er den anderen ins Vestibül.

Helen stand im Licht an der Tür. Sie hatte die ganze Zeit kaum ein Wort gesprochen, und als er jetzt hinzutrat, sagte sie beinahe zaghaft: »Tommy ...«

»Morgen früh um neun im Theater, Sergeant«, sagte Lynley abrupt. »Bringen Sie einen Constable mit, der Stinhurst in Gewahrsam nehmen kann.«

Hätte Barbara nicht schon erkannt gehabt, wie belanglos ihr eigener Triumph in diesem Spiel war, so hätte dieser kurze Wortwechsel es ihr deutlich gezeigt. Sie sah, wie sich die Kluft zwischen Lynley und Helen Clyde vergrößerte, und spürte, daß sie unüberbrückbar zu werden drohte. »Ja, Sir«, sagte sie nur und zog die Tür auf.

»Tommy, du kannst mich nicht weiter einfach ignorieren«, sagte Helen.

Zum ersten Mal, seit St. James im Wohnzimmer zu sprechen begonnen hatte, sah er sie an. »Ich habe ihm unrecht getan, Helen. Aber du sollst auch das Schlimmste wissen. Ich wollte unbedingt recht haben.«

Er nickte ihnen zu und ging.

Am Mittwoch morgen war der Himmel bleiern. Der Schnee auf den Bürgersteigen war gefroren, grau und schmutzig von Ruß und Abgasen.

Als Lynley um dreiviertel neun vor dem Agincourt Theatre aus seinem Wagen stieg, erwartete ihn Barbara Havers schon, bis zum Kinn vermummt in ihren unvorteilhaften braunen Wollmantel, Seite an Seite mit einem jungen Constable. Sie hatte, wie Lynley bemerkte, bei der Wahl Bedacht walten lassen und sich den unter den jungen Beamten ausgesucht, von dem am wenigsten zu erwarten war, daß er sich durch Stinhursts Titel und Reichtum einschüchtern lassen würde: Winston Nkata. Früher einer der Anführer der Brixton Warriors, einer der gewalttätigsten schwarzen Banden der Stadt, war der fünfundzwanzigjährige Nkata jetzt dank der unerschütterlichen Freundschaft von drei hartgesottenen Beamten in A7, die ihm geduldig immer wieder aus der Patsche geholfen hatten, Anwärter auf eine erfolgreiche Laufbahn bei der Kriminalpolizei. Lebender Beweis dafür, wie er selbst gern sagte, daß sie einen, wenn sie einen schon nicht einbuchten können, wenigstens bekehren.

Er sah Lynley mit einem breiten Grinsen entgegen. »Inspector«, rief er, »warum fahren Sie dieses Baby eigentlich nie in meinem Viertel? Solche Prachtkarossen verbrennen wir mit Wonne.«

»Dann geben Sie mir beim nächsten Krawall Bescheid«, erwiderte Lynley trocken.

»Klar, wir schicken Einladungen raus. Damit auch wirklich alle kommen können.«

»Ah, ja. Steine bitte selbst mitbringen.«

Der Schwarze warf den Kopf in den Nacken und lachte lauthals. »Sie gefallen mir, Inspector«, sagte er. »Geben Sie mir Ihre Privatadresse. Ich würd gern Ihre Schwester heiraten.«

Lynley lächelte. »Sie sind zu gut für sie, Nkata. Und ungefähr sechzehn Jahre zu jung. Aber wenn Sie sich heute morgen gut benehmen, können wir sicher zu einer beiderseits befriedigenden Abmachung kommen.« Er sah Barbara an. »Ist Stinhurst schon da?«

Sie nickte. »Er ist vor zehn Minuten gekommen.« Als Antwort auf seinen fragenden Blick sagte sie: »Er hat uns nicht gesehen. Wir haben drüben auf der anderen Seite einen Kaffee getrunken. Er kam mit seiner Frau, Inspector.«

»Na, das nenne ich Glück«, meinte Lynley. »Kommen Sie, gehen wir.«

Im Theater herrschte schon Hochbetrieb. Die Türen zum Zuschauerraum standen offen; Stimmengewirr und Gelächter mischten sich mit dem Poltern der Bühnenarbeiter. Produktionsassistenten, Agenda im Arm und Bleistift hinterm Ohr, eilten geschäftig herum. In einer Ecke bei der Bar standen zwei Männer über ein großes Blatt Papier gebeugt, auf dem der eine Entwürfe für Plakate skizzierte. Es war insgesamt ein Ort regen Tuns und Wirkens, aber Lynley bedauerte es an diesem Morgen überhaupt nicht, daß er derjenige sein würde, der dem Arbeitseifer ein jähes Ende bereiten würde, wenn er Stuart Stinhurst verhaftete.

Sie näherten sich den Produktionsbüros auf der anderen Seite des Gebäudes, als Lord Stinhurst mit seiner Frau aus einem der Räume trat. Lady Stinhurst sprach schnell und erregt auf ihren Mann ein und gestikulierte so lebhaft dazu, daß der große Brillant an ihrer linken Hand Funken sprühte. Sie erstarrte mit einem Schlag, als sie die Polizeibeamten sah.

Stinhurst war durchaus liebenswürdig, als Lynley um eine private Unterredung bat. »Kommen Sie mit in mein Büro«, sagte er. »Soll meine Frau...« Er zögerte vielsagend.

Lynley jedoch hatte sich bereits genau überlegt, wie sich aus Lady Stinhursts Anwesenheit Vorteil schlagen ließ. Einerseits hätte er sie gern unbehelligt gehen lassen und schreckte davor zurück, sie in diesem Spiel um Lüge und Wahrheit zur Schachfigur zu degradieren. Doch andererseits brauchte er sie als Instrument der Erpressung. Er haßte diese Methode, wußte aber, daß er sie heute anwenden mußte.

»Ich hätte Lady Stinhurst gern auch dabei«, sagte er kurz.

Constable Nkata wurde vor der Tür postiert, die Sekretärin erhielt Anweisung, keine Gespräche durchzustellen, die nicht für die Polizei waren, dann folgten Lynley und Barbara Lord und Lady Stinhurst in das Büro des Produzenten. Es war ein Raum, der Stinhursts Persönlichkeit widerspiegelte, kühl ausgestattet in Grau und Schwarz, mit tiefen bequemen Sesseln und einem großen Schreibtisch, der so aufgeräumt war, daß es zwanghaft wirkte. In der Luft hing ein kaum wahrnehmbarer Geruch von Pfeifentabak. Die Wände waren mit gerahmten Plakaten früherer Stinhurst-Produktionen dekoriert, Zeugnisse von dreißig Jahren Erfolg: *Heinrich V.*, London; *Drei Schwestern*, Norwich; *Rosencrantz und Guildenstern sind tot*, Keswick; *Nora*, London; *Equus*, Brighton; *Amadeus*, London. Auf einer Seite des großen Raums stand ein Konferenztisch. Dorthin führte Lynley das Ehepaar, nicht bereit, Stinhurst den Platz überlegener Autorität hinter dem imposanten Schreibtisch zuzugestehen.

Während Barbara nach ihrem Block kramte, nahm Lynley die Gruppenaufnahmen von der gerichtlichen Untersuchung und die Vergrößerungen heraus, die Deborah gemacht hatte. Wortlos legte er sie auf dem Tisch aus. Wenn alles, was St. James gesagt hatte, der Wahrheit entsprach, hatte Stinhurst zweifellos Sir Kenneth Willingate noch am gestrigen Nachmittag angerufen. Er würde sich für dieses Gespräch mit der Polizei gut gewappnet fühlen. In einer langen, nahezu schlaflosen Nacht hatte Lynley sorgfältig überdacht, was für Möglichkeiten sich ihm boten, neue, brillante Lügengeschichten von vornherein abzuwehren. Er war bei diesen Überlegungen zu der Erkenntnis gekommen, daß Stinhurst zumindest eine Schwachstelle hatte. Und auf die zielte er nun mit seiner ersten Bemerkung.

»Jeremy Vinney kennt die ganze Geschichte, Lord Stinhurst. Ich weiß nicht, ob er darüber schreiben wird, da er im Moment keine harten Beweise hat, um sie zu untermauern. Aber ich zweifle nicht daran, daß er die Absicht hat, sich diese Beweise zu beschaffen.« Lynley rückte die Fotografien mit gewissenhafter Hand gerade. »Sie können mir also neue Lügen erzählen. Oder wir können in allen Einzelheiten das Märchen analysieren, das Sie mir am Wochenende auf Westerbrae aufgetischt haben. Oder aber Sie sagen mir die Wahrheit. Ich möchte Sie aber in jedem Fall darauf aufmerksam machen, daß die Wahrheit, wenn Sie sie mir von Anfang an gesagt hätten, wahrscheinlich nie einem anderen außer St. James bekannt geworden wäre, den ich ins Vertrauen zog. Aber Sie tischten mir eine Lüge auf, und da diese Lüge keine Erklärung dafür bot, warum das Grab Ihres Bruders sich in Schottland befindet und nicht auf Ihrem Familiensitz in Somerset, weiß jetzt nicht nur St. James über Ihren Bruder Bescheid, sondern auch Sergeant Havers, Lady Helen Clyde und Jeremy Vinney. Und es wird ferner jeder den wahren Sachverhalt erfahren, der in New Scotland Yard in meinen Bericht Einsicht nehmen kann.«

Lynley sah, wie Stinhursts Blick zu seiner Frau eilte. »Wie hätten Sie es also gern?« fragte er und schlug die Beine übereinander. »Sollen wir uns über den Sommer vor sechsunddreißig Jahren unterhalten, als Ihr Bruder Geoffrey in Somerset war und Sie mit Ihrer Theatergruppe durch die Provinz reisten, während Ihre Frau –«

»Genug.« Stinhurst hob eine Hand und lächelte frostig. »Sie wollen mich wohl mit meiner eigenen Bombe hochgehen lassen, Inspector? Bravo!«

Marguerite Stinhurst sah ihren Mann verwirrt an. »Stuart, was hat das alles zu bedeuten? Was hast du ihnen erzählt?«

Die Frage hätte nicht zu einem besseren Zeitpunkt kommen können. Lynley wartete auf Stinhursts Antwort. Nach einem Augenblick des Überlegens wandte sich Stinhurst seiner Frau zu und begann zu sprechen. Und er bewies, daß er in der Kunst, durch Überraschung zu entwaffnen, ein wahrer Meister war.

»Ich habe dem Inspector erzählt, Geoffrey hätte mit dir eine Affäre gehabt«, sagte er. »Ich habe behauptet, Elizabeth wäre dein Kind aus dieser Liaison und Joy Sinclairs Stück handle von dieser Liebesbeziehung. Ich sagte, sie hätte ihr Stück ohne mein Wissen geändert, um sich an uns für Alecs Tod zu rächen. Das zumindest war wahr. Gott verzeih mir, es tut mir leid.«

Marguerite Stinhurst saß da wie vom Donner gerührt. Ihr Mund zuckte, aber sie konnte nicht ein Wort hervorbringen. Schließlich stieß sie hervor: »Geoff? Du hast doch nicht geglaubt, daß Geoffrey und ich – o mein Gott, Stuart!«

Stinhurst streckte den Arm nach ihr aus, aber sie schreckte mit einem Aufschrei vor ihm zurück. Er zog den Arm ein wenig zurück und legte die Hand zwischen sich und seiner Frau auf den Tisch.

»Nein, natürlich nicht«, sagte er. »Aber ich mußte ihnen doch etwas erzählen. Ich brauchte – ich mußte sie von Geoff fernhalten.«

»Und darum mußtest du ihnen erzählen – aber er ist doch tot!« Abscheu war auf ihrem Gesicht zu lesen, als ihr aufging, was ihr Mann getan hatte. »Geoff ist tot. Aber ich nicht, Stuart, ich nicht! Du hast mich zur Hure gemacht, um einen Toten zu schützen. Du hast mich geopfert. O Gott, wie konntest du nur?«

Stinhurst schüttelte den Kopf. Seine Worte kamen stoßweise und mühsam. »Er ist nicht tot. Nein, er ist keineswegs tot. Er lebt, er befindet sich mit uns in diesem Zimmer. Verzeih mir, wenn du kannst. Ich war mein Leben lang ein Feigling. Ich wollte nur mich selbst schützen.«

»Aber wovor denn? Du hast doch nichts getan! Stuart, um Gottes willen! Du hast in der Nacht damals nichts getan. Wie kannst du sagen –«

»Es ist nicht wahr. Ich konnte es dir nicht sagen.«

»Was denn? Was denn? Sag es mir jetzt!«

Stinhurst sah seine Frau lange wortlos an. Es schien beinahe, als versuchte er bei ihr den Mut zu finden, den er brauchte. »*Ich* habe Geoff angezeigt. Ihr alle habt die Wahrheit über ihn erst damals an dem Silvesterabend erfahren. Aber ich – ich wußte schon seit 1949, daß er ein sowjetischer Agent war.«

Stinhurst war wie versteinert, während er sprach. Vielleicht fürchtete er, daß schon die kleinste Bewegung den Damm brechen und die aufgestaute Qual von neununddreißig Jahren ihn in einem Schwall überschwemmen würde. Seine Stimme war sachlich, und wenn auch seine Augen sich zusehends röteten, vergoß er doch keine Träne. Lynley ertappte sich bei der Überlegung, ob Stinhurst nach so vielen Jahren der Täuschung und des Betrugs überhaupt noch fähig war zu weinen.

»Ich wußte schon, als wir noch in Cambridge waren, daß Geoff Marxist war. Er machte kein Geheimnis daraus. Ich dachte, es sei nur eine vorübergehende Phase, und stellte mir vor, was für ein Witz es wäre, wenn ausgerechnet der zukünftige Graf Stinhurst sich dem Kampf des Proletariats verschrieben haben sollte. Ich hatte keine Ahnung davon, daß man seine Neigungen sehr wohl vermerkt und ihn noch während seiner Studienzeit zur Spionage verführt hatte.«

»Verführt?« fragte Lynley.

»O ja, es ist ein Prozeß der Verführung«, behauptete Stinhurst. »Eine Kombination aus Schmeichelei und Überredung. Man macht den Leuten weis, daß sie bei den großen Plänen zur Weltveränderung eine wichtige Rolle spielen.«

»Und wie kamen Sie dahinter?«

»Ich entdeckte es rein zufällig nach dem Krieg, als wir alle zusammen in Somerset waren. Es war das Wochenende, an dem unser Sohn Alec geboren wurde. Gleich nachdem ich bei meiner Frau und dem Kind gewesen war, machte ich mich auf die Suche nach Geoff. Es war –« Er lächelte seiner Frau zu, das erste und einzige Mal. Ihr Gesicht zeigte keine Reaktion. »Ich war sehr glücklich über die Geburt meines Sohnes. Ich wollte meine Freude mit Geoff teilen. Darum suchte ich ihn und entdeckte ihn schließlich an einem der bevorzugten Plätze unserer Kindheit, in einer verlassenen Hütte in den Quantock Hills. Offenbar hatte er sich in Somerset sehr sicher gefühlt.«

»Er hatte sich dort mit jemandem getroffen?«

Stinhurst nickte. »Ich hätte den Mann wahrscheinlich für einen Bauern gehalten und nicht weiter darüber nachgedacht, aber am Tag zuvor hatte ich Geoff im Arbeitszimmer über irgendwelchen Dokumenten sitzen sehen, die alle dick und rot ›Geheim‹ aufgestempelt hatten. Seine Aktentasche lag auf dem Schreibtisch, und er war dabei, die Dokumente in einen Umschlag zu stecken. Es war kein Umschlag vom Gut, und es war auch kein amtlicher Umschlag. Daran erinnere ich mich genau. In dem Moment dachte ich mir nichts dabei, aber als ich ihn in der Hütte überraschte, sah ich, wie er dem Mann, der bei ihm war, eben diesen Umschlag gab. Ich habe später oft gedacht, wenn ich nur eine Minute früher oder späer gekommen wäre, hätte ich wahrscheinlich immer geglaubt, der Mann sei irgendeiner unserer Bauern gewesen. So aber, als ich sah, wie der Umschlag die Hände wechselte, vermutete ich sofort das Schlimmste. Natürlich versuchte ich zuerst mir einzureden, es sei nichts als ein merkwürdiges Zusammentreffen, der Umschlag könne unmöglich derselbe sein, den ich im Arbeitszimmer gesehen hatte. Aber wenn es sich nur um einen ganz harmlosen Informationsaustausch gehandelt hätte, warum hätte sich Geoff dann mit diesem Mann draußen in den Quantock Hills treffen müssen, mitten in der Prärie gewissermaßen?«

»Aber wenn du sie entdeckt hattest«, fragte Marguerite Stinhurst wie benommen, »warum haben sie dann nicht irgendwas unternommen, um – um zu verhindern, daß du dein Wissen ausspieltest?«

»Sie wußten ja nicht genau, was ich gesehen hatte. Und selbst wenn sie es gewußt hätten, wäre mir nichts passiert. Geoffrey hätte es nicht zugelassen. Bei der Eliminierung seines Bruders hätte er die Grenze gezogen. Er war mehr Mann als ich, immer schon.«

Marguerite Stinhurst wandte sich ab. »Sag so was nicht von dir.«

»Es ist leider wahr. – Sobald der andre Mann gegangen war, stellte ich ihn zur Rede«, sagte Stinhurst. »Er gab alles zu. Er schämte sich nicht. Er glaubte an die Sache. Und ich – ich weiß nicht, woran ich glaubte. Für mich galt nur, daß er mein Bruder war. Ich liebte ihn. Ich hatte ihn immer geliebt. Obwohl ich das, was er tat, verabscheute, brachte ich es nicht über mich, ihn zu verraten. Er hätte sofort gewußt, verstehen Sie, daß ich derjenige war, der ihn verraten hatte. Darum tat ich nichts. Aber es quälte mich jahrelang Tag und Nacht.«

»Und 1962 sahen Sie endlich eine Gelegenheit zu handeln.«

»Im Oktober wurde William Vassall der Prozeß gemacht. Im September hatte man bereits einen italienischen Physiker – Giuseppe Martelli – wegen Spionage verurteilt. Ich dachte, wenn Geoffreys Aktivitäten jetzt ans Licht kämen, so viele Jahre nachdem ich sein Geheimnis entdeckt hatte, würde er kaum auf den Gedanken kommen, daß ich derjenige gewesen sein könnte, der ihn ausgeliefert hatte. Ich – im November gab ich mein Wissen an die Behörden weiter. Die Überwachung begann. Tief im Innern hoffte ich – ich betete darum –, daß Geoffrey die Überrwachung bemerken und zu den Sowjets fliehen würde. Das hat er beinahe auch getan.«

»Was hinderte ihn daran?«

Stinhurst antwortete nicht. Die zur Faust geballte Hand verkrampfte sich so stark, daß Knöchel und Finger weiß anliefen. Im Vorzimmer läutete ein Telefon. Jemand lachte. Barbara Havers hörte auf zu schreiben und warf einen fragenden Blick auf Lynley.

»Was hinderte ihn daran?« wiederholte Lynley.

»Sag es ihnen, Stuart«, sagte Marguerite Stinhurst leise. »Sag die Wahrheit! Dies eine Mal! Endlich!«

Stuart Stinhurst rieb sich die Augen. Sein Gesicht war grau. »Mein Vater«, antwortete er. »Er tötete ihn.«

Stinhurst ging im Zimmer auf und ab, groß, schlank, kerzengerade, den Blick zu Boden gerichtet.

»Es spielte sich ziemlich genau so ab, wie Joy es in ihrem Stück dargestellt hatte. Geoff erhielt einen Anruf. Mein Vater und ich kamen in die Bibliothek, ohne daß Geoff es merkte, und hörten einen Teil des Gesprächs mit. Wir hörten, wie er sagte, irgend jemand müsse sofort in seine Wohnung und das Codeheft herausholen, sonst würde das ganze Netz auffliegen. Unser Vater begann Fragen zu stellen. Geoff, der immer wortgewandt war und geschickt mit Sprache umzugehen wußte, wollte nur weg. Er hatte keine Zeit für eine Inquisition. Er konnte kaum einen klaren Gedanken fassen, seine Antworten auf Vaters Fragen widersprachen sich. Unser Vater erriet die Wahrheit. Das war im Grunde nicht mehr schwer nach dem, was wir beide von dem Telefongespräch mitbekommen hatten. Als unser Vater erkannte, daß das Schlimmste zutraf, sah er rot. Für ihn war das mehr als Landesverrat. Es war Verrat an der Familie, an Tradition und Lebensstil. Ich glaube, er hatte in diesem Moment nur noch das Verlangen zu vernichten. Er ...« Stinhurst hob den Kopf und starrte auf die Plakate an den Wänden. »Mein Vater stürzte sich auf ihn. Er war wie ein wildes Tier. Und ich – mein Gott, ich stand da und tat gar nichts. Ich war völlig gelähmt. Zu nichts nütze. Und seitdem, Thomas, durchlebe ich jede Nacht von neuem den Moment, als ich hörte, wie Geoffreys Genick brach.«

»War der Mann Ihrer Schwester, Philipp Gerrard, auch beteiligt?« fragte Lynley.

»Ja. Er war zwar nicht in der Bibliothek, als der Anruf für meinen Bruder kam, aber er, Francesca und meine Frau hörten meinen Vater schreien und kamen von oben heruntergelaufen. Sie stürzten ins Zimmer, als es – als es schon geschehen war. Philipp wollte sofort zum Telefon und die Polizei alarmieren. Aber wir – wir anderen redeten ihm das aus. Es hätte einen Skandal gegeben. Es wäre zum Prozeß gekommen. Unser Vater wäre vielleicht ins Gefängnis gekommen. Francesca wurde völlig hysterisch bei der Vorstellung. Phillip war anfangs nicht umzustimmen, aber was konnte er letztendlich gegen uns alle, besonders gegen Francesca, ausrichten? Er gab schließlich klein bei und half uns, ihn – meinen Bruder, meine ich – zu der Straßengabelung hinaufbringen, wo das Gefälle nach Kilparie hinunter beginnt. Wir nahmen nur den Wagen meines Bruders, um keine zusätzlichen Reifenspuren zu hinterlassen.« Er lächelte mit Verachtung. »Wir waren sehr vorsichtig, o ja. An der Straßengabelung fängt ein starkes Gefälle an, mit zwei Haarnadelkurven gleich zu Beginn, eine direkt nach der anderen. Wir ließen den Motor an und schoben den Wagen an, in dem mein Bruder hinter dem Steuer saß. Er gewann rasch an Geschwindigkeit. An der ersten Kehre schoß er über die Straße hinaus, durchbrach den Zaun und stürzte auf die darunterliegende zweite Kehre ab, wo er dann die Böschung hinunterrollte und Feuer fing.«

Stinhurst zog ein blütenweißes Leinentaschentuch heraus und wischte sich die Stirn. Er kam zum Tisch zurück, aber er setzte sich nicht. »Danach gingen wir zu Fuß zum Haus zurück. Die Straße war fast völlig vereist, so daß wir keine Fußabdrücke zurückließen. Es hat eigentlich nie jemand daran gezweifelt, daß es sich um einen Unfall handelte.« Mit einer Hand berührte er die Fotografie seines Vaters, die immer noch dort lag, wo Lynley sie mit den anderen ausgebreitet hatte.

»Warum ist dann Sir Andrew Higgins extra aus London angereist, um den Toten zu identifizieren und bei der Untersuchung auszusagen?«

»Zur Rückversicherung. Wir fürchteten, es könnte vielleicht jemand an Geoffreys Verletzungen etwas ungewöhnlich finden und anfangen, Fragen zu stellen. Sir Andrew war der älteste Freund meines Vaters. Wir konnten ihm unbedingt vertrauen.«

»Und was hatte Willingate mit der Sache zu tun?«

»Er traf keine zwei Stunden nach dem Unfall auf Westerbrae ein. Er war bereits unterwegs gewesen, um Geoff zur Vernehmung nach London zurückzuholen. Der Anruf, den mein Bruder erhalten hatte, war zweifellos eine Warnung gewesen. Mein Vater sagte Willingate die Wahrheit. Und die beiden trafen eine Vereinbarung. Die ganze Sache würde geheim bleiben. Der Regierung lag nichts daran, publik werden zu lassen, daß jahrelang ein sowjetischer Agent im Verteidigungsministerium gesessen hatte. Und mein Vater wollte auf keinen Fall, daß bekannt wurde, daß sein Sohn dieser Agent gewesen war. Außerdem wollte er nicht wegen Mordes vor Gericht gestellt werden. Also blieb die Geschichte vom Unfall bestehen. Und wir anderen verpflichteten uns zu schweigen. Wir hielten uns an die Verpflichtung. Aber Phillip Gerrard war ein geradliniger, anständiger Mann. Er hat es sich den Rest seines Lebens nicht verziehen, daß er sich dazu überreden ließ, einen Mord zu vertuschen.«

»Ist das der Grund, warum er nicht auf Westerbrae beerdigt werden wollte?«

»Er meinte, er hätte einen Fluch über den Besitz gebracht.«

»Warum ist Ihr Bruder dort begraben?«

»Mein Vater wollte ihn in Somerset nicht haben. Er hätte ihn am liebsten überhaupt nicht beerdigen lassen.« Jetzt erst sah Stuart Stinhurst seine Frau an. »Wir alle sind an Geoffs Geschichte zerbrochen, nicht wahr, Mag? Aber uns beide hat es am schlimmsten getroffen. Wir haben Alec verloren. Wir haben Elizabeth verloren. Und wir haben uns verloren.«

»Immer stand Geoff zwischen uns«, sagte sie stumpf. »All die Jahre. Du hast immer so getan, als hättest *du* ihn getötet und nicht dein Vater. Es gab Momente, wo ich mich allen Ernstes gefragt habe, ob du ihn nicht wirklich getötet hast.«

Stinhurst schüttelte den Kopf, nicht bereit, die Entlastung anzunehmen. »Ich habe ihn getötet, Marguerite. Ich habe ihn getötet. An dem Abend damals in der Bibliothek gab es einen kurzen Augenblick, wo ich hätte eingreifen, wo ich meinen Vater hätte zurückhalten können. Sie lagen auf dem Boden und – Geoff hat mich angesehen. Maggie, ich bin der letzte Mensch, den er gesehen hat. Und er hat realisiert, daß sein einziger Bruder dastand und tatenlos zusah, wie er getötet wurde. Ebensogut hätte ich ihn mit eigener Hand töten können, verstehst du? Letztendlich bin ich der Schuldige.«

Eine Frage galt es noch zu klären. »Warum haben Sie am vergangenen Wochenende zum MI5 Kontakt aufgenommen?«

»Ich wußte nicht, was ich tun sollte. Mir war klar, daß jede Ermittlung sich früher oder später unweigerlich auf das Skript konzentrieren würde, in dem wir am Abend vor Joys Ermordung gelesen hatten. Und ich dachte – ich glaubte –, ein näheres Studium des Stücks würde alles an den Tag bringen, was wir, meine Familie und die Behörden, fünfundzwanzig Jahre lang so sorgsam geheimgehalten hatten. Als Willingate mich anrief, meinte auch er, daß die Skripten vernichtet werden müßten. Dann setzte er sich mit Ihren Leuten vom Special Branch in Verbindung, und die wieder nahmen Kontakt mit einem Commissioner der Metropolitan Police auf, der sich bereit erklärte, jemanden – einen besonders ausgesuchten Beamten – nach Westerbrae zu schicken.«

Bei diesen letzten Worten stieg erneut Bitterkeit in Lynley auf. Er kämpfte gegen sie, aber es fruchtete nichts. Wäre er nicht in Westerbrae unversehens auf Helen gestoßen, sagte er sich, und die bestürzende Entdeckung ihrer Verbindung zu Rhys Davies-Jones, so hätte er das Lügengespinst durchschaut, das Stinhurst vor ihm entworfen hatte; er hätte selbst Geoffrey Rintouls Grab entdeckt und seine Schlüsse aus der Entdeckung gezogen. Nur indem er an dieser Überzeugung festhielt, konnte er sich wenigstens einen Funken Selbstachtung bewahren.

»Ich muß Sie bitten, mit nach New Scotland Yard zu kommen und dort eine umfassende Aussage zu Protokoll zu geben«, sagte er zu Stinhurst.

»Selbstverständlich«, antwortete der und fügte augenblicklich, beinahe automatisch hinzu: »Aber ich habe Joy Sinclair nicht getötet, Thomas. Ich schwöre es.«

»Nein, er hat es nicht getan.« Marguerite Stinhursts Ton klang mehr resigniert als eindringlich. Als Lynley nicht reagierte, fügte sie hinzu: »Ich hätte es gemerkt, wenn mein Mann in der Nacht unser Zimmer verlassen hätte, Inspector.«

Sie hätte keine Begründung wählen können, die Lynley weniger zu glauben geneigt war. Er wandte sich Barbara zu. »Fahren Sie mit Lord Stinhurst nach New Scotland Yard, Sergeant. Lady Stinhurst kann nach Hause gehen.«

Sie nickte. »Und Sie, Inspector?«

Er dachte nach, überlegte, wieviel Zeit er noch brauchen würde, um sich mit allem, was geschehen war, auseinanderzusetzen. »Ich komme nach.«

Als Lady Stinhurst im Taxi weggefahren war und Barbara Havers und Constable Nkata Lord Stinhurst aus dem Agincourt Theatre hinausbegleitet hatten, kehrte Lynley wieder in das Gebäude zurück. Der Gedanke an ein zufälliges Zusammentreffen mit Rhys Davies-Jones, der sich zweifellos irgendwo im Haus befand, schreckte ihn, dennoch zwang ihn irgend etwas zu bleiben, vielleicht als eine Art Buße für die Sünden, die er begangen hatte, indem er

Davies-Jones des Mordes verdächtigt und alles in seiner Macht Stehende getan hatte, um Helen dazu zu bewegen, ebenfalls an ihm zu zweifeln. Mehr von persönlicher Leidenschaft als von sachlicher Vernunft getrieben, hatte er nur nach den Fakten gesucht, die auf eine Schuld Davies-Jones' hinzuweisen schienen, und hatte all jene ignoriert, die andere schuldig sprachen.

Und das alles, dachte er mit bitterem Spott, weil ich in meiner Dummheit erst, als es zu spät war, merkte, was Helen mir bedeutet.

»Du brauchst nicht zu versuchen mich zu trösten.« Es war die stockende Stimme einer Frau, die von der anderen Seite der Bar herüberdrang. Die Frau selbst konnte Lynley nicht sehen. »Ich will nichts anderes sein als gleichgestellt. Du hast gesagt, laß uns ehrlich miteinander reden. Gut, tun wir das. Schonungslos, aufrichtig, ohne Scham meinetwegen.«

»Jo –« sagte David Sydeham.

»Es ist kein Geheimnis mehr, daß ich dich liebe. Es war nie eines. Ich liebte dich schon damals, als ich dich bat, den Namen des steinernen Engels mit deinen Fingern zu lesen. Ja, so früh hatte sie begonnen, diese Heimsuchung der Liebe, und hat mich seither nie mehr losgelassen. Das ist meine Geschichte –«

»Joanna, hör auf! Du hast mindestens zehn Zeilen ausgelassen!«

»Gar nicht wahr!«

Wie Schläge drangen die Worte David Sydehams und Joanna Ellacourts in Lynleys Schädel. Er eilte durchs Foyer, erreichte die Bar und riß Sydeham das Skript aus der Hand. Ohne ein Wort zu sagen, überflog er die Seite, um Almas Worte in *Der steinerne Engel* zu finden. Er setzte gar nicht erst seine Brille auf; die Wörter waren verschwommen. Aber lesbar. Und von unauslöschlicher Einprägsamkeit.

»Du brauchst nicht zu versuchen, mich zu trösten. Ich will

nichts anderes sein als gleichgestellt. Du hast gesagt, laß uns ehrlich miteinander reden. Gut, tun wir das. Schonungslos, aufrichtig, ohne Scham meinetwegen. Es ist kein Geheimnis mehr, daß ich dich liebe. Es war nie eines. Ich liebte dich schon damals, als ich dich bat, den Namen des steinernen Engels mit deinen Fingern zu lesen. Ja, ich erinnere mich der langen Nachmittage unserer Kindheit …«

Und doch hatte Lynley einen Moment lang geglaubt, Joanna Ellacourt spräche aus sich selbst, spräche nicht Worte, die Tennessee Williams geschrieben hatte. Einer ähnlichen Täuschung war der junge Constable Plater erlegen, als er fünfzehn Jahre zuvor Hannah Darrows Abschiedsbrief in Porthill Green gelesen hatte.

14

Wegen eines Staus auf der M 11 kam er erst nach ein Uhr in Porthill Green an. Das Wetter hatte sich verschlechtert, ein Schneesturm schien sich zusammenzubrauen. Das *Wine's the Plough* war noch geöffnet, aber anstatt direkt in das Pub zu gehen, um noch einmal mit John Darrow zu sprechen, ging Lynley zuerst über den knirschenden Schnee auf dem Dorfanger zu einer Telefonzelle und rief New Scotland Yard an. Es dauerte nur Augenblicke, ehe Barbara Havers sich meldete. Den Hintergrundgeräuschen von Geschirrgeklapper und Stimmengewirr entnahm er, daß sie das Gespräch in der Kantine entgegengenommen hatte.

»Verdammt noch mal, wo sind Sie denn abgeblieben?« rief sie scharf und fügte dann pflichtschuldig, aber trotzig, »Sir« hinzu. »Wo sind Sie? Inspector Macaskin hat angerufen. Sie haben jetzt die kompletten Autopsiebefunde über Sinclair und Gowan Kilbride. Macaskin läßt Ihnen ausrichten, daß sie die Todeszeit von Joy Sinclair auf die Zeitspanne zwischen zwei und Viertel nach drei Uhr fixiert haben. Und er teilte mir unter viel Gestammel mit, daß es keinerlei Anzeichen dafür gibt, daß sie vor ihrem Tod Geschlechtsverkehr hatte oder gar vergewaltigt wurde. Er sagte, die Freunde von der Spurensicherung hätten noch nicht alles gesichtet, was sie aus dem Zimmer mitgenommen haben. Er ruft wieder an, sobald die Ergebnisse vollständig sind.«

Lynley war dankbar für Macaskins Gründlichkeit und seine Bereitschaft zu helfen, ohne sich von der Übermacht Scotland Yards einschüchtern zu lassen.

»Wir haben Stinhurst noch mal verhört. Es ist mir nicht gelungen, ihm wegen Samstag nacht auch nur eine einzige Widersprüchlichkeit nachzuweisen, obwohl wir die Geschichte x-mal durchgekaut haben.« Havers schnaubte verächtlich. »Jetzt ist gerade sein Anwalt gekommen – typisch Alt-Eton, steif und zugeknöpft. Den hat zweifellos seine Frau geschickt, da seine Lordschaft sich selbstverständlich nicht dazu herabließ, Volk wie Nkata und mich um die Erlaubnis zu bitten, einen Anruf zu machen. Er sitzt jetzt in einem Vernehmungszimmer, aber wenn nicht schleunigst was Entscheidendes passiert, können wir ihm nichts anhaben. Warum sind Sie nicht gekommen?«

»Ich bin in Porthill Green.« Er unterbrach ihre Empörungsäußerungen mit: »Jetzt hören Sie mir mal zu. Ich behaupte gar nicht, daß Stinhurst mit Joy Sinclairs Tod nichts zu tun hat. Aber ich lasse diese Darrow-Sache hier nicht einfach auf sich beruhen. Vergessen wir nicht die Tatsache, daß Joy Sinclairs Zimmertür abgeschlossen war, Havers. Ob es Ihnen nun paßt oder nicht, einziger Zugang ist und bleibt die Verbindungstür von Helens Zimmer.«

»Aber wir waren uns doch einig, daß Francesca Gerrard ihm den Schlüssel –«

»Und Hannah Darrows Abschiedsbrief war aus einem Theaterstück abgeschrieben.«

»Aus einem Theaterstück? Aus welchem denn?«

Lynley blickte über den Anger hinweg zum Pub. Rauch stieg aus seinem Schornstein zum düsteren Himmel auf. »Das weiß ich nicht. Aber ich vermute, John Darrow weiß es. Und ich denke, er wird es mir sagen.«

»Aber was hilft uns das denn, Inspector? Und was soll ich mit seiner ehrenwerten Lordschaft anfangen, während Sie draußen in den Fens rumtollen?«

»Lassen Sie ihn noch einmal alles erzählen. Im Beisein seines Anwalts, wenn er darauf besteht. Sie kennen die Routine, Havers. Planen Sie es mit Nkata. Variieren Sie die Fragen.«

»Und dann?«

»Dann lassen Sie ihn gehen.«

»Inspector –«

»Sie wissen so gut wie ich, daß wir im Augenblick nichts Handfestes gegen ihn haben. Allenfalls Vernichtung von Beweismaterial durch die Verbrennung der Skripten. Aber abgesehen davon absolut nichts außer der Tatsache, daß sein Bruder vor fünfundzwanzig Jahren für die Russen spioniert und er selbst beim Tod seines Bruders sich der Beihilfe oder unterlassenen Hilfeleistung schuldig gemacht hat. Ich glaube kaum, daß es etwas bringt, wenn wir Stinhurst dafür heute in Haft nehmen. Und Ihnen dürfte doch klar sein, daß sein Anwalt darauf bestehen wird, daß wir entweder Anklage erheben oder ihn auf freien Fuß setzen.«

»Vielleicht bekommen wir von der Spurensicherung Strathclyde noch was«, meinte sie.

»Vielleicht. Dann holen wir ihn uns eben wieder. Im Augenblick sind uns die Hände gebunden. Wir können nicht mehr tun. Ist das klar?«

Er hörte die zornige Gereiztheit in ihrer Stimme, als sie antwortete. »Und was für Aufträge haben Sie für mich, wenn Stinhurst abgedampft ist?«

»Gehen Sie in mein Büro, machen Sie die Tür zu und warten Sie, bis Sie von mir hören.«

»Und wenn Webberly einen Fortschrittsbericht verlangt?«

»Dann sagen Sie ihm, er kann mir den Buckel runterrutschen«, versetzte Lynley. »Nachdem Sie ihm vorher mitgeteilt haben, daß wir über die Einmischung vom Special Branch und MI5 Bescheid wissen.«

Er konnte Barbaras Lächeln förmlich sehen. »Mit Vergnügen, Sir. Wie ich immer schon sagte, wenn das Schiff sowieso sinkt, kann man ruhig noch ein paar Löcher in den Bug schlagen.«

Als Lynley eine Käseplatte und ein Glas Guinness verlangte, machte John Darrow ein Gesicht, als würde er die Bestellung am liebsten zurückweisen. Doch die Anwesenheit dreier Männer am Tresen und einer alten Frau, die am Feuer über einem Schnaps döste, hielt ihn offenbar davon ab. Und so bekam Lynley, der an einem der Tische beim Fenster Platz genommen hatte, keine fünf Minuten später eine große Platte mit Stilton und Cheddar, eingelegten Silberzwiebeln und knusprigem Brot serviert.

Er aß in aller Ruhe, ohne sich von den neugierigen Blikken der anderen Gäste stören zu lassen. Bauern aus der Gegend ohne Zweifel, die bald gehen würden, um ihr Tagwerk zu erledigen. Dann würde John Darrow keine Wahl bleiben, als sich dem Gespräch mit Lynley zu stellen, dem er unverkennbar so gern aus dem Weg gegangen wäre.

Darrow war jetzt mit den Männern am Tresen richtiggehend vertraulich geworden, als hoffte er, diese ungewohnte Freundlichkeit könne sie verleiten, länger als gewöhnlich zu bleiben. Im Augenblick unterhielten sie sich über Sport, ein lautes Gespräch über das Fußballteam von Newcastle, das unterbrochen wurde, als die Tür aufflog und ein Junge von vielleicht sechzehn Jahren hereinstürmte.

Lynley hatte ihn schon aus der Richtung von Mildenhall kommen sehen, auf einem alten Motorrad, dessen Farbe man unter der Schmutzschicht kaum erkennen konnte. Der Junge, derb gekleidet in schwere Arbeitsstiefel, Bluejeans und eine voluminöse Lederjacke, hatte seine Maschine vor dem Haus abgestellt und sich dann ein paar Minuten Zeit genommen, um auf die andere Straßenseite zu gehen und Lynleys Wagen zu begutachten. Er war so stämmig gebaut wie John Darrow, hatte aber die helle Haut und das blonde Haar seiner Mutter.

»Wem gehört der Schlitten da draußen?« rief er vergnügt, als er hereinkam.

»Mir«, sagte Lynley.

Der Junge kam zu ihm an den Tisch und warf dabei mit einer halb verlegenen Kopfbewegung das blonde Haar zurück. »Tolles Gerät«, sagte er und blickte sehnsüchtig zum Fenster hinaus. »Muß Sie 'ne Stange Geld gekostet haben.«

»Tut es immer noch. Es schluckt Benzin, daß einem Hören und Sehen vergehen kann. Ich frage mich ehrlich gesagt oft, ob ich nicht lieber auf so was umsteigen soll.« Lynley wies mit dem Kopf auf das Motorrad vor dem Haus.

»Das wär was!« Der Junge lachte. »Das ist ein echtes Museumsstück, sag ich Ihnen. Aber laufen tut sie klasse. Letzte Woche –«

»Du hast noch was zu erledigen, Teddy«, unterbrach John Darrow scharf. »Mach dich an die Arbeit.«

Mit der Ermahnung hatte Darrow das Gespräch zwischen seinem Sohn und dem unwillkommenen Polizeibeamten unterbrochen und auch die anderen Gäste an die Zeit erinnert. Die Bauern bezahlten, die alte Frau am Kamin stand gähnend auf, und Augenblicke später waren nur noch Lynley und John Darrow in der Gaststube. Gedämpfte Rockklänge und Türenschlagen aus der Wohnung darüber kündeten davon, daß Teddy sich bereits an seine Arbeit gemacht hatte.

»Er ist gar nicht in der Schule«, stellte Lynley fest.

Darrow schüttelte den Kopf. »Er ist fertig. In der Beziehung ist er wie seine Mutter. Für Bücher hatte er nie viel übrig.«

»Ihre Frau hat nicht gelesen?«

»Hannah? Die hat nie ein Buch aufgeschlagen. Sie besaß nicht mal eines.«

Lynley nahm seine Zigaretten aus der Tasche und zündete sich eine an. Dann schlug er die Akte über Hannah Darrows Selbstmord auf. Er nahm den Abschiedsbrief heraus. »Dann ist das hier doch sehr merkwürdig, finden Sie nicht? Was glauben Sie, wo sie es abgeschrieben hat?«

Darrow kniff die Lippen zusammen, als er den Brief erkannte, den Lynley ihm schon einmal gezeigt hatte. »Dazu hab ich nichts mehr zu sagen.«

»Sie werden leider nicht darum herumkommen.« Lynley stand auf und trat mit Hannahs Brief in der Hand an den Tresen. »Denn sie ist ermordet worden, Mr. Darrow, und ich glaube, das wissen Sie schon seit fünfzehn Jahren. Offen gesagt war ich bis heute morgen überzeugt davon, daß Sie selbst sie getötet haben. Jetzt bin ich mir da nicht mehr so sicher. Aber ich bin fest entschlossen, heute erst wieder abzufahren, wenn Sie mir die Wahrheit gesagt haben. Joy Sinclair mußte sterben, weil sie der Wahrheit über den Tod Ihrer Frau zu nahe kam. Wenn Sie sich also einbilden sollten, man wird diesen Todesfall einfach auf sich beruhen lassen, nur weil Sie nicht darüber sprechen wollen, was 1973 hier im Dorf geschah, müssen Sie umdenken. Oder aber wir fahren alle zusammen nach Mildenhall und unterhalten uns mit Chief Constable Plater. Sie, Teddy und ich. Denn wenn Sie nicht bereit sind, mir zu helfen, muß ich mich an Ihren Sohn wenden, der sicher noch einige Erinnerungen an seine Mutter hat.«

»Den Jungen lassen Sie da gefälligst raus! Der hat damit nichts zu tun. Er hat's nie erfahren.

»Was denn?« fragte Lynley und blickte Darrow in das verschlossene, mißtrauische Gesicht. »Jetzt hören Sie mal zu, Darrow. Ich weiß nicht, was damals geschah. Aber letztes Wochenende wurde ein sechzehnjähriger Junge – ein Junge wie Ihr Sohn – brutal ermordet, weil sich ein Killer von ihm bedroht fühlte. Derselbe Killer – davon bin ich felsenfest überzeugt –, der Ihre Frau getötet hat. Und ich *weiß*, daß sie ermordet wurde. Mann, helfen Sie mir, ehe noch ein Mensch umkommt.«

Darrow starrte ihn mit stumpfem Blick an. »Ein Junge, sagen Sie?«

Lynley spürte, wie Darrows Abwehr bröckelte, und nahm seinen Vorteil wahr. »Ein Junge namens Gowan Kilbride. Er wollte nichts weiter im Leben, als nach London gehen und ein zweiter James Bond werden. Aber dann wurde er in einem Haus in Schottland umgebracht. Auf grausamste Weise. Sein Gesicht und seine Brust waren von kochend heißem Wasser verbrüht, und in seinem Rücken steckte ein Fleischermesser. Und wenn der Killer als nächstes hierher kommt, weil er herausbringen möchte, was genau Joy Sinclair von Ihnen erfahren hat – wie wollen Sie sich oder Ihren Sohn vor einem Mann oder einer Frau schützen, die Sie nicht einmal kennen?«

Darrows Gesicht war anzusehen, daß er mit sich kämpfte. Sollte er tun, was Lynley von ihm verlangte – in die Vergangenheit zurückkehren, alles noch einmal durchleben? In der Hoffnung, sich und seinen Sohn vor einem Mörder zu schützen, der vor vielen Jahren auf so grausame Weise in ihr Leben eingegriffen hatte.

Er fuhr sich mit der Zunge über die spröden Lippen. »Es war ein Mann.«

Darrow sperrte die Tür zum Gasthaus ab, und sie setzten sich an einen Tisch beim Kamin. Er nahm vom Tresen eine Flasche Whisky mit, machte sie auf und schenkte sich ein. Ohne ein Wort zu sagen, trank er, als hätte er für das, was auf ihn zukam, Stärkung nötig.

»Sie sind Hannah gefolgt, als sie an dem Abend damals aus der Wohnung ging«, sagte Lynley.

Darrow wischte sich den Mund mit dem Handrücken. »Ja. Sie sollte mir und einem Mädchen aus dem Dorf hier unten helfen, drum war ich in die Wohnung raufgegangen, um sie zu holen. Und da hab ich auf dem Küchentisch einen

Brief gefunden. Aber es war nicht der Brief, den Sie da in der Akte haben. Es war einer, in dem sie mir schrieb, daß sie mich verlassen würde. Daß sie mit irgend so einem geschniegelten Kerl nach London gehen würde. Zum Theater.«

Also doch, dachte Lynley. Sein Instinkt hatte ihn nicht getrogen, auch wenn alles, was er von St. James und Helen, Barbara Havers und Stuart Stinhurst gehört hatte, in eine ganz andere Richtung zu weisen schien.

»Das war alles, was in dem Brief stand?«

Darrow schüttelte finster den Kopf und starrte in sein Glas, aus dem ein starker Malzgeruch aufstieg. »Nein. Sie hat mich beschimpft und mit dem anderen verglichen, denn ich sollte wissen, was sie getrieben hatte und warum sie gehen wollte. Sie wolle einen richtigen Mann haben, schrieb sie, einen, der wüßte, wie man eine Frau richtig liebt und glücklich macht. Ich hätte sie nie glücklich gemacht, schrieb sie. Ich sollte mir an ihrem Liebhaber ein Beispiel nehmen, dann würde ich vielleicht noch mal eine Frau finden. Als wollte sie mir damit noch einen Gefallen tun.«

»Woher wußten Sie, wohin sie wollte?«

»Ich hab sie gesehen. Als ich den Brief gelesen hatte, ging ich zum Fenster. Sie muß knapp vorher gegangen sein, vielleicht ein, zwei Minuten, ehe ich in die Wohnung raufkam. Ich hab sie noch draußen auf der Straße gesehen. Sie hatte einen großen Koffer dabei und ging rüber zu dem Weg am Kanal, der durch Mildenhall Fen führt.«

»Dachten Sie gleich an die Mühle?«

»Ich dachte an gar nichts, außer daß ich das kleine Luder erwischen und grün und blau schlagen wollte. Aber dann hab ich mir überlegt, daß es mir viel besser schmecken würde, wenn ich ihr nachgeh und sie mit dem Kerl zusammen erwisch. Dann hätt ich sie gleich beide vertrimmt, verstehen Sie. Also hab ich immer schön Abstand gehalten.«

»Sie hat nicht gemerkt, daß Sie ihr folgten?«

»Es war dunkel. Ich hab mich ganz am Rand vom Weg gehalten, wo er dicht bewachsen war. Sie hat sich zwei- oder dreimal umgeschaut. Ich dachte, sie hätte was gemerkt, aber dann ging sie ganz ruhig weiter. An der Stelle, wo der Kanal einen Knick macht, war sie mir ein ziemliches Stück voraus, drum sah ich nicht, daß sie zur Mühle abbog, und ging weiter – vielleicht dreihundert Meter oder so. Als ich merkte, daß sie nicht mehr vor mir war, wußte ich gleich, wo sie verschwunden war – es gab nicht viele andere Möglichkeiten da draußen, verstehen Sie. Ich bin umgekehrt und dann zur Mühle abgebogen. Ihr Koffer lag ungefähr dreißig Meter hinter der Abzweigung auf dem Weg.«

»Sie war ohne ihn weitergegangen?«

»Er hatte ein Riesengewicht. Ich dachte, sie wär in die Mühle gegangen, um ihrem Kerl zu sagen, daß er den Koffer für sie holen soll. Drum hab ich gewartet. Ich wollt ihn mir gleich da auf dem Weg greifen. Und dann wollte ich in die Mühle und mit ihr abrechnen.«

Darrow schenkte sich neu ein und schob die Flasche Lynley zu, der jedoch ablehnte.

»Aber es kam keiner, um den Koffer zu holen«, fuhr er fort. »Ich hab ungefähr fünf Minuten gewartet. Dann hab ich mich näher an die Mühle rangeschlichen, weil ich sehen wollte, was sie trieben. Ich war noch nicht mal bei der Lichtung, als der Kerl rausgerannt kam. Er rannte um die Ecke, dann hörte ich ein Auto, und weg war er.«

»Haben Sie ihn sehen können?«

»War viel zu dunkel. Und ich war zu weit weg. Ich hab noch einen Moment gewartet, dann bin ich zur Mühle gegangen. Und da hab ich sie gefunden.« Er stellte sein Glas auf den Tisch. »Erhängt.«

»War alles genauso wie auf den Polizeifotos?«

»Ja. Nur aus ihrer Manteltasche schaute ein Zettel raus.

Den hab ich rausgezogen. Das war der Brief, den ich dann der Polizei gegeben hab. Gleich beim Lesen hab ich gemerkt, daß es nach Selbstmord aussehen sollte.«

»Ja. Aber es hätte nicht nach Selbstmord ausgesehen, wenn Sie ihren Koffer am Weg liegengelassen hätten. Aber Sie haben ihn mit nach Hause genommen.«

»Ja. Ich hab ihn raufgebracht. Dann hab ich Alarm geschlagen. Ich hab allen den Zettel aus ihrer Manteltasche gezeigt. Den anderen Brief hab ich verbrannt.«

Trotz allem, was der Mann durchgemacht hatte, verspürte Lynley Zorn. Hier war in kaltem Blut eine junge Frau getötet worden, und fünfzehn Jahre lang war dieser Mord ungesühnt geblieben.

»Aber warum haben Sie das alles getan?« fragte er. »Wollten Sie denn nicht, daß der Mörder bestraft wird?«

Darrow warf ihm einen Blick zu, in dem sich Spott und Verachtung mischten. »Sie haben offensichtlich keinen Schimmer, wie's auf dem Land zugeht, Mann. Können Sie sich vorstellen, wie man sich vorkommt, wenn das ganze Dorf weiß, daß einem die Frau mit einem anderen durchbrennen wollte, nur weil der im Bett mehr drauf hatte? Und daß der Kerl sie dann auch noch umgebracht hat? Nicht der eigene Mann, nein – das hätten alle im Dorf verstanden –, sondern genau der Mistkerl, der's heimlich mit ihr getrieben und dem Ehemann Hörner aufgesetzt hat. Und glauben Sie vielleicht, das alles wär nicht rausgekommen, wenn ich damit rausgerückt wäre, daß Hannah ermordet worden war?« Darrow wartete nicht auf eine Antwort. »Auf diese Weise mußte wenigstens Teddy nie erfahren, was seine Mutter für eine war. Für mich war Hannah tot. Und Teddy war's wert, den Mörder laufen zu lassen.«

»Besser eine Mutter, die Selbstmord begangen hat, als ein Vater, dem Hörner aufgesetzt worden sind?« fragte Lynley.

Darrow schlug mit der Faust auf den fleckigen Tisch.

»Genau! Mit mir hat er nämlich in diesen fünfzehn Jahren leben müssen. Mir hat er jeden Tag ins Gesicht schauen müssen. Und wenn er das tut, soll er einen *Mann* sehen, verstehen Sie. Nicht einen verdammten Schwächling, der's nicht fertiggebracht hat, die eigene Frau zu halten. Und glauben Sie ja nicht, dieser feine Pinkel aus London hätte sie halten können!« Er schenkte sich wieder ein und goß einen Teil des Whiskys achtlos daneben, als die Flasche ans Glas stieß. »Schauspielunterricht hat er ihr versprochen und eine Rolle in irgendeinem Stück. Aber wenn das alles nichts geworden wäre, hätte sie ihn genauso...«

»Eine Rolle in seinem Stück? Schauspielunterricht? Woher wissen Sie das? Stand das in ihrem Brief?«

Darrow drehte sich zum Kamin um und antwortete nicht. Aber Lynley war jetzt klar, warum Joy Sinclair diesen Mann immer wieder angerufen hatte, was sie in den Gesprächen mit ihm so hartnäckig herauszufinden versucht hatte. Ohne Zweifel hatte er ihr in seinem Zorn, ohne es zu wollen, eine Informationsquelle verraten, die sie dringend brauchte, um ihr Buch schreiben zu können.

»Gibt es Aufzeichnungen, Darrow? Tagebücher vielleicht?«

Der Mann antwortete nicht.

»Darrow! Nun kommen Sie schon! Wissen Sie den Namen des Mörders?«

»Nein.«

»Aber Sie wissen eine ganze Menge. Woher?«

Noch immer starrte Darrow mit unbewegter Miene ins Feuer. Aber sein keuchender Atem verriet, wie erregt er war. »Tagebücher«, stieß er schließlich hervor. »Hannah hat sich selber immer unheimlich wichtig genommen. Alles hat sie aufgeschrieben. Die Tagebücher waren in ihrem Koffer. Zusammen mit allen ihren anderen Sachen.«

»Geben Sie mir die Tagebücher, Darrow«, sagte Lynley,

der wußte, daß der Mann behauptet hätte, sie schon vor Jahren vernichtet zu haben, wenn er sein Verlangen als Frage formuliert hätte. »Geben Sie sie mir. Ich kann nicht garantieren, daß Teddy niemals die Wahrheit über seine Mutter erfahren wird, aber ich verspreche Ihnen, daß er sie von mir auf keinen Fall erfahren wird.«

Darrow senkte den Kopf. »Ich kann nicht«, murmelte er.

Lynley ließ nicht locker. »Ich weiß, daß Joy Sinclair mit ihren Fragen alles wieder aufgerührt hat. Ich weiß, daß sie Ihnen Kummer und Unruhe bereitet hat. Aber, um Himmels willen, hat sie deshalb verdient, ermordet zu werden? Von einem brutalen Mörder, der ihr einen Dolch in den Hals stieß? Wer von uns verdient einen solchen Tod? Gibt es überhaupt ein Verbrechen im Leben, das eine solche Strafe verdient? Und Gowan! Was ist mit dem Jungen? Er hatte nichts getan, nichts, Darrow, und trotzdem mußte auch er sterben. Überlegen Sie, Mann! Sie können den Tod dieser beiden doch nicht einfach so hinnehmen!«

Danach gab es nichts mehr zu sagen. Danach konnte er nur noch auf die Entscheidung des Mannes warten. Ein Holzscheit im Kamin knackte laut und zerbarst in einem kleinen Funkenregen. Von oben war das Rumoren von Darrows Sohn zu hören. Nach einer qualvollen langen Stille hob Darrow den Kopf.

»Kommen Sie mit rauf in die Wohnung«, sagte er tonlos.

Eine Außentreppe an der Rückfront des Hauses führte in die Wohnung hinauf. Darunter zog sich ein gekiester Weg durch einen verwilderten Garten zu einem Törchen, hinter dem sich in endloser Weite die Felder dehnten, in einer Monotonie, die nur hier und dort durch einen vereinzelten Baum, einen Kanal, die wuchtige Form einer Windmühle unterbrochen wurde. Der trübe Himmel schien alle Farbe aus dem Land aufzusaugen, und die Luft war geschwängert vom modrigen Geruch nach Torf und Morast. Jahrhundertelanges Wechselspiel von Überschwemmungen und Fäulnis hatte diese trostlos wirkende Landschaft geformt, die still war bis auf das rhythmische Keuchen der Entwässerungspumpen, das aus der Ferne über das flache Land klang.

John Darrow öffnete die Tür und führte Lynley in die Küche, wo Teddy, umgeben von feuchten Wischlappen, Topfkratzern und einem Eimer Wasser, auf allen vieren vor dem alten Herd lag und sich abmühte, das verkrustete Backrohr zu reinigen. Der Fußboden um ihn herum war feucht und schmutzig. Aus dem Radio auf dem Buffet schallte die heisere Stimme eines Rocksängers. Bei ihrem Eintreten blickte Teddy von seiner Plackerei auf und schnitt eine Grimasse.

»Da haben wir 'n bißchen zu lang gewartet, Dad. Bei der Kruste käme ich mit einem Meißel besser voran.« Er wischte sich grinsend das Gesicht.

Darrows Ton war barsch, aber liebevoll. »Geh runter, Junge. Kümmre dich um die Wirtschaft. Das Rohr kann warten.«

Dagegen hatte Teddy nichts einzuwenden. Mit einem Sprung war er auf den Füßen und schaltete das Radio aus.

»Ich kann ja jeden Tag ein bißchen was dran machen. Dann werden wir es bis Weihnachten schon sauber kriegen«, meinte er lachend. Dann winkte er ihnen zu und flitzte hinaus.

Als die Tür sich hinter dem Jungen geschlossen hatte, wandte sich Darrow an Lynley. »Ich hab ihre Sachen oben auf dem Speicher. Ich wär Ihnen dankbar, wenn Sie sich die Tagebücher da oben anschauen würden, sonst kreuzt womöglich Teddy hier auf und will sehen, was Sie da lesen. Aber es ist kalt. Ziehen Sie lieber Ihren Mantel wieder an.«

Er ging Lynley voraus durch ein spärlich eingerichtetes

Wohnzimmer, dann durch einen düsteren Flur, an dem die beiden Schlafzimmer lagen. Am Ende des Ganges griff er zu einer Falltür in der Decke, stieß sie nach oben und zog eine Klappleiter aus Metall herunter, die relativ neu zu sein schien.

Als hätte er Lynleys Gedanken gelesen, sagte er: »Ich geh ab und zu mal rauf. Immer wenn ich eine Erinnerung brauche.«

»Eine Erinnerung?«

Trocken gab ihm Darrow die Erklärung. »Wenn ich mal Sehnsucht nach einer Frau hab. Dann schau ich mir Hannahs Tagebücher an. Und dann vergeht's mir auf der Stelle.«

Er stieg die Leiter hinauf.

Auf dem Speicher war es kalt und muffig wie in einer Gruft. Dicker Staub, der bei jeder Bewegung in Wolken in die Höhe wirbelte, hatte sich auf Kisten, Kartons und ausrangierten Möbelstücken abgelagert. Der Raum war klein, von Gerüchen nach Mottenkugeln, modriger Kleidung, feuchtem, langsam verrottendem Holz erfüllt. Ein blasser Lichtstrahl fiel durch das einzige, schmutzverschmierte Fenster im Dach.

Darrow zog an einer Schnur, die von der Decke herabhing, und eine nackte Glühbirne warf ihren Lichtschein auf den Boden darunter. Er wies mit dem Kopf auf zwei alte Schiffskoffer, die rechts und links von einem alten Stuhl standen. Weder der Stuhl noch die Koffer waren staubig. Lynley fragte sich, wie oft Darrow hier heraufzukommen pflegte in die Totengruft seiner Ehe.

»Ihre Sachen sind nicht geordnet«, sagte Darrow. »Mir war alles egal damals. An dem Abend, an dem sie gestorben ist, hab ich die Sachen aus dem Koffer nur schnell in ihre Kommode gestopft, bevor ich die Leute im Dorf zusammengetrommelt hab, um sie zu suchen. Und später, nach der Beerdigung, hab ich einfach alles in die zwei Koffer da gepackt.«

»Warum hatte sie an dem Abend zwei Mäntel und zwei Pullover an?«

»Habgier, Inspector. Die Sachen haben nicht mehr in ihren Koffer gepaßt. Wenn sie sie also mitnehmen wollte, mußte sie sie entweder tragen oder anziehen. Wahrscheinlich kam's ihr einfacher vor, sie anzuziehen. Kalt genug war's ja.«

Darrow zog einen Schlüsselbund aus seiner Tasche und sperrte die Schiffskoffer auf. Er klappte die Deckel auf und sagte dann: »So, da haben Sie alles. Das Tagebuch, das für Sie interessant ist, liegt ganz oben auf dem Stapel. Ich laß Sie jetzt allein.«

Nachdem Darrow gegangen war, setzte Lynley seine Brille auf. Aber er griff nicht gleich nach den fünf Tagebüchern, die auf den Kleidern lagen. Er sah sich zuerst die anderen Sachen an, um sich wenn möglich ein Bild von Hannah Darrow zu machen.

Ihre Kleider waren alle von der gleichen Sorte – billig gemacht, mit einem Anspruch auf teuren Schick. Es waren größtenteils auffallende Sachen – Pullover mit Glitzer, enge Röcke, kurze, tief ausgeschnittene Kleider aus dünnem Material, enge Hosen mit ausgestellten Beinen. Bei genauerem Hinsehen bemerkte er, daß der Stoff an den Nähten zu reißen drohte. Sie hatte ihre Sachen offenbar hauteng getragen.

Aus einem Plastikköfferchen stieg ein merkwürdiger, ranziger Geruch auf. Es enthielt ein großes Sortiment an billigen Kosmetika und Cremes – eine Palette verschiedener Lidschatten, ein halbes Dutzend Lippenstifte, alle sehr dunkel, Wimperntusche, Make-up, Puder, ein Päckchen Watte. In einer Seitentasche steckten ihre Antibabypillen.

Eine Einkaufstüte aus Norwich enthielt eine Kollektion

neuer Unterwäsche, Reizwäsche, wie sie in billigen Katalogen als verführerisch angepriesen wird. Winzige Bikinihöschen aus roter, schwarzer oder violetter Spitze, Strumpfbänder aus dem gleichen Material und in den gleichen Farben, durchsichtige Büstenhalter mit neckischen kleinen Schleifchen, enge, bis zur Hüfte geschlitzte Halbunterröcke aus satinartiger Kunstfaser.

Unter der Tüte lag ein Bündel Fotografien. Sie zeigten alle Hannah selbst, immer in Pose, geputzt und geschminkt, ob sie nun nachlässig an einen Zaun gelehnt stand, von einem Pferderücken herunterlachte oder am Strand saß und sich das Haar vom Wind zerzausen ließ. Vielleicht waren sie als Reklamefotos gedacht gewesen. Vielleicht hatte sie die Bestätigung gebraucht, daß sie eine hübsche Frau war, oder die Bestätigung, daß sie wirklich existierte.

Lynley nahm das oberste Tagebuch. Der Einband war rissig, mehrere Blätter waren zusammengeklebt, viele waren von der Feuchtigkeit gewellt. Langsam blätterte er das Buch durch, bis er zum letzten Eintrag kam, der vom 25. März 1973 stammte. Die Schrift war die gleiche wie auf dem Abschiedsbrief, große, runde Buchstaben, eine kindliche Schrift; im Gegensatz zu dem Brief jedoch war dieser Text voller Schreibfehler.

> Jezt steht es feßt. Morgen abend geh ich. Ich bin so froh, daß es entlich entschieden ist. Wir haben heut abend Stunden lang geredet und alles genau besprochen. Und wie dann entgültig alles ausgemacht war wollt ich mit ihm schlafen, aber er hat gesagt, nein, Han, wir haben nicht genug Zeit. Im ersten Moment hab ich gedacht er ist villeicht sauer, weil er meine Hand richtig weggestosen hat aber dann hat er gelächelt so richtig lieb und hat gesagt Schatz dafür haben wir noch viel viel Zeit wenn wir erst in London sind. London! London!! Morgen um

dieße Zeit. Er hat gesagt das seine Wohnung fertig ist und das er alles arrangschiert hat. Ich weis überhaupt nich wie ich den langen Tag morgen aushalten soll. Ich mus dauernd an ihn denken. Mein Liebster! Mein Liebster!

Lynley blickte auf, sah zu dem kleinen Dachfenster hinauf, in dessen schwachem Licht Staubkörnchen schwebten. Er hatte nicht damit gerechnet, daß die Worte einer Frau, die so lang schon tot war, ihn auch nur im geringsten bewegen könnten; einer Frau, die sich grell geschminkt und grell gekleidet hatte und die bei dem Gedanken an ein neues Leben in einer Stadt, die für sie ein Ort der Verheißung und der Hoffnung war, in einen Taumel freudiger Erregung geraten war. Aber ihre Worte hatten ihn tatsächlich bewegt. Sie schien ihm wie eine nach Wasser dürstende Pflanze, die zum ersten Mal die Pflege und Aufmerksamkeit erhielt, die sie brauchte, um gedeihen zu können. Selbst in ihren unbeholfenen Worten von Sinnlichkeit und Sexualität zeigte sie eine beinahe kindliche Unschuld. Hannah Darrow, das unerfahrene, naive Mädchen vom Lande, hatte sich letztendlich selbst zum perfekten Opfer gemacht.

Er blätterte langsam in dem Tagebuch zurück und überflog die einzelnen Einträge auf der Suche nach jener Stelle, wo sie zum ersten Mal von ihrer Bekanntschaft mit dem unbekannten Mann berichtete. Unter dem Eintrag vom 15. Januar 1973 fand er, was er suchte, und während er las, wurde er sich zunehmend sicherer, daß seine Ahnungen ihn nicht getrogen hatten.

So einen schönen Tag wie heut in Norwich hab ich fast noch nie erlebt. Trotzdem ich vorher so einen Riesenkrach mit John hatte. Mama und ich sind einkaufen gegangen weil sie sagte daß würde mich aufmuntern. Vorher sind wir bei Tante Pammy vorbeigegangen und haben sie auch mitgenommen. Sie hatte natürlich schon wieder gesüffelt und hat fürchterlich nach Gin gestunken. Beim Mittagessen haben wir das Plakat von einer Teatergruppe gesehen und Pammy hat gesagt, sie wäre uns was schuldig drum hat sie uns in das Teaterstück eingeladen. Aber ich glaub sie hats hauptsächlich getan weil sie ihren Rausch ausschlafen wollte. Sie hat geschnarcht das es kaum zum aushalten war und am Ende hat der Mann hinter ihr mit dem Fus an ihren Sitz getreten. Ich war vorher noch nie im Teater. Das muß mann sich mal vorstellen. Das Stück hat von einer Herzogin gehandelt, die erwürkt wird und am Schlus ersticht einer den anderen. Und ein Mann hat immer gesagt er wär ein Wolf. – Richtig spannend. Und was für schöne Koßtüme die anhatten. Sowas hab ich noch nie gesehen. Lange Kleider und glitzernde Kronen auf den Köpfen. Und die Männer hatten Strumpfhosen an und vorn so komische kleine Beutel. Als es aus war hat die Herzogin Blumen gekriegt und die Leute sind aufgestanden und haben geklatscht. Ich hab im Programm gelesen das sie im ganzen Land rumfahren und ihre Stücke aufführen. Sowas würd ich auch gern machen. Das wär ein Leben. In PGreen ists zum Verücktwerden. Manchmal würd ich am liebsten laut schreien. John will dauernd mit mir schlafen aber ich mag einfach nicht mehr. Seit dem Baby ist bei mir was nicht in Ordnung aber er glaubts mir nich.

Es folgte eine Woche, in der sie verdrossen und niedergeschlagen ihr tägliches Leben im Dorf schilderte: Wäsche waschen, das Baby versorgen, tägliche Telefongespräche mit der Mutter, die Wohnung saubermachen, im Pub aushelfen. Sie schien keine Freundinnen gehabt zu haben. Ihr Leben hatte anscheinend nur aus Arbeit und Fernsehen bestanden. Unter dem 25. Januar fand Lynley die nächste bedeutungsvolle Eintragung.

Entlich ist was pasiert. Ich kanns faßt nicht glauben, wenn ich dran denk. Ich habe John angelogen und gesagt ich hätt wieder Blutungen und müste zum Dokter. Zu einem neuen Dokter in Norwich einem Spezialissten hab ich gesagt. Und dann hab ich noch gesagt das ich abends bei Tante Pammy essen würde und er sich nichts denken soll wenns später wird. Ich weis gar nicht warum ich das gesagt hab aber es war ein Glück. Ich wollt nur das Stück nochmal sehen und die tollen Koßtüme. Ich hab keinen guten Platz gekriegt ganz hinten und ich hatte meine Brille nicht dabei und es war auch ein andres Stück. Stinklangweilig. Die Leute haben dauernd nur davon geredet das sie heiraten oder wegziehen wollen und die drei Frauen hatten eine Wut auf das Mädchen das ihr Bruder geheiratet hat. Komisch es waren dieselben Schauspieler aber sie haben ganz anders ausgeschaut als in dem anderen Stück. Wie dies wohl schaffen das sie nicht alles durcheinanderbringen? Als es aus war bin ich zum Bühnenausgang gegangen. Ich wollt so gern mal mit einem von den Schauspielern reden und mir ein Autogram geben lassen. Ich hab eine Stunde lang da gestanden aber sie kamen immer nur zu zweit oder in Gruppen raus. Nur ein Mann kam allein raus. Ich weis nich wen er gespielt hat weil ja mein Platz so weit hinten war aber ich wollt ihn fragen ob er er mir ein Autogram gibt. Aber dann hab ich mich in letzter Minute nich getraut. Dafür bin ich ihm nachgegangen. Ich weis selbst nich warum. Er ging in ein Pub und hat sich was zu essen und zu trinken bestellt. Ich hab ihn beobachtet und am Schluß bin ich einfach zu ihm hingegangen und hab gesagt Sie haben doch auch in dem Stück mitgespielt, nich? Würden Sie mir ein Autogram geben. Einfach so. Er sieht ganz toll aus. Er war erstaunt und hat gesagt ich soll mich doch einen Moment setzen und wir haben über das Teater geredet und er hat mir erzehlt daß er schon lange dabei ist. Ich hab ihm gesagt wie gut mir das Stück mit der Herzogin gefallen hat und das ich die Koßtüme ganz toll fand. Da hat er gesagt ob ich Lußt hätte mit ihm ins Teater zu kommen und mir die Koßtüme anzuschaun. Er sagte aus der Nähe besehen wären sie nichts besonderes. Er sagte ich könnte villeicht eins anprobiern wenn niemand da wäre. Dann sind wir zusammen ins Teater zurückgegangen. Und er hat mir alles gezeigt. Ich hätt nie gedacht das da hinter der Bühne soviel Platz ist. Lauter Garderoben und Warteräume und Kammern wo sie die ganzen Sachen aufheben die sie im Stück brauchen. Die Kulissen sind aus Holz aber sie sehen ganz echt aus. Dann sind wir in einen Ankleideraum gegangen und er hat mir die ganzen Koßtüme gezeigt die da auf einer Stange hingen. Sie waren aus Samt. So weich. Er hat mich gefragt ob ich eines probieren will. Es würde keiner was merken. Also hab ichs getan!! Aber als ich es wieder ausziehen wollt bin ich mit den Haaren am Reisverschluß hängengeblieben und er hat sie ganz vorsichtig wieder rausgezogen und dann hat er angefangen meinen Hals zu küssen und mich zu streicheln. In der Ecke stand so ein Sofading aber er hat gesagt nein nein gleich jetzt hier auf dem Boden und dann hat er die ganzen Koßtüme runtergerissen und wir habens mittendrin getan. Danach haben wir irgendwo im Teater eine Frau reden gehört und ich kriegte eine Heidenangst. Aber er sagte es ist mir egal wer das ist, es ist mir egal, egal und dann hat er gelacht und hat wieder angefangen mich zu streicheln und wir habens nochmal getan. Und es hat überhaupt nicht wehgetan. Mir ist ganz anders geworden heiß und kalt und es war ganz toll und er hat wieder gelacht und gesagt du dummes Ding so muß es doch sein. Er hat gefragt ob ich nächste Woche wieder komme. Natürlich komm ich. Ich bin erst nach Mitternacht heimgekommen, aber John war noch unten im Pub und hat nichts gemerkt. Hoffentlich läßt er mich in Frieden. Mit ihm mag ichs nicht tun, da tuts immer weh.

In den nächsten fünf Tagen folgten Gedanken über das Erlebnis in Norwich, romantische Ergüsse eines jungen Mädchens, das zum ersten Mal die Wonnen der sinnlichen Liebe erfahren hat. Am sechsten Tag jedoch schlugen ihre Gedanken eine andere Richtung ein. Die Eintragung war auf den 31. Januar datiert.

Er ist bestimmt nich für immer da. Die Truppe fährt ja überall in der Gegend rum und im März ziehen sie weiter. Ich kann den Gedanken nicht aushalten. Morgen seh ich ihn wieder. Er soll mir seine Adresse zuhause geben. John fragt warum ich schon wieder nach Norwich mus und ich hab gesagt weil ich zum Dokter mus. Ich hab gesagt das ich schlimme Schmerzen hab und der Dokter hätte gesagt er soll mich in Ruhe lassen bis die Schmerzen weg sind. Wie lang hat er gefragt. Was für Schmerzen? Ich hab gesagt wenn dus mit mir tust dann tuts weh un der Dokter hat gesagt das ist nicht recht und drum sollst du mich in Ruhe lassen. Ich bin seit Teddys Geburt nicht in Ordnung hab ich gesagt. Ich weis nicht ob er mir das glaubt aber er hat mich gottseidank nicht mehr angerührt.

Auf der folgenden Seite berichtete sie von dem Zusammentreffen mit ihrem Liebhaber.

> Er hat mich in seine Wonung mitgenomen. Was besondres ist sie nich. Nur so eine scheusliche Einzimmerwonung in einem alten Haus gleich bei der Katetrale. Er hat faßt keine Möbel drin weil seine richtige Wonung ja in London ist. Und ich versteh gar nich warum er sich eine Wonung gesucht hat die soweit vom Teater weg ist. Er hat gesagt er geht gern zu fuß. Und auserdem brauchen wir beide doch nicht viel hat er dann noch gesagt und dazu so lieb gelächelt. Gleich bei der Tür hat er mich ausgezogen und wir habens im stehen getan. Danach hab ich gesagt ich weis das er im März mit der Truppe weggeht und das ich doch auch Schauspielerin werden kann. Ich glaub nich das es schwer ist. So gut wie die Frauen die ich auf der Bühne gesehen hab kann ichs auch. Er hat gesagt ja ich soll mirs überlegen er könnte mir Schauspielunterricht geben lassen und jemanden suchen der mit mir übt. Dann hab ich gesagt das ich Hunger hab und ob wir nich essen gehen könnten und er hat gesagt er hätte auch Hunger – aber nich auf was zu essen!

In der Woche darauf hatte Hannah offenbar keinen Kontakt gehabt, aber allem Anschein nach eifrig Zukunftspläne geschmiedet. Sie drehten sich alle um ihren Liebhaber und das Theater. Sie schien zu dem Zeitpunkt bereits entschlossen, sich mit dem Mann zusammenzutun und aus Porthill Green zu verschwinden. Am 10. Februar schrieb sie kurz über ihre Pläne.

> Er mag mich. Er hats selbst gesagt. Mama würde natürlich wieder behaupten das alle Männer das sagen wenn sie einen ins Bett kriegen wollen. Aber das ist was andres. Ich weis das ers ehrlich meint. Ich hab mir alles lang überlegt und ich glaub es ist am besten wenn ich zu der Truppe geh. Ich will ja am Anfang gar keine grose Rolle

haben. Ich weis noch gar nicht wie teaterspielen geht aber auswendig lernen kann ich gut. Und wenn ich bei der Truppe bin können wir immer zusamen sein. Ich hab ihm die Nummer von der Wonung gegeben damit er mich hier anrufen kann aber bis jetzt hat ers nich getan. Wenn er bis morgen nicht angerufen hat fahr ich einfach wieder nach Norwich und wart am Teater auf ihn.

Der Bericht über ihren Besuch in Norwich folgte erst am 15. Februar.

Es ist soviel pasiert. Ich bin wirklich nach Norwich gefahren. Stundenlang hab ich am Teater gewartet. Dann kam er. Aber er war nich alein. Er war mit einer von den Frauen zusamen, die in dem Stück mitspielen und mit einem andren Mann. Sie redeten miteinander ich glaub es war ein Streit. Ich hab ihn gerufen aber er hat mich nich gehört. Da bin ich hingegangen und hab ihn am Ärmel gezupft. Im ersten Moment waren sie alle drei wie versteinert aber dann hat er mich angelächelt und gesagt: Hallo ich hab dich gar nich gesehn. Wartest du schon lang? Entschuldige mich einen Moment. Dann ist er mit der Frau und dem anderen Mann zu einem Auto gegangen. Die Frau und der Mann sind eingestiegen und weggefahren. Er ist zu mir zurückgekommen. Ich hab ihm angesehn das er wütend war. Warum hast du mich nich vorgestellt hab ich gefragt. Und er hat gesagt wieso bist du hier? Warum hast du mir nich bescheid gegeben? Wozu denn hab ich gesagt. Schenierst du dich mit mir? Er hat gesagt sei nicht albern. Weist du nicht das ich versuche dich bei der Truppe unterzubringen. Aber ich kann erst was unternehmen wenn du soweit bist. Diese Leute sind Profis hat er gesagt und sie nehmen keinen auf der nich auch ein Profi ist. Benimm dich also entsprechend. Da hab ich zu weinen angefangen. Ach verdammt Han hat er gesagt tu das nicht. Komm doch. Wir sind dann zu ihm gegangen. Ich war bis zwei Uhr dort. Vorgestern bin ich wieder zu ihm gefahren und er hat gesagt er würde sehen das ich vorsprechen kann aber dafür müste ich eine schwere Zene aus einem Stück lernen. Ich hab gehofft es wär was aus dem Stück mit der Herzogin aber es war aus dem andren. Er hat gesagt ich soll mir den Teil abschreiben und dann auswendig lernen. Es war sehr lang und ich hab gefragt warum ich es erst abschreiben mus er könnte mir doch das Buch geben. Aber er hat gesagt es wären nicht genug Bücher da und die bei der Truppe würden es merken wenn eins fehlt und dann würden sie alles wissen und es wär keine Überraschung mehr wenn ich vorspreche. Naja dann hab ich eben mit dem Abschreiben angefangen. Aber ich bin nich fertig geworden und mus morgen nochmal hin. Wir haben auch miteinander geschlafen. Erst wollte er nich aber hinterher war er doch ganz vergnügt.

Lynley fiel auf, daß die Liebe nur noch nebenbei erwähnt wurde, und es wunderte ihn, daß Hannah selbst nicht gemerkt hatte, daß sie an Stellenwert verloren zu haben schien. Aber wahrscheinlich war sie zu sehr in ihre Pläne versponnen gewesen, sich der Theatergruppe anzuschließen und ein neues Leben mit einem anderen Mann anzufangen, um den Moment zu bemerken, als die Liebe zu selbstverständlicher Routine abgeflacht war.

Ihre nächste Eintragung stammte vom 23. Februar.

Teddy war fünf Tage krank. Schlimm. John hat Tag und Nacht von nichts andrem geredet. Es ist mir so auf die Nerfen gegangen das ich am libsten geschrien hätte. Trotzdem bin ich 2x weg gekommen und hab die Zene fertig abgeschrieben. Ich weis nich warum ich das Buch nich haben kann. Er sagt die andern würdens merken. Ich soll meine Rolle nur auswendig lernen und nich drüber nachdenken wie ich sie spielen soll. Er hat gesagt er zeigt mir wies geht. Natürlich er kanns ja auch. Er weis wie man das macht. Aber es sind ja nur 8 Seiten. Ich hab mir vorgenommen das ich ihn überrasche. Ich spiels ihm vor. Dann hat er bestimt keine Zweifel an mir. Manchmal glaub ich das er Zweifel hat. Auser wenn wir mitnander schlafen. Er weis das ich verrückt nach ihm bin. Ich kann kaum die Hände von ihm lassen. Das gefellt ihm. Gott Hannah sagt er immer du weist genau was ich mach nich? Du weist es würklich. Besser als jede andre. Du bist besser als alles andre. Dann vergist er über was wir geredet haben und wir tun es.

Die folgenden Eintragungen beinhalteten eine genaue Beschreibung ihrer Liebespraktiken. Die Seiten waren stark abgegriffen, zweifellos war dies der Teil des Tagebuchs, den John Darrow sich vorzunehmen pflegte, wenn er sich des Schlimmsten erinnern wollte. Hannahs Beschreibungen waren genau bis ins kleinste Detail, sie hatte nichts weggelassen und auch nicht versäumt, die Liebeskünste ihres Liebhabers mit denen ihres Mannes zu vergleichen. Es war grausam und erbarmungslos und gab Lynley eine Vorstellung davon, wie der Abschiedsbrief an John Darrow ausgesehen haben mußte.

Die vorletzte Eintragung stammte vom 23. März.

Ich hab die ganze Woche geübt immer wenn John unten im Pub war. Teddy schaut mir von seinem Bettchen aus zu und lacht wie ein Wilder über seine Mama, die da wie eine russische Dame rumstolziert. Aber jetzt kann ichs. War kinderleicht. Und in 2 Tagen fahr ich nach Norwich und dann überlegen wir was wir tun und wann ich vorspreche. Ich kanns kaum erwarten. Ich hab Sehnsucht nach ihm. John hat mich heut morgen einfach überfallen. Es war eine richtige Vergewaltigung. So brutal. Am liebsten hätt ich geheult. Wenn ich denk das ich bis vor 2 Monaten geglaubt hab es müste so sein. Da kann ich jetzt nur lachen. Aber John sag ichs schon noch eh ich geh. Das geschieht ihm dann ganz recht. Er findet sich so toll. Wenn er wüste das ich einen *richtigen* Mann hab er würde wahrscheinlich einen Tobsuchtsanfall kriegen. Lieber Gott ich weis nicht ob ichs noch 2 Tage aushalten kann bis ich ihn wiederseh. Ich hab solche Sehnsucht nach ihm. Ich liebe ihn würklich.

Lynley klappte das Tagebuch zu. Hannah Darrows Aufzeichnungen hatten ihm das fertige Bild geliefert. »... die da wie eine russische Dame rumstolziert.« Ein Theaterstück über einen Mann, der heiratet, dessen Schwestern seine Frau verabscheuen. Menschen, die ständig von Umzug und von Heirat sprechen. Und dazu das Plakat an der Wand in Lord Stinhursts Büro: *Drei Schwestern,* Norwich. Leben und Tod der Hannah Darrow.

Er durchsuchte noch den Rest ihrer Habe, grub in Kleidern, Handtaschen, Handschuhen und billigem Schmuck. Aber erst als er sich dem zweiten Schiffskoffer zuwandte, fand er, was er suchte. Ganz unten, unter Pullovern und Schuhen, unter einem Poesiealbum aus der Jungmädchenzeit war das alte Theaterprogramm, auf das er gehofft hatte. Ein dünnes Heft, auf der Umschlagseite mit einem Diagonalstreifen unterteilt, im oberen Dreieck Schwarz auf Weiß, *Die Herzogin von Malfi,* im unteren Weiß auf Schwarz, *Drei Schwestern.*

Ungeduldig blätterte er das Heft durch, um zu sehen, wer damals gespielt hatte. Aber als er die beiden Verzeichnisse fand, traute er kaum seinen Augen. Mit Ausnahme von Irene Sinclair und mehreren Ensemblemitgliedern, an denen er kein Interesse hatte, hatten in beiden Stücken dieselben Schauspieler mitgewirkt: Joanna Ellacourt, Robert Gabriel, Rhys Davies-Jones und, um alles noch ein bißchen komplizierter zu machen, sogar Jeremy Vinney in einer kleinen Rolle, vermutlich der Schwanengesang seiner kurzen Bühnenkarriere.

Mit einer irritierten Bewegung warf Lynley das Programm beiseite. Er stand von dem unbequemen Stuhl auf und ging ein paarmal in dem kleinen Speicherraum auf und ab. Die wenigen Eintragungen Hannahs über ihren Liebhaber mußten doch einen Hinweis enthalten, irgend etwas, das er übersehen hatte, das, wenn auch vielleicht indirekt, über die Identität des Mannes Auskunft gab. Vielleicht hatte er es gelesen, ohne sich der Bedeutung bewußt geworden zu sein. Er kehrte zu dem Stuhl zurück, nahm wieder das Tagebuch zur Hand und begann die Lektüre von vorn.

Erst beim vierten Durchgang entdeckte er es: »Er hat gesagt er zeigt mir wies geht. Natürlich er kanns ja auch. Er weis wie man das macht.« Die Worte ließen nur zwei Deutungen zu: Entweder handelte es sich um den Regisseur des Stücks oder um den Schauspieler, der in jener Szene mitgewirkt hatte, aus der Hannahs »Abschiedsbrief« entnommen war. Ein Regisseur verfügte selbstverständlich über das Können und die Erfahrung, einem von aller Sachkenntnis ungetrübten jungen Ding wenigstens das Grundlegende dessen zu zeigen, was beim Spiel auf der Bühne wichtig war. Und ein Schauspieler, dem die Szene aus eigener Mitwirkung vertraut war, hätte ihr ohne weiteres die richtigen Anweisungen für ihr Spiel geben können.

Ein rascher Blick ins Programm zeigte Lynley, daß Stuart Stinhurst der Regisseur gewesen war. Ein Pluspunkt für

Barbara Havers und ihren Riecher. Jetzt blieb nur noch festzustellen, aus welcher Szene in *Drei Schwestern* der »Abschiedsbrief« stammte und wer die Rollen in dieser Szene gespielt hatte. Er konnte sich jetzt vorstellen, wie es gewesen war: In ihrer Tasche das sauber geschriebene Skript, war Hannah zur Mühle gegangen, um dort ihren Liebhaber zu treffen. Nachdem der Mann sie getötet hatte, hatte er die Abschrift an sich genommen, jenen Teil herausgerissen, der sich wie ein Abschiedsbrief las, und den Rest mitgenommen.

Lynley klappte die beiden großen Koffer zu, knipste das Licht aus, nahm den Stapel Tagebücher und das Programm mit hinunter. Im Wohnzimmer stieß er auf Teddy, der, die Füße auf einem niedrigen Couchtisch, vor dem Fernsehapparat saß und von einem blauen Blechteller Fischstäbchen aß. Als der Junge Lynley bemerkte, sprang er auf und schaltete das Gerät aus.

»Habt ihr hier Bücher mit Theaterstücken?« fragte Lynley, obwohl er der Antwort schon ziemlich sicher war.

»Bücher mit Theaterstücken?« wiederholte Teddy kopfschüttelnd. »Nein. Wir haben überhaupt keine Bücher. Platten und so was, ja. Und Zeitschriften auch.« Während er sprach, schien ihm klar zu werden, daß es Lynley nicht um Unterhaltung ging. »Mein Vater hat gesagt, daß Sie von der Polizei sind. Er will nicht, daß ich mit Ihnen rede.«

»Aber daran hältst du dich im Moment offensichtlich nicht.«

Teddy schnitt ein Gesicht und wies mit dem Kopf auf die Tagebücher unter Lynleys Arm. »Geht wohl um meine Mutter, hm? Ich hab die Bücher gelesen. Mein Vater hat mal einen Abend aus Versehen die Schlüssel stecken gelassen. Ich hab sie alle gelesen.« Verlegen wippte er auf den Fußballen auf und nieder. »Wir haben nie darüber geredet. Ich glaub, mein Vater könnte das gar nicht. Aber wenn Sie den Kerl erwischen, erfahr ich's dann?«

Lynley zögerte unsicher.

»Sie war immerhin meine Mutter«, sagte der Junge. »Sie war keine Heilige, und sie war nichts Besonderes, aber sie war meine Mutter. Sie hat mir nichts Böses getan. Und ich weiß, daß sie nicht Selbstmord begangen hat.«

»Nein. Das hat sie nicht getan.« Lynley wandte sich zur Tür. Dort blieb er noch einmal stehen. Er wollte den Jungen nicht einfach so hängen lassen. »Lies die Zeitung, Teddy. Wenn wir den Mann haben, der Joy Sinclair ermordet hat, dann weißt du, daß wir auch den Mörder deiner Mutter haben.«

»Wird er für den Mord an meiner Mutter auch bestraft, Inspector?«

Lynley erwog zu lügen, um dem Jungen eine weitere unerfreuliche Realität zu ersparen. Aber als er in das offene, gespannte Gesicht sah, wußte er, daß er das nicht konnte. »Nur wenn er ein Geständnis ablegt, Teddy.«

Der Junge nickte, bemüht, sich seine Enttäuschung nicht anmerken zu lassen. »Keine Beweise, hm?« sagte er bewußt lässig.

»Keine Beweise. Aber es ist derselbe Mann, Teddy, glaub mir.«

Der Junge wandte sich wieder dem Fernsehgerät zu. »Ich erinnere mich nur noch ganz düster an sie.« Er drehte an einem der Knöpfe, ohne das Gerät einzuschalten. »Hoffentlich erwischen Sie ihn«, sagte er leise.

Anstatt erst in Mildenhall anzuhalten, wo er dann vielleicht doch keine öffentliche Bibliothek gefunden hätte, fuhr Lynley direkt nach Newmarket; er wußte, daß es dort eine gab. Allerdings fand er das Gebäude erst um Viertel vor fünf, nach erbittertem Kampf mit dem Spätnachmittagsverkehr. Er parkte verkehrswidrig, ließ seinen Dienstausweis im Fenster und hoffte das Beste. Es hatte zu schneien angefangen, jede Minute war wichtig, wenn er noch unter halbwegs annehmbaren Bedingungen die Rückfahrt nach London antreten wollte. Das alte Theaterprogramm in der Tasche, eilte er die Stufen zur Bibliothek hinauf.

Es roch nach Bohnerwachs und verstaubtem Papier. In einem großen Raum mit hohen Fenstern und dunklen Bücherregalen stand hinter einer U-förmigen Theke ein korrekt gekleideter Mann mit Brille und speiste Informationen in einen Computer ein, der in dieser antiquierten Umgebung völlig fehl am Platz wirkte.

Lynley ging zum Katalog und suchte nach Tschechow. Fünf Minuten später saß er mit einem Exemplar von *Drei Schwestern* an einem der langen, mit Leselampen ausgestatteten Tische. Er schlug das Buch auf und fing an zu suchen, indem er den Text hastig überflog, von jeder längeren Rede immer nur die erste Zeile las. In der Mitte des Stücks jedoch wurde ihm klar, daß die Stelle aus Hannahs Abschiedsbrief wahrscheinlich irgendwo aus einer Rede herausgerissen worden war, und er begann noch einmal von vorn. Immer wieder fühlte er sich versucht, wild darauf loszublättern, weil ihm die Gewißheit im Nacken saß, daß die Fahrt nach London, je länger sie sich hinauszögerte, bei diesem Schneetreiben eine Tortur werden würde. Doch er zwang sich zu Gründlichkeit, und nach einer halben Stunde fand er die Passage etwa in der Mitte des vierten Akts. Er las den ganzen Text zweimal aufmerksam durch.

> Was für Lappalien, was für dumme Kleinigkeiten manchmal doch im Leben Bedeutung gewinnen, auf einmal, ohne jeden Grund. Man lacht über sie wie früher, hält sie für Lappalien, und trotzdem geht man und fühlt, daß man nicht die Kraft hat stehenzubleiben. Oh, wollen wir nicht davon reden! Ich bin froh. Wie zum ersten Mal im Leben sehe ich diese Tannen, Ahorne, Birken, und alles

blickt auf mich voll Neugierde und wartet. Was für schöne Bäume, und was muß das im Grunde für ein schönes Leben in ihrer Nähe sein. Ich muß gehen, es ist Zeit... Dieser Baum hier ist vertrocknet, aber trotzdem wiegt er sich mit den andern zusammen im Winde. So werde ich, wenn ich auch sterbe, dennoch so oder so am Leben teilnehmen. Leb wohl... Die Papiere, die du mir übergeben hast, liegen bei mir auf dem Tisch unterm Kalender.

Die Worte waren nicht einer der Frauen in den Mund gelegt, wie Lynley ursprünglich vermutet hatte, sondern einer der Männer, Baron Tusenbach, richtete sie an Irina. Lynley zog das alte Programmheft aus seiner Tasche, schlug es beim Verzeichnis der Mitwirkenden auf, fuhr die Liste mit dem Finger herunter und fand, was er gefürchtet – und gehofft hatte. Rhys Davies-Jones hatte damals, in jenem Winter 1973 den Tusenbach gespielt, Joanna Ellacourt die Irina, Jeremy Vinney den Ferapont und Robert Gabriel den Andrej.

Dies war endlich die Bestätigung, die er gesucht hatte. Denn wer konnte besser wissen, wie ein bestimmter Text sich verwenden ließ, als der Mann, der ihn Abend für Abend gesprochen hatte? Der Mann, dem Helen vertraute. Der Mann, den sie liebte und für unschuldig hielt.

Lynley stellte das Buch wieder an seinen Platz und machte sich auf die Suche nach einem Telefon.

15

Den ganzen Tag trug Helen Clyde das Gefühl mit sich herum, daß sie eigentlich froh und glücklich sein müßte. Denn sie hatten ja vollbracht, was sie sich vorgenommen hatten. Sie hatten Tommy bewiesen, daß er sich getäuscht hatte. Dank ihren Recherchen über Lord Stinhursts Familie und seine Geschichte hatten sie zeigen können, daß jeglicher Verdacht gegen Rhys Davies-Jones, den Tod von Joy Sinclair und Gowan Kilbride verschuldet zu haben, praktisch unhaltbar war. Und sie hatten damit der Ermittlungsarbeit eine neue Richtung gegeben. Als Barbara Havers gegen Mittag bei St. James anrief und ihm mitteilte, daß Stinhurst zur Vernehmung nach New Scotland Yard gebracht worden war und die Verbindung seines Bruders zum sowjetischen Nachrichtendienst eingestanden hatte, hätte Helen also eigentlich überglücklich sein müssen.

Sie war kurz nach zwei von St. James weggegangen, weil sie den Rest des Tages für sich haben wollte, um sich auf die Begegnung mit Rhys vorzubereiten, diesen Abend, der ein Fest und eine Feier werden sollte. Aber statt nach Hause zu fahren, war sie stundenlang in Knightsbridge herumgelaufen und hatte unnötige Besorgungen gemacht, und statt der Glücksstimmung, die sie von sich selbst erwartete, verspürte sie nur Zweifel und Unsicherheit.

Anfangs sagte sie sich, dieses innere Durcheinander käme nur daher, daß Stinhurst seine Beteiligung an den beiden Morden auf Westerbrae noch nicht zugegeben hatte. Aber sie wußte, daß sie an dieser Lüge nicht lang würde festhalten können. Wenn es der Kriminalpolizei Strathclyde gelingen sollte, auch nur ein Härchen, einen Blutstropfen, einen Fingerabdruck zu sichern, der bewies, daß Stinhurst bei diesen Morden sehr wohl die Hand im Spiel gehabt hatte, würde sie nicht mehr umhin können, der wahren Ursache ihres inneren Aufruhrs ins Auge zu sehen. Es ging nicht um die Frage, ob der eine schuldig und der andere unschuldig war; es ging um Tommy, sein hoffnungsloses Gesicht, die letzten Worte, die er gestern abend an sie gerichtet hatte.

Gleichzeitig jedoch war sie sich im klaren darüber, daß alle Qual, die Tommy jetzt vielleicht durchmachte, sie höchstens am Rande hätte kümmern dürfen. Denn Rhys war unschuldig. Das war es doch, was zählte. Sie hatte sich in den letzten vier Tagen so hartnäckig an diese Überzeugung geklammert, daß sie jetzt nicht loslassen und an anderes denken konnte, daß sie sich nicht erlauben konnte, sich einem anderen als ihm zuzuwenden. Sie wünschte, Rhys von allem Verdacht befreit zu sehen, damit alle – nicht nur sie – ihn als den erkennen konnten, der er wirklich war.

Es war nach sieben, als ihr Taxi am Onslow Square anhielt, wo sie ihre Wohnung hatte. Der dicht fallende Schnee wurde vom Ostwind von dem Eisengitter, das die Grünanlage in der Mitte des Platzes umgab, zu kleinen Häufchen zusammengetrieben. Als Helen aus dem Taxi stieg und in die klare kalte Luft trat, blieb sie einen Moment stehen, um den Anblick und die Stille des unter dem Schnee wie verwandelt wirkenden Platzes zu genießen. Dann hob sie leicht fröstelnd ihre Päckchen vom Boden auf und eilte die Treppe zu dem Haus hinauf, in dem ihre Wohnung war. Sie kramte in ihrer Handtasche nach den Hausschlüsseln, aber ehe sie sie gefunden hatte, öffnete ihr Mädchen die Tür und zog sie herein.

Caroline Shepherd war seit gut drei Jahren bei Helen Clyde angestellt, fünf Jahre jünger als ihre Arbeitgeberin und rührend um sie besorgt.

»Gott sei Dank!« rief sie und schlug die Haustür zu. »Ich

hab mir solche Sorgen um Sie gemacht. Kein Mensch wußte, wo Sie sind, und es ist schon nach sieben. Lord Asherton hat ungefähr hundertmal angerufen, und Mr. St. James auch. Und Miss Havers von New Scotland Yard. Und Mr. Davies-Jones wartet schon seit fast einer Stunde im Wohnzimmer auf Sie.«

Helen wartete, bis der Redestrom versiegte, dann reichte sie Caroline ihre Päckchen und eilte zur Treppe. »Guter Gott, so spät ist es schon? Und dabei ist heute Ihr freier Abend, nicht wahr? Das tut mir wirklich leid, Caroline. Verzeihen Sie. Haben Sie sich jetzt meinetwegen verspätet? Treffen Sie sich mit Denton? Hoffentlich nimmt er mir das nicht allzu krumm?«

Caroline lachte. »Das glaube ich nicht. Ich lege ein gutes Wort für Sie ein. Ich bring die Sachen nur rasch in Ihr Zimmer, dann geh ich.«

Helen bewohnte die größte Wohnung im Haus, sieben Räume im ersten Stock mit einem großen Wohnzimmer, das auf den Platz hinausging. Die Vorhänge waren aufgezogen, und Rhys Davies-Jones stand an der Glastür, durch die das Licht auf einen kleinen verschneiten Balkon fiel. Er drehte sich um, als Helen hereinkam.

»Sie haben Stinhurst fast den ganzen Tag im Yard vernommen, Helen«, sagte er mit gerunzelter Stirn.

Sie blieb an der Tür stehen. »Ja, ich weiß.«

»Glauben sie im Ernst – ich kann mir das nicht vorstellen, Helen. Ich kenne Stuart seit Jahren. Ausgeschlossen, daß er –«

»Aber du kennst doch diese Leute alle seit Jahren, Rhys«, unterbrach sie ihn und ging rasch auf ihn zu. »Einer von ihnen hat Joy Sinclair getötet. Einer von ihnen hat Gowan getötet.«

»Aber Stuart? Nein. Ich kann mir nicht – Lieber Gott, warum denn?« fragte er heftig.

Er stand im Schatten des Raumes, der nur von einer Stehlampe erleuchtet war, so daß sie ihn nicht klar sehen konnte; aber sie hörte den beschwörenden Ton in seiner Stimme, das Flehen um Vertrauen. Und sie vertraute ihm – das wußte sie. Dennoch unterließ sie es, ihn in die Details über Stinhursts Familie einzuweihen. Hätte sie es getan, so hätte sie damit Lynley bloßgestellt, ihn eindeutig des Irrtums und der Voreingenommenheit überführt, und das konnte sie nicht. Zu lange war sie mit ihm befreundet gewesen – auch wenn diese Freundschaft jetzt vielleicht zu Ende war –, um ihn dem Spott oder der Verachtung eines anderen preiszugeben, ob er das nun verdient hatte oder nicht.

»Ich habe den ganzen Tag an dich gedacht«, sagte sie offen und legte ihm die Hand auf den Arm. »Tommy weiß, daß du unschuldig bist. Ich habe es immer gewußt. Und jetzt sind wir zusammen. Alles andere ist doch unwichtig!«

Sie spürte die Veränderung, die in ihm vorging, während sie sprach. Seine Anspannung löste sich. Er zog sie in die Arme, sein Gesicht wurde weich, erwärmte sich mit seinem Lächeln. »Du hast recht, Helen. Alles andere ist unwichtig. Nur du und ich.« Er küßte sie. Vorbei die Qual der letzten Tage. Es war Zeit weiterzugehen.

Er zog sie mit sich von der Tür zu der Couch, die am offenen Kamin auf der anderen Seite des Zimmers stand, zog sie neben sich herunter und küßte sie wieder, mit mehr Sicherheit, mit einer wachsenden Leidenschaft, die die ihre entzündete. Nach einer langen Weile hob er den Kopf und strich ihr mit federleichter Berührung über die Wange.

»Das ist Wahnsinn, Helen. Ich wollte dich zum Essen abholen, und jetzt möchte ich nur noch hier mit dir sitzen und dich in den Armen halten. Ich glaube, wenn wir nicht gleich gehen, verliere ich jegliches Interesse am Abendessen.«

Sie lachte leise und gab ihm einen Kuß auf die Wange.

Er zog sie noch näher an sich heran. Warm glitt sein Mund über ihren Hals zu ihrer Schulter. Er streichelte ihre Brust. »Ich liebe dich«, flüsterte er und suchte wieder ihren Mund.

Das Telefon läutete schrill.

Sie fuhren auseinander, als seien sie bei etwas Verbotenem ertappt worden, sahen einander fast schuldbewußt an, während das Telefon weiterläutete. Es dauerte eine Weile, ehe Helen sich erinnerte, daß Caroline ausgegangen war. Sie waren allein in der Wohnung. Sie stand auf, ging in den Flur und hob den Hörer ab.

»Helen! Gott sei Dank. Gott sei Dank. Ist Davies-Jones bei dir?«

Es war Lynley.

Seine Stimme war so voll Angst und Sorge, daß Helen erschrak. »Was ist los? Wo bist du?« Sie merkte, daß sie flüsterte, obwohl sie das gar nicht wollte.

»In einer Telefonzelle in der Nähe von Bishop's Stortford. Auf dem M11 hat es einen Riesenunfall gegeben, und sämtliche Seitenstraßen, auf denen ich durchzukommen versucht habe, sind eingeschneit. Weiß der Himmel, wie lang ich bis London noch brauche. Hat Havers schon mit dir gesprochen? Hast du von St. James gehört? Helen, du hast meine Frage nicht beantwortet. Ist Davies-Jones bei dir?«

»Ich bin eben erst nach Hause gekommen. Was ist denn nur los?«

»Antworte mir! Ist er da?«

Rhys saß immer noch auf der Couch im Wohnzimmer, hatte sich jedoch dem Feuer zugewendet und schien das Spiel der Flammen zu beobachten. Helen konnte das Flakkern von Licht und Schatten auf seinem Gesicht und seinem dunklen Haar sehen. Aber sie konnte nicht sprechen. Irgend etwas in Lynleys Ton warnte sie.

Er begann von neuem zu sprechen, schnell und heftig, mit leidenschaftlicher Überzeugung.

»Helen! Hör mir zu. Er hatte ein Verhältnis mit einer jungen Frau namens Hannah Darrow. Er lernte sie Ende Januar 1973 kennen, als er mit Stinhursts Truppe in Norwich gastierte. Sie war verheiratet und hatte ein kleines Kind. Sie wollte ihren Mann und das Kind verlassen, um mit Davies-Jones zusammenzuleben. Er redete ihr ein, er würde eine Sprechprobe für sie arrangieren, und sie studierte eine Rolle ein, die er für sie ausgewählt hatte. Sie glaubte, nach dem Vorsprechen würde er sie nach London mitnehmen. Aber an dem Abend, als sie mit ihm durchbrennen wollte, hat er sie umgebracht, Helen. Und danach hat er sie in einer alten Mühle aufgehängt. Alle glaubten, es sei Selbstmord gewesen.«

Sie konnte nur flüstern. »Nein. Stinhurst –«

»Stinhurst hatte mit Joy Sinclairs Tod überhaupt nichts zu tun. Joy wollte ein Buch über Hannah Darrow schreiben. Aber sie beging den Fehler, Davies-Jones davon zu erzählen. Sie rief ihn in Wales an. Auf dem Recorder, den wir in ihrer Handtasche fanden, hatte sie sich sogar eine mündliche Notiz gemacht, Helen, die sie daran erinnern sollte, Davies-Jones zu fragen, wie sie John Darrow, Hannahs Ehemann, am besten anpacken solle, um ihn zum Sprechen zu bringen. Verstehst du jetzt? Er wußte die ganze Zeit, daß Joy dieses Buch schreiben wollte. Er wußte es schon im letzten Monat. Darum schlug er Joy vor, sie solle dich als Zimmernachbarin auf Westerbrae verlangen – damit er leichten Zugang zu ihr hatte. Helen, meine Leute sind seit sechs Uhr auf der Suche nach ihm. Sag mir die Wahrheit, ist er bei dir?«

Sie war nicht fähig, auch nur einen Ton hervorzubringen. Ihre Augen brannten, ihre Kehle war wie zugeschnürt, ihr Magen zusammengekrampft. Und obwohl sie gegen die

Erinnerung ankämpfte, hörte sie klar und deutlich Rhys' Stimme und die verdammten Worte, die er auf Westerbrae zu ihr gesagt hatte. »Ich war den Winter über in Norfolk und Suffolk auf Tournee gewesen ... als ich nach London zurückkam, war sie fort.«

»Hannah Darrow hat ein Tagebuch hinterlassen«, fuhr Lynley eindringlich fort. »Und das Programm des Theaterstücks, das sie damals gesehen hat, *Drei Schwestern*. Ich habe mir beides angesehen. Ich habe alles gelesen. Helen, Darling, bitte, ich sage die Wahrheit.«

In ihrer Benommenheit sah Helen, wie Rhys aufstand, zum Feuer ging und einen Schürhaken nahm. Er warf einen Blick in ihre Richtung. Sein Gesicht war ernst. Nein! Das war ausgeschlossen, absurd! Ihr drohte keine Gefahr, nicht von Rhys, niemals von Rhys. Er war kein Mörder. Er hatte seine Cousine nicht getötet. Er hätte niemals einen Menschen töten können. Aber Tommy sprach immer noch. Und gleichzeitig sah sie, wie Rhys vom Kamin wegging.

»Er ließ sie eine Szene aus dem Stück in ihrer eigenen Handschrift abschreiben und steckte ihr dann einen der Zettel mit entsprechendem Text in die Manteltasche. Als Abschiedsbrief. Aber der Text – er stammte aus dem Stück, gehörte zu der Rolle, die er selbst gespielt hatte. Er spielte den Tusenbach. Er hat drei Menschen getötet, Helen. Gowan ist in meinen Armen gestorben. Helen, bitte antworte mir endlich. Sag es mir. Ist er da?«

Ihre Lippen formten das Wort gegen ihren Willen. »Ja«, sagte sie.

»Er ist da?«

Wieder: »Ja.«

»Und ihr seid allein?«

»Ja.«

»O Gott. Caroline hat frei?«

»Ja.«

Und während Lynley weitersprach, wandte sich Rhys wieder dem Feuer zu, stocherte ein paarmal darin herum, legte ein frisches Scheit auf und setzte sich wieder auf die Couch. Als sie es sah und in aller Deutlichkeit begriff, was sie soeben getan, welche Entscheidung sie soeben gefällt hatte, kamen ihr die Tränen, und sie wußte, daß sie verloren war.

»Hör mir jetzt genau zu, Helen. Ich möchte ihn überwachen lassen, bis wir den endgültigen Bericht von der Spurensicherung in Strathclyde bekommen. Ich könnte ihn schon vorher festnehmen, aber das würde nichts weiter bringen als einen weiteren Schlagabtausch ohne Resultat. Darum rufe ich jetzt im Yard an. Sie werden einen Constable schicken. Aber es kann zwanzig Minuten dauern. Kannst du ihn solange bei dir festhalten? Fühlst du dich sicher genug, um das zu tun?«

Sie kämpfte gegen Niedergeschlagenheit und Verzweiflung. Sie konnte nicht sprechen.

»Helen! Antworte mir. Schaffst du das? Sag!«

Ihre Lippen waren steif und spröde. »Ja, ja, das schaffe ich schon. Leicht.«

Einen Moment lang hörte sie nichts mehr. Es war, als versuche Lynley die genaue Bedeutung ihrer Antwort auszuloten. Dann fragte er brüsk: »Was erwartet er heute abend von dir?«

Sie antwortete nicht.

»Antworte mir! Will er mit dir schlafen?« Als sie immer noch nichts sagte, rief er: »Helen! Bitte!«

»Na, damit lassen sich doch zwanzig Minuten gut herumbringen, meinst du nicht?« hörte sie sich flüstern.

»Nein!« schrie er. »Nein, Helen. Tu das –«

Sie legte auf.

Mit gesenktem Kopf blieb sie stehen und versuchte, ihre Fassung wiederzufinden. Jetzt telefonierte er schon mit New Scotland Yard. Die zwanzig Minuten hatten bereits begonnen.

Seltsam, dachte sie, daß ich überhaupt keine Furcht habe. Ihr Herzschlag dröhnte in ihren Ohren, ihr Mund war trocken. Aber sie hatte keine Angst. Sie war mit einem Mörder allein in der Wohnung, Tommy war weit, weit weg, von einem Schneesturm aufgehalten. Aber sie hatte keine Angst. Noch während sie gegen die Tränen kämpfte, begriff sie, daß sie keine Angst hatte, weil ihr alles gleichgültig geworden war. Nichts war mehr wichtig, am wenigsten, ob sie lebte oder starb.

Beim zweiten Läuten hob Barbara Havers ab. Es war ein Viertel nach sieben; seit mehr als zwei Stunden saß sie in Lynleys Büro an seinem Schreibtisch und rauchte eine Zigarette nach der anderen. Sie war so erleichtert, endlich Lynleys Stimme zu hören, daß sich die ganze angestaute Spannung in einem hitzigen Zornesausbruch entlud. Doch er fuhr ihr, ohne abzuwarten, in die Parade.

»Havers, wo ist Constable Nkata?« fragte er scharf.

»Nkata?« wiederholte sie verdutzt. »Der ist nach Hause gegangen.«

»Holen Sie ihn. Ich brauche ihn am Onslow Square. Sofort.«

Sie drückte ihre Zigarette aus und nahm sich einen Zettel. »Sie haben Davies-Jones gefunden?«

»Er ist bei Helen in der Wohnung. Ich will ihn überwachen lassen, Havers. Aber wenn es hart auf hart geht, müssen wir ihn festnehmen.«

»Wie denn? Und warum?« fragte sie ungläubig. »Abgesehen von dieser Darrow-Geschichte, die ungefähr genauso dürftig ist wie das, was wir gegen Stinhurst haben, haben wir doch praktisch nichts gegen ihn in der Hand. Sie haben mir selbst gesagt, daß alle außer Irene Sinclair damals in Norwich beim Ensemble waren. Und das schließt auch Stinhurst ein. Außerdem hat Macaskin –«

»Keine Widerrede, Havers. Zu langen Diskussionen habe ich jetzt keine Zeit. Tun Sie, was ich sage. Und danach rufen Sie Helen an. Halten Sie sie mindestens dreißig Minuten am Telefon fest. Länger, wenn es geht. Haben Sie mich verstanden?«

»Dreißig Minuten? Na hören Sie mal, wie soll ich das denn anstellen? Soll ich ihr vielleicht meine ganze aufregende Lebensgeschichte erzählen?«

»Gottverdammich«, schimpfte Lynley gereizt, »tun Sie wenigstens ausnahmsweise mal, was ich sage. Und zwar sofort. Und erwarten Sie mich im Yard.«

Und schon hatte er aufgelegt. Barbara rief Nkata an, übermittelte ihm seinen Auftrag, knallte den Hörer auf und starrte mit finsterer Miene auf die Papiere auf Lynleys Schreibtisch. Es war ein Bericht aus Strathclyde mit den endgültigen Befunden der Spurensicherung – man hatte die Fingerabdrücke geprüft, Haare und Fasern untersucht, die am Tatort sichergestellt worden waren, den Cognac analysiert, den Davies-Jones mit zu Helen hinaufgebracht hatte. Das Ergebnis war praktisch gleich Null. Nicht das kleinste Indiz, das ein erfahrener Verteidiger nicht mühelos hätte vom Tisch fegen können.

Barbara wußte etwas, das Lynley noch nicht wußte. Wenn sie Davies-Jones – oder einen anderen – überführen wollten, dann würde es ihnen gewiß nicht aufgrund der Ergebnisse gelingen, die Inspector Macaskin in Schottland gesichert hatte.

Sie hieß Lynette, aber Robert Gabriel hatte Mühe, das im Kopf zu behalten, und mußte ständig aufpassen, daß er sie nicht versehentlich mit einem anderen Namen ansprach. Es waren ja auch so viele gewesen in den letzten Monaten. Wie sollte man sie alle auseinanderhalten? Aber im entscheidenden Moment erinnerte er sich doch, wer sie war: die Kleine, die im Agincourt ihre Ausbildung als Maskenbildnerin angefangen hatte. Ihre hautenge Jeans und das dünne gelbe T-Shirt lagen im Dunkeln auf dem Boden seiner Garderobe. Er hatte schnell genug – und mit erheblichem Vergnügen – entdeckt, daß sie darunter absolut nichts anhatte.

Ihre Fingernägel gruben sich in seinen Rücken, und er stöhnte lustvoll, obwohl es ihm lieber gewesen wäre, sie hätte eine andere Methode gewählt, ihm ihre wachsende Erregung mitzuteilen. Er ritt sie, wie es ihr am besten zu gefallen schien – grob –, und gab sich dabei größte Mühe, nicht ihr schwüles Parfüm einzuatmen und nicht den leicht öligen Geruch, der von ihrem Haar aufstieg. Während er ihr aufmunternd ins Ohr murmelte, beschäftigte er sich im Geist mit anderen Dingen und wartete darauf, daß sie zum Höhepunkt kommen würde, damit er sich dann seinerseits befriedigen konnte. Er schmeichelte sich, in dieser Hinsicht einfühlend und aufmerksam zu sein, rücksichtsvoller als die meisten Männer, weit mehr darauf bedacht, daß auch die Frauen auf ihre Kosten kamen.

»Oooh! Nicht aufhören! Ich halt's nicht aus«, stöhnte Lynette.

Ich auch nicht, dachte Gabriel, als ihre langen Nägel sich wieder in seinen Rücken bohrten. Er war fast am Ende von Hamlets drittem Monolog angelangt, als in ihrem ekstatischen Stöhnen und Schluchzen ihr Körper sich unter dem seinen wölbte. Sie schrie laut. Sie schlug ihm die langen Fingernägel in die Gesäßbacken. Und Gabriel nahm sich vor, in Zukunft Teenager lieber zu meiden.

Lynettes weiteres Verhalten bestärkte ihn in diesem Entschluß. Nachdem sie ihr Vergnügen gehabt hatte, lag sie wie ein Holzklotz unter ihm und wartete passiv und nicht übermäßig geduldig darauf, daß nun auch er endlich zum Ende kam. Er tat ihr den Gefallen rasch, stöhnte im richtigen Moment mit geheuchelter Verzückung ihren Namen und war so froh wie sie, als es vorbei war. Vielleicht, dachte er, würde sich morgen mit der Kostümbildnerin mehr anfangen lassen.

»Mann, das war nicht übel, was?« sagte Lynette gähnend, als es vorbei war. Sie setzte sich auf, schwang die Beine von der Couch und tastete auf dem Boden nach ihren Kleidern. »Hast du 'ne Ahnung, wie spät's ist?«

Gabriel sah auf das Leuchtzifferblatt seiner Uhr. »Viertel nach neun«, antwortete er, und obwohl er sich im Augenblick nichts mehr wünschte, als daß sie ging und er sich gründlich waschen konnte, strich er ihr mit der Hand über den Rücken und murmelte: »Wie wär's morgen abend, Lyn? Ich bin wirklich ganz verrückt nach dir.« Dies nur für den Fall, daß die Kostümbildnerin sich als nicht verführbar erweisen sollte.

Sie kicherte, nahm seine Hand und drückte sie auf ihre Brust. »Geht nicht, Schatz. Heut ist mein Mann unterwegs. Aber morgen kommt er heim.«

Mit einem Ruck setzte sich Gabriel auf. »Dein Mann? Verdammt noch mal, warum hast du mir nicht gesagt, daß du verheiratet bist?«

Lynette kicherte wieder, während sie sich in ihre Jeans zwängte. »Du hast ja nicht gefragt. Er ist Lkw-Fahrer und mindestens drei Nächte in der Woche auf Achse.«

Lieber Gott, ein Lkw-Fahrer. Ein Muskelprotz ohne Hirn wahrscheinlich.

»Hör mal, Lynette«, sagte Gabriel hastig, »laß uns fürs erste mal 'ne Pause einlegen, hm? Ich möchte nicht deinem Mann ins Gehege kommen.«

Sie zuckte gleichgültig die Achseln, schlüpfte in ihr T-

Shirt und schüttelte ihr Haar. Wieder vermied er, den Geruch einzuatmen.

»Er is 'n bißchen schwer von kape, weißt du«, bemerkte sie in vertraulichem Ton. »Der merkt nichts. Hauptsache, ich bin immer verfügbar, wenn er zu Hause ist.«

»Trotzdem«, sagte Gabriel nicht überzeugt.

Sie täschelte seine Wange. »Gib mir Bescheid, wenn du wieder Lust hast. Du bist gar nicht übel. Es dauert ein bißchen, aber das kommt wahrscheinlich vom Alter, hm?«

»Vom Alter?« wiederholte er.

»Klar«, sagte sie fröhlich. »Wenn die Männer in die Jahre kommen, dauert alles ein bißchen länger. Aber das macht mir nichts aus.« Sie bückte sich und tastete auf dem Boden herum. »Hast du meine Handtasche gesehen? – Ach, da ist sie ja. Also dann, ich geh jetzt. Vielleicht klappt's am Sonntag. Da ist mein Alter wieder unterwegs.«

Damit ging sie zur Tür hinaus und ließ ihn im Dunkeln zurück.

Das Alter, dachte er und konnte förmlich das ironische Lachen seiner Mutter hören. Er sah sie vor sich, wie sie sich eine ihrer widerlichen türkischen Zigaretten anzündete und ihn abschätzend betrachtete, ohne selbst eine Miene zu verziehen, ganz neutral. Das war ihr Analytikergesicht, und er haßte es. Wir haben es hier mit einem Phänomen zu tun, würde sie sagen, das für einen Mann deines Alters typisch ist, Robert. Die Midlife-crisis nennt man das, die Erkenntnis, daß das Alter vor der Tür steht. Man fragt sich plötzlich, ob das schon alles gewesen sei, und möchte noch einmal zu leben anfangen. Man sucht nach neuen Wegen und hat das Bedürfnis, sich neu zu definieren. Bei einem Mann wie dir, der an einer hyperaktiven Libido leidet, geht das leider immer über das Sexuelle. Schade. Das scheint mir dein Dilemma zu sein. Wirklich Pech für deine Frau, die offenbar der einzige ruhende Pol in deinem Leben ist. Aber du hast Angst vor Irene, nicht wahr? Sie war immer eine zu starke Frau für dich. Sie hat dich gefordert, nicht wahr? Sie hat Erwachsenwerden von dir gefordert, und dieser Forderung konntest du dich einfach nicht stellen. Darum hast du dich ihrer Schwester zugewandt – um Irene zu strafen und um dir selbst die Illusion zu erhalten, jung zu sein. Aber alles kann man nicht haben, mein Junge. Die Menschen, die alles haben wollen, stehen am Ende im allgemeinen mit leeren Händen da.

Und das Schlimmste daran war, daß es stimmte. Stöhnend setzte sich Gabriel auf und begann nach seinen Kleidern zu suchen. Die Tür der Garderobe öffnete sich.

Er hatte nur noch die Zeit, den Knopf zu drehen, eine massige Gestalt zu erkennen, die sich in der Düsternis des Korridors abzeichnete, hatte nur noch Zeit zu denken, irgend jemand hat sämtliche Lichter im Flur ausgemacht, ehe die Gestalt sich in seine Garderobe stürzte.

Er roch Whisky, Zigarettenqualm, sauren Schweiß. Dann traf ihn ein Hagel von Schlägen auf Gesicht, Brust und Magen. Er hörte das Krachen seiner eigenen Knochen, schmeckte das Blut in seinem Mund.

Der Schläger ächzte vor Anstrengung und schnaubte vor Wut. Als er Gabriel das vierte Mal brutal zwischen die Beine schlug, knirschte er: »Behalt deinen dreckigen Schwanz in Zukunft gefälligst in deiner Hose, du Schwein.«

Gabriel dachte nur noch, nie wieder Teenager, dann verlor er das Bewußtsein.

Lynley legte den Hörer auf und sah Barbara an. »Es meldet sich niemand«, sagte er. »Wann hat Nkata angerufen?«

»Viertel nach acht.«

»Wo war Davies-Jones?«

»In einem Restaurant in der Nähe von Kensington Bahnhof. Nkata war draußen in einer Telefonzelle.«

»Und Davies-Jones war allein? Helen war nicht bei ihm? Sind Sie sicher?«

»Aber ja. Er war allein, Sir.«

»Sie haben doch mit ihr gesprochen, Havers? Sie haben mit Helen gesprochen, nachdem Davies-Jones gegangen war, nicht wahr?«

Barbara nickte. Sie war besorgt um ihn. Er sah völlig erschöpft aus.

»Sie hat mich angerufen, Sir. Gleich nachdem er gegangen war.«

»Und was hat sie gesagt?«

Barbara wiederholte noch einmal geduldig, was sie ihm bereits berichtet hatte. »Sie sagte nur, daß er gegangen sei. Als ich das erste Mal bei ihr angerufen habe, habe ich wirklich versucht, sie am Telefon zu halten, wie Sie mich gebeten hatten. Aber sie ist überhaupt nicht darauf eingegangen, Inspector. Sie sagte nur, sie hätte Besuch und ob sie mich später zurückrufen könne. Das war alles. Ich glaube, ehrlich gesagt, sie wollte meine Hilfe nicht.« Barbara sah die Schatten der Unruhe auf Lynleys Gesicht. »Ich glaube«, sagte sie abschließend, »sie wollte das allein machen, Sir. Vielleicht – na ja, vielleicht ist er für sie trotz allem nicht der Schuldige.«

Lynley räusperte sich. »Das glaube ich nicht. Sie hat genau verstanden.«

Er zog Barbaras Aufzeichnungen über den Schreibtisch zu sich heran. Sie enthielten sowohl die Resultate ihres Verhörs von Stuart Stinhurst als auch die letzten Informationen, die sie von Inspector Macaskin aus Strathclyde erhalten hatte. Er setzte seine Brille auf und begann zu lesen. Im Gebäude war es still geworden. Nur ab und zu war das Läuten eines Telefons zu hören. Eine erhobene Stimme, ein gelegentliches Lachen aus irgendeinem anderen Raum verrieten ihnen, daß sie nicht allein waren. Durch die Fenster drangen die durch den Schnee gedämpften Geräusche der Stadt.

Barbara setzte sich ihm gegenüber, in der einen Hand Hannah Darrows Tagebuch, in der anderen den Theaterzettel von *Drei Schwestern.* Sie hatte beides gelesen; jetzt wartete sie auf seine Reaktion auf das Material, das sie während seiner Abwesenheit für ihn vorbereitet hatte.

Er las mit gerunzelter Stirn. Sein Gesicht wirkte schmal und eingefallen, als hätten die letzten Tage ihn viel Kraft gekostet. Sie wandte den Blick von ihm ab und vertrieb sich die Wartezeit damit, sich in aller Ruhe in seinem Büro umzusehen. Beide Seiten seiner Persönlichkeit hatten hier ihren Ausdruck gefunden. Die Bücherregale mit den Gesetzeskommentaren und richterlichen Fallsammlungen, den forensischen Texten und den Fachbüchern über das Polizeiwesen waren Teil seiner Arbeit, Standardausrüstung eines Mannes, dessen Interesse auf Beruf und Karriere gerichtet war. Doch der Wandschmuck, so spärlich er war, zeigte einen anderen Lynley: Zwei Lithographien mit Szenen aus dem Südwesten Amerikas zeugten von seiner Liebe zu Einfachheit und Ruhe, und die einzige Fotografie, die an der Wand hing, enthüllte dem, der diesen Mann ein wenig näher kannte, etwas, das er seit langem in sich verschlossen trug.

Sie zeigte St. James. Es war ein altes Bild, vor dem Unfall aufgenommen, der ihn zum Invaliden gemacht hatte. Barbara betrachtete die Details: Die Arme vor sich gekreuzt, stand St. James auf einen Cricketschläger gestützt; seine weiße Hose hatte am linken Knie einen großen Riß, und an seiner Hüfte prangte ein Grasfleck. Strahlend vor Lebensfreude lachte er in die Kamera. Sommer der Vergangenheit, dachte Barbara. Sommer auf immer verloren. Sie wußte sehr wohl, warum diese Fotografie hier hing. Sie richtete den Blick wieder auf Lynley.

Er saß immer noch in seine Lektüre vertieft, den gesenkten Kopf in die Hand gestützt. Erst nach einigen Minuten sah er auf, nahm seine Brille ab und begegnete ihrem Blick. »Hier haben wir nichts, was eine Verhaftung rechtfertigen würde«, sagte er mit einer Geste auf die von Macaskin übermittelten Informationen.

Barbara zögerte. Die Leidenschaftlichkeit seiner Worte, als er am Abend mit ihr telefoniert hatte, hatte sie beinahe davon überzeugt, daß sie sich mit ihrem Verdacht gegen Stuart Stinhurst irrte. Darum fiel es ihr jetzt um so schwerer, ihn auf das Offensichtliche aufmerksam machen zu müssen. Aber sie brauchte es gar nicht zu tun; er kam von selbst darauf zu sprechen.

»Und Davies-Jones können wir bestimmt nicht aufgrund eines fünfzehn Jahre alten Theaterzettels festnehmen. Wir könnten ebensogut alle anderen verhaften, wenn das unsere ganzen Beweise sind.«

»Aber Stinhurst hat die Skripten verbrannt«, wandte Barbara ein.

»Wenn man davon ausgehen will, daß er Joy Sinclair tötete, um zu verhindern, daß sie die Sache mit seinem Bruder publik machte, dann ist das sicher ein Indiz, ja. Aber ich sehe die Sache nicht so, Havers«, sagte Lynley. »Das Schlimmste, was Stinhurst zu erwarten hatte, falls die Geschichte von Geoffrey Rintouls Verrat und gewaltsamem Tod durch das Stück bekannt geworden wäre, waren ein Skandal und ein ruinierter Ruf. Hannah Darrows Mörder jedoch mußte mit Entlarvung, Gerichtsverhandlung und einer hohen Haftstrafe rechnen, wenn sie ihr Buch geschrieben hätte. Also, welches Motiv erscheint Ihnen zwingender?«

»Vielleicht ...« Barbara wußte, daß sie ihre Theorie mit Vorsicht vorbringen mußte. »Vielleicht haben wir ein doppeltes Motiv. Aber nur einen Mörder.«

»Wieder Stinhurst?«

»Er hat immerhin damals in Norwich Regie geführt, Inspector. Er kann der Mann gewesen sein, mit dem Hannah Darrow ein Verhältnis hatte. Und er könnte sich die Schlüssel zu Joy Sinclairs Zimmer von Francesca Gerrard besorgt haben.«

»Sehen Sie sich die Fakten an, die Sie vergessen haben, Havers. Alles, was Geoffrey Rintoul anging, war aus Joy Sinclairs Arbeitszimmer entfernt worden. Aber alles, was sich auf Hannah Darrow bezog – all die Details, die uns überhaupt erst auf ihre Geschichte aufmerksam machten –, war vorhanden. Unübersehbar.«

»Natürlich, Sir. Stinhurst hätte die Leute von MI5 ja auch kaum beauftragen können, die Unterlagen und Notizen über Hannah Darrow auch noch verschwinden zu lassen. Die Geschichte ging schließlich die Regierung nichts an. Die brauchte sie nicht zu vertuschen. Außerdem – woher hätte Stinhurst wissen sollen, was sie bereits an Material über Hannah Darrow zusammengetragen hatte? Sie erwähnte ja John Darrow an dem Abend vor ihrer Ermordnung nur ganz beiläufig beim Essen. Wenn Stinhurst – ja, ja, wenn der Mörder nicht vor dem Wochenende bei Joy Sinclair war und sich ihre Unterlagen hat zeigen lassen, woher soll er gewußt haben, was sie schon an Material hatte? Oder nicht hatte.«

Lynley schien durch sie hindurchzublicken. Sein abwesender Gesichtsausdruck verriet ihr, daß ein neuer Gedanke ihn beschäftigte.

»Sie haben mich auf eine Idee gebracht, Havers.« Er trommelte mit den Fingern auf den Schreibtisch. Sein Blick wanderte zu dem Tagebuch in Barbaras Hand. »Ich glaube, es gibt eine Möglichkeit, Klarheit zu schaffen, auch wenn Strathclyde uns überhaupt nichts geliefert hat«, sagte er schließlich. »Aber wir brauchen Irene Sinclair dazu.«

»Irene Sinclair? Wieso?«

Er nickte nachdenklich. »Sie allein kann uns helfen. Sie ist die einzige von der Truppe, die 1973 nicht in *Drei Schwestern* mitgespielt hat.«

Sie trafen Irene Sinclair nicht in ihrer Wohnung in Bloomsbury an. Eine Nachbarin, die es übernommen hatte, sich um die beiden Kinder zu kümmern, verwies sie an das Krankenhaus ganz in der Nähe.

Irene Sinclair sprang bestürzt auf, als sie in den Warteraum des Krankenhauses traten.

»Er wollte keine Polizei!« rief sie protestierend. »Woher wissen Sie – Was? Hat der Arzt Sie angerufen?«

»Wir waren bei Ihnen zu Hause.«

Lynley ging mit ihr zu einer der Bänke, die an den Wänden standen. Der Raum, der zur Notaufnahme gehörte, war voller Menschen, die auf Behandlung warteten.

»Was ist denn überhaupt passiert?« fragte Lynley, nachdem sie sich gesetzt hatten.

Irene Sinclair schüttelte den Kopf. »Robert ist vorhin überfallen und verprügelt worden. Im Theater.«

»Was hat er denn so spät dort noch getan?«

»Er wollte sich seinen Text noch einmal ansehen. Wir haben morgen eine zweite Leseprobe, und er sagte, er wolle ein Gefühl dafür bekommen, wie er auf der Bühne klingt.«

Lynley sah ihr an, daß sie die Geschichte selbst nicht glaubte. »War er denn auf der Bühne, als er angegriffen wurde?«

»Nein. Er war in seine Garderobe gegangen, um einen Schluck zu trinken. Irgend jemand schaltete die Lichter aus und überfiel ihn dort. Hinterher schleppte er sich zu einem Telefon. Meine Nummer war die einzige, die ihm einfiel.« Es hörte sich an, als wolle sie damit ihre Anwesenheit entschuldigen.

»Nicht der Notruf?«

»Er wollte keine Polizei.« Sie sah ihn voll ängstlicher Besorgnis an. »Aber ich bin froh, daß Sie gekommen sind. Vielleicht können Sie ihm Vernunft beibringen. Es liegt doch auf der Hand, daß er das nächste Opfer werden sollte.«

Lynley stand auf, holte sich einen der Plastikstühle und setzte sich so, daß sie vor den Blicken möglicher Neugieriger abgeschirmt war. »Warum?« fragte er.

Die Frage schien Irene zu verwirren, doch Lynley hatte den Eindruck, daß sie die ganze Zeit Theater spielte, um vor ihm und Havers nicht mit der Wahrheit herausrücken zu müssen. »Wie meinen Sie das?« fragte sie. »Was könnte sonst der Grund sein? Der Kerl hat ihn blutig geschlagen. Er hat zwei Rippenbrüche, sein Gesicht ist völlig verschwollen, und er hat einen Zahn verloren. Das kann doch nur der Mensch gewesen sein, der Joy getötet hat.«

»Aber die Verfahrensweise entspricht nicht der des Killers, den wir suchen«, meinte Lynley. »Wir haben es mit einem Mann, vielleicht auch mit einer Frau zu tun, der oder die mit dem Messer tötet, nicht mit Fäusten. Mir macht es nicht den Eindruck, als hätte der Schläger die Absicht gehabt, Ihren geschiedenen Mann zu töten.«

»Ja, aber warum dann dieser brutale Überfall? Was wollen Sie mit Ihrer Bemerkung sagen?« Sie richtete sich kerzengerade auf, als empfände sie Lynleys Worte als einen Angriff, dem sie mit Protest begegnen mußte.

»Ich denke, die Antwort darauf wissen Sie selbst am besten. Ich glaube, Sie haben mir über diesen Zwischenfall längst nicht alles erzählt, was Sie wissen. Sie schützen Ihren geschiedenen Mann. Warum? Womit hat er soviel Loyalität verdient? Er hat Sie doch immer wieder verletzt. Er behandelt Sie mit einer Verachtung, die er nicht einmal zu verbergen sucht. Mrs. Sinclair, hören Sie –«

Sie hob abwehrend eine Hand. Ihr gequältes Gesicht sagte ihm, daß sie nicht mehr versuchte, ihm etwas vorzumachen. »Bitte! Gut, Sie haben recht. Es reicht. Er war mit einer Frau zusammen. Ich habe keine Ahnung, wer es war. Er wollte es mir nicht sagen. Als ich ins Theater kam, war er noch – er hatte sich noch nicht...« Sie stockte und setzte noch einmal an. »Er schaffte es nicht, sich allein anzuziehen.«

Lynley hörte ihr ungläubig zu. Wie mußte es für sie gewesen sein, zu ihm zu gehen, ihn zu trösten, ihm zu helfen und zu wissen, daß er kurz zuvor mit einer anderen Frau zusammen gewesen war? »Ich muß ehrlich gestehen, es macht mir große Mühe zu begreifen, wieso Sie einem solchen Mann gegenüber immer noch so loyal sind. Obwohl dieser Mann nicht einmal davor zurückschreckte, Sie mit Ihrer eigenen Schwester zu hintergehen?«

Er dachte bei seinen Worten auch an das Gespräch, das er nach der Ermordung ihrer Schwester auf Westerbrae mit ihr geführt hatte.

»Sie haben mir auch über die Nacht, in der Ihre Schwester getötet wurde, nicht alles erzählt, nicht wahr? Selbst da versuchten Sie, ihn zu schützen. Warum, Mrs. Sinclair?«

Sie schloß einen Moment lang die Augen. »Er ist der Vater meiner Kinder«, antwortete sie.

»Sie meinen, wenn Sie ihn schützen, dann schützen Sie die Kinder?«

»Ja.«

Genau wie John Darrow. Aber Lynley wußte, daß er weiterfragen mußte. Teddy Darrow hatte es ihn gelehrt.

»Man kann die Kinder auf Dauer nicht vor der Wahrheit bewahren, auch wenn sie noch so schlimm ist, und auch wenn man es noch so sehr wünscht, Mrs. Sinclair. Durch Ihr Schweigen schützen Sie nur einen – den Mörder Ihrer Schwester.«

»Er war es nicht. Er könnte so etwas nie tun. Ich traue ihm vieles zu, wirklich, aber das nicht. Nein, das nicht.«

Lynley neigte sich näher zu ihr. »Aber gerade das fürchten Sie doch die ganze Zeit schon; daß er Ihre Schwester getötet hat. Sie haben nichts von Ihrem Verdacht gesagt, weil Sie Ihre Kinder schützen wollen, ihnen die Demütigung ersparen wollen, erfahren zu müssen, daß ihr Vater ein Mörder ist.«

»Niemals hat er das getan. Das brächte er nicht fertig.«

»Aber Sie fürchten dennoch, daß er es getan hat. Warum, Mrs. Sinclair?«

Barbara Havers sagte: »Wenn Gabriel Ihre Schwester nicht getötet hat, dann kann alles, was Sie uns sagen, ihm nur helfen.«

Irene Sinclair schüttelte den Kopf. Ihre Augen waren dunkle Löcher der Angst. »Nein. Ich kann nicht.«

Sie sah von einem zum anderen. Ihre Finger krallten sich um ihre Handtasche. Sie wirkte wie eine Gejagte, die nur fliehen wollte und doch erkennen mußte, daß weitere Flucht unmöglich war. Als sie endlich zu sprechen begann, schüttelte es sie am ganzen Körper, als hätte sie plötzlich Fieber überfallen.

»Meine Schwester war an dem Abend mit Robert in seinem Zimmer. Ich habe sie beide gehört. Ich war auf dem Weg zu ihm. Ich war so dumm – Mein Gott, wie kann ein Mensch nur so erbärmlich dumm sein! Er und ich waren vorher, nach der Lesung, zusammen in der Bibliothek gewesen, und einen Moment lang hatte ich den Eindruck, als gäbe es eine Möglichkeit für uns, wieder zusammenzuleben. Wir hatten über die Kinder gesprochen, über – unser früheres Leben. Und darum bin ich später zu Robert gegangen. Ich wollte – ach, ich weiß gar nicht mehr, was ich eigentlich wollte.« Sie strich sich mit der Hand durch das dunkle Haar, packte es und riß daran, als verlange es sie danach, den Schmerz zu spüren. »Ich frage mich wirklich, wie ein Mensch so dumm sein kann. Beinahe hätte ich Robert und meine Schwester zum zweiten Mal überrascht. Und das Komische daran ist – ja, es wäre wirklich zum Lachen, wenn es nicht so traurig wäre –, daß er genau das gleiche sagte wie damals in Hampstead, als ich ihn mit Joy erwischte. ›Komm schon, Baby. Na komm schon, Joy. Komm! Komm!‹ Und dabei hat er zum Gotterbarmen gestöhnt und gekeucht.«

Lynley sah sofort, daß diese Aussage den ganzen Fall in einem neuen Licht erscheinen ließ. »Um welche Zeit war das?« fragte er scharf.

»Spät. Es war weit nach eins. Vielleicht fast zwei Uhr. Genau weiß ich es nicht.«

»Aber Sie haben ihn gehört? Da sind Sie sicher?«

»O ja. Ich habe ihn gehört.« Sie senkte den Kopf.

Und dennoch, dachte Lynley, hatte sie auch danach noch versucht den Mann zu schützen. Soviel Selbstverleugnung war ihm unbegreiflich. Aber darauf wollte er jetzt nicht weiter eingehen, darum wechselte er das Thema.

»Können Sie sich erinnern, wo Sie im März 1973 waren?«

Im ersten Moment schien sie die Frage gar nicht zu verstehen. »1973? Wieso? Ich war – ja, ich war bestimmt zu Hause in London. Ich mußte mich um James kümmern, unseren Sohn. Er war erst im Januar zur Welt gekommen, und ich hatte mir Urlaub genommen.«

»Aber Ihr Mann war nicht zu Hause?«

Sie überlegte. »Nein, ich glaube nicht. Ich glaube, er reiste damals mit dem Tourneetheater. Warum? Was hat das mit dieser Geschichte hier zu tun?«

Sehr viel, dachte Lynley. Er sprach konzentriert und eindringlich, als er ihr die Erklärung gab. »Ihre Schwester hatte die Absicht, ein Buch über einen Mord zu schreiben, der im März 1973 verübt worden war. Der Mann, der diesen Mord beging, hat auch Ihre Schwester Joy und Gowan Kilbride getötet. Aber das, was wir bisher an Beweismaterial haben, ist praktisch unbrauchbar, Mrs. Sinclair. Wir brauchen Ihre Hilfe, wenn wir diesen Menschen überführen wollen.«

Ihr Blick flehte darum, ihr die Wahrheit zu sagen. »Ist es Robert?«

»Ich glaube es nicht. Trotz allem, was Sie uns berichtet haben, kann ich mir nicht vorstellen, wie er sich den Schlüssel zum Zimmer Ihrer Schwester beschafft haben soll.«

»Aber wenn er an dem Abend bei ihr war, kann sie ihm den Schlüssel doch gegeben haben!«

Das war in der Tat eine Möglichkeit, vor der Lynley die Augen nicht verschließen konnte. Wie sie erklären? Wie sie mit den Informationen in Einklang bringen, die die Laborbefunde aus Strathclyde über Joy Sinclair geliefert hatten? Und wie Irene Sinclair beibringen, daß sie, wenn sie durch ihre Zusammenarbeit mit der Polizei dazu beitrug, die Unschuld ihres Mannes zu beweisen, gleichzeitig helfen würde, ihren Vetter Rhys des Mordes zu überführen.

»Wollen Sie uns helfen?« fragte er.

Lynley verstand ihr Dilemma. Sie mußte sich entscheiden: Entweder sie fuhr fort, um ihrer Kinder willen, Robert Gabriel zu schützen, oder sie entschloß sich zur aktiven Teilnahme an einem Plan, der vielleicht zur Entlarvung des Mörders ihrer Schwester führen würde. Wenn sie die erste Möglichkeit wählte, würde sie für immer darüber im Ungewissen bleiben, ob sie einen Mann schützte, der wahrhaftig unschuldig war, oder ob sie vielleicht den Schuldigen deckte. Entschied sie sich für die zweite Möglichkeit, so war damit ein Akt der Vergebung verbunden; die Bereitschaft, ihrer Schwester das Unrecht zu verzeihen, das sie an ihr begangen hatte. Es war eine Wahl zwischen einem Lebenden und einer Toten.

Lynley konnte nur hoffen, daß Irene Sinclair mittlerweile begriffen hatte, daß ihre Ehe mit Gabriel schon seit Jahren an seiner unverbesserlichen Untreue gekrankt hatte und daß ihre Schwester in dem Drama ihrer Ehe nur eine Nebenrolle gespielt hatte.

Irene richtete sich auf. Ihre Finger hatten feuchte Flekken auf dem Leder ihrer Handtasche hinterlassen. Ihre Stimme gehorchte ihr nicht gleich, aber dann sagte sie: »Ich helfe Ihnen. Was muß ich tun?«

»Übernachten Sie heute im Haus Ihrer Schwester in Hampstead. Sergeant Havers begleitet Sie und bleibt bei Ihnen.«

16

Als Lynley am nächsten Morgen gegen halb elf zu St. James kam und Deborah ihm die Tür öffnete, sah er gleich an ihrem zerzausten Haar, der fleckigen Schürze, die sie über der ausgebleichten Jeans und der karierten Bluse trug, daß er sie mitten aus der Arbeit gerissen hatte. Dennoch strahlte sie, als sie ihn sah.

»Endlich eine Abwechslung! Gott sei Dank! Ich hocke seit zweit Stunden in meiner Dunkelkammer, und außer Peach und Alaska leistet mir keiner Gesellschaft. Die beiden sind ja ganz putzig, aber zu einem Gespräch reicht's eben doch nicht. Simon ist zwar in seinem Labor, aber du weißt ja, daß er total verstummt, wenn er sich auf seine hochwissenschaftlichen Pingeligkeiten konzentriert. Komm rein. Ich bin heilfroh, daß du da bist. Vielleicht kannst du ihn wenigstens zu einer Tasse Kaffee überreden.«

Sie wartete, bis er Mantel und Schal abgelegt hatte, dann berührte sie leicht seine Schulter. »Du siehst müde aus, Tommy. Geht's dir nicht gut? Kann ich irgendwas ...? Ich weiß von den andren, was los ist, und würde dir so gern was Gutes tun. Du siehst aus, als hättest du überhaupt nicht geschlafen. Soll ich Vater bitten, daß er – Möchtest du –?« Sie biß sich auf die Lippen. »Lieber Gott, ich rede wie eine stammelnde Idiotin.«

Lynley lachte liebevoll, strich ihr eine ihrer widerspenstigen roten Locken hinters Ohr und folgte ihr zur Treppe.

»Simon hat vorhin einen Anruf von Jeremy Vinney bekommen«, berichtete sie, während sie nach oben gingen. »Worauf er in eine seiner langen, mysteriösen Meditationen verfiel. Und keine fünf Minuten später hat Helen angerufen.«

Lynley blieb auf der Treppe stehen. »Helen ist gar nicht hier?«

Obwohl er sich alle Mühe gegeben hatte, unbeteiligt zu klingen, wußte Deborah sofort, was hinter der Frage stand. Sie drehte sich um und sah ihn teilsnahmsvoll an.

»Nein, sie ist nicht hier, Tommy. Ihretwegen bist du gekommen, nicht wahr?« Ohne auf seine Antwort zu warten, fügte sie hinzu: »Komm mit nach oben und sprich mit Simon. Er kennt Helen schließlich besser als jeder andere.«

St. James kam ihnen entgegen, als sie in den Arbeitsraum traten, in der einen Hand eine Fachzeitschrift, in der anderen, recht makaber, ein Glas mit einem in Formaldehyd konservierten menschlichen Finger.

»Bereitest du eine Produktion von *Titus Andronicus* vor?« fragte Deborah lachend. Sie nahm ihm Glas und Zeitschrift aus der Hand, drückte ihm einen raschen Kuß auf die Wange und sagte: »Ich hab dir Tommy mitgebracht, Schatz.«

Lynley kam ohne Umschweife auf das, was ihm am Herzen lag. Er bemühte sich, sachlich zu sprechen, als ginge es ihm nur um seinen Fall, aber er merkte selbst, daß es ihm nicht gelang. »St. James, wo ist Helen? Seit gestern abend rufe ich ständig bei ihr an. Heute morgen habe ich bei ihr geklingelt. Wo ist sie? Was hat sie dir gesagt?«

Er folgte dem Freund ins Labor und wartete geduldig auf Antwort. St. James gab, ohne etwas zu sagen, rasch eine Notiz in seinen Computer ein. Lynley kannte ihn gut genug, um zu wissen, daß es keinen Sinn hatte, ihn zu drängen. Er hielt seine Befürchtungen fest im Zaum und sah sich, während er auf St. James' Antwort wartete, in dem Raum um, in dem Helen einen so großen Teil ihrer Zeit verbrachte.

Das Labor war seit Jahren St. James' Refugium, ein großer ruhiger Raum, mit allen Geräten, vom Mikroskop bis zum Computer, die er für seine wissenschaftliche Arbeit brauchte. In einer Ecke stand seine neueste Anschaffung, ein Videogerät, auf dessen Bildschirm Mikroskopproben von Blut, Haar, Haut oder Fasern in Vergrößerung sichtbar gemacht werden konnten. Lynley erinnerte sich, wie Helen ihm unter Gelächter St. James' Bemühungen geschildert hatte, ihr den Umgang mit dem Apparat beizubringen. »Hoffnungslos, Tommy. Eine Videokamera, die an ein Mikroskop angeschlossen ist! Kannst du dir vorstellen, was für Angstzustände ich bekommen habe? Dieser ganze moderne Computerkram ist mir einfach unheimlich. Ich habe doch gerade erst gelernt, wie man eine Tasse Wasser in einem Mikrowellenherd heiß macht.« Was natürlich nicht stimmte. Er hatte dennoch mit ihr gelacht und alle Probleme, die er an dem Tag vielleicht mit sich herumgeschleppt hatte, vergessen. Das war Helens besondere Begabung.

Er mußte es wissen. »Was ist mir ihr? Was hat sie dir gesagt?«

St. James gab noch eine Information in den Computer ein, begutachtete die sich daraus ergebenden Veränderungen an dem Diagramm auf dem Bildschirm und schaltete das Gerät aus.

»Nur das, was du ihr gesagt hast«, antwortete er in distanziertem Ton. »Sonst leider gar nichts.«

Lynley wußte, wie er diesen ausgesucht sachlichen Ton zu interpretieren hatte, aber er wollte sich jetzt nicht auf die Diskussion einlassen, die St. James' Worte eigentlich herausforderte. Statt dessen sagte er: »Deborah hat mir eben erzählt, daß Vinney dich angerufen hat.«

»Ja.« St. James drehte sich auf seinem Hocker herum, glitt unbeholfen von ihm herunter und ging zu einem Arbeitstisch, wo fünf Mikroskope aufgereiht standen. »Anscheinend ist nicht eine einzige Zeitung bereit, auch nur eine Zeile über Joy Sinclairs Ermordung zu bringen. Vinney erzählte mir, er habe heute morgen einen Artikel darüber eingereicht und sofort zurückbekommen.«

»Na ja, Vinney ist schließlich auch Theaterkritiker und nicht Polizeiberichterstatter«, meinte Lynley.

»Das ist richtig. Aber als er herumtelefonierte, um festzustellen, ob einer seiner Kollegen die Story bearbeitet, entdeckte er, daß keinem von ihnen ein Auftrag gegeben worden ist. Da ist ganz offensichtlich von höherer Stelle aus ein Riegel vorgeschoben worden. Vorläufig, wie man ihm sagte. Bis eine Verhaftung erfolgt ist. Er war unheimlich aufgebracht darüber, das kannst du mir glauben.« St. James blickte von einem Stapel Objektträger auf, die er gerade ordnete. »Er ist hinter Geoffrey Rintouls Story her, Tommy. Und einer Verbindung zwischen dieser alten Geschichte mit Joy Sinclairs Tod. Ich habe den Eindruck, er wird keine Ruhe geben, bis er nicht seinen Artikel gedruckt sieht.«

»Da wird er lange warten müssen. Erstens gibt es auch nicht den Schatten eines Beweises gegen Geoffrey Rintoul. Zweitens sind die Hauptpersonen tot. Und ohne absolut stichhaltige Beweise wird keine Zeitung im ganzen Land eine Story bringen, die ihr möglicherweise eine Verleumdungsklage der Familie Stinhurst eintragen wird.«

Lynley fühlte sich von plötzlicher Ruhelosigkeit gepackt. Er begann im Zimmer hin und her zu gehen, blieb schließlich am Fenster stehen und sah hinunter in den Garten. Der Rasen und die Beete waren schneebedeckt, aber er konnte sehen, daß alle empfindlichen Pflanzen in Sackleinwand eingehüllt waren und auf der Gartenmauer Vogelfutter ausgetreut war. Deborah, dachte er.

»Irene Sinclair glaubt, daß Joy an dem Abend vor ihrem Tod bei Robert Gabriel im Zimmer war«, sagte er und berichtete kurz, was er von Irene gehört hatte. »Sie erzählte es mir erst gestern abend. Sie hatte es für sich behalten, weil sie Gabriel schützen wollte.«

»Dann war Joy Sinclair an dem Abend sowohl mit Gabriel als auch mit Vinney zusammen?«

Lynley schüttelte den Kopf. »Ich glaube es nicht. Sie kann nicht mit Gabriel zusammen gewesen sein. Auf keinen Fall kann sie mit ihm geschlafen haben.« Er berichtete von dem Autopsiebefund aus Strathclyde.

»Vielleicht ist da im Labor ein Fehler unterlaufen.«

Lynley mußte lächeln bei der Vorstellung. »Unter Macaskins Leitung? Das glaubst du doch wohl selbst nicht. Gestern abend, als Irene Sinclair mir die Geschichte erzählte, glaubte ich zuerst, sie hätte sich getäuscht.«

»Du meinst, daß Gabriel mit einer anderen Frau zusammen war?«

»Ja, das glaubte ich zuerst. Ich dachte, Irene hätte nur automatisch angenommen, es sei ihre Schwester gewesen. Oder vielleicht auch einfach das Schlimmste angenommen, als sie die beiden in Gabriels Zimmer hörte. Aber später kam mir der Gedanke, daß sie mich vielleicht belogen hat; daß sie Gabriel bewußt belasten wollte und ihre Beteuerungen, sie wolle ihn um der Kinder willen schützen, nichts als Heuchelei sind.«

»Das wäre aber wirklich gemein«, bemerkte Deborah, die, mit einer Reihe Negative in der einen und einem Vergrößerungsglas in der anderen Hand, an der Tür zu ihrer Dunkelkammer stand und dem Gespräch zuhörte.

St. James nickte. »Ja, das wäre es. Gemein und heimtükkisch. Wir wissen von Elizabeth Rintoul, daß Joy Sinclair bei Vinney im Zimmer war. Hier hätten wir also eine Bestätigung, wenn man Elizabeth Rintoul trauen kann. Aber wer kann Irene Sinclairs Behauptung bestätigen, daß Joy auch bei ihrem Mann im Zimmer war? Gabriel vielleicht? Das wird er sicher nicht tun. Er wird es strikt leugnen. Und sonst hat keiner etwas gehört. Wir müssen uns also entscheiden, ob wir dem treulosen Ehemann glauben oder der leidgeprüften Ehefrau.« Er sah Lynley an. »Was ist mit Davies-Jones? Bist du immer noch so sicher, daß er es war?«

Lynley wandte sich wieder dem Fenster zu. St. James' Frage rief ihm mit schmerzhafter Deutlichkeit den Bericht ins Gedächtnis, den er gerade drei Stunden zuvor von Constable Nkata erhalten hatte, unmittelbar nachdem der junge Beamte die nächtliche Überwachung Davies-Jones' beendet hatte. Davies-Jones war unmittelbar nach Verlassen von Helens Wohnung in ein Spirituosengeschäft gegangen, wo er vier Flaschen Alkohol gekauft hatte. Nkata war sich der Zahl absolut sicher. Davies-Jones war nämlich nach dem Kauf nicht nach Hause gefahren, sondern lange durch die abendlichen Straßen gewandert. Weder die eisige Kälte noch das Schneetreiben hatten ihn schrecken können; er schien beides kaum wahrgenommen zu haben. Nkatas Bericht zufolge war er die Brompton Road hinaufgegangen, um den ganzen Hyde Park herum, bis zur Baker Street und dann weiter nach St. John's Wood, wo seine Wohnung war. Während dieser langen Wanderung hatte er eine Flasche nach der anderen geöffnet. Doch anstatt zu trinken, hatte er den Inhalt auf die Straße geschüttet. Bis alle vier Flaschen leer waren, hatte Nkata versichert und dabei den Kopf geschüttelt über diese Vergeudung.

Während sich Lynley jetzt diesen Bericht noch einmal vor Augen hielt, war für ihn ganz klar, was hinter dem Verhalten Davies-Jones' stand. Hier war ein Mann, der seine Alkoholsucht überwunden hatte und um eine Chance kämpfte, sein Leben in Ordnung zu bringen und eine neue Karriere zu beginnen, und der darum eisern entschlossen war, sich diese Chance durch nichts nehmen zu lassen, am wenigsten durch seine Vergangenheit.

»Er ist der Mörder«, sagte Lynley.

Irene Sinclair war sich darüber im klaren, daß sie diesmal die beste Rolle ihrer ganzen Karriere liefern mußte. Sie wußte, daß sie den richtigen Moment ganz allein, ohne helfendes Stichwort erfassen mußte. Es würde keinen großen Auftritt geben und keinen dramatischen Höhepunkt, wo aller Augen auf sie gerichtet waren. Darauf würde sie diesmal verzichten müssen. Ihr Auftritt begann nach der Mittagspause, als sie und Jeremy Vinney gleichzeitig im Agincourt Theatre eintrafen.

Sie stieg gerade aus dem Taxi, als Vinney, der gegenüber im Café gewesen war, mitten im dicksten Verkehr die Straße zu überqueren versuchte. Ein Auto hupte warnend, und Irene blickte auf. Vinney hatte seinen Mantel gar nicht erst angezogen, sondern trug ihn über dem Arm; es verwunderte sie ein wenig, und sie fragte sich, ob er ihretwegen das Café so überstürzt verlassen hatte. Der Journalist bestätigte es ihr schon mit seinen ersten Worten, in denen ein Unterton boshafter Neugier mitzuschwingen schien.

»Ich habe gehört, daß Gabriel gestern abend gehörig was abbekommen hat.«

Irene blieb stehen. Ihre Hand lag schon auf der Klinke der Eingangstür zum Theater. Durch ihre Handschuhe fühlte sie die beißende Kälte des Metalls. Sie hielt es für überflüssig, Vinney danach zu fragen, wie er zu dieser Information gekommen war. Robert hatte es sich heute morgen trotz Rippenbruchs, zahlreicher Blutergüsse und eines blauen Auges nicht nehmen lassen, zur zweiten Leseprobe ins Theater zu kommen, und die Neuigkeit, daß man ihn am Abend zuvor zusammengeschlagen hatte, hatte sich unmittelbar nach seiner Ankunft wie ein Lauffeuer im ganzen Haus verbreitet. Die Mitglieder des Ensembles, die Bühnencrew, die Kostüm- und Maskenbildner ebenso wie die Produktionsassistenten haben zwar lauthals ihrer Empörung Ausdruck verliehen, aber es war leicht möglich, daß einer von ihnen Vinney heimlich angerufen und informiert hatte; einer vielleicht, der mit Robert Gabriel noch eine Rechnung zu begleichen hatte und ihm die öffentliche Blamage gönnte.

»Sprechen Sie mich darauf an, weil Sie darüber schreiben wollen?« fragte Irene.

Sie drückte die Tür auf und trat ins Haus. Vinney folgte ihr. Das Foyer war leer. Es war still im Gebäude. Nur der Geruch nach kaltem Zigarettenrauch verriet, daß die Schauspieler den ganzen Vormittag hier getagt hatten.

»Was hat er Ihnen darüber erzählt? Keine Sorge, ich habe nicht die Absicht, darüber zu schreiben.«

»Warum sind Sie dann hier?« Sie eilte zum Zuschauerraum, als sei er nicht vorhanden. Doch Vinney blieb hartnäckig an ihrer Seite. Kurz vor der schweren hohen Tür faßte er sie beim Arm und hielt sie zurück.

»Weil Ihre Schwester meine Freundin war. Weil ich aus den Leuten vom Yard nicht ein einziges Wort herausbekommen kann, obwohl sie einen ganzen Nachmittag lang unseren melancholischen Lord Stinhurst ins Gebet genommen haben. Weil ich Stinhurst gestern abend trotz wiederholter Anrufe nicht erreichen konnte und weil mein Chef mir absolut verboten hat, auch nur ein einziges Wort über diese ganze Geschichte zu schreiben, solange wir nicht von irgendwelchen mysteriösen höheren Mächten grünes Licht bekommen haben. Alles, aber auch alles an dieser Sache stinkt zum Himmel. Ist Ihnen das gleichgültig, Irene?« Seine Finger bohrten sich in ihren Arm.

»Das ist eine Unverschämtheit.«

»Kann sein. Ich werde leicht unverschämt, wenn Menschen, die mir wichtig sind, umgebracht werden und die Leute zur Tagesordnung übergehen, als wäre nichts gewesen.«

Sie starrte ihn zornig an. »Ach, und Sie glauben, mir sei gleichgültig, was meiner Schwester zugestoßen ist?«

»Ich glaube, Sie freuen sich sogar darüber und bedauern es höchstens, daß Sie ihr nicht selbst den Dolchstoß versetzen konnten.«

Seine Worte trafen Irene wie ein Schlag. Alle Farbe wich aus ihrem Gesicht. »Mein Gott, wie können Sie so etwas sagen? Es ist nicht wahr, und das wissen Sie genau.« Sie hörte, wie brüchig ihre Stimme klang.

Mit einem Ruck riß sie sich von ihm los und stürzte in den Zuschauerraum. Nur verschwommen nahm sie wahr, daß er ihr folgte und sich in der Dunkelheit der letzten Reihe einen Platz suchte.

Diese Konfrontation mit Vinney hatte sie vor dem Zusammentreffen mit den Ensemblemitgliedern wahrhaftig nicht gebraucht. Sie hatte ihre ganze Mittagspause darauf verwendet zu überlegen und zu planen, wie sie die Rolle spielen würde, auf die Sergeant Havers sie in der vergangenen Nacht vorbereitet hatte. Jetzt hatte sie alles vergessen. Das Herz schlug ihr bis zum Hals, ihre Hände waren feucht, und ihre Gedanken kreisten einzig um Vinneys gemeine Beschuldigung. Es ist nicht wahr, sagte sie sich immer wieder. Es ist nicht wahr, versicherte sie sich auf dem Weg zur leeren Bühne. Doch der innere Tumult ließ sich durch dieses simple Mittel der Verleugnung nicht befrieden, und da sie wußte, wieviel davon abhing, daß sie heute ihre Rolle gut spielte, griff sie auf einen alten Trick aus den Tagen der Schauspielschule zurück. Sie setzte sich an den Tisch, der in der Mitte der Bühne stand, legte ihre gefalteten Hände an die Stirn und schloß die Augen. So bereitete es ihr keine Mühe, wenig später, als sich Schritte näherten und sie die Stimme ihres Vetters hörte, in ihre Rolle zu schlüpfen.

»Irene«, sagte Rhys Davies-Jones. »Ist dir nicht gut?«

Sie hob den Kopf und sah ihn mit einem trüben Lächeln

an. »Doch, doch. Alles in Ordnung. Ich bin nur ein bißchen müde.« Das reichte fürs erste.

Nacheinander kamen die anderen. Irene hob den Kopf nicht, aber sie hörte sie, registrierte jeden einzelnen, während sie in den Stimmen auf Untertöne von Spannung, Schuldbewußtsein oder übermäßiger Nervosität lauschte. Robert Gabriel setzte sich zaghaft neben sie. Mit einem verlegenen Lächeln betastete er sein verschwollenes Gesicht.

»Ich hatte noch keine Gelegenheit, dir für gestern abend zu danken«, sagte er leise und zärtlich. »Ich – es tut mir furchtbar leid, Renie. Es tut mir alles ganz entsetzlich leid, wirklich. Ich hätte gern mit dir gesprochen, nachdem sie mich im Krankenhaus verarztet hatten, aber du warst schon gegangen, und als ich bei dir anrief, sagte mir James, du seist in Joys Haus in Hampstead.« Er schwieg einen Moment nachdenklich. »Renie, ich habe mir gedacht – ich hoffte, wir könnten vielleicht –«

Sie fiel ihm ins Wort. »Nein. Ich hatte gestern abend viel Zeit zum Nachdenken, Robert. Und ich habe nachgedacht. Gründlich. Besser spät als nie.«

Gabriel verstand und wandte sich ab. »Ich kann mir vorstellen, zu was für einem Ergebnis du ausgerechnet im Haus deiner Schwester gekommen bist«, sagte er bedrückt.

Das Eintreffen von Joanna Ellacourt ersparte Irene eine Antwort. In Begleitung von Stuart Stinhurst und ihrem Mann rauschte die Schauspielerin durch den Zuschauerraum zur Bühne.

»Wir möchten in bezug auf die Kostüme das letzte Wort haben, Stuart«, sagte David Sydeham. »Und ich meine, in bezug auf alle Kostüme. Ich weiß, daß das nicht Bestandteil des ursprünglichen Vertrags ist, aber in Anbetracht all dessen, was bereits geschehen ist, halte ich es nur für recht und billig, diese Bedingung in den Vertrag aufzunehmen. Joanna ist der Meinung –«

Joanna ließ ihren Mann nicht ausreden. »Ich möchte, daß die Kostüme deutlich zeigen, wer die Hauptrolle hat«, sagte sie pointiert, mit einem kühlen Blick zu Irene Sinclair.

Stinhurst antwortete weder ihr noch ihrem Mann. Er wirkte stark gealtert und bewegte sich schwerfällig. Beinahe kraftlos schleppte er sich die kurze Treppe zur Bühne hinauf. Er schien seit gestern die Kleider nicht gewechselt zu haben. Das anthrazitgraue Jackett war zerknittert, die Manschetten seines Hemds hatten einen grauen Rand. Es war, als hätte er über Nacht alles Interesse an seiner äußeren Erscheinung verloren. Irene, die ihn beobachtete, fragte sich erschrocken, ob er den Tag der Wiedereröffnung des Theaters überhaupt noch erleben würde. Nachdem er sich gesetzt und Rhys Davies-Jones zugenickt hatte, begann die Leseprobe.

Etwa auf der Hälfte des Stücks ließ Irene es geschehen, daß sie einnickte. Es war so warm im Theater, die Luft auf der Bühne schwül, der Rhythmus der Stimmen hatte eine hypnotische Wirkung, so daß es ihr leichter fiel als gedacht, einfach abzuschalten. Sie kümmerte sich nicht mehr darum, ob sie ihr die Rolle abnehmen würden, die sie spielte; sie wurde wieder die Vollblutschauspielerin, die sie vor langen Jahren gewesen war, ehe Robert Gabriel in ihr Leben getreten war und ihr Selbstvertrauen mit den Demütigungen, die er ihr jahrelang privat und in aller Öffentlichkeit angetan hatte, untergraben hatte.

Sie war sich sogar halb bewußt, daß sie zu träumen begonnen hatte, als Joanna Ellacourt ärgerlich sagte: »Herrgott noch mal, würde vielleicht jemand die Dame wecken? Ich habe keine Lust, mich hier durchzuackern, während sie vor sich hindöst wie eine alte Oma am Küchenfeuer.«

»Renie?«

»Irene!«

Sie fuhr mit einem Rück in die Höhe und öffnete die

Augen, erfreut, daß sie tatsächlich Verlegenheit spürte und einen roten Kopf bekam. »Bin ich eingeschlafen? Gott, wie peinlich. Bitte entschuldigt.«

»Lange Nacht, hm, Schätzchen?« fragte Joanna spitz.

»Ja – ich …« Irene schluckte, lächelte flackernd, um den Schmerz zu verbergen, und sagte: »Ich war fast die ganze Nacht in Hampstead und habe Joys Sachen durchgesehen.«

Sie starrten sie entgeistert an. Irene war sehr zufrieden mit der Wirkung. Plötzlich verstand sie Jeremy Vinneys Zorn. Wie leicht, in der Tat, hatten sie alle ihre Schwester vergessen und waren zur Tagesordnung übergegangen, als sei nichts gewesen. Aber einer von euch wird stolpern, dachte sie bitter, dafür werde ich sorgen. Sie nahm ihre ganze Kraft zusammen und spürte mit Befriedigung, wie ihr die Tränen in die Augen traten.

»Ich fand mehrere Tagebücher«, sagte sie mit zitternder Stimme.

Als spürte Joanna Ellacourt, daß Irene hier eine Vorstellung gab, die ihr die Schau zu stehlen drohte, lenkte sie die Aufmerksamkeit der anderen wieder auf sich, indem sie sagte: »Ich kann mir vorstellen, daß Joys Tagebücher eine aufregende Lektüre sind. Aber wenn du jetzt wach bist, können wir uns vielleicht wieder dem Stück widmen.«

Irene schüttelte den Kopf. »Nein, nein, nicht Joys Tagebücher«, sagte sie und ließ ihre Stimme dabei eine Spur schrill werden. »Es waren fremde. Sie waren gestern per Expreß gekommen, und als ich das Paket aufmachte, fand ich den Brief von dem Ehemann der armen Person, die sie geschrieben hatte –«

»Lieber Gott, ist das wirklich nötig?« Joannas Gesicht war weiß vor Zorn.

» – ich fing an zu lesen. Ich bin zwar nicht sehr weit gekommen, aber ich habe gleich gesehen, daß es das Material war, auf das Joy gewartet hatte, um ihr nächstes Buch schreiben zu können. Ihr wißt doch, das Buch, von dem sie an dem Abend in Schottland sprach. Und plötzlich – auf einmal wurde mir bewußt, daß sie wirklich tot ist, daß ich sie niemals wiedersehen werde.«

Ihre Tränen begannen zu fließen, als sie die erste Regung echten Schmerzes verspürte. Als sie weitersprach, hielt sie sich kaum noch an das Skript, das sie und Sergeant Havers so sorgsam vorbereitet hatten. Sie lief Gefahr, die Kontrolle zu verlieren, das wußte sie, aber die Worte mußten ausgesprochen werden. Nichts sonst war wichtig.

»Und nun wird sie das Buch niemals schreiben. Mir war, als ob – wie ich da mit Hannah Darrows Tagebüchern in ihrem Haus saß –, als müßte ich das Buch für sie schreiben, wenn ich es nur könnte. Zum Zeichen, daß ich – daß ich am Ende doch verstanden habe, wie es zwischen ihnen dazu kommen konnte. Ja, ich habe es endlich verstanden. Es hat weh getan. Es war eine Qual. Aber ich habe es verstanden. Und ich glaube nicht – Sie war immer meine Schwester. Das habe ich ihr nie gesagt. O mein Gott, ich kann jetzt, wo sie tot ist, nicht mehr dorthin zurück.«

Sie versuchte nicht ihre Tränen zu unterdrücken. Sie weinte rückhaltlos und verstand endlich die Qualen ihres Schmerzes. Sie trauerte um ihre Schwester, die sie geliebt und der sie zu spät verziehen hatte; sie trauerte um ihre Jugend, die sie an einen Mann vergeudet hatte, der ihr letztendlich nichts bedeutete. Sie weinte um die Jahre, die dahin waren, und nichts kümmerte sie als dieser Akt der Trauer.

»Jetzt reicht's aber wirklich«, sagte Joanna Ellacourt scharf. »Kann denn keiner was tun? Soll sie vielleicht den ganzen Tag hier sitzen und heulen?« Sie wandte sich ihrem Mann zu. »David«, sagte sie drängend.

Aber Sydeham blickte in den Zuschauerraum hinunter. »Wir haben Besuch«, sagte er.

Marguerite Rintoul, Gräfin Stinhurst, stand im Zuschauerraum.

Sie wartete gerade so lang, bis er die Tür seines Büros hinter sich geschlossen hatte. »Wo warst du in der vergangenen Nacht, Stuart?« fragte sie dann scharf, während sie Handschuhe und Mantel ablegte und beides auf einen Sessel warf.

Sie war sich bewußt, daß sie noch vor vierundzwanzig Stunden nicht gewagt hätte, eine solche Frage zu stellen. Sie hätte seine Abwesenheit und die Tatsache, daß er sich nicht einmal gemeldet hatte, unterwürfig wie immer hingenommen. Sie wäre tief gekränkt gewesen, hätte aber aus Angst vor der Wahrheit geschwiegen. Darüber war sie nun hinaus. Das, was sie gestern in diesem Zimmer erfahren hatte, und eine lange schlaflose Nacht der Konfrontation mit sich selbst hatten in ihr eine Empörung und einen Zorn geweckt, dem auch eine steinerne Abwehrmauer absichtlicher Nichtachtung nicht die Spitze brechen konnte.

Stinhurst ging zu seinem Schreibtisch und setzte sich in den schweren Ledersessel.

»Setz dich«, sagte er.

Marguerite rührte sich nicht. »Ich habe dir eine Frage gestellt, und ich möchte eine Antwort darauf. Wo warst du gestern nacht? Und bitte versuche nicht mir weiszumachen, daß man dich bis heute morgen um neun Uhr in New Scotland Yard festgehalten hat.«

»Ich habe in einem Hotel übernachtet«, sagte Stinhurst.

»Nicht in deinem Club?«

»Nein. Ich wollte völlige Anonymität.«

»Natürlich, die hast du zu Hause nicht.«

Einen Moment lang sagte Stinhurst nichts. Er spielte mit einem langen, silbernen Brieföffner auf seinem Schreibtisch. »Ich konnte dir nicht gegenübertreten.«

Ihre Reaktion auf diese Worte zeigte vielleicht deutlicher als alles andere, wie sehr ihre Beziehung sich verändert hatte. Seine Stimme war ruhig, aber spröde, als könnte die geringste Provokation den Zusammenbruch herbeiführen. Sein Gesicht war bleich, sein Auge blutunterlaufen, und als er den Brieföffner wieder auf den Schreibtisch legte, sah Marguerite, daß seine Hände zitterten. Aber nichts von alledem rührte sie, da sie wußte, daß die Ursache nicht etwa die Sorge um sie oder ihre Tochter oder auch nur die Sorge um sein eigenes Wohl war; nein, ihn beschäftigte einzig das Problem, wie er es anstellen sollte, die Geschichte von Geoffrey Rintouls nichtswürdigem Leben und gewaltsamem Tod vor der Öffentlichkeit zu verbergen. Sie hatte Jeremy Vinney hinten in der letzten Reihe des Zuschauerraums gesehen. Sie wußte, warum er da war. Ihr Zorn schwoll von neuem an.

»Und ich habe zu Hause gesessen, Stuart, und geduldig gewartet wie immer. Stunde um Stunde habe ich da gesessen und mir Sorgen um dich gemacht und mir den Kopf darüber zerbrochen, was vorgeht. Ich glaubte – da siehst du wieder einmal, wie naiv ich war –, diese Geschichte mit allen ihren Schwierigkeiten würde uns vielleicht einander näherbringen. Ja, das glaubte ich tatsächlich, stell dir vor! Ich bildete mir ein, trotz dieser Lüge über meine ›Affäre‹ mit deinem Bruder, die du dir ausgedacht hattest, könnten wir irgendwie unsere Ehe retten. Aber du hast es nicht einmal für nötig gehalten, mich anzurufen. Und ich habe brav gewartet, genau wie immer. Bis mir mit einem Schlag die Erkenntnis kam, daß zwischen uns alles aus ist. Ich weiß jetzt, daß es schon seit Jahren so war, aber ich hatte immer Angst, dieser Wahrheit ins Gesicht zu sehen. Bis gestern nacht.«

Stinhurst hob abwehrend die Hand. »Du suchst dir wirklich immer die seltsamsten Augenblicke für deine Ergüsse aus. Jetzt ist doch nicht der Moment, um über unsere Ehe zu sprechen. Das wenigstens müßtest du erkennen, denke ich.«

Wie immer tat er ihre Worte einfach ab. Wie immer war seine Stimme kalt, sein Ton von entschiedener Zurückweisung. Nur berührte es sie jetzt überhaupt nicht mehr.

Sie lächelte höflich. »Du hast mich nicht richtig verstanden. Wir sprechen nicht über unsere Ehe, Stuart. Da gibt es nichts zu besprechen.«

»Warum hast du dann –«

»Ich habe Elizabeth die Wahrheit über ihren Großvater gesagt. Ich hatte mir eigentlich vorgestellt, daß wir es ihr gemeinsam sagen würden. Gestern abend. Aber als du nicht nach Hause kamst, habe ich es ihr selbst gesagt.«

Sie ging durch das Zimmer und blieb vor seinem Schreibtisch stehen. Sie legte ihre Hände leicht auf die Platte, auf der alle Gegenstände in peinlicher Präzision angeordnet waren. Ihre Finger waren ohne Ringe. Das war neu. Er sah sie an, doch er sagte nichts.

»Und weißt du, was sie sagte, als ich ihr eröffnete, daß ihr geliebter Großvater ihren Onkel Geoffrey getötet hat? Daß er ihm mit eigener Hand das Genick gebrochen hat?«

Stinhurst schüttelte den Kopf. Er senkte die Lider.

»Sie sagte: ›Mutter, du stehst direkt vor dem Fernseher. Kannst du nicht ein Stück zur Seite gehen?‹ Wunderbar nicht? Das ist dabei herausgekommen, daß wir jahrelang versucht haben, das heilige Andenken ihres geliebten Großvaters zu schützen. Ich bin selbstverständlich sofort aus dem Bild gegangen. So bin ich nun mal, nicht wahr? Immer zuvorkommend, immer bemüht, jedem gefällig zu sein. Immer voller Hoffnung, daß sich alles zum Guten wenden wird, wenn ich nur lang genug die Augen verschließe. Ich bin eine wandelnde Tote, die jahrelang an einer Ehe festgehalten hat, die schon lange keine mehr war, und die nicht bereit war, ihre Illusionen aufzugeben. Ich habe ein prachtvolles Haus in Holland Park und genieße alle Vorzüge, die das Leben bieten kann. Nur eines fehlt mir: Liebe.« Marguerite beobachete das Gesicht ihres Mannes, wartete auf eine Reaktion. Aber es zeigte keine Regung. »In dem Moment«, fuhr sie fort, »war mir klar, daß ich Elizabeth nicht retten kann. Sie hat zu lange in einem Haus voller Lügen und Halbwahrheiten gelebt. Sie kann sich nur selbst retten. Genau wie ich.«

»Was soll das heißen?«

»Daß ich dich verlasse«, antwortete sie. »Ich weiß nicht, ob es auf Dauer sein wird. Ich habe leider nicht den Mut, das zu behaupten. Aber ich gehe nach Somerset, bis ich mir über alles klar geworden bin und weiß, was ich will. Und wenn ich mich auf immer von dir trennen werde, brauchst du keine Angst zu haben. Ich verlange nicht viel. Nur eine kleine Wohnung irgendwo und Frieden und Ruhe. Ich bin sicher, wir können zu einer gütlichen Einigung kommen. Wenn nicht, werden unsere Anwälte –«

Stinhurst sprang auf. »Das kannst du mir nicht antun. Nicht gerade heute. Bitte! Ich habe schon genug am Hals.«

Sie lachte bitter. »Ja, das ist der springende Punkt, nicht wahr? Ich bin im Begriff, dir zusätzliche Ungelegenheiten zu bereiten, und das paßt dir nicht ins Konzept. Ja, ich hätte gern gewartet, aber da ich sowieso mit dir sprechen mußte, hielt ich es für das Beste, dir gleich alles zu sagen.«

»Alles?« wiederholte er wie benommen.

»Ja. Eines habe ich dir noch mitzuteilen, ehe ich gehe. Francesca hat heute morgen angerufen. Sie sagte, sie könne es nicht mehr aushalten. Sie könne Gowan nicht vergessen. Sie hatte geglaubt, sie würde durchhalten können. Aber Gowan war ihr so lieb wie ihr eigener Sohn, und sie kann die Vorstellung nicht ertragen, daß sie durch das, was sie getan hat, vielleicht seinen Tod verschuldet hat. Sie wollte um deinetwillen schweigen, aber nun geht es nicht mehr. Deshalb will sie heute nachmittag mit Inspector Macaskin sprechen.«

»Wovon redest du?«

Marguerite zog ihre Handschuhe an und nahm ihren Mantel. »Francesca hat die Polizei belogen, Stuart. Sie hat nicht gesagt, was sie in der Nacht, in der Joy Sinclair getötet wurde, wirklich getan und gesehen hat.«

»Ich habe für heute abend chinesisches Essen mitgebracht, Mama.« Barbara Havers streckte den Kopf ins Wohnzimmer. Doch die Gerüche, die durchs Haus zogen, verrieten Barbara, daß sie lieber in der Küche nachsehen sollte.

Als sie eintrat, konnte sie nur entsetzt den Kopf schütteln. Auf der Platte neben der Spüle standen ungefähr zehn Suppendosen, alle mit offenen Deckeln, und in jeder steckte ein Löffel, als hätte ihre Mutter überall probiert. Drei Dosen waren leer. Den Inhalt hatte ihre Mutter heiß gemacht, in drei verschiedenen Töpfen, die noch jetzt auf dem Herd standen und unter denen das Gas noch brannte. Was noch an Flüssigkeit in ihnen enthalten gewesen war, war verkocht, und ein beißender Geruch nach verschmortem Gemüse und angebrannter Milch stieg aus ihnen auf. Gefährlich nahe der Gasflamme lag eine aufgerissene Packung Kekse, von denen einige zu Boden gefallen und zerbröckelt waren.

»Ach, Mist«, sagte Barbara verdrossen und schaltete das Gas aus. Sie stellte ihre Tüte auf den Küchentisch neben das neueste Reisealbum ihrer Mutter. Ein Blick genügte ihr, um festzustellen, daß das Reiseziel dieser Woche Brasilien war, aber sie hatte nicht die geringste Lust, sich die Sammlung von Prospekten und ausgeschnittenen Zeitungsfotos anzusehen. Sie öffnete den Schrank unter der Spüle, holte einen Müllbeutel heraus und war dabei, die Suppendosen auszuleeren und in den Beutel zu werfen, als sie hörte, wie die

Haustür geöffnet wurde. Schlurfende Schritte näherten sich durch den Flur, der keinen Teppich hatte, dann erschien ihre Mutter an der Küchentür, in den Händen ein an vielen Stellen versengtes Plastiktablett. Suppe, Kekse und ein verschrumpelter Apfel darauf waren offensichtlich unberührt.

»Ich war nur kurz nebenan. Mrs. Gustafson hat schon wieder eine Grippe, und ich wollte ihr eine Suppe rüberbringen.«

Barbara, die mit den Kochkünsten ihrer Mutter nur allzugut vertraut war, fragte sich flüchtig, ob Mrs. Gustafsons Zustand sich unter ihrer Fürsorge bessern oder eher verschlechtern würde. Immerhin fand sie es ermutigend, daß ihre Mutter es gewagt hatte, aus dem Haus zu gehen. Es war seit Jahren das erste Mal, daß sie das tat.

»Ist alles kalt geworden«, sagte Doris Havers, während sie mit wäßrigen Augen verwirrt in der Küche umhersah. Sie trug nur eine falsch geknöpfte alte Strickjacke über ihrem schäbigen Kittelkleid. »Ich hab vergessen, die Suppe zuzudecken, Herzchen. Und als ich rüberkam, war schon ihre Tochter da und hat gesagt, Mrs. Gustafson will sie nicht haben.«

Barbara warf nur einen Blick auf die Schüssel mit der Suppe und mußte Mrs. Gustafsons Tochter zugestehen, daß sie recht getan hatte, auch wenn es nicht gerade taktvoll gewesen war. Die Suppe war ein unappetitlich aussehendes Gebräu aus Erbensuppe, Fleischbouillon und Tomatensuppe mit Reis. In der kalten Nachtluft hatte sich eine Haut darauf gebildet. Barbara, die sich bei dem Anblick an gerinnendes Blut erinnert fühlte, hätte sich beinahe der Magen umgedreht.

»Ach, das macht nichts, Mama«, sagte sie. »Es ist doch der Gedanke, der zählt. Mrs. Gustafson wird bestimmt davon hören. Du wolltest ihr einen Gefallen tun, nicht?«

Ihre Mutter lächelte leer. »Ja. Ja, das wollte ich.« Sie stellte das Tablett auf den äußersten Tischrand. Barbara schob hastig die Hand darunter, ehe es zu Boden fallen konnte. »Hast du Brasilien gesehen, Herzchen?« Zärtlich strich Doris Havers über den abgeschabten Kunstledereinband ihres Albums. »Ich hab heut noch ein bißchen dran gearbeitet.«

»Ja, ich hab's mir eben angesehen.« Barbara fuhr fort, Dosen zu leeren und in den Müllbeutel zu werfen. In der Spüle stapelte sich das schmutzige Geschirr. Fäulnisgeruch verriet ihr, daß irgendwo unter dem Berg noch alte Essensreste versteckt waren. »Ich habe chinesisches Essen mitgebracht«, sagte sie zu ihrer Mutter. »Aber ich muß gleich wieder weg.«

»Ach nein, Herzchen«, jammerte ihre Mutter. »Bei dieser Kälte? Und wo's schon stockfinster ist? Das ist doch gefährlich. Junge Frauen sollten nachts nicht allein auf die Straße gehen.«

»Ich muß arbeiten, Mama«, erwiderte Barbara.

Sie war dabei, den Tisch zu decken, und hörte mit halbem Ohr dem Gebabbel ihrer Mutter von der Reise nach Brasilien zu, als es draußen läutete. Sie sahen einander an.

Das Gesicht ihrer Mutter verdunkelte sich. »Das wird doch nicht – Nein, ich weiß. Tony kommt nie wieder, nicht? Er ist ja tot, nicht wahr?«

»Ja, er ist tot, Mama«, antwortete Barbara entschieden. »Setz das Teewasser auf. Ich geh rasch an die Tür.«

Es läutetet ein zweites Mal, noch ehe sie im Flur war. Gereizt vor sich hinbrummend, schaltete sie die Außenbeleuchtung ein und zog die Tür auf. Ungläubig starrte sie auf Helen Clyde. Sie war ganz in Schwarz, und das hätte Barbara eigentlich warnen müssen. Doch in diesem Moment war sie keiner Überlegung fähig, einzig des schrecklichen Gedankens, daß sie, wenn dies nicht ein Alptraum war, aus dem sie gleich erleichtert erwachen würde, Helen Clyde ins Haus bitten mußte.

Die jüngste Tochter des Earl of Hesfield, auf einem Schloß in Surrey aufgewachsen, in einer der vornehmsten Gegenden Londons zu Hause, war in die Slums von Acton gekommen – wozu? Barbara konnte sie nur entgeistert anstarren, warf einen Blick auf die Straße, sah ein paar Häuser entfernt Helens roten Mini stehen. Hinter sich hörte sie das nervöse Gezeter ihrer Mutter.

»Herzchen? Wer ist es denn? Es ist doch nicht –«

»Nein, Mama. Alles in Ordnung. Mach dir keine Gedanken«, rief sie über die Schulter zur Küche.

»Verzeihen Sie, Barbara«, sagte Helen. »Wenn es eine andere Möglichkeit gegeben hätte, hätte ich Sie nicht belästigt.«

Ihre Worte brachten Barbara wieder zu sich. Sie hielt die Tür auf. »Kommen Sie herein.«

Als Helen an ihr vorüberging und im engen Flur stehenblieb, ertappte sich Barbara dabei, wie sie das Haus unwillkürlich mit den Augen der Fremden musterte und es so sah, wie diese es sehen mußte – als einen Ort, wo Armut und Verrücktheit ein wildes Regiment führten. Das rissige Linoleum auf dem Boden, ungeschrubbt, bedeckt von Fußabdrücken und kleinen Pfützen geschmolzenen Schnees; die verblaßte Tapete, die sich in den Ecken von der Wand gelöst hatte, und bei der Tür ein großer feuchter Fleck, schon weißlich von Moder; die nackte Holztreppe mit den Haken an der Wand, wo Mäntel und Jacken hingen, von denen einige schon seit Jahren nicht mehr getragen worden waren; der zerfledderte alte Rattanschirmständer; die aufdringlichen Gerüche nach verbranntem Essen; der ekelhafte Mief ungelüfteter Räume.

Aber mein Zimmer sieht anders aus, hätte sie am liebsten gerufen. Ich schaffe es nicht, den Haushalt zu führen, meine Arbeit zu machen, zu kochen und darauf zu achten, daß alles sauber ist!

Aber sie sagte nichts dergleichen und wäre vor Scham am liebsten in den Boden versunken.

»Das ist meine Mutter«, erklärte Barbara nur, als diese ängstlich aus der Küche spähte.

Helen ging auf Doris Havers zu und bot ihr die Hand. »Ich bin Helen Clyde«, sagte sie und warf einen Blick in die Küche. »Ich habe Sie doch hoffentlich nicht beim Abendessen gestört, Mrs. Havers?«

Doris Havers lächelte breit. »Heut abend gibt's chinesisch«, sagte sie. »Wir haben genug da, wenn Sie einen Teller mitessen wollen, nicht wahr, Barbie?«

Zu einer anderen Zeit hätte Barbara vielleicht ein Lächeln bitterer Erheiterung zustandegebracht bei der Vorstellung, Helen Clyde könnte bei ihr zu Hause am Küchentisch sitzen, sich mit ihrer Mutter über deren imaginäre Reisen in alle Teile ihrer verrückten Welt unterhalten und dabei chinesische Spezialitäten direkt aus der Pappe essen. Jetzt jedoch fühlte sie sich nur gedemütigt und dachte voll Entsetzen und Scham daran, daß Helen Clyde Lynley vielleicht berichten würde, in was für Verhältnissen sie lebte.

»Vielen Dank, das ist sehr nett«, antwortete Helen freundlich, »aber ich bin im Augenblick nicht hungrig.« Sie lächelte Barbara zu, aber es war nur ein unsicheres Bemühen.

An dem mühsamen Lächeln sah Barbara, wie schlecht es Helen ging, und sie vergaß ihre eigene Verlegenheit. »Ich will ihr nur rasch ihr Essen geben, Helen«, sagte sie. »Das Wohnzimmer ist da drüben, wenn Ihnen die Unordnung nichts ausmacht.«

Sie wollte nicht glauben, daß Helen bereits von den Plänen wußte, die in Kraft gesetzt worden waren, um eine Verhaftung noch in dieser Nacht zu ermöglichen. Sie wollte nicht glauben, daß dies überhaupt der Grund für diesen Besuch sein könnte. Dabei wußte sie jedoch die ganze Zeit, daß es gar nicht anders sein konnte. Sie und Helen Clyde bewegten sich in verschiedenen Welten. Ein spontaner Freundschaftsbeweis war dies sicher nicht.

Als Barbara wenige Minuten später ins Wohnzimmer trat, kam Helen sofort auf ihr Anliegen. Sie hockte nervös auf der Kante des durchgesessenen Sofas, den Blick auf die gegenüberliegende Wand gerichtet, wo eine Fotografie von Barbaras jüngerem Bruder hing, und sobald Barbara ins Zimmer kam, stand sie auf.

»Ich fahre heute abend mit Ihnen.« Sie machte eine kleine, halb verlegene Handbewegung. »Tut mir leid, daß ich so unhöflich war, aber schöne Worte ändern auch nichts.«

Zu lügen schien sinnlos. »Woher wissen Sie es?« fragte Barbara.

»Ich habe vor ungefähr einer Stunde bei Tommy angerufen. Denton sagte mir, daß er heute abend eine Überwachung hat. Aber Tommy macht schon lange keine Überwachungsdienste mehr, das weiß ich. Da habe ich mir den Rest zusammengereimt.« Sie lächelte schwach und breitete hilflos die Hände aus. »Hätte ich gewußt, wo die Überwachung stattfinden soll, wäre ich einfach auf eigene Faust dorthingefahren. Aber ich weiß es nicht. Und Denton konnte es mir auch nicht sagen. Als ich im Yard anrief, konnte oder wollte man mir dort auch keine Auskunft geben. Darum bin ich zu Ihnen gekommen. Und wenn Sie mich nicht mitnehmen wollen, werde ich Ihnen einfach folgen.« Sie senkte die Stimme. »Es tut mir wirklich ungeheuer leid, Barbara. Ich weiß, in welche Situation ich Sie damit bringe. Tommy wird wütend sein. Auf uns beide.«

»Warum tun Sie es dann?«

Helens Blick wanderte wieder zu der Fotografie von Barbaras Bruder. Es war ein altes Foto aus der Schule, nicht sehr gelungen, aber es zeigte Tony so, wie Barbara ihn in Erinnerung hatte, strahlend über das ganze sommersprossige Gesicht, das dichte Haar wirr und zerzaust, vorn eine Zahnlücke.

»Nach – nach allem was geschehen ist, muß ich dabei sein«, erklärte Helen. »Es ist ein Abschluß. Ich brauche ihn. Ich habe das Gefühl, daß ich mit mir selbst nur ins reine kommen kann – daß ich mir meine eigene Blindheit nur verzeihen kann –, wenn ich dabei bin, wenn sie ihn festnehmen.«

Helen richtete ihren Blick wieder auf Barbara. Ihr Gesicht war sehr bleich. Sie sah beinahe durchsichtig aus. »Ich kann Ihnen nicht beschreiben, Barbara, was für ein Gefühl es ist zu wissen, daß er mich benutzt hat; zu wissen, daß ich mich gegen Tommy wandte, der doch nichts anderes wollte, als mir die Augen öffnen.«

»Wir haben gestern abend bei Ihnen angerufen. Der Inspector hat den ganzen Tag versucht, Sie zu erreichen. Er macht sich große Sorgen.«

»Das tut mir leid, ich war nicht – ich konnte ihm nicht in die Augen sehen.«

»Nehmen Sie es mir nicht übel, wenn ich es sage«, bemerkte Barbara zögernd, »aber ich glaube nicht, daß es dem Inspector auch nur einen Funken Genugtuung gebracht hat, in diesem Fall recht behalten zu haben. Er könnte sich nie auf Ihre Kosten freuen.«

Sie erwähnte nichts von ihrer Besprechung mit Lynley am Nachmittag, seinen rastlosen Wanderungen durch das Zimmer, während sie das Überwachungsteam zusammengestellt hatten, seinen zahlreichen Anrufen in Helens Wohnung, bei ihrer Familie in Surrey, bei den St. James'. Sie erzählte ihr nichts davon, wie seine Stimmung sich von Minute zu Minute mehr verdüstert hatte, wie er jedesmal wie ein Wahnsinniger zum Telefon gestürzt war, wenn es geläutet hatte.

»Also, nehmen Sie mich mit?« fragte Helen.

Barbara wußte, daß die Frage reine Formalität war. »Ich wüßte nicht, wie ich Sie zurückhalten sollte«, antwortete sie.

Lynley befand sich seit halb fünf Uhr in Joy Sinclairs Haus in Hampstead. Die Beamten, die zu seiner Überwachungsmannschaft gehörten, waren nicht viel später eingetroffen und hatten sich sofort an die vereinbarten Plätze begeben: Zwei saßen in einem Lieferwagen mit plattem Vorderreifen, der auf halber Höhe im Flask Walk stand; einer war in der Buchhandlung an der Ecke Back Lane, ein zweiter in einem Kräuterladen, und ein weiterer hatte in der High Street Posten bezogen, wo er Blick auf den Untergrundbahnhof hatte. Lynley selbst hatte jene Stelle des Hauses im Auge, an der es am leichtesten war einzudringen: die Terrassentür des Speisezimmers, die in den hinteren Garten hinausführte. Er saß im unbeleuchteten Wohnzimmer, in ständigem Funkkontakt mit seinen Leuten draußen.

Es war kurz nach acht, als das Paar im Lieferwagen sich meldete. »Havers unten am Flask Walk, Sir. Sie ist nicht allein.«

Perplex stand Lynley auf, ging zur Haustür und öffnete sie einen Spalt. Im selben Moment kamen Barbara Havers und Helen Clyde die Straße herauf. Der Schein einer Lampe tauchte ihre Gesichter in gespenstisches gelbes Licht. Sie eilten durch den Vorgarten und zur Tür hirein.

»Was, zum Teufel –« begann Lynley hitzig, sobald er die Tür hinter ihnen geschlossen hatte.

»Ich habe Barbara keine Wahl gelassen, Tommy«, unterbrach Helen ihn. »Denton sagte mir, daß du Überwachungsdienst machst. Den Rest reimte ich mir selbst zusammen und bin zu Barbara gefahren.«

»Du kannst nicht hier bleiben. Verdammt noch mal, wer weiß, was hier passiert.« Lynley ging durch die Dunkelheit ins Wohnzimmer, wo das Funkgerät war, nahm es zur Hand und begann schon zu sprechen. »Ich brauch hier einen Mann, der –«

»Nein! Tu mir das nicht an!« Helen streckte flehend beide Arme aus, berührte ihn aber nicht. »Ich habe gestern abend getan, was du von mir verlangt hast. Ich habe alles getan, was du verlangt hast. Laß mich jetzt bitte hier bleiben. Ich muß dabei sein, Tommy. Ich stör euch nicht. Ich verspreche es. Wirklich. Nur laß mich das so beenden, wie ich es beenden muß. Bitte.«

Unschlüssigkeit lähmte ihn. Er wußte, was er zu tun hatte. Er wußte, was richtig war. Sie gehörte so wenig hierher wie in eine Wirtshausprügelei. Er hatte schon die richtigen Worte auf den Lippen, doch ehe er sie aussprechen konnte, beschwor Helen ihn in einem Ton, der ihn bis ins Innerste traf.

»Ich bitte dich, Tommy. Gesteh mir wenigstens zu, daß ich die Beziehung zu Rhys so beende, wie es für mich am besten ist.«

»Inspector?« schallte es aus dem Funkgerät.

Lynleys Stimme war rauh. »Schon in Ordnung. Bleiben Sie auf Ihren Posten.«

»Danke«, flüsterte Helen.

Er konnte ihr nicht antworten. Er konnte nur an das denken, was sie gesagt hatte. »Ich habe alles getan, was du von mir verlangt hast.« Er konnte den Gedanken daran, was dies bedeutete, kaum ertragen. Ohne ein Wort zu sagen, ging er an ihr vorbei in eine düstere Ecke des Speisezimmers, zog den Vorhang ein klein wenig zur Seite, um in den Garten hinauszublicken, sah nichts und kam zurück. Das lange Warten begann.

Helen hielt sich in den folgenden sechs Stunden fest an ihr Versprechen. Nicht ein einziges Mal stand sie aus dem Sessel im Wohnzimmer auf, in dem sie nach dem Gespräch Platz genommen hatte. Sie sprach kein Wort. Es gab Augenblicke, da glaubte Lynley, sie schliefe, doch er konnte ihr Gesicht nicht deutlich sehen.

In der dämmrigen Beleuchtung des Zimmers schien sie ihm an Substanz zu verlieren, ähnlich wie eine Fotografie im Lauf der Jahre verblaßt. Die warmen braunen Augen, die Wölbung der Stirn, der sanfte Schwung von Wange und Lippen, die eigensinnige Kontur des Kinns – alles verschwamm im Laufe dieser stillen Stunden des Wartens. Während er ihr schweigend gegenübersaß, überkamen ihn Sehnsucht und Verlangen nach ihr, wie er sie nie gekannt hatte. Es war wie ein Ruf seiner Seele nach einem verwandten Geist, ohne den er nicht leben konnte. Und dabei quälte ihn unablässig das Gefühl, zu spät gekommen zu sein.

Um zehn nach zwei meldete sich einer der Posten. »Wir haben Gesellschaft, Inspector. Er kommt den Flask Walk herunter... Hält sich im Schatten... sehr geschickt, muß man sagen... Der paßt genau auf, ob Bullen da sind... dunkle Kleidung, dunkle Wollmütze... Jetzt bleibt er stehen. Drei Häuser von mir entfernt.«

Danach folgte eine Pause von mehreren Minuten. Dann begann der geflüsterte Monolog von neuem. »Jetzt geht er über die Straße. Schaut sich um... Geht weiter – geht wieder rüber auf die andere Seite Richtung Back Lane... Das ist unser Mann, Inspector. Man braucht nur zu sehen, wie er sich benimmt... Ich geb weiter. Hab ihn aus dem Auge verloren. Er ist in die Back Lane eingebogen.«

Eine andere Stimme wurde vernehmbar. »Verdächtiger nähert sich der Gartenmauer – zieht sich was übers Gesicht – tastet mit der Hand die Mauer ab...«

Lynley schaltete das Gerät aus. Lautlos ging er in den

dunkelsten Teil des Speisezimmers. Barbara Havers folgte ihm. Helen stand aus dem Sessel auf.

Zunächst sah Lynley nichts jenseits der Terrassentür. Dann schob sich eine dunkle Gestalt gegen den Nachthimmel in die Höhe und erklomm die Gartenmauer. Sie hörten den gedämpften Aufprall, als der Mann auf der Innenseite hinuntersprang. Ein Gesicht war nicht zu sehen, obwohl das Licht der Sterne und die Straßenlampen der Back Lane den Schnee im Garten erleuchteten, ja, bis ins Innere des Hauses hereinreichten. Der Mann trug eine Skimütze, die das ganze Gesicht bedeckte.

»Helen, geh ins Wohnzimmer zurück«, raunte er.

Aber sie rührte sich nicht von der Stelle. Er blickte sich um und sah, daß sie mit weit geöffneten Augen auf die Gestalt im Garten starrte, die sich langsam und vorsichtig der Tür näherte. Sie hielt die zur Faust geballte Hand auf den Mund gedrückt.

Als der Eindringling, der Mörder, die vier Stufen hinaufstieg und den Arm zur Tür ausstreckte, schrie Helen plötzlich in panischem Entsetzen: »Nein! O Gott, Rhys!«

Der Mann vor der Tür erstarrte nur einen Moment lang, dann wirbelte er herum, rannte zur Mauer zurück und schwang sich im Schlußsprung über sie hinweg.

»Verdammter Mist!« schrie Barbara Havers, stürzte zur Terrassentür und riß sie auf. Ein Schwall eisiger Nachtluft strömte ins Zimmer.

Lynley war wie gelähmt. Er konnte Helens Reaktion immer noch nicht fassen ... Sie hatte nicht absichtlich ... Niemals hätte sie ...

In der Dunkelheit kam sie auf ihn zu. »Tommy, bitte ...«

Ihre tränenerstickte Stimme brachte ihn abrupt zur Besinnung. Mit einem Arm stieß er sie zur Seite, stürzte zum Funkgerät und rief: »Er ist uns entwischt.« Als das getan war, rannte er zur Haustür und lief hinaus.

»Rauf in Richtung High Street!« rief ihm der Mann aus der Buchhandlung auf der anderen Straßenseite zu, als er vorbeirannte.

Er hörte es nicht. Vor sich sah er die dunkle Gestalt, hörte das rhythmische Knallen seiner Schuhsohlen auf der Straße, sah, wie der andere auf einer Eisplatte ausrutschte und beinahe gestürzt wäre, wie er sich wieder fing und weiterrannte. Lynley versuchte nicht, sich im Schatten der Hausmauern zu halten, sondern jagte mitten auf der Straße hinunter.

Wenige Schritte hinter sich hörte er Barbara Havers. Sie rannte mit aller Kraft und ließ sich dabei mit den wüstesten Beschimpfungen über Helen aus.

»Polizei!« Die beiden Constables aus dem Lieferwagen kamen um die Ecke gedonnert und schlossen sich ihnen an.

Der fliehende Mann erreichte die Heath Street, eine der größeren Straßen von Hampstead. Das Scheinwerferlicht eines entgegenkommenden Autos fing ihn ein. Reifen quietschten, der Fahrer des Wagens hupte wie verrückt. Keinen halben Meter von dem flüchtigen Mann entfernt kam der große Mercedes zum Stehen. Aber der Mann rannte nicht weiter, sondern fuhr herum und griff zur Tür. Obwohl Lynley fast hundert Meter entfernt war, konnte er die entsetzten Schreie aus dem Auto hören.

»Sie da! Halt!« Ein weiterer Constable schoß, keine dreißig Meter von dem Mercedes enfernt, aus der High Street um die Ecke. Bei seinem Ruf jedoch warf sich der flüchtende Mann nach rechts und rannte weiter, den Hügel hinauf.

Doch der Versuch, in das Auto einzusteigen, hatte ihn Zeit und viel von seinem Vorsprung gekostet. Lynley hatte aufgeholt, war nahe genug, um sein lautes Keuchen zu hören, als er auf eine schmale Steintreppe zuhielt, die den Hang hinauf zu den Häusern auf dem Hügel führte. Drei

Stufen auf einmal nehmend, hetzte er hinauf und machte oben halt, wo ein Drahtkorb mit leeren Milchflaschen vor einer Haustür stand. Er packte den ganzen Korb und schleuderte ihn die Treppe hinunter, ehe er weiterrannte, doch das laute Klirren erschreckte nur mehrere Hunde aus der Nachbarschaft, die augenblicklich ein wütendes Gekläff anstimmten. In den Häusern entlang der Treppe gingen die Lichter an, so daß Lynley seinen Weg besser sehen konnte und der Scherbenhaufen für ihn kein Hindernis bildete.

Die Straße oberhalb der Treppe war von mächtigen alten Buchen und Platanen gesäumt, die lange Schatten warfen. Lynley blieb einen Moment stehen, um zu versuchen trotz des Pfeifens des Nachtwinds und des Heulens der Hunde zu hören, in welcher Richtung der Flüchtige davongelaufen war. Mit scharfem Blick suchte er die Finsternis ab. Barbara tauchte neben ihm auf, immer noch fluchend und gleichzeitig um Atem ringend.

»Wo ist er –«

Lynley hörte das Geräusch zuerst. Es kam von seiner Linken. Ein dumpfes Scheppern von Metall, als der Flüchtige gegen eine Mülltonne stieß. Mehr brauchte Lynley nicht.

»Er will zur Kirche.« Er schob Havers zur Treppe zurück. »Laufen Sie zu den anderen«, befahl er. »Sagen Sie ihnen, sie sollen ihm bei der Kirche den Weg abschneiden. Los, machen Sie schon.«

Er wartete nicht, um zu sehen, ob sie seinem Befehl Folge leistete. Das Dröhnen der eilenden Schritte trieb ihn erneut zur Jagd, über Holly Hill hinweg zu einer schmalen Straße, wo er triumphierend sah, daß alle Vorteile auf seiner Seite waren. Eine Reihe hoher Mauern auf der einen Seite, eine offene Grünanlage auf der anderen. Die Straße bot keinerlei Schutz. Blitzartig sah er den Mann etwa vierzig Meter vor ihm durch ein offenstehendes Tor in einer der Mauern verschwinden. Als er selbst das Tor erreichte, entdeckte er, daß die dahinter liegende Auffahrt nicht geräumt war. Eine deutlich sichtbare Fußspur führte über die Schneefläche in einen Garten. Dort sah er den Mann mit einer Stechpalmenhecke kämpfen. Seine Kleider hatten sich an den dornigen Blättern verfangen. Einmal schrie er wütend auf vor Schmerz. Irgendwo begann ein Hund zu bellen. Scheinwerfer flammten auf. Auf der High Street unterhalb des Hügels war das Heulen von Sirenen zu hören, das zu ohrenbetäubender Lautstärke anschwoll, als die Polizeifahrzeuge näher kamen.

Die unmittelbar drohende Gefahr schien dem Mann die Kraft der Verzweiflung zu geben, die er brauchte, um sich aus der Hecke zu befreien. Mit einer schnellen Bewegung drehte er sich zu Lynley um, schien die Entfernung abzuschätzen und riß sich aus der schmerzhaften Umklammerung der Stechpalmen. Endlich frei, fiel er auf der anderen Seite der Hecke auf die Knie, rappelte sich wieder auf, rannte weiter. Lynley schlug einen Haken in die andere Richtung, entdeckte ein zweites Tor in der Mauer und kämpfte sich durch den Schnee dorthin. Dann stürzte er zur Straße hinaus.

Zu seiner Rechten erhob sich groß und massig St. John's aus der Dunkelheit. An der niedrigen Mauer, die den Kirchhof umgab, bewegte sich ein Schatten, kauerte sich zusammen, sprang und war hinüber. Lynley lief weiter.

Mühelos übersprang er die Mauer und landete auf der anderen Seite im tiefen Schnee. Er sah den Flüchtenden zu seiner Linken. Er hielt auf den Friedhof zu. Das Heulen der Sirenen kam näher.

Lynley kämpfte sich durch den Schnee, in dem er bis zu den Knien versank, und erreichte den geräumten Weg. Die dunkle Gestalt vor ihm rannte geduckt zwischen den Gräbern hindurch.

Auf so einen Fehler hatte Lynley nur gewartet. Der Schnee auf dem Friedhof war so hoch, daß manche Grabsteine ganz unter ihm begraben waren. Es dauerte nur Augenblicke, bis er den Mann, der immer wieder gegen einen zugeschneiten Grabstein stieß, laut fluchen hörte.

Die Sirenen waren jetzt verstummt. Das rhythmische Blinken der Blaulichter flackerte in der Dunkelheit, die ersten Polizeibeamten kamen über die Mauer. Mit den Lichtkegeln ihrer Taschenlampen versuchten sie den Flüchtigen zu erfassen. Doch in der Helligkeit war nun auch der Fluchtweg leichter zu finden. Der Flüchtige rannte nun wieder schneller, schlug Haken um Monumente und Grabmäler und versuchte die gegenüberliegende Friedhofsmauer zu erreichen.

Lynley blieb auf dem geräumten Weg, der sich zwischen Bäumen hindurchschlängelte. Herabgefallene Fichtennadeln boten ihm auf den Eisplatten guten Halt. Allein dadurch, daß er sich leichter und freier bewegen konnte, holte er auf.

Der Flüchtige war vielleicht sechs Meter von der Mauer entfernt. Links von ihm wateten zwei Constables keuchend durch den tiefen Schnee. Hinter ihm war Havers, die ihm auf seinem Weg zwischen den Gräbern hindurch gefolgt war. Rechts von ihm war Lynley. Es gab kein Entkommen. Mit einem wütenden Aufschrei sprang er auf die Mauer zu. Aber Lynley hatte ihn schon gepackt.

Der Mann wirbelte herum und holte gleichzeitig mit dem Arm aus. Lynley lockerte seinen Griff, um dem Schlag auszuweichen, und gab so dem Mann ein zweites Mal Gelegenheit, das Weite zu suchen. Der Flüchtige sprang an der Mauer hoch, klammerte sich an den Mauerrand, begann sich hochzuziehen.

Doch Lynley war schneller. Er packte ihn an seinem schwarzen Pullover und riß ihn wieder herunter, preßte ihm den Arm um den Hals und schleuderte ihn in den Schnee. Keuchend stand er über ihm, als Havers ebenfalls aufgeholt hatte. Die beiden Constables kämpften noch mit dem tiefen Schnee.

Lynley bückte sich, riß den Mann hoch, zog ihm die Skimütze vom Kopf und drehte ihn herum, so daß ihm das Licht der Taschenlampen ins Gesicht fiel.

Es war David Sydeham.

17

»Joys Zimmertür war nicht abgeschlossen«, sagte Sydeham.

Sie saßen in einem der Vernehmungsräume von New Scotland Yard um einen Tisch. Es war ein kalter Raum, aus dem es kein Entrinnen gab, so schmucklos, daß nicht einmal der Phantasie sich ein Objekt bot, von dem sie hätte abheben können, um davonzufliegen.

Sydeham sah keinen von ihnen an, während er sprach. Nicht Lynley, der ihn befragte, um seine Wissenslücken in dem Fall zu füllen; nicht Barbara Havers, die ausnahmsweise nicht mitschrieb, sondern lediglich auch ab und zu eine Frage einwarf; nicht die gähnende Stenografin – eine Frau, die nach zweiundzwanzig Jahren bei der Polizei dies alles mit einem Ausdruck abgrundtiefer Langeweile aufzeichnete, der darauf schließen ließ, daß nichts Menschliches ihr fremd war. Sydeham, der ihnen gegenüberstand, hatte sich zur Seite gewandt, so daß sie ihn nur im Profil sahen. Sein Blick war auf eine Ecke des kleinen Raums gerichtet, wo auf dem Boden ein toter Falter lag. Er starrte so unverwandt auf das Tier, als sähe er in ihm ein Symbol der letzten Tage der Gewalt.

Seine Stimme war tonlos, klang nur ungeheuer müde. Es war halb vier Uhr morgens. »Ich hatte den Dolch schon früher am Abend mitgenommen, als ich in der Bibliothek war, um den Whisky zu holen. Es war nicht schwierig. Ich nahm ihn von der Wand im Speisezimmer und kehrte dann durch die Küche und über die Hintertreppe in mein Zimmer zurück. Danach brauchte ich nur noch zu warten.«

»Wußten Sie, daß Ihre Frau bei Robert Gabriel war?«

Sydehams Auge glitt zu der Rolex an seinem Handgelenk. Das goldene Gehäuse schimmerte im Licht. Beinahe liebevoll strich er mit einem Finger über das Zifferblatt. Seine Hände waren groß, aber weich und gepflegt, nicht von körperlicher Arbeit gezeichnet. Sie sahen nicht aus wie die Hände eines Mörders.

»Ich brauchte nicht lang, um es mir klarzumachen, Inspector«, antwortete er nach einer Weile. »Wie Joanna selbst Ihnen gewiß sagen würde, hatte ja gerade ich sie mit Gabriel zusammen sehen wollen; sie gab mir also nur, was ich gewünscht hatte. ›Théatre du Réel‹ in Reinkultur. Eine gelungene Rache, nicht wahr? Natürlich war ich mir anfangs nicht sicher, ob sie wirklich bei ihm war. Ich dachte – oder hoffte vielleicht –, sie hätte sich in ihrem Zorn irgendwo allein zurückgezogen. Aber im Grund wußte ich, daß das nicht ihre Art war. Im übrigen machte Gabriel ja neulich im Theater eine ziemlich deutliche Anspielung auf seine intime Bekanntschaft mit meiner Frau. Er konnte es sich nicht verkneifen, sich mit seiner Eroberung zu brüsten.«

»Und deswegen haben Sie ihn an dem Abend in seiner Garderobe überfallen?«

Sydeham lächelte bitter. »Das war das einzige an dieser ganzen entsetzlichen Geschichte, was ich wahrhaft genossen habe. Ich mag's nicht, wenn andre Männer sich mit meiner Frau vergnügen, ob sie nun bereitwillig mitgemacht hat oder nicht.«

»Aber Sie denken sich nichts dabei, sich mit der Frau eines anderen Mannes zu vergnügen.«

»Ach, Hannah Darrow. Ich hatte immer das Gefühl, daß mir diese Geschichte am Ende das Genick brechen würde.« Sydeham griff nach dem Pappbecher mit Kaffee, der vor ihm auf dem Tisch stand. »Als Joy beim Abendessen auf Westerbrae von ihrem neuen Buch erzählte, erwähnte sie die Tagebücher, die sie John Darrow abknöpfen wollte. Da war mir ziemlich klar, was passieren würde. Sie schien mir nicht die Frau zu sein, die gleich die Flinte ins Korn werfen würde, nur weil Darrow einmal nein gesagt hatte. Sie hätte es in ihrem Beruf als Journalistin und Dokumentarautorin wohl kaum so weit gebracht, wenn sie bei jedem Hindernis gleich das Handtuch geworfen hätte. Als sie von den Tagebüchern sprach, wußte ich, daß es nur eine Frage der Zeit war, ehe sie Darrow die Aufzeichnungen aus der Nase ziehen würde. Und da ich keine Ahnung hatte, was Hannah geschrieben hatte, konnte ich kein Risiko eingehen.«

»Wie war das an dem letzten Abend, an dem Sie sich mit Hannah Darrow trafen?«

Sydeham drehte den Kopf und sah Lynley an. »Wir hatten uns in der Mühle verabredet. Sie hatte sich schon vierzig Minuten verspätet, und ich glaubte – besser gesagt, ich hoffte –, sie würde gar nicht kommen. Aber dann kam sie doch, und es war wie immer. Sie – sie wollte unbedingt auf der Stelle mit mir schlafen. Aber ich – ich wehrte sie ab. Ich hatte ihr einen Schal gekauft, den sie in einer Boutique in Norwich gesehen hatte. Ich sagte, ich wolle sehen, wie er ihr steht, und legte ihn ihr selbst um den Hals.« Er senkte den Blick auf seine Hände, die den weißen Pappbecher hielten. »Es war ganz leicht. Ich küßte sie, als ich den Knoten zuzog.«

Lynley fielen die beiläufigen Bemerkungen in Hannahs Tagebuch ein, denen er in seiner Blindheit keine Bedeutung beigemessen hatte, und er wagte einen Schuß ins Dunkle. »Es wundert mich aber, daß sie nicht wenigstens noch einmal mit ihr geschlafen haben, wenn sie das wollte.«

Die Antwort, die er erwartet hatte, kam ohne Zögern. »Es klappte nicht mehr bei mir, wenn ich mit ihr zusammen war. Jedesmal, wenn wir uns trafen, hatte ich mehr Mühe.« Sydeham lachte kurz auf, voll Verachtung gegen sich selbst. »Es ging mir mit ihr wie mit Joanna.«

»Eine schöne und berühmte Frau, die das Objekt der

heißesten Männerphantasien ist, und der eigene Mann ist unfähig, sie zu befriedigen.«

»So ist es, Inspector.«

»Dennoch sind Sie bei Joanna geblieben.«

»Weil sie das einzige in meinem Leben ist, das ich je vollkommen richtig gemacht habe. Ein absoluter Erfolg. So etwas läßt man nicht so leicht los; ich jedenfalls hätte nie auch nur in Betracht gezogen, sie zu verlassen. Ich konnte mich nicht von ihr trennen. Hannah tauchte rein zufällig zu einer Zeit auf, wo Jo und ich eine schwierige Phase durchmachten. Wir hatten schon drei Wochen lang ziemliche Probleme miteinander gehabt. Sie dachte daran, zu einem Londoner Agenten zu wechseln, und ich fühlte mich kaltgestellt. Nutzlos. Das war wahrscheinlich die Ursache meiner – Schwierigkeiten. Als Hannah dann auftauchte, fühlte ich mich ein, zwei Monate lang wie neugeboren. Jedesmal, wenn wir uns trafen, schliefen wir miteinander. Manchmal auch mehrmals. Und immer klappte es. Wirklich, es war wie eine Wiedergeburt.«

»Bis sie den Wunsch äußerte, Schauspielerin zu werden wie Ihre Frau?«

»Ja. Dann wiederholte sich die alte Geschichte.«

»Aber warum mußten Sie sie töten? Warum haben Sie die Beziehung nicht einfach abgebrochen?«

»Sie hatte meine Londoner Adresse herausbekommen. Es war schon schlimm genug, als sie eines Abends unerwartet zum Theater kam, gerade als Jo und ich mit dem Londoner Agenten weg wollten. Danach war mir klar, daß sie eines Tages bei mir in London auf der Matte stehen würde, wenn ich sie einfach sitzenließ. Und dann hätte ich Joanna verloren. Davor hatte ich Angst. Darum habe ich sie getötet.«

»Und Gowan Kilbride? Warum mußte der sterben?«

Sydeham stellte den Kaffeebecher wieder auf den Tisch. »Er wußte von den Handschuhen, Inspector.«

Um Viertel nach fünf Uhr morgens beendeten sie das erste Verhör David Sydehams und torkelten hundemüde in den Korridor hinaus, wo Sydeham zu einem Telefon geführt wurde, damit er seine Frau anrufen konnte. Lynley, der ihn beobachtete, überkam plötzlich eine Welle des Mitleids.

Dabei bekam Sydeham nur seine gerechte Strafe. Aber Lynley wußte auch, daß die Morde – wie die Wellen, die einen stillen Weiher kräuseln, wenn man einen Stein hineinwirft – eben erst begannen ihre Kreise zu ziehen, die das Leben vieler Menschen verändern würden. Er wandte sich ab.

Es gab anderes, worum er sich jetzt kümmern mußte, darunter die Presse, die plötzlich ganz scharf darauf war, den Fall Sinclair an die Öffentlichkeit zu bringen. Die Journalisten bedrängten ihn mit scharfen Fragen und Bitten um Interviews.

Er speiste sie mit Vertröstung ab, zerknüllte die Nachricht von Superintendent Webberly, die ihm jemand in die Hand drückte, und bahnte sich, zum Umfallen müde, seinen Weg zum Aufzug, im Kopf nur einen Gedanken: Er mußte Helen finden. Aber sein Körper wollte etwas anderes: schlafen.

Mechanisch fuhr er nach Hause und ließ sich angekleidet auf sein Bett fallen. Er wachte nicht auf, als Denton hereinkam, ihm die Schuhe auszog und ihn mit einer Decke zudeckte. Er erwachte erst am Nachmittag.

»Einen wichtigen Punkt in Hannah Darrows Tagebuch hatte ich übersehen«, sagte Lynley. »Ihre Bemerkung darüber, daß sie bei ihrem zweiten Theaterbesuch ihre Brille vergessen hatte und daher die Schauspieler auf der Bühne gar nicht deutlich erkennen konnte. Sie *glaubte* nur, Sydeham gehöre zum Ensemble, weil er nach der Vorstellung durch die Bühnentür herauskam. Und ich war wie blind, nachdem ich entdeckt hatte, daß Davies-Jones in *Drei Schwestern* mitgespielt hatte; die Bedeutung der Tatsache, daß Joanna Ellacourt in der Szene mitspielte, aus der der Abschiedsbrief stammte, sah ich gar nicht. Sydeham kannte natürlich jede Szene, in der Joanna spielte; wahrscheinlich besser als die anderen Schauspieler. Er studierte immer die Texte mit ihr ein. Ich habe es selbst erlebt, wie er im Agincourt mit ihr übte.«

»Wußte Joanna Ellacourt, daß ihr Mann der Mörder war?« fragte St. James.

Lynley schüttelte den Kopf und nahm mit einem Lächeln die Tasse Tee entgegen, die Deborah ihm brachte. Sie waren in St. James' Arbeitszimmer. Durch das Fenster fiel ein letzter Sonnenstrahl, dessen Licht den Schnee draußen auf dem Fenstersims zum Funkeln brachte.

»Mary Agnes Campbell hatte ihr ja – wie allen anderen – erzählt, daß Joy Sinclairs Zimmertür abgeschlossen gewesen war«, sagte er. »Sie glaubte, wie ich, Davies-Jones sei der Mörder. Sie wußte so wenig wie alle anderen, daß Joy Sinclairs Tür nicht die ganze Nacht abgeschlossen gewesen war. Die Wahrheit wissen wir erst jetzt. Von Francesca Gerrard. Sie nämlich hatte erst in der Nacht die Tür abgesperrt. Sie ging etwa um Viertel nach drei zu Joy Sinclair ins Zimmer, um sich ihre Perlenkette zurückzuholen. Als sie sah, daß Joy tot war, glaubte sie, ihr Bruder hätte es getan, und lief in ihr Büro hinunter, um den Zimmerschlüssel zu holen. Sie sperrte das Zimmer ab, um ihren Bruder zu schützen. Ich hätte auf ihre Lüge aufmerksam werden müssen, als sie mir erzählte, sie hätte die Perlen auf der Truhe neben der Tür gefunden. Weshalb hätte Joy Sinclair sie dorthin legen sollen, wenn all ihr anderer Schmuck auf dem Toilettentisch auf der anderen Seite des Zimmers lag, wie ich mit eigenen Augen gesehen hatte.«

St. James nahm sich noch ein Brötchen von der Platte.

»Hätte es etwas geändert, wenn es Macaskin gelungen wäre, dich noch zu erreichen, ehe du gestern nach Hampstead hinausgefahren bist?«

»Was hätte er mir denn sagen können? Doch nur, daß Francesca Gerrard uns beim Verhör auf Westerbrae angelogen hatte, als sie sagte, die Tür sei abgeschlossen gewesen. Ich weiß nicht, ob ich die Einsicht besessen hätte, diese neue Tatsache mit einer Reihe von Fakten zu verknüpfen, die ich bis dahin mehr oder weniger bewußt ignoriert hatte: mit dem Faktum nämlich, daß Robert Gabriel eine Frau in seinem Zimmer hatte; daß Sydeham zugab, daß Joanna in der Nacht, als Joy Sinclair starb, mehrere Stunden nicht mit ihm zusammen war; daß Jo und Joy zwei Namen sind, die man leicht durcheinanderbringen kann, besonders wenn man wie Gabriel praktisch jede Nacht mit einer anderen Frau verbringt.«

»Das war es also, was Irene Sinclair hörte.« St. James setzte sich bequemer in seinem Sessel. »Aber wieso hat sich Joanna Ellacourt überhaupt mit ihm eingelassen? Sie scheint ihn doch gründlich verabscheut zu haben. Oder war das alles nur Getue?«

»Ich denke mir, an dem Abend war ihr Zorn auf Sydeham stärker als ihr Abscheu vor Gabriel. Er hatte sie verpflichtet, in Joy Sinclairs Stück zu spielen. Sie fühlte sich von ihm verraten. Sie wollte ihn verletzen. Aus diesem Grund ist sie um halb zwölf in Gabriels Zimmer gegangen und wartete dort. Sie wollte sich an ihrem Mann auf die Weise rächen, die für ihn am schmerzhaftesten sein mußte. Sie hatte natürlich keine Ahnung, daß sie Sydeham dadurch genau die Gelegenheit gab, auf die er gewartet hatte, seit Joy Sinclair beim Abendessen die Bemerkung über John Darrow gemacht hatte.«

»Hannah Darrow wußte wohl nicht, daß Sydeham verheiratet war?«

Lynley schüttelte den Kopf. »Nein, offensichtlich nicht. Sie hatte Sydeham und Joanna Ellacourt ja auch nur einmal zusammen gesehen, und da waren die beiden in Begleitung eines anderen Mannes. Sie wußte nur, daß Sydeham gute Beziehungen zum Theater hatte, und glaubte, er könne ihr helfen. Für sie war er der Mann, der ihr zu einem neuen aufregenden Leben verhelfen konnte. Und sie war für ihn, wenigstens eine Zeitlang, die Frau, bei der er sich wieder als ganzer Mann fühlen konnte.«

»Glaubst du, Joy Sinclair wußte von Sydehams Affäre mit Hannah Darrow?« fragte St. James.

»Nein, soweit war sie bei ihren Recherchen noch nicht vorangekommen. Und John Darrow war fest entschlossen, ihr keinerlei Auskünfte zu geben. Die Bemerkung, die sie beim Abendessen machte, war völlig harmlos. Aber Sydeham konnte kein Risiko eingehen. Darum tötete er sie. Und darum kam er gestern nacht nach Hampstead, nachdem Irene Sinclair am Nachmittag im Theater über die Tagebücher gesprochen hatte.«

Deborah, die bisher schweigend zugehört hatte, fragte verwundert: »Aber er ist doch ein unheimliches Risiko eingegangen, als er Joy Sinclair tötete, Tommy. Seine Frau hätte jeden Moment in ihr gemeinsames Zimmer kommen und seine Abwesenheit bemerken können. Oder er hätte im Flur jemandem begegnen können.«

Lynley zuckte die Achseln. »Er wußte ja, wo Joanna war, Deb. Und er kannte Robert Gabriel gut genug, um sich darauf verlassen zu können, daß der Joanna so lange wie möglich bei sich behalten würde, schon um ihr seine Männlichkeit zu beweisen. Natürlich hätte er im Flur jemanden treffen können, aber es war anzunehmen, daß sich nach der heftigen Auseinandersetzung alle in ihre Zimmer zurückgezogen hatten. Als er Joy Sinclair kurz vor eins aus Vinneys Zimmer kommen hörte, brauchte er daher nur noch ein Weilchen zu warten, um sicherzugehen, daß sie eingeschlafen sein würde.«

Eines jedoch wollte Deborah immer noch nicht in den Kopf. »Daß er seine eigene Frau zu diesem Kerl gehen ließ«, murmelte sie verständnislos.

»Ich nehme an, er war bereit, es zu dulden, weil sich ihm dadurch Gelegenheit bot, Joy Sinclair zum Schweigen zu bringen. Aber er war nicht bereit zu dulden, daß Gabriel sich vor versammelter Mannschaft mit seinem Erfolg brüstete. Darum wartete er, bis Gabriel allein im Theater war, und schnappte ihn sich in der Garderobe.

»Glaubst du, Gabriel hatte eine Ahnung, wer ihn da verprügelte?« fragte St. James.

»Wohl kaum. Bei seinem flotten Lebenswandel gab es wahrscheinlich eine ganze Reihe von Männern, die ihn mit Freuden verprügelt hätten. Und bei einem anderen wäre er vielleicht nicht so glimpflich davongekommen; der hätte ihn womöglich totgeschlagen. Aber das wollte Sydeham auf keinen Fall.«

»Und warum nicht?« fragte Deborah. »Er muß doch eine Riesenwut auf ihn gehabt haben, nach dem, was zwischen ihm und Joanna Ellacourt gewesen war.«

»Das sicher, aber Sydeham war nicht dumm. Er wollte keinesfalls den Kreis der Verdächtigen verkleinern.« Lynley schüttelte den Kopf. Sein Ton, als er weitersprach, drückte seine Beschämung aus. »Er wußte natürlich nicht, daß ich selbst bereits alle Verdächtigen bis auf einen ausgeschaltet hatte. Havers hat es am besten gesagt: großartige Arbeit.«

Die anderen beiden schwiegen. Deborah spielte mit dem Deckel der Teekanne, und St. James schob sein Brötchen auf dem Teller hin und her. Beide sahen Lynley nicht an.

Er wußte, daß sie die Frage fürchteten, die ihn zu ihnen geführt hatte, und er wußte auch, daß der Grund ihrer

Abwehr Loyalität und Liebe waren. Er hoffte dennoch, das Band zwischen ihnen allen möge stark genug sein, sie einsehen und verstehen zu lassen, daß er sie finden mußte, obwohl sie nicht gefunden werden wollte. Darum stellte er die Frage trotz allem.

»St. James, wo ist Helen? Als ich gestern nacht in Joy Sinclairs Haus zurückkam, war sie verschwunden. Wo ist sie?«

Er sah, wie Deborah die Hand von der Teekanne nahm. St. James hob den Kopf.

»Du verlangst zuviel«, antwortete er.

Es war die Antwort, die Lynley erwartet hatte, die er, wie er wußte, verdient hatte. Dennoch gab er sich nicht zufrieden. »Ich kann das, was geschehen ist, nicht rückgängig machen. Ich kann nichts daran ändern, daß ich mich wie ein Idiot verhalten habe. Aber wenigstens kann ich mich entschuldigen. Wenigstens kann ich ihr sagen ...«

»Es ist zu früh. Sie ist dafür noch nicht bereit.«

Lynley wurde ärgerlich angesichts solcher Unerbittlichkeit. »Verdammt noch mal, St. James, sie wollte ihn warnen! Hat sie dir das auch erzählt? Als er über die Mauer kam, hat sie so laut geschrien, daß er sie hören mußte, und er entwischte uns. Wegen Helen. Wenn sie also nicht bereit ist, mit mir zu sprechen, kann sie mir das selbst sagen. Laß *sie* entscheiden.«

»Sie hat entschieden, Tommy.«

St. James' Antwort war so klar, daß Lynleys Zorn erlosch. Er bekam plötzlich Angst. »Dann ist sie mit ihm weggegangen? Wohin? Nach Wales?«

Nichts. Deborah sah ihren Mann, der sich abgewandt hatte, mit einem langen Blick an.

Lynley war verzweifelt über ihre Weigerung, ihm Auskunft zu geben. Auf die gleiche Ablehnung war er bei Caroline Shepherd gestoßen, als er zu Helens Wohnung gefahren war, bei Helens Eltern, die er in Surrey angerufen hatte, und bei Helens drei Schwestern. Er wußte, daß er die Strafe reichlich verdient hatte, aber trotz dieser Einsicht bäumte er sich gegen sie auf und wollte sie nicht akzeptieren.

»Herrgott noch mal, Simon!« rief er verzweifelt. »Ich liebe sie. Gerade du weißt doch, wie es ist, auf solche Weise von dem Menschen getrennt zu werden, den man liebt. Ohne ein Wort. Ohne die kleinste Chance. Bitte. Sag mir, wo sie ist.«

Er sah, wie Deborah sich zu ihrem Mann hinüberneigte und seine Hand nahm. Ihre Worte, als sie mit ihm sprach, waren kaum zu hören.

»Simon, verzeih mir. Ich schaffe das einfach nicht.« Sie wandte sich Lynley zu. »Sie ist auf die Insel Skye gefahren, Tommy. Allein.«

Eines mußte er noch erledigen, ehe er nach Norden aufbrach, um Helen zu sehen. Er mußte mit Superintendent Webberly sprechen. Die Nachricht, die Webberly ihm am frühen Morgen hatte übermitteln lassen, um ihn zur Klärung des Falls zu beglückwünschen, und mit der er baldmöglichst um eine Nachbesprechung bat, hatte er ignoriert. Noch erschüttert von der Erkenntnis, daß er sich bei seiner Arbeit einzig von blinder Eifersucht hatte leiten lassen, hatte er kein Lob hören wollen, schon gar nicht das Lob eines Mannes, der bereit und willens gewesen war, sich seiner für ein Vertuschungsmanöver großen Stils auf hinterhältigste Weise zu bedienen.

Denn es blieben ja immer noch der »Fall« Stinhurst und New Scotland Yards unterwürfige Bereitschaft, mit der Regierung gemeinsame Sache zu machen, um die Aufdekkung eines Skandals zu verhindern, der fünfundzwanzig Jahre lang geheimgehalten worden war.

Das also mußte noch erledigt werden. Früher am Tag hatte sich Lynley der Konfrontation noch nicht gewachsen gefühlt. Jetzt aber war er bereit.

Webberly saß, umgeben von einem Wust von Akten, Büchern, Fotografien, Berichten und ungespülten Teetassen, an dem runden Tisch in seinem Büro, als Lynley eintrat. Die unvermeidliche Zigarre im Mund, studierte er einen Stadtplan, auf dem gewisse Straßenzüge mit gelbem Filzstift gekennzeichnet waren, und diktierte seiner Sekretärin. Sie saß an seinem Schreibtisch und nickte immer wieder verständig, während sie mit der einen Hand schrieb und mit der anderen vergeblich die übelriechenden Qualmwolken zu vertreiben suchte, die sich in ihrem maßgeschneiderten Kostüm und dem wohlfrisierten blonden Haar festsetzten. Sie hatte sich, wie gewohnt, zu einem möglichst genauen Abbild von Lady Di ausstaffiert.

Sie verdrehte die Augen zum Himmel, als Lynley hereinkam, krauste aus Mißbilligung über den Qualm und das Durcheinander im Büro die Nase und sagte: »Inspector Lynley ist hier, Superintendent.«

Lynley wartete darauf, daß Webberly sie verbessern würde. Das gehörte zum täglichen Spiel der beiden. Webberly war das simple »Mister« lieber als jeder Titel. Dorothea Harriman – »Nennen Sie mich doch Dee, bitte« – zog immer den Titel vor.

An diesem Nachmittag jedoch brummte Webberly nur etwas Unverständliches, sah von der Karte auf und sagte: »Haben Sie alles, Harriman?«

Die Sekretärin warf einen Blick auf ihre Notizen, zupfte den Bubikragen ihrer weißen Bluse zurecht, unter dem eine adrette kleine Schleife saß, und sagte: »Ja, alles.«

»Dann tippen Sie es mir und machen Sie dreißig Kopien, bitte. Der übliche Verteiler.«

Dorothea Harriman seufzte. »Muß das noch heute sein,

Superintendent? – Nein, nein, Sie brauchen gar nichts zu sagen. Ich weiß es schon. ›Schreiben Sie eine Überstunde auf, Harriman.‹« Sie warf Lynley einen vielsagenden Blick zu. »Ich hab so viele Überstunden, daß ich meine Flitterwochen davon bestreiten könnte, wenn nur endlich jemand mir freundlicherweise einen Antrag machen würde.«

Lynley lächelte. »So ein Pech, ausgerechnet heute abend habe ich zu tun.«

Dorothea Harriman lachte, nahm ihren Block und fegte drei Pappbecher von Webberlys Schreibtisch in den Papierkorb.

Nachdem sie gegangen war, faltete Webberly den Stadtplan zusammen, schob ihn in eine offene Akte und ging zu seinem Schreibtisch. Doch er setzte sich nicht, sondern blickte, zufrieden an seiner Zigarre paffend, zum Fenster hinaus auf die Häusersilhouette der Stadt.

»Manche Leute glauben, ich drücke mich vor der Beförderung, weil ich nicht genug Ehrgeiz habe«, bemerkte er, ohne sich umzudrehen. »Aber das stimmt nicht. Der Blick ist schuld. Wenn ich in ein anderes Büro umziehen müßte, wäre er mir genommen, und ich kann Ihnen nicht sagen, wie sehr ich es liebe, hier zum Fenster hinauszusehen, wenn die Dunkelheit kommt und in der Stadt allmählich die Lichter angehen.« Zigarrenasche fiel unbeachtet neben ihm zu Boden.

Lynley dachte daran, wie sehr er diesen Mann einmal gemocht hatte, wie groß seine Achtung vor ihm gewesen war. Er verstand es, seine Unterstellten zu besten Leistungen anzuspornen, indem er bewußt jeden dort einsetzte, wo seine persönliche Stärke lag, ihn niemals dort forderte, wo er seine Schwächen hatte. Diese Fähigkeit, die Menschen so zu sehen, wie sie wirklich waren, hatte Lynley an seinem Chef stets am meisten bewundert. Jetzt jedoch erkannte er, daß sie ein zweischneidiges Schwert war; sie konnte ebensogut dazu benützt werden – war in seinem Fall ja tatsächlich dazu benützt worden –, die Schwachstelle des anderen ausfindig zu machen, um ihn zu manipulieren und zum Erreichen eigener Ziele zu benützen.

Webberly hatte genau gewußt, daß Lynley dem Wort eines Mannes gleicher Herkunft unbesehen glauben würde. Dieser feste Glaube an das »Ehrenwort des Gentleman« besaß im Adel jahrhundertealte Tradition und war ein wesentlicher Bestandteil von Lynleys Erziehung. Er ließ sich nicht einfach abschütteln. Genau darauf hatte Webberly sich verlassen, als er Lynley dazu auserkoren hatte, sich Stinhursts Märchen von der außerehelichen Affäre seiner Frau anzuhören. Nicht McPherson, Stewart oder Hale oder sonst einen, der sich die Geschichte mehr oder weniger skeptisch angehört, Marguerite Stinhurst um Bestätigung gebeten hätte und dann ohne viel Federlesens daran gegangen wäre, die Wahrheit über Geoffrey Rintoul aufzudecken.

Da weder der Regierung noch dem Yard an einer Aufdeckung der Wahrheit gelegen hatte, hatte man den Fall genau dem Mann übertragen, von dem man mit ziemlicher Sicherheit annehmen konnte, daß er dem »Ehrenwort des Gentleman« Glauben schenken und daher in seiner Ahnungslosigkeit alle peinlichen Enthüllungen wie gewünscht verhindern würde. Er konnte Webberly nicht verzeihen, daß er ihn auf diese Weise manipuliert hatte. Und er konnte sich selbst nicht verzeihen, daß er blind die Erwartungen dieser Leute erfüllt hatte.

Dabei war unwichtig, daß Stuart Stinhurst an Joy Sinclairs Tod keine Schuld trug. Im Yard hatte man das ja nicht gewußt, es hatte einen nicht einmal gekümmert; man war einzig darauf bedacht gewesen, die brisanten Details aus der Vergangenheit des Mannes weiterhin unter Verschluß zu halten. Wäre Stinhurst der Mörder gewesen, so hätten weder die Regierung noch New Scotland Yard die geringsten Skrupel gehabt, ihn ungeschoren davonkommen zu lassen. Hauptsache, das Geheimnis Geoffrey Rintouls war unangetastet geblieben.

Er fühlte sich beschmutzt. Er griff in seine Tasche, holte seinen Dienstausweis heraus und warf ihn auf Webberlys Schreibtisch.

Webberly sah auf den Ausweis hinunter, hob den Kopf und sah Lynley an. Die Augen gegen den Zigarrenrauch zusammengekniffen, sagte er: »Was soll das?«

»Ich mache Schluß.«

Webberlys Gesicht sah aus wie versteinert. »Ich hoffe, ich habe Sie mißverstanden, mein Junge.«

»Wieso? Sie alle haben doch jetzt, was Sie wollten. Stinhurst ist sicher. Die Geschichte wird nie herauskommen.«

Webberly nahm die Zigarre aus dem Mund und drückte sie im überquellenden Aschenbecher aus. »Tun Sie das nicht, mein Junge. Das ist doch Unsinn.«

»Ich lasse mich nicht gern benützen. Da bin ich eigen.« Lynley wandte sich zur Tür. »Ich räume jetzt mein Zimmer aus –«

Webberly donnerte mit der Faust auf den Schreibtisch, daß die Papiere noch mehr durcheinander gerieten. »Ach, und Sie glauben wohl, ich lasse mich *gern* benützen, Inspector? Vielleicht erklären Sie mir mal, was Sie sich da zusammenphantasiert haben? Welche Rolle haben Sie mir zugedacht?«

»Sie wußten über Stinhurst Bescheid. Sie kannten die Geschichte seines Bruders. Und seines Vaters. Und darum wurde ich nach Schottland geschickt und nicht ein anderer.«

»Ich wußte nur das, was man mir sagte. Der Befehl, Sie nach Schottland zu schicken, kam über Hillier direkt vom

Commissioner. Nicht von mir. Mir hat die ganze Sache so wenig gefallen wie Ihnen. Aber ich hatte keine Wahl.«

»Ach ja, natürlich«, erwiderte Lynley. »Nun, ich bin wenigstens in der glücklichen Lage, wählen zu können. Und ich mache jetzt von dieser Möglichkeit Gebrauch.«

Webberlys Gesicht wurde zornrot. Doch seine Stimme blieb ruhig. »Sie sind offenbar nicht fähig, auch nur einen klaren Gedanken zu fassen, mein Junge. Sehen Sie sich erst einmal die Tatsachen an, ehe Sie sich vor lauter selbstgerechter Empörung zum Märtyrer hochstilisieren. Ich wußte über Stinhurst überhaupt nichts. Ich weiß auch jetzt noch nichts und wäre daher entzückt, wenn Sie sich dazu aufraffen könnten, mich aufzuklären. Ich kann Ihnen nur eines sagen: Sobald Hillier mir den Befehl gab, nur Ihnen und sonst keinem den Fall zu übertragen, wußte ich, daß da etwas nicht koscher war.«

»Und dennoch haben Sie ihn mir übertragen.«

»Gottverdammich, was sind Sie für ein vernagelter Bursche! Ich sage doch, ich hatte in dieser Sache keine Wahl. Aber wenn Sie das schon nicht akzeptieren wollen, dann halten Sie mir wenigstens die Tatsache zugute, daß ich Ihnen Havers mitgegeben habe. Sie wollten sie nicht haben, stimmt's? Sie waren mit meiner Entscheidung nicht einverstanden, richtig? Na, was glauben Sie wohl, warum ich trotzdem darauf bestanden habe, sie mit Ihnen nach Schottland zu schicken? Weil ich wußte, daß Havers Stinhurst im kritischen Moment nicht aus den Klauen lassen würde. Und so war's doch auch, oder nicht? Verdammt noch mal, antworten Sie mir. War es so?«

»Ja.«

Webberly schlug sich mit der Faust in die geöffnete Hand. »Diese Lumpen! Ich wußte, daß sie ihn schützen wollten. Ich wußte nur nicht, wovor.« Er warf Lynley einen finsteren Blick zu. »Aber Sie glauben mir nicht, wie?«

»Ganz recht, ich glaube Ihnen nicht. So machtlos sind Sie nicht.«

»Da täuschen Sie sich, mein Junge. Wenn es um meine Stellung geht, bin ich machtlos. Ich tue, was mir gesagt wird. Unerschütterliche Aufrichtigkeit ist leicht, wenn man die Freiheit besitzt, den Kram hinzuschmeißen, sobald einem etwas nicht ganz ins Konzept paßt. Aber diese Art von Freiheit habe ich nicht. Ich habe kein Privatvermögen und keinen Landbesitz. Diese Arbeit ist für mich kein Hobby. Mein Lebensunterhalt hängt von ihr ab. Und wenn ich einen Befehl erhalte, befolge ich ihn. So unerquicklich Ihnen das erscheinen mag.«

»Und wenn nun Stinhurst der Mörder gewesen wäre? Wenn ich den Fall abgeschlossen hätte, ohne eine Verhaftung vorzunehmen?«

»Aber das haben Sie ja nicht getan. Ich habe Havers vertraut. Ich war sicher, sie würde dafür sorgen, daß das nicht geschehen würde. Und ich habe Ihnen vertraut, mein Junge. Ich wußte, Ihr Instinkt würde Sie früher oder später auf die richtige Fährte führen.«

»Aber genau das geschah nicht«, entgegnete Lynley. Es kostete ihn große Überwindung, die Worte auszusprechen, und er fragte sich, wieso es ein solches Problem für ihn war.

Webberly blickte ihn fragend an. Als er sprach, war seine Stimme voll freundlichen Verständnisses. »Und darum glauben Sie, Schluß machen zu müssen, nicht wahr? Nicht meinetwegen und nicht Stinhursts wegen. Und nicht weil ein paar Herrschaften von oben in Ihnen den Mann sahen, den sie zur Erreichung ihrer eigenen Ziele benützen konnten. Sie wollen aufgeben, weil Sie einen Fehler gemacht haben. Sie haben bei diesem Fall Ihre Objektivität verloren, nicht wahr? Sie verfolgten den Falschen. Da kann ich nur sagen, willkommen im Club, Inspector. Sie sind nicht mehr unfehlbar.«

Webberly nahm den Dienstausweis und wog ihn einen Moment auf seiner Hand, ehe er auf Lynley zuging. Ohne große Formalitäten steckte er ihn Lynley in die Brusttasche seines Jacketts.

»Es tut mir leid, daß diese Geschichte mit Stinhurst passiert ist«, sagte er. »Ich kann Ihnen nicht versprechen, daß so etwas nie wieder geschehen wird. Aber wenn es wieder vorkommen sollte, dann werden Sie, denke ich, nicht Sergeant Havers brauchen, um daran erinnert zu werden, daß Sie weit mehr Polizeibeamer sind als blaublütiger Edelmann.« Er kehrte zu seinem Schreibtisch zurück und blickte einen Moment auf das Durcheinander von Papieren. »Ihnen stehen ein paar freie Tage zu, Lynley. Nehmen Sie sie. Melden Sie sich nicht vor Dienstag zurück.« Er sah auf. »Sich selbst verzeihen lernen, gehört auch zu unserem Beruf, mein Junge«, sagte er ruhig. »Das ist das einzige, was Sie noch nicht ganz gemeistert haben.«

Er hörte den gedämpften Ruf, als er aus der Tiefgarage heraus auf den Broadway fuhr. Es war fast dunkel geworden. Er trat auf die Bremse und sah zum Untergrundbahnhof hinüber. Unter den Passanten entdeckte er Jeremy Vinney. Mit wild flatterndem Mantel rannte er den Bürgersteig entlang und schwenkte dabei ein großes Spiralheft in der Hand. Lynley ließ das Wagenfenster herunter, als er herankam.

»Ich habe die Story über Geoffrey Rintoul fertig«, verkündete der Journalist keuchend und grinste befriedigt. »Das ist wirklich ein Glück, daß ich Sie hier treffe. Ich brauche Sie als Quelle. Ganz inoffiziell. Nur zur Bestätigung. Das ist alles.«

Lynley beobachtete durch das leichte Schneetreiben mehrere Sekretärinnen, die aus dem Yard kamen und lachend zur Untergrundbahn liefen.

»Es gibt keine Story«, sagte er.

Vinneys Miene wurde kalt und mißtrauisch. »Aber Sie haben doch mit Stinhurst gesprochen. Sie können mir nicht weismachen, daß er Ihnen die Geschichte von seinem Bruder nicht bis ins letzte Detail bestätigt hat. Er konnte doch gar nicht leugnen! Wir haben Willingate auf den Fotos von der gerichtlichen Unfalluntersuchung und Joys Stück, in dem die ganze Sache praktisch aufgedeckt wurde. Wollen Sie behaupten, daß er sich da noch rauswinden konnte?«

»Es gibt keine Story, Mr. Vinney, tut mir leid.« Lynley wollte das Fenster hochkurbeln, hielt jedoch inne, als Vinney die Finger um den Rand der Scheibe krallte.

»Sie wollte es!« Sein Ton war flehend. »Joy wollte, daß ich der Geschichte nachgehe, das wissen Sie doch. Sie wissen, das war der einzige Grund, warum ich auf Westerbrae dabei war. Sie wollte, daß alles über die Rintouls ans Licht kommt.«

Der Fall war abgeschlossen. Ihr Mörder war gefunden und verhaftet. Und dennoch war Vinney nicht bereit, von seinem ursprünglichen Vorhaben abzulassen. Dies war keine Gelegenheit für ihn, einen journalistischen Coup zu landen, da die Regierung seinen Bericht ohne Zögern unterdrücken würde. Was, fragte sich Lynley, lag dieser tiefen Loyalität zugrunde, die über den Rahmen des Freundschaftlichen weit hinausging? Warum fühlte sich Vinney Joy Sinclair in solchem Maß verpflichtet?

»Jer! Jerry! Lieber Gott, beeil dich doch. Paulie wartet, und du weißt, er wird völlig aus dem Häuschen geraten, wenn wir wieder zu spät kommen.«

Die Stimme, die von der anderen Straßenseite herüberkam, war quengelig und geziert und hatte etwas sehr Feminines. Lynleys suchender Blick blieb an einem jungen Mann hängen – nicht älter als zwanzig –, der in dem Torbogen zur Untergrundbahn stand und, die Schultern fröstelnd hochgezogen, mit den Füßen stampfte, um die Kälte abzuwehren. Eine der Lampen im Durchgang beleuchtete sein Gesicht von ebenmäßiger Schönheit, so vollkommen in seinen Zügen wie das einer Renaissanceskulptur.

Dies also war des Rätsels Lösung. Lynley konnte kaum verstehen, daß er nicht schon viel früher darauf gekommen war. Joy Sinclair hatte auf ihrem Tonband nicht *über* Vinney gesprochen; in Gedanken an ihn hatte sie *mit* ihm gesprochen. Und dort auf der anderen Straßenseite stand der Mann, der Anlaß ihrer Besorgnis gewesen war. »Warum sich seinetwegen in solche Unruhe stürzen? Das ist doch bestimmt keine Verbindung fürs Leben.«

»Jerry! Jemmy!« klang wieder die quengelnde Stimme herüber. Der Junge drehte sich auf dem Absatz um sich selbst wie ein übermütiger Kobold und lachte, als sein Mantel sich im Wind blähte.

Lynley richtete seinen Blick wieder auf den Journalisten. Vinney wandte den Kopf, nicht zu dem Jungen, sondern zur Victoria Street.

»Hat nicht Freud gesagt, daß es keine Zufälle gibt?« Vinneys Stimme klang resigniert. »Unbewußt wollte ich anscheinend, daß Sie es erfahren, damit Sie verstehen können, was ich meinte, als ich sagte, daß Joy und ich immer – und ausschließlich – Freunde waren.«

»Sie wußte es?«

»Ich hatte keine Geheimnisse vor ihr. Ich glaube, das wäre gar nicht möglich gewesen, selbst wenn ich es gewollt hätte.« Demonstrativ drehte Vinney den Kopf und sah zu dem Jungen hinüber. Sein Gesicht wurde weich. Zärtlichkeit spielte um seine Lippen. »Die Liebe ist unser Fluch, ist es nicht so, Inspector? Sie gönnt uns keinen Frieden. Wir suchen sie fortwährend auf tausend verschiedenen Wegen, und wenn wir Glück haben, wird sie uns für einen flüchtigen Moment der Glückseligkeit geschenkt. Dann fühlen wir uns frei. Selbst wenn wir schwer an ihr tragen.«

»Ich kann mir denken, daß Joy Sinclair das verstanden hat.«

»O ja. Sie war der einzige Mensch in meinem Leben, der es verstanden hat.« Er nahm die Hand vom Fenster. »Dafür schulde ich ihr diesen Bericht über die Rintouls. Sie hätte ihn gewünscht. Sie hätte die Wahrheit gewünscht.«

Lynley schüttelte den Kopf. »Sie wollte Rache, Mr. Vinney. Und ich denke, die hat sie bekommen. In einer Weise.«

»Und dabei wollen Sie es bewenden lassen? Können Sie das wirklich, Inspector? Nach dem, was diese Leute Ihnen angetan haben?« Er wies mit einer Hand auf das Gebäude hinter ihnen.

»Vieles tun wir uns selber an«, entgegnete Lynley. Er nickte, kurbelte das Fenster hoch und fuhr davon.

Er erinnerte die Fahrt nach Skye später nur als ein fließendes Gemälde ständig wechselnder Landschaften, die er in seinem blinden Streben nach Norden kaum wahrnahm. Er machte nur halt, um zu essen und zu tanken, und einmal, irgendwo zwischen Carlisle und Glasgow, um sich in einem Rasthaus einige Stunden Ruhe zu gönnen. Am späten Nachmittag des folgenden Tages erreichte er Kyle of Lochalsh, ein kleines Dorf auf dem Festland gegenüber der Insel Skye.

Er fuhr auf den Parkplatz eines Hotels direkt am Strand und blieb im Wagen sitzen, um auf das Wasser hinauszublicken, dessen gekräuselte Fläche wie altes Gold blitzte. Die Sonne stand schon sehr tief, und der Gipfel des majestätischen Sgurr na Coinnich drüben auf der Insel sah aus wie mit Silber übergossen. Tief unten an seinem Fuß stampfte die Autofähre aus dem Hafen und glitt langsam aufs Meer hinaus, dem Festland entgegen. Sie trug nur einen Lastwagen, zwei mit Rucksäcken bepackte Wanderer, die einander eng umschlungen hielten, um sich gegen die Kälte zu schützen, und eine einsame Gestalt, schlank und kerzengerade, mit kastanienbraunem Haar, das der Wind ihr ins Gesicht blies.

Bei Helens Anblick erkannte Lynley mit einem Schlag den Wahnsinn seines Handelns. Er wußte, daß er der letzte war, den sie sehen wollte. Er wußte, daß sie dieses Alleinsein wünschte. Aber das alles trat in den Hintergrund, als die Fähre näher kam, und er bemerkte, daß ihr Blick sich auf den Bentley richtete, der auf dem Parkplatz über ihr stand. Er stieg aus, zog seinen Mantel über und ging zum Landungssteg hinunter. Der Wind blies ihm eisig ins Gesicht, und auf den Lippen schmeckte er das Salz des Atlantiks.

Als die Fähre anlegte, heulte der Motor des Lastwagens auf, und das Fahrzeug polterte, eine übelriechende Rauchfahne hinter sich herziehend, die Straße nach Invergarry hinunter. Arm in Arm gingen die Wandervögel an Lynley vorüber, ein Mann und eine Frau, mit fröhlichen Gesichtern. Einmal blieben sie stehen, um sich zu küssen und dann nachdenklich noch einmal zur Insel hinüberzublicken. Die rauchgrauen Wolken über ihr begannen sich im letzten Licht der untergehenden Sonne rosig zu färben.

Auf der Fahrt nach Norden hatte Lynley viele Stunden Zeit gehabt, sich zu überlegen, was er Helen sagen würde. Aber als sie jetzt von der Fähre kam, sich entschieden das Haar aus dem Gesicht strich, wußte er nichts mehr zu sagen. Er hatte nur den Wunsch, sie in seine Arme zu nehmen, und wußte doch, daß er kein Recht dazu hatte. So ging er statt dessen wortlos an ihrer Seite den Hügel hinauf zum Hotel.

Das Foyer war leer. Die großen Fenster gaben den Blick auf Wasser und Berge und die abendlich glühenden Wolken über der Insel frei. Zu einem dieser Fenster ging Helen und blieb davor stehen, und obwohl ihre Haltung – der leicht gesenkte Kopf, der gerade, abweisend wirkende Rükken – an ihrem Wunsch nach Alleinsein keinen Zweifel ließ, brachte Lynley es nicht über sich zu gehen, da so vieles zwischen ihnen unausgesprochen war. Als er neben sie trat, sah er die Schatten unter ihren Augen, Spuren des Schmerzes und der Müdigkeit. Sie hatte die Arme über der Brust gekreuzt, als brauche sie Wärme und Schutz.

»Warum, um alles in der Welt, hat er Gowan getötet? Das erscheint mir von allem das Sinnloseste, Tommy.«

Lynley begriff nicht, wie er auch nur einen Moment hatte glauben können, daß gerade Helen ihn mit dem Schwall von Vorwürfen empfangen würde, die er so gründlich verdient hatte. Er war darauf vorbereitet gewesen, sie ruhig anzuhören, zuzugeben, daß sie berechtigt waren. Irgendwann in den letzten Tagen hatte er offenbar vergessen, daß Menschlichkeit und die Fähigkeit zur Anteilnahme zwei Grundzüge von Helens Wesen waren. Es entsprach ihrer Natur, an Gowan zu denken, noch ehe sie an sich selbst dachte.

»Damals auf Westerbrae behauptete David Sydeham, er hätte seine Handschuhe am Empfang liegengelassen«, antwortete er. »Er sagte, er hätte sie gleich nach seiner Ankunft dort vergessen.«

Sie nickte verständig. »Aber als Francesca Gerrard an dem Abend nach der Leseprobe mit Gowan zusammenstieß, so daß ihm das Tablett mit dem Likör und den Gläsern hinunterfiel, mußte er hinterher das ganze Foyer saubermachen. Und da hat er David Sydehams Handschuhe nirgends gesehen, nicht wahr? Er hat sich wohl nicht sofort daran erinnert.«

»Ja, ich denke, so muß es gewesen sein. Aber als er sich dann daran erinnerte, hat er vermutlich gleich gewußt, was es zu bedeuten hatte. Der Handschuh, den Barbara Havers am nächsten Tag beim Empfang fand, konnte nur von Sydeham dort hinggelegt worden sein, nachdem er Joy getötet hatte. Ich glaube, das war es, was Gowan mir sagen wollte, kurz bevor er starb. Daß er die Handschuhe am Empfang nicht gesehen hatte. Aber ich – ich dachte, er spräche von Rhys.«

Lynley sah, wie sie einen Moment die Augen schloß, als er den Namen erwähnte. Sie hatte wohl nicht erwartet, ihn von ihm zu hören.

»Wie hat Sydeham es gemacht?«

»Er war noch im Wohnzimmer, als Macaskin und die Köchin zu mir kamen und darum baten, die Leute aus der Bibliothek herauszulassen. Er schlich sich in die Küche und holte sich das Messer.«

»Obwohl das ganze Haus voller Menschen war? Obwohl die Polizei da war?«

»Die Polizeibeamten packten bereits ihre Sachen, weil sie abfahren wollten. Die anderen wollten alle nur möglichst schnell in ihre Zimmer, um sich frisch zu machen. Außerdem war es eine Sache von höchstens ein, zwei Minuten. Danach ging er über die Hintertreppe nach oben.«

Ohne nachzudenken, hob Lynley die Hand und strich ihr sachte über das Haar, folgte seinem Schwung, bis seine Hand ihre Schulter erreichte. Sie entzog sich seiner Berührung nicht.

»Helen, es tut mir alles so leid«, sagte er. »Ich mußte zu dir kommen, um dir wenigstens das zu sagen.«

Sie sah ihn nicht an. Sie blickte starr auf die Ruine von Caisteal Maol, die schon halb vom Schatten der Nacht eingehüllt war, und erklärte dann sehr leise:

»Du hattest recht, Tommy. Du sagtest, meine Beziehung zu Rhys wäre nichts als eine Wiederholung meiner Geschichte mit Simon, nur daß ich diesmal ein anderes Ende herbeiführen wolle. Ich habe erkannt, daß es wirklich so war. Aber das Ende war dann doch nicht anders, nicht wahr? Als es soweit war, habe ich wieder genau das gleiche getan wie vorher. Ich habe ihn im Stich gelassen.«

Es war keine Bitterkeit herauszuhören, aber Lynley wußte, wieviel Selbstekel hinter jedem ihrer Worte stand.

»Nein«, sagte er unglücklich.

»Doch. Rhys wußte, daß du am Telefon warst. Und nachdem ich aufgelegt hatte, fragte er mich, ob du es gewesen wärst. Ich sagte, nein. Ich sagte, es sei mein Vater gewesen. Aber er wußte die Wahrheit. Und er spürte, daß du mich davon überzeugt hattest, daß er ein Mörder sei. Ich habe es natürlich geleugnet, ich habe alles geleugnet. Als er mich fragte, ob ich dir gesagt hätte, daß er bei mir war, leugnete ich auch das. Aber er wußte, daß ich log. Und er sah, daß ich mich entschieden hatte. Genauso, wie er es vorausgesagt hatte.« Sie hob resigniert eine Hand. »Ich brauchte keinen Hahn, der dreimal krähte. Ich wußte auch so, was ich getan hatte.«

»Aber Helen, das ist doch nicht deine Schuld«, sagte er beschwörend. »Du hättest das alles nicht getan, wenn ich dich nicht da hineingetrieben hätte. Was solltest du denn denken, als ich dir von Hannah Darrow erzählte? Was solltest du denn glauben? Und *wem* solltest du glauben?«

»Genau das ist es doch. Ich hätte mich trotz allem, was du mir sagtest, für Rhys entscheiden können. Das wußte ich damals, und das weiß ich jetzt. Aber statt dessen entschied ich mich für dich. Als Rhys das erkannte, ging er. Und wer könnte ihm daraus einen Vorwurf machen? Es kann eine Beziehung nur zerstören, wenn der eine glaubt, daß der andere ein Mörder ist.« Jetzt endlich sah sie ihn an. Sie stand ihm so nahe, daß er den reinen, frischen Duft ihres Haares wahrnehmen konnte. »Und bis zu der Nacht in Hampstead glaubte ich, Rhys sei der Mörder.«

»Aber warum hast du ihn dann gewarnt? Wolltest du mich damit strafen?«

»Ihn gewarnt? Du glaubst, ich hätte ihn gewarnt? Aber nein. Als er über die Mauer kletterte, sah ich sofort, daß es nicht Rhys war. Ich – ich kannte Rhys, sein Körper war mir vertraut. Und dieser Mann war zu massig. Ich denke, es waren Schreck und Entsetzen, die Erkenntnis dessen, was ich ihm angetan hatte, die Gewißheit, daß ich ihn verloren hatte, die mich aufschreien ließen.« Sie wandte sich wieder für einen Moment zum Fenster. Als sie zu sprechen fortfuhr, suchte ihr Blick wieder Lynley. »Auf Westerbrae sah ich mich als seine Retterin, die edle Jungfrau, die seinem Leben wieder Halt geben würde, nachdem er vorher allen Halt verloren hatte. Ich, bildete ich mir ein, würde der Grund dafür sein, daß er nie mehr trinken würde. Du siehst also, im Grund hattest du vollkommen recht. Es war wie bei Simon.«

»Nein, Helen. Ich wußte ja überhaupt nicht, was ich redete. Ich war halb verrückt vor Eifersucht.«

»Trotzdem hattest du recht.«

Die Schatten im Foyer waren länger geworden, und noch während sie sprachen, kam der Barkeeper herein, schaltete die Lichter ein und öffnete die Bar am anderen Ende des Raumes für den Abend. Vom Empfang drang Stimmengewirr zu ihnen: Fragen nach Ansichtskarten, eine gutgelaunte Diskussion über die Ausflugspläne für den nächsten Tag. Lynley hörte zu und sehnte sich nach der wohltuenden Normalität eines Urlaubs mit einem Menschen, den er liebte.

Helen trat vom Fenster weg. »Ich muß mich zum Abendessen umziehen.« Sie wandte sich zum Aufzug.

»Warum bist du hierher gefahren?« fragte Lynley abrupt.

Sie blieb stehen, sah ihn aber nicht an. »Ich wollte Skye im Winter sehen. Ich wollte spüren, wie es ist, hier ganz allein zu sein.«

Er legte ihr die Hand auf den Arm. »Und hast du genug gesehen? Allein, meine ich.«

Sie wußten beide, was er in Wirklichkeit fragte. Doch anstatt ihm zu antworten, ging sie zum Aufzug und drückte auf den Knopf, den Blick so starr auf die Kontrolleuchte gerichtet, als beobachte sie ein Phänomen von höchstem Interesse. Er folgte ihr.

»Bitte«, sagte sie so leise, daß er sie kaum hören konnte. »Ich will dir und mir nicht noch mehr weh tun müssen.«

Irgendwo über ihnen summte das Triebwerk des Aufzugs. Er wußte, daß sie zu ihrem Zimmer hinauffahren und ihn hier zurücklassen würde. Und er begriff, daß es nicht eine Trennung für nur wenige Minuten sein würde. Es würde eine Trennung von unbestimmter, endloser Dauer sein, nicht zu ertragen. Obwohl er wußte, daß der Zeitpunkt absolut falsch gewählt war, sprach er, weil er fürchtete, daß es eine andere Gelegenheit nicht geben würde.

»Helen.« Als sie ihn anblickte, sah er, daß sie Tränen in den Augen hatte. »Heirate mich.«

Sie lachte leise, nicht erheitert, sondern hoffnungslos. Statt etwas zu sagen, antwortete sie ihm mit einer kleinen Geste der Hilflosigkeit.

»Du weißt, daß ich dich liebe«, sagte er. »Sag mir nicht, daß es zu spät ist.«

Sie senkte den Kopf. Die Aufzugtür öffnete sich. Sie sprach die Worte aus, die er gefürchtet hatte. »Ich möchte dich eine Weile nicht sehen, Tommy.«

Er konnte nur fragen: »Wie lange?«

»Ein paar Monate. Vielleicht auch länger.«

»Das ist wie ein Todesurteil.«

»Das tut mir leid. Aber ich brauche Abstand.« Sie trat in den Aufzug. »Selbst nach allem, was geschehen ist, halte ich es kaum aus, dir weh tun zu müssen, Tommy. So war es immer schon.«

»Ich liebe dich«, sagte er. »Helen, ich liebe dich.«

Er sah ihr flüchtiges süßes Lächeln, ehe die Aufzugtür sich schloß, dann war sie fort.

Barbara Havers saß im *King's Arms* nicht weit von New Scotland Yard und starrte trübselig in ihr Bier. Es war spät, sie hätte längst auf dem Heimweg sein müssen, aber sie wollte jetzt nicht nach Hause. Die Berichte waren abgeschlossen, alle Formalitäten erledigt, die Gespräche mit Macaskin fürs erste beendet. Und wie immer, wenn ein Fall geklärt war, empfand sie nichts als Leere und Sinnlosigkeit. Die Menschen würden sich weiterhin gegenseitig quälen und umbringen, daran konnten ihre armseligen Bemühungen, es zu verhindern, nichts ändern.

»Würden Sie einem netten Mann ein Bier spendieren?«

Beim Klang von Lynleys Stimme blickte sie auf. »Ich dachte, Sie seien nach Skye gefahren. Mann, Sie sehen vielleicht fertig aus.«

Das stimmte. Unrasiert, hohläugig, Hemd und Anzug zerknittert.

»Ich bin auch fertig«, gestand er und versuchte ein Lächeln, das nicht gelang. »Ich weiß nicht, wie viele Stunden ich die letzten Tage im Auto zugebracht habe. Was trinken Sie? Offensichtlich kein Tonic.«

»Nein, heute abend nicht. Ich hab mir ein Bier genehmigt. Aber jetzt, wo Sie hier sind, steig ich vielleicht um. Kommt drauf an, wer zahlt.«

»Aha.« Er zog seinen Mantel aus, warf ihn achtlos auf den Nebentisch und ließ sich auf einen Stuhl fallen. Dann zog er Zigarettenetui und Feuerzeug heraus. Wie immer bediente sie sich und musterte ihn aufmerksam über die Flamme hinweg, als er ihr Feuer gab.

»Was ist?« fragte sie.

Er zündete sich eine Zigarette an. »Nichts.«

»Ah ja.«

Sie rauchten schweigend. Er machte keine Anstalten, sich etwas zu trinken zu holen. Sie wartete.

Er starrte auf die Wand gegenüber und sagte: »Ich habe sie gebeten, mich zu heiraten, Barbara.«

Es war, wie sie erwartet hatte. »Aber Sie sehen nicht aus, als brächten Sie frohe Botschaft.«

»Nein, das tue ich auch nicht.« Lynley räusperte sich und studierte eingehend das glühende Ende seiner Zigarette.

Barbara seufzte. Sie spürte, wie tief unglücklich er war, und merkte zu ihrer Überraschung, daß sein Elend sie traf, als wäre es ihr eigenes. Am Tresen nebenan zählte Evelyn, die Kellnerin, mit schläfrigem Blick die Einkünfte des Abends und wehrte gleichzeitig die plumpen Annäherungsversuche zweier Stammkunden ab. Barbara rief sie heran.

»Ja?« antwortete Evelyn gähnend.

»Bringen Sie uns zwei Glenlivets. Pur.« Barbara warf einen Blick auf Lynley und fügte hinzu: »Und dann gleich noch mal zwei, okay?«

»In Ordnung.«

Als das Mädchen die Getränke brachte, griff Lynley nach seiner Brieftasche.

»Nein, Sir«, sagte Barbara. »Heut abend geht's auf mich.«

»Eine kleine Feier, Sergeant?«

»Eine Trauerfeier.« Sie kippte den Whisky hinunter. »Trinken Sie, Inspector. Heut abend lassen wir uns vollaufen.«